《世说新语》选解

李剑锋　主编

山东大学出版社
SHANDONG UNIVERSITY PRESS
·济南·

图书在版编目(CIP)数据

《世说新语》选解 / 李剑锋主编. -- 济南 : 山东大学出版社，2024. 11. -- ISBN 978-7-5607-8377-2

Ⅰ. I242.1

中国国家版本馆 CIP 数据核字第 2024LL7982 号

责任编辑　张晓林　管永礼

封面设计　张　荔

《世说新语》选解

SHISHUOXINYU XUANJIE

出版发行	山东大学出版社
社　　址	山东省济南市山大南路 20 号
邮政编码	250100
发行热线	(0531)88363008
经　　销	新华书店
印　　刷	山东和平商务有限公司
规　　格	720 毫米×1000 毫米　1/16
	29.5 印张　545 千字
版　　次	2024 年 11 月第 1 版
印　　次	2024 年 11 月第 1 次印刷
定　　价	89.00 元

前 言

《世说新语》是魏晋南北朝志人小说的代表作。志人小说与志怪小说的根本区别，在于志人小说所记的是人物在人间而非鬼神间的传闻故事和言行举止。志人小说的兴盛直接受到汉末魏晋品评人物和清谈风气的影响。东汉末年，士流之间，很重视“品目”，品评、衡量人物高下的风气十分盛行。一个人的声名毁誉、身价地位，往往决定于著名士人只言片语的评价。由于政治的黑暗和腐败，东汉末年士大夫清流又盛行“清议”之风，评论朝廷政治得失，曾经引起“党锢之祸”这样的政治迫害。魏晋以来，政治环境的险恶有增无减，士人为了远身避祸，接受了老庄和佛教思想的影响，士人间的“清议”也变为专门探讨玄理、表现风度的“清谈”，他们吐言玄虚，举止疏放，一时间风靡不已。同时，品评人物的风气也一直盛行不衰。魏晋南北朝志人小说主要就是对当时宗尚的旧闻新风的记述。它们多是丛残小语，或者偏于记言，或者偏于记行记事，但从中可以见出人物风神个性和一时风气。

一

《世说新语》编撰之前，已经出现了不少类似志人小说之作，如西晋郭颁撰《魏晋世语》，东晋袁宏撰《名士传》、裴启撰《语林》、郭澄之撰《郭子》，等等。它们记述的重点都是一时名士的名言奇行，反映了一代风流和精神宗尚。《世说新语》就是在前人著述基础之上，由刘义庆主持编撰而成的关于魏晋风流的故事集。严格地说，《世说新语》所记故事的时间上限是秦末，下限是南朝宋代；其标志性的故事是《贤媛第十九》首条中的“陈婴母贤”条和《言语第二》最后一条即第一百零八条“谢灵运好戴曲柄笠”条。但秦末西汉时期和南朝宋代条目毕竟凤毛麟角，不足以见一代典型，就其所述主流而言，称之为“关于魏晋风流的故事集”还是合适的。

刘义庆(403～444)，彭城(今江苏徐州)人。传记附录于《宋书》卷五一《临川烈武王刘道规传》及《南史》卷一三《临川烈武王道规传》后。刘宋宗室，袭封临川王。官至尚书仆射、中书令。《宋书》说他“性简素，寡嗜欲，爱好文义”，“招聚文学之士，近远必至”，[①]著名文人袁淑、何长瑜、鲍照等皆曾侍从其门下，《世说新语》可能就是刘义庆及其门下共同编撰而成的。《世说新语》一书，《隋书·经籍志》著录为八卷，梁刘孝标注之为十卷。今存最早刊本为宋绍兴八年(1138)董弅所刻三卷本，为今传诸刻本之祖。《世说新语》通常称《世说》，又名《世说新书》，三名孰为最早，难以遽定。北宋晏殊整理此书，名之为《世说新语》，宋以后读者多习称之。今传本共分三十六门(类)，依次为德行、言语、政事、文学、方正、雅量、识鉴、赏誉、品藻、规箴、捷悟、夙惠、豪爽、容止、自新、企羡、伤逝、栖逸、贤媛、术解、巧艺、宠礼、任诞、简傲、排调、轻诋、假谲、黜免、俭啬、汰侈、忿狷、谗险、尤悔、纰漏、惑溺、仇隙。梁刘孝标注文引经史杂著四百余种，或驳正，或申述，与原文相互映发，增其隽永之致，颇为后人珍重，往往与《世说新语》本文相依传世，成为读解本文不可分割的一部分。

《世说新语》虽然首列德行、言语、政事、文学等“孔门四科”，但由于时代思潮影响，褒贬人物的标准并不拘束于儒教，而是相对通达宽容。大致而言，上卷四门和中卷方正、雅量、识鉴、赏誉、品藻、规箴、捷悟、夙惠、豪爽等九门以褒扬为主，下卷容止、自新、企羡、伤逝、栖逸、贤媛、术解、巧艺、宠礼、任诞、简傲、排调、轻诋、假谲、黜免、俭啬、汰侈、忿狷、谗险、尤悔、纰漏、惑溺、仇隙等二十三门则或者倾向于褒，或者倾向于贬，或者无所谓褒贬。

二

《世说新语》所反映的是魏晋士人的精神面貌，翻开书本，扑面而来的是一股股清新动人的生命觉醒的气息，其尚雅鄙俗、尚善鄙恶、唯美超俗等基本价值取向和情感态度还是相对清楚的。

首先，《世说新语》表现了崇尚自然、脱俗、玄远的生命存在方式和人生境界。由于在一定程度上摆脱了汉代以来儒教礼法的束缚，魏晋人格外欣

① (南朝梁)沈约：《宋书》卷五一《临川烈武王刘道规传》附《刘义庆传》，中华书局1974年版，第1477页。

赏不受礼法和世俗拘束的个性化人格。与重视功业道德的汉代人相比，他们发现了一个值得珍惜的自我：

明帝问谢鲲："君自谓何如庾亮？"答曰："端委庙堂，使百僚准则，臣不如亮。一丘一壑，自谓过之。"（《世说新语·品藻第九》第十七条）

桓公少与殷侯齐名，常有竞心。桓问殷："卿何如我？"殷云："我与我周旋久，宁作我。"（同上第三十五条）[①]

不因他人之长而自掩一己之美，傲然独立于天地之间，因此，他们格外珍惜短暂的人生，对人生持一种唯美的态度，放逐世俗追逐的功名富贵，顺任性情之真，率意而行，一往情深：

张季鹰辟齐王东曹掾，在洛见秋风起，因思吴中菰菜羹、鲈鱼脍，曰："人生贵得适意尔，何能羁宦数千里以要名爵！"遂命驾便归。（《识鉴第七》第十条）

王子猷尝暂寄人空宅住，便令种竹。或问："暂住何烦尔？"王啸咏良久，直指竹曰："何可一日无此君？"（《任诞第二十三》第四十六条）

王子猷居山阴，夜大雪，眠觉，开室，命酌酒，四望皎然。因起彷徨，咏左思《招隐诗》。忽忆戴安道。时戴在剡，即便夜乘小船就之。经宿方至，造门不前而返。人问其故，王曰："吾本乘兴而行，兴尽而返，何必见戴？"（《任诞第二十三》第四十七条）

王戎丧儿万子，山简往省之，王悲不自胜。简曰："孩抱中物，何至于此？"王曰："圣人忘情，最下不及情。情之所钟，正在我辈。"简服其言，更为之恸。（《伤逝第十七》第四条）

桓公北征，经金城，见前为琅邪时种柳，皆已十围，慨然曰："木犹如此，人何以堪！"攀枝执条，泫然流泪。（《言语第二》第五十五条）[②]

他们在永恒的时间之流里，不为富贵也不为名利，不为将来也不为过去，而去放弃对现时生活的珍惜、体验与追求。生命的价值在于美好的过程，而不在于空悬的目的："吾本乘兴而行，兴尽而返，何必见戴？"因此，他们对美好事物的迁逝格外敏感，幼子的夭折、亲朋的死亡、生命的衰老、自然的美丽，无不令他们心伤神远，寄慨无穷。就在这种率性放达、尽情流露里却

① （南朝宋）刘义庆撰，（南朝梁）刘孝标注，余嘉锡笺疏，周祖谟、余淑宜、周士琦整理：《世说新语笺疏》（修订本），上海古籍出版社 1993 年版，第 512、520 页。

② 余嘉锡笺疏：《世说新语笺疏》（修订本），第 393、759、759、637、114 页。

显示出魏晋士人毫无拘谨的潇洒风神。他们钟情于物，却又不滞着于物，精神是如此自由高远！胸怀是如此超脱旷达！心灵又是如此晶莹透彻！

值得注意的是，这个时期的妇女也顺情任性，较少考虑礼法的约束。许允妇奇丑，被娶回家后受到丈夫冷落，许允对她说："妇有四德，卿有其几？"她回答道："新妇所乏唯容尔。然士有百行，君有几？"许云："皆备。"妇曰："夫百行以德为首。君好色不好德，何谓皆备？"许允听后面有惭色，遂相敬重。(《贤媛第十九》第六条)①有"咏絮"高才的谢道韫由叔父谢安做主嫁给了庸碌的王凝之，谢道韫回娘家后，竟向谢安抱怨丈夫说："不意天壤之中，乃有王郎。"(《贤媛第十九》第二十六条)②夫妻相爱也不一定像汉朝人那样举案齐眉：

> 王安丰妇常卿安丰。安丰曰："妇人卿婿，于礼为不敬，后勿复尔。"妇曰："亲卿爱卿，是以卿卿；我不卿卿，谁当卿卿？"遂恒听之。(《惑溺第三十五》第六条)③

王戎面对妻子"卿卿"的亲昵称呼觉得不合礼法，也只好听之任之，这与汉代严守夫妇之礼的"举案齐眉"者自然不同。

其次，《世说新语》也有自己的道德标准，它贬抑丑恶，褒扬美好，给凶残者勾魂摄魄，为高尚者存照留名。《汰侈》一门记载了豪门世族穷奢极欲的生活，石崇与王恺比富，一个用糖水刷锅，一个用蜡烛烧火，竭尽民脂民膏，暴殄天物已经令人惊讶；而王武子之奢华更令人瞠目结舌，竟然用人乳喂猪！还有令人发指者：

> 石崇每要客燕集，常令美人行酒；客饮酒不尽者，使黄门交斩美人。王丞相与大将军尝共诣崇。丞相素不能饮，辄自勉强，至于沉醉。每至大将军，固不饮，以观其变。已斩三人，颜色如故，尚不肯饮。丞相让之，大将军曰："自杀伊家人，何预卿事！"(《汰侈第三十》第一条)④

石崇的凶残、王敦的残忍显示了等级社会统治者丑恶暴虐的本性。当然并不是所有的贵族都如此没有人性。《世说新语》也不乏对美好品质、高尚情感的欣赏和颂扬，如以下几条颂扬了爱国情操、仁者胸怀、以身垂范等品质：

---

① 余嘉锡笺疏：《世说新语笺疏》(修订本)，第 671 页。
② 余嘉锡笺疏：《世说新语笺疏》(修订本)，第 696 页。
③ 余嘉锡笺疏：《世说新语笺疏》(修订本)，第 922 页。
④ 余嘉锡笺疏：《世说新语笺疏》(修订本)，第 877 页。

过江诸人，每至美日，辄相邀新亭，藉卉饮宴。周侯中坐而叹曰："风景不殊，正自有山河之异！"皆相视流泪。唯王丞相愀然变色曰："当共戮力王室，克复神州，何至作楚囚相对！"（《言语第二》第三十一条）

庾公乘马有的卢，或语令卖去。庾云："卖之必有买者，即当害其主。宁可不安己而移于他人哉？昔孙叔敖杀两头蛇以为后人，古之美谈，效之，不亦达乎！"（《德行第一》第三十一条）

陶公少时，作鱼梁吏，尝以坩鲊饷母。母封鲊付使，反书责侃曰："汝为吏，以官物见饷，非唯不益，乃增吾忧也。"（《贤媛第十九》第二十条）[①]

此外，还有《德行》篇忠于友情的荀巨伯、"作人无长物"的王恭，《识鉴》篇不计私怨、顾全大局的郗超，《自新》篇勇于悔过自新的周处，《雅量》篇临刑不惧的嵇康、履危如闲的谢安等等，都表现出了优良的品质和过人的涵养。他们展现出的人性的光辉和美丽如春天的花木一般清新而动人。

三

值得注意的是，《世说新语》中的一流人物开始睁开眼睛重新审视世界，不仅发现了人的美，也发现了自然、动物的美。

宗白华在他影响深远的学术美文《论〈世说新语〉和晋人的美》中说："晋人向外发现了自然，向内发现了自己的深情。山水虚灵化了，也情致化了。陶渊明、谢灵运这般人的山水诗那样的好，是由于他们对于自然有那一股新鲜发现时身入化境浓酣忘我的趣味；他们随手写来，都成妙谛，境与神会，真气扑人。"[②]的确，在陶渊明、谢灵运之前，晋代士人已经普遍直接感受到了大自然无与伦比的美丽：

郭景纯《诗》云："林无静树，川无停流。"阮孚云："泓峥萧瑟，实不可言；每读此文，辄觉神超形越。"（《文学第四》第七十六条）

王子敬曰："从山阴道上行，山川自相映发，使人应接不暇。若秋冬之际，尤难为怀。"（《言语第二》第九十一条）

王司州至吴兴印渚中看，叹曰："非唯使人情开涤，亦觉日月清朗！"（《言语第二》第八十一条）[③]

---

① 余嘉锡笺疏：《世说新语笺疏》（修订本），第 92、33、691 页。

② 宗白华：《美学散步》，上海人民出版社 1981 年版，第 183 页。

③ 余嘉锡笺疏：《世说新语笺疏》（修订本），第 256～257、145、138～139 页。

这种自然美是如此动人、高洁、超然，“晋人以虚灵的胸襟、玄学的意味体会自然，乃能表里澄澈，一片空明，建立起最高的晶莹的美的意境……创立一个玉洁冰清，宇宙般幽深的山水灵境”①。山水诗正是这种审美心态作用下的自然产物。带着这种美的理想，他们也发现人格美与自然美如此息息相通：

> 嵇康身长七尺八寸，风姿特秀。见者叹曰：“萧萧肃肃，爽朗清举。”或云：“肃肃如松下风，高而徐引。”山公曰：“嵇叔夜之为人也，岩岩若孤松之独立；其醉也，傀俄若玉山之将崩。”(《容止第十四》第五条)
>
> 时人目王右军“飘如游云，矫若惊龙”。(《容止第十四》第三十条)
>
> 海西时，诸公每朝，朝堂犹暗；唯会稽王来，轩轩如朝霞举。(《容止第十四》第三十五条)
>
> 有人叹王恭形茂者，云：“濯濯如春月柳。”(《容止第十四》第三十九条)②

这是对人的欣赏，也是对自然的欣赏，天人合一的传统理念至此已经洗净两汉神学的迷雾，自然山水展现出清新、雅丽的外形，高洁、自由的神采。觉醒的士人用属人的灵性投以新的青睐，发现了山水之美，也借助山水之美升华了自我的精神境界。

在《世说新语》中，名士们还发现了自然中更为灵动的动物之美。在用动物烘托、比拟魏晋风度或者特定对象时，《世说新语》中动物的比德意味开始向浓厚的审美意味转化，这是最可值得注意的新变现象之一。如：

> 有人语王戎曰：“嵇延祖卓卓如野鹤之在鸡群。”(《容止第十四》第十一条)
>
> 公孙度目邴原：“所谓云中白鹤，非燕雀之网所能罗也。”(《赏誉第八》第四条)
>
> 王子猷诣谢公，谢曰：“云何七言诗?”子猷承问，答曰：“昂昂若千里之驹，泛泛若水中之凫。”(《排调第二十五》第四十五条)③

这三则中的动物所比拟的人的特点，主要不是可以归入伦理褒贬的品德，而是蕴含着生命整体的人的精神风貌。嵇绍“卓卓如野鹤之在鸡群”纯粹叹其

---

① 宗白华：《美学散步》，第179～180页。

② 余嘉锡笺疏：《世说新语笺疏》(修订本)，第607、621、624、625页。

③ 余嘉锡笺疏：《世说新语笺疏》(修订本)，第610、418、811页。

风度韵致，“云中白鹤，非燕雀之网所能罗”叹其出俗之姿，“昂昂若千里之驹，泛泛若水中之凫”纯粹欣赏七言诗的新风异神，喻象和喻指都在相当程度上超越了道德、功利的束缚，几乎成为超然的审美，也就是由比德走向畅神了。

在《世说新语》中，动物由实用、比德对象走向审美对象更典型地表现在下面几则故事中：

> 支公好鹤，住剡东峁山，有人遗其双鹤，少时翅长欲飞，支意惜之，乃铩其翮。鹤轩翥不复能飞，乃反顾翅，垂头。视之，如有懊丧意。林曰：“既有凌霄之姿，何肯为人作耳目近玩！”养令翮成，置使飞去。（《言语第二》第七十六条）
>
> 简文入华林园，顾谓左右曰：“会心处不必在远，翳然林水，便自有濠、濮间想也。觉鸟兽禽鱼，自来亲人。”（《言语第二》第六十一条）
>
> 晋简文为抚军时，所坐床上，尘不听拂，见鼠行迹，视以为佳。有参军见鼠白日行，以手板批杀之，抚军意色不悦。门下起弹，教曰：“鼠被害，尚不能忘怀；今复以鼠损人，无乃不可乎？”（《德行第一》第三十七条）①

在“支公好鹤”条目中的鹤，开始是受人羁束、本性受到阻抑的动物，后来终于摆脱束缚，凌空而去，得其天性。在此，支遁不再是狭隘的人，为了满足自己狭隘的私欲占鹤为自己所有，而是在新的价值理念支撑和觉醒生命的感悟下能够重新审视动物本性的新人。他解放了豢养的鹤，在本质上也是解放了自己，令自己的性灵如仙鹤般自由不羁，也在天人合一的终极境界、在万类生机盎然的气象里受益，获得无益之益，即真正回归自然，与天合一，灵魂与肉体以及宇宙浑融一体，由此摆脱异化现实对人灵魂的撕裂所带来的不能承受之苦。鹤也不再是人的玩物，而是人的朋友，是大自然万类中独立、自由、得其天性的物种，一只真正审美意义上的鹤诞生了！

晋简文帝司马昱在《世说新语》中一直被作为第二等级的名士对待，但如果从人与动物审美关系建立上着眼，他实在是屈指可数的第一流名士。比如对待老鼠，因为它的习性，人类从《硕鼠》开始就投射了太多的憎恶，不能从自我中心中解放出来欣赏它。简文帝却有一绝对不同于汉代酷吏张汤劾鼠的惊人之举，贵为皇帝而不失赤子之心，“见鼠行迹，视以为佳”，不因是

① 余嘉锡笺疏：《世说新语笺疏》（修订本），第136、120～121、38页。

老鼠印迹而概念化、道德化地抹杀美的形式，这与“以手板批杀之”的参军形成多么鲜明的对比！参军永远不会从独立自由生命上去欣赏老鼠及其行迹之美，这也是一般人的世俗宿命，一般人拘束于功利俗念，而简文帝则超脱出来，从单纯的形式和生命上寄托自己对于美的赞叹和同情，其慈悲胸怀还能够推鼠及人，可见这是多么博大、深切的生命情怀！正是这样一种情怀让动物成其为独立自由的生命，从人的私欲和道德约束中解脱出来，成为审美的存在，成为情感和精神的流畅形式。对待老鼠都能够这样，何况对待其他更容易为人所接受的动物呢？所以是他而不是别人，在春气萌动的美好时节，入华林园游赏时，禁不住生命的激动，说出了情动千古的生命感怀：“不觉鸟兽禽鱼，自来亲人。”人与万物一体同生，一样体会到生命的自由活泼，万物皆因自我疆域的破除而融合为和谐的整体。

要之，与人性美的发现一样，对自然美、动物美的发现也是《世说新语》的奇光异彩。

四

《世说新语》故事之所以脍炙人口，还在于它在艺术上取得的非凡成就。鲁迅说它：“记言则玄远冷俊，记行则高简瑰奇。”①

《世说新语》言约旨远，隽永传神，带有晋人特有的韵致：“读其语言，晋人面目气韵，恍然生动，而简约玄澹，真致不穷，古今绝唱也。”②不仅人物的语言巧妙有味，意境高远，就是叙事语言也简劲传神，如写王戎贪吝云：“王戎有好李，卖之，恐人得其种，恒钻其核。”（《俭啬第二十九》第四条）③十六个字就冷峻地把他的本性刻画得细致入微、深及骨髓，令人过目不忘。从《世说新语》流传下来的诸多成语也可见出其语言的特点，如“一往情深”“渐至佳境”“拾人牙慧”“咄咄怪事”“枕流漱石”“登龙门”“阿堵物”等等。

《世说新语》虽为短章小语，但十分善于刻画栩栩如生的人物形象。它常常借助富有特征的细节描写勾勒人物的性格和精神面貌，如刻画王蓝田性急写道：“尝食鸡子，以箸刺之，不得，便大怒，举以掷地。鸡子于地圆转未止，仍下地以屐齿蹍之，又不得，瞋甚，复于地取内口中，啮破即吐之。”（《忿

---

① 鲁迅：《中国小说史略》第七篇《世说新语与其前后》，齐鲁书社 1997 年版，第 53 页。

② （明）胡应麟：《少室山房笔丛》卷二九《九流绪论下》，上海书店出版社 2009 年版，第 285 页。

③ 余嘉锡笺疏：《世说新语笺疏》（修订本），第 874 页。

狷第三十一》第二条)[①]通过吃鸡子中的几个动作细节,王述的性急就被刻画得活灵活现,有声有色。《世说新语》还善于调动各种表现手法刻画人物,如对比:

管宁、华歆共园中锄菜,见地有片金,管挥锄与瓦石不异,华捉而掷去之。又尝同席读书,有乘轩冕过门者,宁读如故,歆废书出看,宁割席分坐,曰:"子非吾友也!"(《德行第一》第十一条)[②]

去取态度不同,品节高下不言自明。又如比喻:

顾悦与简文同年,而发蚤白。简文曰:"卿何以先白?"对曰:"蒲柳之姿,望秋而落;松柏之质,经霜弥茂。"(《言语第二》第五十七条)

顾长康拜桓宣武墓,作诗云:"山崩溟海竭,鱼鸟将何依。"人问之曰:"卿凭重桓乃尔,哭之状其可见乎?"顾曰:"鼻如广莫长风,眼如悬河决溜。"或曰:"声如震雷破山,泪如倾河注海。"(《言语第二》第九十五条)

王夷甫容貌整丽,妙于谈玄,恒捉白玉柄麈尾,与手都无分别。(《容止第十四》第八条)[③]

以自然物象、器物等比喻人物风神举止,贴切而多致。

《世说新语》对后世文学影响深远。单就依例仿作而言,自唐宋讫民国,相续不绝,蔚然成风。《世说新语》诞生以后,影响甚巨,据不完全统计,后世续书可案者至少有三十多种,它们是:(1)(唐)刘肃《大唐新语》;(2)(宋)王谠《唐语林》;(3)(宋)孔平仲《续世说》;(4)(宋)李垕《南北史续世说》;(5)(宋)王方庆《续世说新书》;(6)(明)李绍文《皇明世说新语》;(7)(明)何良俊《何氏语林》;(8)(明)王世贞《世说新语补》;(9)(明)焦竑《焦氏类林》;(10)(明)焦竑《玉堂丛语》;(11)(明)林茂桂《南北朝新语》;(12)(明)郑仲夔《清言》;(13)(明)曹臣《舌华录》;(14)(明)赵瑜《儿世说》;(15)(明)张墉《廿一史识余》;(16)(清)梁维枢《玉剑尊闻》;(17)(清)吴肃公《明语林》;(18)(清)宫伟镠《庭闻州世说》;(19)(清)王晫《今世说》;(20)(清)章抚功《汉世说》;(21)(清)周嘉猷《南北史捃华》;(22)(清)黄汝霖《世说补》(佚);(23)(清)李清《女世说》;(24)(清)严蘅《女世说》;(25)(清)章继泳《南北朝世说》(佚);(26)(清)颜从

---

① 余嘉锡笺疏:《世说新语笺疏》(修订本),第886页。
② 余嘉锡笺疏:《世说新语笺疏》(修订本),第13页。
③ 余嘉锡笺疏:《世说新语笺疏》(修订本),第117、147、609页。

乔《僧世说》;(27)(清)李文胤《续世说》;(28)(清)汪琬《说铃》;(29)(清)邹统鲁、江有溶《明逸编》;(30)(民国)易宗夔《新世说》;(31)(民国)陈灨一《新语林》;(32)夏敬观《清世说新语》等。[①]《世说新语》中的故事,好多被改编吸收进戏曲小说,如《假谲》篇中"温峤娶妇"一则就被元代关汉卿改编成杂剧《玉镜台》,关于曹操、曹丕、曹植的故事许多被吸收进《三国演义》里。

五

如何读解《世说新语》是一个仁者见仁、智者见智的问题,不同的读者会给出不同的回答。就目前针对文本的读解情况来看,主要存在三种读解形式:第一种是校释体,最早且最重要的是刘孝标注,它一直附着于《世说新语》而广泛流行,已经成为其不可缺少的有机组成,现当代注释会评本皆可归于此类。如余嘉锡笺疏《世说新语笺疏》,将刘孝标注重史实考据的读解成就推向一个巅峰,至今在整体上无人超越,当然不排除学者们在具体篇目上有新的发现和补充。又如龚斌《世说新语校释》在吸收已有史实考据成果基础上,重在从文化和时代上通观和阐释,树木与森林并见。第二种可称为鉴赏体,此以《世说新语鉴赏辞典》和龚斌《世说新语索解》等为代表,主要倾向于审美欣赏,其弊端是多少忽视史实考据。第三种就是各种专门学术论著,可称为学术体。如王能宪《世说新语研究》、范子烨《世说新语研究》、宁稼雨《魏晋士人人格精神:〈世说新语〉的士人精神史研究》等,侧重于专题研究和整体阐释。

我们这本《〈世说新语〉选解》一共三十一篇,是本着雅俗共赏、解决读解困难的思路编写而成的,兼顾校释体、鉴赏体和学术体的特点,可称为"读解体"。它本来是以专业研究生为主体的《世说新语》读书会活动的产物,在形式上有校释体共有的必要校勘、注释、翻译等体例,也有学术体针对具体问题的考索、商榷等特点,还兼顾了鉴赏体关注审美的特点。本书主要的做法是:首先罗列原文,原文一律标明版本出处;其次对原文进行必要的校勘、注解,校勘、注解力戒烦琐,但又保持学术性;再次就是翻译,翻译以直译为基本要求,为了贯通文意,偶或做必要的补充说明;最后是解析。

解析部分是本书的重点,也是最富有学术性的部分。我们所采用的基

---

① 参见刘强:《"〈世说〉学"论纲》注释五,《学术月刊》2003年第11期;朱一玄、宁稼雨、陈桂声编著:《中国古代小说总目提要》,人民文学出版社2005年版。

本方法是：第一，尽量把故事还原到历史时空坐标中，采用知人论世的方式对故事有一种历史的把握；第二，对故事中的疑难问题进行重点解析，这关系到具体的语句疏通、意义理解、背景考察、文化溯源等种种问题，往往因文制宜，不拘一格，但避免采用纯粹的赏析体，以解决学术疑难、贯通思想意蕴为依归；第三，引文一律遵循学术规范注出，但各篇所据自行统一，不再强调全书一致；第四，有的讲稿之后附录必要的资料，但形式不拘一格，允许不同作者根据实际需要来定。

本书对于相关篇目的一般性阅读欣赏和深入性学术思考都会提供助益，但不足也是明显的，比如涉及的《世说新语》篇目有限；其中的错误也在所难免，敬请读者批评指正。

李剑锋

2023 年 1 月

目录

《世说新语·德行第一》第一条“陈蕃礼贤”读解

李剑锋*

今传《世说新语》共分三十六个门类，计 1130 条，“德行”是第一个门类，“陈蕃礼贤”又是第一条，其位置和意义非同寻常，值得细致阅读和品味，思考和阐释。《世说新语》的读法甚多，而开章明义尤为重要，首章既明，则势如破竹，首章不明，则容易囫囵吞枣。

“德行”一门的名称实本于“孔门四科”：德行、言语、政事、文学。《论语·先进》：“德行：颜渊、闵子骞、冉伯牛、仲弓。”[①]颜渊，名回，字子渊，“颜渊”为其简称，鲁国人。一生安贫乐道，孔子赞“其心三月不违仁，其余则日月至焉而已矣”（《论语·雍也》）。颜回最大的德行是“仁”。闵子骞，名损，字子骞，鲁国人。孔子特别表彰他的孝行：“孝哉，闵子骞！人不间于其父母昆弟之言。”（《论语·先进》）其孝行影响深远，济南有闵子骞墓，位于济南百花公园西邻的济南孝文化博物馆，安徽萧县境内有受其影响命名的“鞭打芦花车牛返村”。冉伯牛，名耕，小孔子七岁，鲁国人。继孔子为中都（汶上）宰，有德政。《论语·雍也》载：“伯牛有疾，子问之，自牖执其手，曰：‘亡之，命矣夫！斯人也而有斯疾也！斯人也而有斯疾也！’”伯牛不幸早亡，孔子深为痛惜。仲弓，即冉雍，字仲弓，鲁国人。在《孔子家语·刑政》篇中，他问孔子：“雍闻，至刑无所用政，至政无所用刑……信乎？”[②]孔子教导他说：“太上

---

* 李剑锋，男，1970 年生，山东沂水人，山东大学文学院教授。

① （三国魏）何晏集解，（宋）邢昺疏：《论语注疏》，清嘉庆南昌府学重刊宋本《十三经注疏》本，下文所引《论语》原文，版本相同，不再详注。

② （三国魏）王肃注：《孔子家语》，《四部丛刊》影明翻宋本。

以德教民而以礼齐之。”冉雍曾做过季氏私邑的长官，他为政“居敬行简”，主张“以德化民”。《论语·为政》云：“道之以政，齐之以刑，民免而无耻；道之以德，齐之以礼，有耻且格。”可见，孔子所举“德行”中的四位贤弟子都是品德过人者，颜回的仁、闵子骞的孝、冉氏兄弟的德政，皆能够推己及人，践行儒家伦理道德观念。

“四科”以德行为首，两汉以来承续不绝。刘向《新序·节士》篇对安贫乐道的原宪给予褒扬，而对学道而不能履行的子贡表现了嘲讽态度。又《后汉书·郑玄传》载：

> 汝南应劭亦归于绍，因自赞曰：“故泰山太守应中远，北面称弟子何如？”玄笑曰：“仲尼之门考以四科，回、赐之徒不称官阀。”劭有惭色。[①]

在道与势的较量中，世俗虽然屈于权势，但士人公议仍尚德行。元光元年（前134），汉武帝采纳董仲舒的建议，下诏郡国每年察举孝者、廉者各一人。此即后世通称之“举孝廉”，是汉代察举制中最为重要的岁举科目，汉代政府官员多由此入仕。奸雄如曹操者亦不能免。曹操位极魏王，不敢贸然代汉自立，而愿做周公、周文王，正折射出政治道德的舆论宗尚。魏晋以来，玄学新风“越名教而任自然”[②]，但主流观念认为“名教中自有乐地”[③]，况且违背名教者，累年不迁。《任诞第二十三》第九条笺疏引李慈铭云：“仲容丧服追婢，遂为清议所贬，沉沦不调。”[④]即为例证。宋文帝元嘉十五年（438）开设的四学——儒、史、文、玄，首列儒学。要之，哪怕是在魏晋风流盛行的时代，儒学一直是社会上下层运转的基本思想意识形态。按：宋文帝元嘉十六年（439），义庆三十五岁，任卫军将军、江州刺史，注意招聚文学之士。《宋书》卷五一本传云：“（义庆）招聚文学之士，近远必至。太尉袁淑，文冠当时，义庆在江州，请为卫军谘议参军；其余吴郡陆展、东海何长瑜、鲍照等，并为辞章之美，引为佐史国臣。太祖与义庆书，常加意斟酌。鲍照字明远，文辞赡逸，尝为古乐府，文甚遒丽。元嘉中，河、济俱清，当时以为美瑞，照为《河清颂》，其序甚工。”[⑤]事又见《宋书》卷七〇《袁淑传》、《南史》卷一三《鲍照传》。此时，义庆幕府人才济济，《世说新语》当始撰于本年。即南朝宋代京都所设

① （南朝宋）范晔：《后汉书》卷三五，百衲本影宋绍熙刻本。

② （魏）嵇康：《释私论》，《嵇中散集》卷六，《四部丛刊》影明嘉靖本。

③ （南朝宋）刘义庆撰，（南朝梁）刘孝标注，余嘉锡笺疏，周祖谟、余淑宜、周士琦整理：《世说新语笺疏》，上海古籍出版社1993年版，第24页。本文所引《世说新语》原文及刘孝标注文，皆据此版本。

④ 余嘉锡笺疏：《世说新语笺疏》，第731页。

⑤ （南朝梁）沈约：《宋书》，中华书局1974年版，第1477～1478页。

以儒学为首的四学，在《世说新语》开撰之前已经建立。故刘义庆编辑《世说新语》，条列门类，首列儒门四科，标举德行为首，良有以也。

“德”之本义为上升、攀登。《说文》：“德，升也。从彳(chì)，悳(dé)声。多则切。”[①]“彳”与行走有关，动词，后由动词演化为名词。《尚书·洪范》以“正直”“刚克”“柔克”为三德，《孟子·梁惠王上》“德何如则以为王矣”可为证。“行”的本义是道路，后引申为行走，又引申为行为、德行。德行即道德修养及其践行。《周礼·地官·师氏》：“敏德以为行本。”汉郑玄注：“德行，内外之称，在心为德，施之为行。”[②]有此内在道德修养，方生彼外在实际践行。具体到《世说新语》之《德行》，重在记叙“实际践行”，而“道德修养”意在言外。同时，“德行”又濡染时风，既有旧的伦理道德的风范，也展露出新的时代精神风貌。这是读《德行》篇甚至《世说新语》其他篇章最可注意者。即不可非此即彼，以“人的觉醒”臆断单纯张扬新风，而应该在得意忘言基础上彼我玄同。

《德行第一》首篇可概括为“陈蕃礼贤”，其原文及刘孝标文如下：

陈仲举言为士则，行为世范，登车揽辔，有澄清天下之志。《汝南先贤传》曰：“陈蕃字仲举，汝南平舆人。有室，荒芜不扫除，曰：‘大丈夫当为国家扫天下。’值汉桓之末，阉竖用事，外戚豪横。及拜太傅，与大将军窦武谋诛宦官，反为所害。”为豫章太守，《海内先贤传》曰：“蕃为尚书，以忠正忤贵戚，不得在台，迁豫章太守。”至，便问徐孺子所在，欲先看之。谢承《后汉书》曰：“徐稚字孺子，豫章南昌人。清妙高跱，超世绝俗。前后为诸公所辟，虽不就，及其死，万里赴吊。常豫炙鸡一只，以绵渍酒中，暴干以裹鸡，径到所赴冢隧外，以水渍绵，斗米饭，白茅为藉，以鸡置前。酹酒毕，留谒即去，不见丧主。”主簿白：“群情欲府君先入廨。”陈曰：“武王式商容之间，席不暇暖。许叔重曰：“商容，殷之贤人，老子师也。”车上跽曰式。吾之礼贤，有何不可！”袁宏《汉纪》曰：“蕃在豫章，为稚独设一榻，去则悬之，见礼如此。”[③]

【校勘】

“主簿白”，余嘉锡所据《世说新语》乃清人王先谦重雕纷欣阁刻本，校以上海古籍出版社1982年影印王先谦本，余本无误。朱铸禹《世说新语汇校集注》罗列诸本，未明底本，且未出校勘，作“主簿曰”；龚斌《校释》作“主簿曰”，所据乃《四部丛刊》影明袁褧嘉趣堂本，按：徐震堮《世说新语校笺》、杨勇《世

① (汉)许慎撰，(清)桂馥义证：《说文解字义证》卷六，清同治刻本。

② (汉)郑玄注，(唐)贾公彦疏：《周礼注疏》，清嘉庆南昌府学重刊宋本《十三经注疏》本。

③ 余嘉锡笺疏：《世说新语笺疏》，第1页。

说新语校笺》亦俱以此本为底本，却作“主簿白”，校以“中国基本古籍数据库”《四部丛刊》影明袁褧嘉趣堂本《世说新语》影像页作“主簿白”。白、曰在诸本皆无出校之语，重考如上，应以“主簿白”为是。

且作“白”，语意胜“曰”。“白”有下级向上级、卑位向尊位禀告之意。如《世说新语·惑溺第三十五》：“曹公之屠邺也，令疾召甄，左右白：‘五官中郎已将去。’”[①]虞预《晋书》：“东平主簿王豹白事，齐王曰：‘况豹虽陋，故大州之纲纪也。’”[②]《世说新语·假谲第二十七》余嘉锡笺疏引《神仙传》九《郭璞传》云：“璞久之不白敦。……璞曰：‘向见日月星辰之精灵，五岳四海之神祇，皆为道从翼卫，下官震悸失守，不得即白将军。’”[③]

【笺疏】（据余嘉锡笺疏本——以下简称“余本”）

李详云：“案蔡邕《陈太丘碑文》‘文为德表，范为士则’。《魏志·邓艾传》作‘文为世范，行为士则’。”（据余本）剑锋按：《诗经·小雅·鹿鸣》：“君子是则是效。”[④]则，准则。效，法效。

程炎震云：“陈为豫章，范书不记其年，以稚传‘延熹二年(159)，蕃与胡广上疏荐稚等’推之，知在永寿(155～158)间。”（据余本）豫章郡，汉置，在今江西南昌。（杨勇《世说新语校笺》本）

主簿，郡中管理簿书的僚属。清左暄《三余偶笔》五曰：“汉人称太守为明府。章怀注《后汉书·张湛传》云：‘郡守所居曰府，府者尊高之称。’又府君亦太守之称，如《后汉书·刘平传》：‘庞萌反于彭城，攻败太守孙萌。平时为郡吏，号泣请曰：愿以身代府君。’《三国志》：‘孙策进军豫章，华歆为太守，葛巾迎策。策谓歆曰：府君年德名望，远近所归。’”（据余本）

其他详下文解析。

【翻译】

陈仲举的言谈为士人的准则，行为是世间的模范。登车上任伊始，即有

---

① 余嘉锡笺疏：《世说新语笺疏》，第917页。

② （南朝梁）萧统撰，（唐）李善注：《文选》卷三六引傅亮《为宋公修张良庙教》，胡刻本。

③ 余嘉锡笺疏：《世说新语笺疏》，第855页。

④ （汉）毛亨传，（汉）郑玄笺，（唐）孔颖达疏：《毛诗注疏》，清嘉庆南昌府学重刊宋本《十三经注疏》本。

澄清天下之志。担任豫章太守时，一到南昌，便问徐孺子住哪里，要先去拜望他。主簿禀告："大家的意思，是请太守您先到官府去。"陈仲举说："周武王(灭商得天下后，)连座席都没坐暖，就急着到商容的住处去致敬。我礼敬贤人，(不先进官府)，有什么不可以的呢？"

【解析举要】

理解该条需要解析的主要是陈蕃(？～168)、徐孺子的形象及礼贤事件。

一、从"不畏强御"到名士礼贤

本条记陈蕃主要突出了两个方面，一是名士风范，一是礼贤下士，而以后者为中心。历史记述中的陈蕃给人的主要印象是不畏权贵、令人忌惮的"方峻"。

东晋袁宏《后汉纪》卷二二曰："太学生三万余人，皆推先陈蕃、李膺，被服其行。……托以谣言曰：'不畏强御陈仲举，天下楷模李元礼。'公卿以下皆畏，莫不侧席。"[①]

《世说新语》"陈蕃礼贤"条刘孝标注引晋周斐撰《汝南先贤传》曰："陈蕃……值汉桓之末，阉竖用事，外戚豪横。及拜太傅，与大将军窦武谋诛宦官，反为所害。"

南朝宋范晔《后汉书·陈蕃传》："(陈蕃)出为豫章太守。性方峻，不接宾客，士民亦畏其高。征为尚书令，送者不出郭门。"评论曰："桓、灵之世，若陈蕃之徒，咸能树立风声，抗论惛俗。"[②]

汉末政治昏暗，导致处士横议，士人清议对政治舆论产生直接影响，陈蕃是其中最重要的代表人物之一，与窦武、刘淑并称"三君"。"君者，言一世之所宗也"[③]，与外戚窦武、皇族刘淑相比，陈蕃可谓其中唯一的一位典型的士人，他的作风更能代表汉末士人的楷模。他的特点是"不畏强御"，不但敢说话议政，而且敢付诸行动，令"公卿以下皆畏"，他做豫章太守给人的印象也是如此，所以尽管为官清廉，"士民亦畏其高"，离任时，"送者不出郭门"。陈蕃显然是位凛若冰霜的人物，其洒脱的名士风度并不突出。

---

① (晋)袁宏：《后汉纪》，《四部丛刊》影明嘉靖本。

② (南朝宋)范晔：《后汉书》卷六六，百衲本影宋绍熙刻本。

③ (南朝宋)范晔：《后汉书》卷六七，百衲本影宋绍熙刻本。

但陈蕃并非没有名士风度。刘孝标注引晋周斐撰《汝南先贤传》曰："陈蕃字仲举，汝南平舆人。有室，荒芜不扫除，曰：'大丈夫当为国家扫天下。'"此言很有名士风度，却为《世说新语》所不取。《世说新语》采用了"登车揽辔，有澄清天下之志"的记述，大约一是因为该条所写之事不是平日生活，而是上任为官，更加切合事件情景，二是视野更为宏阔，风度较"扫天下"更为洒脱。然而翻检史料，不见此语描述陈蕃，而是描述范滂：

《世说新语·赏誉第八》第三条刘孝标注："（魏晋）张璠《汉纪》曰：'范滂字孟博，汝南伊阳人。为功曹，辟公府掾。升车揽辔，有澄清天下之志。百城闻滂高名，皆解印绶去。为党事见诛。'"①

西晋司马彪《续汉书》："范滂字孟博，汝南征羌人。厉清节，为州所服，举孝廉。时冀州饥荒，盗贼群起，乃使滂案察之。滂登车揽辔，慨然有澄清天下之志。乃至州境，守令自知赃污，望风解印绶去。"②

东晋袁宏《后汉纪》卷二二等承《续汉书》："汝南人范滂……后为太尉黄琼所辟，登车揽辔，有澄清天下之志。受诏使冀州，百姓闻滂名，其有赃污未发者，皆解印绶去。"③南朝宋范晔《后汉书·范滂传》："时冀州饥荒，盗贼群起，乃以滂为清诏使，案察之。滂登车揽辔，慨然有澄清天下之志。乃至州境，守令自知赃污，望风解印绶去。"④

史书不见将"登车揽辔，有澄清天下之志"之语来描述陈蕃者。又据以上记述，范滂也是一位方峻之士，令赃污官吏畏惧不已。其扫除天下、澄明社会、清廉方峻的性格行为高度一致，那为什么《世说新语》不直接写范滂而写陈蕃呢？

简言之，《世说新语·德行第一》第一条表现的重心是礼贤下士，对士人贤才的重视，而范滂没有礼贤下士的事迹，门类的要求、编纂的宗旨制约了对范滂和陈蕃的选择。

徐孺子（名稚）是一位很有学问，有品德，有声誉，有能力，尤其是富有突出个性化特点的贤才。范晔《后汉书》卷五三注引谢承《（后汉）书》曰："稚少为诸生，学《严氏春秋》《京氏易》《欧阳尚书》，兼综风角、星官、筭历、《河图》、《七纬》、推步、变易，异行矫时俗，闾里服其德化。有失物者，县以相还，道无

① 余嘉锡笺疏：《世说新语笺疏》，第416页。

② （宋）李昉等：《太平御览》卷七七八，《四部丛刊》影宋本；又《初学记》卷二〇引，清光绪孔氏三十三万卷堂本。

③ （晋）袁宏：《后汉纪》，《四部丛刊》影明嘉靖本。

④ （南朝宋）范晔：《后汉书》卷六七，百衲本影宋绍熙刻本。

拾遗。四察孝廉，五辟宰府，三举茂才。"[①]

这一段记述可以看出徐稚"有学问，有品德，有声誉"。再看有能力。范晔《后汉书》载"陈蕃为太守，以礼请署功曹，稚不免之，既谒而退"[②]，也就是说陈蕃上任之初先去拜见徐稚，表现了他礼贤下士的德行，但实际目的是为自己敦请一位得力的功曹。汉代郡守设立功曹史一职，简称"功曹"，《后汉书·百官志》称："功曹史，主选署功劳。"[③]即掌管赏罚任免之事，参与郡中政务，权力很大，是郡守最重要的助手，甚至在取得郡守信赖的情况下，代郡守处理郡中关键政务，声名越郡守而上之。如《后汉书·党锢传》称："汝南太守范孟博，南阳宗资主画诺；南阳太守岑公孝，弘农成瑨但坐啸。"[④]汝南太守宗资任用范滂为功曹，政事一听范滂处理，自己仅仅签字而已，乃至于当时人们说汝南太守实际是范滂而不是宗资；岑晊(zhì)字公孝，被南阳太守成瑨聘为功曹，成瑨亦信任有加，政务一听岑晊做主，自己难得悠闲自在，"坐啸"而已，所以当时人们说南阳太守实际是岑晊而不是成瑨。据《后汉书·王堂传》，陈蕃也曾经做过功曹，说王堂对陈蕃充分信任，"其宪章朝右(朝班之右，指朝廷大员)，简核才职，委功曹陈蕃"[⑤]。可见，不是一般人能够担任功曹的，除了德行以外，能力很重要。陈蕃有切身体会，既要礼贤，又要找一个称职的好助手。这是他首先拜访徐孺子的重要而实际的原因。

一言以蔽之，陈蕃礼贤是名士太守礼贤下士，此为因循传统德行的层面。

二、徐孺子是隐士中得风气之先的名士

陈蕃礼贤，但徐孺子很有个性，他这位贤才最大的个性是不愿意出仕，愿意做处士。

《太平御览》卷四七四引谢承《后汉书》：

> 徐稚，字孺子，豫章人。家贫，常自耕稼，恭俭义让，所居服其德。屡辟公府，不起。[⑥]

---

① (南朝宋)范晔：《后汉书》卷五三，百衲本影宋绍熙刻本。
② (南朝宋)范晔：《后汉书》卷五三，百衲本影宋绍熙刻本。
③ (南朝宋)范晔：《后汉书》卷一〇八，百衲本影宋绍熙刻本。
④ (南朝宋)范晔：《后汉书》卷六七，百衲本影宋绍熙刻本。
⑤ (南朝宋)范晔：《后汉书》卷三一，百衲本影宋绍熙刻本。
⑥ (宋)李昉等：《太平御览》，《四部丛刊》影宋本。

袁宏《后汉纪》卷二二云：

> 稚少时，游学国中，江夏黄琼教授于家，故稚从之谘访大义。琼后仕进，位至三司，稚绝不复交。①

徐稚是一位品德高尚、才能突出，多次受到公府征召而坚决不做官的处士。范晔《后汉书》李贤注引谢承《（后汉）书》总结说，徐稚"四察孝廉，五辟宰府，三举茂才"。可见其不但"闾里服其德化，有失物者，县以相还，道无拾遗"，在家乡影响甚大，而且声名远播，引起公府重视，是一位声名显赫的处士，对于教化风俗起到了重要作用。

徐稚不愿意做官跟传统的隐士没有太大区别，他万里赴吊、酬答知遇之恩的举动更富有个性色彩。《世说》刘孝标注引谢承《后汉书》曰：

> 徐稚字孺子，豫章南昌人。清妙高跱，超世绝俗。前后为诸公所辟，虽不就，及其死，万里赴吊。常豫炙鸡一只，以绵渍酒中，暴干以裹鸡，径到所赴冢隧外，以水渍绵，斗米饭，白茅为藉，以鸡置前。酹酒毕，留谒即去，不见丧主。

这是笼统说，应劭《风俗通义》、范晔的《后汉书》等记述了两个具体的例子，一个例子是为恩师万里赴吊：

> 公车征士豫章徐孺子，比为太尉黄琼所辟，礼文有加；孺子隐者，初不答命。琼薨，既葬……醊哭于坟前。孙子琰故五官郎将，以长孙制杖，闻有哭者，不知其谁，亦于倚庐哀泣而已。孺子无有谒刺，事讫便去，子琰大怪其故，遣琼门生茅季玮追请辞谢，终不肯还。②

此事亦见《太平御览》卷四〇三所引《海内先贤行状》、范晔《后汉书》。作为太尉，黄琼征辟徐稚是举贤，属于公义，徐稚可以不应征命；作为曾经"常事"（《海内先贤行状》）的老师，却是私义，恩师去世，徐稚不能不赴，哪怕万里之遥。当然其中也有知遇之恩。这在徐稚赴吊郭林宗母一事上也彰显出来：

> 及林宗有母忧，稚往吊之，置生刍一束于庐前而去。众怪，不知其故。林宗曰："此必南州高士徐孺子也。《诗》不云乎，'生刍一束，其人如玉'，吾无德以堪之。"③

---

① （晋）袁宏：《后汉纪·桓帝纪》，《四部丛刊》影明嘉靖刻本。

② 王利器校注：《风俗通义校注》，中华书局2010年版，第162页。

③ （南朝宋）范晔：《后汉书》卷五三，百衲本影宋绍熙刻本。

徐稚祭祀的方式很特别，即自带祭品，祭完就走，不见孝子、吊客等人，不拘束于世俗礼节。余嘉锡笺疏引《朱子语类》卷一三五解释说："徐孺子以绵渍酒藏之鸡中去吊丧，便以水浸绵为酒以奠之便归。所以如此者，是要用他自家酒，不用别处底。所以绵渍者，盖路远难以器皿盛故也。"[①]奔丧赴吊是名教之礼，而自行祭奠则不免越礼任情，旧德新风融汇一体，徐稚作为处士既是传统的儒生、隐士，也是迥然不同的名士、高士，他的行为和情感表达方式已经具备了典型的魏晋名士、魏晋风流的特点，个性洒脱，真率自然。他这样做一方面有"异行矫时俗"的教化初衷，另一方面也显示出"越名教而任自然"的魏晋新风。这也是他被《世说》关注的重要原因。

一言以蔽之，陈蕃礼贤，所礼乃一位个性鲜明的处士、隐士，此是预示魏晋新风的层面。

三、礼贤的原因和意义

因此，陈蕃的礼贤下士就不是一般的礼贤下士，而是一位德行才能杰出的太守与具备同样素质的隐士（处士）之间的佳话。

这里关键涉及对"武王式商容之闾，席不暇暖"的理解。刘孝标注引许叔重曰："'商容，殷之贤人，老子师也。'车上跽（跪坐时为了礼貌挺直身子）曰式。"余嘉锡笺疏引李慈铭云："所引许叔重云云，当出许君《淮南子》注。今《淮南子·缪称训》'老子学商容'，高诱注云：'商容，神人也。'与许君异。"[②]统治者礼贤，在中国历史上由来已久，且历代不绝。周文王之请姜尚形诸梦寐，周公为接待贤才"一沐三握发"[③]。周武王"表商容之闾"也流传甚广，《荀子·大略》《新序·善谋下》《史记·留侯世家》《汉书·佞幸传》，皆云"表"，独梅赜《伪古文尚书·武成》改为"式商容之闾"。[④] 商容是殷纣王时期的贤臣，《史记·殷本纪》载："商容贤者，百姓爱之，纣废之。"[⑤]大约还遭受过拘禁，《鹖冠子·备知》载："商容拘而蹇叔哭。"[⑥]后隐居。周武王对他礼敬有加，教化大行，《荀子·大略》云："武王始入殷，表商容之闾，释箕子之囚，哭比干之墓，天下乡（向）善矣。"[⑦]统治者之所以礼贤隐士，主要原因是对风俗教化和政治统治有利。

---

① 余嘉锡笺疏：《世说新语笺疏》，第 2～3 页。

② 余嘉锡笺疏：《世说新语笺疏》，第 3 页。

③ （汉）司马迁：《史记》卷三三《鲁周公世家》，中华书局 1982 年版，第 1518 页。

④ （汉）孔安国传，（唐）孔颖达疏：《尚书注疏》卷一一，清嘉庆南昌府学重刊宋本《十三经注疏》本。

⑤ （汉）司马迁：《史记》卷三，中华书局 1982 年版，第 107 页。

⑥ （宋）陆佃解：《鹖冠子解》卷下，《四部丛刊》影明翻宋刻本。

⑦ （唐）杨倞注：《荀子》，清《抱经堂丛书》本。

从社会风俗而言，在聚族而居的宗法血亲社会，隐士贤能的教化作用是巨大的。商容的德行感化一闾，即一闾之风皆有商容之德。武王不单独表彰商容，进而旌表商容聚族而居的乡闾，对居住在特定区域的居民实行"特区"政策，表现出对于商容的莫大尊敬，由此可以起到树立典范、教化百姓的作用。统治者对待本国贤士如此，入侵者对待敌国、暴动百姓对待义士也是如此，如《史记·田单列传》记述乐毅伐齐时，"燕之初入齐，闻画邑人王蠋贤，令军中曰：'环画邑三十里无入。'"[①]是隐居的贤士王蠋德风所及，使三十里内的乡邻受益。又《世说新语·德行》门类中便有现成事例，第九条"闻义班军"可参。此类事例值得作历史梳理和考察。

从统治者的角度而言，礼贤下士有利于稳定统治。在宗法血亲社会中，贤能功德之士的后代子孙享受他们的德泽不但符合民众心理，而且有社会制度的保障。《孟子·离娄下》云"君子之泽，五世而斩"[②]，子孙后代享受祖宗功德恩惠是理所当然的，这是中国传统文化奠定起来的心理基础。在政治制度上也有保障。周王朝分封诸侯就是基于这一心理基础上的，同时有一套礼仪制度提供保障。又如汉武帝时，实行推恩令，"天子观于上古，然后加惠，使诸侯得推恩分子弟国邑"[③]。虽有削减诸侯实力的政治用心，但容易为诸侯子弟接受。至于魏晋时代，门阀士族制度逐渐建立后，子孙享受祖宗功德更是一种贵族的特权。政治功利是如此，德行教化也是如此，即德行教化影响乡闾，惠及子孙，主要受到血缘宗亲私有观念和礼仪制度的双重影响和制约。

由此，我们便理解陈蕃礼贤下士虽然有历史的依据，但细究其根源乃在于血缘宗亲的私有观念和以礼仪制度教化统治百姓的政治需求。此风后世相续不绝，梁安成郡王萧秀于天监六年(507)出任江州刺史：

> 及至(江)州，闻前刺史取征士陶潜曾孙为里司。秀叹曰："陶潜之德，岂可不及后世！"即日辟为西曹。[④]

萧秀礼待贤者子孙与陈蕃礼贤的用意有一致之处。要之，陈蕃礼贤有风俗、制度、历史和个人德性等多方面的渊源和影响。

陈蕃礼贤在《世说》中具有重要意义。

---

① (汉)司马迁：《史记》卷八二，中华书局1982年版，第2457页。

② (汉)赵岐注，(宋)孙奭疏：《孟子注疏》卷八下《离娄章句上》，清嘉庆南昌府学重刊宋本《十三经注疏》本。

③ (汉)司马迁：《史记》卷一七，中华书局1982年版，第802页。

④ (唐)姚思廉：《梁书·安成王秀传》，中华书局1973年版，第343页。

第一，陈蕃礼贤体现了个体的独立自觉，预示了不弃美德而又追求独立的魏晋新风。礼贤是传统，而所礼之贤坚决拒绝做官，与汉代传统相比，则是新时代隐逸之风的显现。对隐士的尊敬和肯定因此就不仅仅是传统的礼贤，而是进一步具有了尊尚隐逸、推崇隐逸、重视个体的意义。正如论者所指出的："这样一个故事，隐含的是士人对进退、仕隐、出处选择的一个拷问。"[①]这种矛盾因社会动荡、政治黑暗的计划，因玄学的推助，在魏晋发展成以隐为高或者出处同归于自然的时代风尚。陈蕃礼贤正是典型的魏晋风度初始时期的故事。

第二，陈蕃礼贤体现和预示了魏晋时期士人群体的独立自觉精神。

《世说》开篇把官僚和隐士的关系定位到互相尊重的朋友关系上，彰显了士人对于独立人格的追求。此在魏晋成为士人群体的普遍自觉。很巧的是，《论语》首篇也涉及朋友，看来士人独立人格的形成，或者更宽泛地来看，个体独立人格的形成，必须有赖他者尤其是朋友的砥砺。仅有徐稚，则类似古代特立独行的隐士，不成被尊尚的潮流，是个别现象；必须有陈蕃内心的尊敬和彼此的欣赏，才开始成为潮流。

个体的自觉并非以对群体责任的放逐为前提的，恰恰相反，不论是出仕还是隐居都是以天下为己任。陈蕃"言为士则，行为世范"非其一人之追求，蔡邕《陈太丘碑文》赞陈寔（谥号"文范"）"文为德表，范为士则"[②]，《三国志·魏书·邓艾传》赞其"文为世范，行为士则"[③]，以言行彰显士人的精神风貌不是自我标榜，而是立志澄天下的自我追求。徐孺子隐居亦应作如是观。

至于"登车揽辔，有澄清天下之志"，在陈蕃、范滂都是如此，是一代有志向的士人群体的共同担当。"登车揽辔"就是上任之始，这句赏誉之语写陈蕃的雄心抱负，借助夸张和虚笔展现他的实干精神，有如颊上三毫。曾子云："士不可以不弘毅，任重而道远。"（《论语·泰伯》）这里展现陈蕃的"弘毅"精神，尤其沉雄辽远，茫茫如与天地始终，令人神旺，令人肃然起敬。《论语·乡党》称孔子"升车，必正立，执绥"，车服礼器不等闲视之，以之为礼制规范和人格的展现，"表现了对于生活、人生的严肃、认真及'敬畏'特征"[④]。这种"严肃、认真及'敬畏'"是个体的自觉，也是群体的自觉，因为它针对的是天下，是把自我融入天下。

① 刘强：《世说三昧》，岳麓书社 2016 年版，第 218 页。

② （汉）蔡邕：《陈太丘碑》，《蔡中郎集》，《四部丛刊》影明活字本。

③ （汉）陈寿：《三国志》卷二八，百衲本景宋绍熙刊本。

④ 李泽厚：《论语今读》，安徽文艺出版社 1998 年版，第 251 页。

综上两点：徐稚，自然中人，而以个性化的方式保持了对名教礼仪和情感内核的肯定和坚守；陈蕃，名教中人，也是以个性化的方式保持了对于任性自然的欣赏和践行。此中隐然有名教和自然的新关系、新思考在。只是尚没有从哲理上思考和升华，这个任务要落到魏晋时期王弼、嵇康、郭象等人的身上。这是魏晋风流的朝日，已经冉冉而出，把本条放在《世说新语》第一条具有象征意义，不管是有意还是无意，它所折射出的光芒可以烛照此后的《德行》诸条，也可以惠泽到其他门类。因此说，深入理解此条是理解《世说新语》的基础，此后阅读可以势如破竹。

第三，陈蕃礼贤条体现了文学性质的偏向。如前所析，编者为了突出故事的类别性主题和人物的名士风度，对历史材料进行了有意的合理化的筛选甚至挪移。这使得《世说新语》同严格的史书写作有所不同，即不求事实之真，而求精神之真，此如顾恺之为裴楷画像，裴楷真实形象脸上本无三毛，而画家偏要"颊上益三毛"，效果是"看画者寻之，定觉益三毛如有神明，殊胜未安时"①。这便使得《世说》一书的性质由史学偏向于文学，后世史学家褒贬不一，而目之为小说，的确事出有因。

第四，陈蕃礼贤条框约了《世说新语》时间基本上限。如果绝对求真，《世说》的时间上限是西汉，下限是南朝宋代。其标志性的故事，一是《贤媛第十九》首条中的陈婴母贤条，二是《言语第二》最后一条，即第一〇八条"谢灵运好戴曲柄笠"条。但汉代前期和南朝宋代条目毕竟凤毛麟角，正如余嘉锡笺疏所云："考《世说》所载多魏、晋之事，其下逮宋朝者，不过王谧、傅亮、谢灵运数人而已。皆名士之冠绝当时者。"②前期也是如此。因此学者论云：

> 《世说新语》，记录魏晋清谈之书也。其书上及汉代者，不过追溯原起，以期完备之意。惟其下迄东晋之末刘宋之初迄于谢灵运，固由其书作者只能述至其所生时代之大名士而止，然在吾国中古思想史，则殊有重大意义。盖起自汉末之清谈适至此时代而消灭，是临川康王不自觉中却于此建立一划分时代之界石及编完一部清谈之全集也。③
>
> 《世说新语》为记载魏晋士大夫生活方式之专书，而此一新生活方式实肇端于党锢之祸之前后，亦即士大夫自觉逐渐具体化、明朗化之时代。……《世说》所收士大夫之言始于陈仲举、李元礼诸人者，殆以其为

---

① 余嘉锡笺疏：《世说新语笺疏》，第719页。

② 余嘉锡笺疏：《世说新语笺疏》，第51页。

③ 陈寅恪：《陈寅恪集·金明馆丛稿初编》，生活·读书·新知三联书店2001年版，第216～217页。

源流所自出，故其书时代之上限固在吾国中古社会史与思想史上之意义或大于其下限也。[1]

陈寅恪和余英时两位著名学者都论及《世说新语》以魏晋故事为主，指出涉及汉代的主要是汉末的“大名士”，陈蕃就是其中代表之一。其意义在于汉末为清谈之始，是士大夫从专制伦理中走向自觉之始，在中国思想史和社会史上具有转折意义。这些都是十分精到的评论。其实，汉末名士自觉对于文艺、文学亦具有转折意义。有真人而后有真文艺，有独立自觉的人才有独立自觉的文艺，文艺才可以摆脱附庸性质，摆脱“润色鸿业”的政教化功用，开始走向自我。也就是说，“士大夫自觉”为文艺的自觉准备了贴近文艺本质的创作主体。这个时代也产生在汉末。因此，学界论文学的自觉时代，其主流意见，能够在思想大视野下观察文学转变的学者都把它定在汉末，此以鲁迅、李泽厚为代表，不赘言。陈蕃故事确定了《世说》的基本时间上限，形式上看，它是汉末的故事，又是全书第一则，而透过形式，总览全书和时代变迁，它实际是“魏晋士大夫生活方式”的典型源头，不论在思想史、社会史还是文艺史上都是具有标志性和转折性的事件。

参考文献

(南朝宋)刘义庆撰，(南朝梁)刘孝标注，余嘉锡笺疏，周祖谟、余淑宜、周士琦整理：《世说新语笺疏》，上海古籍出版社 1993 年版。

(南朝宋)刘义庆撰，(南朝梁)刘孝标注，龚斌校释：《世说新语校释》，上海古籍出版社 2011 年版。

(南朝宋)范晔：《后汉书》卷六七，百衲本影宋绍熙刻本。

[日]大平幸代：《“豫章太守”的德行——〈世说新语〉与地方官吏文化》，《魏晋风流与中国文化——第二届〈世说〉国际学术研讨会论文集》，南京大学文学院 2019 年内部印本。

读书会时间：2019 年 9 月 24 日

① 余英时：《士与中国文化》，上海人民出版社 1987 年版，第 307 页。

《世说新语·德行第一》第六条“陈太丘诣荀朗陵”读解

黄静[*]　叶子淇[**]

【原文】

陈太丘[1]诣荀朗陵[2]，贫俭无仆役。《陈寔传》曰[一]：“寔字仲弓，颍川许昌人[二]，为闻喜令、太丘长，风化宣流。”乃使元方将车，《先贤行状》曰：“陈纪字元方，寔长子也，至德绝俗，与寔高名并著，而弟谌又配之。每宰府辟召，羔雁成群[3]，世号‘三君’，百城皆图画[4]。”季方[5]持杖后从。长文[6]尚小，载著车中。既至，荀使叔慈[7]应门，慈明[8]行酒，余六龙下食[9]。张璠《汉纪》曰：“淑有八子：俭、绲[三]、靖、焘、汪、爽、肃、敷[四]。淑居西豪里，县令范康[五]曰：‘昔高阳氏有才子八人。’遂署其里为高阳里。时人号曰‘八龙’[10]。”文若[11]亦小，坐著膝前。于时太史[12]奏：“真人[13]东行。”檀道鸾《续晋阳秋》曰：“陈仲弓从诸子侄造荀父子，于时德星聚[14]，太史奏：‘五百里贤人聚。’”(《德行》第六条①)

【校勘】(参龚斌《世说新语校释》、余嘉锡《世说新语笺疏》)

[一]《陈寔传》曰：王刻本无此四字，景宋本及袁本有。王先谦校：“‘陈寔’上一本有‘陈寔传曰’四字，是。”

[二]颍川许昌人：许昌，宋本作“陈昌”。王利器校：“各本‘陈’作‘许’，

---

* 黄静，女，1999 年生，山东青岛人，山东大学文学院 2017 级本科生。

** 叶子淇，女，1999 年生，江苏无锡人，山东大学文学院 2017 级本科生。

① (南朝宋)刘义庆撰，(南朝宋)刘孝标注，龚斌校释：《世说新语校释》，上海古籍出版社 2011 年版，第 17 页。本文所引《世说新语》原文及刘孝标注文，皆据此版本。

是。《续汉书·郡国志》:颍川郡有许昌,无陈昌。"刘昭补注:"献帝迁都,改许昌。"中华书局版《晋书》校勘记:"《集解》引周寿昌说,谓考献帝改都许在建安二年八月,改许县为许昌县在魏文帝黄初二年,非献帝徙都时改名也。注误。"故"颍川许昌人"当作"颍川许人"。《后汉书·陈寔传》称陈寔为颍川许人,是。

[三]鲲:宋本、沈本校作"绲"。《魏志·荀彧传》作"绲"。张璠《汉纪》《圣贤群辅录》同。按,当作"绲"是。

[四]敷:《后汉书·荀淑传》作"专",注:"'专'本或作'敷'。"《圣贤群辅录》作"尃"。沈笺:"尃即敷字。隶书或作尃,故《后汉书·荀淑传》作尃。章怀注:'专本或作尃。'益知其为尃之讹也。"

[五]范康:《圣贤群辅录》下作"宛康"。《后汉书·荀淑传》作"苑康"。陶澍注《陶靖节集》:"'宛''苑'通,作'范'则非也。"

【注释】

[1]陈太丘:指陈寔。《后汉书·陈寔传》:"司空黄琼辟选理剧,补闻喜长,旬月,以期丧去官。复再迁除太丘长。"注:"太丘,县属沛国,故城在今亳州永城县西北。"

[2]荀朗陵:指荀淑。《后汉书·荀淑传》:"荀淑字季和,颍川颍阴人,荀卿十一世孙也……光禄勋杜乔、少府房植举淑对策,讥刺贵幸,为大将军梁冀所忌,出补朗陵侯相。"朗陵,县名,汉置,属汝南郡,因朗陵山得名。

[3]羔雁成群:喻送礼者络绎而来。《左传》:"卿执羔,大夫执雁。"《春秋左传正义》曰:"《周礼·大宗伯职》文也。郑玄云:'羔取其群而不失其类,雁取其候时而行。'"

[4]百城皆图画:关于"百城",《世说音释》云:"案《魏志》注引《先贤行状》,'百城'上有'豫州'二字。《后汉书·郡国志》:颍川郡属豫州,豫州城九十九。百城盖谓刺史所统耳。"关于"图画",《后汉书·陈寔传》:"豫州刺史嘉其(陈纪)至行,表上尚书,图象百城,以厉风俗。"

[5]季方:陈谌字季方,陈寔少子。

[6]长文:陈群字长文,陈纪之子。

[7]叔慈:荀靖字叔慈,荀淑三子。

[8]慈明:荀爽字慈明,荀淑六子。

[9]下食:把已经准备好的食物送上来。徐震堮《世说新语校笺》:"上菜

曰‘下食’。”吴金华《考释》举例《吕氏春秋·报更》：“有饿人卧不能起者，宣孟止车，为之下食。”

[10]八龙：《世说笺本》：“凡人才德出众谓之龙……盖以荀之八子比高阳氏八子也。”《左传》：“昔高阳氏有才子八人：苍舒、隤敳、梼戭、大临、龙降、庭坚、仲容、叔达。齐圣广渊，明允笃诚，天下之民谓之八恺。”

[11]文若：荀彧字文若，荀淑之孙、荀绲之子。

[12]太史：官名，掌管治、教、礼、政、刑、事“六典”及天文历法。《通典·官职八》：“后汉太史令掌天时星历……国有瑞应灾异，则掌记之。”

[13]真人：本指仙人、修真得道的人，这里指品行端正的人。

[14]德星聚：古以景星、岁星等为德星，认为国有道、有福或有贤人出现，则德星现。

本条的中心内容是陈寔携子孙拜访荀淑，故事情节简单明了。忽以太史奏“真人东行”作结，陈、荀两家聚会和“真人东行”有何关系？《世说新语》又为什么记载了这次聚会，将其放入《德行》篇呢？

一、“真人东行”与“德星聚”

【真人】“真人”是一个道教术语。《庄子·大宗师》：“且有真人而后有真知。何谓真人？古之真人，不逆寡，不雄成，不谟士……古之真人，其寝不梦，其觉无忧，其食不甘，其息深深……古之真人，不知说生，不知恶死，其出不欣，其入不距；翛然而往，翛然而来而已矣。”①《庄子》中“真人”本义是指存养本性、洞悉宇宙、修真得道之人，这里可以理解成品行端正的贤德之人。《汉书·杨恽传》：“我不能自保，真人所谓‘鼠不容穴，衔窭数’者也。”李奇曰：“真人，正人也。”②

【东行】刘盼遂《世说新语校笺》：“案《一统志》：颍阴，今许昌县治。汉之许昌，在今许昌县西南。作真人西行为是。星文与地理方隅相值也。”③刘盼遂以“星文与地理方隅相值”，认为陈寔一家前往荀淑处当为西行。查东汉颍川郡地图可知，许县位于颍阴东部，从许县出发到颍阴确属西行。然而本条故事发生时间不明，不能确定陈、荀两家此时是否居于颍川老家，陈寔一家的实际行动方向亦难确定。

---

① （清）郭庆藩：《庄子集释》，中华书局 2012 年版，第 231～234 页。

② （汉）班固：《汉书》卷六六《杨恽传》，中华书局 1962 年版，第 2891～2892 页。

③ 刘盼遂：《世说新语校笺》，《国学论丛》第一卷第四号，1927 年。

刘孝标引《续晋阳秋》:"于时德星聚。太史奏:'五百里贤人聚。'"其中并无"东行"之说,但这条注解说明正文中太史所奏"人事",实际上是星象变动的对应。《太平御览》引《汉杂事》曰:"陈寔字仲弓,汉末太史家瞻星有德星见,当有英才贤德同游者。书下诸郡县问。颍川郡上事:'其日有陈太邱父子四人俱共会社,小儿季方御,大儿元方从,抱孙子长文。此是也。'"[①]即太史观测到德星出现或呈现出与其他德星相聚的运行趋势,对应的人事是贤人相聚,符合时空条件的就是陈荀之会。

在古代,天文星象的运作长期被认作人间祸福尤其是政治事件的兆示。《易》曰:"观乎天文,以察时变。"[②]《汉书·艺文志》:"天文者,序二十八宿,步五星日月,以纪吉凶之象,圣王所以参政也。"[③]《晋书·天文志上·天文经星》:"众星列布,体生于地,精成于天,列居错峙,各有攸属。在野象物,在朝象官,在人象事。"[④]据《后汉书》记载,自夏商周开始便有专掌天文之官,星官之书秦火不焚。魏晋南北朝时期承接汉代盛行的天人感应、谶纬学说的影响,频发的战争、残酷的政治斗争和动荡的时局使人们怀疑现实,转而询问"天意",也引发了对天文星象更多的关注。《后汉书》《晋书》《宋书》的《天文志》部分都记载了大量天象和对应的人间休咎。《世说新语》中也有直接涉及星象的条目:

初,荧惑入太微,寻废海西。简文登阼,复入太微,帝恶之。时郗超为中书在直。引超入曰:"天命修短,故非所计,政当无复近日事不?"超曰:"大司马方将外固封疆,内镇社稷,必无若此之虑。臣为陛下以百口保之。"帝因诵庾仲初诗曰:"志士痛朝危,忠臣哀主辱。"声甚凄厉。郗受假还东,帝曰:"致意尊公,家国之事,遂至于此!由是身不能以道匡卫,思患预防。愧叹之深,言何能喻!"因泣下流襟。[⑤](《言语》第五十九条)

太元末,长星见,孝武心甚恶之。夜,华林园中饮酒,举杯属星云:

① (宋)李昉:《太平御览》卷三八四《幼智》,上海古籍出版社 2008 年版,第 500 页。

② 黄寿祺、张善文:《周易译注》之《贲·象》,中华书局 2016 年版,第 167 页。

③ (汉)班固:《汉书》卷三〇《艺文志》,第 1765 页。

④ (唐)房玄龄:《晋书》卷一一《天文志上》,中华书局 1974 年版,第 288 页。

⑤ 荧惑:火星;太微:太微垣,三垣之一。《晋书·天文志上》:"太微,天子庭也,五帝之坐也,十二诸侯府也。"

"长星，劝尔一杯酒，自古何时有万岁天子？"[①]（《雅量》第四十条）

"荧惑入太微"和"长星见"都是不祥之征，与本条相关的"德星"之出现则是国有道有福的祥瑞之兆。《史记·孝武本纪》："望气王朔言：'候独见其星出如瓠，食顷复入焉。'有司言曰：'陛下建汉家封禅，天其报德星云。'"司马贞《索隐》："此纪唯言德星，则德星，岁星也。岁星所在有福，故曰德星也。"[②]《史记·天官书》："天精而见景星。景星者，德星也。其状无常，常出于有道之国。"[③]《三国志·文帝纪》裴注："夫得岁星者，道始兴。昔武王伐殷，岁在鹑火，有周之分野也。高祖入秦，五星聚东井，有汉之分野也。今兹岁星在大梁，有魏之分野也。而天之瑞应，并集来臻，四方归附，襁负而至，兆民欣戴，咸乐嘉庆。"[④]由上可见，无论是历代正史记载的星象与人事之联系，还是《世说新语》星象相关的其他两条，内容几乎都是天文星象与人间政治相照应。德星对应的也都是帝王、国家的大德、大瑞之事，而德星群聚这种罕见的天文现象在《世说新语》中却对应到陈寔、荀淑两家人的德行。"贤人下会，德星上聚"[⑤]，这表现出时人对陈、荀两家德行的高度认可。以星象联系人物品藻，在古代文献记载中并不多见。此例何以产生？它是否具有唯一性？

二、陈、荀两家德行的具体表现

《后汉书·陈寔传》："修德清静，百姓以安。"[⑥]《三国志》裴注引《魏书》："寔德冠当时，纪、谌并名重于世。寔为太丘长，遭党锢，隐居荆山，远近宗师之。灵帝崩，何进辅政，引用天下名士，征寔，欲以为参军，以老病，遂不屈节。"裴注引《傅子》："寔亡，天下致吊，会其葬者三万人，制缞麻者以百数。"[⑦]

《后汉书·荀淑传》："少有高行，博学而不好章句，多为俗儒所非，而州里称其知人。……莅事明理，称为神君。顷之，弃官归，闲居养志。产业每

---

① 长星，与彗星类似。《汉书·文帝纪》："（八年）有长星出于东方。"颜师古注引文颖曰："孛、慧、长三星，其占略同，然其形象小异……长星光芒有一直指，或竟天，或十丈，或三丈，或二丈，无常也。大法，孛、彗星多为除旧布新，火灾，长星多为兵革事。"

② （汉）司马迁：《史记》卷一二《孝武本纪》，中华书局1959年版，第477页。

③ 《集解》引孟康："精，明也。有赤方气与青方气相连，赤方中有两黄星，青方中一黄星，凡三星合为景星。"《正义》曰："景星状如半月，生于晦朔，助月为明。见则人君有德，明圣之庆也。"（《史记》卷二七《天官书》，第1336页）

④ （晋）陈寿：《三国志》卷二《文帝纪》，中华书局1959年版，第65页。

⑤ （唐）可频瑜：《德星聚赋》，（清）董诰：《全唐文》，中华书局1982年版，第5336页。

⑥ （南朝宋）范晔：《后汉书》卷六二《陈寔传》，中华书局1964年版，第2066页。

⑦ （晋）陈寿：《三国志》卷二二《陈群传》，第633～634页。

增，辄以赡宗族知友。”[1]《三国志》裴注引张璠《汉纪》曰：“淑博学有高行，与李固、李膺同志友善，拔李昭于小吏，友黄叔度于幼童，以贤良方正征，对策讥切梁氏。”[2]《德行》篇第五条：“李元礼尝叹荀淑、钟皓曰：‘荀君清识难尚，钟君至德可师。’”

陈寔和荀淑这两位德高望重的家长无须多言，其德行足以为时代楷模，担得起“德星聚”的赞誉。问题是《世说新语》在记述本条时，为何特别点明陪同陈寔拜访荀淑的是元方、季方、长文三人，荀淑家中提到姓名的为何只有叔慈、慈明、文若三人？

（一）陈纪、陈谌、陈群

元方：“纪字元方，亦以至德称。兄弟孝养，闺门廱和，后进之士皆推慕其风。及遭党锢，发愤著书数万言，号曰《陈子》。党禁解，四府并命，无所屈就。遭父忧，每哀至，辄欧血绝气，虽衰服已除，而积毁消瘠，殆将灭性。豫州刺史嘉其至行，表上尚书，图象百城，以厉风俗。”[3]

季方：“（纪）弟谌，字季方。与纪齐德同行，父子并著高名，时号‘三君’。每宰府辟召，常同时旌命，羔雁成群，当世者靡不荣之。”[4]

元方、季方两兄弟少年时代即显现出过人才华的故事还载于《世说新语·夙惠》篇：

> 宾客诣陈太丘宿，太丘使元方、季方炊。客与太丘论议，二人进火，俱委而窃听。炊忘箸箄，饭落釜中。太丘问：“炊何不馏？”元方、季方长跪曰：“大人与客语，乃俱窃听，炊忘箸箄，饭今成糜。”太丘曰：“尔颇有所识不？”对曰：“仿佛志之。”二子俱说，更相易夺，言无遗失。太丘曰：“如此，但糜自可，何必饭也。”（《夙惠》第一条）

长文：“群为儿时，寔常奇异之，谓宗人父老曰：‘此儿必兴吾宗。’”[5]曹植赞云：“容中下士，则众心不携；进吐善谋，则众议不格……至德纯粹者，陈司空也。”[6]

---

① （南朝宋）范晔：《后汉书》卷六二《荀淑传》，第 2049 页。

② （晋）陈寿：《三国志》卷一〇《荀彧传》，第 307 页。

③ （南朝宋）范晔：《后汉书》卷六二《陈寔传》，第 2067～2068 页。

④ （南朝宋）范晔：《后汉书》卷六二《陈寔传》，第 2069 页。

⑤ （晋）陈寿：《三国志》卷二二《陈群传》，第 633 页。

⑥ （三国魏）曹植：《辅臣论》，（三国魏）曹植著，赵幼文校注：《曹植集校注》，中华书局 2016 年版，第 539 页。

《后汉书·陈寔传》:"有六子,纪、谌最贤。"①《三国志》裴注引《博物记》曰:"太丘长陈寔、寔子鸿胪纪、纪子司空群、群子泰四世,于汉、魏二朝并有重名。"②陈纪、陈谌是陈寔最具才德、为人称道的两个儿子,陈群亦名重当时,此三子最能代表陈家。荀家特别点出的儿孙也是如此。

(二)荀靖、荀爽、荀彧

叔慈:《后汉书·荀淑传》李贤注引皇甫谧《高士传》曰:"靖字叔慈,少有俊才,动止以礼。靖弟爽亦以才显于当时。或问汝南许章曰:'爽与靖孰贤?'章曰:'皆玉也。慈明外朗,叔慈内润。'及卒,学士惜之,诔靖者二十六人。颍阴令丘祯追号靖曰玄行先生也。"③

慈明:《三国志》裴注引张璠《汉纪》:"爽字慈明,幼好学,年十二,通《春秋》《论语》,耽思经典,不应征命,积十数年。董卓秉政,复征爽,爽欲遁去,吏持之急。诏下郡,即拜平原相。行至苑陵,又追拜光禄勋。视事三日,策拜司空。爽起自布衣,九十五日而至三公。"④《后汉书·荀爽传》:"颍川为之语曰:'荀氏八龙,慈明无双。'"⑤

根据余嘉锡先生的考证,荀家八子号称"八龙"名不副实:"观诸书所述,八龙之中,慈明名最著,叔慈次之,余六龙碌碌无所短长。"⑥

文若:"荀彧字文若……当汉顺、桓之间,知名当世。"《三国志》裴注:"钟

---

① (南朝宋)范晔:《后汉书》卷六二《陈寔传》,第 2067 页。

② (晋)陈寿:《三国志》卷二二《陈群传》,第 642 页。

③ (南朝宋)范晔:《后汉书》卷六二《荀淑传》,第 2050 页。

④ (晋)陈寿:《三国志》卷一〇《荀彧传》,第 307 页。

⑤ (南朝宋)范晔:《后汉书》卷六二《荀淑传》,第 2051 页。

⑥ "余嘉锡案:八龙之名,见范书《荀淑传》,而其事迹,则惟爽有传。靖附见《淑传》云:'靖有至行,年五十而终,号曰玄行先生。'《悦传》云:'俭之子也。俭早卒。'《彧传》云:'父绲为济南相。绲畏惮宦官,乃为彧娶中常侍唐衡女。'如是而已。《魏志·彧传》亦仅云:'父绲济南相,叔爽司空。'其余四龙,生平竟不见于史传。孝标注征引至详,亦仅慈明见《言语》篇注。叔慈见《品藻》篇注。而此条注中并不言八龙始末,惟陶渊明《圣贤群辅录》引《荀氏谱》云:'荀俭字伯慈,汉侍中悦之父。俭弟绲,字仲慈,济南相,汉光禄大夫彧之父,年六十六。绲弟靖,字叔慈。或问汝南许劭:"靖爽孰贤?"劭曰:"二人皆玉也。慈明外朗,叔慈内润。"靖隐身修学,进退以礼。太尉辟不就,年五十五。靖弟焘,字慈光,举孝廉,年七十。焘弟汪,字孟慈,昆阳令,年六十。汪弟爽,字慈明,董卓征为平原相,迁光禄勋、司空,出自岩薮,九十三日遂登台司,年六十三。爽弟肃,字敬慈,守舞阳令,年五十。肃弟旉,字幼慈,司徒掾,年七十。'此可补孝标注之遗。观诸书所述,八龙之中,慈明名最著,叔慈次之,余六龙碌碌无所短长。足见纯盗虚声,原非实录。据《群辅录》,后汉时尚有汝南周燕五子,及北海公沙穆五子,并号五龙,乃不为人所知。而荀氏八龙,独为人所称述。盖以慈明位至三公,文若及其子孙又显于魏、晋故也。"(南朝宋)刘义庆撰,(南朝梁)刘孝标注,余嘉锡笺疏,周祖谟、余淑宜、周士琦整理:《世说新语笺疏》,中华书局 2016 年版,第 9 页。

繇以为颜子既没，能备九德，不贰其过，唯荀彧然。”[①]

三、故事可靠性及其广为传颂的深层魅力

关于此条的真伪，余嘉锡先生认为：“父子同游，人间常事，何至上动天文？此盖好事者为之，本无可信之理。据《汉杂事》所载，殆时人钦重太丘名德，造作此言，与荀氏无与焉。乃其后人自为家传，附会此事，以为家门光宠，斯其诬罔虚谬，足令识者齿冷矣。”[②]余嘉锡先生推断此条并非信史，正是认为天文星象不足以联系“人间常事”，并因此昭示人物品德。这一点或许可以与上文的疑问相照应，常常与政治生态联系的天文现象在此与人物品藻联系，实为少见。

龚斌先生并不认同余嘉锡先生“人间常事不足以动天文”的论断：“太史令固掌记星历，至于是否科学则另当别论。”同时他在《世说新语校释》中举了两个与陈寔造访荀淑事相似的例子：《高僧传二・鸠摩罗什传》：“至苻坚建元十三年岁次丁丑正月，太史奏云：‘有星见于外国分野，当有大德智人入辅中国。’坚曰：‘朕闻西域有鸠摩罗什，襄阳有沙门释道安，将非此耶？’即遣使求之。”《法苑珠林》四六：“晋单道开于石虎建武十二年从西平来，时太史奏虎云：‘有仙人星现，当有高士入境。’虎普敕州郡，有异人令启。开其年冬十一月，秦州刺史上表送开。”[③]以上二事与陈寔造访荀淑的书写确实相似，然而龚斌先生之例皆为五胡十六国时期僧侣相关事迹，与东汉末年陈、荀二世家交游有所差别，不能视为有力凭据。

又，余嘉锡《笺疏》引程炎震云：“案范书荀淑年六十七，建和三年卒。荀彧以建安十七年卒，年五十，则当生于延熹六年。距荀淑之卒已十四年矣。若非范史纪年有误，则其事必虚。考袁山松《后汉书》亦载此事，而云荀数诣陈，盖荀陈州里故旧，过从时有，而必以文若实之，则反形其矫诬矣。”[④]按《后汉书》记载，荀淑与其孙荀彧是不能出现在同一时空的，该故事的真实性便很值得怀疑。

然而这样一个经不起推敲的故事却受到后世的重视，不断被称颂言说。《北史・韦夐传》：“弘正乃赠诗曰：‘德星犹未动，真车讵肯来？’其为当时所

① （晋）陈寿：《三国志》卷一〇《荀彧传》，第307、318页。
② 余嘉锡笺疏：《世说新语笺疏》，第10页。
③ 龚斌校释：《世说新语校释》，第21页。
④ 余嘉锡笺疏：《世说新语笺疏》，第10页。

钦挹如此。”[①]唐代可频瑜写过《德星聚赋》:“惟德星兮,聚于中天。伊贤人兮,集于颍川。人以文而会也,星不言而信焉。”[②]杜甫诗曰:“全蜀多名士,严家聚德星。”[③]李贽《士龙携二孙同弱侯过予解粽》其三:“我本老而好学,故随真人东行。两家并生才子,自然常聚德星。”[④]还有像“德星亭”“聚星堂”等以此事命名的书斋亭堂亦不在少数,“德星聚”成为贤士聚集的代名词,后世尊崇之例不胜枚举。陈、荀之会成为文人津津乐道之事,并被《世说新语》详细而郑重地记录在《德行》篇中,足见其意义重大。

对此,钱穆先生在《略论魏晋南北朝学术文化与当时门第之关系》一文中解释:“就实论之,陈寔在当时,仅官太丘长,在政治上无所表现,荀淑亦非显达人物,而两人一时相会,两家子弟随侍,吃一顿家常饭,而如此惊动流传,大书特书,传诵不辍,此中必有一内在意义可寻。今问当时人所重视于此者究何在?后代人所怀念于此者又何在?当知此中正有魏晋南北朝人内心深处一向蕴蓄之一番精神向往与人生理想,所以异于范滂郑玄,而为当时乱世人生求出路者。”[⑤]联系钱穆先生的阐释,我们认为“魏晋南北朝人内心深处一向蕴蓄之一番精神向往与人生理想”可以从“至德无功”和“家族传承”两个方面理解。

(一)至德无功

东汉末党锢祸起、政局动荡,士人不免矛盾苦闷,怀疑人生价值。同样面对黑暗政局,范滂选择赴死保全令名,郑玄选择注书逃避世难,陈寔无须走范滂或郑玄的路子就能享有盛名,是以其德冠当时。《德行》篇第七条:“客有问陈季方:‘足下家君太丘,有何功德,而荷天下重名?’季方曰:‘吾家君譬如桂树生泰山之阿,上有万仞之高,下有不测之深;上为甘露所沾,下为渊泉所润。当斯之时,桂树焉知泰山之高,渊泉之深,不知有功德与无也。’”在这条中客之问表达了一个重要信息,即陈寔没有什么显著的功勋却“荷天下重名”。季方的回答也证明了当时士人对于德行修养的重视程度,其父陈寔如桂树生于泰山之阿,又得甘露源泉天地精华的自然养护,有高出世俗的

---

① (唐)李延寿:《北史》卷六四《韦敻传》,中华书局 1974 年版,第 2270 页。

② (唐)可频瑜:《德星聚赋》,(清)董诰:《全唐文》,第 5336 页。

③ (唐)杜甫:《行次盐亭县聊题四韵奉简严遂州蓬州两使君咨议诸昆季》,(唐)杜甫撰,(清)仇兆鳌注:《杜诗详注》卷一二,中华书局 2015 年版,第 1209 页。

④ (明)李贽:《士龙携二孙同弱侯过予解粽》(其三),《焚书·续焚书》卷六,岳麓书社 1990 年版,第 238 页。

⑤ 钱穆:《略论魏晋南北朝学术文化与当时门第之关系》,《中国学术思想史论丛》(三),生活·读书·新知三联书店 2009 年版,第 160 页。

生命力和清芬远播的感染力，拥有这样的内在价值就不必论及实际的功业建树了。《德行》篇所体现出的魏晋人对德行的认识，除了儒家传统美德——孝悌、仁爱、节义、清廉外，如阮籍不臧否人物的“至慎”、嵇康的“无喜愠之色”，亦在其中。加之老庄思想的影响，魏晋“德行”的内涵已不限于儒家提倡的范畴，更要求气象气质和人格感染力。时人对陈寔的尊重和认可也体现出东汉时期士人人生追求由儒家向道家转变的趋势。

《德行》篇第二条、第三条通过写周子居和郭林宗对黄叔度的敬佩，侧面表现出黄叔度的至高德行。黄叔度在当时被赞为“颜子复生”（孝标注），东汉末士人争崇的颜回，箪食瓢饮在陋巷，是至德无功之人。《后汉书》：“汉自中世以下，阉竖擅恣，故俗遂以遁身矫洁放言为高。士有不谈此者，则芸夫牧竖已叫呼之矣。故时政弥惛，而其风愈往。唯陈先生进退之节，必可度也。据于德故物不犯，安于仁故不离群，行成乎身而道训天下，故凶邪不能以权夺，王公不能以贵骄，所以声教废于上，而风俗清乎下也。”[①]如何在乱世中实现自己的价值或者找到一种合适的处世方式，陈寔和荀淑给出了一个较好的答案——至德无功。

（二）家族传承

其实，《德行》第六条的故事大可简单概述为“陈太丘诣荀朗陵，于时太史奏：真人东行”或“陈太丘携元方、季方、长文诣荀朗陵，八龙皆在，于时太史奏：真人东行”。《世说新语》却详细描述了陈寔和荀淑各自儿孙的具体表现，这又是为何？

这样的书写无不体现了魏晋士人对家族门第传承延续的期望。他们对朝代更迭、政权交替的关心程度可能远小于家族门第的传承。钱穆先生认为“今所谓门第中人者，亦只是上有父兄，下有子弟，为此门第之所赖以维系而久在者，则必在上有贤父兄，在下有贤子弟。若此二者俱无，政治上之权势，经济上之丰盈，岂可支持此门第几百年而不弊不败？”[②]欲使芝兰玉树生于庭阶，这是所有世家大族的愿望。因此治家教子也就成了这一时代的重要话题。《世说新语》中不乏相关记载，且举《德行》篇二例：

华歆遇子弟甚整，虽闲室之内，严若朝典。陈元方兄弟恣柔爱之道，而二门之里，两不失雍熙之轨焉。（《德行》第十条）

① （南朝宋）范晔：《后汉书》卷六二《陈纪传》，第2069页。

② 钱穆：《略论魏晋南北朝学术文化与当时门第之关系》，《中国学术思想史论丛》（三），第161页。

谢公夫人教儿，问太傅："那得初不见君教儿？"答曰："我常自教儿。"(《德行》第三十六条)

《世说新语·德行》第六条"陈太丘诣荀朗陵"描述了陈寔出行简朴、其子亲自驾车，荀淑使八子行酒上菜、招待客人等具体行动，这些都可以体现陈、荀两家良好的家风。也正是因为陈荀两家各有贤子弟，方可在乱世中保全门第。从陈、荀家族世系表中，我们可以清晰地看到两家门第在这个动荡时期中群英辈出、延续几百年不弊不败(详见文后附表《颍川陈氏世系表》《颍川荀氏世系表》[①])；从《世说新语》中陈寔、荀淑及其后人出现的篇目和次数也可以窥见陈、荀两家子弟之贤、门第之盛(见下表)：

《世说新语》所见陈、荀两家子弟表

	德行	言语	政事	文学	方正	识鉴	赏誉	品藻	规箴	夙惠	豪爽	术解	巧艺	排调	惑溺	合计
陈	4	1	3		3		1	2	1	1	1			2		19
荀	2	2		1	2	1		1				2	1	1	1	14

余嘉锡《笺疏》按："考悦、彧同为曹操所辟，而悦忠于献帝，与彧终为曹氏佐命者不同。所著《汉纪》《申鉴》，皆卓然足以自传，不愧为荀氏之才子。文若小于仲豫十三岁，而此节言德星之聚，有文若而无仲豫，其故可知矣。"[②]也就是说，余嘉锡先生认为荀悦易主而侍，前后不一，是其德行污点，故此条宁可选择荀淑在世时还未出生的荀彧也不提荀悦。确实，忠义是德行的一个重要侧面，《德行》第四十三条记载了罗企生忠于殷仲堪不向桓玄低头而被杀的事迹："桓南郡既破殷荆州，收殷将佐十许人，咨议罗企生亦在焉。桓素待企生厚，将有所戮，先遣人语云：'若谢我，当释罪。'企生答曰：'为殷荆

① 王莉娜：《汉晋时期颍川荀氏研究》，上海师范大学博士学位论文，2013年，第152页。

② 余嘉锡笺疏：《世说新语笺疏》，第10页。

州吏，今荆州奔亡，存亡未判，我何颜谢桓公？'”[①]

然而荀彧原本任职于袁绍麾下，后投奔曹操，也有侍从二主的经历。如果要从“忠”这一角度来评价德行，在当时的社会背景下，可能有是否效忠汉室和是否忠于一主这两种情况，而且有时这两种情况会是矛盾的。历史上对于荀彧的评价也有这个争议。荀彧为曹操谋划二十年，却在曹操欲进爵国公、加封九锡的时候站出来反对，最终因此而死。然“世之论者，多讥彧协规魏氏，以倾汉祚；君臣易位，实彧之由。虽晚节立异，无救运移；功既违义，识亦疚焉”[②]，盖为当时主流意见[③]。后世例如杜牧亦认为荀彧不忠：“荀文若为操画策取兖州，比之高、光不弃关中、河内；官渡不令还许，比之楚、汉成皋。凡为筹计比拟，无不以帝王许之，海内付之，事就功毕，欲邀名于汉代，委身之道，可以为忠乎？”[④]而裴松之为荀彧翻案，认为荀彧知晓曹操非汉室贞臣，辅佐曹操也是为延续汉室，“刘宗延二纪之祚”是荀彧之功。[⑤] 今人孙明君评价：“从理性出发，从现实出发，荀彧清醒地认识到汉不可为，于是他拥护曹操重造天下的大业，并建立了赫赫功绩。同时，他与旧王朝之间在情感上又有藕断丝连的联系，封建伦理纲常礼教的阴影亦笼罩在他的心头，让他难以挣脱。”[⑥]对荀彧矛盾心理的分析较为中肯。究竟何为“忠”，这可能也是荀彧面临的困惑吧！

荀彧既非绝对的汉之忠臣，又非绝对的魏之忠臣，如果不从忠贞的角度来评价二人，如陈群所言“荀文若、公达、休若、友若、仲豫，当今并无对”[⑦]，荀

① 刘孝标注引《中兴书》：“企生字宗伯，豫章人。殷仲堪初请为府功曹，桓玄来攻，转咨议参军。仲堪多疑少决，企生深忧之，谓其弟遵生曰：‘殷侯仁而无断，事必无成。成败天也，吾当死生以之。’及仲堪走，文武并无送者，唯企生从焉。路经家门，遵生绐之曰：‘作如此分别，何可不执手？’企生回马授手，遵生便牵下之，谓曰：‘家有老母，将欲何行？’企生挥泣曰：‘今日之事，我必死之。汝等奉养，不失子道，一门之内，有忠与孝，亦复何恨！’遵生抱之愈急，仲堪于路待之。企生遥呼曰：‘今日死生是同，愿少见待！’仲堪见其无脱理，策马而去。俄而玄至，人士悉诣玄，企生独不往而营理仲堪家。或谓曰：‘玄性猜急，未能取卿诚节，若遂不诣，祸必至矣！’企生正色曰：‘我殷侯吏，见遇以国士，不能共殄丑逆，致此奔败，何面目就桓求生乎？’玄闻，怒而收之。谓曰：‘相遇如此，何以见负？’企生曰：‘使君口血未干，而生此奸计，自伤力劣，不能翦定凶逆，我死恨晚尔！’玄遂斩之。时年三十有七，众咸悼之。”余嘉锡笺疏：《世说新语笺疏》，第 52 页。

② （晋）陈寿：《三国志》卷一〇《荀彧荀攸贾诩传》，第 332 页。

③ “陈氏此评（荀彧清秀通雅，有王佐之风，然机鉴先识，未能充其志也），盖亦同乎世识。”（晋）陈寿：《三国志》卷一〇《荀彧荀攸贾诩传》，第 332 页。

④ （唐）杜牧：《题荀文若传后》，（唐）杜牧撰，陈允吉校点：《樊川文集》，上海古籍出版社 2009 年版，第 108 页。

⑤ （晋）陈寿：《三国志》卷一〇《荀彧荀攸贾诩传》，第 332 页。

⑥ 孙明君：《荀彧之死》，《汉魏文学与政治》，商务印书馆 2003 年版，第 126 页。

⑦ （晋）陈寿：《三国志》卷一〇《荀彧传》，第 316 页。

悦为人正直、博学，亦当为有德之士[1]，仅凭“德行”一个标准无法在文若和仲豫之间做出选择。不过，荀彧作为“王佐之器”、魏之重臣，政治地位、社会声名远高于荀悦。选择荀彧或许更能体现出荀家门第的延续性和陈荀之会的重要性。正如《世说新语·品藻》第六条中所体现出的当时社会中“以五荀方五陈”（荀淑方陈寔，荀靖方陈谌，荀爽方陈纪，荀彧方陈群，荀颚方陈泰）的社会共识，荀彧、陈群的确分别为两家晚辈中的俊杰。《德行》第六条选择荀彧而非荀悦盖亦有此文化共识的影响。

附表：

颍川陈氏世系表（依《后汉书》《三国志》《晋书》《宋书》《陈书》《南史》等制）

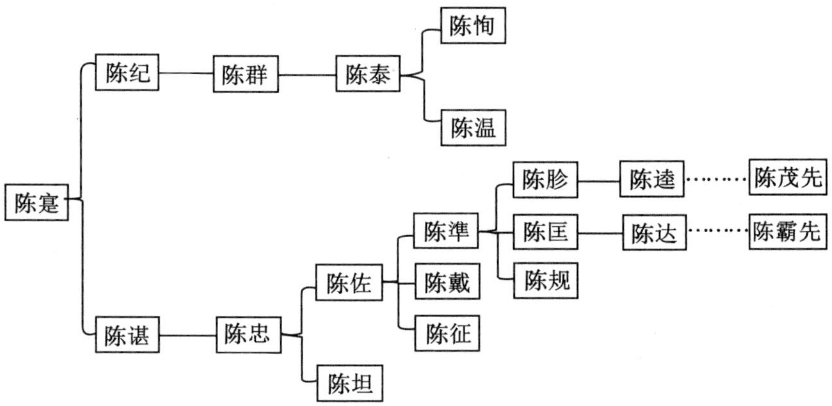

① “悦字仲豫，俭之子也。俭早卒。悦年十二，能说《春秋》。家贫无书，每之人闲，所见篇牍，一览多能诵记。性沉静，美姿容，尤好著述。灵帝时阉官用权，士多退身穷处，悦乃托疾隐居，时人莫之识，唯从弟彧特称敬焉。初辟镇东将军曹操府，迁黄门侍郎。献帝颇好文学，悦与彧及少府孔融侍讲禁中，旦夕谈论。累迁秘书监、侍中。时政移曹氏，天子恭己而已。悦志在献替，而谋无所用，乃作《申鉴》五篇。其所论辩，通见政体，既成而奏之。……又著《崇德》《正论》及诸论数十篇。年六十二，建安十四年卒。”（南朝宋）范晔：《后汉书》卷六二《荀淑传》，第2058～2063页。

颍川荀氏世系表

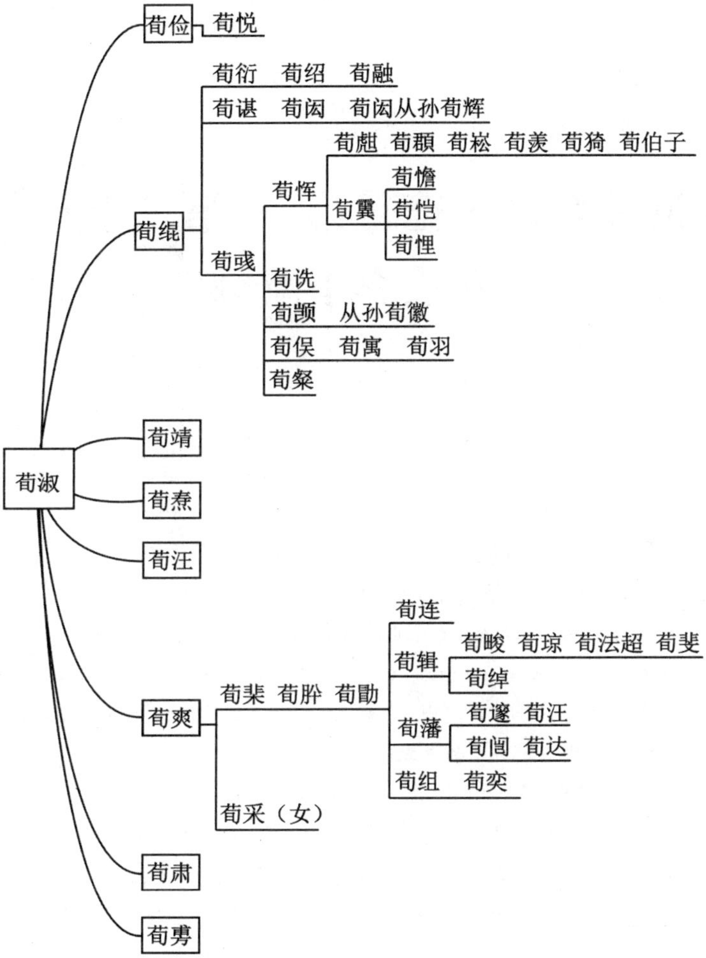

参考文献

(晋)陈寿:《三国志》,中华书局1959年版。

(南朝宋)范晔:《后汉书》,中华书局1964年版。

(南朝宋)刘义庆撰,(南朝梁)刘孝标注,余嘉锡笺疏,周祖谟、余淑宜、周士琦整理:《世说新语笺疏》,中华书局2016年版。

(南朝宋)刘义庆撰,(南朝梁)刘孝标注,龚斌校释:《世说新语校释》,上海古籍出版社2011年版。

钱穆:《略论魏晋南北朝学术文化与当时门第之关系》,《中国学术思想史论丛》(三),生活·读书·新知三联书店2009年版。

读书会时间:2020年5月27日

《世说新语·德行第一》第二十八条“邓攸弃子”读解

刘璐*

《德行》第二十八条“邓攸弃子”全文如下：

邓攸始避难，于道中弃己子，全弟子。《晋阳秋》曰：“攸字伯道，平阳襄陵人。七岁丧父母及祖父母，持重九年。性清慎平简。”邓粲《晋纪》曰：“永嘉中，攸为石勒所获，召见，立幕下与语，说之，坐而饭焉。攸车所止，与胡人邻毂，胡人失火烧车营，勒吏案问胡，胡诬攸。攸度不可与争，乃曰：‘向为老姥作粥，失火延逸，罪应万死。’勒知遣之。所诬胡厚德攸，遗其驴马护送，令得逸。”王隐《晋书》曰：“攸以路远，斫坏车，以牛马负妻子以叛[一]，贼又掠其牛马。攸语妻曰：‘吾弟早亡，唯有遗民，今当步走，担两儿尽死，不如弃己儿，抱遗民，吾后犹当有儿。’妇从之。”《中兴书》曰：“攸弃儿于草中，儿啼呼追之，至莫复及。攸明日系儿于树而去，遂渡江。至尚书左仆射，卒。弟子绥，服攸齐衰三年。”既过江，取一妾，甚宠爱。历年后，讯其所由，妾具说是北人遭乱，忆父母姓名，乃攸之甥也。攸素有德业，言行无玷，闻之哀恨终身，遂不复畜妾。

【校勘】(参龚斌《世说新语校释》)

[一]负妻子以叛。叛，沈校本(《四部丛刊》影印袁褧本后附《世说新语》沈宝研校语)作逃。《晋书·邓攸传》有“以牛马负妻子而逃”，《十六国春秋》《册府元龟》《事类备要》等引“邓攸”事均作“逃”。吴金华《世说新语考释》：“‘叛’作逃离讲，是汉魏六朝常语。王隐身当晋世，说‘叛’正合时宜。今人改为‘逃’字，反而失其本真。”王充《论衡》卷三〇《自纪》篇：“旧故叛去。”《晋

---

* 刘璐，女，1993年生，山东潍坊人，山东大学文学院中国古代文学2019级博士研究生，师从李剑锋教授，魏晋南北朝文学方向。

书·王坦之传》:“时卒士韩怅逃亡归首,云‘失牛故叛’。”《高僧传·杯度传》:“时庾常婢偷物而叛,四追不擒。”“叛”“逃”皆同义。

【翻译】

邓攸当年避永嘉之乱,逃难途中为保全弟弟的儿子邓绥,遗弃了自己的儿子。邓攸过江以后,娶一妾室,对她非常宠爱。一年后,邓攸询问妾室身世,妾室详尽地诉说自己原是北方人,遭逢战乱来到南方,回忆父母的姓名,发现自己竟然是邓攸的外甥女。邓攸一向德行兼备,言谈举止没有污点,听了这件事,悔恨终身,从此再不纳妾。

【解析】

一、永嘉之乱

“邓攸弃子”事发生于邓攸避难永嘉之乱途中。“永嘉末,没于石勒……石勒过泗水,攸乃斫坏车,以牛马负妻子而逃。”[①]永嘉之乱是指匈奴军攻破晋都,俘虏晋帝,使西晋终亡的历史事件,其背景原因有二:一是“帝京寡弱”;二是“狡寇凭陵”[②]。八王之乱后,西晋政权衰弱,“自惠皇失政,难起萧墙,骨肉相残,黎元涂炭”[③],此时的晋王朝经济残破,社会矛盾尖锐。同时,“汉、魏以来,羌、胡、鲜卑降者,多处之塞内诸郡”[④],胡人内徙中原,大量胡人聚集成为祸患之源。兼之内徙胡人常受汉族官吏压逼。《晋书·阮种传》:“或以狙诈,侵侮边夷;或干赏啖利,妄加讨戮。”[⑤]石勒也曾作为胡人奴隶被买卖:“会建威将军阎粹说并州刺史、东赢公腾执诸胡于山东卖充军实,腾使将军郭阳、张隆虏群胡将诣冀州,两胡一枷。勒时年二十余,亦在其中,数为隆所驱辱。”[⑥]胡人积恨已久,在晋室衰微之际,趁机起兵反叛。

---

① (唐)房玄龄等:《晋书》卷九〇《邓攸传》,中华书局 1974 年版,第 2339 页。

② (唐)房玄龄等:《晋书》卷五九《东海王越传》,第 1627 页。

③ (唐)房玄龄等:《晋书》卷五九《东海王越传》,第 1627 页。

④ (宋)司马光编撰,邬国义校点:《资治通鉴》卷八一《晋纪三》,上海古籍出版社 2017 年版,第 868 页。

⑤ (唐)房玄龄等:《晋书》卷五二《阮种传》,第 1445 页。

⑥ (唐)房玄龄等:《晋书》卷一〇四《石勒传》,第 2708 页。

永嘉末，没于石勒。然勒宿忌诸官长二千石，闻攸在营，驰召，将杀之。攸至门，门干乃攸为郎时干，识攸，攸求纸笔作辞。干候勒和悦，致之。勒重其辞，乃勿杀。勒长史张宾先与攸比舍，重攸名操，因称攸于勒。勒召至幕下，与语，悦之，以为参军，给车马。勒每东西，置攸车营中。（《晋书·邓攸传》）①

永嘉末年，邓攸为石勒所获，因才学保住性命。然邓攸身陷胡营，身份模糊，处处受掣肘。兼石勒侵略故土："时石勒侵逼淮泗，帝备求良将可以式遏边境者，公卿举（卞）敦，除征虏将军、徐州刺史，镇泗口。及勒寇彭城，敦自度力不能支，与征北将军王邃退保盱眙，贼势遂张，淮北诸郡多为所陷。"②邓攸作为汉族名士，怎肯追随胡狄，在石勒过泗水之时，趁机损坏石勒所赠车马，用牛马载妻子逃离胡营，这便是"邓攸弃子"故事发生时的主要背景。

二、为何邓攸以"弃子"事入《德行》篇

"邓攸弃子"出现在《德行》篇，有两点值得我们思考。

第一，弃己子全他人子的行为，非邓攸独有，何独录邓攸事？

更始时天下乱，（刘）平弟仲为贼所杀，其后贼复忽然而至，平扶侍其母奔走逃难。仲遗腹女始一岁，平抱仲女而弃其子，母欲还取之，平不听，曰："力不能两活，仲不可以绝类。"遂去不顾，与母俱匿野泽中。（《后汉书·刘平传》）③

时兖、豫大乱，渊以饥乏，弃其幼子，而活亡弟孤女。（《三国志·夏侯渊传》裴松之注引《魏略》）④

余杭妇人经年荒，卖其子以活夫之兄子。武康有兄弟二人，妻各有孕，弟远行未反，遇荒岁，不能两全，弃其子而活弟子。严并褒荐之。（《晋书·孔严传》）⑤

其中夏侯渊"弃其幼子，而活亡弟孤女"事发生在《世说新语·德行第一》的时间上限（"陈蕃礼贤"）之后，若专为褒奖"弃己子"的行为，刘义庆完全可录

① （唐）房玄龄等：《晋书》卷九〇《邓攸传》，第 2339 页。
② （唐）房玄龄等：《晋书》卷七〇《卞敦传》，第 1874 页。
③ （南朝宋）范晔撰，（唐）李贤等注：《后汉书》卷三九，中华书局 2000 年版，第 871 页。
④ （晋）陈寿：《三国志》卷九，上海古籍出版社 2002 年版，第 239 页。
⑤ （唐）房玄龄等：《晋书》卷七八《孔严传》，第 2061 页。

此事。究其原因,邓攸乃晋世“人伦之表”[1],“素有德行”,除“弃子”事外,邓攸还有诸多可录为“德行”的事迹。邓攸其“孝”:

> 攸七岁丧父,寻丧母及祖母,居丧九年,以孝致称。清和平简,贞正寡欲。少孤,与弟同居。初,祖父殷有赐官,敕攸受之。后太守劝攸去王官,欲举为孝廉,攸曰:“先人所赐,不可改也。”(《晋书·邓攸传》)[2]

邓攸自七岁始,“丧父,寻丧母及祖母,居丧九年”。按照彼时丧服制度,邓攸丧父需服斩衰三年,丧母服齐衰三年,丧祖母只需服齐衰不杖期一年,若无重叠,合计最多七年,无须居丧九年,可观邓攸至孝。

邓攸其“德”:

> 勒夜禁火,犯之者死。攸与胡邻毂,胡夜失火烧车。吏按问,胡乃诬攸。攸度不可与争,遂对以弟妇散发温酒为辞。勒赦之。既而胡人深感,自缚诣勒以明攸,而阴遗攸马驴,诸胡莫不叹息宗敬之。(《晋书·邓攸传》)[3]

面对胡人的诬陷,邓攸考虑作为汉人身在胡营,人微言轻,与胡人交恶还不一定获得平反,不如以谦恭的态度认罪,以求脱身,最终邓攸获得了胡人的尊敬。这种以德报怨的行为可见邓攸心胸,也可窥邓攸急智。后邓攸叛逃石勒大营所乘的牛马,或有胡人的馈赠。

邓攸其“廉”、其“仁”:

> 元帝以攸为太子中庶子。时吴郡阙守,人多欲之,帝以授攸。攸载米之郡,俸禄无所受,唯饮吴水而已。时郡中大饥,攸表振贷,未报,乃辄开仓救之。台遣散骑常侍桓彝、虞騑慰劳饥人,观听善不,乃劾攸以擅出谷。俄而有诏原之。攸在郡刑政清明,百姓欢悦,为中兴良守。后称疾去职。郡常有送迎钱数百万,攸去郡,不受一钱。(《晋书·邓攸传》)[4]

邓攸出任吴郡,自带粮食,不拿取当地分毫,卸任临走时也“不受一钱”,是一位难得的清廉官吏。同时他以百姓性命为重,灵活处理政务,在吴郡饥荒之

---

① (南朝宋)刘义庆撰,(南朝梁)刘孝标注,龚斌校释:《世说新语校释》,上海古籍出版社 2011 年版,第 853 页。

② (唐)房玄龄等:《晋书》卷九〇《邓攸传》,第 2338 页。

③ (唐)房玄龄等:《晋书》卷九〇《邓攸传》,第 2339 页。

④ (唐)房玄龄等:《晋书》卷九〇《邓攸传》,第 2339～2340 页。

时未及上报便开仓放粮，果勇仁义。如此忠、孝、仁、义之人，曾被司马越赞为“人伦之表”，出仕被“举灼然二品”[①]，是晋世德行双修的代表人物，故“弃己子全他人之子”的事例虽众，但以伯道最有代表性，综合个人声誉和影响力考虑，刘义庆将邓攸的“弃子”事布局于“德行第一”。

第二个问题，邓攸既然德行甚高，前文提及有诸多事迹可入“德行”篇，为何独录“弃子”这一在后世看来罔悖人伦、非议颇多的故事？

邓攸在《世说新语》中被多次提及，除《德行》篇“邓攸弃子”外，《世说新语·赏誉第八》第三四条：“或曰：‘王、赵、邓三参军，人伦之表，汝其师之。’谓安期、邓伯道、赵穆也。”[②]《世说新语·赏誉第八》第一四〇条：“谢太傅(谢安)重邓仆射，常言‘天地无知，使伯道无儿’。”[③]《世说新语·品藻第九》第一八条：“王丞相二弟不过江，曰颖，曰敞。时论以颖比邓伯道，敞比温忠武。议郎、祭酒者也。”[④]这些条目未涉及具体事例，皆从正面或侧面赞誉邓攸为人，完整录有邓攸生平事迹的仅“弃子”一条，但后世对“邓攸弃子”争议颇多：

> 按邓攸弃儿全侄，局于势之不可两全耳。儿追及之，系之而去，毋乃无人心天理乎？不复有子，于此见天道之不诬也。(南宋刘应登刻印《世说新语》)[⑤]
>
> 世难万不两全，势不周全则可，何苦系之树，必欲杀之？本欲颂邓公高谊，乃令成一大忍人，《中兴书》于是为不情矣。(明王世懋批释《世说新语》)[⑥]
>
> 呜呼！可与同行，而又系之树，有人心者可忍之耶？此所以伯道无儿。岂天道无知哉？晋之好名，至此极矣。(明郎瑛《七修类稿》)[⑦]
>
> 邓攸亦晋之贤者，世谓天道无知，使邓伯道无儿。然考之晋史，攸遭贼，欲全兄子，遂弃己子。其子追及，缚于道旁。夫追而不及，尚当怜之，追及矣而缚于道旁，其绝灭天理甚矣。天之不祚伯道，亦岂以是欤？(南宋俞德邻《佩韦斋辑闻》卷一)[⑧]

---

① (唐)房玄龄等：《晋书》卷九〇《邓攸传》，第2338页。
② 龚斌校释：《世说新语校释》，第853页。
③ 龚斌校释：《世说新语校释》，第965页。
④ 龚斌校释：《世说新语校释》，第1012页。
⑤ 龚斌校释：《世说新语校释》，第64～65页。
⑥ 龚斌校释：《世说新语校释》，第65页。
⑦ (明)郎瑛：《七修类稿》，上海书店出版社2001年版，第174页。
⑧ (南宋)俞德邻：《佩韦斋集》卷一七，《天禄琳琅丛书》景元本。

邓攸逃难，弃其子而携其弟之子，其子朝弃而暮及，攸乃系之于树而去。噫，甚矣！攸意以为不弃其子，无以显其保全弟子之名，好名如此，不仁可知。其后谄媚权贵，王敦已反，而犹每月“白敦兵数”；纳妾，甚宠之，询其家属，方知是甥女。小人哉，攸也！斯人也而可以入《良吏》乎？（清王鸣盛《十七史商榷》）[1]

“邓攸弃儿”的争议点在于，将抛弃的儿子系于树上，剥夺了儿子的生存可能，并非弃子，而是杀子。如龚斌《世说新语校释》所言：“邓攸遭后人讥评，不在弃己子，全弟子，而在系儿于树而去，未免残忍。”[2]邓攸被称为人伦之表率，其德行故事却在后世价值观中被捕捉到有悖人伦的一面，值得思考。

首先，这是两晋“义慈观”的折射，与抚育兄子的特殊家庭现象相关。魏晋时期战乱频仍，大量男性战死，社会上存在数量众多的寡妇孤儿，主要由父系方面的宗族亲属承担他们的抚育责任，尤其是抚育兄弟遗孤，屡屡可见。三国魏大臣毛玠，曾“抚育孤兄子甚笃”[3]。这种竭力抚育兄子的高义行为在两晋受到公开的褒奖鼓励，孔严就曾经举荐过舍弃自己孩儿的武康人士：“武康有兄弟二人，妻各有孕，弟远行未反，遇荒岁，不能两全，弃其子而活弟子。严并褒荐之。”[4]到了南北朝时期，“同于己子”的待遇已不能显示人之高义，对待兄弟遗孤好过亲生儿子的事例也比比皆是，南朝梁韦睿“性慈爱，抚孤兄子过于己子”（《梁书·韦睿传》）；“（裴）文举抚视遗孤，逾于己子”（《周书·裴文举传》）。

两晋继续施行九品中正制，品藻清议之风不绝，为成就父辈名声，子辈被不断地客体化、概念化。就两晋抚育兄子这一现象来说，从“同于亲子”到“过于己子”再到完全舍弃己子，社会赞扬程度不断叠加，那邓攸杜绝亲子追上自己，防止本人违心改意而缚子于树上的行为，也就被晋世所笑纳了。

其次，“孝高于慈”的两晋社会，对“子孝”的肯定和对“父慈”的阉割。自汉以来，先秦儒家所倡导的“父慈子孝”逐渐转为单方面对“子孝”的强调。到了两晋，“孝”与“慈”的天平已完全倾斜。晋以孝治国，“建立晋室的司马氏是河内的儒学大族，其夺取政权却与儒家的传统道德不符，在‘忠’的方面已无从谈起，只能提倡孝道以掩饰己身的行为，而孝道的提倡也正是所有的

① （清）王鸣盛：《十七史商榷》卷五一，清乾隆五十二年洞泾草堂刻本。

② 龚斌校释：《世说新语校释》，第 66 页。

③ （晋）陈寿：《三国志》卷一二《毛玠传》，第 338 页。

④ （唐）房玄龄等：《晋书》卷七八《孔严传》，第 2061 页。

大族为了维护本身利益所必需的。”[①]“孝”地位拔高的必然结果就是对“子”利益的轻视。夫、父在家庭占据着绝对的优势地位，掌握着不可僭越的话语权。邓攸儿子追逐父亲却只能被缚于树上，邓攸的妻子面对放弃亲儿保护无血缘关系的伯侄的选择，只能“泣从之”，毫无置喙余地。邓攸作为父亲和丈夫，在家庭中处于稳固而恒定的专制态势，可以对儿子的生命予取予夺，全凭己意，成为两晋社会的特殊共识。泗水弃子并不是邓攸唯一一次抛弃家人：

> （邓攸）至新郑，投李矩。三年，将去，而矩不听。荀组以为陈郡、汝南太守，愍帝征为尚书左丞、长水校尉，皆不果就。后密舍矩去，投荀组于许昌，矩深恨焉，久之，乃送家属还攸。（《晋书·邓攸传》）[②]

邓攸将家人的生命纳入“我”这个主体的自我牺牲范围，儿子的生命成为“我”的客体，而非有同样选择行为的主体。亲子丧命是“我”的牺牲，“父慈”处于劣势位置，亲子的主体性被抹杀。约同时代的干宝在《搜神记》中，也记载了两则传说故事，传达出比较相似的价值取向。一例是“张璞二女”：

> 张璞字公直，不知何许人也。为吴郡太守。征还，道由庐山，子女观于祠室，婢使指像人以戏曰：“以此配汝。”其夜，璞妻梦庐君致聘曰：“鄙男不肖，感垂采择，用致微意。”妻觉，怪之。婢言其情。于是妻惧，催璞速发。中流，舟不为行。阖船震恐，乃皆投物于水，船犹不行。或曰：“投女则船为进。”皆曰：“神意已可知也。以一女而灭一门，奈何?”璞曰：“吾不忍见之。”乃上飞庐，卧，使妻沈女于水。妻因以璞亡兄孤女代之。置席水中，女坐其上，船乃得去。璞见女之在也，怒曰：“吾何面目于当世也。”乃复投己女。及得渡，遥见二女在下。有吏立于岸侧，曰：“吾庐君主簿也。庐君谢君。知鬼神非匹。又敬君之义，故悉还二女。”后问女。言“但见好屋，吏卒，不觉在水中也”。（《搜神记》卷四，明津逮秘书本）

张璞发现兄女被妻子代替己女投入河中，却不为兄女无辜丢失性命而愤怒，而是在意“吾何面目于当世也”，“我”还有什么脸面活在这个世上，“我”的名声全毁了。纵然船已经可以行驶，张璞仍把亲女抛下水以全其“义”。故事

---

① 唐长孺：《魏晋南朝的君父先后论》，《唐长孺社会文化史论丛》，武汉大学出版社 2001 年版，第 91 页。

② （唐）房玄龄等：《晋书》卷九〇《邓攸传》，第 2339 页。

结尾也具有神话色彩，庐君被张璞毫不犹豫牺牲亲女的行为所感动，“敬君之义，悉还二女”。还有一例是我们耳熟能详，被后世纳入“二十四孝”的“郭巨埋儿”：

郭巨，隆虑人也，一云河内温人。兄弟三人，早丧父。礼毕，二弟求分，以钱二千万，二弟各取千万，巨独与母居客舍，夫妇佣赁以给公养。居有顷，妻产男，巨念举儿妨事亲，一也；老人得食，喜分儿孙，减馔，二也。乃于野凿地，欲埋儿。得石盖，下有黄金一釜，中有丹书曰：“孝子郭巨，黄金一釜，以用赐汝。”于是名振天下。（《搜神记》卷一一，明津逮秘书本）

因为可能会影响自己对母亲的侍奉，郭巨选择埋杀亲子，以子命易母命。故事里郭巨这种抹杀儿子生命的行为，竟然受到了上天意志的肯定，不但被奖励黄金，而且因此声震天下，这个故事是两晋时期“孝高于慈”的直接体现。鲁迅曾经对光绪年间编《二百四十孝图》删去“郭巨埋儿”的行为深表赞赏：“我最初实在替这孩子捏一把汗，待到掘出黄金一釜，这才觉得轻松。然而我已经不但自己不敢再想做孝子，并且怕我父亲去做孝子了。家景正在坏下去，常听到父母愁柴米；祖母又老了，倘使我的父亲竟学了郭巨，那么，该埋的不正是我吗？”[①]对于“邓攸弃子”的故事，鲁迅则直接否认了缚子情节：“邓伯道弃子救侄，想来也不过‘弃’而已矣，昏妄人也必须说他将儿子捆在树上，使他追不上来才肯歇手。正如将‘肉麻当作有趣’一般，以不情为伦纪，诬蔑了古人，教坏了后人。”[②]以鲁迅的眼光看，缚子行为是荒诞的。其实以唐人视角，“缚子”也很难令人接受，唐修《晋书》卷九〇史臣论曾质疑“邓攸弃子”：“斯岂慈父仁人之所用心也？卒以绝嗣，宜哉！勿谓天道无知，此乃有知矣。”[③]然而，在东晋的文化背景下，选邓攸的“弃子”事进入《德行》篇，是符合当世价值取向的。

三、文本安排与刘义庆的文本态度问题

“邓攸弃子”条的文本安排可以分为鲜明的两部分，第一部分是弃子本事：“邓攸始避难，于道中弃己子，全弟子。”称赞邓攸德行，记录到这里本已完整，但第二部分《世说新语》又拼加邓攸误纳外甥女为妾的故事，把邓攸此

① 鲁迅：《二十四孝图》，《朝花夕拾》，江苏凤凰文艺出版社 2018 年版，第 26 页。
② 鲁迅：《二十四孝图》，《朝花夕拾》，第 26 页。
③ （唐）房玄龄等：《晋书》卷九〇《邓攸传》，第 2343 页。

人唯一的德行污点放入以褒奖为主的《德行》篇，是非常有趣的结构安排。

《礼记·曲礼上》云："取妻不取同姓，故买妾不知其姓则卜之。"[①]关于"取妻不取同姓"，班固《白虎通义》卷九《姓名》有言："人所以有姓者何？所以崇恩爱、厚亲亲、远禽兽、别婚姻也。故纪世别类，使生相爱，死相哀，同姓不得相娶者，皆为重人伦也。""姓"自古有"别婚姻"的功用[②]，古代禁"同姓成婚"，原因有三：

第一，出于人伦礼教。首先，异姓相婚的意义在于结好外姓，也就是所谓"昏礼者，将合二姓之好"(《穀梁传·桓公三年》引孔子语)。尤其对于古代君王而言，婚姻可最大限度上结交外姓势力，"是故国君聘妻于异姓，设为侄娣、命妇、宫女，尽有法制，所以治其内也"(《管子·君臣下》)。其次，同姓相亲，严苛的宗族伦常结构被破坏，血缘身份混淆，与动物无异，"不娶同姓者，重人伦，防淫佚，耻与禽兽同也"(《春秋传》)。

第二，出于后代生育。《左传·昭公元年》："公孙侨曰：'侨又闻之，内官不及同姓，其生不殖，美先尽矣，则相生疾，君子是以恶之。'"《僖公二十三年》："郑叔詹曰：'男女同姓，其生不蕃。'"[③]

第三，出于谶纬灾祸。《国语》载司空季子曰："异姓则异德，异德则异类，异类虽近，男女相及以生民也。同姓则同德，同德则同心，同心则同志，同志虽远，男女不相及，畏黩故也。黩则生怨，怨乱毓灾，灾毓灭性，是故取妻避其同姓，畏乱灾也。"[④]

晋代制定律法，首次把"五服"制度纳入国法范围，作为判断犯罪及衡量罪行轻重的标准。晋律特别强调严禁近亲结婚，同姓成婚不仅要受到世俗的非议，而且触犯当朝法律。《晋书》卷三〇《刑法志》规定："峻礼教之防，准五服以制罪也。"[⑤]可见邓攸纳外甥女为妾的行为在晋世后果尤为严重。《世说新语》的文本安排与唐修《晋书》的区别在于，《晋书》将邓攸终生无子归因于近亲纳妾："妻不复孕……攸素有德行，闻之感恨，遂不复蓄妾，卒以无嗣。"[⑥]妻子过江后不再有孕，邓攸纳妾延绵后代，但宠妾是近亲，故不复纳妾，所以终生无子。《世说新语》却在《德行》篇的正文止于邓攸近亲纳妾事，

---

① 王云五主编：《礼记今注今译》，台湾商务印书馆 1970 年版，第 686 页。

② 关于"姓"与"氏"的具体问题，可参看王国维《殷周制度论》一文。

③ 陈戍国点校：《四书五经》，岳麓书社 2014 年版，第 1053 页。

④ (春秋)左丘明撰，徐元诰集解，王树民、沈长云点校：《国语集解》，中华书局 2002 年版，第 337 页。

⑤ (唐)房玄龄等：《晋书》卷三〇《刑法志》，第 927 页。

⑥ (唐)房玄龄等：《晋书》卷九〇《邓攸传》，第 2340 页。

无一字提及伯道无儿的结局。“弃子”和“纳妾”两事拼加一起，形成《世说》作者表达出的因果关系，如下图：

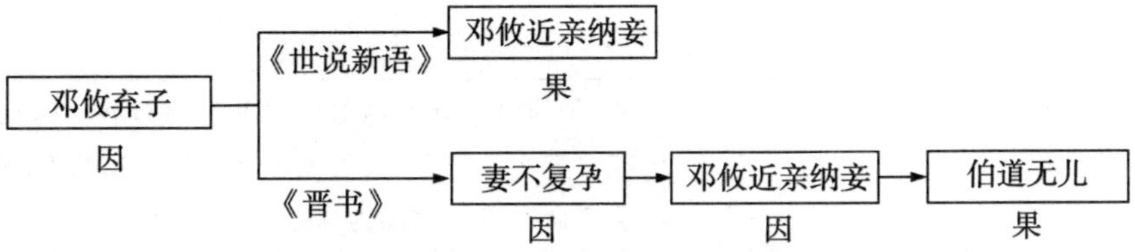

《世说新语》对“邓攸弃子”的文本安排，不录“无子”作为文本结局，给予读者的直接阅读感受便是强调是邓攸弃子的“因”酿成近亲纳妾的“果”。一方面，在晋当世，无子事小，失节事大。强调邓攸失节，比其无子更具有宿命色彩。“无子”作为邓攸结局，晋人普遍认为是“天道无知”的结果，谢安常言“天地无知，使伯道无儿”，“无子”之错不在邓攸。而“失节”作为“弃子”的果，正如余嘉锡《世说新语笺疏》言：“此妾既具知父母姓名，而攸曾不一问，宠之历年，然后讯其邦族，虽哀恨终身，何嗟及矣！白圭之玷，尚可磨乎？”[①]这是邓攸本人的疏忽造成的“果”。

四、“邓攸弃子”相关的丧服制度

两晋重孝道，表现之一为重视丧服制度。魏咸熙二年(265)，司马昭崩，司马炎三日除丧后继续“深衣素冠，降席撤膳”，在服饰与饮食上形同居丧，“遂以此礼终三年”[②]。司马炎自上至下作出重孝表率，与民间普通百姓为父亲守孝的丧期相同。丧服制度规定，服丧的服制根据血缘关系亲疏分为五等，即为“五服”：斩衰、齐衰、大功、小功、缌麻(见下表)。

① 龚斌校释：《世说新语校释》，第67页。
② (南朝梁)沈约：《宋书》卷一五《礼志二》，中华书局1974年版，第388～389页。

五服制度表

五服	丧期	亲属关系
斩衰	三年	子、女为父;妻妾为夫;父为长子
齐衰	三年	父卒,子为母、继母、慈母(《仪礼》:“慈母者,何也?传曰:‘妾之无子者,妾子无母者,父命妾曰:“女以为子。”命子曰:“女以为母。”’”);母为长子
	杖期(一年)	父在,为母;夫为妻;父卒,为出嫁继母
	不杖期(一年)	祖父母;世叔父母;众子;昆弟;昆弟之子;舅姑;出后者其亲生父母;女子出嫁者为父母;继父同居者;妾为妻;嫡孙
	三月	曾祖父母,高祖父母;宗族成员为宗子
大功	成人九月	从父昆弟;庶孙;嫡妇;侄;姑姊妹出嫁者;夫之祖父母、世叔父母
	殇九月或七月	叔父;姑姊妹;昆弟;昆弟之子;夫之昆弟之子;嫡孙之长殇、中殇(《仪礼·丧服》:“年十九至十六为长殇,十五至十二为中殇,十一至八岁为下殇,不满八岁以下,皆为无服之殇。”)
	繐衰七月	诸侯之臣为天子丧
小功	成人五月	从祖祖父母、从祖父母、从祖昆弟;从父姊妹;外祖父母;从母;夫之姑姊妹;娣拟妇(《尔雅·释亲》“长妇谓稚妇为‘娣妇’,稚妇谓长妇为‘姒妇’”);庶妇
	殇五月	昆弟之子、夫之昆弟之子之下殇;夫之叔父、侄、庶孙之长殇
缌麻	三月	本宗高祖父母,曾伯叔祖父母,族伯叔父母,族兄弟及未嫁族姊妹,外姓中为表兄弟,岳父母

我们根据表格[①]看到,侄子为伯叔父服丧应为齐衰不杖期,丧期应为一

① 表格参见张焕君:《魏晋南北朝丧服制度研究》,清华大学博士学位论文,2005年。

年，刘孝标注引《中兴书》载："（邓攸）弟子绥，服攸齐衰三年。"[1]《晋书·邓攸传》亦有"弟子绥服攸丧三年"[2]。邓攸无子，对邓绥又有活命之恩，邓绥选择低于亲子远高于侄子的服丧等级守孝，合乎时代要求又凸显纯孝。这种服丧标准在邓绥前已有先例，春秋时晋国程婴以己子换救赵盾之子赵武，并抚育赵武长大成人。赵武成人后程婴自杀，赵武为程婴"服齐衰三年，为之祭邑，春秋祠之，世世勿绝"[3]。

五、后世小说、戏剧的改编

明代有讲史小说《两晋志传》，明人杨尔曾编。其《东晋志传》卷一有"邓伯道弃子留侄"故事，杨尔曾将《晋书·邓攸传》略作删减，增加弃儿过程中邓攸和妻子的对话，增强故事可读性。元、明、清时期，有多部以"邓攸"为主要元素表演的戏剧，多亡佚。至今还在舞台上演的是清末京剧谭派艺术的创立者谭鑫培改编的著名京剧《桑园寄子》。故事主要人物由邓攸、邓攸子、邓攸妻、邓攸弟子四人改为邓攸、邓攸子、邓攸弟妇、邓攸弟子；主要情节改为弟妇被贼寇冲散，邓攸一人携两子逃难，两子途中体力不支，争抢让邓攸背负前行，邓攸一人无法两全，便将亲子骗到桑树上捆绑，并写下血书一封，希望过路的仁人君子能救下亲子；故事结局则改为团圆的喜剧结局，因逃难走散的弟妇恰好路过桑园，救下邓攸亲子，更改伯道无儿的结局。

邓攸在京剧《桑园寄子》第三折中的缚子行为被演绎得合情合理，有情有义，是不得已为之，邓攸缚子后有大段的二黄导板唱段，使故事更加理顺人情，适合舞台表演。伯道无儿结局的改写，也迎合了普通观众喜爱团圆的心理期盼。

参考文献

（唐）房玄龄等：《晋书》，中华书局 1974 年版。

（南朝宋）刘义庆撰，（南朝梁）刘孝标注，龚斌校释：《世说新语校释》，上海古籍出版社 2011 年版。

唐长孺：《唐长孺社会文化史论丛》，武汉大学出版社 2001 年版。

读书会时间：2019 年 10 月 23 日

① 龚斌校释：《世说新语校释》，第 64 页。

② （唐）房玄龄等：《晋书》卷九〇《邓攸传》，第 2340 页。

③ （西汉）司马迁：《史记》卷四三《赵世家》，中华书局 1959 年版，第 1785 页。

《世说新语·德行第一》第二十五条“顾荣施炙”读解

侯洪震*

“顾荣施炙”之事，见于《世说新语·德行》第二十五条、《世说新语》刘孝标注引《文士传》以及南朝齐臧荣绪《晋书》、唐修《晋书·顾荣传》、唐许嵩《建康实录》。由于“顾荣施炙”之事记录于《世说新语》之《德行》篇，所以前人对“顾荣施炙”的评价多是从顾荣不求报答的德行方面着眼，如凌濛初云：“壶飧善马之报，往往而是。”方苞云：“辍炙施人，卒受其就，所谓一餐之惠不忍忘也。”同时也有其他的评价，如刘应登云：“谓以酒食请之。”又刘辰翁云：“不可谓无。”①而余嘉锡根据刘孝标注引的《文士传》及《晋书·顾荣传》认为：“然则荣盖赏其人物俊伟，故加以异待，不徒因其有欲炙之色而已。此其感激，当过于灵辄，宜乎终食其报也。”②余嘉锡可谓眼光独特，进一步指出顾荣施炙的原因。但是余嘉锡提出的也只是顾荣施炙的直接原因，没有对顾荣施炙之根本原因进行深入探究。同时目前对于行炙者的身份、顾荣被杀被救之情形以及“顾荣施炙”的其他意蕴，也鲜有深入探讨者，缺乏对“顾荣施炙”之事的整体认识。本文通过分析顾荣在洛阳的心理特点而深入考察“顾荣施炙”的原因，同时对顾荣被杀被救之情形以及此条的其他意蕴进行

---

* 侯洪震，男，1990年出生，山东菏泽人，山东大学文学院中国古代文学2019级博士研究生，师从李剑锋教授，魏晋南北朝文学方向。

① 以上所载评论皆见于(南朝宋)刘义庆撰，(南朝梁)刘孝标注，刘强会评辑校：《世说新语会评》，凤凰出版社2007年版，第19页。

② (南朝宋)刘义庆撰，(南朝梁)刘孝标注，龚斌校释：《世说新语校释》，上海古籍出版社2011年版，第59页。

分析探索，以期对“顾荣施炙”之事有多方面认识。

一、“顾荣施炙”之原因

(一)直接原因

对于“顾荣施炙”一事，各书所载如下：

> 顾荣在洛阳，尝应人请，觉行炙人有欲炙之色，因辍己施焉，同坐嗤之。荣曰：“岂有终日执之，而不知其味者乎?”后遭乱渡江，每经危急，常有一人左右己，问其所以，乃受炙人也。(《世说新语·德行》)①
>
> 荣少朗俊机警，风颖标彻，历廷尉正。曾在省与同僚共饮，见行炙者有异于常仆，乃割炙以啖之。后赵王伦篡位，其子为中领军，逼用荣为长史。及伦诛，荣亦被执，凡受戮等辈十有余人。或有救荣者，问其故，曰：“某省中受炙臣也。”荣乃悟而叹曰：“一餐之惠，恩今不忘，古人岂虚言哉!”(《世说新语·德行》刘孝标注引《文士传》)②
>
> 赵王伦篡位，伦子虔以为长史。荣与同僚宴饮，见执炙者貌状不凡，有欲炙之色，荣割炙啖之。坐者问其故，荣曰：“岂有终日执之而不知其味!”及赵王伦败，荣被执，将诛，而执炙者为督率，遂救之，得免。(南朝齐臧荣绪《晋书》)③
>
> 会赵王伦诛淮南王允，收允僚属付廷尉，皆欲诛之，荣平心处当，多所全宥。及伦篡位，伦子虔为大将军，以荣为长史。初，荣与同僚宴饮，见执炙者貌状不凡，有欲炙之色，荣割炙啖之。坐者问其故，荣曰：“岂有终日执之而不知其味!”及伦败，荣被执，将诛，而执炙者为督率，遂救之，得免。(唐修《晋书·顾荣传》)④
>
> 及赵王伦篡位，以荣为子虔大将军府长史。荣初与同僚饮酒，见执炙人貌状不凡，荣因割炙反啖之。人问其故，荣曰：“岂有终日执之而不知其味!”及伦败，将诛荣，前执炙者为督率，众救荣，得免。⑤(唐许嵩《建康实录》)

顾荣为什么要施炙于行炙人，刘义庆《世说新语》记载是顾荣见行炙人有“欲

---

① 龚斌校释：《世说新语校释》，第59页。

② 龚斌校释：《世说新语校释》，第59页。

③ (清)汤球辑，杨朝明校补：《九家旧晋书辑本》，中州古籍出版社1991年版，第114页。

④ (唐)房玄龄等：《晋书》卷六八《顾荣传》，中华书局1974年版，第1811页。

⑤ (唐)许嵩：《建康实录》，中华书局1986年版，第123页。

炙之色”。而刘孝标注引的《文士传》是顾荣见行炙人“有异于常仆”，许嵩《建康实录》是“貌状不凡”，此两本所记意思无差，即行炙人都是有异于常人的。唐修《晋书》以臧荣绪《晋书》为蓝本，两者所记也相差无几。臧荣绪《晋书》既言“貌状不凡”，又言“有欲炙之色”，可以说臧荣绪考虑得更加合情合理，即行炙人如果仅仅是长相非凡，但没有想吃烤肉的意思，恐怕顾荣这肉也难以施舍出去，施舍肉反而有点侮辱非同凡人的行炙人的意思。事实上，我们根据常识来判断，一个经常端肉给客人吃的下人，尤其是在本应吃饭的时间段，他当然有吃肉的欲望。这是人之常情，所以刘孝标注引的《文士传》及许嵩《建康实录》将其省略，而只述写顾荣见行炙人不同于常人。而臧荣绪不明其意，故又把“欲炙之色”一词加上，从而使故事显得更加合理。《世说新语》中仅言行炙人有“欲炙之色”，把这种人之常情有意突出来以飨读者，则是要明显地表现顾荣德行的一面。

顾荣作为儒学大家顾雍之孙，名门之后，其人格自然会受厚德家风的影响。晋陆云《赠顾骠骑二首》引言云：“祈阳秉文之士，骏发其声，故能明照有吴，入显乎晋。国人美之，故作是诗焉。”[①]又第三章云：“吴末丧师，天秩有庸。渊哉若人，弱冠休风。俯翼黄门，以德来忠。端秀蕃后，正色储宫。徽音铄颖，邈矣遐踪。”[②]这是在顾荣入洛阳前，陆云称赞其忠诚厚德，非常有声望。然而，顾荣虽然有很好的德行，但我们仍无法判断如果行炙人并不“有异于常仆”，其是否会施肉于行炙人。因为按照一般情况，顾荣不可能只吃过一次烤肉，如果依据自身德行而言，其每次吃烤肉就应都会施肉于行炙人，那这样的行为也必然值得《世说新语》的编者进行采录。顾荣施肉于行炙人，其直接原因当是看到行炙人长相非凡，和平常人不同，所以才施肉于行炙人。

行炙人又是什么样的人呢？从臧荣绪《晋书》记载其后为“督率”来看，其极有可能是世家大族的部曲。据王仲荦先生《魏晋南北朝史》记载，困于战争的农民不得不依附世家大族的保护，而世家大族对他们采用军事部曲进行编制，世家大族靠他们在战争时征战，没有战争时则耕田。[③] 两晋时期，战乱时往往发奴为兵。《晋书·惠帝纪》载惠帝攻张方时：“又发奴助兵，号为四部司马。”[④]《晋书·戴若思传》载：“发投刺王官千人为军吏，调扬州百姓

① （晋）陆云撰，刘运好校注整理：《陆士龙文集校注》，凤凰出版社2010年版，第297页。
② （晋）陆云撰，刘运好校注整理：《陆士龙文集校注》，第304页。
③ 参见王仲荦：《魏晋南北朝史》，上海人民出版社2003年版，第152页。
④ （唐）房玄龄等：《晋书》卷四《惠帝纪》，第101页。

家奴万人为兵配之。”[①]部曲过着且耕且战的生活，而在战争中征战的人自然与普通人有些许不同，他们在眼神、面容上大多体现出一种特有的风采。行炙人作为部曲里面的人，乱时参与战争自不可免，治时主人让他奉炙也是极有可能之事。顾荣见行炙人不同于常人，或许已经察觉到行炙人的身份，故而施肉于他，这就涉及顾荣施炙的根本原因。

（二）根本原因

顾荣施舍肉给行炙人，直接原因是行炙人长相非凡，而其根本原因则是顾荣胸怀智局，在洛阳的孤独感、危机感使他处处小心，不得不与人为善。

顾荣经历过孙吴末期的乱政、西晋的八王之乱以及永嘉时期在江东对司马睿的依附等重大事件，一生波折迭起，危机重重，如若不胸怀智局，可能早如好友陆机一样成刀下之魂。《三国志·顾雍传》载：“顾雍依仗素业，而将之智局，故能究极荣位。”[②]其祖辈早有“智局”。在孙吴政权末期，暴君孙皓当权，顾荣则以“智”而获保全，《晋书·陆机传》载：“孙拯者，字显士，吴郡富春人也。能属文，仕吴为黄门郎。孙皓世，侍臣多得罪，惟拯与顾荣以智全。”[③]《世说新语·德行》刘孝标注引《文士传》载“荣少朗俊机警，风颖标彻”。[④] 可见顾荣不但继承了家风厚德，也领悟了家族长久发展之智局。《晋书·张翰传》载：“齐王冏辟为大司马东曹掾。冏时执权，翰谓同郡顾荣曰：‘天下纷纷，祸难未已。夫有四海之名者，求退良难。吾本山林间人，无望于时。子善以明防前，以智虑后。’”[⑤]“以明防前，以智虑后”，可谓对顾荣一生处事的准确概括，表现其胸怀智局的人格特点。

孙吴政权倒台后，南方人士来到洛阳求仕，他们虽然得到录用，但仍被一些北方大族嘲笑。王永平认为：“西晋朝廷众臣与北方名士，像张华这样重视江东人物的并不多，他们并没有真切地认识到江东地域社会的深刻变化与晋廷延引江东名士以巩固统一的必要性，绝大部分人依然抱持着鄙视南人心态，视之为‘亡国之余’。”[⑥]陆机作为南望之首，在洛阳还被北方大族王济、刘道真等嘲笑、蔑视，更不用说南来求仕的顾荣、纪瞻等人了。他们在

① （唐）房玄龄等：《晋书》卷六九《戴若思传》，第 1847 页。

② （晋）陈寿撰，（南朝宋）裴松之注：《三国志》卷五二《顾雍传》，中华书局 2006 年版，第 736 页。

③ （唐）房玄龄等：《晋书》卷五四《陆机传》，第 1481 页。

④ 龚斌校释：《世说新语校释》，第 59 页。

⑤ （唐）房玄龄等：《晋书》卷九二《张翰传》，第 2384 页。

⑥ 王永平：《江东地域社会与两晋社会阶层升降——以顾荣入洛仕进之遭遇及其在东晋立国过程中的作用为中心》，《学习与探索》2013 年第 2 期。

江东享有声望，而在洛阳却遭人冷眼，两相对比给他们内心造成极大落差，从而在洛阳期间感到失望和孤独。如陆机《赠顾彦先诗》有言："清夜不能寐，悲风入我轩。立影对孤躯，哀声应苦言。"①陆机以此诗赠顾荣，表露出他们求仕北地的苦不堪言，形只影单。想必顾荣也会有相同感受，同时他也在努力找解决的办法，那就是与北方各种人士结交。

除了这种孤独感，顾荣还有一种危机感。据《世说新语》刘孝标注引《文士传》，"顾荣施炙"之事发生在赵王伦篡位前，而臧荣绪《晋书》及许嵩《建康实录》记载此事发生在赵王伦篡位后。《晋书·陆机传》载"至太康末，与弟云俱入洛"②，《顾荣传》载"吴平，与陆机兄弟同入洛"③，以顾荣太康十年(289)入洛来算，那段期间晋武帝去世，而初登位的惠帝缺乏执政能力，从而导致贾后专权。贾后先后诈杀太傅杨骏、汝南王亮、卫瓘、楚王玮、太子遹等，从而集大权于一身。无论"顾荣施炙"之事是在赵王伦篡位前还是后，当时的政治格局和环境都会使顾荣在潜意识中有一种惧祸心理，一种不安全感。"与州里杨彦明书曰：'吾为齐王主簿，恒虑祸及，见刀与绳，每欲自杀，但人不知耳。'"④这虽是在齐王冏时，但"恒虑祸及"应是他在洛阳期间长期的心理。"恒纵酒酣畅，谓友人张翰曰：'惟酒可以忘忧，但无如作病何耳。'"⑤虽然酒可以解忧，可以为伴，但当自己遇到危机时，酒是难以帮助自己的。所以他不得不寻求保身之道。

顾荣在洛阳的孤独感和危机感促使他结交各种力量，"荣数践危亡之际，恒以恭逊自勉"⑥。他的恭敬谦逊使他既可以结交像傅咸这样的儒家士族，也可以施惠于长相非凡的行炙人，同时也在王权、名士中游弋，他希望能结交各种人士，以防自身遇到危机而会有相救之人。当然，我们不能说顾荣施肉于行炙人时，他就想着自己以后遇难时会得到行炙人的帮助。这只不过是他胸怀智局的表现，是他在洛阳的一种处事方式，至于后期如果遇难会不会得到某些人的帮助，还要看运数。

二、顾荣被杀被救之情形

据《世说新语》所载，"后遭乱渡江，每经危急，常有一人左右己，问其所

① (晋)陆机撰，刘运好校注整理：《陆士衡文集校注》，凤凰出版社2007年版，第1206页。
② (唐)房玄龄等：《晋书》卷五四《陆机传》，第1472页。
③ (唐)房玄龄等：《晋书》卷六八《顾荣传》，第1811页。
④ (唐)房玄龄等：《晋书》卷六八《顾荣传》，第1812页。
⑤ (唐)房玄龄等：《晋书》卷六八《顾荣传》，第1811页。
⑥ (唐)房玄龄等：《晋书》卷六八《顾荣传》，第1812页。

以，乃受炙人也”，此事记载不确切。顾荣作为江东望族，深受德厚仁宽家风影响，如若有人救助自己，必会第一次就问其姓名。而“每经危急，常有一人左右己”，说明顾荣并没有在第一次被救时问其姓名，可见此事记载之不确切。《世说新语》撰者这样写反而削弱了顾荣德行的一面。而根据刘孝标注引《文士传》、臧荣绪《晋书》、许嵩《建康实录》所载，顾荣被杀被救则发生在赵王伦兵败之后。

在赵王伦兵败后，有人要杀顾荣，这人应不是当时的执权者齐王冏。我们知道，陆机与顾荣同是在洛阳有名望的江东人士，齐王冏之所以要杀陆机，是因为怀疑他帮助赵王伦假作禅文。“伦之诛也，齐王冏以机职在中书，九锡文及禅诏疑机与焉，遂收机等九人付廷尉。赖成都王颖、吴王晏并救理之，得减死徙边，遇赦而止。”[①]而对于顾荣，“后赵王伦篡位，其子为中领军，逼用荣为长史”[②]，也就是说，顾荣是被逼迫的，至于怎样逼迫，难以深知。但有一点，在赵王伦篡位之前，顾荣作为廷尉正时，并没机会参与预谋。陆机是中书侍郎，虽然他没有作禅文，但被怀疑是合情合理的。而廷尉正之职权，只是执法而已，与作禅文没有关系。而且对于齐王冏来讲，顾荣还有很大的用处，“以顾荣为主簿，所以甄拔才望，委以事机，不复计南北亲疏，欲平海内之心也”[③]。所以齐王冏并没有理由下令杀顾荣。若是齐王冏下令杀顾荣，仅仅一个督率是没有权力释放顾荣的。当然我们不排除督率违背军令私放顾荣，然而顾荣作为在洛阳具有较高知名度的江东望族，“时吴朝士人入洛者，唯陆机、陆云及荣三人，而机、云虽有才藻，清望不及荣也”[④]。他的生死是非常受人关注的。他若被放，定会被北方士族知晓，顾荣本人也会被再次抓住而遭杀害。

顾荣被杀被救之情形，极有可能是发生在赵王伦兵败时的战乱中，而顾荣则是被一个无名士兵所擒。《晋书·赵王伦传》载：

> 自义兵之起，百官将士咸欲诛伦、秀以谢天下。秀知众怒难犯，不敢出省。及闻河北军悉败，忧懑不知所为。义阳王威劝秀至尚书省与八坐议征战之备，秀从之。使京城四品以下子弟年十五以上，皆诣司隶，从伦出战。内外诸军悉欲劫杀秀，威惧，自崇礼闼走还下舍。许超、士猗、孙会等军既并还，乃与秀谋，或欲收余卒出战，或欲焚烧宫室，诛

---

① （唐）房玄龄等：《晋书》卷五四《陆机传》，第1473页。

② 龚斌校释：《世说新语校释》，第59页。

③ （唐）房玄龄等：《晋书》卷六八《顾荣传》，第1812页。

④ （宋）李昉等：《太平御览》卷二四六《职官部》，上海古籍出版社2008年版，第354页。

杀不附己者，挟伦南就孙旂、孟观等，或欲乘船东走入海，计未决。王舆反之，率营兵七百余人自南掖门入，敕宫中兵各守卫诸门，三部司马为应于内。舆自往攻秀，秀闭中书南门。舆放兵登墙烧屋，秀及超、猗遽走出，左卫将军赵泉斩秀等以徇。收孙奇于右卫营，付廷尉诛之。执前将军谢惔、黄门令骆休、司马督王潜，皆于殿中斩之。三部司马兵于宣化闼中斩孙弼以徇。时司马馥在秀坐，舆使将士囚之于散骑省，以大戟守省阁。八坐皆入殿中，坐东除树下。王舆屯云龙门，使伦为诏曰："吾为孙秀等所误，以怒三王。今已诛秀，其迎太上复位，吾归老于农亩。"传诏以驺虞幡敕将士解兵。文武官皆奔走，莫敢有居者。黄门将伦自华林东门出，及荂皆还汶阳里第。于是以甲士数千迎天子于金墉，百姓咸称万岁。帝自端门入，升殿，御广室，送伦及荂等付金墉城。①

当时，洛阳城内大乱，"文武官皆奔走，莫敢有居者"，顾荣审时度势，料赵王伦败势已定，所以可能和其他人一起隐藏在某个地方，然而恰好被督率的士兵们发现。士兵并不是中上层人物，他们并不认识江东才俊顾荣，所以可能是把顾荣当成乱臣而要杀死他，"自兵兴六十余日，战所杀害仅十万人"，当时一个士兵杀人也属于正常现象，而督率正好识得顾荣，所以释放了他。这可以看作顾荣被杀被救情形的一种合理解释。

三、《世说新语》"顾荣施炙"之意蕴

刘义庆等人把"顾荣施炙"一事载于《世说新语》的《德行》篇，除了表现顾荣的德行外，还有另外的意蕴，一是南士与北士互讽，二是打破有情的阶级属性，对王戎"最下者不及情"进行回应。

（一）南北互讽

宴请顾荣的，以北方有名望的士族可能性较大。因为陆机、陆云兄弟作为"二十四友"中的成员，他们结交的都是些如贾谧、石崇、潘岳等中上层人物，顾荣作为二陆的好友，身份地位也与其相当，虽然不是"二十四友"中的成员，但在很大程度上可能与他们相识。北方士族仰慕顾荣的清望，所以宴请他。当顾荣施肉于行炙人后，"同坐嗤之"，这些同坐之人嘲笑的不仅是顾荣施炙于行炙者的行为，而且是对南来之士一种固有的蔑视。顾荣是感受到这种蔑视的，所以他以"岂有终日执之，而不知其味者乎"作答。这一句话

① （唐）房玄龄等：《晋书》卷五九《赵王伦传》，第1604～1605页。

看似是对其施炙于行炙人行为的解释，其实是对北方人士的一种暗讽。

唐李延寿《南史》卷六四《阴铿传》载："初铿尝与宾友宴饮，见行觞者，因回酒炙以授之，众坐皆笑。铿曰：'吾侪终日酣酒，而执爵者不知其味，非人情也。'及侯景之乱，铿尝为贼禽，或救之获免。铿问之，乃前所行觞者。"[1]这是南朝梁、陈之间阴铿的一个故事，我们可以从阴铿的"吾侪终日酣酒，而执爵者不知其味，非人情也"一句话中得知，使执爵者不知酒味，是喝酒者没有人情味的表现。虽然刘义庆属于刘宋时代人物，但整个南朝朝代更迭频繁，话语系统相差无多，所以以当时人的视角看，"岂有终日执之，而不知其味者乎"，使行炙者不知肉味，也是没有人情味的表现。《世说新语》撰者省略了"非人情也"，其实是达到了使顾荣暗讽北方人士没有人情味这种德行的效果。

这是《世说新语》通过德行的对比来表现南北方的互讽。同时，《世说新语》还有如《言语》篇第二十六条载陆机见王武子通过美食、《方正》篇第十八条载卢志问陆机祖辈通过称呼忌讳、《排调》篇第五条载晋武帝问孙皓通过帝王问答等来达到南北方人士互讽的效果。这种互讽，是北方成功者对南方失败者的一种嘲笑与不屑，也是南方失败者在面对北方成功者的挑衅时而做出的一种挽回些许尊严的方式，但他们最终是失败者，那些被挽回的尊严同时也表现着他们在北方生存时心理上的艰难。通过这样的暗讽，我们也能进一步体会到顾荣这位南来之士在北方的孤独和凄凉，在缺乏人情味的环境中的处境。

（二）有情无阶级

另外，《世说新语》省略的"非人情也"这句话，也可以从玄学角度进行解读。

西晋初期对《老子》以及《周易》的解读还深受曹魏正始时期王弼注解的影响。王弼崇无，但并不否定有，在崇本举末中把名教规划到自然的范围内，认为自然中就包含着名教，以无为本就可以使名教产生实际的有益于社会的效果。然而，像西晋王衍等人只继承了王弼的崇无，从而引起乐广"名教中自有乐地"以及裴頠《崇有论》的驳斥。但这也可以看出王弼注解《老子》《周易》对西晋时期士人的影响。顾荣虽是南来之士，在江东受正统的儒家文化熏陶，但来到北方，为了生存与交际，也需要沾染一点玄学风气，

---

① （唐）李延寿：《南史》卷六四《阴铿传》，中华书局1975年版，第1556页。

读王弼注解的书。《晋书·纪瞻传》载顾荣与纪瞻的一番对话：

召拜尚书郎，与荣同赴洛，在途共论《易》太极。荣曰："太极者，盖谓混沌之时曚昧未分，日月含其辉，八卦隐其神，天地混其体，圣人藏其身。然后廓然既变，清浊乃陈，二仪著象，阴阳交泰，万物始萌，六合阖拓。《老子》云'有物混成，先天地生'，诚《易》之太极也。而王氏云'太极天地'，愚谓未当。夫两仪之谓，以体为称，则是天地；以气为名，则名阴阳。今若谓太极为天地，则是天地自生，无生天地者也。《老子》又云'天地所以能长且久者，以其不自生，故能长久'，'一生二，二生三，三生万物'，以资始冲气以为和。原元气之本，求天地之根，恐宜以此为准也。"瞻曰："昔庖牺画八卦，阴阳之理尽矣。文王、仲尼系其遗业，三圣相承，共同一致，称《易》准天，无复其余也。夫天清地平，两仪交泰，四时推移，日月辉其间，自然之数，虽经诸圣，孰知其始。吾子云'曚昧未分'，岂其然乎！圣人，人也，安得混沌之初能藏其身于未分之内！老氏先天之言，此盖虚诞之说，非《易》者之意也。亦谓吾子神通体解，所不应疑。意者直谓太极极尽之称，言其理极，无复外形；外形既极，而生两仪。王氏指向可谓近之。古人举至极以为验，谓二仪生于此，非复谓有父母。若必有父母，非天地其孰在？"荣遂止。①

可知顾荣与纪瞻对王弼的著作都不陌生。顾荣反对王弼"太极天地"之并称的称呼，认为太极应该是如《老子》所言的"先天地生"。纪瞻则从观念与现象上为王弼解释，把《老子》的先天之言贬为虚诞之说，认为在理极即人的观念上是称为太极，而在外形极即人看的现象上则称为二仪，而天地则属于二仪的一种，所以称为"太极天地"并没有错。顾荣与纪瞻针对王弼的"太极天地"之说而各发议论，无论对错都在说明他们在对王弼的注解进行思考和判断。以此推之，他们对圣人之有情无情也可能有所思考。

《三国志·魏书·钟会传》注引何邵《王弼传》云：

弼与钟会善，会论议以校练为家，然每服弼之高致。何晏以为圣人无喜怒哀乐，其论甚精，钟会等述之。弼与不同，以为：圣人茂于人者神明也，同于人者五情也，神明茂故能体冲和以通无，五情同故不能无哀乐以应物，然则圣人之情，应物而无累于物者也。今以其无累，便谓不

① （唐）房玄龄等：《晋书》卷六八《纪瞻传》，第1819～1820页。

复应物，失之多矣。[1]

王弼认为圣人有情，只不过是不累于物。他将圣人从神坛上拉下来，只要有情的凡人不累于物，也可以达到圣人的境界。《世说新语·伤逝》篇第四条载：

王戎丧儿万子，山简往省之，王悲不自胜。简曰："孩抱中物，何至于此？"王曰："圣人忘情，最下不及情。情之所钟，正在我辈。"简服其言，更为之恸。[2]

王戎把这种情一分为三，认为圣人有情而忘情，有情之人是他们这些风流士族，一般的下人是不知道情为何物的。然而这些作为有情之人的士族对谁有情呢？我们需要考虑他们的情所施的对象。在门阀制度下，这种情带有一定的门阀色彩，只能是士族之间的相互交感，与那种最下者即普通人无关。而顾荣这样一个有名望的士族却把情施于一个行炙者，岂不也是在跨越情感交流的阶级，是对王戎之情的批判以及对王弼之情的发展？另外，以后来行炙者的报恩行径来看，最下者也是有情的，所以对于情，人人皆有，那些"嗤笑"顾荣行为的士族的情感观念显然是不对的。这就是"顾荣施炙"条的另一意蕴。

四、结语

综上所述，我们应对"顾荣施炙"之事有了一个多方面的了解。顾荣之所以施肉与行炙人，直接原因是顾荣见其状貌非凡，有异于常人，而根本原因在于他具有敏锐的眼光，胸怀智局，在洛阳的处境使他不得不恭敬谦逊，处处与人为善。在赵王伦兵败时，与好友陆机不同，齐王冏并未下令杀顾荣，顾荣之所以被杀与被救，也只是战乱之中的一个机缘巧合而已。同时对于《世说新语》"顾荣施炙"此条的意蕴上，除了明显表现顾荣的德行外，我们也应体会到编者利用德行来表现南北人士互讽的意图以及对圣人与凡人之情的看法。

《晋书·顾荣传》载："荣素好琴，及卒，家人常置琴于灵座。吴郡张翰哭之恸，既而上床鼓琴数曲，抚琴而叹曰：'顾彦先复能赏此不？'因又恸哭，不吊丧主而去。"[3]高山流水，顾荣一生颠簸，对于自己做的事，恐怕很少有人理

① （晋）陈寿撰，（南朝宋）裴松之注：《三国志》卷二八《钟会传》，第474页。
② 龚斌校释：《世说新语校释》，第1253页。
③ （唐）房玄龄等：《晋书》卷六八《顾荣传》，第1815页。

解。张翰为之痛哭，可能也在感叹顾荣与自己处在乱世的一生以及顾荣本人在这乱世中的所作所为吧。顾荣心负德行，胸怀智局，乃是治国安邦的将相之才。然而江山频繁易主，自己又年华似水，实在是一大遗憾。《隋书·经籍志》载："《顾荣集》五卷，《录》一卷，亡。"[①]如若顾荣的诗文幸存于世间，或许我们在《顾荣集》里更能了解顾荣，了解"顾荣施炙"之事。

① (唐)魏征等：《隋书》卷三五《经籍志》，中华书局1973年版，第1064页。

附录一

顾荣年系简编（据唐修《晋书》，中华书局 1974 年版）

顾荣，字彦先，吴国吴人也，为南土著姓。祖雍，吴丞相。父穆，宜都太守。

年二十仕吴

荣机神朗悟，弱冠仕吴，为黄门侍郎、太子辅义都尉。

当时后进，尽相推谢，称荣有天才令望。（臧荣绪《晋书》，清汤球辑，杨朝明校补：《九家旧晋书辑本》，中州古籍出版社 1991 年版，第 113 页。）

为黄门侍郎，（丞）与顾荣俱为侍臣。归命世内侍都得罪尤，唯荣、丞（《晋书》作拯）独获全。常使二人记事，丞答顾问，乃下诏曰："自今已后，用侍郎皆当如今宗室丞、顾荣畴也。"（《三国志》裴松之注引《文士传》，中华书局 1959 年版，第 1217 页。）

孙皓世，侍臣多得罪，唯拯与顾荣以智全。（《晋书·陆机传》，第 1481 页。）

晋武帝太康十年（289）

吴平，与陆机兄弟同入洛，时人号为"三俊"。[《晋书·陆机传》载："（陆机）至太康末，与弟云俱入洛，造太常张华。"]

入洛为尚书郎。（王隐《晋书》，清汤球辑，杨朝明校补：《九家旧晋书辑本》，第 268 页。）

太子仆同郡张勃特表，以靖才艺绝人，宜在台阁，不宜远出边塞。武帝纳之，擢为尚书郎。与襄阳罗尚、河南潘岳、吴郡顾荣同官，咸器服焉。（《晋书·索靖传》）

晋惠帝永康元年（300）

八月

会赵王伦诛淮南王允，收允僚属付廷尉，皆欲诛之，荣平心处当，多所全宥。（《惠帝纪》赵王伦八月杀淮南王允及其二子秦王郁、汉王迪。此时顾荣应任职廷尉正。）

晋惠帝永宁元年（301）

正月

及伦篡位，伦子虔为大将军，以荣为长史。（《惠帝纪》载伦永宁元年正月篡帝位。）

六月

齐王冏召为大司马主簿。（《惠帝纪》载齐王冏永宁元年六月为大司马。)

(葛)旟然之,白冏,以为中书侍郎。

晋惠帝太安元年(302)

十二月

及旟诛,荣以讨葛旟功,封喜兴伯,转太子中庶子。

长沙王乂为骠骑,复以荣为长史。[按,《晋书·惠帝纪》载惠帝永宁元年(301)七月,乂复为长沙王,而《晋书·长沙王乂传》载其复国时迁为骠骑将军。又据《惠帝纪》,乂在太安元年(302)十二月攻破冏后迁为太尉,而十二月齐王冏被杀时,葛旟亦被诛,所以顾荣在惠帝太安元年十二月先为太子中庶子,又为长沙王乂长史。]

晋惠帝永兴元年(304)

正月

乂败,转成都王颖丞相从事中郎。(《惠帝纪》载成都王颖永兴元年正月为丞相。)

七月

惠帝幸临漳,以荣兼侍中,遣行园陵。[《惠帝纪》载惠帝七月幸邺。邺即临漳,《孝愍帝纪》愍帝建兴元年(313)八月"改建邺为建康,改邺为临漳"。]

八月

会张方据洛,不得进,避之陈留。(《惠帝纪》张方复入洛阳,废皇后羊氏及皇太子覃。)

晋惠帝永兴二年(305)

及帝西迁长安,征为散骑常侍,以世乱不应,遂还吴。[《惠帝纪》永兴元年(304)十一月张方遣惠帝迁长安,河间王颙迎于霸上,二年(305)春正月帝在长安。]

七月

东海王越聚兵于徐州,以荣为军谘祭酒。(《惠帝纪》载七月"东海王越严兵徐方"。)

十二月

属广陵相陈敏反,南渡江,逐扬州刺史刘机、丹阳内史王旷,阻兵据州,分置子弟为列郡,收礼豪桀,有孙氏鼎峙之计。假荣右将军、丹阳内史。(《惠帝纪》陈敏十二月举兵反,自号楚公。)

晋惠帝光熙元年(306)

明年,周玘与荣及甘卓、纪瞻潜谋起兵攻敏。荣废桥敛舟于南岸,敏率万余人出，不获济，荣麾以羽扇，其众溃散。事平，还吴。

晋怀帝永嘉元年(307)

永嘉初，征拜侍中，行至彭城，见祸难方作，遂轻舟而还。

顾荣征拜侍中，见王路塞绝，便乘船而还。过下邳，遂解舫为单舸，一日一夜行五六百里，遂得免。(王隐《晋书》)

元帝镇江东，以荣为军司，加散骑常侍，凡所谋画，皆以谘焉。(《元帝纪》载永嘉初，用王导计，以顾荣为军司马，贺循为参佐。)

晋怀帝永嘉六年(312)

永嘉六年卒。表赠侍中、骠骑将军、开府仪同三司，谥曰元。

晋愍帝建兴五年(317)

及帝为晋王，追封为公，开国，食邑。(《孝愍帝纪》载元帝建兴五年三月称晋王于建康，并改元为建武元年。)

据上可总结顾荣一生大体任职情况如下表：

主要执权者	顾荣职位
孙皓	黄门侍郎、太子辅义都尉
晋武帝	尚书郎
贾后	廷尉正
赵王伦	大将军领军长史
齐王冏	主簿、中书侍郎
长沙王乂	太子中庶子、骠骑长史
成都王颖	丞相从事中郎、兼侍中、散骑常侍
东海王越	军谘祭酒
陈敏	右将军、丹阳内史
司马睿	军司马

附录二

《世说新语》有关顾荣事迹(据龚斌《世说新语校释》,上海古籍出版社 2011 年版)

顾荣在洛阳,尝应人请,觉行炙人有欲炙之色,因辍己施焉,同坐嗤之。荣曰:“岂有终日执之,而不知其味者乎?”后遭乱渡江,每经危急,常有一人左右己,问其所以,乃受炙人也。(《德行》篇第二十五,第 59 页)

元帝始过江,谓顾骠骑曰:“寄人国土,心常怀惭。”荣跪对曰:“臣闻王者以天下为家,是以耿、亳无定处,九鼎迁洛邑,愿陛下勿以迁都为念。”(《言语》篇第二十九,第 174 页)

顾司空未知名,诣王丞相。丞相小极,对之疲睡。顾思所以叩会之,因谓同坐曰:“昔每闻元公道公协赞中宗,保全江表。体小不安,令人喘息。”丞相因觉,谓顾曰:“此子珪璋特达,机警有锋。”(《言语》篇第三十三,第 182 页)

顾孟著常以酒劝周伯仁,伯仁不受。顾因移劝柱,而语柱曰:“讵可便作栋梁自遇。”周得之欣然,遂为衿契。刘孝标注引徐广《晋纪》曰:“顾显字孟著,吴郡人,骠骑荣兄子。少有重名,泰兴中为骑郎。早卒,时为悼惜之。”(《方正》篇第二十九,第 623 页)

许侍中、顾司空俱作丞相从事,尔时已被遇,游宴集聚,略无不同。尝夜至丞相许戏,二人欢极,丞相便命使入己帐眠。顾至晓回转,不得快孰。许上床便咍台大鼾。丞相顾诸客曰:“此中亦难得眠处。”刘孝标注:“顾和字君孝,少知名,族人顾荣曰:‘此吾家骐骥也,必兴吾宗。’仕至尚书令。”(《雅量》篇第十六,第 706 页)

张季鹰辟齐王东曹掾,在洛,见秋风起,因思吴中菰菜羹、鲈鱼脍,曰:“人生贵得适意尔,何能羁宦数千里以要名爵?”遂命驾便归。俄而齐王败,时人皆谓其见机。刘孝标注引《文士传》:“翰谓同郡顾荣曰:‘天下纷纷未已,夫有四海之名者,求退良难。吾本山林间人,无望于时久矣。子善以明防前,以智虑后。’荣捉其手,怆然曰:‘吾亦与子采南山蕨,饮三江水尔。’”(《识鉴》篇第十,第 768 页)

张华见褚陶,语陆平原曰:“君兄弟龙跃云津,顾彦先凤鸣朝阳。谓东南之宝已尽,不意复见褚生。”陆曰:“公未睹不鸣不跃者耳!”(《赏誉》篇第十九,第 833 页)

有问秀才:“吴旧姓如何?”答曰:“吴府君,圣王之老成,明时之俊乂。朱永长,理物之至德,清选之高望。严仲弼,九皋之鸣鹤,空谷之白驹。顾彦先，八音之琴瑟，五色之龙章。张威伯，岁寒之茂松，幽夜之逸光。陆士衡、士龙，鸿鹄之裴回，悬鼓之待槌。凡此诸君，以洪笔为锄耒，以纸札为良田。以玄默为稼穑，以义理为丰年。以谈论为英华，以忠恕为珍宝。著文章为锦绣，蕴五经为缯帛。坐谦虚为席荐，张义让为帷幕。行仁义为室宇，修道德为广宅。”（《赏誉》篇第二十，第 835～836 页）

顾彦先平生好琴，及丧，家人常以琴置灵床上。张季鹰往哭之，不胜其恸，遂径上床，鼓琴，作数曲竟，抚琴曰：“顾彦先颇复赏此不？”因又大恸，遂不执孝子手而出。（《伤逝》篇第七，第 1256～1257 页）

陶公少有大志，家酷贫，与母湛氏同居。同郡范逵素知名，举孝廉，投侃宿。于时冰雪积日，侃室如悬磬，而逵马仆甚多。侃母语侃曰：“汝但出外留客，吾自为计。”湛头发委地，下为二髲。卖得数斛米，斫诸屋柱，悉割半为薪，剉诸荐以为马草。日夕，遂设精食，从者皆无所乏。逵既叹其才辩，又深愧其厚意。明旦去，侃追送不已，且百里许。逵曰：“路已远，君宜还。”侃犹不返。逵曰：“卿可去矣。至洛阳，当相为美谈。”侃乃返。逵及洛，遂称之于羊晫、顾荣诸人，大获美誉。（《贤媛》篇第十九，第 1341～1342 页）

参考文献

（晋）陈寿撰，（南朝宋）裴松之注：《三国志》，中华书局 2006 年版。

（唐）房玄龄等：《晋书》，中华书局 1974 年版。

王仲荦：《魏晋南北朝史》，上海人民出版社 2003 年版。

（南朝宋）刘义庆撰，（南朝梁）刘孝标注，龚斌校释：《世说新语校释》，上海古籍出版社 2011 年版。

（南朝宋）刘义庆撰，（南朝梁）刘孝标注，刘强会评辑校：《世说新语会评》，凤凰出版社 2007 年版。

读书会时间：2019 年 9 月 25 日

《世说新语·德行第一》第三十九条“王子敬病笃”读解

刘璐*

在《世说新语》中，王子敬的出场频率很高。“德行”“言语”“方正”“雅量”“简傲”等十大门类中载有与其相关故事共三十则。“王子敬病笃”这则故事十分简洁，原文仅有三十多字，主要讲述的是王子敬临终前对与郗道茂离婚一事的忏悔。其中如子敬为何要与郗家离婚，病笃时又缘何以忆此事为首等细节值得深入分析。通过读解此条有助于我们更好地了解这一时期的士族婚姻状况。

《世说新语·德行》第三十九条原文及刘孝标注如下：

> 王子敬病笃，道家上章[1]，应首过，问子敬：“由来有何异同得失？”子敬曰：“不觉有余事，惟忆与郗家离婚。”《王氏谱》曰：“献之娶高平郗昙女，名道茂，后离婚。”《献之别传》曰：“祖父旷，淮南太守。父羲之，右将军。咸宁中，诏尚余姚公主[2]，迁中书令，卒。”①

【注解】（参龚斌《世说新语校释》）

[1]“道家上章”二句：所谓“上章”，在《世说音释》中引《隋书·经籍志》曰：“道家有消灾度厄之法。依阴阳五行术数，推人年命，书之如章表之仪，

---

* 刘璐，女，1997年出生，甘肃甘南人，山东大学文学院中国古代文学2019级硕士研究生，师从李剑锋教授，魏晋南北朝文学方向。

① （南朝宋）刘义庆撰，（南朝梁）刘孝标注，龚斌校释：《世说新语校释》，上海古籍出版社2011年版，第85页。以下所引《世说新语》原文、校勘及注解，若无特别注明，均依照此版本。

并具贽币，烧香陈读云：‘奏上天曹，请为除厄。’谓之‘上章’。”“首过”，《正字通》曰：“有过自陈曰首过。”

[2]余姚公主：《太平御览》一五二引《中兴书》曰：“新安公主道福，简文第三女，徐淑媛所生，适桓济，重适王献之。”献之以选尚主，必是简文即位之后，此咸宁当作咸安。又云：“余姚”，《晋书》八〇《献之传》、三二《后妃传》并作“新安”，盖追封。《王献之传》云：新安公主。《后妃传》谥曰愍。济，温子也。温病时，与兄弟熙谋杀冲，俱徙长沙。子敬尚主，济时尚存，亦离婚者矣。

【翻译】

王子敬病重，请道士作表上奏天帝，在祈祷消灾时病人应当自己说出所犯的错误，于是便问子敬一生有什么过失。子敬说：“没感到有其他事，只记得同郗家离过婚。”

【时间】

这则故事发生在王献之弥留之际。据《世说新语·伤逝》第十六条刘孝标注“献之以泰元十三年卒，年四十五”。龚斌校释第一条引程炎震言：“《法书要录》卷九张怀瓘《书断》曰：‘子敬为中书令，太元十一年卒于官，年四十三。族弟珉代居之，至十三年而卒，年三十八。’案所载珉年，与《晋书》合，知所称子敬之年，亦当不误。此注或传写之讹耳。”张彦远《历代名画记》五记子敬卒年及年岁与《书断》合。又《晋书》八〇《王献之传》载：“及安薨，赠礼有异同之议，唯献之、徐邈共明安之忠勋。献之乃上疏……未几，献之遇疾，家人为上章……俄而卒于官。”谢安卒于太元十年(385)，献之于谢安薨后不久亦卒，则《书断》与《历代名画记》谓献之于太元十一年(386)卒，当可信也。由此推测，这则故事发生的时间应该为太元十一年。

【解析】

“王子敬病笃”一条入选《世说新语·德行》篇，这种文本安排，撰者应该是从其生平经历进行考量。刘辰翁云:“人生至此,足称寡过,更以尚主为嫌耳。”[①]明人王世懋云:“此得入‘德行’者,见子敬生平无隐慝耳,离婚以奉诏尚主。子敬常有书遗故妇。辞甚楚。以宋弘律之,不得为无过。”[②]凌濛初云:“即此语,犹自楚。”[③]魏晋时期,士族子弟选尚公主之事多有发生,而独有王子敬以奉诏尚主,与原配妻子离婚为人生之过。其人生不觉有其他过错,只有离婚一事,且他能坦诚说出自己的过失,从侧面反映了王子敬的德行。此外,针对王子敬一事,张溥所辑《王大令集》将《淳化阁帖》卷九录王献之杂帖直标为《别郗氏妻帖》,题词云:“《别妻》一帖,俯仰呜咽,既笃伉俪,何不为宋大夫之却湖阳乎!”张溥与王世懋将其同东汉初年以“糟糠之妻不下堂”而拒绝选尚光武帝姐姐湖阳公主的宋弘比较,认为王子敬“不得为无过”。可见,对于此事前人的评价有所不同。

一、王子敬与五斗米道

这则故事起于王子敬病笃时上章首过的行为。“上章首过”是道家的消灾之法,我们有必要了解王子敬与道家的关系及其首过的原因。

《晋书·王羲之传》提到“王氏世事张氏五斗米道,凝之弥笃”[④]。此所谓道家,乃五斗米教。据《三国志·张鲁传》所载,张鲁,字公祺,是沛国丰人。祖父张陵,在蜀地鹤鸣山中学道,制造道术以此来迷惑百姓。凡是跟随张陵学道的人都要缴纳五斗米,五斗米道故此得名,又被人称作米贼。五斗米道教徒尊张陵为天师,因而又称其为天师道。张陵死后,其子张衡、其孙张鲁继续宣传他的道教学说,传播五斗米道。《三国志》载:

> 鲁遂据汉中,以鬼道教民,自号“师君”。其来学道者,初皆名“鬼卒”。受本道已信,号“祭酒”。各领部众,多者为治头大祭酒。皆教以诚信不欺诈,有病自首其过,大都与黄巾相似。[⑤]

五斗米道为张陵所创,至其孙张鲁而发展壮大。东晋以来,江左社会中道教受到了社会各阶层的普遍接受,琅琊王氏及其妇家郗氏皆信道。陈国符《道教源流考》考论这一时期道教的传播偏于法术。《世说新语》及其相关作品

① (南朝宋)刘义庆撰,(南朝梁)刘孝标注,刘强会评辑校:《世说新语会评》,凤凰出版社 2007 年版,第 28 页。

② 刘强会评辑校:《世说新语会评》,第 28 页。

③ 刘强会评辑校:《世说新语会评》,第 28 页。

④ (唐)房玄龄等:《晋书》卷八〇《王羲之传》,中华书局 1974 年版,第 2103 页。

⑤ (晋)陈寿撰,(南朝宋)裴松之注:《三国志》卷八,中华书局 1959 年版,第 263 页。

中记载了王氏家族信奉五斗米道的多条故事。

首先是王羲之。据《太平御览》卷六六六引《太平经》曰："王右军病，请恭。恭谓弟子曰：'右军病不差，何用吾？'十余日果卒。"[①]这里提到的杜恭，即《晋书·孙恩传》中的钱塘杜子恭。恩叔父泰师事之，而恩传其术，亦五斗米道也。杜恭有道术，人多惑之，敬之如神。其以法术结交朝望，由来已久。王羲之高明有识，却好服食养性，与道士许迈交游未尝不弥日忘归，并为许迈作传，述其灵异之迹甚多。王羲之对五斗米教的信奉，病笃时犹不可免。其次是王凝之，其对五斗米道的信奉更是疯狂。《晋书·王羲之传》曰："孙恩之攻会稽，僚佐请为之备。凝之不从，方入靖室请祷，出，语诸将佐曰：'吾已请大道，许鬼兵相助，贼自破矣。'既不设备，遂为孙恩所害。"[②]面对数以万计的武装敌人，王凝之不设任何防备，认为会有鬼兵来助，视自己与他人的生命如儿戏，王凝之对于五斗米道的信奉几乎丧失了理智，十分荒诞。此外，《世说新语·伤逝》第十六条刘孝标注引《幽明录》记载了一则王子猷的故事：

> 泰元中有一师从远来，莫知所出。云："人命应终，有生乐代者，则死者可生。若逼人求代，亦复不过少时。"人闻此，咸怪其虚诞。王子猷、王子敬兄弟特相和睦。子敬疾，属纩。子猷谓之曰："吾才不如弟，位亦通塞，请以余年代弟。"师曰："夫生代死者，以己年限有余，得以足亡者耳。今贤弟命既应终，君侯算亦当尽，复何所代？"子猷先有背疾，子敬疾笃，恒禁来往。闻亡，便抚心悲惋，都不得一声，背即溃裂。推师之言，信而有实。[③]

这则故事亦见于《晋书》，王子猷欲以其余年代子敬的部分内容基本相似，后半部分有所不同。余笺认为《幽明录》后半部分的记载与《晋书》《世说新语》相悖，应是天师道自神其术的妄说。先不说故事真假，从中可以看到王氏家族信奉五斗米道，笃信相关法术，为众人所知。时人都怪其虚诞，知道其方法对于治病无益，王氏兄弟却竞相侍奉，王氏世事五斗米道所说不假。

五斗米道有自己的一套教义系统："加施净室，使病人处其中思过。又使人为奸令祭酒，主以《老子》五千文，使都习，号'奸令'，为鬼吏，主为病者请祷之法，书病人姓字，说服罪之意。作三通，其一上之天，著山上，其一埋

① (宋)李昉等：《太平御览》卷六六六，中华书局 1985 年版，第 2974 页。

② (唐)房玄龄等：《晋书》卷八〇《王羲之传》，第 2103 页。

③ 龚斌校释：《世说新语校释》，第 1267 页。

之地，其一沉之水，谓之‘三官手书’。”[①]王子敬受当时社会及其家族风气的影响，信奉五斗米道，临终前上章首过，就是五斗米道的修习方法。上章首过一句说的是子敬病重时请道士奏上天曹，请为除厄。王子敬作为五斗米道的信徒，其教义主张诚信不欺诈，其上章首过的行为必定虔诚。另“人之将死，其言也善”，可见王子敬对与郗家离婚一事的愧疚是其内心真实的感受。

二、王子敬与郗道茂的婚姻及两家关系变化

刘孝标注引《王氏谱》曰：“献之娶高平郗昙女，名道茂，后离婚。”王子敬的原配妻子名为郗道茂，其父郗昙是东晋前期名臣郗鉴的次子。王、郗二族为累世婚姻，王羲之妻为郗鉴女，王献之妻为郗昙女。《世说新语·雅量》第十九条载：

> 郗太傅在京口，遣门生与王丞相书，求女婿。丞相语郗信：“君往东厢，任意选之。”门生归，白郗曰：“王家诸郎亦皆可嘉，闻来觅婿，咸自矜持，唯有一郎在东床上坦腹卧，如不闻。”郗公云：“正此好！”访之，乃是逸少，因嫁女与焉。[②]

王羲之坦腹东床是《世说新语》中最有趣味的故事之一，讲述的是郗鉴与王导书，为女儿郗璿选婿一事。郗鉴所在高平郗氏一族在两晋之际，既不显达，人物又不预挥麈谈玄之流，与王、裴诸族相比，并不属很高的阶层。东晋初期，郗氏家族由于郗鉴的苦心经营，遂得跻身江左门阀政治中，并逐步上升为第一流的侨姓士族，王、谢、庾、桓亦不敢小觑。此时王氏家族名望虽高于郗家，但郗鉴平定王敦之乱有功，且郗鉴所持有的军事实力能在王导与庾亮争权时提供帮助。郗鉴支持王导，王导联结郗鉴，两家也算门户相当。所以当郗鉴向王导书信求婿时，王导爽快答应，并让他任意选之。郗家选婿并没有指定人选，一方面是因为郗家看中的是王家的门第，东晋门阀婚姻先是求族，然后择人；另一方面是因为“王氏诸子皆俊”。王羲之以不同于他人的率真自然受到郗鉴欣赏，令其将女儿许配给他。

后来王羲之又为王子敬觅妇，《杂帖》云：“献之字子敬，少有清誉，善隶书，咄咄逼人，仰与公宿旧通家，光阴相接。承公贤女淑贞质亮，确懿纯美，

① 龚斌校释：《世说新语校释》，第 86 页。
② 龚斌校释：《世说新语校释》，第 712 页。

敢欲使子敬为门间之宾，故具书祖宗职讳。可否之言，进退唯命。羲之再拜。”[①]从此段记载中可以看出，王羲之想要为幼子王子敬求娶郗家女，其言辞恳切，对待郗家恭敬款诚。王、郗两家为旧通家，而选择再次联姻，既能保持双方家族高贵血统的自然纽带，也能保持二族的紧密联系和共同利益，巩固两家的门阀统治。王献之与郗道茂本为表亲，又共结连理，成为夫妻，郗昙对子敬而言既是岳父，也是母舅，两家关系理应十分牢固。可事实并非如此，婚后王献之与郗家离婚，再娶新安公主，《世说新语》记载的一些故事也反映出两家关系的变化。《世说新语·贤媛》第二十五条：

王右军郗夫人谓二弟司空、中郎曰："王家见二谢，倾筐倒度；见汝辈来，平平尔。汝可无烦复往。"[②]

这则故事中的司空，指郗愔；中郎，指郗昙。二谢乃指谢安、谢万。余嘉锡《笺疏》以为“此王家乃指其夫右军”。龚斌《世说新语索解》中认为此处“王家”指的是王氏兄弟。据陶弘景《真诰·阐幽微》：“逸少升平五年辛酉卒，年五十九。”《资治通鉴》卷一〇一载：“升平五年正月，东安简伯郗昙卒。”则王羲之与郗昙同卒于升平五年(361)。此外，谢万升平三年(359)北伐失败，被废为庶人，所以这则故事的发生时间应在谢万北伐失败之前。另王献之太元十一年(386)卒于官，年四十三。据此可以推断出，王羲之与郗家论婚，必在升平五年之前，此时王献之还不满十七岁；若此条中的王家指的是王羲之，那当时王家就冷淡郗家，王羲之又何必大费周章地与郗家通婚呢？此外，《晋书》卷六七《郗鉴传》载：“(愔)转为临海太守，会弟昙卒，益无处世意，在郡优游，颇称缄默，与姊夫王羲之、高士许询并有迈世之风，俱栖心绝谷，修黄老之术。”[③]可见，王羲之在世时与郗愔关系很好。故推测王夫人所说的“王家”，应不是指右军，而是指王氏兄弟。《晋书》记载王子敬“常与兄徽之、操之俱诣谢安”，《世说新语》中记述王氏兄弟与谢家交往的故事很多，从以上这些记述中可以看到，王氏兄弟与谢家交往密切，所以此处“王家”当指王氏兄弟。

王家之所以会对谢家和郗家厚此薄彼，推其原因一方面是谢家方兴未艾，为新兴贵族。谢安、谢万是当时士林倾慕的名士，尤其谢安神情萧散，擅长清谈，与之交游者皆当世名流，声名极盛，以至有“谢安不肯出，将如苍生

① 龚斌校释：《世说新语校释》，第 87 页。
② 龚斌校释：《世说新语校释》，第 1353 页。
③ (唐)房玄龄等：《晋书》卷六七《郗鉴传》，第 1802 页。

何"的赞美。而郗家兄弟虽为名公之子,但未获显位,资望不如谢家。另一方面王氏兄弟颇得谢安青睐,尤其是王子敬。他先为谢安长史,安进号卫将军,复为长史,谢安于子敬有知遇之恩。而郗夫人之所以会对比王家对待两家的不同态度,是因为郗愔子郗超为大司马桓温参军,深受宠信。桓温许多重大的举措都是郗超为之谋划的。郗超后迁为中书侍郎,权重一时。谢安执掌大权后,郗超深嫉之。《晋书》卷六七曰:"常谓其父名公之子,位遇应在谢安右,而安入掌机权,愔优游而已,恒怀愤愤,发言慷慨,由是与谢氏不穆。安亦深恨之。"[①]谢家与郗家不睦,而王家作为郗家姻亲,与谢家关系亲密,对郗家却是平平,故郗夫人怪王家为二谢倾筐倒庋。由此可以看出王郗两家已不如之前和睦,间有嫌隙。

王、郗两家为累世婚姻,王家在求娶郗道茂时言辞恳切,十分殷勤,后来对待郗家的态度却发生明显变化。不仅如此,王子敬还与郗家离婚。王家前恭而后倨,到底是因为什么呢?

三、离婚原因

王献之与郗道茂离婚的原因,史书未有明确的记载,大多学者推想可能与子敬被迫选尚新安公主有关。结合相关背景考察,其离婚原因恐由多方面因素造成。

首先,不得不提的便是选尚新安公主一事。所谓"选尚"即指的是娶公主为妻。因尊帝王之女,不敢言娶,故云。尚是承奉、奉侍或仰攀之意。据刘孝标注引《献之别传》云:"咸宁中,诏尚余姚公主,迁中书令。"[②]此处余姚公主便是简文帝之女新安公主。新安公主是当时晋孝武帝的姐姐,早年嫁给了桓温的儿子桓济,桓温死后,桓济为了夺权,想谋杀叔父桓冲,被流放长沙。至此,其政治生命已经完结。公主作为皇室成员,皇室肯定不会同意其跟随夫家前去流放之地,所以二人婚姻也便就此结束。

东晋门阀等级内婚制多在社会地位相当的家族群体内进行,选择范围较为狭窄。新安公主的尊贵身份及经历,更是如此。即使王子敬已经结婚,也仍在选择之列。此外,王氏家族作为当朝最著名的士族门阀之一,"子弟皆俊",皇室婚姻肯定会将目光投向赫赫有名的士族高门。孝武帝对于王献之这个王家贵少更是颇为青睐,《世说新语·排调》第六十条中记载道:

---

① (唐)房玄龄等:《晋书》卷六七《郗鉴传》,第1804页。

② 《世说新语·德行》第三十九条,刘孝标注引《献之别传》,龚斌校释:《世说新语校释》,第86页。

孝武属王珣求女婿，曰："王敦、桓温，磊砢之流，既不可复得，且小如意，亦好豫人家事，酷非所须。正如真长、子敬比，最佳。"珣举谢混。后袁山松欲拟谢婚，王曰："卿莫近禁脔。"①

孝武帝为晋陵公主选婿时，首要看中的便是家族是否显贵，其次人还不能太过剑拔弩张。王敦、桓温虽都是高门望族，但孝武帝却不认可，他们虽然才气卓越，出身显贵，但却好豫天子家事，觊觎帝位，与这种人联姻恐会威胁到他的社稷。在他心目中只有像刘真长和王献之这样真正出仕的人才是女婿的上乘人选。孝武帝将王子敬视为选婿标准，所以其为新安公主选婿的时候，自然会将目光投向他。

选尚公主，与皇室联姻，从家族层面讲虽十分有益，但对于已经与郗道茂结婚的王献之来说，并不是一件好事。作为选尚新安公主的最佳人选，他并不是没有做过反抗。紧接东晋的刘宋时代，宋文帝时也曾诏江敩尚临汝公主，使人为敩作表让婚，表中提到"子敬灸足以违诏"一事。可见，对于选尚新安公主，王子敬内心也是十分抗拒的。蒋凡《世说新语研究》中借江敩上表一事说明王献之是"被迫离婚"，认为王子敬与妻道茂"感情幸福"。"被迫离婚"一说言之有理，但二人感情是否幸福却不可知。宋郭茂倩《乐府诗集》引《古今乐录》说："《桃叶歌》者，王子敬所作也。桃叶，子敬妾名，缘于笃爱，所以歌之。"

桃叶映红花，无风自婀娜。春花映何限，感郎独采我。
桃叶复桃叶，桃树连桃根。相怜两乐事，独使我殷勤。
桃叶复桃叶，渡江不用楫。但渡无所苦，我自迎接汝。②

《桃叶歌》三首通过不同口吻，表达了王献之与其爱妾桃叶的爱情故事，在民间广泛流传。由此诗歌看来，子敬感情专一于道茂并不可信。王子敬采用灸足这种行为来表达他对选尚公主一事的抗拒，可见其与郗道茂离婚并非出自本心主动的选择，其被迫选尚新安公主应该是其离婚最直接的原因。除了"诏命难违"外，王氏家族的门阀意识以及王子敬对门阀士族身份的自觉认同，也可能是影响其离婚的重要因素。《世说新语·简傲》第十五条中记载了王子敬兄弟在郗超死后，仪容轻慢之事。其内容如下：

王子敬兄弟见郗公，蹑履问讯，甚修外生礼。及嘉宾死，皆箸高屐，

① 龚斌校释：《世说新语校释》，第1590页。

② （宋）郭茂倩编撰，聂世美、仓阳卿校点：《乐府诗集》，上海古籍出版社1998年版，第517页。

仪容轻慢。命坐，皆云："有事，不暇坐。"既去，郗公慨然曰："使嘉宾不死，鼠辈敢尔。"[①]

这则故事与《晋书》所录基本一致，但此条有颇多争议。曹道衡、沈玉成《中古文学史料丛考》"王献之与郗氏离婚"条云："王献之与郗道茂离婚，郗超之卒与王献之兄弟轻慢郗愔，盖仅导火线耳。离婚当在郗超卒后，郗愔卒前，即孝武帝太元初(376 年左右)。"[②]此条从王、郗两家结怨探讨子敬离婚之故，认为王氏兄弟轻慢郗公，使得两家生出嫌隙，引发二人婚变。但据此条所说，郗超是在桓温卒后五年卒，且其前文"郗超为中书郎"一条，认为"郗超卒年，《通鉴》记作太元二年(377)十二月。《晋书》记年四十二；宋本《世说·伤逝》注引《中兴书》同，通行本传刻误作'四十一'"。即认为郗超卒于 377 年十二月，其所推论时间与说法前后矛盾。王子敬离婚一事应发生在郗超卒，王氏兄弟轻慢郗愔之事前。

姚鼐《惜抱轩笔记》认为"子敬佳士，岂慢舅若此"[③]，此条应不是实录，为王氏兄弟轻慢其舅的行为开脱。魏晋时期，门第之见、士庶之别，后人不以为然，但在当时却是真实存在的。《晋书·郗超传》谓超死之日"贵贱操笔而诔者四十余人，其为众所宗贵如此"。可见，郗超在世时，王子敬兄弟见郗公"甚修外生礼"，当可无疑，而这大半是慑于郗超的权势。东晋门阀政治，重门第兼重人物。家族内权势人物的存亡直接影响着士族门户地位的升降。郗超去世，其家族虽仍有子弟在朝为官，但其家族势力已大大削减，影响力远不如以前。王子敬虽为佳士，但自矜门第高华，性亦傲慢，世态炎凉，时过境迁，在当时的社会环境中，佳士亦不免，何况像子猷等任达之辈。《贤媛》篇中郗夫人告诫两个弟弟"汝可无烦复往"，郗夫人作为王氏兄弟的亲生母亲，怎会不顾事实抹黑夫家，由此可见，此条王子敬兄弟怠慢母舅郗公应是实录。

东晋门阀政治盛行，家族门第的高贵是极其重要的。这一时期个人婚姻往往是从门阀政治的大处着眼，婚姻不单单是个人幸福问题，更关涉家族的地位荣誉，使得婚姻最重门第。这一时期士族内部升降的存在，直接影响着家族子弟的前途，左右着其子女的婚姻，迫使门阀士族不得不殚精竭虑，采取种种措施，巩固家族地位。从王氏兄弟对其母舅态度的前后对比上，不

---

① 龚斌校释：《世说新语校释》，第 1510 页。

② 曹道衡、沈玉成：《中古文学史料丛考》，中华书局 2003 年版，第 220 页。

③ 龚斌校释：《世说新语校释》，第 1511 页。

难看出家族势力、地位升降带来的影响。

王献之所受家风与时世渲染，门阀意识根深蒂固，不仅如此，其对于高门贵胄这一身份具有自觉的认同。《世说新语·简傲》篇第十七条写道：

> 王子敬自会稽经吴，闻顾辟疆有名园，先不识主人，径往其家。值顾方集宾友酣燕，而王游历既毕，指麾好恶，旁若无人。顾勃然不堪曰："傲主人，非礼也；以贵骄人，非道也。失此二者，不足齿之伧耳！"便驱其左右出门。王独在舆上，回转顾望，左右移时不至。然后令送著门外，怡然不屑。①

王献之未经主人同意，擅自进入顾氏园，不仅如此，不顾主人及其宾客，随意评价，使得主人勃然大怒，将其驱赶出门。王献之的这种行为违背了人之常情，其以高贵门第傲人，"时人钦其才而秽其行"。《世说新语·忿狷》第六条中也反映了其门第成见之深：

> 王令诣谢公，值习凿齿已在坐，当与并榻。王徙倚不坐，公引之与对榻。去后，语胡儿曰："子敬实自清立，但人为尔，多矜咳，殊足损其自然。"②

此条刘孝标注引刘谦之《晋纪》曰："王献之性甚整峻，不交非类。"余笺说"不交非类"一词并不是孔子"无友不如己者"。习凿齿人才学问独出冠时，而王子敬鄙其出身寒士，且有足疾，不愿与他连榻坐。其门第观念根深蒂固，连一向看中他的谢安都讥其"殊足损其自然"。

世家大族的婚姻本就是家族势力的抗争，王氏作为东晋望族之冠，绝不会不关注、不在意当时世家大族的消长。相比于皇族，郗家实力相差太多，而且与皇室联姻，士族本身地位也会提高，郗家已经不是王家提升社会地位和扩大影响的最佳选择。王氏家族的门阀意识以及王子敬根深蒂固的门第观念，使得他在被选尚新安公主时，虽十分抗拒，但最后还是选择接受。

除了以上原因，据史料载，王子敬与郗道茂婚后育有一女，但早夭，之后未有孩子。《晋书》记载献之无子，以兄子静之嗣之。古代妇女无子是可以当作黜妻的理由的，道茂无子，是不是影响二人离婚的因素，我们便无从索解了。

王献之被迫选尚新安公主可能是其离婚的最主要、最直接的原因。此

---

① 龚斌校释：《世说新语校释》，第1512页。

② 龚斌校释：《世说新语校释》，第1706页。

外，从家族层面来看，王氏家族门阀婚姻意识根深蒂固，在皇室与郗氏家族的实力对比之下，选尚新安公主自然是更好的选择。从个人来说，王献之对高门贵胄这一身份的自觉认同，使他在个人情感与家族利益中，选择了后者。这些因素综合导致王献之接受皇帝的诏命，选尚新安公主。

魏晋南北朝时期因政治原因而离婚的现象呈现出复杂的特色，以政治婚姻而牺牲儿女爱情幸福的并非个例。但不管出于何种形式、原因的离婚，都没有考虑到男女双方的感情因素，暴露了封建婚姻的政治性与不稳定性。

四、以“与郗家离婚”为过的原因

王家与郗家求婚之时，热情款诚，后因种种原因离婚，王子敬在病笃时又真诚忏悔。其态度前后转变，落差巨大。

王子敬与道茂离婚之后，觉得咎在己身，怅恨不绝，多次致信道茂。信曰：“虽奉对积年，可以为尽日之欢。常苦不尽触额之畅。方欲与姊极当年之匹，以之偕老，岂谓乖别至此！诸怀怅塞实深，当复何由日夕见姊耶？俯仰悲咽，实无已已，惟当绝气耳！”[①]此帖被喻为晋帖名作，其中子敬追忆昔日夫妻之情，回忆当年二人想成双成对，白头偕老之心，怨恨命运如此不公，无奈分离，流露出对于郗道茂的眷恋以及二人分离的无奈。在《岁终帖》中，子敬也表达了对于郗道茂的担忧：“兄告说姊故黄瘦，忧驰可言。”郗道茂离婚之时，其父郗昙已卒十年，无奈只能投奔伯父郗愔篱下，郁郁而终。面对郗道茂，王子敬是满怀愧疚的，觉得这些都是自己与郗道茂离婚造成的。而这份愧疚使得王子敬终生难以忘怀，常怀一种负罪感。

此外，王子敬与新安公主的婚姻状况也可能是他以之为过的原因。王子敬与新安公主婚后生活如何，史无记载。但据江敩表中所称：

> 自晋氏以来，配尚王姬者，虽累经美胄，亟有名才，至如王敦慑气，桓温敛威，真长佯愚以求免，子敬炙足以违诏……彼数人者，非无才意，而势屈于崇贵，事隔于闻览，吞悲茹气，无所逃诉。制勒甚于仆隶，防闲过于婢妾。往来出入，人理之常；当宾待客，朋从之义。而令扫辙息驾，无窥门之期，废筵抽席，绝接对之理，非唯交友离异，乃亦兄弟疏阔。[②]

江敩在被迫选尚公主时，写到了配尚王姬之人的无奈。汉世以来，公主“皆

---

① （清）严可均校辑：《全晋文》卷二七，中华书局1958年版，第1614页。

② （南朝梁）沈约撰：《宋书》卷四一《孝武文穆王皇后传》，中华书局1974年版，第1290页。

别置第舍府署"[①]，《晋书·礼志下》记载"尚公主者来第成婚"。公主作为皇室成员，身份显赫，地位尊贵，在夫妻婚姻中处于优势地位。可见诏尚公主，虽然在政治、地位上傲人一等，但在感情、日常生活方面受到一定束缚。"工草隶，善丹青"的王献之，重玄理之自然，高迈不羁，风流为一时之冠，岂是甘心受人羁囚之人，诏尚公主，斡旋于政治、权势，对他而言也是一种痛苦。因此选尚新安公主之后的生活，也可能使他悔恨与郗道茂离婚。此外，余嘉锡在《世说新语笺疏》提到王子敬忏悔的原因还有可能是"或者守道不笃，如黄子艾"。据《后汉书》记载：

> 黄允字子艾，济阴人也。以隽才知名。林宗见而谓曰："卿有绝人之才，足成伟器。然恐守道不笃，将失之矣。"后司徒袁隗欲为从女求姻，见允而叹曰："得婿如是足矣。"允闻而黜遣其妻夏侯氏。妇谓姑曰："今当见弃，方与黄氏长辞，乞一会亲属，以展离诀之情。"于是大集宾客三百余人，妇中坐，攘袂数允隐匿秽恶十五事，言毕，登车而去。允以此废于时。[②]

黄子艾有绝人之才，却因袁隗一句"得婿如是足矣"的赞叹而黜妻，其妻被弃心伤，揭露其隐匿恶事，最后被世人不齿，应了郭林宗"然恐守道不笃，将失之矣"的预言。西晋贾后专权时，王衍女为愍怀太子妃，"太子为贾后所诬，衍惧祸，自表离婚"，之后贾后被废，有关官员便上奏指责王衍"衍不能守死善道，即求离婚"。西晋时期朝政混乱，王衍为避灾祸让女儿离婚的行为被认为"不能守死善道"。王子敬自称一生无过，唯有休妻尚主之事有憾，余笺提到王子敬以之为过的原因"或者守道不笃，如黄子艾耶"，认为王子敬可能也十分害怕自己如黄子艾一样，因选尚公主而与原配妻子离婚，守道不笃，留有恶名，所以悔恨不已。东晋时期，门第婚姻达到鼎盛时期，尚主之事并不少见，且王子敬与郗家离婚是被迫无奈做出的选择，与黄子艾有本质区别，但这件事最终所呈现的结果便是他选择了与皇室联姻，而与自己的原配妻子离婚。何况，郗道茂还是他的表姐。王子敬于道义上有损，难辞其咎。余嘉锡所推想王子敬"守道不笃"，而至死犹内心深藏，愧疚不已，也是可能的。

王子敬临终前犹怅恨不绝，不管是出于对郗道茂的愧疚，对自己选尚新安公主的无奈，还是守道不笃的悔恨，总之，他的这份愧疚都是发自内心真

---

① (唐)徐坚等撰：《初学记》卷一〇《公主》，中华书局1980年版，第244页。

② (南朝宋)范晔：《后汉书》卷六八，中华书局2007年版，第651页。

诚可信的。从王子敬的这则故事中可以看到，因政治等外在原因迫使夫妻离婚之事，给男女双方都带来了巨大的影响。

五、魏晋时期的士族婚姻

《世说新语》等文学作品中有关魏晋士族婚姻的故事简洁而有韵味，相比于史籍中较为零散、笼统的记载，这类作品对于当时婚姻状况的反映更加直观。

东晋时期，门阀制度盛行，由世家大族把持，宗族壁垒森严的婚姻无疑成为这一时期士族婚姻的主要形式。世家大族为了保持血统的纯净拒绝与低层士族、庶族通婚，重视撰写家谱与家族内教育，并且通过与更高地位的士族通婚来提高自己的名望，以此维护门阀政治的统治。

世家大族联姻的最佳对象是最高统治阶层。这种结合是双向选择，天子下嫁女儿给诸侯也不过各取所需：一方面，帝王可以依靠士族显赫的名声；另一方面，士族可以与皇室联姻彰显自己家族至尊的地位，并借此来提升社会地位和扩大影响。王子敬最后选择与郗家离婚，而选尚新安公主，不得不说是其从家族门阀角度出发，权衡利弊之后所做的选择。除了与皇族联姻外，士族之间内部联姻便是最主要的形式，也就是所谓的“强强联合”。东晋时期，门阀士族通婚是历史必然趋势的选择，很多士族最次也要与自己同等地位的士族通婚。

从《世说新语》的一些故事中不难看出，这一时期人们将婚姻选择的目光投向炙手可热、煊赫一时的士族高门。但即使是士族之间的内部联姻也充满着门第之间的歧视与偏见：

> 王文度为桓公长史时，桓为儿求王女，王许咨蓝田。既还，蓝田爱念文度，虽长大犹抱著膝上。文度因言桓求己女婚。蓝田大怒，排文度下膝，曰：“恶见文度已复痴，畏桓温面？兵，那可嫁女与之！”文度还报云：“下官家中先得婚处。”桓公曰：“吾知矣，此尊府君不肯耳。”后桓女遂嫁文度儿。[①]（《世说新语·方正》第五十八条）

桓温一族虽由来已久，但一直缺乏当朝显赫人物。其父桓彝官至尚书吏部郎，直到桓温大权独揽，桓氏家族才为世人所重。桓温在当时的名声虽然很高，但在太原王氏看来还不足以与之通婚，所以当王述听到他说想娶自己的

① 龚斌校释：《世说新语校释》，第667页。

孙女，勃然大怒。但后来桓温又提出将自己的女儿嫁给文度儿时，他便没有再反对。这“一出一入”魏晋时期的士族是非常在乎的。他们的女儿嫁给寒门就是“出”，走出士族的圈子，不再拥有至尊的地位，屈就于寒门，生下的孩子自然也是寒门的孩子，姓氏改变，血统纯净不再。而“入”则大大不同。姓氏依然不变，只是掺杂些许寒门血脉而已，而且这样的女子大多也是庶族中顶尖聪慧的女子，凭借对她们的教育和引导，不难维持贵族血统的纯正。这种观念同样适用于不同等级门阀内通婚的情况，即使桓温不是寒门，王述依旧不愿让自己的孙女嫁到桓温家。

还有一直被人们津津乐道的“东床坦腹”的故事，其实质便是高级门阀与低级门阀的联姻。郗鉴之所以会选择王家子弟，王羲之最后能得到郗太傅的青睐，不仅仅因为他的与众不同、清高傲世，更因为王氏家族名望。此外，南方士族在选择范围和心理优越感上又明显高于北方士族。如《方正》第二十四条：

> 王丞相初在江左，欲结援吴人，请婚陆太尉。对曰：“培塿无松柏，薰莸不同器。玩虽不才，义不为乱伦之始。”[①]

陆玩是南方的士族豪门，王导的先祖虽也不乏名臣，但渡江之初，论功勋名望，王不如陆，加以南方人瞧不起北方人，所以陆玩不愿与王导联姻，并将与王家联姻看作“乱伦之始”，由此可见南北士族之间的隔阂。

从《世说新语》的这些故事中，我们可以看到士族之间通婚要求之严格，门阀等级观念非常强，对血统和血脉的纯正异常看重。受这种门阀等级内婚制的影响，士族内通婚范围狭窄，婚姻首要信条是服务于门第，致使门第婚姻出现诸种形态，较具代表性的便是“重婚”与“世婚”这两种。所谓“重婚”，是重叠交互为婚，其所指的是宗族婚姻中嫁娶并行的行为。王献之尚新安公主，其女为安帝后便是典型的例子。“世婚”指的是累世相通的婚姻形式，琅琊王氏与高平郗氏便是一例。

婚姻形态是士族文化的一个重要侧面。宁稼雨《从〈世说新语〉看魏晋士族婚姻观念变化》一文中提到“作为人类社会和家庭生活的重要组成部分，婚姻关系一直是人们社会观念和精神状态的折射镜。一个社会的时尚潮流和人们的精神归宿，往往要在婚姻关系中得到鲜明的体现”[②]。在魏晋

① 龚斌校释：《世说新语校释》，第615页。

② 宁稼雨：《从〈世说新语〉看魏晋士族婚姻观念变化》，《广州大学学报》（社会科学版）2007年第3期。

这个"精神上极自由、极解放，最富于智慧、最浓于热情"，极为矛盾的时代，婚姻关系作为社会观念和精神状态的折射，出现了不同情况：一方面门第婚姻观念形成了婚姻的宗族壁垒，另一方面出现了一些不同的现象。

首先便是离婚这一现象。魏晋时期，儒学从独尊地位跌落，对于女性贞洁的强调减弱，离婚改嫁之事屡见不鲜。离婚，古称"仳离""绝婚"。"离婚一语，晋时始有"①，此亦反证当时离婚的常见。王献之与新安公主缔婚时，二人均已与前妻或前夫离绝。由此便可以看出，魏晋离婚具有深刻的时代烙印。其一是离婚对象多为上层贵族阶层；其二是出于政治原因而离婚的例子占据了这一时期离婚现象中的主导地位。

此外，在坚固的宗族壁垒下，士族子弟为了婚姻自主而努力抗争这一现象也较为明显。王子敬面对皇族的青睐，灸足以违诏，弥留之际也深深忏悔，真实反映了士族子弟在宗族壁垒森严的社会状况下对于婚姻自主的渴求与无可奈何。而这一故事并不是单一的存在。《世说新语》中谢道韫也大胆向包办的门阀婚姻提出抗议。谢道韫和王凝之门当户对，在时人看来是门阀婚姻成功的典范。谢道韫是一代才女，面对资质平庸的丈夫王凝之，她敢于直接指责，以至于说出"不意天壤之中，乃有王郎"之语，公然表达了自己对丈夫的不满。谢安安慰其曰："王郎，逸少之子，人身亦不恶，汝何以恨乃尔？"他从门第、品质等方面来肯定王凝之，维护二人的婚姻。由于王、谢家族的共同努力，王凝之和谢道韫，虽然夫妇之间的感情出现了裂痕，但并没有离婚。谢道韫见识过人，面对其夫王凝之，虽十分不满，但却不得不在无形而强大的社会压力下，维护家族门阀的政治经济利益，默默牺牲自己的感情和幸福。这是时代造成的人生悲剧，王子敬、谢道韫，一样无计相回避。

魏晋是一个独特的历史时期，等级森严的门阀婚姻是维持这一时期社会婚恋的主要形式。与此同时，离婚、改嫁等现象的频繁出现以及士族子弟对婚姻自主表现出的渴望及抗争，交织形成了魏晋时期特有的文化元素与文化特色，真实地反映了这一时期士族婚姻文化特有的情形。这一时期婚恋中虽有其他声音出现，但相比而言力量太过微弱，无法撼动这一时期门阀婚姻的森严壁垒，改变婚姻中的门阀观念，所以才会有王子敬临终前对于前妻离婚一事悔过的情形。

---

① 陈鹏：《中国婚姻史稿》，中华书局 2005 年版，第 589 页。

参考文献

（南朝宋）刘义庆撰，（南朝梁）刘孝标注，龚斌校释：《世说新语校释》，上海古籍出版社 2011 年版。

（唐）房玄龄等：《晋书》，中华书局 1974 年版。

曹道衡、沈玉成：《中古文学史料丛考》，中华书局 2003 年版。

（南朝宋）刘义庆撰，（南朝梁）刘孝标注，刘强会评辑校：《世说新语会评》，凤凰出版社 2007 年版。

读书会时间：2020 年 11 月 18 日

《世说新语·政事第三》“陈仲弓为太丘长”舍盗治民条读解

李剑锋*

【原文】

陈仲弓[1]为太丘长[2]，有劫贼杀财主[3]，主者[4]捕之。未至发所[5]，道闻民有在草[6]不起子[7]者，回车往治之。主簿曰：“贼大，宜先按讨[8]。”仲弓曰：“盗杀财主，何如骨肉相残？”(《政事第三》第二条)①

【校勘】

余嘉锡笺疏引李慈铭云：“案下‘主’字疑衍，当云‘有劫贼杀财主者’为一句。”

【注解】

[1]陈仲弓：陈寔字仲弓，生于汉和帝永元十六年(104)，卒于汉灵帝中

* 李剑锋，男，1970年生，山东沂水人，山东大学文学院教授。

① (南朝宋)刘义庆撰，(南朝梁)刘孝标注，余嘉锡笺疏，周祖谟、余淑宜、周士琦整理：《世说新语笺疏》，上海古籍出版社1993年版，第163页。本文所引《世说新语》原文及刘孝标注文，皆据此版本。

平三年(186)八月,享年八十三。[①] 颍川许县人,“德冠当时”[②]。少为县吏,后任郡西门亭长,郡功曹。为闻喜令、太丘长。遭党锢之祸,禁锢二十年,解禁后年已七十,隐居丘山,屡辞公府交辟。卒谥曰文范先生。[③]

陈寔生平事迹见范晔《后汉书》卷六二本传,《蔡邕集》有关陈寔的《文范先生陈仲弓铭》《陈太丘碑》(同名二种)等三碑,又可参《东观汉记》(吴校本)卷一七,《三国志》卷一一《管宁传》与卷一三《钟繇传》裴松之注引《先贤行状》,卷二二《陈群传》注引《魏书》《博物记》,卷二八《邓艾传》等,袁宏《后汉纪》卷二三、二四,周天游辑谢承《后汉书》卷四,司马彪《续汉书》卷四,华峤《后汉书》卷三,陶渊明《圣贤群辅录》引《甄表状》《邯郸淳纪碑》,《隶释》卷一八《太丘长陈寔坛碑》、卷一九《司空掾陈寔残碑》(又载于《集古录》及《金石录》),《世说新语·政事》诸篇,等等。侯康《补后汉书艺文志》据葛洪《抱朴子·内篇》卷三《对俗篇》等补录有陈寔《异闻记》。[④]

---

① 谢志平考论云:“陈寔生卒年,本传(范晔《后汉书》卷六二)云:‘中平四年,年八十四,卒于家。’今《蔡邕集》载有陈寔三碑,其一曰:‘年八十有三,中平三年八月丙午遭疾而终。’其二曰:‘春秋八十有三,中平三年八月丙子卒。’其三曰:‘春秋八十有三,寝疾而终。’且碑首句即云‘维中平五年春三月癸未,豫州刺史典,以褒功述德’,立碑时间距离陈寔卒年不到两年,当可信。赵明诚《金石录》云:‘邕集仲弓三碑皆邕撰。其一碑云:中平三年秋八月丙子卒。三碑皆云春秋八十有三。《后汉书·仲弓传》以为中平四年年八十四卒于家者,疑传误。’今据陈寔碑,定为灵帝中平三年(186)陈寔卒,年八十三,生于和帝永元六年(104)。”(谢志平:《东汉儒家学者丛考》,中山大学出版社2019年版,第37页。版本下同)

② (晋)陈寿:《三国志》卷二二《魏书·陈群传》注引《魏书》,百衲本景宋绍熙刊本。

③ 谢志平考论云:“本传又云陈寔卒后‘海内赴者三万余人,制衰麻者以百数。共刊石立碑,谥为文范先生。’按:陈寔三碑,其一云‘谥曰文范先生’,与范书本传同。而另一碑则云:‘谥为文节先生。’与本传谥号不同。考其碑文又有‘文为德表,范为士则。存诲没号,不亦宜乎’之语,检《三国志·魏书·邓艾传》:‘(邓艾)年十二,随母至颍川,读故太丘长陈寔碑文,言“文为世范,行为士则”,艾遂自名范,字士则。’则此碑存文最真,陈寔谥号或为‘文节’,范书误。”(谢志平:《东汉儒家学者丛考》,第38页)谢氏推论值得商榷。考《文选》卷五八所录《陈太丘碑文》(即本集《陈太丘碑》一)云陈寔“谥曰文范先生”,同文又云:“文为德表,范为士则。存诲没号,不亦宜乎!”“文为德表,范为士则”两句首字相合则为谥号“文范”,此与《文范先生陈仲弓铭》所云谥号相同。谢氏所谓只有一则碑文云“谥为文节先生”,经查考本集实为子虚乌有,即《陈太丘碑》二没有提到陈寔具体谥号的文字,故不当据论。参见(汉)蔡邕撰,邓安生编:《蔡邕集编年校注》下册,河北教育出版社2002年版,第389页。至于《三国志·魏书·邓艾传》所云邓艾因读“文为世范,行为士则”碑文而自名为邓范,字士则,更不能推出陈寔谥号为文节的问题。

④ 清侯康《补后汉书艺文志》云:“胡元瑞《二酉缀遗》曰‘陈太丘绝不闻著书,而《抱朴子》载陈仲弓《异闻记》’云云。康案:在《对俗篇》。案,此书《太平广记》及《御览》俱不载,盖其亡已久。周婴《卮林》曰:‘予又览《北户录》引陈仲弓《异闻记》曰:“东城池有王余鱼,池决,鱼不得去,将死。或以镜照之,鱼看影,谓其有双,于是比目而去。”则此书唐尚存也。’康案:隋、唐《志》无此书,唐时未必存,或段公路从他处转引。”(《补后汉书艺文志》卷四,清光绪十七年广雅书局刻本)姚振宗《后汉书艺文志》卷三基本移录了侯康著录内容。

[2]太丘长：范晔《后汉书·陈寔传》："司空黄琼辟选理剧，补闻喜长，旬月，以期丧去官。复再迁除太丘长。"据蔡邕《陈太丘碑文并序》，陈寔任太丘长仅一年。太丘，范晔《后汉书·陈寔传》李贤注："太丘，县，属沛国，故城在今亳州永城县西北也。"

[3]财主：劫贼所抢劫之主。余嘉锡疏："《左传》云'盗憎主人'，主即对盗而言。以其富有赀财，致为盗所劫，故谓之财主。"

[4]主者：龚斌引《世说音释》："《后汉书》注曰：'谓主治盗贼之曹也。'"①

[5]发所：案发场所。

[6]在草：妇女临产。草，产褥。余嘉锡笺疏引李详云："《淮南子·本经训》'刳孕妇'，高诱注：'孕妇，妊身将就草之妇。'高诱去太丘时不远，在草、就草，皆谓汉季坐蓐(rù)俗称。"又引刘盼遂曰："按草为妇人分娩时藉荐之具。……《高僧传》四：'于法开尝投人家，值妇人在草甚急。开针之，须臾，羊膜裹儿而出。'今沇沂之间谓小儿始生曰落草。"余嘉锡案："《金匮要略》卷下附方云：'千金三物黄芩汤，治妇人在草蓐自发露得风。'《世说》所云'在草'，即谓在草蓐也。今《千金方》三只云'在蓐'，无草字。然由此可知凡医书言在蓐即在草矣。"

[7]起子：生养孩子。段玉裁注《说文解字注》："'起'本发步之偁。……又引伸之为凡始事、凡兴作之偁。"

[8]按讨：考察办理。按，察验。班固《汉书·贾谊传》："验之往古，按之当今之务。"讨，查究，处治。《说文解字》："讨，治也。"

【读解】

《世说新语·政事第三》共记二十六条故事，关涉东汉末年的有三条，而这三条皆记陈寔之事。"政事"为儒门四科第三科，晋范宁注《论语》云政事"谓治国之政也"②，而检讨《世说新语》所记事件，则兼顾治国与理民之实践。"陈仲弓为太丘长"舍盗治民条为《世说新语·政事第三》第二条，于政事门类具有一定发端开篇之意义，此就其发生的时间、背景、为政理念和时代意义等做一深入读解。

---

① 龚斌校释：《世说新语校释》，上海古籍出版社2011年版，第321页。

② （南朝梁）皇侃：《论语义疏》卷六《先进第十六疏》引，清《知不足斋丛书》本。

一、公元2世纪中期的太丘民情

《世说新语·政事第三》"陈仲弓为太丘长"故事的发生地点在太丘，其地名所由来，郦道元《水经注》卷二四"睢水"云："睢水又东经太丘县故城北，《地理志》曰：故敬丘也。汉武帝元朔三年，封鲁恭王子节侯刘政为国，汉明帝更从今名。"①西汉武帝时置敬丘侯国，东汉明帝改名太丘，范晔《后汉书·陈寔传》李贤注："太丘，县，属沛国，故城在今亳州永城县西北也。"②陈寔为太丘长之地为沛国属县，在今河南省永城。芒砀山即在永城一带，据司马迁《史记》记载，汉高祖刘邦起义前曾经在此避难，又在此地斩蛇起义，可谓汉代龙兴之地。但从其地理位置和形势来看，属于非法盗匪逃遁藏匿之所、行政治理疏松难管之地，故清光绪二十九年(1903)编撰的《永城县志·碑记》称："乃永城有陈太丘良规在，余素愚慕公而竟踵公治。……太丘俗，好争且多盗，迩来盗稍稍息，民之争亦稍稍息。依稀乎曩太丘长之世。"在得不到良好治理时，"太丘俗，好争且多盗"，有楚人民风。陈寔赴任前后，太丘正处于民不聊生的东汉末年桓帝时期。

范晔《后汉书·陈寔传》："司空黄琼辟选理剧，补闻喜(故址在今山西省闻喜县)长，旬月，以期丧去官。复再迁，除太丘长。"③据蔡邕《陈太丘碑文并序》，陈寔任太丘长仅一年。关于其任职时间，龚斌《世说新语校释》云："考《后汉书》七《桓帝纪》，黄琼迁司空在桓帝元嘉元年(一五一)闰月，以元嘉二年(一五二)十一月免。陈寔以期丧去官，则除太丘长约在元嘉三四年。"④剑锋按：汉桓帝元嘉仅两年四个月，即元嘉三年(153)五月改元永兴。"复再迁除太丘长"最早可能在153年之后。又据《后汉书》卷七六《循吏传》，陈寔任太丘长时与人并称为"颍川四长"，李贤注云："谓荀淑为当涂长，韩韶为嬴长，陈寔为太丘长，钟皓为林虑长，淑等皆颍川人也。"⑤《资治通鉴》将"韩韶为嬴长"编于汉桓帝永寿二年(156)，则陈寔任太丘长当在此年之前。质言之，陈寔任太丘长的一年在汉桓帝当政时期，即永兴元年(153)到永寿二年(156)之间。这个时期正是权臣梁冀败坏政治、灾难连绵、民不聊生的历史时期。汉桓帝和平元年(150)，大将军梁冀增封万户犹不满足，骄奢淫逸，其

① (北魏)郦道元：《水经注》卷二四，清武英殿聚珍版丛书本。
② (南朝宋)范晔：《后汉书》，百衲本景宋绍熙刻本。
③ (南朝宋)范晔：《后汉书》，百衲本景宋绍熙刻本。
④ 龚斌校释：《世说新语校释》，上海古籍出版社2011年版，第319页。
⑤ (南朝宋)范晔：《后汉书》，百衲本景宋绍熙刻本。

姻戚爪牙也狐假虎威，横行朝野，其故吏朱穆时任侍御史，实在看不下去，便上书恳谏，指出官吏贪得无厌，待民如虏，“顷者官民俱匮，加以水虫为害”，致使“财空户散，下有离心”，逼迫至极，百姓“承弊而起”，铤而走险。[①] 元嘉元年(151)“京师旱，任城、梁国饥，民相食”[②]，太丘地属梁国，其百姓生活惨状可得而知。永兴二年(154)冬天，泰山、琅琊发生农民起义；次年即永寿元年(155)二月，“司隶、冀州饥，人相食”[③]，太学生刘陶上书陈事云：“群丑刑隶，芟刈小民。……牧守长吏，上下交竞，封豕长蛇，蚕食天下。货殖者为穷冤之魂，贫馁者作饥寒之鬼。”[④]永寿二年(156)秋，“公孙举、东郭窦等聚众至三万人，寇青、兖、徐三州，破坏郡县，连年讨之，不能克”[⑤]。战乱灾荒一直在太丘或其左近爆发。因此，陈寔升任太丘长一般属于临危受命，去治理一个“好争多盗”的地方。这样，《世说新语》所言“有劫贼杀财主”，“有在草不起子者”的社会现象便可以理解了。

另，晋刑律有禁止生子不养之规定。龚斌校释引《晋书》卷八四《殷仲堪传》云仲堪领晋陵太守，“举郡禁产子不举”[⑥]。此刑律渊源有自，东汉时当亦有此规定，故陈寔听闻后回车考察治理。

二、慈爱之情乃仁政之本

“劫贼杀财主”的自然是《后汉书》等旧史所说的“盗匪”。汉乐府《东门行》云：“出东门，不顾归；来入门，怅欲悲；盎中无斗米储，还视架上无悬衣。”[⑦]此非空穴来风，所反映的虽是京城贫民的铤而走险，但也可以折射出地方百姓衣不遮体，食不果腹，“盗匪”为了活命不得不为非作歹。葛洪《抱朴子内篇》卷三《对俗》记载了一个陈仲弓写入野史《异闻记》的怪异故事：

> 故太丘长颍川陈仲弓，笃论士也，撰《异闻记》云：其郡人张广定者，遭乱常避地，有一女年四岁，不能步涉，又不可担负，计弃之固当饿死，不欲令其骸骨之露，村口有古大冢，上巅先有穿穴，乃以器盛縋之，下此女于冢中，以数月许干饭及水浆与之而舍去。候世平定，其间三年，广

---

① (宋)司马光编撰，胡三省音注：《资治通鉴》，中华书局1956年版，第1719页。版本下同。

② (宋)司马光编撰，胡三省音注：《资治通鉴》，第1722页。

③ (宋)司马光编撰，胡三省音注：《资治通鉴》，第1731页。

④ (宋)司马光编撰，胡三省音注：《资治通鉴》，第1733页。

⑤ (宋)司马光编撰，胡三省音注：《资治通鉴》，第1734页。

⑥ 龚斌校释：《世说新语校释》，上海古籍出版社2011年版，第321页。剑锋按，晋陵太守龚本误作竟陵太守。

⑦ (宋)郭茂倩编：《乐府诗集》卷三七，《四部丛刊》景汲古阁本。

定乃得还乡里，欲收冢中所弃女骨，更殡埋之。广定往视，女故坐冢中，见其父母，犹识之，甚喜，而父母犹初恐其鬼也。父下入就之，乃知其不死。问之从何得食，女言粮初尽时甚饥，见冢角有一物，伸颈吞气，试效之，转不复饥，日月为之，以至于今。父母去时所留衣被，自在冢中，不行往来，衣服不败，故不寒冻。广定乃索女所言物，乃是一大龟耳。女出食谷，初小腹痛呕逆，久许乃习。[①]

这简直可以看作"有在草不起子者"的注脚！张广定与陈寔同郡，这个故事自然发生在颍川，但陈寔在其中体会和寄寓的悲悯之情却与《世说新语》对"骨肉相残"惨剧的感受彼此默契。"不起子"并非狠心不养育，而是因经济拮据甚至自顾不暇而养育不起，东汉末年，王粲自洛阳往荆州避难，作《七哀诗》记述所见底层难民惨状云："路有饥妇人，抱子弃草间。顾闻号泣声，挥涕独不还。未知身死处，何能两相完。"[②]张广定弃女有似于"饥妇人"弃子。张广定在战乱逃难不能自保的情况下，丢弃四岁的幼女，但还是为她留下了渺茫的一线生机，而且三年以来念念不忘，等到时运允许，还要执着于"欲收冢中所弃女骨"，可谓"道是无晴却有晴"，保持了一丝做父母的难以舍弃亲子的仁爱心肠。也正是这一线仁爱心肠才换来了孩子的一线生机，此中大有意味，值得仔细品读。

从父母的角度看，慈爱之情为仁政之本。儒家主张仁政，仁为政本，而非法为政本；仁之本在情，故政本在关爱生命的真情，所谓"发乎情，止乎礼义"正是仁政的价值追求的本源。此与法家截然两途。故《论语》论情先于礼，为礼之本源。《八佾第三》记载了一段孔子和他的学生子夏之间的对话：

子夏问曰："'巧笑倩兮，美目盼兮'，'素以为绚兮'，何谓也？"子曰："绘事后素。"曰："礼后乎？"子曰："起予者，商也，始可与言诗已矣。"[③]

"巧笑倩兮，美目盼兮"出自《诗经·卫风·硕人》，用以描绘庄姜夫人的美丽；"素以为绚兮"是逸诗。《硕人》整首诗"此卫人颂庄姜美而能贤"[④]，不仅是为了赞颂美，还赞颂美人之贤。美人之所以笑起来好看，眼睛顾盼有神，首先是因为她有美好的质地（"贤"），此正如绘画，要先有白色的粉底，然后才能画上色彩绚烂的绘画。在仁与礼的关系中，仁仿佛美人的质地、绘画的

① （晋）葛洪：《抱朴子内篇》卷三，《四部丛刊》景明本。
② （三国）王粲：《七哀诗》，（南朝梁）萧统主编：《文选》卷二三，胡刻本。
③ （清）阮元校刻：《十三经注疏》，中华书局 1980 年版，第 5356～5357 页。
④ （清）方玉润：《诗经原始》卷四，清同治十年刻本。

粉底，有了美好的情感心理做基础，才能强调礼。子夏由读《诗》举一反三体悟到仁本礼末的道理，所以受到孔子的赞赏。这也就是所谓的“人而不仁，如礼何？人而不仁，如乐何”。朱熹引游氏曰：“人而不仁，则人心亡矣。”[①]李泽厚解说云：“外在形式的礼乐，都应以内在心理情感为真正的凭依。否则只是空壳和仪表而已。”[②]仁的基础就是《孟子·告子上》所云“恻隐之心”。“男女授受不亲”是礼，但是“嫂溺，则援之以手”不是破坏礼，而是值得肯定的权变，故云：“嫂溺不援，是豺狼也。男女授受不亲，礼也；嫂溺援之以手者，权也。”[③]为了保持仁礼之根可以在非常情况下权变越礼。儒家之所以如此强调仁、恻隐之心的根本性，就是因为它是传统社会立法的根基。《论语》所记孔子对其父攘羊之事的处理意见是儒家以人情为政治之本的极端例子，它更典型地反映了这一价值理念。《论语·子路第十三》载：

> 叶公语孔子曰：“吾党有直躬者，其父攘羊，而子证之。”孔子曰：“吾党之直者异于是。父为子隐，子为父隐，直在其中矣。”[④]

叶公所赞赏的正直是单纯律条意义上的是非，没有首先考虑其对父子关系的影响；而孔子则反之。孔颖达疏云：“子苟有过，父为隐之，则慈也；父苟有过，子为隐之，则孝也。”[⑤]孔子首先考虑此事件对于父子关系可能带来的破坏，即对于儒家基本价值观念慈孝的危害，而父子互隐则避免了此种毁灭性的危险。皇侃疏云：“孔子举所异者，言为风政者以孝悌为主，父子天性，率由自然至情，宜应相隐，若隐惜则自不为非，故云直在其中矣；若不知相隐，则人伦之义尽矣。”[⑥]范宁曰：“若父子不相隐讳，则伤教破义，长不孝之风焉，以为直哉！故相隐乃可为直耳。今王法则许期亲以上（服丧一年的亲戚）得相为隐，不问其罪。盖合先王之典章。”[⑦]相对于叶公同乡的“直躬者”，孔子更加赞赏父子相隐的“正直”，因为“父子天性”，“若父子不相隐讳，则伤教破义，长不孝之风焉”，儒家价值理念的大厦的根基就会受到威胁。千里之堤，毁于蚁穴。根基出现了问题却视而不见，其危害是颠覆性的，小则冷人心肠，大则伤本害教，令儒家的伦理大厦面临坍塌的危险。所以在晋代的律法

---

① 中华书局编辑部编：《汉魏古注十三经附四书章句集注》，中华书局1998年影印本，第31页。

② 李泽厚：《论语今读》，安徽人民出版社1998年版，第77页。

③ 《孟子》卷七《离娄章句上》，《四部丛刊》景宋大字本。

④ （清）阮元校刻：《十三经注疏》，第5448页。

⑤ （清）阮元校刻：《十三经注疏》，第5448页。

⑥ （南朝梁）皇侃：《论语义疏》卷七，清《知不足斋丛书》本。

⑦ （南朝梁）皇侃：《论语义疏》卷七，清《知不足斋丛书》本。

中“许期亲以上，得相为隐，不问其罪”，为了防止破坏亲属伦理之情，法律特意网开一面，绕开令亲属间检举告发或者包庇举证的雷区。

汉代提倡儒家文化，陈寔“有志好学，坐立诵读”，其所诵习基本是儒家经典无疑，加以儒家社会风气影响，陈寔为人处世体现了典型的儒家君子特点。《后汉书》本传记载了他与“梁上君子”的佚事：“时岁荒民俭，有盗夜入其室，止于梁上。寔阴见，乃起自整拂，呼命子孙，正色训之曰：‘夫人不可不自勉。不善之人未必本恶，习以性成，遂至于此。梁上君子者是矣！’盗大惊，自投于地，稽颡归罪。寔徐譬之曰：‘视君状貌，不似恶人，宜深克己反善。然此当由贫困。’令遗绢二匹。自是一县无复盗窃。”偷盗显然属于非法，如果用礼法刑律准之，“梁上君子”是不可饶恕的，但时代艰难，“岁荒民俭”，推己及人，设身处地，以情度人，“梁上君子”实乃出于迫不得已。所谓“不善之人未必本恶，习以性成，遂至于此”。因此，陈寔对待犯错、犯罪之人的认识和处理首先是以人为本、从情感出发，是治心为本，刑法辅之。

可见，陈寔是真正理解了仁政本末轻重的士人。“贼杀财主”与“骨肉相残”相比，前者是陌生人之间的图财害命，后者是亲骨肉之间的人性毁灭，两相比较，从仁政基础的角度来看，后者的危害更大，因为它直接伤害了儒家慈爱的根本。从父母的角度讲，是慈爱没有着落，是“人而不仁”；而从儿子的角度看，则有令孝失其本的危险，父母不慈则容易导致儿女不孝。不慈不孝两者都是风教的根本之敌，故为陈寔所看重。

《建康实录》载南朝宋代郭世道“事继母至孝，贫，产子不举，谓妻曰：‘伤兹（按，当为慈）以终孝，吾无恨也。’母亡负土”[①]。此种“孝”道如《搜神记》卷一一所传郭巨埋儿事（《法苑珠林》卷四九引作刘向《孝子传》），实乃儒教教条绝对化后人性的异化之举，触犯刑律又伤及儒家仁政之本，与陈寔所理解的仁政之本已经南辕北辙了。

三、折射出举本息末的自然先风

《世说新语·政事第三》第一条也是陈寔处理政事的故事：

> 陈仲弓为太丘长，时吏有诈称母病求假。事觉收之，令吏杀焉。主簿请付狱，考众奸。仲弓曰：“欺君不忠，病母不孝。不忠不孝，其罪莫大。考求众奸，岂复过此？”[②]

---

① （唐）许嵩：《建康实录》卷一二，清文渊阁《四库全书》本。

② 余嘉锡笺疏：《世说新语笺疏》，第163页。

慈爱、真诚为仁孝之本,仁、孝为政事之本。陈寔因“吏有诈称母病求假”,竟然“事觉收之,令吏杀焉”,这也是遵循儒家仁政之本为先的处理思路,但无疑矫枉过正,令过错方付出生命的代价又与儒家之仁背道而驰。由此推论,陈寔“贼杀财主”与“骨肉相残”之间优先选择处理后者是以他自己的价值理念为指导的,这种行为与汉代逐渐僵化的儒教概念相比是向原始儒家价值观的回归,实乃魏晋时期自然之风的先导。

陈寔崇尚儒学是毫无疑问的。陈寔,字仲弓,取用孔子学生冉雍之字。子贡评冉雍“不迁怒,不探怨,不录旧罪,是冉雍之行也”。注云:“冉雍,鲁人也,字仲弓。”[①]蔡邕《陈太丘碑文并序》评陈寔“不徼讦以干时,不迁贰以临下”。李善注引《论语》:“子贡曰:‘恶徼以为智者,恶讦以为直者。’又哀公问:‘弟子孰为好学礼?’子对曰:‘有颜回者好学,不迁怒,不贰过。’”[②]陈寔以儒家圣贤为典范自我勉励,他人据其行事也是以儒家贤能相称赞。但《世说新语·政事》篇中陈寔故事证明的关键不是他宗尚儒教,而是陈寔为政折射出回归原始儒家重仁的价值倾向。这一倾向已经分析如上。但如果联系《政事》篇整体和魏晋自然之风,我们发现陈寔优先处理“骨肉相残”之事还折射出“越名教而任自然”的时代新风。

先看《世说新语·政事》第一、二条记述陈寔之后的政事条目。第三条借助陈寔之子陈元方赞陈寔任太丘长时绥强抚弱,“恣其所安”[③],令百姓“安其所,遂其生”正是道家追求的自然之政治。该条中的“袁公”也是如此行政的。第七条记山涛举用嵇康之子嵇绍,其所遵循的理念是“天地四时,犹有消息”[④],即遵循自然,与时俯仰,不取固执坚守的传统道德观念。第九条写王承任东海郡太守时赦免了偷盗池中之鱼的小吏,原因是“文王之囿,与众共之,池鱼复何足惜”[⑤]。理由虽冠冕堂皇,但实际是越过苛细的礼法律条,以民生为本,顺其自然。第十条记王承赦免因求学晚归而违反夜禁的读书人也是从为政之本上考虑。不一而足。《世说新语·规箴第十》第十五条记顾和答丞相王导关于“二千石官长得失”之问曰:“明公作辅,宁使网漏吞舟,何缘采听风闻,以为察察为政?”[⑥]此事又被采入《晋书·顾和传》,史书记载

① (汉)戴德:《大戴礼记》卷六,《四部丛刊》景明袁氏嘉趣堂本。
② (南朝梁)萧统编,(唐)李善注:《文选》卷五八,胡刻本。
③ 余嘉锡笺疏:《世说新语笺疏》,第165页。
④ 余嘉锡笺疏:《世说新语笺疏》,第167页。
⑤ 余嘉锡笺疏:《世说新语笺疏》,第173页。
⑥ 余嘉锡笺疏:《世说新语笺疏》,第565页。

王导、谢安都是行政务存大纲，虽有团结不同政治力量的现实需要，但也是因循人情、顺任自然价值理念的实践。可见，遵循人情之自然，关照为政之根本，不再斤斤计较苛细的律条，不再束缚于严正的礼法，已经成为新的时代风气。因此，《世说新语》把陈寔任太丘长期间的行政佚事作为《政事》篇开端，正好折射出这种行政新风的变化。陈寔行政重本乃越名教而任自然之先风，是玄学举本统末思想的现实基础。它体现了法家与儒家的分歧，也体现了儒教跟道家在自然之本上的分歧。

陈寔教子慈爱过于礼法。《世说新语·夙惠第十二》记父子关系佚事云：

> 宾客诣陈太丘宿，太丘使元方、季方炊。客与太丘论议，二人进火，俱委而窃听。炊忘箸箄，饭落釜中。太丘问："炊何不馏？"元方、季方长跪曰："大人与客语，乃俱窃听，炊忘箸箄，饭今成糜。"太丘曰："尔颇有所识不？"对曰："仿佛志之。"二子俱说，更相易夺，言无遗失。太丘曰："如此，但糜自可，何必饭也？"[1]

《世说新语·德行第一》也记述到了父子关系：

> 华歆遇子弟甚整，虽闲室之内，严若朝典。陈元方兄弟恣柔爱之道，而二门之里，两不失雍熙之轨焉。[2]

两相比较，深有意味。陈寔父子"恣柔爱之道"，哪怕孩子犯了"炊忘箸箄，饭今成糜"的错误，也不因错惩罚，而是追问犯错之由，也即察知现象背后的根本，如果这个根本是错的，比如偷懒，那自然应受惩罚，若果是因为探听大人"论议"学问，专心致学则应该鼓励，所谓错失与向学相比那便成了细枝末节的小事。这个故事显现的是自然亲情，是慈爱真诚。而"华歆遇子弟甚整，虽闲室之内，严若朝典"依然是汉代儒教之风，也是魏晋礼法之士所尚。如何曾"年老之后，与妻相见，皆正衣冠，相待如宾。己南向，妻北面，再拜上酒，酬酢既毕便出。一岁如此者不过再三焉"[3]。此与"华歆遇子弟甚整"同为礼法之士的家门之风，显然属于名教老派，与陈寔的新派作风完全不同。其本质区别就是名教儒教与自然儒家之别。

所谓"君子务本，本立而道生"，从儒家的角度讲，陈寔优先处理"骨肉相残"的政事是他务本观念在行政上的反映；魏晋时期逐渐形成了名教本于自

① 余嘉锡笺疏：《世说新语笺疏》，第 586 页。
② 余嘉锡笺疏：《世说新语笺疏》，第 12 页。
③ （唐）房玄龄等：《晋书》卷三三《何曾传》，中华书局 1974 年版，第 997 页。

然的价值理念，以后观前，陈寔此举又折射出新的自然之风，表现出玄学产生前的现实特点。

四、事之真伪无害得意忘言之解

前代学者指出陈寔舍盗治民之事可能不是陈寔所为，而是发生在后汉贾彪身上。刘孝标注云："按后汉时贾彪有此事，不闻寔也。"按《后汉书·党锢传·贾彪传》云：

> 贾彪字伟节，颍川定陵人也。……补新息长。小民贫困，多不养子。彪严为其制，与杀人同罪。城南有盗劫害人者，北有妇人杀子者。彪出，案发，而掾吏欲引南。彪怒曰："贼寇害人，此则常理；母子相残，逆天违道。"遂驱车北行，案验其罪。城南贼闻之，亦面缚自首。①

明人陈绛《金罍子》上篇卷一一评云："此二事甚类。余意未必一时两人乃皆有斯事。或记者各集其所闻，而致有互异耳。"②余嘉锡对此记载加案语云："仲弓（陈寔）、伟节（贾彪），同时并有此事，何其相类之甚也？疑为陈氏子孙剽取旧闻，以为美谈，而临川误以为实。然观孝标之注，固已疑之矣。"③不管是陈寔、贾彪两人身上都发生了此事，还是本发生于贾彪身上，又有人嫁接到陈寔身上，这个事件的本质意义是相同的，即都是东汉末年政治黑暗时期某些当政儒士试图回归政本的现实努力，折射的是一种不同于拘束于儒教律条的时代新风。

陈寔追求的是"风化宣流"④、"修德清静，百姓以安"⑤、不言而教的社会效果，而不是仅仅一件一件去审理消除罪案。《世说新语·言语第二》第六条刘孝标注云："按寔之在乡里，州郡有疑狱不能决者，皆将诣寔，或到而情首，或中途改辞，或托狂悸，皆曰'宁为刑戮所苦，不为陈君所非'。"⑥可见陈寔盛德所化，的确能够减少诉讼和犯罪，达到了防患于未然的整治效果。陈寔为人慈爱，为政固本，甚至过犹不及，至于因"时吏有诈称母病求假"而"令吏杀焉"。所以优先处理"骨肉相残"的做法也符合陈寔的为政理念。

如果采用得意忘言的方式来认识这个有争议而难明真相的舍盗治民的故事，其所产生的阅读效果和意义不论是针对陈寔还是贾彪都没有太大区别。

---

① （南朝宋）范晔：《后汉书》卷六七，百衲本景宋绍熙刻本。此段引文为余嘉锡笺疏所引。
② （明）陈绛：《金罍子》，明万历三十四年陈昱刻本。
③ 余嘉锡笺疏：《世说新语笺疏》，第 164 页。
④ 《世说新语·德行第一》第六条，刘孝标注，余嘉锡笺疏：《世说新语笺疏》，第 7 页。
⑤ （南朝宋）范晔：《后汉书》卷六二《陈寔传》，百衲本景宋绍熙刻本。
⑥ 余嘉锡笺疏：《世说新语笺疏》，第 59 页。

陈绛《金罍子》上篇卷一一评云:"于此察杀人虽残,而曾不若杀其子之甚,以盗跖知有妻子,而人安杀其儿!此司教化者所以痛心而疾首也。"[①]此是从儒家教化言之,陈寔、贾彪两人之事意义同归。又刘真长言:"古之善政,司契而已,岂不以敦本正源,镇静流末乎?"[②]此又兼顾玄学本末角度而言之,陈寔、贾彪两人之事意义亦为同归。因此,在资料匮乏情况下,与其连篇累牍地进行文献考论,不如略其牝牡玄黄观其神俊。此尤其适用于文学读解。

困惑与思考

1.为什么陈寔一个人会出现多块墓碑?

2.《世说新语·政事第三》第一条:"时吏有诈称母病求假。事觉收之,令吏杀焉。"此事是否符合传统刑法?诛心之论虽可以小观大,但此推论之"大"可否作为消灭产生"小"的生命的依据?

3.历史上类似父子相隐的记载和故事当有不少,可思考提供事例。如《红楼梦》第六十一回"投鼠忌器宝玉瞒赃"。

参考文献

(晋)陈寿:《三国志》,百衲本景宋绍熙刊本。

(南朝宋)刘义庆撰,(南朝梁)刘孝标注,余嘉锡笺疏,周祖谟、余淑宜、周士琦整理:《世说新语笺疏》,上海古籍出版社1993年版。

(南朝宋)范晔:《后汉书》,百衲本景宋绍熙刻本。

(南朝梁)皇侃:《论语义疏》卷七,清《知不足斋丛书》本。

(宋)司马光:《资治通鉴》,中华书局1956年版。

(清)阮元校刻:《十三经注疏》,中华书局1980年版。

(清)侯康:《补后汉书艺文志》,清光绪十七年广雅书局刻本。

李泽厚:《论语今读》,安徽人民出版社1998年版。

(南朝宋)刘义庆撰,(南朝梁)刘孝标注,龚斌校释:《世说新语校释》,上海古籍出版社2011年版。

谢志平:《东汉儒家学者丛考》,中山大学出版社2019年版。

读书会时间:2021年3月10日

① (明)陈绛:《金罍子》,明万历三十四年陈昱刻本。

② (明)何良俊:《何氏语林序论·政事第三》引,《何翰林集》卷一三,沈乃文主编:《明别集丛刊》第2辑第71册,黄山书社2015年版,第452页。

《世说新语·文学第四》第三十九条“恨不使朝士见”读解

李思萌*

林道人诣谢公[一]，东阳时始总角，新病起，体未堪劳。与林公讲论，遂至相苦。东阳，谢朗也，已见。《中兴书》曰：朗博涉有逸才，善言玄理。母王夫人在壁后听之，再遣信令还，而太傅留之[二]。王夫人因自出，云：“新妇少遭家难，一生所寄，唯在此儿。”因流涕抱儿以归[三]。谢公语同坐曰：“家嫂辞情慷(忼)慨，致可[四]传述，恨不使朝士见！”《谢氏谱》曰：“朗父据，取太康王韬女，名绥。”

【校释】(参见龚斌《世说新语校释》)

[一]“林道人”句：谢公，谢安。东阳，谢朗，字长度，谢安兄谢据子，据年33岁卒，朗未成年。谢安时隐居东山，支遁在会稽，故得以诣谢公。

[二]“再遣信”二句：信，信使也。杨慎《丹铅余录》续录三：“使者曰信。晋武帝炎报帖末云：‘故遣信还。’谢宣城传云：‘荆州信去倚待。’陶隐居帖云：‘明旦信还，仍过取反。’虞永兴帖云：‘事以信人口具。’凡言信者，皆谓使者也。今之流俗遂以遣书馈物为信，故谓之书信，而谓前人之语亦然，谬矣。王右军十七帖有云：‘往得其书，信遂不取答。’谓昔尝得其来书，而信人竟不取回书耳。而世俗遂误读，往得其书信为一句，遂不取答为一句，误矣。古乐府云：‘有信数寄书，无信心相忆。莫作瓶堕井，一去无消息。’此诗可证。”

---

* 李思萌，女，1998年出生，安徽淮北人，山东大学文学院中国古代文学2019级硕士研究生，师从李剑锋教授，魏晋南北朝文学方向。

按，杨说是。《世说》一书中信作使者解者屡见。如本篇六七："司空郑冲驰遣信就阮籍求文。"《方正》六二："王有不平色，语信云。"《雅量》一："外启信至，而无儿书。"《雅量》一九："丞相语郗信。"

留之，《谢朗传》"留之"下有"使竟论"三字，文意较显。谢朗病初愈，母王夫人再三唤人令还，谢公却留之使竟论，其清谈之热情亦可见矣。谢氏一门善玄谈者多，与谢安极有关系。田中履堂《世说讲义》："此亦至诚。"

[三]流涕抱儿以归：盖因谢朗体不堪清言之劳，恐致不测也。龚斌按，清言极为伤神，本篇一一谓："王夷甫昨夜已语多，小极，不复相酬答。"本篇二十："玠体素羸，恒为母所禁，尔夕忽极，于此病笃，遂不起。"故有"卫玠谈死"之传闻。可见体羸不宜清言。田中颐大壮曰："无限贞心。"(《世说讲义》)

[四]致可，尽可，极可。致，通"至"。《论语·子张》："丧致乎哀而止。"朝士，即朝廷之士。泛称中央官员。《世说新语·言语》："陶公疾笃，都无献替之言，朝士以为恨。"谢公之语意谓家嫂辞情慷慨之态，尔等尽可转相讲述，遗憾不能使朝士亲见耳。田中颐大壮谓："言夫人操节如此，恨不使朝士见为楷模也。"(《世说讲义》)①

【集评】

王世懋：此亦可入《贤媛》。[明万历九年(1581)乔懋敬刊刻王世懋批《世说新语》八卷]

田中：学须苦心。(《世说讲义》，1816年刊本)

【翻译】

支遁拜访谢安。当时谢朗才总角之龄，病刚好，身体不堪劳累。他和支遁二人清谈，讲论僵持难解。母亲王夫人在墙壁后面听他们辩论，两次派人叫儿子回去休息，都被谢安留住。于是王夫人亲自出来，说道："我早年守寡，一生的寄托都在这个孩子身上。"随即哭着把儿子抱回去了。谢公对同座的人说："家嫂言辞慷慨感人，你们可以到处传述，遗憾不能让朝中官员一见。"

---

① 参见(南朝宋)刘义庆撰，(南朝梁)刘孝标注，龚斌校释：《世说新语校释》，上海古籍出版社2011年版，第442～444页。

【解析】

一、清谈活动

“林道人诣谢公，东阳时始总角，新病起，体未堪劳。与林公讲论，遂至相苦。”前六句交代了一场清谈活动。冯友兰指出：“魏晋的新道家和他们的佛教朋友，以‘清谈’出名。清谈的艺术在于，将最精粹的思想，通常就是道家思想，用最精粹的语言，最简洁的词句，表达出来。所以它是很有讲究的，只能在智力水平相当高的朋友之间进行，被人认为是一种最精妙的智力活动。”[①]下面就清谈内容、方式、场地和时间进行简要概述。

清谈内容：注解阐发三玄（《老子》《庄子》《周易》），论儒道之学，新旧经之说，名理之辨析（有声无哀乐论、养生论、言尽意论、才性四本论等）。

清谈方式：口谈与笔谈。口谈的最基本方式就是回难、辩答，此即所谓客、主之谈，多在两人之间进行。此外一般还有一个主持人和四座听众。

清谈场地：公座、私座与自然之中。晋时人们喜欢在夜间聚会清谈，通常是集于某位名士家中，这是私座之谈。《世说新语·文学第四》第三十九条中清谈讲论涉及的出场人物中，主辩者是支遁和谢朗，主持人可能是谢安，以及其他同座听众。此次清谈活动发生在谢安隐居东山的家中。清谈以私座为主，公座之谈较少，主要集聚在寺庙内。至于自然中的清谈活动，《世说新语·言语第二》第二十三条“洛水之戏”[②]中就记载了乐令、王衍、裴頠、王戎等诸名士在洛水边清谈观游。

清谈时间：一般持续的时间都特别长，以“忘我”为荣。如孙盛与殷浩清谈，“至暮忘食”[③]（《世说新语·文学第四》第三十一条）；刘恢与张凭“清言弥日”，“留宿至晓”[④]（《世说新语·文学第四》第五十三条）。

二、为何“恨不使朝士见”入《文学》篇

《世说新语》在按内容分门别类时，首先依照“孔门四科”编排了德行第一、言语第二、政事第三、文学第四，可据此推断，《世说新语·文学第四》中“文学”的含义应与《论语》“孔门四科”中所言的“文学”相近。《论语》疏谓

---

① 冯友兰：《中国哲学简史》，北京大学出版社 1996 年版，第 198 页。

② 龚斌校释：《世说新语校释》，第 159 页。

③ 龚斌校释：《世说新语校释》，第 426 页。

④ 龚斌校释：《世说新语校释》，第 468 页。

“文学”为“文章博学”，指对文献典籍的掌握。汉代设有“文学”一职：汉于州郡、王国置文学，掌以五经教授诸生，分文学祭酒、掌故、文学掌故等。

而《世说新语·文学第四》中的“文学”概念根据内容，包含“文”（文学创作）与“学”（学术活动）两种含义。前六十五则属于“学”的范畴，是对博学注书活动的描述。第三十九条“恨不使朝士见”明显是说到“学”的内容——清谈，这里有两点值得我们思考。

第一点，支遁去拜访谢安，总角之岁的谢朗何以与支遁讲论遂至相苦？这与谢氏家族的门风有关。谢氏世系见下表。

谢氏四代世系表[①]

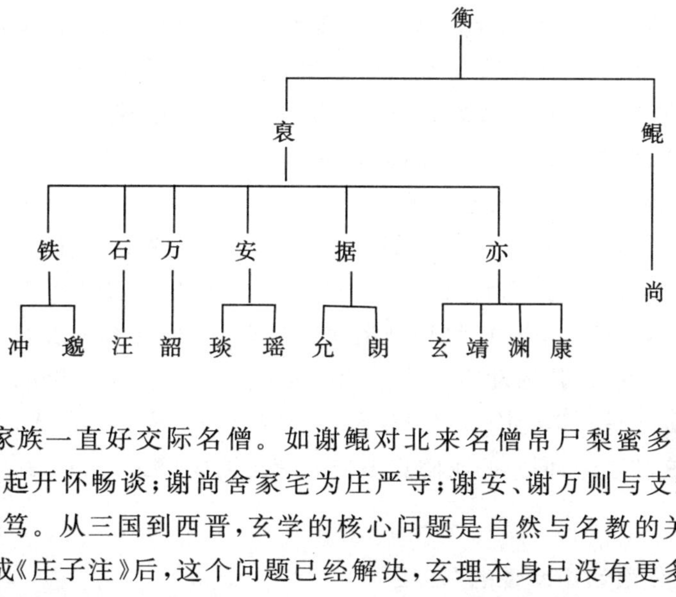

谢氏家族一直好交际名僧。如谢鲲对北来名僧帛尸梨蜜多罗赞叹不绝，常在一起开怀畅谈；谢尚舍家宅为庄严寺；谢安、谢万则与支遁过从甚密，交情甚笃。从三国到西晋，玄学的核心问题是自然与名教的关系问题，自郭象完成《庄子注》后，这个问题已经解决，玄理本身已没有更多的发展，而支遁却能站在玄佛交会的切合点上注释老庄，标揭新理，为清谈家所倾倒，促使人们重新认识研讨玄理，寻求玄佛合流的理论依据。

东晋时期佛玄交融为清谈注入了多元思想和思维的活力。支遁不苦修于僧舍，而频频与名士相交游，“（支遁）并筑室东土，与羲之同好。尝与同志宴集于会稽山阴之兰亭”[②]。“支遁……殷浩、许询、郗超、孙绰、桓彦表、王敬

① 参见周淑：《东山再起：六朝绍兴谢氏家族史研究》，浙江大学出版社 2009 年版，第 368 页。

② （唐）房玄龄等：《晋书》卷八〇《王羲之传》，中华书局 1974 年版，第 2102 页。

仁、何次道、王文度、谢长遐、袁彦伯等，并一代名流，皆著尘外之狎。”[①]他们在一起并非精研佛学，而是呈才施性，清谈玄理。

谢氏家族有清谈门风。晋代东山谢氏家族自谢衡始，其子谢鲲一改父辈宗儒的习尚，由儒入玄。袁宏《名士传》称谢鲲：“好逸而心整，形浊而言清。”[②]谢鲲嫡子谢尚年少时对清谈感兴趣，常去拜访当时名士殷浩，向他请教玄理。谢尚从弟谢万同样善于玄学清谈，精通“四本论”（“四本论”是魏晋清谈的重要话题之一，辨析人的才能和性格的关系问题：二者有相同、相异、相合、相离之分），作《八贤论》。谢尚从弟谢安更是热衷于清谈玄学，年少时就曾请阮光禄道白马论。

文艺与学术，是当时门阀士族文化传续的根基。长辈时常利用谈论义理的机会，让子侄晚辈等聆听、参与，并适度引导正确观念和鼓励发表意见。谢朗父亲早卒，由叔父谢安带在身边教养，让他应接名士，有意识地加以培养，通过复杂问题的探讨锻炼其抽象思维能力，提高精神境界。经常出入清谈社交场合，领受文艺学术的熏陶，良好的天资遗传和后天的教养氛围，使谢朗自然能够与支遁讲论遂至相苦。

第二点，为什么谢安一开始要拒绝王夫人带回谢朗的请求？一是因为人们清谈时常常进入“忘我”的境界，持续很长时间。卫玠“至武昌见王敦，敦与之谈论，弥日信宿”[③]（《世说新语·赏誉第八》第五十一条刘《注》引《玠别传》）谢安“使竟论”的动机是有意识地锻炼侄子的抽象思维能力，提高其精神境界。二是玄学的论辩可以说是一种智慧的竞赛、角逐，人们都在一旁观看聆听玄学论辩，谢安两次阻止王夫人带走谢朗，也是存有为了不扫旁人兴趣的考量。

三、清谈活动中女性的“在场”

出于男女之妨，王夫人一开始躲在壁后听着儿子与支遁二人讲论，派人去叫儿子回去休息。“新妇少遭家难”是说丈夫谢据早亡，《世说新语·纰漏第三十四》第五条刘《注》：“虎子，据小字。据字玄道，尚书裒第二子。年三十三亡。”[④]根据史书，谢据除谢朗之外还有一子谢允，但生母不详。古代中

---

① （南朝梁）释慧皎撰，汤用彤校注，汤一玄整理：《高僧传》卷四，中华书局1992年版，第159～160页。

② （南朝梁）钟嵘：《诗品》，上海古籍出版社2011年版，第184页。

③ 龚斌校释：《世说新语校释》，第874页。

④ 龚斌校释：《世说新语校释》，第1749页。

国是宗法制社会，家族制中以父权夫权的交替为中心，女性承担着“为妇”和“为母”的身份为男性传宗接代。作为自己与死去丈夫的唯一孩子，王夫人自己一生的荣辱寄托都系在谢朗身上。丈夫去世后只剩下“为母”身份的王夫人自然要对早慧体弱的儿子无比重视。

而对那些身体羸弱而谈瘾极大的人来说，长时间清谈耗精费神、废寝忘食，自然要影响身体健康，甚至对生命造成损害。《世说新语·文学第四》第二十条就记载了清谈对卫玠生命的伤害：

> 卫玠始度江，见王大将军，因夜坐，大将军命谢舆。玠见谢，甚说之，都不复顾王，遂达旦微言，王永夕不得豫。玠体素羸，恒为母所禁，尔夕忽极，于此病笃，遂不起。[①]

谢朗的曾祖父谢鲲与卫玠交好，两人以清谈玄学会友，竟夕长谈的疲累使得体弱的卫玠旧病复发，一病不起。卫母对卫玠的谈癖防范甚严，却还是没能保全儿子的性命，有这样的渊源及前车之鉴，王夫人深知清谈之苦，出于对儿子身体的爱护、生命的爱惜，密切关注谢朗清谈，两次派人让儿子回去休息未果，便顾不得男女之妨，不避众多男客，亲自来到清谈现场陈说缘由，哭着将儿子抱回。

四、“恨不使朝士见”一语中谢安的用意

谢安之所以对在场的同座众人说出“家嫂辞情慷（忼）慨，致可传述，恨不使朝士见”之语，在我看来应该是对尴尬场面的化解，与当时社会的审美取向及其家族利益有关。所谓“家嫂辞情慷（忼）慨，致可传述，恨不使朝士见”实不过是掩饰之语。

王夫人并没有直接参与到清谈讲辩之中，而当时是存在女性直接参与清谈活动的情况。晋代清谈之风盛行，很多名门闺秀也纷纷参与其中，表达自己的见解，与男子一起品鉴人物、交谈辩论。这种不拘于礼法规矩的形式体现了魏晋时期女子礼仪教育的宽松和自由。但这里的宽松和自由并非绝对的、没有界限的，依然必须遵循与保持相应的礼仪规范。东晋门阀士族家庭在实施内部的女子教育时，往往将士族社会中普遍的礼法和女性要遵守的社会教养结合起来。王夫人的侄女谢道韫就是典型的例子：

> 凝之弟献之尝与宾客谈议，词理将屈，道韫遣婢白献之曰：“欲为小

---

① 龚斌校释：《世说新语校释》，第405页。

郎解围。"乃施青绫步鄣自蔽,申献之前议,客不能屈。(《晋书·王凝之妻谢氏传》)[①]

太守刘柳闻其名,请与谈议。道韫素知柳名,亦不自阻,乃簪髻素褥坐于帐中,柳束脩整带造于别榻。(《晋书·王凝之妻谢氏传》)[②]

我们可以看出作为新妇的谢道韫替小叔解围参与清谈,也是先派婢女上前传话,然后令人在室内中设置青绫步鄣,隐蔽在屏障后面与客人辩难。而晚年的谢道韫与刘柳清谈,白发皤然的老妪在晚辈面前虽不必过于讲究男女之别,但还是略加修饰,端坐帷床之上,刘柳则恭恭敬敬坐在一侧的椅子上。

"高雅的风度、举止和生活习惯是出身名门望族的有效证明。"[③]这一时期士族社会各大家族无不是拥有自己的门规家训的家族子孙,如谢安"处家常以仪范训子弟",此"仪范"当然不等同于汉儒极度苛刻的礼法规范,更大程度上是指人的礼仪修养。谢太傅将王夫人不合适的言行举止升华为"家嫂辞情慷(忼)慨,致可传述,恨不使朝士见"的赞赏,化解了尴尬的同时还维护了家族的名誉、宣扬了家族的名声,不得不说十分巧妙。他的做法体现了以下两点。

第一,魏晋社会的审美价值取向。谢安是以"辞情慷慨"来概括王夫人中断清谈抱回谢朗的言行。建安文人于诗文中特别喜好用"慷慨"一词,不论是抒发作者的情感,还是描绘动人的音乐,还是形容人们的气势,还是赞美志士的节操,大致都含有情感真挚、愤慨激扬的思想感情。《赏誉》篇中也称赞陆机"声作钟声,言多慷慨"[④]。谢安面对嫂子流泪陈说自己守寡之后唯一的寄托和希望就在孩子身上时,赞叹她言辞情感充沛、激昂真挚,气势愤慨激扬。

就情礼关系来说,魏晋以前传统儒家名教提倡"以礼制情",虽然肯定血缘意识,将之作为仁学的主要内容,但人伦亲情不能超出礼教礼仪所规定的范围,否则便是大逆不道而要受到否定与批判。但"晋人向外发现了自然,向内发现了自己的深情"[⑤]。两晋是一个重情的时代,在有情论的倡导下,情感释放则不再完全受此限制。有情论的核心在于对生命的无比珍惜和眷恋,谢安就曾赞赏桓子野"一往而有深情",提倡"称情而行"。他主张有情

---

① (唐)房玄龄等:《晋书》卷九六《王凝之妻谢氏传》,第1678～1679页。

② (唐)房玄龄等:《晋书》卷九六《王凝之妻谢氏传》,第1678～1679页。

③ [美]托斯丹·邦德·凡勃伦:《有闲阶级论》,蔡受百译,商务印书馆1964年版,第40页。

④ 龚斌校释:《世说新语校释》,第860页。

⑤ 宗白华:《美学散步》,上海人民出版社2016年版,第210页。

论，任情适性，希望人们不要让礼法束缚自己的身心。高度赞赏发自内心的、真挚自然的情感流露，符合当时的主流价值观：王戎丧儿万子，山简往省之。王悲不自胜，简曰："孩抱中物，何至于此？"王曰："圣人忘情，最下不及情。情之所钟，正在我辈。"简服其言，更为之恸。[①]

情之所钟，正在我辈，人们不再那么克制自己的感情，反而以表达自己的感情为荣。王夫人对儿子生命的珍惜是值得肯定的，真情流露同样值得肯定。在上升为激烈的情感和表达令人感动的高度后，再次上升价值，令更多的人去体味和欣赏。

第二，涉及家族利益问题。谢安称赞王夫人的行为也是从家族利益出发。早在隐居东山时，他面对妻子"既见家门富贵而安独静退，乃谓曰：'丈夫不如此也。'"的玩笑话，掩鼻回答："恐不免耳。"[②]虽然是夫妻间的玩笑话，但说明谢安对于出仕并非没有思想准备。只是因为家族中"兄弟已有富贵者"，朝中的门户支撑可以使得谢安寄情山水，高卧东山。教养子弟时说出自己心中毛诗的最佳句为"讦谟定命，远猷辰告"，颇具"雅人深至"[③]，这二句出于《诗·大雅·抑》。郑玄解释"讦谟定命"二句说："谓正月始和，布政于邦国都鄙也，为天下远图庶事，而以岁时告施之。"[④]恰暗合他经营国事的心曲，虽然他身在东山，心中一直存有出仕的打算与准备。到了穆帝升平年间，谢尚、谢奕相继逝世，谢万奉命北伐南燕，一败涂地而逃归，被废为庶人。为了家族的社会地位，谢万黜废后，谢安始有仕进之志。谢安放情丘壑，再三拒绝朝廷的征召，可能也是一种高自标置的姿态。

东晋士族主张既要有隐逸山林、超然物外的放达精神（自然），又不能失去对自己和家族利益至关重要的官爵和名誉（名教）。[⑤] 玄学清谈既是展示风姿才华的重要方式，也是家族文化丰蕴的标志。"致可传述，恨不使朝士见"背后也许还包含着谢安对家族名声的重视，希望作为逸闻将自己侄子早慧逸才、善言玄理及嫂子重情的名声宣扬开来，为家族名声造势。故田中谓："言夫人操节如此，恨不使朝士见为楷模也。"

---

① 龚斌校释：《世说新语校释》，第 1253 页。

② （唐）房玄龄等：《晋书》卷八〇《谢安传》，第 2073 页。

③ 龚斌校释：《世说新语校释》，第 1749 页。

④ （战国）毛亨传，（汉）郑玄笺，（唐）孔颖达疏：《毛诗注疏》，上海古籍出版社 2013 年版，第 1698 页。

⑤ 参见宁稼雨：《魏晋士人人格精神——〈世说新语〉的士人精神史研究》，南开大学出版社 2003 年版，第 289 页。

五、文本安排与刘义庆的文本态度

"恨不使朝士见"条的文本可分为两部分，第一部分写谢朗、支遁二人辩难的清谈活动，第二部分写谢朗母王夫人中断清谈活动及谢安对此的评价。明人王世懋评此条"亦可入《贤媛》"。[①] 那么，刘义庆为何要把这条放入《文学》篇而非《贤媛》篇？这里主要关涉故事的落脚点问题，如若把着眼点放在王夫人身上，展现王夫人对儿子的爱护疼惜，舐犊情深，归入《贤媛》篇是合理的。而本条的着眼点在谢朗，赞赏其清谈才华，所以入《文学》篇。需要注意的是，《世说新语》把它安排在《文学》篇中应该还有特别的用意。

《世说新语·品藻第九》："孙兴公、许玄度皆一时名流。或重许高情，则鄙孙秽行；或爱孙才藻，而无取于许。"[②]"高情"是当时人物品藻的一个重要方面，因此形成了重情潮流，它渗透士族社会生活的各个角落，是士族文人精神生活的重要组成部分。"慷慨"一词表达文学中的情感激烈状态，在建安文学的美学评价中出现，谢安使用它来形容嫂子的言辞行为，虽是为化解尴尬，但能联系在一起还是可以反映出当时玄学清谈与"高情"相结合的时代特色。李泽厚在《中国美学史》中指出东晋玄学清谈之风强烈地发展了自汉末以来对人生的感慨和与之相联系的重"情"的思想，进一步使玄学辩论成为一种带有审美性质的智慧、才情、风度、语言的表演。[③] 谢太傅对其嫂行为的解释是不是也可以看成清谈口才辩论的风度呢？

另一方面，尽管刘宋时期人们对于以玄学清谈为特征的新出门户看法仍然不尽相同，但从《世说》相关记载来看，刘义庆还是对具有玄学清谈色彩的新出门户表现出极大的好感和彰扬。作者将故事的落脚点放在由一场清谈活动引发的故事上，这种倾向符合时代潮流，也是新出士族精神得以延续的重要原因。

---

① 参见龚斌校释：《世说新语校释》，第465～466页。

② 龚斌校释：《世说新语校释》，第1054页。

③ 参见李泽厚、刘纲纪主编：《中国美学史》第一卷，中国社会科学出版社1984版，第265页。

附：谢氏家族婚姻谱[①]

男 方			女 方		
宗族	父名	子名	宗族	父名	女名
陈国阳夏谢氏	谢裒	谢安	沛国刘氏	刘耽	刘夫人
陈国阳夏谢氏	谢裒	谢石	阳都诸葛氏	诸葛恢	诸葛文熊
陈国阳夏谢氏	谢裒	谢万	太原晋阳王氏	王述	王荃
陈国阳夏谢氏	谢裒	谢据	河南太康王氏	王韬	王绥
陈国阳夏谢氏	谢鲲	谢尚	陈国阳夏袁氏	袁冲	袁女正
陈国阳夏谢氏	谢琰	谢混	河内温司马氏	孝武帝	晋陵公主

参考文献

(唐)房玄龄等:《晋书》,中华书局1974年版。

宁稼雨:《魏晋士人人格精神——〈世说新语〉的士人精神史研究》,南开大学出版社2003年版。

周淑:《东山再起:六朝绍兴谢氏家族史研究》,浙江大学出版社2009年版。

(南朝宋)刘义庆撰,(南朝梁)刘孝标注,龚斌校释:《世说新语校释》,上海古籍出版社2011年版。

黄霖、陈维昭、周兴陆主编,周兴陆辑著:《世说新语汇校汇注汇评》,凤凰出版社2017年版。

读书会时间:2019年12月4日

① 参见宁稼雨:《魏晋士人人格精神——〈世说新语〉的士人精神史研究》第三章第三节"《世说新语》中的门第观念",第161页。

《世说新语·文学第四》第三十条“有北来道人好才理”读解

李寅捷*

【原文】

有北来道人[1]好才理[2]，与林公[3]相遇于瓦官寺[4]，讲《小品》[5]。于时竺法深[6]、孙兴公[7]悉共听。此道人语，屡设疑难。林公辩答清析[8]，辞气俱爽。此道人每辄摧屈。孙问深公：“上人[9]当是[一]逆风家[10]，向来何以都不言？”庾法畅[二]、[11]《人物论》[12]曰：“法深学义渊博，名声蚤著[三]，弘道法师也。”深公笑而不答。林公曰：“白旃檀非不馥，焉能逆风[13]？”《成实论》[14]曰：“波利质多天树[四]，其香则逆风而闻。”深公得此义，夷然不屑[15]。

【校勘】

[一]当是：龚斌《校释》：“‘当’，宋本作‘常’。”杨勇《校笺》引王《补》：“案，‘常’与上文‘每’字相应。”

[二]庾法畅：各家皆谓“庾”当作“康”，详见注释。

[三]蚤著：龚斌《校释》：“‘著’，宋本误作‘者’。”

[四]波利质多天树：周兴陆《汇评》引赵西陆《世说新语校释》：“波利质多罗树，梵语，树名，‘天’当作‘罗’。”

---

* 李寅捷，女，1999年生，山西忻州人，山东大学文学院2020级古代文学硕士研究生，师从李剑锋教授，魏晋南北朝文学方向。

【注释】

[1]北来道人：张万起《译注》："道人：魏晋时称僧人。"指从北方渡江的僧人。魏晋时期常以"道人"称佛僧。如《世说新语·言语第二》："支道林常养数匹马。或言：'道人畜马不韵。'支曰：'贫道重其神骏。'"

[2]才理：张万起《译注》："才思义理。《品藻》十三：'其人有才理胜望。'《简傲》三：'钟士季有才理。'这里则偏指义理。"龚斌《校释》："指言理之才也。《晋书》五〇《郭象传》：'少有才理，好老庄，能清言。'《晋书》五四《陆云传》：'能属文，性清正，有才理，少与兄机齐名，虽文章不及机，而持论过之。'《南史》五七《顾欢传》：'而（朱）广之才理尤精诣也。'"推究上下文，张说更确。

[3]林公：即支遁。支遁（314～366），字道林，世称林公，"即色宗"代表人物。《高僧传》卷四《支遁传》："支遁，字道林，本姓关氏，陈留人，或云河东林虑人。幼有神理，聪明秀彻……年二十五出家，每至讲肆，善标宗会，而章句或有所遗，时为守文者所陋。谢安闻而善之，曰：'此乃九方堙之相马也，略其玄黄，而取其骏逸。'""晚移石城山，又立栖光寺。宴坐山门，游心禅苑，木喰涧饮，浪志无生。乃注《安般》《四禅》诸经及《即色游玄论》《圣不辩知论》《道行旨归》《学道诫》等。追踪马鸣，蹑影龙树，义应法本，不违实相。晚出山阴，讲《维摩经》，遁为法师，许询为都讲，遁通一义，众人咸谓询无以厝难，询设一难，亦谓遁不复能通，如此至竟，两家不竭。凡在听者，咸谓审得遁旨，回令自说，得两三反便乱。至晋哀帝即位，频遣两使，征请出都，止东安寺，讲《道行波若》，白黑钦崇，朝野悦服。太原王濛，宿构精理，撰其才词，往诣遁，作数百语，自谓遁莫能抗。遁乃徐曰：'贫道与君别来多年，君语了不长进。'濛惭而退焉。乃叹曰：'实缁钵之王、何也。'"

[4]瓦官寺：《高僧传》卷一《安世高传》引昙宗《塔寺记》："丹阳瓦官寺，晋哀帝时沙门慧力所立。"又卷一三《释慧力传》："（释慧力）至晋兴宁中，启乞陶处以为瓦官寺。初标塔基，是今塔之西。每夕标辄东移十余步，旦取还，已复随徙，潜共伺之，见一人著朱衣武冠，拔标置东方，仍于其处起塔，今之塔处是也。"

[5]《小品》：张万起《译注》："小品：佛经的简本。"杨勇《校笺》："犹随笔、杂感等短篇文也。《小品般若波罗蜜经》十卷，二十九品，鸠摩罗什译。"龚斌《校释》："《世说音释》：'《摩诃般若波罗蜜经》，亦名《大品》，二十七卷，九十

品,罗什共僧睿译,以其卷帙多,故是名《大品》。若《小品般若波罗蜜经》十卷,二十九品,罗什译,以其卷帙少,故是名《小品》。'按,《世说音释》是。本篇四三孝标《注》:'释氏《辨空经》,有详者焉,有略者焉。详者为《大品》,略者为《小品》。'"周兴陆《汇评》:"冈白驹:'《般若经》有大品、小品。'秦士铉:'《般若》有大品,有小品,小品《般若波罗蜜经》十卷,廿九品。'大典禅师:'鸠摩罗什译。'"杨笺谓"小品"为"随笔、杂感",非也。各家关于"小品"的解释大同小异,然不精熟佛学者仍难得要领。今按《小品》,又名《道行般若经》,是大乘佛教经典著作之一,自东汉以来凡译三次,分别为:东汉支谶译《道行般若经》十卷(三十品)、吴支谦译《大明度无极经》四卷(或六卷,三十品)、后秦鸠摩罗什译《小品般若波罗蜜经》十卷(二十九品)。《大品》始译于西晋[①],晋惠帝元康元年(291),天竺僧人竺叔兰与西域僧人吴叉罗翻译《般若道行品经》,以经中首品《放光品》为经名,称《放光般若经》,二十卷。后人将此本称为《大品般若》,将支娄迦谶译出的《道行般若经》称为《小品般若》。《大品》主要译本有:西晋竺叔兰和无罗叉译《放光般若经》二十卷(九十品)、西晋竺法护译《光赞般若经》十卷(二十七品)、鸠摩罗什译《摩诃般若波罗蜜经》二十七卷(九十品)。然罗什译经在401年,姚兴伐后秦、迎罗什入长安之后,故此《小品》非罗什译本明矣。(据任继愈《中国佛教史》卷一、卷二及戴丽琴博士论文《〈世说新语〉与佛教》归纳整理。)又按,支遁有《大小品对比要钞序》,见《出三藏记集经序》卷八。

[6]竺法深:竺潜(269～374),字法深,本姓王,琅琊人。《高僧传》卷四《竺法潜传》:"竺潜,字法深,姓王,琅琊人,晋丞相武昌郡公敦之弟也。年十八出家……晋永嘉初,避乱过江。中宗元皇,及肃祖明帝、丞相王茂弘、太尉庾元规,并钦其风德,友而敬焉。建武太宁中,潜恒著屐至殿内,时人咸谓方外之士,以德重故也。中宗肃祖升遐,王、庾又薨,乃隐迹剡山,以避当世,追踪问道者,已复结旅山门。潜优游讲席三十余载,或畅方等,或释《老》《庄》。投身北面者,莫不内外兼洽。至哀帝好重佛法,频遣两使殷勤征请,潜以诏旨之重,暂游宫阙,即于御筵开讲《大品》,上及朝士并称善焉。"

[7]孙兴公:孙绰(314～371),字兴公,东晋时期著名的清谈家、隐士,与许询齐名。曾任征西将军庾亮参军,补章安令,征拜太学博士,迁尚书郎。

---

① 魏高贵乡公甘露五年(260),汉僧朱世行从雍州出发,到于阗搜寻大品《般若经》,写得梵本九十章六十万余言,于晋初遣弟子弗如檀等送回洛阳,后由竺叔兰等译为《放光般若经》二十卷。参见任继愈主编:《中国佛教史》第一卷,附录三"中国佛教史大事年表",中国社会科学院出版社1981年版,第487页。

扬州刺史殷浩以为建威长史。会稽内史王羲之引为右军长史。转永嘉太守，迁散骑常侍，领著作郎。《晋书》卷五六有传。支道林、竺法深等僧人谈佛理般若时，孙绰也在场，这体现出东晋初年名士倾心佛法，佛、玄合流的倾向，汤用彤、任继愈等学者对此思想潮流均有论述。①

[8]清析：张万起《译注》："清晰有条理。"

[9]上人：此处是对有道之人的尊称。杨勇《校笺》引《释氏要览》："《摩诃般若经》云：'何名上人？'佛言：'若菩萨一心行阿耨菩提，心不散乱，是名上人。'"

[10]逆风家：余嘉锡《笺疏》："言法深学义不在道林之下，当不至从风而靡，故谓之逆风家。"

[11]庾法畅：当为"康法畅"。余嘉锡《笺疏》引《全晋文》百五十七自注："《高僧传》四《康僧渊》传云：'康法畅著《人物始义论》等。《世说注》作庾法畅，字之误也。'"《高僧传》卷四《康僧渊传附康法畅传》："（康法畅）亦有才思，善为往复，著《人物始义论》等。畅常执麈尾行，每值名宾，辄清谈尽日。庾元规谓畅曰：'此麈尾何以常在？'畅曰：'廉者不取，贪者不与，故得常在也。'"

[12]《人物论》：又名《人物始义论》。周兴陆《汇评》引王利器语："《法苑珠林》卷一一九：'《人物始义论》一卷，右晋成帝时沙门释法畅撰。'《人物论》即《人物始义论》。"亦见载于《历代三宝记》。

[13]白旃檀非不馥，焉能逆风：余嘉锡《笺疏》："白旃檀非不馥：慧琳《一切经音义》二十九云：'旃檀，梵语香木名也。唐无正译，即白檀香是也。微赤色者为上。'嘉锡案：道林以为虽法深亦不能抗己。焉能逆风：《翻译名义集》三《众香篇》曰：'阿难白佛，世有三种香：一曰根香，二曰枝香，三曰华香。此三品香，唯能随风，不能逆风。'"龚斌《校笺》："刘应登云：波里质多天树，其香逆风而闻。今反之云'白旃檀非不香，岂能逆风'，言深公非不能难之，正不必难之也。王世懋云：林公意谓波利质多天树才能逆风而闻，旃檀虽香，非天树比，焉能逆风？林公以天树自比，而以白旃檀比深公，故深公不

---

① 任继愈主编《中国佛教史》指出，"佛教的般若学是一种以论证现实世界虚幻不实为目的的出世间的宗教哲学，而魏晋玄学则是一种充分肯定现实世界合理性的世俗哲学"，因此在这一方面二者有根本分歧，但西晋末年、东晋初年，当时的清谈名士"需要吸收般若思想来丰富魏晋玄学，般若学者也需要迎合占统治地位的玄学思潮以取得生存的条件"，是以双方并未过分关注这一分歧，而是努力融合玄、佛思想，寻找二者的同一性。参见任继愈主编：《中国佛教史》第二卷，第111～112页。许理和称："清谈的出现是佛教在上层士大夫中传播的最重要的因素之一。"（[荷]许理和：《佛教征服中国》，李四龙等译，江苏人民出版社2003年版，第119页）

屑。如刘解'不必难'，深公当喜而印可也。按，王氏所言是。林公既已使北来道人屈居下风，亦令深公唯有倾听之份，而不能发一言，于是林公趾高气扬、睥睨一切之态毕现矣。"张万起《译注》："旃檀即檀香，香木名。梵语为旃檀那。有赤色、白色二种。支道林这句话是就孙兴公所云："逆风家"引发开来，意思是波利质多罗是天树，才能逆风闻香，熏遍忉利天宫；白旃檀虽然香，自不可与天树相比，岂可避风？内含以天树自喻，而以白旃檀比竺法深之意。"周兴陆《汇评》引田中语："林因比言深白旃檀，而香则香矣，未足曰逆风。此非我紫旃檀，则不能服彼也。"董志翘："'逆风家''逆风'是用的佛教典故。在佛家看来，所有自然界香气，即使是'安息''栴檀'，亦仅能顺风熏，而只有佛家谨持戒法、具有戒德者，其'持戒清净香'方能顺风熏、逆风熏、顺风逆风熏。"（董志翘：《释〈世说新语〉"逆风""逆风家"》，《中国语文》2007 年第 3 期）

[14]《成实论》：《成实论》十六卷，鸠摩罗什译，载于《大正藏》卷三二，《开元录》卷四作二十卷。后秦弘始十三年(411)至十四年(412)译。

[15]夷然不屑：张万起《译注》："夷然，泰然自若的样子。不屑，不介意，不在乎。"周兴陆《汇评》引田中释"深公夷然不屑"："林虽得贬议，以其言不欺，故闻之夷然，不介于怀也。""不屑"向来有两义，一指轻视，二指不介意。此处作"不介意、不顾"讲妥当。《后汉书·马廖传》："廖性质诚畏慎，不爱权势声名，尽心纳忠，不屑毁誉。"李贤注："王逸注《楚辞》云：屑，顾也。"刘勰《文心雕龙·序志》："同之与异，不屑古今。"

【系年】

推断本条记载故事发生时间，可从涉及人物生平及瓦官寺修建时间入手。据《高僧传》，瓦官寺敕建于晋哀帝兴宁中，又《高僧传》卷四《支遁传》载："至晋哀帝即位，频遣两使征请（支遁）出都……遁淹留京师涉将三载，乃还东山……以晋太和元年闰四月四日终于所住。春秋五十有三。"且支遁离京前上书有"频奉明诏，使诣上京"的表述，推测时哀帝仍在位。晋哀帝卒于兴宁三年(365)，故此事当在哀帝兴宁年间(363～365)。

【翻译】

有从北方来的僧人擅长才思义理的论辩，他和支道林在瓦官寺相遇，讲论《小品》。这个时候竺法深和孙绰也同在旁边听二人讲论。这个僧人在言谈中常常设置疑难处，但林公却对答清楚有条理，言辞和语气都很爽利，而北来道人屡次被迫摧折屈服。孙绰问深公："您应该是在论辩中能占上风的逆风家，不至于被驳倒，怎么却一言不发呢？"深公笑而不语。林公说："白旃檀的香气不是不浓郁，但是怎么能占上风呢？"深公明白他话里的意思，是借孙绰的称许发挥，将自己譬喻为不如赤旃檀的白旃檀，但他泰然自若，并不介怀。

一、《小品般若经》在东晋初年的接受情况

目前学界普遍认为，佛教于西汉末年至东汉初年传入我国[①]，在汉末三国时期，道教被打压、社会动荡不安、人民需要新的精神信仰依托，为佛教的流传接受提供了可能的土壤，因此陆续出现较多译经活动和民间祭拜行为。《历代三宝记》所载汉译佛经 359 部 427 卷，三国译佛经 312 部 483 卷，数量已经非常可观。[②] 任继愈先生根据《开元释教录》统计，从魏到东晋，共 261 年，共译出佛教典籍 702 部 1493 卷，不论部数和卷数都较之前有所增加。[③] 其中，在传播过程中被广泛接受的是大乘佛教。大乘佛教与小乘佛教的最本质区别在于，小乘佛教的目的是得到自我度脱，而大乘佛教教义则旨在超度众生。而大乘佛教中的般若经学尤为汉晋高僧及名士修习，其代表佛经典籍主要有《大品般若经》和《小品般若经》。《小品》译出后，得到很多名士高僧的喜爱，笔者统计，《高僧传》中记载研读《小品》的僧人有：康僧会、鸠摩罗什、朱士行、康僧渊、僧叡、释慧严、释慧观、释僧彻、释慧静、释昙斌、释慧亮、释慧基、释宝亮、释昙斐、释法晤、释智称等 16 位。[④]

《小品》首先由东汉高僧支娄迦谶译出，本名《道行般若经》，之后又有吴支谦和后秦鸠摩罗什的译本。但由于鸠摩罗什译经活动在支遁去世之后，所以支遁等人阅读的《小品》版本，主要就是支娄迦谶翻译的《道行般若经》和三国时支谦译的《大明度无极经》。根据现有的文献资料可知，支遁对大、小品经经义均有钻研，《出三藏记集经序》卷八存有其《大小品对比要钞序》

---

① 参见任继愈主编：《中国佛教史》卷一，第 105 页；汤用彤：《汉魏两晋南北朝佛教史》，北京大学出版社 1997 年版，第 13～17 页。

② 参见任继愈主编：《中国佛教史》卷一，附录二"历代佛教经录所载汉三国译经卷数"，第 482 页。

③ 参见任继愈主编：《中国佛教史》卷一，附录二"历代佛教经录所载汉三国译经卷数"，第 10 页。

④ 参见（南朝梁）释慧皎撰，汤用彤校注，汤一玄整理：《高僧传》，中华书局 1992 年版，第 14、45、145、150、244、260、264、277、285、290、292、323、336、341、422、438 页。

一文，文中指出《大品》《小品》在语词繁简、篇幅长短上的区别，论述其“即色”的思想[1]，这一点我们在下文中将详细阐述。此外，《高僧传》载其曾在哀帝即位后，于都城建康东安寺讲授《小品》，“黑白钦崇，朝野悦服”[2]，本则故事发生的时间，就在支遁此次入京之际。

除此条之外，《世说新语》中还记载了三则与《小品》相关的故事，且均在《文学》篇中：

殷中军读《小品》，释氏《辨空经》有详者焉，有略者焉。详者为《大品》，略者为《小品》。下二百签，皆是精微，世之幽滞。尝欲与支道林辩之，竟不得。今《小品》犹存。《高逸沙门传》曰：“殷浩能言名理，自以有所不达，欲访之于遁。遂邂逅不遇，深以为恨。其为名识赏重，如此之至焉。”《语林》曰：“浩于佛经有所不了，故遣人迎林公。林乃虚怀欲往，王右军驻之曰：‘渊源思致渊富，既未易为敌，且己所不解，上人未必能通。纵复服从，亦名不益高。若佻脱不合，便丧十年所保。可不须往。’林公亦以为然，遂止。”（《文学》四三）[3]

于法开始与支公争名，后情渐归支，意甚不分，遂遁迹剡下。遣弟子出都，语使过会稽。于时支公正讲《小品》。开戒弟子：“道林讲，比汝至，当在某品中。”因示语攻难数十番，云：“旧此中不可复通。”弟子如言诣支公。正值讲，因谨述开意。往反多时，林公遂屈。厉声曰：“君何足复受人寄载来！”《名德沙门题目》曰：“于法开才辩纵横，以数术弘教。”《高逸沙门传》曰：“法开初以义学著名，后与支遁有竞，故遁居剡县，更学医术。”（《文学》四五）[4]

殷中军被废东阳，始看佛经。初视《维摩诘》，疑《般若波罗密》太多。后见《小品》，恨此语少。波罗蜜，此言到彼岸也。《经》云：“到者有六焉：一曰檀；檀者，施也。二曰毗黎；毗黎者，持戒也。三曰羼提；羼提者，忍辱也。四曰尸罗；尸罗者，精进也。五曰禅；禅者，定也。六曰般若；般若者，智慧也。然则五者为舟，般若为导。导则俱绝有相之流，升无相之彼岸也。故曰波罗蜜也。”渊源未畅其致，少而疑其多；已而究其宗，多而患其少也。（《文学》五〇）[5]

上引三则故事表明，东晋初年，东南地区的佛僧和名士就对《小品般若经》有所研读，且常以论辩其中义理争名。第一则故事讲述了殷浩欲与支道林辨析《小品》经义的传闻。根据第三则中“殷中军被废东阳，始看佛经”的说法，

---

① 参见（南朝梁）释僧祐：《出三藏记集》，中华书局 1995 年版，第 298～303 页。

② （南朝梁）释慧皎撰，汤用彤校注，汤一玄整理：《高僧传》，第 161 页。

③ （南朝宋）刘义庆撰，（南朝梁）刘孝标注，龚斌校释：《世说新语校释》（增订本），上海古籍出版社 2019 年版，第 499 页。

④ 龚斌校释：《世说新语校释》（增订本），第 504 页。

⑤ 龚斌校释：《世说新语校释》（增订本），第 514 页。

殷浩阅读《小品》是在其被废黜之后的事情。《资治通鉴》卷九九《晋纪》二一载“永和十年”：“中军将军、扬州刺史殷浩连年北伐，师徒屡败，粮械都尽。征西将军桓温因朝野之怨，上疏数浩之罪，请废之。朝廷不得已，免浩为庶人，徙东阳之信安。”[①]又《晋书》卷七七《殷浩传》云：“（殷浩）永和十二年卒。”[②]因此，殷浩研读佛经是在其生前最后两年，即永和十年(354)至永和十二年(356)间，此时支遁在剡山、会稽一带活动，二人在地理上相去不远。刘孝标注引《语林》记载的王羲之劝阻支遁之传闻，虽未必属实，但能看出当时名士、名僧们重视论辩之名、必要一争高下的情况。

第二则故事则发生在支遁与于法开之间。《高僧传》卷四《于法开传》载其“善《放光》及《法华》”[③]，《放光般若经》即所谓《大品》，可知于法开也是研习大乘佛教义理的高僧。这则故事讲述了支遁在与于法开的争论中理屈，因此大为愤怒，厉声训斥来传达于法开旨意的人。无论是第一条的刘孝标注，还是第二则故事，都表明至少在舆论传闻中，支遁对佛理辩论争强好胜，不愿居下风。东晋时，名士、高僧们论玄谈佛，都各有精通专长之处。如殷浩就擅长才性论。《世说》载简文帝称其论才性有“崤、函之固”，连支遁也不能胜之[④]，这也是为何支遁后来畏惧名声受损，而不欲与殷浩辩论佛理的缘故。同样地，面对精通《小品》、善于论辩，又不愿居人下风的支遁，竺法深或许也因有所顾忌而不愿与之论争高下，然其“夷然不屑”的姿态，实则已具有名士的从容大度之风，两相对比，反倒是支遁显得颇为急躁了。

二、支道林与竺法深的般若空观差异

竺法深不与支遁共同辩论，更深层的原因是二人对大乘佛教般若空的理解有别。西晋时期，高僧们翻译佛经主要采取“格义”的方法，用本土语辞比附佛经义理，但这种一一比附的解经方式很难帮助人们融会贯通地理解佛经义理，因此东晋时期，格义的方式逐渐被抛弃。[⑤] 公元4世纪中后期，南

① （宋）司马光编撰，胡三省音注：《资治通鉴》卷九九，中华书局1956年版，第3138页。

② （唐）房玄龄等：《晋书》卷七三《庾亮传》，中华书局1974年版，第2047页。

③ （南朝梁）释慧皎撰，汤用彤校注，汤一玄整理：《高僧传》，第167页。

④ 《世说新语·文学第四》第五十一条：“支道林、殷渊源俱在相王许。相王谓二人：‘可试一交言。而才性殆是渊源崤、函之固，君其慎焉！’支初作，改辙远之，数四交，不觉入其玄中。相王抚肩笑曰：‘此自是其胜场，安可争锋！’”[龚斌校释：《世说新语校释》（增订本），第515页]

⑤ 参见汤用彤：《论格义》，《汤用彤集》，中国社会科学院出版社1995年版，第148～151页。但也有学者认为“格义”和下文提到的“六家七宗”实为一物。如冢本善隆《魏晋佛教之展开》（载刘俊文主编，许洋主等译《日本学者研究中国史论著选译》第七卷《思想宗教》，中华书局1993年版，第211～250页），参见杨荣祖：《〈不真空论〉里的本无宗》，《中国佛学》2014年第1期。

北方佛教发展也出现差异。在北方，直到鸠摩罗什与后秦弘始三年(401)开始在长安译经前，其佛教活动基本以修习、禅定为主，较少有集中讲论大乘佛教义理的风气。在南方，佛教活动在东南京城一带与其他地区面貌略有不同。在襄阳、庐山和江陵地区，先后有三大佛教中心，这些中心的僧人领袖和他们的弟子(如释道安、慧远)均来自北方，其理论试图融合南北佛教。但在京城、东南一带活动的名僧，如竺法深、支遁等人，其佛教理论与上层士族喜好的玄学紧密结合(竺法深本就出身于琅琊王氏)，讲论般若空的风气一度十分盛行。[①] 东晋初年，由于对"空"的理解不同，江左佛僧内部出现了不同的派别，即所谓的"六家七宗"，他们都试图融合佛玄两道，以玄学解说佛经义理。"六家七宗"分别是，以释道安为代表的本无宗、以竺法深为代表的本无异宗、以支遁为代表的即色宗、以竺道壹为代表的幻化宗、以于法开为代表的识含宗、以支愍度为代表的心无宗和以于道邃为代表的缘会宗。其中本无宗与本无异宗宗义相近，故为六家七宗。"六家七宗"所辨析的主要是大乘佛教教义中的般若空观，因此许理和说，"所有这些'宗'，事实上都是对作为大乘佛教主客观现象虚幻本性、一切皆空学说所作的不同玄学阐释"[②]。

汤用彤将六家七宗分为三派："第一为二本无，释本体之空无。第二为即色、识含、幻化以至缘会四者，悉主色无，而以支道林为最有名。第三为支愍度，则立心无。"[③]支遁代表的即色宗与竺法深代表的本无异宗，其般若空观有所不同。僧肇《不真空论》总结评判"即色宗"的般若观为："即色者，明色不自色，故虽色而非色也。夫言色者，但当色即色，岂待色色而后为色哉？

---

① [荷]许理和：《佛教征服中国：佛教在中国中古早期的传播与适应》，李四龙等译，江苏人民出版社2005年版，第114页。许理和指出："公元四世纪下半叶，晋帝国中部和东部形成了两个势力范围。帝国首都、东部及东南部处于中央管辖之下，而中部州县主要是江州和荆州，大部分由半独立的地方要员和军事独裁者所控制。这个时代的佛教体现了此种状况的特点。在都城和东部，产生了与王室、大城市权贵和都城中的政治生活紧密相连的新佛教。但同时，其他很重要的教团也在地方士大夫的支持下于中部地区形成。这些团体只是间接地与王室有关。理论上说，它们更具独立性和创造性，同时也更为明显地受到北方的影响。公元365～379年间的襄阳、约公元380年后的庐山和荆州首府所在地江陵，这些中心的僧人领袖和他们的许多弟子均来自北方。他们的理论观点试图结合南北朝佛教。北方佛教强调虔心修行、禅定和法术，直接延续旧译时代的经典；南方佛教相对思想化，是玄学与大乘观念的特殊结合物，以《般若经》《维摩诘经》为基础而深于本体论思辨。在都城和东部流行的南方佛教的教义，一再受到这些其他佛教中心强有力的影响。在其他地方，佛教还在继续传播，在孤立的四川和偏远南部广东附近的罗浮山上也出现了最初的团体，佛教因素已渗入到这些道教胜地。"

② [荷]许理和：《佛教征服中国：佛教在中国中古早期的传播与适应》，第124页。

③ 汤用彤：《汉魏两晋南北朝佛教史》，第193页。

此直语色不自色，未领色之非色也。”[①]这里的意思是说，“即色宗”认为，所谓“色”（事物的现象）不是真实存在的，是因缘所生（事物自性），因此“色”即是“空”。但同时，僧肇也对“即色论”提出批评，认为即色论虽然否定了“色”的存在，却还是停留在对物质现象的议论上，没有意识到诸法自性，即“未领色之非色也”。对此，有学者解释道，支遁的理论“不是对物质现象上的否定，而是对事物自性上的肯定”[②]，因此受到后世僧肇的批判。“本无异宗”对般若空的理解与“即色宗”理论的差异主要表现在对“空”诠释方法的不同。“本无异宗”认为，无能生万物，其关注的是“无”之于“有”的重要性，比附于玄学就是“贵无”。但支遁诠释“空”是从破除“有”入手，二者对“空”的哲学诠释理路不同，因此可以理解竺法深为什么不愿与支遁论争。

三、“逆风家”“白旃檀”譬喻及清谈修辞

关于此条中，孙兴公称竺法深为“逆风家”、支道林回应“白旃檀非不香，焉能逆风”，历来注家有不同的解释，现代学者如董志翘、赵建成等人，也曾专门写论文探讨“逆风家”“白旃檀”的意味。大多数学者认为，面对孙绰称赞竺法深是“逆风家”，支道林的回应是用譬喻抬升自己、贬低竺法深，但关于“逆风家”和“白旃檀”之比喻的典出，学者们却众说纷纭。

对“逆风家”的阐释，有用典和不用典两种说法。董志翘认为是佛经中常说的“具有戒香”之德人，其“持戒清净香”能逆风熏，故称逆风家。[③] 但根据上下文文义，这件事发生的背景是支道林与北来道人论佛理，反驳言辞清晰，重在论辩而与德行无涉。[④] 而“逆风”一词，本意是“迎风”“处于上风”[⑤]，这里孙绰说竺法深是“逆风家”，应当是形容法深在辩论中能从容应对的气势。故才有后面的“何以都不一言”之问。《世说新语》中也记载了竺法深应答机敏的一些逸闻趣事，如《言语》第四十八条载：“竺法深在简文坐，刘尹

① 石峻等主编：《中国佛教思想资料选编》第一卷，中华书局1981年版，第144页。

② 理净：《支遁“即色论”般若思想解析》，《中国佛学》2018年第1期。

③ 董志翘：《释〈世说新语〉“逆风”“逆风家”》，《中国语文》2007年第3期。

④ 赵建成论文中也指出要根据上下文文义理解“逆风家”，但他错误地以为“深公夷然不屑”是竺法深对支遁表示鄙夷，事实上，这里的“不屑”应做“不介怀、不介意”理解。参见赵建成：《〈世说新语〉“逆风”“逆风家”释义》，《中国社会科学院研究生院学报》2009年第6期。

⑤ 即便佛经中，也有“逆风”作“迎风”使用的例子。如《二十四章经》云：“佛言爱欲之于人，犹执炬火逆风而行，愚者不释炬，必有烧手之患。”（《大正新修大藏经》第十七卷，佛陀教育基金会出版部，1990年，第723页）这里的“逆风”完全是就其本来义使用，而与德行无涉。

问:'道人何以游朱门?'答曰:'君自见其朱门,贫道如游蓬户。'"[1]竺法深在遇到别人质疑自己为何与简文帝等权贵结交时,用佛教教义的"诸法皆非实相""诸法皆空"[2]辩白,并用朱门、蓬户的譬喻,达到言简义丰的效果,可见其于论辩亦甚为擅长。因此,我们更倾向于孙绰夸竺法深为"逆风家",并非用佛经典故,而是取其本义,形容竺法深论辩机敏,不畏惧与人争论。那么,"逆风家"在这里究竟是作"迎风",还是"处于上风"来理解呢?这就涉及各家对"白旃檀"典出的不同阐释。

而关于"白旃檀"的典出,归纳起来,历代学者说法有两种:

一是认为支道林将竺法深喻为"白旃檀",是用佛经中"波利质多天树"可逆风而闻的典故,白旃檀虽有香气,但不能逆风而闻,故竺法深并非逆风家。此说以刘孝标为代表,后世张万起、龚斌等学者沿袭此说。

二是认为支道林是用佛经中白旃檀不如赤旃檀的说法。如余嘉锡引《一切经音义》"旃檀,梵语香木名也。唐无正译,即白檀香是也。微赤色者为上",认为支道林将竺法深喻为白旃檀,是潜在地说自己是更高一等的赤旃檀。

上述"白旃檀"的两个典出文本,一是《成实论》,一是《一切经音义》。《成实论》为后秦鸠摩罗什所译,《一切经音义》是唐人著作,支遁、竺法深等人显然不可能看到这两本书。当然,这并不能证明竺法深与支遁并没有这样的知识背景。今天我们仅能根据与支遁、竺法深等人稍后时代的一些佛经文献加以考察,判断以上两种说法哪一个更为合理。除上述《成实论》的记载之外,另有一些文献可供参考:

> 东晋竺昙无兰译《佛说戒德香经》:"虽有美香花,不能逆风熏,不息名栴檀,众雨一切香。志性能和雅,尔乃逆风香,正士名大夫,普熏于十方。"[3]
>
> 刘宋求那跋陀罗译《杂阿含经》:"阿难。是名有香顺风熏,逆风熏,顺风逆风熏。尔时,世尊即说偈言:'非根茎华香,能逆风而熏。唯有善士女,持戒清净香,逆顺满诸方,无不普闻知。多迦罗栴檀,优钵罗末利,如是比诸香,戒香最为上。栴檀等诸香,所熏少分限,唯有戒德香,流熏上升天。斯等净戒香,不放逸正受,正智等解脱,魔道莫能入。是

---

① 龚斌校释:《世说新语校释》(增订本),第234页。
② 龚斌校释:《世说新语校释》(增订本),第235页。
③ 《大正新修大藏经》第二卷,第507页。

名安隐道，是道则清净，正向妙禅定，断诸魔结缚。’”①

《究竟大慈悲经》卷二：“譬如郁金山顶有旃檀树，急风吹动其有香气，逆风四十里，何况顺风。”②

据此可知，佛经中存在着这样的说法：树木的香有可逆风而闻者，有可顺风而闻者，有可顺逆风而闻者。至于具体哪种树木香气可逆风，哪种树木香气不可逆风，不同佛典中有不同的说法。然而，这几则佛经文本中，均未明确表示白旃檀香气不能逆风而闻，而距离支遁等人时代最近的《佛说戒德香经》还说，“不息名旃檀，众雨一切香”，也就是说，认为“白旃檀”香气不能逆风，只是历代注家根据佛经记载有名树香气可以逆风的推测，而非实证。因此，相较而言，余嘉锡先生的观点更合理一些。余嘉锡先生将“逆风”释为“处上风”，因此认为支道林用白旃檀不如赤旃檀的典故，比喻竺法深不能胜过自己。这里，孙绰、支遁、竺法深的对答构成了这样一个环节：孙绰对竺法深的称赞是普通的赞许，称其辩论常能驳倒对方处于上风，支遁抓住“逆风”一词引申发挥，利用竺法深也熟知的佛典，暗示竺法深只是白旃檀，自己则是更高一筹的赤旃檀。竺法深听懂了支遁的意思，对支遁的争强好胜表示不介意。

这里我们不妨暂时搁置“逆风家”“白旃檀”典出的争论问题。如果我们稍加留意当时名士间以譬喻调侃、讽刺的时代风气，就会发现，《世说新语》中还记载了类似的名士间对谈的修辞智慧。如《世说新语·排调第二十五》第三十二条载：“谢公始有东山之志，后严命屡臻，势不获已，始就桓公司马。于时人有饷桓公药草，中有远志，公取以问谢：‘此药又名小草，何一物有二称？’谢未即答。时郝隆在坐，应声答曰：‘此甚易解，处则为远志，出则为小草。’谢甚有愧色。桓公目谢而笑曰：‘郝参军此过乃不恶，亦极有会。’”③

这则故事中，桓温用药草的两个名字讥讽谢安被迫出山、违背归隐之志，与竺法深、支道林的应答很相似，都是借助双方共同的知识背景，从本义引申譬喻，表现出魏晋名士交谈时的机敏，非常耐人寻味。《世说新语》中对支道林、竺法深之间应答的记载，可以帮助我们想象，在佛、玄合流的思潮下，当日高僧们讲论佛理时，已经深深地浸染了魏晋名士的清谈风韵。

① 《大正新修大藏经》第二卷，第 376 页。
② 《大正新修大藏经》第八十五卷，第 1378 页。
③ 龚斌校释：《世说新语校释》(增订本)，第 1706 页。

参考文献

《大正新修大藏经》,佛陀教育基金会出版部 1990 年版。

(南朝梁)释慧皎撰,汤用彤校注,汤一玄整理:《高僧传》,中华书局 1992 年版。

(南朝梁)释僧祐:《出三藏记集》,中华书局 1995 年版。

(南朝宋)刘义庆撰,(南朝梁)刘孝标注,龚斌校释:《世说新语校释》(增订本),上海古籍出版社 2019 年版。

任继愈主编:《中国佛教史》,中国社会科学院出版社 1981 年版。

石峻等主编:《中国佛教思想资料选编》,中华书局 1981 年版。

汤用彤:《汉魏两晋南北朝佛教史》,北京大学出版社 1997 年版。

[荷]许理和:《佛教征服中国》,李四龙等译,江苏人民出版社 2003 年版。

董志翘:《释〈世说新语〉"逆风""逆风家"》,《中国语文》2007 年第 3 期。

读书会时间:2021 年 6 月 2 日

《世说新语·文学第四》第六十八条“左思《三都赋》初成”读解

潘磊*

【原文】

左太冲作《三都赋》初成，《思别传》曰：“思字太沖，齐国临淄人。父雍，起于笔札，多所掌练，为殿中御史。思少孤[一]，不甚教其书学。及长，博览名文，遍阅百家。司空张华辟为祭酒，贾谧举为秘书郎。谧诛，归乡里，专思著述。齐王冏请为记室参军，不起。时为《三都赋》未成也。后数年，疾终。其《三都赋》改定，至终乃止。初，作《蜀都赋》云：‘金马电发于高冈，碧鸡振翼而云披。鬼弹飞丸以礌礉，火井腾光以赫曦。’[1]今无‘鬼弹’，故其赋往往不同。思为人无吏干，而有文才，又颇以椒房[2]自矜，故齐人不重也。”时人互[3]有讥訾[4]，思意不惬。后示张公。张华，已见。张曰：“此二京可三[5]，然君文未重于世，宜以经高名之士。”思乃询求于皇甫谧。王隐《晋书》曰：“谧字士安，安定朝那人，汉太尉嵩曾孙也。祖叔献，灞陵令。父叔侯，举孝廉。谧族从皆累世富贵，独守寒素。所养叔母叹曰：‘昔孟母以三徙成子，曾父以烹豕存教，岂我居不卜邻，何尔鲁之甚乎？修身笃学，自汝得之，于我何有？’因对之流涕，谧乃感激。年二十余，就乡里席坦受书，遭人而问，少有宁日。武帝借其书二车，遂博览。太子中庶子、议郎征，并不就，终于家。”谧见之嗟叹，遂为作叙。于是先相非贰[6]者，莫不敛衽赞述[7]焉。《思别传》曰：“思造张载，问岷、蜀事，交接亦疏。皇甫谧西州高士，挚仲治宿儒知名，非思伦匹。刘渊林、卫伯舆并蚤终，皆不为思赋序注也。凡诸注解，皆思自为，欲重其名，故假时人名姓也。”

【校勘】

[一]“少孤”，一本作“蚤丧母，雍怜之”。

---

* 潘磊，男，1992年生，山东淄博人。山东大学文学院2017级博士研究生，师从李剑锋教授。研究方向为魏晋南北朝文学。

【注解】

[1]此句今本《三都赋》作“金马骋光而绝景，碧鸡倏忽而曜仪。火井沈荧于幽泉，高爓飞煽于天垂”。 ○金马、碧鸡、火井：刘逵注引《地理志》曰：金马、碧鸡，在越嶲青蛉县禺同山。汉宣帝时，方士言益州有金马、碧鸡之神，可以醮祭而置也。宣帝使谏议大夫王褒持节而求之，褒道病卒，竟不能致也。蜀郡有火井，在临邛县西南。火井，盐井也。欲出其火，先以家火投之，须臾许，隆隆如雷声，爓出通天，光辉十里，以筒盛之，接其光而无炭也。 ○鬼弹：《搜神记辑校》卷一七：汉时，永昌郡不韦县有禁水，水有毒气，唯十一月、十二月可渡涉，自正月至十月不可渡，渡辄得病杀人。其气中有恶物，不见其形，其作有声，如有所投击。中木则折；中人则害，土俗号为“鬼弹”。故郡有罪人，徙之禁旁，不过十日皆死也。 ○礌(léi)：将石头从高处推下以击敌。 ○礉(qiào)：石不平貌。 ○赫曦：光明炎盛貌。

[2]椒房：原指汉皇后所居之宫殿，以椒和泥涂壁，取温、香、多子之意。后代指后妃。此处指左思之妹左棻。

[3]互：接连不断，更迭交错。不注意“互”字这种用法，可能会误解为“相互”之义。(吴金华《世说新语考释》)

[4]讥訾(zǐ)：嘲讽诋毁。

[5]二京可三：二京，一说指班固《两都赋》和张衡《二京赋》；一说指张衡《西京赋》《东京赋》。可三，可以并列为三，相互媲美。三，动词，成为三。

[6]非贰：非议，不以为然。

[7]敛衽赞述：恭敬赞美。敛衽，整理衣襟，表示恭敬。赞述，赞美称说。

【读解】

正文部分相对简短，但我们还是可以从中获得比较丰富的信息：第一，《三都赋》初成，遭时人嘲讽，左思不乐；第二，左思求助于张华，想借此提高《三都赋》之声价；第三，后求皇甫谧，得到皇甫谧称赞并为其作叙(序)；第四，先前嘲笑他的时人，转而交口称赞之。

初看此段文字，前后因果十分明显：左思《三都赋》是在张华、皇甫谧的肯定，尤其是皇甫谧的赞誉及作序之后，才被世人广泛接受。但唐修本《晋书》左思本传记载的，则是另一番情形：赋成，时人未重之。→请皇甫谧作序。→张载为注《魏都》，刘逵注《吴》《蜀》而序之。→卫权又为作略解。→自是之后，盛重于时。→司空张华见而赞叹。→豪贵之家竞相传写，洛阳纸贵。

从刘孝标所引《左思别传》中，我们可以获得更丰富的信息：第一，个人履历介绍；第二，《三都赋》的写作；第三，人物评价：有文采而无吏干，以椒房自矜，造假（假时人之名以重其文）。另，“皇甫谧西州高士，……故假时人名姓也”一节文字，各注家或认为是别传文字，或认为是刘孝标按语。从整体来看，当为别传文字。

从刘孝标所引《左思别传》中我们可以比较全面把握左思的形象。从中我们需要思考的问题是：别传作者是以一种怎样的心态来记录左思的？刘孝标为何不引当时流行的几部晋代史书，如臧荣绪《晋书》、王隐《晋书》（注中介绍皇甫谧便引此书），而要引用“别传”？

一、左思与时代的三重矛盾

左思的青少年时代，可以说正是天下由分裂走向统一的时期。263年曹魏灭蜀汉时，左思大概十岁左右，280年西晋灭东吴的“王濬楼船下益州，金陵王气黯然收”之时，左思正值三十岁左右的壮年。自此以下的太康（280～289）十年是西晋王朝相对繁荣稳定的时期，左思此时三四十岁。东晋干宝在《晋纪总论》中曾称赞实现了天下统一后的这段时期说：“太康之中，天下书同文，车同轨。牛马被野，余粮栖亩，行旅草舍，外闾不闭。民相遇者如亲，其匮乏者，取资于道路，故于时有天下无穷人之谚。虽太平未洽，亦足以明吏奉其法，民乐其生，百代之一时矣。”[①]290年（太熙元年）晋武帝病逝之后的元康（291～299）近十年间，是“八王之乱”愈演愈烈，西晋王朝风雨飘摇的开始。由此来看，左思一生生活的时代，是国家由分裂走向短暂的一统又进而滑入一个迍邅离乱之世的时代。而对于左思来说，在这样一个时代，他身上的几重矛盾决定了他总体上悲剧性的一生。除去大家谈及较多的出身寒微与当时士族社会严格等级之间的矛盾，所谓“上品无寒门，下品无士族”之外，本文主要从三个方面谈左思与时代的矛盾。

首先是“貌丑口讷”与当时审美倾向之间的矛盾。在极度看重仪容和风度的魏晋时代，我们看《世说新语·容止》篇那些美男子就可以了，如“面如凝脂，眼如丹漆”，如“岩岩若孤松独立，傀俄若玉山将崩”，这些对左思来说

① （南朝梁）萧统编，（唐）李善注：《文选》，上海古籍出版社1986年版，第2178～2179页。

是可望而不可即的。不仅如此，《容止》篇还把他和当时的美男子潘岳做对比："潘岳妙有姿容，好神情。少时挟弹出洛阳道，妇人遇者，莫不连手共萦之。左太冲绝丑，亦复效岳游遨，于是群妪齐共乱唾之，委顿而返。"更凸显出左思是一个既长相丑陋又无自知之明的形象。但是笔者颇怀疑这则故事的真实性，就像刘孝标在这则故事下引用《语林》说："安仁至美，每行，老妪以果掷之，满车。张孟阳至丑，每行，小儿以瓦石投之，亦满车。"唐修《晋书》卷五五《潘岳传》亦载："岳美姿仪，辞藻绝丽，尤善为哀诔之文。少时常挟弹出洛阳道，妇人遇之者，皆连手萦绕，投之以果，遂满车而归。时张载甚丑，每行，小儿以瓦石掷之，委顿而反。"《太平御览》卷一八八"居处部十六·瓦部"引《晋书》曰："张孟阳貌丑，尝从潘岳游洛阳市。岳美貌，群女争以果掷岳，满车箱；孟阳被投之瓦石。"乍一看，这几处记载大同小异，但是细究文意，还是有很大不同。张载是偶然和潘岳一起走在洛阳街道然后被区别对待呢？还是有先有后，二人并没同时出现在洛阳街道？但到了左思这里就颇有些自取其辱的味道了——"亦复效岳游遨"。明知自己貌丑，还要东施效颦，这可不是自取其辱吗？除去《世说新语》的这条记载，似乎没有第二个出处载录左思这一令人费解的行为。再者，以左思的聪明，也不至于做出如此令人发笑的举动。由此笔者对《别传》中所谓"颇以椒房自矜"的说法也持怀疑态度。说他"无吏干"，大约是实情，毕竟左思也不是一个刻意求官之人。况且左思还有口吃的毛病，在那个讲求清谈的时代，更是一大致命伤。由此，笔者认为《世说新语》这部书是完全不可以当作严肃史料来引用的。当然，在今天来看，它自有价值，尤其是刘孝标的注，给《世说新语》增加了一些严肃性，在其引用书籍十之七八不存的今天，仍有不可忽视的价值和意义。但无论如何，左思以其貌寝却生在那样一个绝重外表的时代，不能不说是一个悲剧，他的妹妹左棻也因貌丑而得不到皇帝的宠爱。如果说学识和才华多半可以靠后天学习获得，那么先天的容貌丑恶和口齿不清，就让左思难以融入当时的士人群体。

第二重矛盾，主要是左思"甚有大才"与当时不甚重视才学的矛盾。这里的"不甚重视"，主要是指作为上层统治阶级对文学的关注和引导。与之前的曹魏政权、之后的南朝政权相比，两晋的君主似乎并不太关注文学，与魏文帝曹丕那种视文章为"经国之大业，不朽之盛事"和萧统称赞"文之时义远矣哉"相比，与引领一代文学风尚的三曹父子、萧氏父子相比，与曹魏邺下文人群、南齐竟陵王萧子良文学群体、梁代萧统文学群体、萧纲的宫体文学作家群相比，不光作为最高统治者的皇帝与士人群体很少有文学上的互动，即便在当时颇引人侧目的围绕在贾谧周围的“二十四友”也十分松散，虽然有左思、陆机、刘琨等在今天文学史上大放异彩的角色，但仍不能视其为严格意义上有影响力的文学团体。相反，还因贾谧的种种恶行，使这个团体颇受后人诟病，在当时就有人视他们为浮薄竞进之徒。据南京大学俞士玲老师考证，“从‘二十四友’出身看，约分为三种类型：一为贾家亲旧；二为各地名门望族；三为名臣名将之后。……‘二十四友’皆为名倾一时的人物，他们年龄相差悬殊，任职亦不相同，不大可能是一种自然组合，‘二十四友’最初出现应与讲史有关，但贾谧邀请诸人时，应有自己的用心。通过罗致他们，可以扩大贾后和自己的影响，达到最大限度把持朝政的政治目的。”[①]由此看来，几乎和文学创作没有什么联系。所以在这样一个环境中，“辞藻壮丽”，“甚有大才。博览诸经，遍通子史”的文学天才，却没有充分发挥的天地，殚精竭思十余年写下的《三都赋》，却不受时人重视，甚至还招来“讥訾”，最后不得不靠张华、皇甫谧等人的称赞或作序才获得时人的认可。这既是左思个人的悲哀，也是时代的悲哀。但是前代的辞赋大家司马相如、扬雄，一个“口吃而善著书”，一个“为人简易佚荡，口吃不能剧谈”，他们都有口吃的毛病，左思和他们同病相怜，但他们仍然能够靠自己的才华得到当时统治阶层的认可或重用，左思的境遇却完全无法和前两位相比，他没能用自己的才华掩盖天生容貌和口讷上面的缺陷，所作《三都赋》也没能像班固《两都赋》那样影响到皇帝在迁都问题上的决策。试想，如若左思生在汉代，即便只有一篇《三都赋》，应该也会得到皇帝的赏识和重用，因为《三都赋》顺应了当时天下由分裂走向统一的历史发展大势，在表现蜀都的山川风物、吴都的广袤繁华、魏都的规模制度上，辞藻华丽，比之班固的《两都赋》、张衡的《二京赋》有过之而无不及，无怪乎张华在看后不禁感叹“此二京可三”。刘勰《文心雕龙·知音篇》说：“知音其难哉！音实难知，知实难逢；逢其知音，千载其一乎！”[②]左思的经历，或可为此作一生动的注脚。

还有第三重矛盾，笔者认为是写作速度与当时讲求竞时写作风气之间的矛盾。读《世说新语》本条时，笔者有一个疑问，难道真会仅仅因为名人作序，就立马引发“洛阳纸贵”的盛况吗？在左思刚写完时，大家是在怎样的情形下嘲讽他，是在读过赋文之后，还是仅是像陆机那样，听说左思在写《三都赋》，就写信给弟弟陆云说：“此间有伧父，欲作《三都赋》，须其成，当以覆酒

① 俞士玲：《陆机陆云年谱》，凤凰出版社 2009 年版，第 182～183 页。

② 周振甫：《文心雕龙今译》，中华书局 2013 年版，第 435 页。

瓮耳。”这可能与当时写作讲求实时竞作的风气有关。复旦大学戴燕老师在《陆云的“用思困人”》一文中所指出的：“尽管左思写《三都赋》，构思十年，一朝写成，洛阳纸贵也每每为人称道，但在一个提倡下笔即成出口为论、以快捷为需求的环境中，思钝笔迟，肯定不会是一件令人轻松愉快的事情。”[1]这里戴燕老师只看到“洛阳纸贵”的部分，如果我们倒退回去，结合《三都赋》受到时人嘲笑的境况，再来看戴老师的这段论述就顺理成章了。戴老师还说：“在陆云的时代，作品大量产生于奉制应酬的场合，一旦受命实时竞作的情况很多，客观上要求作家具备临场赋诗为文的能力。”[2]像当时被人传颂的曹植“七步成诗”、袁虎“倚马可待”等典故，都是这一风气的体现。另外，刘勰说：“张衡研《京》以十年，左思练《都》以一纪：虽有巨文，亦思之缓也。”《太平御览》亦引《晋书》本事归入“思迟”一类，皆可看作当时对实时竞作的反映。

当然，综观左思的一生，大概也谈不上“悲剧”，他不像同时代的张华、陆机他们一样，成为“八王之乱”争权夺势的牺牲品，也不像之后刘琨那样，本想驰骋沙场杀敌报国，但却意外地死于宵小之手。左思的前半生基本上算是生活在太平时代，后半生在诸王混战、生灵涂炭的情形下还能归隐乡里，“数岁，以疾终”，也算得上善终了。在其身后，终于得到历代文人和文学批评家们的认可，刘勰盛赞他说：“左思奇才，业深覃思。尽锐于《三都》，拔萃于《咏史》。”[3]应该说，时间给了左思最公正的评价。

另外，关于各家记载说左思后来没有接受司马冏的征召作记室，《左思别传》说他因为没写完《三都赋》没有应召，唐修《晋书》本说他因为身体原因拒绝，总之是没有接受。但《隋书·经籍志》载“晋齐王府记室《左思集》二卷”，由此来看左思应该是应召了的。

左思相关历史事件简表

确切的历史事件	年份	推测的历史事件
皇甫谧生。	215（东汉建安二十年）	
	252（曹魏嘉平四年，蜀汉延熙十五年，东吴太元二年、神凤元年、建兴元年）	左思生于是年或稍前。

① 戴燕：《远游越山川：魏晋南北朝文学史研究论集》，复旦大学出版社 2017 年版，第 119 页。
② 戴燕：《远游越山川：魏晋南北朝文学史研究论集》，第 119 页。
③ 周振甫：《文心雕龙今译》，第 429 页。

续表

确切的历史事件	年份	推测的历史事件
十一月，曹魏灭蜀汉。	263(曹魏景元四年，蜀汉炎兴元年，东吴永安六年)	
	271(西晋泰始七年，东吴建衡三年)	左思19岁左右，作《齐都赋》。
王濬大造舰船伐吴。	272(西晋泰始八年，东吴凤凰元年)	左棻入宫，左思一起入洛。
	273(西晋泰始九年，东吴凤凰二年)	张载入蜀，作《剑阁铭》。
	274(西晋泰始十年，东吴凤凰三年)	左思作《悼离赠妹》，有"自我不见，于今二龄"句。
拜左棻为修仪。	277(西晋咸宁三年，东吴天纪元年)	◎张载由蜀返洛。 ◎左思访蜀事于张载。
三月，王濬以舟师下建业，吴帝孙皓降，吴亡。	280(西晋咸宁六年、太康元年，东吴天纪四年)	◎陆机首次入洛。 ◎左思访吴事于陆机。
三月，以所俘吴人赐王公以下，选吴宫人五千人入宫。	281(西晋太康二年)	皇甫谧于此年或下一年为《三都赋》作序。
皇甫谧卒。	282(西晋太康三年)	
	289(西晋太康十年)	
四月，晋武帝司马炎卒。皇太子衷嗣位，是为孝惠皇帝。	290(西晋太熙元年，永熙元年)	
卫权为司马亮尚书郎。	291(西晋元康元年)	
◎三月十八日，左棻薨。 ◎四月，司马伦杀贾南风，并杀司空张华等，夷三族。伦为相国。八月，淮南王司马允攻赵王伦，败死。伦杀石崇、潘岳等。赵王司马伦加九锡。九月，改司徒为丞相。	300(西晋永康元年)	

续表

确切的历史事件	年份	推测的历史事件
齐王司马冏起兵讨司马伦，成都王司马颖、河间王司马颙等迎之。四月，左卫将军王舆等杀伦党孙秀等，迎惠帝复辟，囚伦于金墉，旋赐死，改元永宁。兵兴六十余日，战死者近十万人。六月，齐王冏入洛执政，冏收侍中刘逵，常侍驺捷、杜育，黄门郎陆机，右丞周导、王尊等付廷尉。	301（西晋永康二年、永宁元年）	司马冏请左思为记室，不受。
司马乂请张载为记室，不受。	303（西晋太安二年）	张载卒于303年之后。

二、《三都赋》"左思自注"说不能成立

这一部分我们主要围绕《三都赋》来谈。

要想考察《文选·魏都赋》旧注作者是谁，首先需要廓清一个流传甚广的认识误区，那就是"左思自注"说。此说见于晋人的《左思别传》：

> 思造张载，问岷、蜀事，交接亦疏。皇甫谧西州高士，挚仲治宿儒知名，非思伦匹。刘渊林、卫伯舆并蚤终，皆不为思赋序注也。凡诸注解，皆思自为，欲重其名，故假时人名姓也。[①]

南朝的刘孝标，不引王隐、臧荣绪《晋书》相关内容，而专门引用此文来为《世说新语》"左思《三都赋》初成"条作注，可见刘孝标是认可（至少是不反对）这种说法的。近人黄侃《文选平点》则明确判断："《左思别传》称注解皆思自为，今细核之，良信。"[②]陆侃如先生《左思练都考》一文亦以《别传》之说为可信："左思是爱自作注的……《别传》的话是值得我们重视的。"[③]牟世金《〈三

① （南朝宋）刘义庆撰，（南朝梁）刘孝标注，龚斌校释：《世说新语校释》，上海古籍出版社2011年版，第497页。

② 黄侃平点、黄焯编次：《文选平点》，上海古籍出版社1985年版，第19页。

③ 陆文作于1948年，原载《国立北京大学五十周年纪念论文集》，后收入《陆侃如散论集》，陆侃如、冯沅君著，袁世硕、张可礼主编：《陆侃如冯沅君合集》第八卷，安徽教育出版社2011年版，第237～253页。

都赋〉的撰年及其他》在继承陆文观点的基础上也续有发挥。[①] 今人徐震堮的《世说新语校笺》与杨勇的《世说新语校笺》对于《左思别传》之说也均表认同，如徐书以为"盖得其实"[②]，杨书直接援引徐说以表赞同[③]。可见从古至今，持《三都赋》"左思自注"说者是代不乏人的。

当然，否定"左思自注"的声音也确实存在。古人如王世懋、王士禛、严可均、姚范对此咸持异议，近人高步瀛《文选李注义疏》认同姚范的看法[④]，余嘉锡《世说新语笺疏》也表示《别传》之说"未必可信"。但是坦率地说，古人对"左思自注"说的否定却往往只是出于一种主观情感判断，比如王士禛就是以"《三都赋》自足接迹扬马"而根本无须"假诸人为重"[⑤]为理由来反对《左思别传》的，但这种情感逻辑毕竟缺乏坚确证据，以至于连同样反对《左思别传》的余嘉锡都不免对王士禛的判断持保留态度了。[⑥] 今人傅璇琮先生《左思〈三都赋〉写作年代质疑——〈晋书·左思传〉等辨误》则通过考辨史实，证明了"左思自注"说之不可信[⑦]，这个结论无疑是正确的，但傅文观点似并未能得到学界的全面的认可。有鉴于此，同时也由于"左思自注"说在学术史上的实际影响确实很大，本文仍有必要从《左思别传》文本叙述本身的角度，对"左思自注"的误区加以廓清。

首先，《别传》以"思造张载……交接亦疏"为根据，推断张载不可能为《三都赋》作注。但是我们认为，仅凭左思与张载早年"交接亦疏"这一点，并不能否决张载为之作注的可能性，据此无法得出张载没有为《三都赋》作过注的结论。因为左思造访张载确有其事，王隐《晋书》"蜀事访于张载"[⑧]和唐修《晋书》"诣著作郎张载访岷邛之事"[⑨]的记录均可证。退一步说，即便左思和张载并不熟稔，但这并不妨碍左思登门造访，虚心求教。唐修《晋书》本传

---

① 牟文原载《文史哲》1992 年第 5 期，后收入徐传武：《左思左棻研究》附录，中国文联出版社 1999 年版，第 386～408 页。

② 徐震堮校笺：《世说新语校笺》，中华书局 1984 年版，第 136 页。

③ 徐震堮校笺：《世说新语校笺》，第 264 页。

④ 高步瀛注，曹道衡、沈玉成点校：《文选李注义疏》，中华书局 1985 年版，第 867～868 页。

⑤ （清）王士禛撰，袁世硕主编：《王士禛全集》，齐鲁书社 2007 年版，第 4875 页。

⑥ （南朝宋）刘义庆撰，（南朝梁）刘孝标注，余嘉锡笺疏，周祖谟、余淑宜、周士琦整理：《世说新语笺疏》，中华书局 2007 年版，第 296 页。

⑦ 傅文原载《中华文史论丛》第 2 辑，上海古籍出版社 1979 年版。后收入傅璇琮：《唐诗论学丛稿》，京华出版社 1999 年版，第 483～495 页。

⑧ 周勋初纂辑：《唐钞文选集注汇存》（一），上海古籍出版社 2011 年版，第 4 页。

⑨ （唐）房玄龄等：《晋书》，中华书局 1974 年版，第 2376 页。

说左思“构思十年，门庭藩溷皆着笔纸，遇得一句，即便疏之”[①]，王隐《晋书》也说“左思专思《三都赋》，绝人伦之事，自以所见不博，求为秘书郎”[②]，可见左思为写作《三都赋》所下决心之坚定与所做努力之巨大，是不容怀疑的。因此左思为了广己识见而去造访张载，是一件再自然不过的事。张载卒于303年之后，上距《三都赋》初成已20余年。在这期间，张载赞赏《三都赋》文辞之美，为其作注，是完全可能的，这和交接相疏没有矛盾。

其次，《别传》以“皇甫谧西州高士，挚仲治宿儒知名，非思伦匹”为根据，推断皇甫谧和挚虞不可能为《三都赋》作序。挚虞与《三都赋》的关系，除此之外，我们找不到其他线索，暂且不论。就皇甫谧来讲，正因为他在当时地位很高，所以作为晚辈后学的左思去拜访求序，并无不妥。即便说确实有借其名望以抬高《三都赋》知名度的想法，又有何不可呢？正如唐修《晋书》所说：“及赋成，时人未之重。思自以其作不谢班张，恐以人废言。安定皇甫谧有高誉，思造而示之。”[③]文人借当时名流品题或赞誉以求作品传世的行为在当时颇为流行，在整个古代社会都风行不绝。如南朝刘勰“货鬻”其书于沈约，就是极为著名的例子。左思正因为自身地位不高，与名流不相“伦匹”，才去找皇甫谧求序，这反而是一件合情合理之事。

最后，至于“刘渊林、卫伯舆并蚤终，皆不为思赋序注也”的说法，更是无稽之谈。据《文选集注》中《三都赋序》李善注引阮孝绪《七录》：“刘逵，字渊林，济南人，晋侍中。”[④]同卷陆善经注曰：“刘逵自尚书郎为阳翟令，与傅威、陆机、杜育同时。”[⑤]另据唐修《晋书》，当时“散骑常侍杨准、黄门侍郎刘逵欲奉梁王肜以诛伦。会有星变，乃徙肜为丞相，居司徒府，转准、逵为外官”[⑥]。卷四七载：“初，伦之篡也，孙秀与义阳王威等十余人预撰仪式禅文。及伦败，齐王冏收侍中刘逵、常侍驺捷杜育、黄门郎陆机、右丞周导王尊等付廷尉。”[⑦]可见刘逵与左思既是同时代人，也算是半个同乡；而且刘逵身居要职，参与了宫廷政变。《三国志·魏书·卫臻传》裴松之注说：“卫权，字伯舆。晋大司马汝南王亮辅政，以权为尚书郎。权作左思《吴都赋》叙及注，叙粗有

---

① （唐）房玄龄等：《晋书》，第2376页。
② （唐）徐坚等：《初学记》，中华书局1962年版，第398页。
③ （唐）房玄龄等：《晋书》，第2376页。
④ 刘跃进著，徐华校：《文选旧注辑存》，凤凰出版社2017年版，第839页。
⑤ 刘跃进著，徐华校：《文选旧注辑存》，第839～840页。
⑥ （唐）房玄龄等：《晋书》，第1600页。
⑦ （唐）房玄龄等：《晋书》，第1332页。

文辞，至于为注，了无所发明，直为尘秽纸墨，不合传写焉。”[①]这里透露了两个信息，一是裴松之确信卫权为《吴都赋》作叙及注（叙即唐修《晋书》左思本传所谓“略解”，全文尚存），二是认为卫权的注作得很差。据卫权《略解序》说，刘逵、张载注释在前，卫权之作仅是补其遗漏，所以叫“略解”。但是反过来看，若是左思伪造，不至于让人认为“尘秽纸墨，不合传写”吧？

由此可见，《别传》的说法经不起仔细推敲。所以可以断定《别传》所言左思伪造的证据并不充分，是对左思的诬蔑之辞。而就常理言之，《三都赋》受到时人追捧，声价倍增之后，博学之士为之作注是顺理成章的事。而魏晋南北朝正是一个作文求名士品题风行、为文学作品作注大量涌现的时代。当然这一时期对经、史、子的注疏更是远胜前代，如杜预《春秋左氏经传集解》三十卷、郭象《庄子注》三十卷、南朝宋裴骃的《史记集解》、裴松之的《三国志注》、刘孝标的《世说新语注》、北魏郦道元的《水经注》等等。而在文学方面，首先进入注家视野的就是大赋。三国时期，吴国薛综著有《二京赋解》二卷、《二京赋音》二卷，李善注本《文选》中的张衡《二京赋》古注，便是引用薛综注。及至两晋，为赋作注，风气渐开。如李轨《齐都赋音》一卷、《三都赋音》一卷，郭璞《子虚上林赋注》一卷，萧广济《木玄虚海赋注》一卷、《江赋注》一卷，张载《王延寿鲁灵光殿赋注》一卷，司马彪《子虚上林赋注》，等等，基本集中于为大赋作注。这些注，部分或全部为后来李善注《文选》所吸收，也因此得以保存。那么由此可见，为赋作注在两晋时期是非常盛行的。而对于像“赋”这样的文学作品，因其在用典、用字方面往往比较繁难，涉及的知识面极其广，注家有通过注的方式炫耀才学的一面，应该也有借注书的形式以留名的一面。

在这样的时代背景下观察《三都赋》序、注等内容，张载、刘逵、卫权、綦毋邃等为左思注《三都赋》是顺理成章的事情。而就现有材料来看，皇甫谧之序，张、刘、卫、綦毋等注，不能认定为左思伪作。只有先廓清了这一误区，才有继续考辨《文选·魏都赋》旧注之真正作者的可能。

三、刘逵、张载皆各曾为《三都赋》全文作注

在推翻《别传》诸旧说之后，我们再清理一下关于《文选》李善注中所引《三都赋》旧注作者归属的一些问题。今天我们能看到关于注《三都赋》的记载来自《文选》李善注引臧荣绪《晋书》：“《三都赋》成，张载为注《魏都》，刘逵

① （晋）陈寿撰，陈乃乾点校：《三国志》，中华书局1959年版，第649页。

为注《吴》《蜀》。自是之后，渐行于代。”[1]唐修《晋书》与此同。又因为在现存的早期李善注《文选》版本中，卷四“三都赋序一首 左太冲”之后题“刘渊林注”，卷五“左太冲吴都赋一首”下题“刘渊林注”。而卷四“蜀都赋”后未题注者，卷六“魏都赋一首”后仅题作者“左太冲”，亦未标明注者。所以历来根据李善所引臧书将《魏都赋》旧注归到张载名下。总结性的观点以刘跃进新近整理点校的《文选旧注辑存》为代表。卷六《魏都赋》后有案语说：

> 胡克家《文选考异》卷一：“茶陵本此下有‘刘渊林注’四字，袁本无。案：各本皆非也。当有‘张载注’三字。何云：前注张载为注《魏都》。陈云：赋末善曰‘张以愯，先陇反’云云，则知卷首本题张孟阳注，与前合，后来误作刘渊林耳。所说是也。”所引“陈云”，出自陈景云《文选举正》。根据《三都赋序》李善注，确实应为张载注。[2]

由此《文选旧注辑存》在《魏都赋》的每条旧注前径题“张载注”。这样与前李善引臧氏《晋书》合拍，看似无懈可击。但我们有更多的证据可以说明事实并非如此。

首先值得注意的是，关于刘逵、张载究竟为三篇中哪篇作注，颇存异说。《隋书·经籍志》载：

> 张载及晋侍中刘逵、晋怀令卫权注左思《三都赋》三卷，綦毋邃注《三都赋》三卷。[3]

这里没有明确区分张载、刘逵等人具体为哪篇赋作注，亦或许是后人的一个集注本。另据唐钞本《文选集注》所引陆善经注：

> 臧荣绪《晋书》云：刘逵注《吴》《蜀》，张载注《魏都》。綦毋邃序注本及集题云：“张载注《蜀都》，刘逵注《吴》《魏》。”今虽列其异同，且依臧为定。[4]

这里明确列出綦毋氏所见《三都赋》注与臧说不合。先说綦毋邃。据《元和姓纂》的记载，綦毋遂是东晋人[5]，晚于和左思同时代的张载、刘逵等人。他

---

① 刘跃进著，徐华校：《文选旧注辑存》，第 839 页。

② 刘跃进著，徐华校：《文选旧注辑存》，第 1252 页。

③ （唐）魏征、令狐德棻：《隋书》，中华书局 1973 年版，第 1083 页。

④ 周勋初纂辑：《唐钞文选集注汇存》（一），第 13 页。

⑤ “晋有綦毋倪。江左有綦毋遂，为邵阳太守”，（唐）林宝撰、岑仲勉校记：《元和姓纂》，中华书局 1994 年版，第 123 页。

有《孟子注》九卷、《列女传》七卷、《三都赋注》三卷等著作。关于綦毋氏注《三都赋》留存的资料较少，在《太平御览》中有两条线索：

《太平御览》	《文选》
左思《蜀都赋》曰：鸑鷟山栖。綦毋遂注曰：鸑鷟，鸟名，今如山鸡。其[雄]色班，其雏色异。出江东。	《蜀都赋》：鳖必灭蛦音啼山栖。鳖蛦，鸟名也，如今之所谓山鸡，其雄色班，雌色黑，出巴东。
左思《魏都赋》云：翩翩黄雀，衔书来谇。綦毋氏云：黄鸟衔书具吾台。	《魏都赋》：翩翩黄鸟，衔书来讯协韵，音悉。黄初元年，黄鸟衔丹书，昼见河尚台。

可见綦毋氏的注与《文选》所引旧注基本相同。由此推断，东晋时綦毋邃所作《三都赋注》基本是将刘逵、卫权等人的原注进行整合加工，然后稍作补充。今本《文选》的《三都赋序》中的旧注，一般认为也是刘逵注，但根据唐钞本《文选集注》，明确标明是"綦毋邃"注。可能刘逵觉得《三都赋序》篇幅很小且语意浅显，没有出注的必要。从綦毋氏略作申说且并无太多发明的注中也可看出这种倾向。至于通行本《文选》"三都赋序一首 左太冲"之后所题"刘渊林注"四字，应移至"蜀都赋"下。唐钞本《文选集注》恰好如此，保留了旧注原貌。

再看陆善经。他生活于唐开元、天宝年间(713～756)，先后任集贤书院直学士、国子司业等职，曾受丞相萧嵩之令与众人集注《文选》，后独自撰注《文选》。其时，李善以及五臣所注《文选》早已上奏朝廷，在文人中间流传。据考证，"陆注性质上属于李善注的补注，内容大体上有补和正两个方面。大半条目补充李注之所不及，少半部分是正李注以及李注所录旧注中的陆氏认为不妥的注解"[①]。由此我们揣摩陆善经所引这段文字，"今虽列其异同，且依臧为定"，意即目下虽然暂以臧氏之说为准，但仍存异说。由此我们推测，当时对于《三都赋》各篇的注释权究竟属谁的问题即存在疑问，可能陆善经所见李善注已标示不清，略有含混。不然若当时李善注本已标明注者姓名的话，陆善经就不必以略有怀疑的态度说"虽……且……"这样的话。据此我们就有理由发问：今天所看到的《三都赋》旧注到底是何人所作呢？

① 王书才：《〈昭明文选〉研究发展史》，学习出版社2008年版，第70页。

虽然单本的《三都赋注》早已散佚，但瀚如烟海的古代典籍为我们提供了很多线索，顺着这些蛛丝马迹，我们能够找寻张载、刘逵等人为《三都赋》作注的内容。由此可以看到，张载、刘逵很可能各自都注过全篇的《三都赋》。以下逐一举例说明。

（1）张载注《吴都赋》的例证：

《文选·南都赋》"毅玃猱狿戏其巅"李善注："张载《吴都赋注》曰：狿，猿属。"

（2）张载注《魏都赋》的例证：

《文选·赠侍御史王元贶》"王侯厌崇礼"李善注："张孟阳《魏都赋注》曰：听政殿在左崇礼门。"

（3）张载注《蜀都赋》的例证：

《太平御览》卷四四："左太冲《蜀都赋》：外（员）[负]铜梁[于]宕渠。张孟[阳]注云：铜梁，山名也。按其山有桃枝竹，西东连亘二十余里，山岭之上平整，远望诸山，而此独秀也。"

以上前两则见于《文选》李善注，属于内证。后一条见于《太平御览》，属于旁证。值得一提的是，将上引张载的三条注文与今本《三都赋》李善注所引逐一对照，可以发现是完全不同的，由此可证《三都赋》的三篇注释可能不是引自张载之注。

（4）刘逵注《魏都赋》的四条例证：

《文选》其他篇目李善注中所见《魏都赋》刘逵注文	《文选》之《魏都赋》所存注文
（潘勖《册魏公九锡文》李善注引）刘渊林《魏都赋》注曰：北羁单于白屋。	《魏都赋》：祲威八纮，荒阻率由。祲威八纮、荒阻率由者，谓北羁单于于白屋，东怀孙权于吴会，西摄刘备于巴蜀也。
（曹植《赠徐干》"文昌郁云兴，迎风高中天"注引）刘渊林《魏都赋》注曰：文昌，正殿名也。	《魏都赋》：造文昌之广殿，极栋宇之弘规。文昌，正殿名也。
（郭璞《江赋》李善注引）刘渊林《吴都赋注》曰：淀，如渊而浅。	《魏都赋》：掘鲤之淀，盖节之渊。淀者，如渊而浅也。

续表

《文选》其他篇目李善注中所见《魏都赋》刘逵注文	《文选》之《魏都赋》所存注文
(张衡《西京赋》李善注引)刘逵《魏都赋》注曰:受他兵曰兰,受弩曰锜,音蚁。	《魏都赋》:附以兰锜鱼九,宿以禁兵。善曰:《西京赋》曰:武库禁兵,设在兰锜。

以上四条皆是从李善注本《文选》中寻找的内证。需要说明的是第三条,李善注称是刘逵的《吴都赋注》,但经比对发现,实乃《魏都赋注》的内容。下面几条是从《太平御览》等书中辑录的几条旁证:

《太平御览》等古籍所见《魏都赋》刘逵注文	《文选》之《魏都赋》所存注文
左思《魏都赋》曰:驰道周屈于果下。刘逵注曰:汉厩旧有乐浪所献果下马,高三尺,以驾辇车。(《太平御览》)	《魏都赋》:驰道周屈于果下。汉厩旧有乐浪所献果下马,高三尺,以驾辇车。
(南朝宋裴骃《史记集解》引)《魏都赋》曰:醳者顺时。刘逵曰:醳,酒也。(《太平御览》)	《魏都赋》:肴醳顺时。善曰:《礼记注》曰:旧醳之酒,谓昔酒也。向曰:醳,醉酒。言食与酒各顺时而进之。
宋祁曰:刘渊林注左思《魏都赋》曰:"潭,渊也。屈平《卜居》曰:横江潭而渔。"	《魏都赋》:庶觌蓎家与剥庐。《楚辞·九章》曰:蓎也必独立。 《魏都赋》:岩冈潭渊。潭,渊也。屈平《卜居》曰:横江潭而渔。
刘渊林注《魏都赋》引《九章》之辞,曰"蓎也必独立",引《卜居》之辞,曰"横江潭而渔"。[1](北宋姚宽《西溪丛语》卷上)	

① (宋)姚宽撰,孔凡礼点校:《西溪丛语》,中华书局1993年版,第30页。

续表

《太平御览》等古籍所见《魏都赋》刘逵注文	《文选》之《魏都赋》所存注文
《魏都赋》:"长庭砥平,钟虡夹陈。"刘逵注曰:"文昌殿前有钟虡,其铭曰:'惟魏四年,岁在丙申,龙次大火,五月丙寅,作蕤宾钟、无射钟。'建安二十一年七月,始设钟虡于文昌殿前,岁月及铭各铸于钟之甬。"(《玉海》卷一〇九)	《魏都赋》:长庭砥平,钟虡夹陈。文昌殿前有钟虡,其铭曰:"惟魏四年,岁在丙申,龙次大火,五月丙寅,作蕤宾钟,又作无射钟。"建安二十一年七月,始设钟虡于文昌殿前,所以朝会四方也。
刘逵注左思《魏都赋》:文昌殿前有钟虡,其铭曰:"惟魏四年,岁在丙申,龙次大火,五月丙寅,作蕤宾钟,又作无射钟。"建安二十一年七月,始设钟虡于文昌殿前,岁月并铭各铸于钟之甬。(南宋章樵注《古文苑》卷一三)	

可见,李善在其他篇目中所引刘逵(刘渊林)注的前三条和《太平御览》等书所引若干条,可以和今见李善注引《魏都赋》的旧注大体相合。而内证第四条张衡《西京赋》中李善所引刘逵注,在今本《魏都赋》旧注中无此句。而《魏都赋》正文此小节"长涂牟首,豪徼互经。晷漏肃唱,明宵有程。附以兰锜,宿以禁兵。司卫闲邪,钩陈罔惊"的旧注,尤袤刻本比北宋本在最后脱去"西上东门北有漏刻屋也"十字,胡克家《文选考异》业已指出。那么据此推测,这条旧注在传抄过程中当存在脱误情况,刘逵注文"受他兵曰兰,受弩曰锜,音蚁",可能正在此脱误之列。或如饶宗颐先生所言,此注经过李善删汰。[①]

上列诸条,尤值一提的是《太平御览》所引南朝宋裴骃《史记集解》一条,《史记》三家注本作:"《魏都赋》曰:肴醳顺时。刘逵曰:醳,酒也。"[②]裴骃生当南朝刘宋时期,萧统编选《文选》在其几十年后,更遑论唐代李善注《文选》更

① 饶宗颐《敦煌本〈文选〉斠证》:"案《魏都赋》'附以兰锜'句下,《吴都赋》'兰锜内设'句下,并引《西京赋》句。吴都注在刘曰之下,魏都注在善曰之下,然并无注释,不见此处所引十余字。善于《两京赋》薛注已有去留,则于《三都赋》之刘注或张注有所删汰,并不足异。"(《文选卮言》,《饶宗颐二十世纪学术文集》卷一一《文学》,新文丰出版股份有限公司2003年版,第563页)

② (汉)司马迁撰,(宋)裴骃集解,(唐)司马贞索隐,(唐)张守节正义:《史记》(点校本二十四史修订本),中华书局2014年版,第3176页。

在其后。此注虽不见于今本《文选》旧注,但裴骃所见《魏都赋》之注必为刘逵所作。

(5)刘逵注《蜀都赋》的例证:先引《文选》全书李善注所引刘逵《蜀都赋注》,凡六条,是为内证。

《文选》其他篇目李善注中所见《蜀都赋》刘逵注文	《文选》之《蜀都赋》所存注文
(张衡《南都赋》李善注引)刘渊林《蜀都赋注》曰:蕊,一曰花头点也。	《蜀都赋》:敷蕊葳蕤,落英飘飖。蕊者,或谓之华,或谓之实。一曰花须头点也。
(郭璞《江赋》李善注引)刘渊林《蜀都赋注》曰:桃枝,竹属也,可为杖。	《蜀都赋》:灵寿桃枝。桃枝,竹属也,出垫江县。
(曹植《七启》李善注引)刘渊林《蜀都赋注》曰:符采,玉之横文也。	《蜀都赋》:符采彪炳。符采,玉之横文也。
(陈琳《为曹洪与魏文帝书》李善注引)刘渊林《蜀都赋》注曰:石门在汉中之西。	《蜀都赋》:缘以剑阁,阻以石门。石门在汉中之西,褒中之北。
(干宝《晋纪总论》李善注引)刘渊林《蜀都赋注》曰:三峡,巴东永安县,有高山相对,民谓之峡。	《蜀都赋》:经三峡之峥嵘。三峡,巴东永安县,有高山相对,相去可二十丈左右,崖甚高,人谓之峡,江水过其中。
(张载《剑阁铭》李善注引)刘渊林《蜀都赋注》曰:岷山都安县有两山,相对立如阙,号曰彭门。	《蜀都赋》:出彭门之阙。岷山都安县有两山,相对立如阙,号曰彭门。

以上李善注引《蜀都赋》注与《三都赋》中旧注完全吻合。此六条内证足以说明,在李善看来,刘逵确实为《蜀都赋》作注。且《文选》整篇《蜀都赋》旧注作者为刘逵无疑。还有一些旁证,此处不再赘引。

(6)刘逵注《吴都赋》的例证:

先举李善注《文选》所引内证。

《文选》其他篇目李善注中所见《吴都赋》刘逵注文	《文选》之《吴都赋》所存注文
(张衡《南都赋》李善注引)刘逵《吴都赋》注曰:柙,香木。	《吴都赋》:木则枫柙櫲樟。枫、柙,皆香木名也。
(木华《海赋》李善注引)刘渊林《吴都赋注》曰:鲛人,水底居。	《吴都赋》:极沈水居。水居,鲛人水底居也。
(郭璞《江赋》李善注引)刘逵《吴都赋注》曰:石帆生海屿石上,草类也。又曰:屿,海中洲,上有山石。	《吴都赋》:石帆水松。石帆,生海屿石上,草类也。 岛屿绵邈。屿,海中洲,上有山石。
(郭璞《江赋》李善注引)刘渊林《吴都赋注》曰:篔筜竹,生水边,长数丈。	《吴都赋》:其竹则篔筜箖箊,桂箭射筒。皆竹名也。《异物志》曰:篔筜,生水边,长数丈。
(郭璞《江赋》李善注引)刘渊林《吴都赋注》曰:飞云,吴楼船之有名者。	《吴都赋》:飞云盖海。飞云、盖海,吴楼船之有名者。
(谢庄《月赋》李善注引)刘渊林《吴都赋》注曰:吴有桂林苑。	《吴都赋》:数军实乎桂林之苑,飨戎旅乎落星之楼。吴有桂林苑、落星楼。

《文选》中的内证多至十余条,因篇幅关系,此处不再一一列举,仅从上引六条就可确定,刘逵确为《吴都赋》作过注,且《文选》引《吴都赋》旧注就是刘逵所作。以下为《太平御览》中几条旁证:

《太平御览》所见《吴都赋》刘逵注文	《文选》之《吴都赋》所存注文
刘逵注《吴都赋》引扬雄《方言》云:"吴有馆娃宫,吴人呼美女为娃。"故《三都赋》云:"幸乎馆娃之宫,张女乐而娱群臣。"今吴县有馆娃乡。	《吴都赋》:幸乎馆娃乌佳之宫,张女乐而娱群臣。吴俗谓好女为娃。扬雄《方言》曰:吴有馆娃宫。
左思《吴都赋》曰:毛群以齿角为矛铗。刘渊林注曰:铗,刀身剑锋,有长有短也。	《吴都赋》:毛群以齿角为矛铗。铍,两刃小刀也。铗,刀身剑锋,有长铗短铗。

续表

《太平御览》所见《吴都赋》刘逵注文	《文选》之《吴都赋》所存注文
刘渊林《吴都》注曰：槟榔，高六七丈，正直无枝叶，条从心生。其实作房从心中，一房数百实，如鸡子，外有壳。肉满壳中，正白，味苦涩。得扶留藤与古贲灰食，则柔滑而美矣。	《吴都赋》：槟榔无柯，椰叶无阴。槟榔树，高六七丈，正直无枝，叶从心生，大如楯，其实作房，从心中出，一房数百实，实如鸡子皆有壳，肉满壳中，正白，味苦涩，得扶留藤与古贲灰合食之，则柔滑而美，交趾、日南、九真皆有之。①

总之，由以上《文选》李善注中的内证和《太平御览》等典籍中的旁证，我们可以得出确切的结论，即刘逵和张载皆为《三都赋》各篇作过注，不似臧荣绪和綦毋邃所说，二人仅仅为某一篇或某两篇作过注。既然如此，我们又有什么理由坚持认为，《文选·魏都赋》旧注的作者就一定是张载，而不可能是刘逵呢？

四、李善注《文选》所引《魏都赋》旧注之作者实为刘逵

上一节的表格，突出地显示出这样一个引人注目的事实：我们从他处所辑得的若干条明确署名为刘逵的《魏都赋》注文，与今本《文选·魏都赋》所收录的旧注，几乎完全一致。由此，我们有充分的理由推测：李善注《文选》时所引《魏都赋》旧注的作者，极有可能就是刘逵，而不是惯常所认为的张载！下面，我们再从对《文选》诸版本系统的分析中证实这一结论。

上引胡克家《文选考异》认为："茶陵本此下有'刘渊林注'四字，袁本无。案：各本皆非也。当有'张载注'三字。"此处胡氏得出"各本皆非"的结论有武断之嫌。我们知道，最早李善注《文选》，在发凡起例方面体式谨严，在援引旧注时皆一一标注注者姓名，从不掠美。如在《西京赋》"薛综注"下称："旧注是者，因而留之，并于篇首题其姓名，其有乖谬，臣乃具释，并称臣善以别之，他皆类此。"②于《甘泉赋》"杨子云"下注称："旧有集注者，并篇内具列其姓名，亦称臣善以相别，他皆类此。"③也即是说，李善若整篇引用旧注，就在篇首列其姓名，若一篇中援引众家集注，则在注中一一标其姓名。以今存

① 因本人已在此篇讲稿基础上撰成《〈文选·魏都赋〉旧注作者新证》一文，为避征引烦琐，本篇讲稿表格中引文出处从略。

② （南朝梁）萧统编，（唐）李善注：《文选》，第47页。

③ （南朝梁）萧统编，（唐）李善注：《文选》，第321页。

各本李善之注进行验证，确如李善所言。而就现存的南宋陈八郎本等五臣注本来看，五臣之注，基本都以简练通俗之语出之，很少引用原典，对于前人旧注也一概不取。但北宋以来合李善注与五臣注为一的“六家注”（五臣注在前，李善注居后）和“六臣注”（李善注在前，五臣注在后）来看，虽然如胡克家所言，“茶陵本”在《魏都赋》下确实标明“刘渊林注”，但隶属“六臣注”系统的茶陵本所祖之本涵芬楼宋刊本（即《四部丛刊》本）也标有“刘渊林注”，而《四部丛刊》本的祖本宋赣州本却没有此标注。可见此注是从这个宋刊本开始的。由此造成之后的茶陵本和明代洪楩、崔孔昕本，一仍其旧。而“六家本”系统的宋秀州本（奎章阁本）、宋明州本、明袁褧仿宋刊本等却无“刘渊林”注。

那么是否可以说，“刘渊林注”四字是涵芬楼宋刊本擅自添加的呢？在提到此本与赣州本的不同，斯波六郎说大概是“此本主要依据赣州本，而又参酌若干他本加以校订”[①]的缘故。由此我们推测，此本添加“刘渊林注”或许是参校他本的结果，当然也可能出自作者的自行添加。但是我们若是细加考校可以发现，六家注本和六臣注本系统的《文选》与李善注和五臣注本的一个不同，就是在援引前人旧注时，每条都会标明注者姓氏，以与李善和五臣之名相区别。以《魏都赋》首句“魏国先生，有睟其容，乃盱衡而诰曰：异乎交益之士！”为例，《四部丛刊》本《六臣注文选》注曰：

> ○刘曰：《孟子》曰：“君子所性，仁义礼智根于心，其生色睟然见于面，不言而喻。”异，異也。《尚书·尧典》曰：“岳曰：异哉。” ○善曰：《汉书》有交州。又改梁曰益，有益州。又曰：“公盱衡厉色，振扬武怒。《音义》曰：“眉上曰衡，谓举眉扬目也。”《字林》曰：“盱，张目也。”《尔雅》曰：“诰，告也。” ○良曰：睟容，温润之貌。盱，举目大视也。先生见吴、蜀相夸侈过甚，乃张目举眉，怪而告曰。交趾，吴地也。益州，蜀都也。异乎，怪词也。士，人通称也。[②]

“六家注”系统，以明州本为例，则是“○良曰……○刘曰……○善曰……”的顺序。[③] 由此来看，北宋以来的六家本和六臣本系统，皆是明确标“刘曰”，即

① ［日］斯波六郎：《文选诸本研究》，载［日］斯波六郎编、李庆译：《文选索引》，上海古籍出版社1997年版，第84页。

② （梁）萧统编，（唐）李善、吕延济、刘良、张铣、吕向、李周翰注：《六臣注文选》，中华书局2012年版，第119页。

③ （梁）萧统选编，（唐）吕延济、刘良、张铣、吕向、李周翰、李善注：《日本足利学校藏宋刊明州本六臣注文选》，人民文学出版社2008年版，第99页。

他们默认为刘逵注。以此来看，是否标明“刘渊林注”四字已经无关紧要了，因为正文中旧注实际已明确将刘逵标为注者。

再看上引陈景云《文选举正》所言：“赋末善曰‘张以愯，先陇反’云云，则知卷首本题张孟阳注，与前合，后来误作刘渊林耳。”刘跃进也同意这种观点。核校原文，李善是针对“矆焉相顾”而出此注：“张以愯，先陇反。今本并为矆。矆，大视，呼缚反。”此注前还有旧注：“矆，惧也。《左传》曰：驷氏矆惧。”但细究此注，如果说旧注为张载所为，而李善注中的“张”又却为张载的话，等于说李善自违其例，岂不是两相矛盾吗？合理的解释思路是：旧注为刘逵之注，李善引张载注《魏都赋》的别解来作为补充说明。所谓“今本”即李善所依刘逵注本，不同于张载所注旧本。

最后我们还可以从注释风格的比较中，来判断李善所引《魏都赋》旧注的作者身份。在李注《文选》卷一一，王延寿《鲁灵光殿赋》所引旧注正是张载所作。李善引前人旧注应该是力图保持完整的(当然，也不可否认李善抄写时存在遗漏，或者后世传抄过程中的讹误或遗漏)，因此我们大体可以将《鲁灵光殿赋》的旧注看作张载注释的一个标本来讨论。[①] 历代文章注释家都有自己注释的方法和习惯。比如李善注和五臣注的方法和风格就有明显的区别。“李善注的长处在于征引浩博，言必有据；而五臣注的长处则在于简明扼要，直截了当。两种注释的风格不同，可以说各有千秋。”[②]那么我们是否可以透过《鲁灵光殿赋》注来总结一下张载作注的特点呢？首先，张载注不求每句必出注，这与李善几乎句句皆注形成强烈的反差。其次，本篇张载注也不像李善注那样旁征博引，正如有论者指出：“从现存的张载注来看，它所引书亦不多。……所引只有《诗》、《书》、《易》、《西京赋》、《尔雅》、毛苌《诗传》、《春秋传》、《论语》等。”[③]这并不代表《鲁灵光殿赋》无须出注，相较之下，李善之注先后引用了《汉书》、《毛诗》、韦昭《国语注》、《史记》、《尔雅》、《孔丛子》、《广雅》、《韩诗》、《左氏传》、《尚书》、孔安国《尚书传》、《诗含神

---

① 《文选》李善注明引张载《鲁灵光殿赋注》有三处：其一，《蜀都赋》“列绮窗而瞰江”句注：“张载《鲁灵光殿赋注》曰：轩槛，所以开明也。”其二，《魏都赋》“亢阳台于阴基”句注：“《鲁灵光殿赋》曰：榭而高大谓之阳。”(按，引文为张载注，非正文。另，此处又引“《鲁灵光殿赋注》：飞陛揭孽。”是正文而非注。)其三，《七命》“方疏含秀”句注：“《鲁灵光殿赋》曰：悬栋结阿，天窗绮疏。圆渊方井，反植荷蕖。张载曰：疏，刻镂也。”此两处皆见于《鲁灵光殿赋》旧注。另，张珊《〈文选〉赋类李善注所收旧注解题》说：“《一切经音义》卷二一、二二皆引张载注《灵光殿赋》释‘绮，文也’，为李善注所未引。”此说不确。《文选》卷一一《鲁灵光殿赋》“天窗绮疏”句张载注“绮，文也”，即《一切经音义》所引，亦可反证李善注引力求全面。

② 顾农：《文选论丛》，广陵书社 2007 年版，第 51 页。

③ 张珊：《〈文选〉赋类李善注所收旧注解题》，《古籍整理研究学刊》2010 年第 6 期。

雾》、李尤《德阳殿赋》、《东观汉记序》、《周易》、《方言》、郑玄《周易注》、《孟子》、《西京赋》、《春秋合诚图》、《春秋说题辞》、郭璞《上林赋注》、《甘泉赋》、《西都赋》等等，举凡经说谶纬、正史杂记、诗赋文章，不胜枚举。这当然不是说张载学问不如李善淹博，而是说注释方法和风格有差异。最后，张载注文更近五臣注，侧重于用自己的话言简意赅地解释字词、申说文意。我们再以张载《鲁灵光殿赋》注来对照《魏都赋》旧注，差异也是十分明显。后者征引宏富有类李善，自己解释申说又似五臣。而且就风格来看，《魏都赋》注与前两篇《蜀都赋》《吴都赋》的注高度一致。这也有理由让人相信，三篇赋注当出自一人之手。如果张载也采取注《鲁灵光殿赋》这样的方式来注解《三都赋》，或许就可以解释，李善在援引旧注时为何舍弃张载而取刘逵之注。

以上我们通过内证、旁证的方法，对《文选》各版本《三都赋》注的分析，以及张载注释风格与《魏都赋》相左等几个方面来说明：第一，张载和刘逵当时为全篇《三都赋》作了注；第二，李善注《三都赋》时所引旧注全为刘逵注，不是张载注，《魏都赋》旧注的著作权当归刘逵；第三，对《魏都赋》注者产生怀疑的原因主要来自李善引臧荣绪《晋书》及后世《文选》流传版本中没有在“魏都赋”题下标明注者。但后来流传的“六家本”和“六臣本”《文选》为我们保存了足够的细节和线索，去厘清《魏都赋》作者的真实身份。

至此我们要为李善注引臧荣绪《晋书》的说法和实际全引刘逵注之间的矛盾找一个理由。一种解释是，李善在初注《魏都赋》时确实选了张载注，但在之后不断的修改完善过程中有所改易。另一种解释是，对于持例谨严的李善说，必于开篇注者姓名下引书作解。但当时对于注者的说明只看到臧荣绪《晋书》的记载，因此就将臧书之说列于名下。

我们由此反思，对于在历史长河中有幸留存下来的典籍，仍有仔细甄别的必要。然后通过字里行间的罅隙，尽最大可能地去触摸历史、还原历史。

五、注疏之风与魏晋学术

为经典作注，是中国历来的学术传统，具体来说，有注、疏、传、解、说、章句、解故等称谓，可以说是名目繁多。当然不同称谓也有一些区别，如刘勰在《文心雕龙·论说篇》说：“传者转师，注者主解。”[①]（传是转述老师的话，注是着重解释。）汉代经学繁盛，注疏最开始正是从后世所谓的“经部”开始的，如汉代为《易经》作注的有施、孟、梁丘诸家，为《诗经》作注的有齐、鲁、韩、毛

① 周振甫：《文心雕龙今译》，第167页。

四家，其余儒家经典如《尚书》《春秋》《论语》等等，也有很多注家，具体可参班固的《汉书·艺文志》，此处不赘。但发展到后来，正如班固批评的那样"说五字之文，至于二三万言"，桓谭《新论》更说"秦近君能说《尧典》，篇目两字之说，至十万余言，但说'曰若稽古'三万言"，结果导致"幼童而守一艺，白首而后能言；安其所习，毁所不见，终以自蔽"。[①] 所以两汉时期，学者作注的对象基本局限在儒家经典的范围。

《楚辞》应该是被学者们关注的第一部文学总集。东汉班固有《离骚章句》《离骚赞》，贾逵亦有《离骚章句》，马融有《楚辞注》，到王逸作《楚辞章句》，他们应该都是受汉代注经方式的影响，在当时楚辞篇目尤其是《离骚》也被抬升到"经"的地位，似乎并没有将其视作纯文学来看待。这一时期，史书也出现注本，如服虔的《汉书音训》一卷，应劭的《汉书集解音义》二十四卷，高诱《战国策注》二十二卷，班昭《列女传注》十五卷，等等，子书方面，马融的《老子注》，严遵的《老子注》二卷、《老子指归》十一卷，高诱的《吕氏春秋注》二十六卷，许慎的《淮南子注》二十一卷，等等，数量也非常多。

但为文学作品作注的大量出现，还要到魏晋南北朝时期。当然这一时期对经、史、子的注疏更是远胜前代，这里不再大量征引，可参考《隋书·经籍志》和清人做的几种《补晋书艺文志》等，此处仅举几个大家耳熟能详的。像杜预《春秋左氏经传集解》三十卷，郭象《庄子注》三十卷，南朝宋裴骃的《史记集解》，裴松之的《三国志注》，刘孝标的《世说新语注》，北魏郦道元的《水经注》，等等。而在文学方面，首先进入注家视野的就是大赋。三国时期，吴国薛综着有《二京赋解》二卷、《二京赋音》二卷，李善注本《文选》中的张衡《二京赋》古注，便是引用薛综注。及至两晋，为赋作注，风气渐开。如李轨《齐都赋音》一卷、《三都赋音》一卷，郭璞《子虚上林赋注》一卷，萧广济《木玄虚海赋注》一卷、《江赋注》一卷，张载《王延寿鲁灵光殿赋注》一卷，司马彪《子虚上林赋注》，等等，基本集中于为大赋作注。这些注，部分或全部地为后来李善注《文选》所吸收，也因此得以保存。那么由此可见，为赋作注在两晋时期是非常盛行的，至少张载、刘逵、卫权、綦毋邃等为左思注《三都赋》是一件可能的事情，自有其时代文化背景。

如上所述，一方面，前代的一些典籍注疏在魏晋南北朝时期逐渐经典化，年代久远的典籍需要当时学者进行疏解，就像为了适应我们今天的阅读习惯和水平，出现很多注释和翻译版本一样，这也是经典适应时代的一种表

① 陈国庆编：《汉书艺文志注释汇编》，中华书局1983年版，第97～98页。

现，后人通过这种方式认识经典，经典也以此使自身贴近时代的脉搏，而不至于失传。另一方面，不少学者通过对经典的重新解构，让经典成为传达自己观点的工具。刘勰说："若夫注释为词，解散论体，杂文虽异，总会是同。"①（至于经书里注释的话，是把论文分散在各个注里，注释的文字虽然繁杂而不一样，可是它们归总起来看还是同于论文。）比如魏晋时期何晏、王弼等注《老子》，向秀、郭象等注《庄子》，都是借阐释原文来表达自己的观点。因为当时这些经典是人人必读之书，以此来作为阐述的桥梁，可以使得自己的观点更容易传播。

而对于像大赋这样的文学作品，因其在用典、用字方面比较繁难，涉及的面极其广，注家有通过注的方式炫耀才学的一面，应该也有借注书的形式以留名的一面。两晋文学在形式和内容创新上相对不足，处处弥漫着十分浓厚的拟古风气，陆机模拟古诗，左思《三都赋》亦是模拟前人的产物。这个时代的学人似乎热衷和擅长于在前贤经典中生发出对人生的感悟、对世界的态度，在文学和学术上呈现出厚重典雅的风貌。

六、魏晋时期的"别传"写作

由本条中对《左思别传》的引用，我们可以进一步观察这一时期所谓"别传"的书写。我们在读《世说新语》时，稍稍注意的话，就能发现，刘孝标注中所引用的"别传"数量是非常多的。李剑国先生在《汉魏六朝杂传集·序》中总结道：

> 夫杂传者，或又称别传、杂传记、传记等，创始于西汉刘向，大盛于汉魏六朝。刘宋王俭《七志》始着其目，隋唐诸志因之。其体别分散传、类传，即单篇与丛集二类也。杂传之制有别于正史列传，《隋书·经籍志》杂传类序云："因其事类，相继而作者甚众，名目转广，而又杂以虚诞怪妄之说。推其本源，盖亦史官之末事也。"杂传体制不经，虚诞怪妄，多通之于小说，故为史家所不齿，而为治稗者所重。举其要者，若《穆天子传》《燕丹子》《汉孝武故事》《蜀王本纪》《汉武内传》《东方朔传》《赵飞燕外传》《曹瞒传》《神女传》《杜兰香传》等散传，均已演化为杂传小说或准杂传小说；而《列仙传》《神仙传》等类传之属，则可归入杂传体志怪小说。原小说之起，本自史书，由史书而杂史杂传而志怪传奇，演化之迹

① 周振甫：《文心雕龙今译》，第171页。

甚明。[1]

但是在这里我想补充的是，杂传的写作并不完全是“体制不经，虚诞怪妄”的，至少在当时志怪小说流行时，还有大量的相对以写实为主的人物别传的创作。[2] 而且类传和散传又有区别。类传的写作，以某一群体为书写对象，写作者在整理、剪裁和创作时，势必有一个贯穿始终的情感基调和价值认同在其中。我们熟知的嵇康《圣贤高士传》，皇甫谧的《高士传》《逸士传》《逸民传》《列女传》，葛洪的《神仙传》，等等，莫不如此。正如熊明先生说：“皇甫谧诸传，无不渗透者其自身的鲜明个性和经历，跃动着其自我的人生感受与理念，可以说，他是在以杂传写心述志。”[3]与此不同的是，单人别传的书写有更大的灵活性和情感倾向的不确定性，这要看创作者是为谁作传，以一种怎样的态度对待传主。比如陶渊明为曾祖父孟嘉作传，态度就是“谨按采行事，撰为此传。惧或乖谬，有亏大雅君子之德，所以战战兢兢若履深薄云尔”[4]。管辰为哥哥作《管辂传》三卷，嵇喜为弟弟作《嵇康传》，想必会以记录传主一生中高光时刻为主。还有为同僚或好友作传，生前关系友好的大概也是以美言为主，如《华阳国志》载：“何随卒，杜景文、何兴仁皆为作传。”又载：“二州先达及华下之士多为陈寿作传。”可见当时为人作传之风是颇为风靡，因此清人说：“别传类出，当时所撰作者非一人，则流传亦不止一篇。《文选》《御览》诸书所引一人或具数传职由于斯。”[5]再有一类，就像《左思别传》，像是带有个人恩怨似的，夹杂一些对传主的劣迹或者不好的评价，有点厚诬古人的味道。另外一点，所谓杂传创作“为史家所不齿”也不符合实情。当时著名史家有不少同时有杂传创作，如著有《三国志》六十五卷的陈寿也有《益部耆旧传》十四卷，著有《汉晋阳秋》四十七卷的习凿齿也有《逸人高士传》八卷，著有《晋纪》四卷的陆机也有《顾潭传》等，著有《后汉纪》三十卷的袁宏也有《名士传》三卷，著有《晋书帝纪》的束皙有《三魏士人传》，著有《晋纪》三十卷的干宝另有《搜神记》三十卷，等等。因为人物别传的写法和史书的写法本身就有基本相同的模式，所以诸史家有很多别传的创作也不足为奇。但

① 熊明辑校：《汉魏六朝杂传集》，中华书局 2017 年版，第 2 页。

② 逯耀东《魏晋别传的时代性格》（载《魏晋史学的思想与社会基础》，中华书局 2006 年版，第 71～97 页）一文写得较为深入，可参看。

③ 熊明：《汉魏六朝杂传研究》，辽海出版社 2003 年版，第 291 页。

④ 逯钦立校注：《陶渊明集》，中华书局 1979 年版，第 171 页。

⑤ （清）丁国钧撰，朱新林整理：《补晋书艺文志》，《二十五史艺文经籍志考补萃编》第十卷，清华大学出版社 2012 年版，第 55 页。

后来也有演化到多述灵怪之事或者为传说或虚构人物作传的倾向，如王羲之作《仙人许远游传》一卷，就“述灵异之迹甚多”，曹毗有《（神女）杜兰香别传》，杜兰香也并非实有其人。

曲阜师大裴媛媛在其博士论文《汉末六朝杂传提要》中曾指出：

> 通过直接接触大量的杂传作品原文佚文，可以发现“别传”这一名称，最初并不是一种独立的史书体例，而是史书注释引文中临时的一种称名，用来指称某一人物除正史史传之外的相关传记资料。引用的时间长了，这一人物正史史传之外的相关传记资料或以佚失，于是别传就成为这些诸多资料的正式名称，渐至成为一种史书文体，有人遂专门著述之。“别传”最初来源相当广泛，家谱、像赞、地方志等占史史书中的相关人物资料都尝被注释家称为别传。[①]

我基本同意这个说法，但是我认为当时人所作单篇“别传”首先应该是作为自己文集的一部分，而不是单篇的《××传》在社会上广泛流传。只是后来各家在引用时单取某篇传文，在后世唐前别集大部分散佚的情况下，逐渐就以单篇的形式呈现了。但严格意义上说，宋代《太平御览引书纲目》，清代丁国钧、文廷式等人的《补晋书艺文志》，都把这些单篇传记作为独立著作，并不是十分准确，它们应该是从属于文人别集的一部分。

另外，当时为某人作传时，其标题大多应该都是比较正式的，以显示对传主的尊重。只是后人在转引时为了节省篇幅和提高书写效率，习惯省称为“某某传”或“某某别传”。我们下面以陶渊明做个例子，因为他的文集在后世保存比较完整。陶渊明为其曾祖父孟嘉所作传记，本集中题目作《晋故征西大将军长史孟府君传》，《世说新语》刘孝标注[②]、《北堂书钞》、《艺文类聚》、《太平御览》等书在引用时，一般都作《孟嘉别传》或《孟嘉传》，没有使用陶渊明的原始标题。我们可通过以下图表对此有个更直观的认识：

① 裴媛媛：《汉末六朝杂传提要》，曲阜师范大学博士学位论文，2012年，第5页。
② 《世说新语·识鉴》第十六条，刘孝标注引《孟嘉别传》。

<table>
<tr>
<td>《嘉别传》曰：嘉字万年，江夏郦人。曾祖父宗，吴司空。祖父揖，晋庐陵太守。宗葬武昌阳新县，子孙家焉。嘉少以清操知名。太尉庾亮，领江州，辟嘉部庐陵从事。下都还，亮引问风俗得失。对曰：“待还，当问从事吏。”亮举麈尾掩口而笑，语弟翼曰：“孟嘉故是盛德人。”转劝学从事。太傅褚裒有器识，亮正旦大会，裒问亮：“闻江州有孟嘉，何在？”亮曰：“在坐，卿但自觅。”裒历观久之，指嘉曰：“将无是乎？”亮欣然而笑，喜裒得嘉，奇嘉为裒所得，乃益器之。后为征西桓温参军，九月九日温游龙山，参寮毕集，时佐史并着戎服，风吹嘉帽堕落，温戒左右勿言，以观其举止。嘉初不觉，良久如厕，命取还之。令孙盛作文嘲之，成，箸嘉坐。嘉还即答，四坐嗟叹。嘉喜酣畅，愈多不乱。温问：“酒有何好？而卿嗜之。”嘉曰：“明公未得酒中趣尔。”又问：“听伎，丝不如竹，竹不如肉，何也？”答曰：“渐近自然。”转从事中郎，迁长史。年五十三而卒。（《世说新语·识鉴》第16条，刘孝标注）</td>
<td rowspan="4">《晋故征西大将军长史孟府君传》：君讳嘉，字万年，江夏鄂人也。曾祖父宗，以孝行称，仕吴司空。祖父揖，元康中为庐陵太守。宗葬武昌新阳县，子孙家焉，遂为县人也。君少失父，奉母二弟居。娶大司马长沙桓公陶侃第十女，闺门孝友，人无能间，乡闾称之。冲默有远量，弱冠、俦类咸敬之。同郡郭逊，以清操知名，时在君右。常叹君温雅平旷，自以为不及。逊从弟立，亦有才志，与君同时齐誉，每推服焉。由是名冠州里，声流京邑。太尉颍川庾亮，以帝舅民望，受分陕之重，镇武昌，并领江州。辟君部庐陵从事。下郡还，亮引见，问风俗得失。对曰：“嘉不知，还传当问从吏。”亮以麈尾掩口而笑。诸从事既去，唤弟翼语之曰：“孟嘉故是盛德人也。”君既辞出外，自除吏名。便步归家，母在堂，兄弟共相欢乐，怡怡如也。旬有余日，更版为劝学从事。时亮崇修学校，高选儒官，以君望实，故应尚德之举。太傅河南褚裒，简穆有器识，时为豫章太守，出朝宗亮，正旦大会州府人士，率多时彦，君座次甚远。裒问亮：“江州有孟嘉，其人何在？”亮云：“在座，卿但自觅。”裒历观，遂指君谓亮曰：“将无是耶？”亮欣然而笑，喜裒之得君，奇君为裒之所得。乃益器焉。举秀才，又为安西将军庾翼府功曹，再为江州别驾、巴丘令、征西大将军谯国桓温参军。君色和而正，温甚重之。九月九日，温游龙山，参左毕集，四弟二甥咸在座。时佐吏并着戎服。有风吹君帽坠落，温目左右及宾客勿言，以观其举止。君初不自觉，良久如厕。温命取以还之。廷尉太原孙盛，为咨议参军，时在座，温命纸笔令嘲之。文成示温，温以着坐处。君归，见嘲笑而请笔作答，了不容思，文辞超卓，四座叹之。奉使京师，除尚书删定郎，不拜。孝宗穆皇帝闻其名，赐见东堂。君辞以脚疾，不任拜起。诏使人扶入。君尝为</td>
</tr>
<tr>
<td>《孟嘉别传》云：庾亮拔嘉为劝学从事，高选儒官，嘉值尚德之举。（《北堂书钞》卷七二）</td>
</tr>
<tr>
<td>《孟嘉传》曰：嘉为桓温参军，既和而正，温甚重之，九月九日，温游龙山，参僚毕集，时佐吏并着戎服，有风至，吹嘉帽堕落，不觉，温谓左右及宾客勿言，以观其举止。（《艺文类聚》卷四“岁时中·九月九日”）</td>
</tr>
<tr>
<td>《孟嘉别传》曰：嘉为桓温参军，既知其政，温甚重之。九月九日温游龙山，参僚毕集，风吹嘉帽落，不觉。如厕，孙盛时在坐，温授纸笔命嘲之，着嘉坐处。嘉归见之，笑而请纸即答，了不容思。（《初学记》卷四“岁时部下”）</td>
</tr>
</table>

续表

《孟嘉别传》曰：庾亮辟嘉为劝学从事。亮盛修学教，高选儒官。正旦大会，褚褒问亮："嘉何在？"亮曰："但自觅之。"褒历观之，指嘉曰："将无是乎？"亮欣然。（《太平御览》"职官部六十三・从事"） 《孟嘉别传》曰：庾亮领江州，嘉为从事。褚褒为豫章，出朝。亮正旦大会，时彦悉集，嘉坐次第甚远。褒问亮曰："闻有孟嘉其人，何在？"亮曰："在坐。卿但自觅。"褒观众人，指嘉谓亮曰："将无是乎？"亮欣然笑。嘉为褒所得，乃益重嘉焉。（《太平御览》"人事部三十四・坐"） 《孟嘉别传》曰：庾亮拔孟嘉为劝学从事，褚褒为豫章太守。出朝，亮正旦大会州府人士，率嘉集坐，第甚远，问亮曰："江州有孟嘉，其人何在？"亮曰："在坐，卿但自觅。"褒历观之久，指嘉谓亮曰："此君小异，将无是乎？"（《太平御览》"人事部八十五・知人下"） 《孟嘉别传》：桓温问嘉曰："听伎，丝不如竹，竹不如肉，何谓也？"答曰："渐近自然。"一坐咨嗟。（《太平御览》"乐部八・歌一"） 《孟嘉别传》曰：嘉为桓温参军。九月九日，温游龙山，参僚悉集。时佐吏并戎服，有风吹嘉帽堕，初不觉。良久如厕，温命还之，授孙盛纸笔，嘲之，置嘉坐处。嘉还见之，请笔即答，四坐嗟叹。（《太平御览》"服章部四・帽"）	刺史谢永别驾。永，会稽人，丧亡，君求赴义，路由永兴。高阳许询，有隽才，辞荣不仕，每纵心独往。客居县界，尝乘船近行，适逢君过，叹曰："都邑美士，吾尽识之，独不识此人。唯闻中州有孟嘉者，将非是乎？然亦何由来此？"使问君之从者。君谓其使曰："本心相过，今先赴义，寻还就君。"及归，遂止信宿，雅相知得，有若旧交。还至，转从事中郎，俄迁长史。在朝隤然，仗正顺而已，门无杂宾。常会神情独得，便超然命驾，径之龙山，顾景酣宴，造夕乃归。温从容谓君曰："人不可无势，我乃能驾驭卿。"后以疾终于家，年五十一。始自总发，至于知命，行不苟合，言无夸衿，未尝有喜愠之容。好酣饮，逾多不乱。至于任怀得意，融然远寄，旁若无人。温尝问君："酒有何好，而君嗜之？"。君笑而答曰："明公但不得酒中趣尔。"又问听妓，丝不如竹，竹不如肉，答曰："渐近自然。"中散大夫桂阳罗含，赋之曰："孟生善酣，不愆其意。"光禄大夫南阳刘耽，昔与君同在温府，渊明从父太常夔尝问耽："君若在，当已作公不？"答云："此本是三司人。"为时所重如此。渊明先亲，君之第四女也。《凯风》寒泉之思，实钟厥心。谨按采行事，撰为此传。惧或乖谬，有亏大雅君子之德，所以战战兢兢若履深薄云尔。赞曰：孔子称："进德修业，以及时也。"君清蹈衡门，则令闻孔昭；振缨公朝，则德音允集。道悠运促，不终远业，惜哉！仁者必寿，岂斯言之谬乎！（《陶渊明集》卷六）

通过对上述所征引的《世说新语注》《北堂书钞》《艺文类聚》《初学记》《太平御览》诸书中的孟嘉传记和《陶渊明集》中的《晋故征西大将军长史孟府君传》对比可以看出，诸书所引必是陶渊明此篇文字。但是没有一处在引用时用原始的题目。这是第一点，即后人征引传记作品时，为行文方便，一

般都采取"××传"或"××别传"的省称。第二,征引文字多有删削甚至重组的现象,即便刘孝标所引比较全面,但还是删去陶渊明原文中一些相对次要的内容,从而节省篇幅,显得整饬简洁。由此来推测,别传在当时可能不是一种孤立或松散的创作,而是社交产物或者文人出于某种目的的创作。除此之外,带有自传性质的传记,如阮籍《大人先生传》、皇甫谧《玄晏春秋》、陶渊明《五柳先生传》等等,也可纳入人物别传的范围来讨论。

这一时期"别传"的兴盛,究其原因,我认为首先和汉末一直延续下来的人物品评有直接关系,别传写作中带有很多对传主的评价,而选择哪些素材写入传中,更是作者有意而为之的结果。其次,别传的兴盛,当与那个时代史传文学的繁荣有关,人的觉醒,对人的重视,成为弥漫整个时代的风气。如果说学者撰写史书主要是反思历史,那么撰写别传则主要是关怀当下。他们都对人生有着指引的作用。这样看来,《世说新语》又何尝不是一部人物别传集呢?最后,汉末以来天下板荡,所以自《古诗十九首》以来,不论是建安文学的慷慨,还是正始文学的洒脱,其背后都隐藏着忧时伤生的悲怆基调。而这种朝不虑夕之感不仅生发在黔首黎民身上,这一时期庙堂之上权位更迭、腥风血雨之酷烈在中国历史上更是屈指可数。正如曹丕哀叹建安诸子"一时俱逝"而为他们编辑文集以求流传后世一样,这一时期别传的书写似乎也有类似以文存人的目的。别传流行,从而促使人们展开对生命的反思,对先祖、亲人、友朋的记录,也算是一种生命的延伸,一种缅怀和寄托的方式。

参考文献

(南朝宋)刘义庆撰,(南朝梁)刘孝标注,龚斌校释:《世说新语校释》,上海古籍出版社 2011 年版。

刘跃进著,徐华校:《文选旧注辑存》,凤凰出版社 2017 年版。

(唐)房玄龄等:《晋书》,中华书局 1974 年版。

(宋)李昉等:《太平御览》,中华书局 1960 年版。

戴燕:《远游越山川:魏晋南北朝文学史研究论集》,复旦大学出版社 2017 年版。

读书会时间:2020 年 4 月 28 日

《世说新语·文学第四》第八十五条“简文称许掾”读解

潘磊*

【原文】

简文[1]称许掾[2]云:“玄度五言诗,可谓妙绝时人[3]。”《续晋阳秋》曰:“询有才藻,善属文。自司马相如、王褒、扬雄诸贤,世尚赋颂,皆体则[4]《诗》《骚》,傍综[5]百家之言。及至建安,而诗章大盛。逮乎西朝之末,潘、陆之徒虽时有质文,而宗归不异也。正始中,王弼、何晏好《庄》《老》玄胜之谈,而世遂贵焉。至江左,佛理[一]尤盛。故郭璞五言始会合道家之言而韵之。询及太原孙绰转相祖尚[6],又加以三世之辞,而《诗》《骚》之体尽矣。询、绰并为一时文宗,自此作者悉体之。至义熙中,谢混始改。”

【校勘】

[一]“佛理”:宋代以来的《世说新语》各本皆作“佛理”。唐代公孙罗《文选钞》引《续晋阳秋》此段时作“李充”,余嘉锡《世说新语笺疏》从之并有详细辨析,详参氏著,中华书局2007年版,第313~314页。

【注解】

[1]简文:指晋简文帝司马昱。

[2]许掾:指许询,字玄度,东晋高阳(今河北高阳东)人。

---

* 潘磊,男,1992年生,山东淄博人。山东大学文学院2017级博士研究生,师从李剑锋教授。研究方向为魏晋南北朝文学。

[3]妙绝时人：精妙超越当时的人。

[4]体则：效法。

[5]傍综：依傍综合。

[6]祖尚：效法崇尚。

按：檀道鸾是南朝宋时期的史学家，他在《续晋阳秋》中这段针对文学发展的评述，对后世影响可谓深远。南朝齐、南朝梁的文论家、史学家将孙绰和许询作为东晋玄言诗的代表，基本都是转相祖述于此，并往往给予孙、许以较低评价。自此几成定评。但他们对檀氏原文都有不同程度的误读：一方面，孙、许的创作实绩并不在诗歌，文论家却将二人的“文宗”身份缩小为“玄言诗人”，这一诗歌史的定位最终导致二人文学史定位偏低；另一方面，文论家忽略了佛教对东晋文学的深刻影响，持论难免偏颇。由此反映出南朝文论更多地关注诗歌等传统主流文体，缺乏对东晋其他文体的关注和评价，且较少触及文学规律等深层问题。同样值得注意的是，手抄本时代异文的出现，也往往影响到后世读者对文本的理解，因此在利用这些材料分析问题时必须细加甄别。

此外，南朝文论出现了新的特点，即除对具体作家、作品、文体有所批评外，还加强了对文学发展流变过程的总结，并对作家作品做出文学史上的定位。无论是《文心雕龙》《诗品》等文论专著，还是《宋书・谢灵运传论》《南齐书・文学传论》等史论文章，都以纵向贯通的视野关注到了不同时期文学风尚的整体变化。文论家们在勾勒文学发展大势、确定作家文学史定位的过程中，既有独出机杼的心得，也有转相祖述的言论。值得注意的是，某些看似前后承袭的论断，反而会暴露出新的问题。以下拟以孙绰、许询的文学史定位为例对此现象做出研究。

一、孙绰、许询文学史定位的形成及强化

南朝以来，读者习惯将孙绰、许询视作东晋玄言诗的代表人物，并给以较低评价。这种认识在钟嵘《诗品》中有非常直观的体现。钟嵘在序文中批评孙绰、许询等人的玄言诗“平典似道德论”，并把王济、杜预、孙绰、许询四人归为一组，列入下品，并评论说：

> 永嘉以来，清虚在俗。王武子辈诗，贵道家之言。爰洎江表，玄风

尚备。真长、仲祖、桓、庾诸公犹相袭。世称孙、许，弥善恬淡之词。①

钟嵘的观点在文论史上产生了巨大的影响，孙绰、许询作为“淡乎寡味”玄言诗人之代表这一文学史定位也就此敲定，后人对此也几无异词。

但这一观点是否渊源有自呢？就目前所能看到的材料，最早对东晋玄言诗风进行总结和批判的是南朝宋时期檀道鸾的《续晋阳秋》。《世说新语》刘孝标注引檀书曰：

询有才藻，善属文。自司马相如、王褒、扬雄诸贤世尚赋颂，皆体则《诗》《骚》，傍综百家之言。及至建安，而诗章大盛。逮乎西朝之末，潘、陆之徒虽时有质文，而宗归不异也。正始中，王弼、何晏好《庄》《老》玄胜之谈，而世遂贵焉。至过江，佛理尤盛。故郭璞五言始会合道家之言而韵之，询及太原孙绰转相祖尚。又加以三世之辞，而《诗》《骚》之体尽矣。询、绰并为一时文宗，自此作者悉体之。至义熙中，谢混始改。②

唐代公孙罗《文选钞》在江淹《杂体诗三十首》下亦引檀氏论文章：

自王褒、扬雄诸贤尚赋颂，皆体则《诗》《骚》，傍综百家之言。及至建安，而诗章大备。逮至西朝之末，潘、陆之徒，虽复时有质文，而宗归一也。正始中，王弼、何晏好《老》《庄》玄胜之谈，世遂贵焉。至江左，李充尤盛，故郭璞五言诗始会合道家之言而韵之。爰及孙兴公，转相祖尚，又加以释氏三世之辞，而《诗》《骚》之体尽矣。至义熙，谢混改焉。询辟司徒掾不就，尝一出都迎姊。简文皇帝悦其情理，每造膝清谈，必以夜计日者也。③

《文选·沈约〈宋书·谢灵运传论〉》李善注引《续晋阳秋》曰：

许询有才藻，善属文。询及太原孙绰，转相祖尚，又加以三世之辞，而风骚之体尽矣。许询并为一时文宗，自此作者悉化之。至义熙中，谢混始改之。询辟司徒掾不就，尝一出都迎姊。简文皇帝悦其情理，每造膝清谈，必以夜计日者也。④

据行文来看，以上三段应是檀道鸾《续晋阳秋》中《许询传》的同一处文字，只是引述时详略不同。这段文字虽然意在通过对文学发展脉络的梳理，强调

① （南朝梁）钟嵘撰，曹旭笺注：《诗品集注》（增订本），上海古籍出版社2011年版，第511页。
② 徐震堮：《世说新语校笺》，中华书局1984年版，第143页。
③ 刘跃进著，徐华校：《文选旧注辑存》，凤凰出版社2017年版，第6191页。
④ 刘跃进著，徐华校：《文选旧注辑存》，第10233页。

许询在当时的文学宗主地位，但却在客观上指出“玄言诗派的创作背离了诗歌的艺术道路”[①]，成为“对玄言诗的最早的批判”[②]。这也基本成为一种“批评格式”为之后的文论家所袭用。如刘勰《文心雕龙·明诗》说：

江左篇制，溺乎玄风，嗤笑徇务之志，崇盛亡机之谈，袁、孙已下，虽各有雕采，而辞趣一揆，莫与争雄，所以景纯仙篇，挺拔而为俊矣。[③]

又《时序》说：

自中朝贵玄，江左称盛，因谈余气，流成文体。是以世极迍邅，而辞意夷泰，诗必柱下之旨归，赋乃漆园之义疏。[④]

钟嵘《诗品序》说：

永嘉时，贵黄、老，稍尚虚谈。于时篇什，理过其辞，淡乎寡味。爰及江表，微波尚传，孙绰、许询、桓、庾诸公诗，皆平典似《道德论》，建安风力尽矣。先是郭景纯用俊上之才，变创其体。刘越石仗清刚之气，赞成厥美。然彼众我寡，未能动俗。逮义熙中，谢益寿斐然继作。[⑤]

沈约《宋书·谢灵运传论》说：

在晋中兴，玄风独扇，为学穷于柱下，博物止乎七篇。驰骋文辞，义殚乎此。自建武暨于义熙，历载将百。虽缀响联辞，波属云委；莫不寄言上德，托意玄珠，遒丽之辞，无闻焉尔。仲文始革孙、许之风，叔源大变太元之气。[⑥]

萧子显《南齐书·文学传论》也说：

五言之制，独秀众品。……江左风味，盛道家之言：郭璞举其灵变，许询极其名理。仲文玄气，犹不尽除；谢混情新，得名未盛。[⑦]

这些论述基本上都提到三点：其一，东晋诗坛风尚受玄言风气的直接影响，整体成就不高；其二，孙绰、许询等人的创作，尤其是诗歌作品以玄言诗为主，且成为东晋诗坛的代表人物；其三，自东晋后期殷仲文、谢混开始，力图

---

① 郁沅、张明高：《魏晋南北朝文论选》，人民文学出版社 1999 年版，第 285 页。
② 穆克宏、郭丹：《魏晋南北朝文论全编》（修订本），江苏出版社 2004 年版，第 189 页。
③ （南朝梁）刘勰撰，范文澜注：《文心雕龙注》，人民文学出版社 1958 年版，第 65～100 页。
④ （南朝梁）刘勰撰，范文澜注：《文心雕龙注》，第 674～675 页。
⑤ （南朝梁）钟嵘撰，曹旭笺注：《诗品集注》（增订本），第 28～34 页。
⑥ （南朝梁）沈约：《宋书》，中华书局 2018 年版，第 1945 页。
⑦ （南朝梁）萧子显：《南齐书》，中华书局 2017 年版，第 1000 页。

廓清玄言之风，并初见成效，引导之后南朝诗风的新变。

在此可以明显看到各家对檀氏观点的继承。正是在这一祖述过程中，孙绰、许询最终被南朝文论家们定型为东晋玄言诗人的代表人物。这一观点也不断为后代评论家重复和强化，如明代吴淇《六朝选诗定论》卷八说：

> 永嘉之末，遂以论宗入诗。爰及江左，其徒愈繁，孙、许辈盛名效尤，海内翕然从之。虽刘、郭之徒，创为变体，欲以挽之，而波势方汹，莫有应者。宋之义熙，谢叔源始尊刘、郭之波，斐然继作。其《西池》一首，结句引南荣为戒，尚于虚无窠习，澄汰未净。至康乐以旷世宏才，崛然奋起，举大江大河，将柱下漆园之余滓，淘洗净尽。[①]

虽然这里的主要评论对象为谢混，阐述也更加详细，但整体仍不出檀氏所论，可见此一说法对后世文论家的影响是多么深远。

除去以上文论在孙、许文学史定位上起的重要作用之外，另一不容忽视的是文学作品中的一些拟作，其本身就兼具文学批评的意义。如江淹作于南齐初的《杂体诗三十首》[②]，其中有模拟孙绰、许询二人诗歌之作，分别题作《孙廷尉绰杂述》和《许征君询自叙》。若将此二者与江淹所拟的李陵《从军》、曹丕《游宴》、嵇康《言志》、阮籍《咏怀》、潘岳《悼亡》、左思《咏史》、刘琨《伤乱》、陶潜《田居》等颇能代表原作者题材与风格的作品相比，仅从题目上就看出孙、许二人的诗作远没有形成自己的风格。内容上也尽是抒发"物我俱忘怀，可以狎鸥鸟"(《孙廷尉绰杂述》)、"五难既洒落，超迹绝尘网"(《许征君询自叙》)一类的玄思，并无出彩之处。或许是江淹为了践行自己在序言中不"贵远贱近""重耳轻目"的"人之常情"和"俗之恒蔽"[③]，才不得不选择东晋文坛孙绰、许询二位"文宗"的诗歌进行模拟。而《杂体诗三十首》对后世将孙、许视为玄言诗人的代表似乎也不无影响。近现代以来的文学史著作也基本沿用了上述"批评格式"。如游国恩等人主编的《中国文学史》，在"西晋文学"之后并未为"东晋文学"专设一章，而只是在"陶渊明"章开篇对东晋文坛做了寥寥数语的概括："东晋时期……出现了孙绰、许询等一系列作

① (清)吴淇撰，汪俊、黄进德点校：《六朝诗选定论》，广陵书社2009年版，第271页。

② 关于《杂体诗三十首》作年，俞绍初《江淹年谱》认为当在建元之末、永明之初；丁福林《江淹年谱》认为其在39岁之前；曹道衡《江淹作品写作年代考》认为当作于建元末，最迟恐亦在永明初年。则这组作品作于檀道鸾《续晋阳秋》之后。详见刘跃进、范子烨编：《六朝作家年谱辑要》(下)，黑龙江教育出版社1999年版，第134页；丁福林：《江淹年谱》，凤凰出版社2007年版，第208页；曹道衡：《汉魏六朝文学论集》，《曹道衡文集》卷三，中州古籍出版社2017年版，第424页。

③ 刘跃进著，徐华校：《文选旧注辑存》，第6049页。

家……玄言文学占了文坛的统治地位。这种文学在内容上……严重地脱离现实。”[①]袁行霈主编的《中国文学史》虽为孙绰、许询专设一节，但也只是强调了二人“东晋玄言诗的代表人物”身份而已。断代文学史情况类似。如胡国瑞《魏晋南北朝文学史》在章节设置上也是直接略过东晋，仅对孙绰、许询的玄言诗风做了寥寥数语的概括，且整体上持否定态度。就笔者所见，似仅有徐公持编著的《魏晋文学史》曾对孙绰、许询除玄言诗外的其他文体创作情况有所介绍，但也仍然没有突破“东晋以玄言诗闻，而玄言诗代表作者即为孙绰、许询”[②]的“批评格式”。总之，这些文学史著作，因为把主要目光集中在了诗歌上，同时给诗以外其他文体分配的篇幅又相对较少（东晋尤其如此）。这就导致了滥觞于南朝的这一观念——东晋文学创作主要是玄言诗，孙、许是玄言诗代表作家，而玄言诗枯燥寡味，所以孙、许的文学史成就低——在后代文学史书写中一遍遍被强化，直到今天。

由此可见，孙绰、许询作为玄言诗人的形象，是在南朝史学家、文论家、文学家的书写过程中逐渐定型的。尤其是后代诗论家基本都奉钟嵘《诗品》为圭臬，《诗品序》及下品定位对以孙、许二人为代表的玄言诗风的批判，是后世给予其二人文学史地位较低评价的重要原因。更因为近现代以来中国古代文学史著作的书写在很大程度上关注诗歌等主流文体，对大部分应用性文体都有意无意地忽略，这些都导致二人的文学史地位一直处于被贬抑的状态。

二、孙绰、许询的创作不以诗歌见长

但我们不禁要问，上述观念真的准确吗？孙、许二人的实际创作水平和文学史地位真如钟嵘等人的定位那样吗？细按之下，我们发现钟嵘在《诗品·下品》中的言论其实并不严谨，比如杜预（222～284）和王济（247？～292？）二人卒年下距永嘉（307～312）尚有二十年左右，钟嵘却说他们是“永嘉以来”。另外，杜预乃是精研《春秋左传》的儒将，钟嵘却说他“贵道家之言”，并将其归入玄言诗人之列。[③] 这些明显的疏漏令我们疑心，钟嵘对玄言

① 游国恩、王起、萧涤非、季镇淮、费振刚主编：《中国文学史》，人民文学出版社1963年版，第240页。

② 徐公持编著：《魏晋文学史》，人民文学出版社1999年版，第512页。

③ 张溥评价杜预说：“《左传》之有杜元凯，六经之孔孟也。……杜集绝无诗赋，意者其雕虫邪？彼惟弥纶经传，自托获麟，下者则薄之，诚不欲以此有名也。”[（明）张溥撰，殷孟伦注：《汉魏六朝百三家集题辞注》，人民文学出版社1960年版，第99页]这也可以佐证杜预服膺儒术，且并不热衷于诗赋创作，不宜以玄言诗人目之。

诗的认识或许不是完全准确的。既然如此,那么基于钟嵘《诗品》而对孙绰、许询做出的文学史定位,又是否真的符合当时文坛实况呢?

先看孙绰。孙绰在当时确实颇有文名。《晋中兴书》说"于时才笔之士,绰为其冠"①,《文录》记载则更为详细:"于时才笔之士,有伏滔、庾阐、曹毗、李充,皆名显当世,绰冠其首焉。故温、郗、王、庾诸公之薨,非兴公为文则不刻石也。"②大将军温峤病逝于咸和四年(329),孙绰年方十六,即为之撰碑刊石,可见他的文才确为士林推重。唐修《晋书》孙绰本传也基本照录了《晋中兴书》和《文录》的记载。③

但值得注意的是,孙绰当时最为人推重的,并不是后人关注较多的所谓"玄言诗",而是他的文章。如上所言,朝廷大臣去世,多须孙绰撰碑,《丞相王导碑》《太宰郗鉴碑》《太尉庾亮碑》《司空庾冰碑》《太傅褚裒碑》《王羲之碑》④《颍州府君碑》等名公碑文皆出自孙绰之手,就是最好的证明。刘勰《文心雕龙·诔碑》说"孙绰为文,志在于碑"⑤,萧子显《南齐书·文学传论》则说"孙绰之碑,嗣伯喈之后"⑥,将他与东汉末年以碑文名世的蔡邕相提并论,殆非虚夸。除碑文之外,孙绰的诔文也得到颇多称许,如咸康六年(340)庾亮去世时,孙绰所作《庾公诔》得到袁乔的赞赏⑦;永和三年(347)王濛卒,孙绰作《王长史诔》;刘惔去世时,孙绰又作《刘真长诔》。皆可见孙绰诔文创作亦受时人青睐。除此之外,《喻道论》以佛教教义为主,调和儒释思想;《道贤论》品评竺法胜、支遁等当时名僧;《太平山铭》《漏刻铭》《樽铭》《绢扇铭》等在写景体物方面也自有特色。

孙绰的赋在当时也很突出。他不仅对前代辞赋名篇颇多揣摩,"绝重张衡、左思赋",而且对自己的赋作也极为自负,《世说新语·文学》载:"孙兴公作《天台赋》成,以示范荣期,云:'卿试掷地,要作金石声。'"⑧在《文选》所收录的五十多篇赋中,东晋仅入选两篇,其中之一就是孙绰的《游天台山赋》。

---

① 《文选》卷一一孙绰《游天台山赋》李善注引何法盛《晋中兴书》。参见刘跃进著,徐华校:《文选旧注辑存》,第2208页。

② 《文录》已佚,见公孙罗《文选钞》注引。参见刘跃进著,徐华校:《文选旧注辑存》,第6176页。

③ (唐)房玄龄等:《晋书》,中华书局1974年版,第1547页。

④ 今碑文已佚,《太平御览》卷四七引孔晔《会稽记》:"诸暨县北界有罗山……王羲之墓在山足,有石碑。孙兴公为文,王子敬所书也。"[(宋)李昉等:《太平御览》,中华书局1960年版,第227页]

⑤ (南朝梁)刘勰撰,范文澜注:《文心雕龙注》,第214页。

⑥ (南朝梁)萧子显:《南齐书》,第1000页。

⑦ (南朝宋)刘义庆撰,(南朝梁)刘孝标注,余嘉锡笺疏:《世说新语笺疏》,中华书局2011年版,第225页。

⑧ 余嘉锡笺疏:《世说新语笺疏》,第234页。

这固然反映出赋体在东晋时的衰落，但也从反面证明孙绰此赋确实是一篇优秀的作品。他另有一篇《望海赋》，明代蒋一葵评曰："晋木玄虚、孙兴公，齐张思光，并作《海赋》。'吸波则洪涟踧蜡，吹涝则百川倒流'，此玄虚之雄也。'举翰则宇宙生风，抗鳞则四渎起涛'，此兴公之雄也。'湍转则日月似惊，浪动则星河如覆'，则思光之雄也。三赋措语，无大悬绝。"[①]也可以看到后人对这篇赋的推重，与前贤后学的同题作品放到一起比较毫不逊色。他的《遂初赋》原文虽已散佚，但透过留存下来的序文，也看见其继承屈原"退将复修吾初服"的高洁情操。

另外，孙绰还有一部子书著作，旧题《孙子》或《孙绰子》，今已佚。《隋志》著录《孙子》十二卷，《文选》李善注引此书十余条，《太平御览》也有征引。从这些佚文来看，《孙绰子》内容丰富，既有神异怪说，如"黄帝之游天衢""海人与山客辨方物"；也有人物品评，如"察虚实，审真伪，断成败，定终始，斯可谓之人物矣"[②]；既有对庄子"多寄言，混沌得宗，罔象得珠"[③]的总结，也有对孔子"见沧海横流，故务为舟航"的书写；还有"北阜有木焉，名曰时好"[④]等博物知识的搜集。总之，《孙绰子》一书的思想不囿于某家某派，十分开阔乃至驳杂。此外，他还有《至人高士传赞》二卷，《列仙传赞》三卷，《文选·五君咏》李善注也曾引孙绰《嵇中散传》一则。[⑤] 可见他也有人物传记的创作。

同时，孙绰对作家作品的品鉴言论，也是他本人文学修养深厚以及文学眼光独到的证明。比如"潘文浅而净，陆文深而芜""潘文烂若披锦，无处不善；陆文若排沙简金，往往见宝"[⑥]等精准、形象的评语，均为后代论者所普遍认可。如果没有丰富的创作经验与敏锐的文字能力，是很难以寥寥数语做出如此精要评价的。

许询在当时也颇受称赏，如"许询诣建业，见者倾都"[⑦]，"孙兴公、许玄度皆一时名流"[⑧]云云，但这些称赏似乎并非针对其诗而发。虽然简文帝曾称

① (明)蒋一葵：《木石居精校八朝偶隽》卷一，《续修四库全书》，上海古籍出版社 1996 年版，第 589 页。

② 刘跃进著，徐华校：《文选旧注辑存》，第 7688 页。

③ 刘跃进著，徐华校：《文选旧注辑存》，第 10232 页。

④ (宋)李昉等：《太平御览》卷九六〇，第 6262 页。

⑤ 刘跃进著，徐华校：《文选旧注辑存》，第 4074 页。

⑥ 余嘉锡笺疏：《世说新语笺疏》，第 228～235 页。

⑦ (唐)释道宣：《三宝感通录》卷一引《地志》，转引自余嘉锡笺疏：《世说新语笺疏》，第 119～120 页。

⑧ 余嘉锡笺疏：《世说新语笺疏》，第 465 页。

赞过“玄度五言诗，可谓妙绝时人”[①]，但结合简文帝本身喜欢谈玄说理，对于许询“悦其情理，每造膝清谈，必以夜计日”的亲密友好程度来看，此语不无虚夸的成分在内。并且，就许诗现仅残存三句来推测，可能他原本就作诗不多。《隋志》著录许询集八卷，文章亦仅存《墨麈尾铭》《白麈尾铭》二篇。

因此，孙绰、许询实际上并不长于作诗。更重要的是，东晋本来也不是一个擅长诗歌创作的时代。试看在著名的兰亭集会上：“右军蝉联美胄，……与太原孙绰兴公、广汉王彬之，并逸少子凝、徽、操之等四十有一人，修祓禊之礼。”[②]参会的文人名士如此之多，而他们所作的诗，除少数几首勉强可读外，其余并无佳作，大都枯涩简率，不过四句韵语而已，甚至还有“诗不成罚觥者凡十六人”，反倒是王羲之为诗集所作的序成了散文经典。对此，宋人黄彻认为：“岂献之辈终日不能措辞于十六字哉。窃意古人持重自惜，不欲率然，恐贻久远讥议，不如不赋之为愈。”[③]周密在《齐东野语》中也提出了自己的推测：“盖古人意趣真率，是日适无兴不作，非若后世喋喋然，强聒于杯酒间以为能也。”[④]但不论黄彻和周密怎样为当时诸公诗不成篇进行回护，都无法回避他们不善作诗的事实。反倒是明代陆时雍一语道破玄机：“晋多能言之士，而诗不佳，诗非可言之物也。……诗莫敝于晋。”[⑤]那么，在东晋文坛不重诗歌的风气之下，孙绰、许询不以诗见称于当时，也就不足为奇了。

由此可见，孙绰、许询多种文体的创作均可圈可点，在当时即广受推重，后代的萧统、李善等人也通过不同方式予以肯定。但对于被今人视为孙、许代表作的玄言诗，不仅萧统《文选》未选只字，就是同时代人对此也没有只言片语的评价。总而言之，孙绰赋、论、碑、传、诔、铭皆有佳作，许询情况类似，他们二人虽然确曾写过一些“淡乎寡味”的玄言诗，但他们仍然是东晋颇有成就的文章家。这应当是孙、许二人最准确的文学史定位。

三、南朝文论家对孙、许评价的异同及存在问题

我们在第一部分谈到，梁代文论家们对檀道鸾的观点有明显继承。但细究文意，这些相似的论述之间其实存在诸多不同。首先，各家立论的着眼

---

① 余嘉锡笺疏：《世说新语笺疏》，第229页。

② 《太平御览》卷七四八引何延之《兰亭记》，（宋）李昉等：《太平御览》，中华书局1960年版，第3319页。

③ （宋）黄彻：《䂬溪诗话》卷一〇，丁福保辑：《历代诗话续编》，中华书局1983年版，第398页。

④ （宋）周密：《齐东野语》卷一九，中华书局1983年版，第351页。

⑤ 见《诗镜总论》、《古诗镜》卷八，陆时雍编：《古诗镜》，《景印文渊阁四库全书》，台湾商务印书馆1986年版，第1411册，第5～69页。

点各有侧重。檀道鸾是意在历史地凸显许询“一时文宗”的地位。刘勰、钟嵘的评价主要是从作家论的角度，围绕五言诗的发展流变来定位孙、许二人。沈约则侧重从风格论方面批判东晋孙、许诗歌缺乏“英辞”“盛藻”的“遒丽之辞”。而萧子显则更侧重从文体论角度贬抑孙、许玄言诗。尤为值得注意的是，孙、许二人的身份从檀道鸾叙述中的“一时文宗”地位，缩小到了刘勰等人笔下的“玄言诗人”。①

其次，评论家以各自的文学标准审视作家作品时，在对同一作家作品往往着眼于不同的侧面。檀氏的目的在于对当时文坛“诗骚”文风消歇的批判，而非突出孙绰、许询的诗歌创作。换言之，作者意在以“诗骚之体”为评价标准从而把握整个文学发展的脉络，而非勾勒一条诗歌史线索。因此，檀氏精准地选取了两汉赋颂，建安诗章，西晋潘陆诗文，两晋之交郭璞五言诗，东晋中期孙、许以及后期义熙间谢混诗文，且在论述中间接地肯定了《诗经》、楚辞作为文学源头和评价准则的地位。即便以今天的眼光来看，檀氏勾勒的这条文学发展脉络虽然简略却仍不失精审。

若以此来对比《宋书·谢灵运传论》对文学史脉络的梳理和把握，就不难看出二者之间的区别。沈约所论是以“英辞”“清辞”“盛藻”以及“遒丽之辞”作为评判标准，所以在阐述自先秦至南朝刘宋时期的文学发展时，直接略过《诗经》，从以屈原、宋玉为代表的楚辞开始，再到两汉贾谊、司马相如、王褒、刘向、扬雄等人的辞赋，以至建安三曹的“盛藻”，而在谈及“自建武暨于义熙”的百年间，因为“玄风独扇”导致“遒丽之辞，无闻焉尔”。② 可见沈约虽然仍“以情纬文，以文披质”，但他仍主要以辞藻华美作为评判准则，然后去选择前代符合这一标准的作家作品进行阐述。但不无讽刺的是，在批评东晋诗文的“遒丽之辞，无闻焉尔”一句下，唐代李善却有意无意地引用了《孙绰集序》“绰文藻遒丽”一语作为注解。故刘师培说：“休文以为江左文学‘遒丽无闻’，又谓‘为学穷乎柱下，博物止于七篇’，亦举其大要言之。若综观东晋诸贤，则休文之论，未为尽也。”③

对孙、许二人的批评，檀道鸾着眼于他们未能继承“诗骚”传统，沈约则认为他们辞藻不够华美。由此可见，纷繁的史料和作家作品为批评家提供

① 当然，必须看到除沈约外，刘勰、钟嵘、沈约、萧子显都是从诗歌史的角度来论述，将孙、许二人定义为“玄言诗人”并无偏颇。但同时也应该看到，正是在这些梁代文论家、史学家的不断重复和强化中，“玄言诗人”逐渐成为贴在他们身上唯一的标签。

② （南朝梁）沈约：《宋书》，第1944～1945页。

③ 刘师培：《中国中古文学史讲义》，上海古籍出版社2006年版，第52页。

了多样的素材，而不同的批评家在对同一作家作品引述时，由于他们不同的文学主张和理念，使得最终呈现出来的文论不可避免地存在各样的差异。

再次，刘勰、钟嵘等与檀氏所论最大的不同在于缺少了对一重要问题的关注，即佛教思想对东晋文学的影响。檀氏原文称"询及太原孙绰转相祖尚，又加以(释氏)三世之辞，而诗骚之体尽矣"。与其说这是对孙、许为文尚玄的关注，倒不如说这里更强调的是二人的创作在玄学之外又融入了佛教义理。余敦康《魏晋玄学史》详细指出：

> 东晋初年，才形成了一股佛玄合流的般若学思潮。……他们发现佛教的般若思想不仅能提供一种与玄学相类似的精神境界，而且在义理的讨论方面也相当投机，甚至能补充玄学的旧义，进而提出新解。于是他们把佛教的般若思想引为同调……佛教般若学者也主动地依附于玄学，举止言谈力求模仿当时的名士风度，对般若学的解释也力求迎合玄学的学风。……两晋之际兴起的般若学思潮是玄学发展的一个新的阶段……[①]

汤用彤则直接将东晋称为"佛学时期"[②]。东晋时期名僧辈出，他们与当时的门第士族、朝堂官员都有密切的来往，更为清谈场合的座上宾，如在《世说新语》中提及的支遁、支愍度、康僧渊、竺法汰等大都善于说理清谈，杨慎《晋人俊语》对此曾有专门收录：

> 晋世不惟士人语清标玄致，而释子辈语，亦复可听。《高僧传》所载是已。如鸠摩罗什偈云："哀鸾孤桐上，清音彻九天。"……道贲闻蟋蟀曰："时闻此声，足代箫管。"薛道衡称则公之文曰："屡发新彩，英英独照。"慧常闻梵呗曰："亹亹溜滴，似伏流之吐波。"……又云："沙漠织寒，长风负雪。"又云："庄衿老带，弹沐斜埃。"又云："早帐风首，春席云阿。"又云："虽泪至之有端，固忧来之无兆。"使入《世说》，固不能辨也。[③]

从孙、许二人的行迹中，也可看到他们受佛教思想影响之深刻。《世说新语》载："有北来道人好才理，与林公相遇于瓦官寺，讲小品。于时竺法深、孙兴公悉共听。"[④]又载："王文度在西州，与林法师讲，韩、孙诸人并在坐。林

---

① 余敦康：《魏晋玄学史》第2版，北京大学出版社2016年版，第449～450页。

② 汤用彤：《魏晋思想史的发展》，《魏晋玄学论稿》(增订本)，上海人民出版社2015年版，第107页。

③ (明)杨慎撰，王云五主编：《升庵全集》卷七二，商务印书馆1937年版，第936页。

④ 余嘉锡笺疏：《世说新语笺疏》，第195页。

公理每欲小屈，孙兴公曰：'法师今日如著弊絮在荆棘中，触地挂阂。'"[①]可见当时孙绰常与支遁等僧人在一起讲经说法、畅谈玄理。何法盛《晋中兴书》载："（谢安）共王羲之、孙绰、李充、许询、道林，皆文义冠世，共相友昵。"[②]又说："（谢）安先居会稽，与支道林、王羲之、许询共游处。出则渔弋山水，入则谈说属文，未尝有处世意也。"[③]可见当时孙绰、许询处在当时的名士圈，且与诸名士及支遁等名僧交往颇深。又如支道林、许询一起谈经，"支通一义，四坐莫不厌心。许送一难，众人莫不抃舞"[④]。可见许询是当时清谈中表现特出者，故史称"询能清言，兼有词藻"[⑤]"有才藻，善属文，能清言，于时人士皆钦爱之"[⑥]。另《太平御览》卷六五八引《建康实录》说许询"舍永兴、山阴二宅为寺，家财珍异，悉皆是给"[⑦]。他虽未出家为僧，但其舍宅为寺的行为甚至比佛教徒更为虔诚。

孙绰《名德沙门赞》称誉康僧会、康法朗、释道安等名僧；前面所提及的《喻道论》亦是意图调和佛、儒二家，甚至提出"周孔即佛，佛即周孔，盖外内名之耳"[⑧]的观点，《道贤论》更以"以天竺七僧方竹林七贤"[⑨]；《游天台山赋》也是一篇佛道思想混杂的游览赋，如"王乔控鹤以冲天，应真飞锡以蹑虚"就分别运用了道家《列仙传》和佛家《大智度论》《百法论》的典故，文章结尾说：

> 散以象外之说，畅以无生之篇。悟遣有之不尽，觉涉无之有间。泯色空以合迹，忽即有而得玄。释二名之同出，消一无于三幡。恣语乐以终日，等寂寞于不言。浑万象以冥观，兀同体于自然。[⑩]

这些都是东晋时期佛教中国化的一种表现。由此可见，在玄学自曹魏正始时期发展到东晋的近百年后，最突出的特点便是佛、玄合流。如此再反观"诗必柱下之旨归，赋乃漆园之义疏"（刘勰）、"在晋中兴，玄风独扇，为学穷于柱下，博物止乎七篇"（沈约）、"江左风味，盛道家之言"（萧子显）等论述，就不免显得空泛而没有抓住东晋思想风气的根本特色了。

---

① 余嘉锡笺疏：《世说新语笺疏》，第704页。
② （宋）李昉等：《太平御览》卷四〇七，第1883页。
③ 余嘉锡笺疏：《世说新语笺疏》，第704页。
④ 余嘉锡笺疏：《世说新语笺疏》，第198页。
⑤ 《太平御览》卷四〇九引《道学传》，（宋）李昉等：《太平御览》，中华书局1960年版，第1887页。
⑥ 余嘉锡笺疏：《世说新语笺疏》，第704页。
⑦ 余嘉锡笺疏：《世说新语笺疏》，第704页。
⑧ （清）严可均校辑：《全上古三代秦汉三国六朝文》，中华书局1958年版，第1811页。
⑨ （清）严可均校辑：《全上古三代秦汉三国六朝文》，第1812页。
⑩ 刘跃进著，徐华校：《文选旧注辑存》，第2235～2238页。

综合来看，文论家们对檀道鸾观点的继承，同中见异。而他们论述的不足一方面在于将孙、许二人的地位从“文宗”缩小到玄言诗人；另一方面在于忽略了佛教对东晋文坛的重要影响。梁代文学家、史学家、文论家的这些论述，虽存在文学批判标准上的差异，但无一例外地都给予了孙、许较低的评价，这对之后在文学史上定位孙、许及东晋文学产生了根本影响。

四、对南朝文论特点及存在问题的反思

魏晋以前的文学批评基本是片段式、随感式甚至是不自觉的。魏晋时期曹丕《典论·论文》、陆机《文赋》、挚虞《文章流别论》、李充《翰林论》开始有意识地从作家风格和文体特色两个方面进行区别和评价。及至南朝，文论出现新的特点，即对此前文学风格及流变进行总结和反思，并借以阐述自己的文学立场和观点。

批评家们在对文学史的阐述中总要用精简的语言去概括，加上他们本就具备了成熟的文学观念和审美倾向，在定位作家及文学现象时不可避免地带有感情色彩或个人好恶。如前所论的东晋文坛受佛教及玄学思想的共同影响，是刘勰、钟嵘等人在论述时所忽视的重要一面。而且在诗歌与抒情小赋成为主要文体的南朝，“文笔之辨”的出现以及对“文”翰藻声韵的追求，使得南朝文学家和评论家对诗、赋二体的关注要超过其他体裁。从这一角度去观察前代文坛，自然很容易就会发现东晋诗、赋创作的低迷。

东晋整个思想界迎来前所未有的交融和激荡，儒、释、道各家为时人提供了不同的思想土壤。如郭璞固然博物志奇，但他认为《尔雅》是“六艺之钤键”[①]，并花费十八载为之作注。《游仙诗》虽“始会合道家之言而韵之”，但它们“本类咏怀之作，聊以摅其忧生愤世之情，其于仙道，特寄言耳”[②]。可见在道家思想的外衣下，郭璞仍服膺儒家思想。葛洪《抱朴子》内篇讲道，外篇阐儒，大体上是以儒治世、以道立身的构架。就连许询，也并不仅仅是一位脸谱化的玄学家：“时人谓许掾非徒有胜情，亦有济世之具。”[③]这自然不会是空穴来风的评价。干宝虽曾发明神鬼，但他却在《晋纪总论》中严厉地指责“风俗淫僻，耻尚所失。学者以庄老为宗而黜六经，谈者以虚荡为辩而贱名俭”[④]。范宁则认为王弼、何晏“二人之罪深于桀纣”，是“浮虚相扇，儒雅日

---

① 语见《尔雅序》，郭璞注，叶自本纠伪，陈赵鹄重校：《尔雅》，中华书局1985年版，第1～2页。

② 黄侃著，黄延祖重辑：《文选平点》，中华书局2006年版，第210页。

③ 江淹《杂体诗三十首》公孙罗注引《杂说》，刘跃进著，徐华校：《文选旧注辑存》，第6191页。

④ 刘跃进著，徐华校：《文选旧注辑存》，第10052～10056页。

替”的根源，于是在余杭令任上兴学校、养生徒，“崇儒抑俗”“风化大行”。[①] 甚至王羲之也曾对谢安说：“四郊多垒，宜人人自效，而虚谈废务，浮文妨要，恐非当今所急。”清人郝懿行认为羲之此语“真能切中时弊”，可见当时士人，即使如王羲之等尚清谈者，亦认识到玄谈说理对社会的危害。[②] 有识之士对东晋偏安江左的局面痛定思痛，努力寻找世乱之因与救世之策。因此，东晋时期的思想界儒释道有交锋，也有融合，老庄玄学独霸的局面已被打破，并非人人都陷在清谈的泥淖中无法自拔。在此影响下，东晋文学的成绩也并不能仅因玄言诗的枯淡而被一笔抹杀。由此再反观檀道鸾以下的各种文学阐述，就呈现出不同程度的偏颇。因此，我们在利用被评论家用各自文学主张过滤过的观点时，应当慎重。

更为值得注意的是，南朝还处在对文学发展概括与反思的初始阶段，对诸多问题的阐发有时停留在文学史现象的表面，未能触及文学规律等深层问题。如汤用彤先生在《魏晋玄学与文学理论》一文中即指出：

> 魏晋玄学之影响于文学者自可在于其文之内容充满老庄之辞意，而实则行文即不用老庄，然其所据之原理固亦可出于玄谈。《文心雕龙·明诗篇》曰：“老庄告退，山水方滋。”而此其实但就诗之内容言。夫富于老庄辞趣之诗自由于“溺于玄风”，而谢灵运之颐情山水，亦何尝非清谈之表现？盖文学与思想之关系不仅在于文之内容，而亦在文学所据之理论。刘彦和谓江左诗什“嗤笑徇务之志，崇盛亡机之谈”（《明诗》），然其时文学之玄学化实不仅在其所笑所崇，而亦在其时对于文学之所以为文之见解并与新兴之风尚有关系也。[③]

可见我们不能只看到玄言之风作用于文学创作的表面，实际上谈玄说理给文人带来的创作思维及文学批评方法上的启发更为重要。表面上看，在东晋末刘宋初，玄言诗风逐渐衰落，陶渊明、谢灵运的田园山水诗才逐渐兴盛。但若深究，陶、谢无一不是深受玄言风气的影响而深得玄理精髓。从这个意义上来说，刘勰所谓“老庄告退，山水方滋”的说法竟是完全错误的。即如檀道鸾等人所提到的孙绰、许询等人作品中的玄言风尚，“至义熙中，谢混始改”“叔源（谢混）大变太元之气”。这些说法仍有商榷的余地。对自然美的发现并不始于谢灵运，也不始于谢混，乃是整个东晋风尚。《文选》所录谢混

① （唐）房玄龄等：《晋书》卷七五《范宁传》，第1984～1985页。

② （清）郝懿行撰，安作璋主编：《郝懿行集》，齐鲁书社2010年版，第6163～6164页。

③ 汤用彤：《魏晋玄学论稿》（增订本），第218页。

《游西池》一诗，其末句“无为牵所思，南荣诫其多”的玄言尾巴，到谢灵运的诸多山水诗中仍然存在。而其诗中的景物描写在东晋的一些诗歌、序文中也并不罕见。因此说，谢混的创作不仅不能摆脱东晋文风的影响，相反地，却仍然打着东晋文学深深的烙印。很多时候文论家们在陈陈相因的观点里形成一种定式思维，未能透过文学现象的表面去挖掘深层的文学发展规律。而往往以一种泾渭分明式的划分，将原本前后相因、藕断丝连的文学生发与承接关系生生斩断，制造种种文学变革与反叛的假象。“老庄告退，山水方滋”的说法如是，“叔源大变太元之气”的表述亦如是。

另外，手抄本时代所存在的大量异文也是值得我们关注的问题。对于异文的择取和解读，往往成为我们能否正确把握文意的关键。如《世说新语》和《文选钞》所引檀道鸾《续晋阳秋》一段文字中，“至过江，佛理尤盛”和“至江左，李充尤盛”便是一处十分关键的异文。余嘉锡先生在《世说新语笺疏》中认为“佛理尤盛”不符合行文逻辑及当时的文学实情，郭璞五言诗并没有涉及佛教义理。此说颇有可取之处，但改成“李充尤盛”是否就一定说得通呢？

首先，《晋书·李充传》说：“幼好刑名之学，深抑虚浮之士。”其所作《学箴》说：“老庄是乃明无为之益，塞争欲之门。夫极灵智之妙，总会通之和者，莫尚乎圣人。革一代之弘制，垂千载之遗风，则非圣不立。”①可见李充思想仍以儒教为本。其次，李充生于两晋之交，而郭璞在东晋建立的建武元年(317)已四十二岁，七年后即被杀。李充当是郭璞的晚辈而与孙绰(314～371)同辈。因此“李充尤盛，故郭璞……”云云，于理不通。最后，李充少孤家贫，后虽至丞相掾、大著作郎等职位，但只是当时士人圈子中的一员，并没有特别的政治地位和文学成就。因此，将其视为连接王弼、何晏与之下郭璞、孙、许的关键性过渡人物，仍嫌草率。

那么，按“至过江，佛理尤盛”来理解是否突兀而不可解呢？其实未必。第一，佛学至东晋大盛是不争的历史事实。第二，按这一思路，余嘉锡先生将“故郭璞五言始会合道家之言而韵之”中的“之”字理解为“佛理”，但用“之”字指“道家之言”，进而将此句理解为“郭璞把道家的言论会合起来，并设法让它们押韵”是否更合理呢？之后孙、许等人祖袭郭璞道言入诗的做法，在诗文创作中又融入佛教义理，使得“诗骚”传统中断。第三，将“正始中……至过江……”云云看作一层意思，是檀氏客观陈述当时思想风气的转变；将以下

① (唐)房玄龄等：《晋书》，第2389页。

陈述郭璞至孙、许、殷、谢诗文风气之转变看作另一层：也不失为理解文意脉络的一种方式。当然，如此理解仍有文意不贯通之处，于是有学者指出“玄”乃“佛”字之误，当作“玄理尤盛”①。这样理解文意更畅，但可惜并无版本上的明证。

以上理解并非完全准确，但由此可以看到，在我们现在看到的史料多经后人裁剪甚至改写且存在诸多异文的情况下，对诸异文进行详细比较和解读是至关重要的，而在各种说法皆有可取的情况下，不妨暂将诸说并存。

五、小结

孙绰、许询等被奉为东晋“文宗”的作家，最终在南朝作家和批评家的笔下成为东晋玄言诗人的代表。在此之后，玄言诗成为贴在他们身上的标签，以至于现当代的文学史著作大多仍然认为孙、许二人引领的玄言诗风笼罩了东晋文坛近百年，从而导致了东晋文学的低迷。但如前所论，东晋或许不是一个以诗歌创作为主的时代，但此一时期儒释道思想的融合，以及论说文、史传文学、子书、书法绘画的大量问世，同样是东晋文艺和思想繁荣的重要表现。正如宗白华先生所说：“晋人向外发现了自然，向内发现了自己的深情。”对自然美的发掘和观照，对个体生命自由的内在追求，都成为这个时代的特色，并为接下来南朝文学的繁荣奠定了基础。

可靠的结论一定是建立在充足的材料和深入的分析基础之上。但囿于唐前材料的缺乏，南朝人所能看到的东晋史料及作品，今人大多无缘得见。因此以残缺的材料去反驳当时人的观点总不免有些证据不足。但同时也要考虑到檀道鸾、沈约、刘勰、钟嵘等人生活的南朝，其社会风气及文学风尚已与东晋大为不同，钟嵘成长的时代已距东晋灭亡六十年以上了。因此，南朝文论家在各自文学审美观念的影响下，对前代文学史的阐述存在不足和偏颇也是可以理解的。作为今天的读者，不应将当时的批评言论奉为圭臬，而更应结合史料中所反映的时代大背景，在细致分析作家作品的基础上，辩证地看待南朝文论家的言论。在充分重视当时批评言论的同时，还原更为真实的时代和作家。

① 《世说新语汇校汇注汇评》引唐鸿学观点，参见黄霖、陈维昭、周兴陆主编，周兴陆辑著：《世说新语汇校汇注汇评》，凤凰出版社 2017 年版，第 462 页。

参考文献

徐震堮:《世说新语校笺》,中华书局 1984 年版。

(南朝宋)刘义庆撰,(南朝梁)刘孝标注,余嘉锡笺疏:《世说新语笺疏》,中华书局 2011 年版。

(宋)李昉等:《太平御览》,中华书局 1960 年版。

汤用彤:《魏晋玄学论稿》(增订本),上海人民出版社 2015 年版。

读书会时间:2019 年 11 月 20 日

《世说新语·方正第五》第二条“宗世林薄魏武”读解

黄长明*

【原文】

南阳宗世林,魏武同时[1],而甚薄其为人,不与之交。及魏武作司空[2],总朝政,从容[3]问宗曰:“可以交未?”答曰:“松柏之志犹存。”世林既以忤旨见疏,位不配德。文帝兄弟[4]每造其门,皆独拜床[5]下,其见礼如此。《楚国先贤传》曰:“宗承字世林,南阳安众人。父资,有美誉。承少而修德雅正,确然不群,征聘不就,闻德而至者如林。魏武弱冠,屡造其门,值宾客猥积,不能得言。乃伺承起,往要之,捉手请交,承拒而不纳。帝后为司空,辅汉朝,乃谓承曰:‘卿昔不顾吾,今可为交未?’承曰:‘松柏之志犹存。’帝不说,以其名贤,犹敬礼之。敕文帝修子弟礼,就家拜汉中太守。武帝平冀州,从至邺,陈群等皆为之拜。帝犹以旧情介意薄其位而优其礼,就家访以朝政,居宾客之右。文帝征为直谏大夫。明帝欲引以为相,以老固辞。”①

【校勘及注释】

[1]杨勇《校笺》:“魏”上,《御览》四一〇、《广记》二三五引《世说》皆有“与”字。

[2]《魏书·武帝纪》:“(建安元年)天子拜公司空,行车骑将军。”

---

* 黄长明,男,1995年生,江西赣州人,山东大学文学院文艺美学研究中心2018级硕士研究生、2021级博士研究生。先后师从李飞老师、韩清玉老师,中国文学批评史方向。

① (南朝宋)刘义庆撰,(南朝梁)刘孝标注,余嘉锡笺疏:《世说新语笺疏》,中华书局2016年版,第308页。本文所引《世说新语》原文、刘孝标注及余嘉锡笺疏,如无特殊标注,皆引自该本,后文相关引用不再标注。

[3]从容:"从容"一词《世说新语》共出现六次(《文学第四》第三十八条、《方正第五》第二条、《品藻第九》第二十二条、《简傲第二十四》第十四条、《纰漏第三十四》第七条、《惑溺第三十五》第四条),其中五次均作副词修饰"谓""问"或"曰"。柳士镇、刘开骅《世说新语全译》均翻译为"不经意地"。张万起《世说新语词典》解释为:"①很随便地;②自在、悠闲;③调解、调停。"蔡镜浩编著《魏晋南北朝词语例释》解释为:"①非正式的、随便的,较多的是指宴饮之时的闲谈;②指悠闲、闲散、自在,此当由舒缓不迫之义直接引申而来。"

此处可解释为"非正式的、私底下的闲谈"。如《世说新语·惑溺第三十五》第四条:"孙秀降晋,晋武帝厚存宠之,妻以姨妹蒯氏,室家甚笃。妻尝妒,乃骂秀为'貉子'。秀大不平,遂不复入。蒯氏大自悔责,请救于帝。时大赦,群臣咸见。既出,帝独留秀,从容谓曰:'天下旷荡,蒯夫人可得从其例不?'秀免冠而谢,遂为夫妇如初。"

[4]文帝兄弟:指魏文帝曹丕及其弟曹植等人。

[5]床:坐具,今谓之榻。即《世说新语·汰侈第三十》第五条"八百里驳"中的"胡床"。杨勇于《德行第一》第三十七条校笺云:"床,坐具,又名交床、交椅、胡床也。《演繁露》:'今之交床,本自虏来,始名胡床,桓伊下马拒胡床,取笛三弄是也。隋高祖意在忌胡,器物涉胡名者,咸另改之,乃名交床。唐穆宗又名绳床。'"《太平御览·服用部八》收集了史书中关于"床""榻""胡床"的相关记载。

【翻译】

南阳宗世林,和魏武帝曹操处在同一个时代,很鄙薄曹操的为人,不愿意和他结交。等到曹操做了司空,总揽朝政后,私底下问宗世林:"可以和我结交了吗?"宗世林回答说:"我松柏一样的志气依然存在。"宗世林因为忤逆曹操的旨意而被疏远,职位与他的德行不相匹配。曹丕兄弟每次到他家拜访,都是以晚辈的身份,特别在他的坐榻下行拜见礼。他受尊敬到了这样的地步。

【相关问题】

一、宗世林鄙薄曹操的原因

宗世林鄙薄曹操的原因,可从二人门第背景、时代背景及观念的不同来分析。

首先考察二人的出身。汉朝时，河南南阳宗氏是名门望族，“一门仕宦，至卿相者三十四人，东汉时无与比者”[①]。刘孝标注引《楚国先贤传》曰：“宗承字世林，南阳安众人。父资，有美誉。”《后汉书·党锢列传》：“后汝南太守宗资任功曹范滂，南阳太守成瑨亦委功曹岑晊。”李贤此处注解引谢承《后汉书》曰：“宗资字叔都，南阳安众人也。家代为汉将相名臣。祖父均，自有传。”[②]《后汉书·宗均传》(本传作“宋均”，写刻误)记载：“宋均字叔庠，南阳安众人也。父伯，建武初为五官中郎将。”《后汉书·宗意传》载：“意字伯志。父京，以《大夏侯尚书》教授，至辽东太守。意少传父业，显宗时举孝廉，以召对合旨，擢拜阿阳侯相。建初中，征为尚书。”后又写道：“孙俱，灵帝时为司空。”[③]通过对史书记载的梳理，可以得到南阳宗氏部分谱系，如下：

宗伯（五官中郎将）	——	宗均（河内太守）	——	□	——	宗资（汝南太守）	——	宗承（直谏大夫）
		宗京（辽东太守）	——	宗意（司隶校尉）	——	□	——	宗俱（司空）

汉魏晋时期的世家大族极其重视家学家风的培养，往往会形成家族世代传承的学术传统。陈寅恪先生有云：“夫士族之特点既在其门风之优美，不同于凡庶，而优美之门风实基业于学业之因袭。故士族家世相传之学业乃与当时之政治社会有极重要之影响。”[④]王仲荦在《魏晋南北朝史》中也写道：“政府选拔官僚，因为自汉武帝以来，崇尚儒术的缘故，官僚也多以经术起家，致身通显。他们不但授徒讲学，注籍的弟子门生，成千满万，形成一种社会力量；而且由于他们的子孙往往绍继家学，也必然会造成一种累世公卿的情况。”[⑤]家学门风是一个家族的重要标志，故在士族社会背景下尤受重视。

宗氏家族有着深厚的经学传统。《宗均传》“均以父任为郎，时年十五，好经书，每休沐日，辄受业博士，通《诗》《礼》，善论难”；前引谢承《后汉书》曰“资少在京师，学《孟氏易》《欧阳尚书》。举孝廉，拜议郎，补御史中丞、汝南太守，署范滂为功

① (明)张岱撰，冉云飞校点：《夜航船·人物部》，四川文艺出版社 1996 年版，第 54 页。

② (南朝宋)范晔撰，(唐)李贤等注：《后汉书》卷六七《党锢列传》，中华书局 1973 年版，第 2186 页。

③ (南朝宋)范晔撰，(唐)李贤等注：《后汉书》卷四一《第五钟离宋寒列传》，第 1411～1416 页。

④ 陈寅恪：《隋唐制度渊源略论稿　唐代政治史述论稿》，生活·读书·新知三联书店 2001 年版，第 260 页。

⑤ 王仲荦：《魏晋南北朝史》(上)，上海人民出版社 1979 年版，第 143 页。

曹，委任政事，推功于滂，不伐其美，任善之名，闻于海内”；宗京“以《大夏侯尚书》教授，至辽东太守”；宗意也“少传父业，显宗时举孝廉”。

宗承无疑也继承了这样的家学传统，并把儒家经义伦理运用到日常生活中，如刘孝标注引《楚国先贤传》：“承少而修德雅正，确然不群，征聘不就，闻德而至者如林。”余嘉锡引程炎震云：“《御览》三十七引宋躬《孝子传》曰：‘宗承字世林，父资丧，葬旧茔，负土作坟，不役童仆。一夕间土壤高五尺，松竹生焉。’又《三国志·魏书·荀攸传》裴注引《汉末名士录》曰：“（袁术）与南阳宗承会于阙下，术发怒曰：‘何伯求凶德也，吾当杀之！’承曰：‘何生英俊之士，足下善遇之，使延令名于天下。’术乃止。”所以宗承是一个受儒家传统经义影响的士人。

通过以上考察，可得出以下结论：宗氏家族是世家大族；在家学门风的影响下，宗世林极重德行，有着深厚的儒家学养。

接下来考察曹操的出身。《三国志·魏书·武帝纪》记载：

> 太祖武皇帝，沛国谯人也，姓曹，讳操，字孟德，汉相国参之后。桓帝世，曹腾为中常侍大长秋，封费亭侯。养子嵩嗣，官至太尉，莫能审其生出本末。嵩生太祖。[①]

另《后汉书·宦者列传》有曹腾的传：

> 曹腾字季兴，沛国谯人也。安帝时，除黄门从官。顺帝在东宫，邓太后以腾年少谨厚，使侍皇太子书，特见亲爱。及帝即位，腾为小黄门，迁中常侍。桓帝得立，腾与长乐太仆州辅等七人，以定策功，皆封亭侯，腾为费亭侯，迁大长秋，加位特进。腾用事省闼三十余年，奉事四帝，未尝有过。其所进达，皆海内名人，陈留虞放、边韶、南阳延固、张温、弘农张奂、颍川堂谿典等。[②]

曹腾虽为宦官，但却不像一般宦官那样玩弄权术，他侍奉了四位皇帝，也推举过一些著名士人。曹家三代谱系可见于下：

曹腾（中常侍大长秋）——养子——曹嵩（太尉）————曹操（司空）

不过，即使曹腾有这样的表现，在当时豪族社会的背景下，世家大族对曹操

① （晋）陈寿撰，（南朝宋）裴松之注：《三国志》卷一《魏书一》，中华书局 1964 年版，第 1 页。

② （南朝宋）范晔撰，（唐）李贤等注：《后汉书》卷七八《宦者列传》，第 2519 页。

宦官之后的出身依然是抱有排斥心理的，所以他便很难被士族阶层所接受，在当时宦官和士人关系十分紧张的背景下更是如此。

东汉后期两次严重的党锢之祸，均与宦官外戚专权有关，士人与宦官外戚自然水火不容。“两汉士人，是在儒家正统思想的哺育之下成长起来的，君臣之义是他们立身的基本准则。外戚与宦官，向为士人所不齿。他们窃取朝政，凌逼主上，淆乱君臣之义，常常使真心实意维护大一统政权的士人痛心疾首。”[①]在士人与宦官外戚的斗争中，士人一次次失败，于是渐渐对朝廷失去信任，而东汉末的党禁，更是使士人在心理上与大一统政权逐渐分离，当然也与外戚和宦官水火不容。不过，士人的不幸以及不屈的气节使士人的地位和声望得以提高，而最终成为一股强大的政治力量。《后汉书·党锢列传》载：

> 逮桓、灵之间，主荒政缪，国命委于阉寺，士子羞与为伍，故匹夫抗愤，处士横议，遂乃激扬名声，互相题拂，品核公卿，裁量执政，婞直之风，于斯行矣。[②]

这种政治上的“清议”，到魏晋南北朝就发展成了学术上的“清谈”，而促进了玄学的发展。

总之，在当时的社会背景下，曹操的出身被当作他的一个污点。如陈琳《为袁绍檄豫州》：

> 司空曹操，祖父中常侍腾，与左悺、徐璜并作妖孽，饕餮放横，伤化虐民；父嵩，乞匄携养，因赃假位，舆金辇璧，输货权门，窃盗鼎司，倾覆重器。操赘阉遗丑，本无懿德，僄狡锋协，好乱乐祸。[③]

此篇讨伐曹操的檄文，就是抓住曹操的出身来写的。

陈寅恪先生在分析魏晋嬗代时说道：“东汉中晚之世，其统治阶级可分为两类人群。一为内廷之阉宦。一为外廷之士大夫。阉宦之出身大抵为非儒家之寒族……主要之士大夫，其出身则大抵为地方豪族，或间以小族，然绝大多数则为儒家之信徒也。”[④]曹操和宗承，正是这两类人群的代表，所以他们的对立，正是当时社会环境下寒族与士族对立的一个缩影。

---

① 罗宗强：《玄学与魏晋士人心态》，浙江人民出版社 1991 年版，第 10 页。

② (南朝宋)范晔撰，(唐)李贤等注：《后汉书》卷六七《党锢列传》，第 2185 页。

③ (清)严可均校辑：《全上古三代秦汉三国六朝文·全后汉文》卷九二，中华书局 1985 年版，第 969 页。

④ 陈寅恪：《书世说新语文学类钟会撰四本论始毕条后》，《金明馆丛稿初编》，生活·读书·新知三联书店 2001 年版，第 48 页。

而至于曹操的为人和处事原则,《三国志·魏书·武帝纪》载:“太祖少机警,有权数,而任侠放荡,不治行业,故世人未之奇也。”[①]“有权数”“不治行业”,即是说他遵从法家思想,较少研究儒家经义。从阶级上说,这也是他对抗士族阶层的手段。

东汉末年儒学权威地位下降以后,诸子学说重新活跃起来。曹操的重法家的思想便是其中的表现。崔寔有言:

> 盖为国之法,有似理身,平则致养,疾则攻焉。夫刑罚者,治乱之药石也;德教者,兴平之粱肉也。夫以德教除残,是以粱肉理疾也;以刑罚理平,是以药石供养也。[②]

崔寔认为,乱世应该严刑峻法,这种思想到了曹操那里得到了真正的实行。而在用人标准上,曹操主张“唯才是举”,摒弃了传统的对人物道德的评价。这在当时也是很多传统士人无法接受的。

魏晋南北朝是典型的门阀士族社会,这种社会形态一直延续到唐朝,而其形成则在东汉,尤其是东汉末年。世家大族是十分重视家学和门第的。家学方面,宗世林、曹操二人观念不同;门第方面,世家大族和豪门都有着十分强烈的父家长色彩,嘲笑曹操的出身便是自然的。

二、松柏之志

何谓“松柏之志”? 首先考察文学中“松柏”这一意象。

松树和柏树都是常绿树种,耐寒冷,树干笔直。《诗经》中多次出现松柏的意象。《大雅·皇矣》云:“帝省其山,柞棫斯拔,松柏斯兑。”《毛诗正义》“兑,易直也”意为“挺拔、直立、笔直”;又“天既顾文王,乃和其国之风雨,使其山树木茂盛,言非徒养其民人而已”[③]。朱熹曰:“言帝省其山,而见其木拔道通,则知民之归之者众矣。”[④]此处“松柏”的意象已有比拟文王之德的意义。又如《小雅·天保》云:“如月之恒,如日之升。如南山之寿,不骞不崩。如松柏之茂,无不尔或承。”臣子以松柏的繁茂来祝福于王,“如松柏之枝叶,常茂盛青青,相承无衰落也”[⑤]。“松柏”已经蕴含了“长久、永恒”的意味,当

---

① (晋)陈寿撰,(南朝宋)裴松之注:《三国志》卷一《魏书一》,第 2 页。

② (南朝宋)范晔撰,(唐)李贤等注:《后汉书》卷五二《崔骃列传》,第 1728 页。

③ (汉)毛亨传,(汉)郑玄笺,(唐)孔颖达疏:《十三经注疏·毛诗正义》,北京大学出版社 1999 年版,第 1024 页。

④ (宋)朱熹注,王华宝整理:《诗集传》,凤凰出版社 2007 年版,第 216 页。

⑤ (汉)毛亨传,(汉)郑玄笺,(唐)孔颖达疏:《十三经注疏·毛诗正义》,第 587 页。

然也有比德的含义。

孔子进一步将松柏人格化，赋予其人的品格："岁寒，然后知松柏之后凋也。"邢昺《正义》："喻凡人处治世亦能自修整，与君子同；在浊世，然后知君子之正不苟容。"[①]朱熹《四书章句集注》引范祖禹曰："小人之在治世，或与君子无异。惟临利害、遇事变，然后君子之所守可见也。"[②]这里，又给"松柏"意象增加了"在恶劣环境下依然保持正直的品行"这一层含义。

以上是儒家学说中对"松柏"意象的解释，带有很强的"比德"意蕴。宗世林作为一个儒家学说的奉行者，他所说的"松柏之志"，即可解释为"身处乱世亦能坚守内心的正直不阿、不愿屈服、无可更改的志向"。

运用自然物象来比拟人物是《世说新语》人物品藻的一大特点，据初步统计，原文加上刘孝标的注，涉及的条目有八十条左右，主要集中在《言语》《赏誉》《容止》等部分。而用"松柏"或"松"作比的共有九条，有"松柏""长松""劲松""千丈松""孤松"等。

儒家传统的"比德"观念把人的意志，尤其是道德观念投射到自然物象上，使其附着人的因素，而用自然物象来比拟人物，便从道德的评价转变成了审美的评价。宗白华先生在《论〈世说新语〉和晋人的美》中写道："晋人之美，美在神韵（人称王羲之的字韵高千古）。神韵可说是'事外有远致'，不沾滞于物的自由精神（目送归鸿，手挥五弦）。这是一种心灵的美，或哲学的美。"这种人物品藻上的"事外有远致"的神韵，也正是玄学所追求的"言外之意"。[③] 这种神韵往往是不可言说、只可意会的，所以《世说新语》在具体的人物品评上，经常通过物象的比喻来评价人物。

就《世说新语》的"松柏"这一物象来说，虽然还有十分明显的比德的痕迹（比如《方正第五》第二条、《言语第二》第五十条），但更多情况下是对人物进行审美的评价（如《赏誉第八》第二条、《容止第十四》第五条），而这种审美化的倾向正是《世说新语》及魏晋南北朝时期艺术活动的最大特点。如：

> 刘尹云："人想王荆产佳，此想长松下当有清风耳！"（《言语第二》第六十七条）
>
> 世目李元礼："谡谡如劲松下风。"（《赏誉第八》第二条）
>
> 嵇康身长七尺八寸，风姿特秀。见者叹曰："萧萧肃肃，爽朗清举。"

① （三国魏）何晏注，（宋）邢昺疏：《十三经注疏·论语注疏》，北京大学出版社 1999 年版，第 122 页。

② （宋）朱熹：《四书章句集注》，中华书局 1983 年版，第 115 页。

③ 宗白华：《美学散步》，上海人民出版社 2005 年版，第 372 页。

或云:"肃肃如松下风,高而徐引。"山公曰:"嵇叔夜之为人也,岩岩若孤松之独立;其醉也,傀俄若玉山之将崩。"(《容止第十四》第五条)

"谡谡"与"肃肃"同义,杨勇《世说新语校笺》引王补:"谡,读为肃,王逸注:'肃,急貌。'肃肃,风急貌,与'谡谡'义近。"[①]另一个与"风"连用的是"清",此处的"清"意义接近于"清澄""清爽",它和"谡谡"(或"肃肃")一起,用来形容人物劲健爽朗的气质和品格。李泽厚、刘纲纪主编的《中国美学史》中认为:"《世说新语》中,用'清'一词来对人物的气质、个性、才能作肯定的、赞美的评价,几乎处处可见。'清'同'美'差不多成了同义词,'清'即意味着美,而且是魏晋人士深为赞赏的美。"[②]而对嵇康的评价,如"岩岩若孤松之独立""傀俄若玉山之将崩",明显包含对人物挺拔修长的外在形体的刻画。所以"长松""劲松"等意象也从自然的范畴过渡到了审美的范畴,不再完全是传统儒家的"比德"。

三、位不配德:名实之辨

所谓"位不配德",即是指职位与德行不相匹配,这就涉及哲学上的一个命题:名与实的关系。汉末刑名之学的兴盛,是学术风气从汉代儒学向魏晋玄学转变的关键。表现在现实政治中,就是选官制度的变化。

汉朝实行察举制以选拔人才,这是一种自上而下的"考察"和自下而上的"推举"相结合的制度,加强了汉王朝对人才的选拔和任用。到了汉末和三国时期,这一制度的缺陷开始暴露出来,逐渐失去公平性和选人的作用。"察举制由于倚重个人的名声,仗赖主事者的主观判断,最终沦落为一种陈陈相因,人脉关系环环相扣,继而重蹈世袭形态的落伍制度",此外对"德"尤其是"孝廉"的推崇也到了畸形的地步。"名"与"实"已经无法协调。所以曹操才主张"唯才是举"。月旦评出现,后陈群提出九品官人法,这是一种新的选官制度。从汉朝察举制,到曹魏开始的九品官人法,人物品评或所谓"人伦鉴识"无论是对朝廷选人用人,还是对士人仕途名望,都起着至关重要的作用。

汤用彤先生从汉晋之际学术变迁,即名家的流行和向玄学过渡的角度对这一时期进行分析。如上文所说,汉末人物品评、选人用人,名与实之间

① (南朝宋)刘义庆撰,(南朝梁)刘孝标注,杨勇校笺:《世说新语校笺》,中华书局2019年版,第422页。

② 李泽厚、刘纲纪主编:《中国美学史》第2卷,中国社会科学出版社1984年版,第37页。

存在差距和矛盾，名不副实的现象十分普遍。名家主张“控名责实”或“循名责实”，“然控名责实，已摄有量材授官，识鉴之理亦在其中”。[①] 故名家学说在这一时期尤受重视。刘劭的《人物志》正是在这样的风气下出现的，“惟其书宗旨，要以名实为归。凡束名实者，可称为名家言也”[②]。汉至魏晋，学术风气有所转变，清议发展成清谈，政治色彩淡化，学术意味更浓；由关注具体事务转而重视抽象玄理。“正始前后学风不同，谈论殊异。《人物志》为正始前学风之代表作，故可贵也。其后一方因学理之自然演进，一方因时事所促成，遂趋于虚无玄远之途，而鄙薄人事。”[③]李泽厚、刘纲纪主编的《中国美学史》中也写道：“正始(240)以后，人物品藻又从政治实用的，发展而为哲学的和审美的。前者与玄学的形成发展相联，后者则与文艺的发展相联，同时两者又经常是互相渗透的。”[④]如果说《人物志》还属于过渡时期的作品，还有很多汉朝学术的影子，那么《世说新语》的人物品藻则大体上是在玄学风气下产生的。

四、文帝兄弟礼待宗世林

还有一个问题值得注意，为什么宗世林如此不待见曹操，曹丕兄弟还对他尊敬有加？龚斌《世说新语校释》引李贽云：“此曹公意也。”[⑤]刘孝标注中亦言“(曹操)敕文帝修子弟礼”，那么曹操为什么会让曹丕这样做？

在门阀士族的社会背景下，新的政权想要得以稳固，必须取得士族阶层尤其是世家大族的支持，而要达到此目的，推行和标榜儒家学说是至关重要的。一方面因为世家大族往往有深厚的经学传统，另一方面儒家强调的忠孝节义、纲常伦理有助于稳固统治。这种情况上至东汉，下至两晋，都多次出现。

汉光武帝刘秀主要是依靠了士族大姓的支持，才得以确立东汉政权。这使得士族的地位在东汉得以上升。而东汉末也正是因为士族之间失去了平衡，导致政局的混乱乃至王朝灭亡，可见士族力量在政治上的影响力。

西晋推翻曹魏，于公元266年由司马炎建国，是为晋武帝。而自司马懿

① 汤用彤著，汤一介等导读：《魏晋玄学论稿》，上海古籍出版社2019年版，第10页。

② 汤用彤著，汤一介等导读：《魏晋玄学论稿》，第12页。

③ 汤用彤著，汤一介等导读：《魏晋玄学论稿》，第16页。

④ 李泽厚、刘纲纪主编：《中国美学史》第2卷，第58页。

⑤ (南朝宋)刘义庆撰，(南朝梁)刘孝标注，龚斌校释：《世说新语校释》，上海古籍出版社2011年版，第564页。

高平陵之变(正始十年,即249年),司马氏掌握曹魏政权近二十年。在此期间,司马氏对士人的高压政策和残酷手段,对士人心理的影响是巨大的。司马昭杀害夏侯玄、嵇康等名士,这些事件直到东晋时还被提起,可以想见对处于事件当中的士大夫的震动是极大的。《世说新语·尤悔第三十三》第七条载:

> 王导、温峤俱见明帝,帝问温前世所以得天下之由。温未答。顷,王曰:"温峤年少未谙,臣为陛下陈之。"王乃具叙宣王创业之始,诛夷名族,宠树同己。及文王之末,高贵乡公事。明帝闻之,覆面著床曰:"若如公言,祚安得长!"

晋明帝如此说,明显有惺惺作态之嫌,想要表明他与自己先祖是不同的,以笼络人心。王导倚仗其名望和地位说出的这番话,亦可说明士人心里其实一直是不赞同司马氏的做法的。

所以在魏晋之交,政权归属大局已定之后,首先需要解决的就是政权合法性问题,尤其是要得到士人的支持。司马昭开始极力拉拢士人,如对向秀的引进。钱穆《魏晋玄学与南渡清谈》:"司马氏作风,一面极力尊崇仁孝之士,借重其私德,以笼络人心,如王祥郑冲一流是也。另一面则务要此等人不干预政治,俾其一家恣意篡窃。"[①]而在晋朝建立之初,司马炎即帝位不久,傅玄便上疏主张推行儒家教义:

> 夫儒学者,王教之首也。尊其道,贵其业,重其选,犹恐化之不崇;忽而不以为急,臣惧日有陵迟而不觉也。仲尼有言:"人能弘道,非道弘人。"然则尊其道者,非惟尊其书而已,尊其人之谓也。贵其业者,不妄教非其人也。重其选者,不妄用非其人也。若此,而学校之纲举矣。[②]

后司马炎听从了傅玄的建议,下诏推行儒教:

> 敦喻五教,劝务农功,勉励学者,思勤正典,无为百家庸末,致远必泥。士庶有好学笃道,孝弟忠信,清白异行者,举而进之;有不孝敬于父母,不长悌于族党,悖礼弃常,不率法令者,纠而罪之。[③]

再者,据陈寅恪先生的研究,河内司马氏本就是儒家世家大族,再加上上述实际政治的需要,所以晋武帝时期政权的儒家化便是必然的了。

---

① 钱穆:《中国学术思想史论丛》(三),(台北)东大图书有限公司1980年版,第70页。

② (唐)房玄龄等:《晋书》卷四七《列传第十七》,中华书局1974年版,第1319～1320页。

③ (唐)房玄龄等:《晋书》卷三《帝纪第三》,第57页。

不过，儒家思想对法家思想的取代并不是在西晋建立时突然完成的，根据仇鹿鸣的研究，“所谓从法术主义到儒家政治的过渡并非始于西晋，大体在曹魏文帝、明帝时代便已见端倪”。政权的儒家化是每一个政权得以维系和稳定的必由之路，“事实上，自暴秦任法二世而亡以来，法家思想已彻底失去了成为国家意识形态的可能，汉武以后的任何朝代无论其政治实质究竟如何，皆须披上缘饰儒术的外衣，经过汉儒改造的儒学已成为建立任何一个稳定政权都必须善加利用的思想资源”[①]，在这一点上，同为守成之主的魏明帝和晋武帝并无不同。曹丕时期曹魏政权的儒家化，在曹丕礼待宗世林的行为上便已见端倪。

所以，曹操让曹丕兄弟礼遇宗世林，对士人示好，无疑是有政治上的考量的。曹操虽然不愿称帝，但他肯定料到自己死后曹丕是要称帝的。《三国志·魏书·武帝纪》裴注引《魏氏春秋》，面对夏侯惇的劝进，曹操说：“若天命在吾，吾为周文王矣。”[②]他把自己比作为周朝打下基业的周文王，那么曹丕就是建立周朝的周武王了。

再者，曹丕、曹植兄弟均有才学，本身在士人群体中就有较高的声望，爱惜名士。如《世说新语·伤逝第十七》第一条：“王仲宣好驴鸣。既葬，文帝临其丧，顾语同游曰：‘王好驴鸣，可各作一声以送之。’赴客皆一作驴鸣。”所以曹丕兄弟礼待宗世林的行为，亦合情合理。

五、魏晋士人的“方正”

余嘉锡《世说新语笺疏》曰：“宗承少而薄操之为人，老乃食丕之禄，不愿为汉司空之友，顾甘为魏皇帝之臣。魏、晋人所谓方正者，大抵如此。东汉节义之风，其存焉者盖寡矣。”为什么会这样呢？主要原因还是社会政治状况导致的学术风气的转变及士人心态的变化。

前文提到的陈琳，后来归顺了曹操，并成为“建安七子”之一。有人因此讥讽他，他写了一篇《应讥》以回应：

> 夫世治，责人以礼，世乱则考人以功，斯各一时之宜。故有论战阵之权于清庙之堂者，则狂矣。陈俎豆之器于城濮之墟者，则悖矣。是以达人君子必相时以立功，必揆宜以处事。[③]

---

① 仇鹿鸣：《魏晋之际的政治权力与家族网络》，上海古籍出版社2012年版，第292～293页。

② （晋）陈寿撰，（南朝宋）裴松之注：《三国志》卷一《魏书一》，第53页。

③ （清）严可均校辑：《全上古三代秦汉三国六朝文·全后汉文》卷九二，第971页。

主要是说处世的方式要随着时代的变化而做相应的改变，太平之世，用礼义来要求人，而乱世则以功业的大小来对人进行评价。可以发现，忠孝节义等儒家传统思想在当时逐渐发生改变，重实用、重功利的思想开始为士人所接受，这是士人心态的一大变化。

宗承的这一转变让人联想到向秀，二人面对的政治状况相近，都处在政权交替之际，而这往往是政治环境最为险恶的时期。

> 嵇中散既被诛，向子期举郡计入洛，文王引进，问曰："闻君有箕山之志，何以在此？"对曰："巢、许狷介之士，不足多慕。"王大咨嗟。（《世说新语·言语第二》第十八条）

向秀失图，有司马氏政治恐吓的原因，但也与向秀本人的自然观有关。他主张万物"自生""独化"，万物都是自己的主宰，各自有其自然之性，并无高下之分。所以他将自然与名教统一起来，士人可以在自然与名教之间自由选择，而不必有心理上的负担，这比嵇康的激进观点要平和得多。

钱穆先生则对向秀、郭象这样的理论及其导致的士人心态的变化提出了尖锐的批评，他在《魏晋玄学与南渡清谈》一文中写道：

> 故王何还是有规矩，还是积极的，嵇阮虽放荡，还是有性情，虽消极，还能超然远俗，至少于世无大碍。向秀郭象则是无性情的放荡，抱着消极态度，而又不肯超然远俗，十足的玩世不恭，而转把儒家的理论来掩饰遁藏。当时像王夷甫一辈人，便在这种理论下自满自得。向郭实不足为庄子之功臣，却不免为两晋之罪人。[①]

在这样的学术风气的影响下，士人内心没有了需要誓死捍卫的准则，在出世入世之间摇摆不定。

除了学术风气的转变，门阀士族政治下家国观念的变化，才是导致"东汉节义之风，其存焉者盖寡矣"更根本的原因。正如前文所分析的，出身问题对士人的声誉、仕途、社会影响是至关重要的。士人背后是以整个家族作为依托，所以家族的声望、利益、存亡是士人们做抉择时首先需要考虑的。这种观念在东汉便已经形成，党锢之祸使传统的君臣关系开始瓦解，而相互题拂的风气又使名士及其背后的宗族地位开始上升。这也是为何在玄学兴盛的魏晋南北朝，主张伦理秩序的儒家学说一直未被完全抛弃的根本原因，尤其是丧服礼的兴盛。

---

① 钱穆：《中国学术思想史论丛》（三），第75页。

与此相反的是，对君主的效忠反而退居其次。如在魏晋嬗代之际，曹魏的官僚阶层大部分很快倒向了司马氏一方，出于家族门户的考量无疑是他们背叛曹魏的重要动因。当个人政见与家族利益发生冲突时，家族利益是放在首位的。[①] 这种家族至上的观念在东晋这一典型的门阀政治的时代走向了极端。东晋门阀政治的典型特点是"君弱臣强"，政权被几大家族交替把持，"东汉节义之风"自然越来越少了。正如田余庆先生在《东晋门阀政治》一书中写道：

> 如果说西晋自武帝以来，士族名士是司马氏皇权（包括强王权力）的装饰品，那末东晋司马氏皇权则是门阀政治的装饰品；西晋尚属皇权政治，东晋则已演变为门阀政治。东晋皇权既然从属于门阀政治，皇帝也就只是士族利用的工具而非士族效忠的对象，"贞臣"自然是少而又少了。[②]

总之，无论是三国的陈琳、魏初的宗承，还是晋初的向秀，他们的"变节"，无疑说明了士人在与政治周旋中的心态，与汉末党锢之争时的士人对君父的忠心和内心不屈的气节已是完全不同的。

此外，还有一段关于宗世林的记载值得注意。《晋书·王述传》记载：

> 太和二年，以年迫悬车，上疏乞骸骨，曰："臣曾祖父魏司空昶白笺于文皇帝曰：'昔与南阳宗世林共为东宫官属。世林少得好名，州里瞻敬。及其年老，汲汲自励，恐见废弃，时人咸共笑之。若天假其寿，致仕之年，不为此公婆娑之事。'情旨慷慨，深所鄙薄……"[③]

余嘉锡《世说新语笺疏》引用此段并注："此疑是昶爱憎之言。"为何？此恐怕与王昶奉行的传统儒教观念有关。《三国志·魏书·王昶传》收录王昶《戒子书》曰：

> 夫孝敬仁义，百行之首，行之而立，身之本也。孝敬则宗族安之，仁义则乡党重之，此行成于内，名著于外者矣……若夫山林之士，夷、叔之伦，甘长饥于首阳，安赴火于绵山，虽可以激贪励俗，然圣人不可为，吾亦不愿也。今汝先人世有冠冕，惟仁义为名，守慎为称，孝悌于闺门，务

① 仇鹿鸣：《魏晋之际的政治权力与家族网络》，第170～184页。

② 田余庆：《东晋门阀政治》，北京大学出版社1996年版，第27页。

③ （唐）房玄龄等：《晋书》卷七五《列传第四十五》，第1964页。

学于师友。[①]

王昶对其家族门风产生了极大的影响,《中国文学家大辞典》记载:"太原王氏于两晋为甲族,其发端肇始,盖自昶始。"[②]正如余嘉锡所言,王昶对宗承"及其年老,汲汲自励,恐见废弃,时人咸共笑之"这样的评价,与他个人对宗世林的态度有关,因为王昶是一个正统的受儒家经义影响的士人,并不是当时人的普遍评价,但也可反映出宗世林晚年"变节"的行为,并不为所有士人所接受。

参考文献

(南朝宋)刘义庆撰,(南朝梁)刘孝标注,余嘉锡笺疏:《世说新语笺疏》,中华书局2016年版。

(南朝宋)范晔撰,(唐)李贤等注:《后汉书》,中华书局1973年版。

(晋)陈寿撰,(南朝宋)裴松之注:《三国志》,中华书局1964年版。

(唐)房玄龄等:《晋书》,中华书局1974年版。

(清)严可均校辑:《全上古三代秦汉三国六朝文·全后汉文》卷九二,中华书局1985年版。

读书会时间:2020年4月15日

① (晋)陈寿撰,(南朝宋)裴松之注:《三国志》卷二七《魏书二十七》,第744～746页。

② 曹道衡、沈玉成编撰:《中国文学家大辞典·先秦汉魏晋南北朝卷》,中华书局1996年版,第23页。

《世说新语·方正第五》第十条“诸葛靓义不仕晋”读解

张月辉*

【原文】

诸葛靓[1]后入晋，除大司马，召不起[2]。以与晋室有仇，常背洛水而坐[3]。与武帝有旧，帝欲见之而无由，乃请诸葛妃呼靓。既来，帝就太妃间相见[4]。礼毕，酒酣，帝曰：“卿故复忆竹马之好不？”[5]靓曰：“臣不能吞炭漆身[6]，今日复睹圣颜。”因涕泗百行。帝于是惭悔而出。

《晋诸公赞》曰：“吴亡，靓入洛[7]，以父诞为太祖[8]所杀，誓不见世祖。世祖叔母琅邪王妃，靓之姊也。帝后因靓在姊间，往就见焉，靓逃于厕中，于是以至孝发名[9]。时嵇康亦被法，而康子绍死荡阴之役。谈者咸曰：‘观绍、靓二人，然后知忠孝之道，区以别矣。’”[10]①

【注解】

[1]龚斌《世说新语校释》(下文简称《校释》)：“诸葛靓”句，《晋书》三八《琅琊王传》载：平吴之役，孙皓诣伷请降，“诸葛靓、孙奕等皆归命请死”②。

[2]龚斌《校释》：“除大司马”二句，程炎震云：“《晋书诸葛恢传》云：‘父靓奔吴，为大司马。吴平，逃窜不出。武帝与靓有旧云云。诏以为侍中，固

---

* 张月辉，男，1996年生，山东曲阜人，山东大学文学院古代文学2019级硕士研究生，师从李剑锋教授，魏晋南北朝文学方向。

① (南朝宋)刘义庆撰，(南朝梁)刘孝标注，龚斌校释：《世说新语校释》，上海古籍出版社2011年版，第583页。

② 龚斌校释：《世说新语校释》，第583页。

辞不拜。'此'除大司马，召不起'七字有误。"[①]

[3]龚斌《校释》：常背洛水而坐，《晋书》八八《王裒传》载，裒父仪为司马昭所杀，裒"痛父非命，未尝西向而坐，示不臣朝廷也"。诸葛靓背洛水而坐，《晋书》四七《诸葛恢传》记为"终身不向朝廷而坐"。西晋宫室在洛水之北，背洛水者，亦示"不臣朝廷"之意。[②]

[4]龚斌《校释》：太妃，程炎震云："平吴之役，琅琊王伷出涂中，靓归命于伷。见《晋书·伷传》。靓姊即伷妃。此云太妃，或于太康四年伷薨后，始与武帝相见耳。"按，诸葛妃，乃诸葛诞之女、琅琊王司马伷之妃、诸葛靓之姊、晋武帝叔母。[③]

[5]杨勇《世说新语校笺》(下文简称《校笺》)：王《补》："故，犹尚也。《抱朴子·对俗》篇：'《史记·龟策列传》，家人移床，而龟故生。'今《史记》'故'作'尚'。"[④]

龚斌《校释》：竹马，儿童玩具。《后汉书》三一《郭伋传》："有童儿数百，各骑竹马，于道次迎拜。"郝经《续后汉书》一〇《陶谦传》："乘竹马而戏邑中，群童皆随之。"《绀珠集》一三"竹马鸠车"条曰："王元长曰：小儿五岁曰鸠车之戏，七岁曰竹马之戏。"[⑤]

朱铸禹《世说新语汇校集注》释竹马之好：杜夷《幽求子》曰："年五岁有鸠车之乐，七岁有竹马之欢。"《潜确类书》曰："鸠车，高二寸二分，长三寸，轮二寸二分，状如鸣鸠形，置两轮间行。盖儿童戏具也。"《唐诗鼓吹注》曰："竹马，小儿骑以嬉戏者。"[⑥]

[6]龚斌《校释》：吞炭漆身，《史记》八六《刺客列传》载：豫让事智伯，智伯甚尊宠之。及智伯为赵襄子所灭，豫让怀感遇之恩，必欲为智伯报仇，遂漆身为厉，吞炭为哑，使形状不可知，行乞于市，其妻不识也。诸葛靓意谓不能如豫让感遇智伯那样，为父报仇，而不得不与仇家相见，愧恨交加，故涕泗百行。[⑦]

杨勇《校笺》：吞炭为哑，漆身为厉，喻不能变易心身事晋室也。《晋书·诸

---

① 龚斌校释：《世说新语校释》，第 583 页。

② 龚斌校释：《世说新语校释》，第 583 页。

③ 龚斌校释：《世说新语校释》，第 584 页。

④ 杨勇校笺：《世说新语校笺》，(台北)正文书局 1999 年版，第 269 页。

⑤ 龚斌校释：《世说新语校释》，第 584 页。

⑥ (南朝宋)刘义庆撰，(南朝梁)刘孝标注，朱铸禹汇校集注：《世说新语汇校集注》，上海古籍出版社 2002 年版，第 260 页。

⑦ 龚斌校释：《世说新语校释》，第 584 页。

葛靓传》作“漆身皮面”。《史记·刺客豫让传》:“豫让漆身为厉,吞炭为哑,使形状不可知,行乞于市,其妻不识也。”《索隐》引《战国策》:“漆身为厉,灭须去眉,以变其容,为乞食人。其妻曰:‘状貌不似吾夫,何以其音之甚相类也!’让遂吞炭以变其音也。”《战国策·秦策五》:“箕子、接舆,漆身而为厉,被发而为狂。”①

[7]徐震堮《校笺》:吴亡靓入洛——《魏志·诸葛诞传》:“甘露二年,征为司空。诞被诏书,愈恐,遂反。遣长史吴纲将小子靓至吴求救。”②

[8]龚斌《校释》:太祖,宋本作“世祖”。按,当作“太祖”,太祖,司马昭也。世祖,即晋武帝。③

[9]龚斌《校释》:以至孝发名,《礼记·曲礼上》:“父之仇,勿与共戴天。”郑玄注:“父者,子之天。杀己之天与共戴天,非孝子也。行求杀之乃止。”《檀弓上》:“子夏问于孔子曰:‘居父母之仇,如之何?’夫子曰:‘寝苫枕块,不仕,勿与共天下也。遇诸市朝,不反兵而斗。’”《周礼》疏云:“义,宜也。父母、兄弟、师长三者尝辱焉,子弟及弟子则得杀之,是得其宜。古者质,故三者被辱,即得杀之也。”为父报仇,与父仇不共戴天,乃为孝子,合乎儒家宣扬之古义。《晋书》六九《刁协传》附《刁彝传》:“王敦诛后,彝斩仇人党,以首祭父墓,诣廷尉请罪,朝廷特宥之,由是知名。”《晋书》八八《王谈传》记谈年十岁,父为邻人窦度所杀。谈阴有复仇志,至年十八,乃以利锸杀度于桥上。太守孔岩义其孝勇,列上宥之。《晋书》九八《桓温传》叙温父“彝为韩晃所害,泾令江播豫焉。温时年十五,枕戈泣血,志在复仇。至年十八,会播已终,子彪兄弟三人居丧,置刃杖中,以为温备。温诡称吊宾,得进,刃彪于庐中,并追二弟杀之,时人称焉”。可见,杀父仇或与父仇不共戴天者为孝子,朝廷往往宥之。故诸葛靓拒见武帝,不仅不获罪,而帝惭愧而出,靓却以至孝发名,其原因盖在此。④

[10]余嘉锡《世说新语笺疏》:嘉锡案:靓姊为司马懿子琅邪王伷妃,伷先封东莞王。《晋书·伷传》:“伷长子恭王觐,字思祖。”考《书钞》六十三、《御览》二百四十二引《晋武起居注》均作“东莞王世子瑾”。则觐本名瑾,乃与诸葛子瑜同名。其字思祖,欲令思其外祖也。三子繇字思玄。《诸葛亮传》称“亮从父玄”,本书《品藻》篇称“诞为瑾、亮之从弟”,则诞盖玄之子。思

① 杨勇校笺:《世说新语校笺》,第269页。

② (南朝宋)刘义庆撰,徐震堮著:《世说新语校笺》,中华书局2001年版,第162页。

③ 龚斌校释:《世说新语校释》,第584页。

④ 龚斌校释:《世说新语校释》,第584页。

玄者，欲令思其外曾祖也。《御览》三百七十六引《魏末传》曰："诸葛诞杀文钦。及城陷，钦子鸯、虎先入杀诞，啖其肝。"《魏志·诸葛诞传》注曰："鸯一名俶。"又引《晋诸公赞》曰："东安公繇，诸葛诞外孙。欲杀俶，因诛杨骏，诬俶谋逆，遂夷三族。"按《晋书·伷传》："繇诛俶后，始遭母丧。"则繇之此举，疑出诸葛妃之意，使其子杀俶，以报父仇。然则不独靓为孝子，即其姊亦孝女也。诸葛氏之世泽，可谓远矣。然傅畅没在胡中，为石勒之臣，乃著《诸公赞》，降志辱身，何足以议绍？①

【翻译】

诸葛靓在吴国灭亡后来到了晋国，被任命为大司马，但诸葛靓不肯应召就任。因为与晋室有仇，诸葛靓就经常背对着洛水而坐。而他与晋武帝司马炎有旧交，武帝想见他却又缺少理由，于是就请诸葛太妃招呼诸葛靓来。诸葛靓来了以后，武帝到太妃那里和他见面。行礼完毕，饮酒正酣之时，武帝跟诸葛靓说："卿还能再记起小时候共骑竹马的友谊吗？"诸葛靓说："臣不能像豫让那样吞炭漆身，今天又见圣上一面。"说完便涕泪交流。武帝于是就惭愧又懊悔地退了出去。

【解析】

一、诸葛靓此举的故事背景

1.诸葛靓之家世

诸葛靓，字仲思，出身于琅琊诸葛氏。其父诸葛诞，为诸葛亮、诸葛瑾族弟，早年作为曹魏名士群体"八达"之一，其后历任扬州刺史、镇东将军、征东大将军，魏甘露二年(257)于寿春起兵反叛司马昭，次年，事败被杀。诸葛诞在魏时亦为名士，《世说新语》当中有五条与诸葛诞相关，其中《世说新语·品藻第九》第四条将诸葛兄弟进行了一番对比：

> 诸葛瑾弟亮及从弟诞，并有盛名，各在一国。于时以为"蜀得其龙，吴得其虎，魏得其狗"。诞在魏与夏侯玄齐名；瑾在吴，吴朝服其弘量。②

---

① 余嘉锡撰，周祖谟、余淑宜整理：《世说新语笺疏》，中华书局1983年版，第291页。

② 龚斌校释：《世说新语校释》，第991页。

余嘉锡案:“司马之党必不以孔明为龙。此所谓狗,乃功狗之狗,谓如韩卢宋鹊之类。虽非龙虎之比,亦甚有功于人。故曰‘并有盛名’,非鄙薄之称也。观《世说》下文云‘诞在魏与夏侯玄齐名’,则无诋毁公休之意亦明矣。太公《六韬》以文、武、龙、虎、豹、犬为次,知古人之视犬,仅下龙虎一等。凡读古书,须明古人词例,不可以后世文义求之也。”[①]

龚斌案:“此可知时人意识中狗不如龙。然此云‘并有盛名’,则此‘狗’虽不如龙虎,亦足称‘能狗’。《吴志·诸葛瑾传》裴注引《吴书》云瑾弟亮为蜀丞相,诞又显名于魏,一门三方为冠盖,天下荣之;又云瑾才略不及弟,而德行尤纯。可见时人对诸葛兄弟三人之才德自有高下之论。”[②]

余、龚二人的说法虽有差异,但是有一点可以确定,即无论是说“功狗”还是“能狗”,都是在说诸葛诞其人有才干,并且知名于世。

诸葛诞有一女嫁与太尉王凌之子王广,《世说新语·贤媛第十九》第九条记王广与其妻之事:

王公渊娶诸葛诞女。入室,言语始交,王谓妇曰:“新妇神色卑下,殊不似公休!”妇曰:“大丈夫不能仿佛彦云,而令妇人比踪英杰!”[③]

王广是当时的名士,《三国志·王凌传》称王广“有志尚学行”[④],然而王广父王凌在魏嘉平三年(251)谋立楚王曹彪事泄,王广亦遭受牵连遇害,“死时年四十余”[⑤],而身为诸葛诞女的王广之妻下落也就不清楚了,可能是因王凌之事“诸相连者悉夷三族”[⑥]而一同遇害。诸葛诞另有一女嫁与司马懿三子司马伷,即后来的西晋琅琊武王,诸葛诞此女即为琅琊王妃,其下有四子分别是琅琊恭王覲、武陵庄王澹、东安王繇、淮陵元王漼,其中司马覲即为晋元帝司马睿生父。诸葛靓出身诸葛氏这样一个特殊的家族,父辈之影响涵盖魏蜀吴三国,直至西晋灭吴之战时,吴相张悌犹对诸葛靓言“且我作儿童时,便为卿家丞相所拔”[⑦],此处所说的“卿家丞相”,应是吴相诸葛恪,诸葛氏在三国时期有令名,而诸葛靓之子诸葛颐、诸葛恢在东晋初亦知名,余嘉锡案:

① 龚斌校释:《世说新语校释》,第 993 页。
② 龚斌校释:《世说新语校释》,第 993 页。
③ 龚斌校释:《世说新语校释》,第 1320～1321 页。
④ (晋)陈寿撰,(南朝宋)裴松之注:《三国志》卷二八《王凌传》,中华书局 2011 年版,第 632 页。
⑤ (晋)陈寿撰,(南朝宋)裴松之注:《三国志》卷二八《王凌传》,第 632 页。
⑥ (晋)陈寿撰,(南朝宋)裴松之注:《三国志》卷二八《王凌传》,第 632 页。
⑦ 余嘉锡撰:《世说新语笺疏》,第 504 页。

"诸葛三君，功名鼎盛，彪炳人寰，继以瞻、恪、靓，皆有重名。故渡江之初，犹以王、葛并称。"[1]可见，诸葛氏在魏晋之际有着相当好的声名，诸葛靓名望虽不及其父诸葛诞，亦不及其子诸葛恢，《三国志》《晋书》皆不载诸葛靓传，只是将生平附于诸葛诞、诸葛恢传，而《晋诸公赞》称诸葛靓其人"雅正有才望"[2]，在拒绝仕晋以后，"以至孝发名"[3]，也可以看出，本条所记述之事对于了解诸葛靓其人有着很重要的作用。

就诸葛靓的家庭而言，其父诸葛诞的身份，以及琅琊诸葛氏的出身，对于家族子弟的成长有着一定的影响，家庭的影响不只体现在诸葛靓一人身上，从其姊诸葛太妃身上亦能见到一二。余嘉锡对诸葛太妃有着如下论述：

> 嘉锡案：靓姊为司马懿子琅邪王伷妃，伷先封东莞王。《晋书·伷传》："伷长子恭王覲，字思祖。"考《书钞》六十三、《御览》二百四十二引《晋武起居注》均作"东莞王世子瑾"。则覲本名瑾，乃与诸葛子瑜同名。其字思祖，欲令思其外祖也。三子繇字思玄。《诸葛亮传》称"亮从父玄"，本书《品藻》篇称"诞为瑾、亮之从弟"，则诞盖玄之子。思玄者，欲令思其外曾祖也。《御览》三百七十六引《魏末传》曰："诸葛诞杀文钦。及城陷，钦子鸯、虎先入杀诞，啖其肝。"《魏志·诸葛诞传》注曰："鸯一名俶。"又引《晋诸公赞》曰："东安公繇，诸葛诞外孙。欲杀俶，因诛杨骏，诬俶谋逆，遂夷三族。"按《晋书·伷传》："繇诛俶后，始遭母丧。"则繇之此举，疑出诸葛妃之意，使其子杀俶，以报父仇。然则不独靓为孝子，即其姊亦孝女也。诸葛氏之世泽，可谓远矣。[4]

我们可以从中得知两件事，一是诸葛太妃其长子司马覲、三子司马繇之字分别为思祖、思玄，有勿忘其外祖、外曾祖之意；二是在"八王之乱"时期，东安王司马繇擅杀文鸯，疑是受其母所授之意，而以公事报外祖父之私仇。第一件事可以从《晋书·琅琊王传》中找到依据，二子澹不为诸葛太妃所喜，司马澹"性忌害，无孝友之行。弟东安王繇有令名，为父母所爱，澹恶之如仇"[5]，而且"澹妻郭氏，贾后内妹也。初恃势，无礼于澹母。齐王冏辅政，澹母诸葛太妃表澹不孝，乞还繇，由是澹与妻子徙辽东"[6]，也就是说澹妻亦为诸葛太

① 余嘉锡撰：《世说新语笺疏》，第 307 页。
② 龚斌校释：《世说新语校释》，第 156 页。
③ 龚斌校释：《世说新语校释》，第 583 页。
④ 余嘉锡撰：《世说新语笺疏》，第 291 页。
⑤ （唐）房玄龄等：《晋书》卷三八《宣五王传》，中华书局 1974 年版，第 1122 页。
⑥ （唐）房玄龄等：《晋书》卷三八《宣五王传》，第 1122 页。

妃所恶，甚至诸葛太妃不惜在贾后一党失势后上书齐王冏将澹及其妻远徙辽东，那么足以见到诸葛太妃对司马澹之厌恶，因此偏爱觐、繇二子之缘故则有理据，这一点是余笺未提及的；第二件事在审视诸葛诞之于诸葛妃的影响之意义尤为突出，《晋书》称"东夷校尉文俶父钦为繇外祖诸葛诞所杀，繇虑俶为舅家之患，是日亦以非罪诛俶"[1]，在这件事上，即便不是诸葛太妃授意，东安王司马繇的做法可以被视作为其外祖父诸葛诞报仇的举动，有明显的基于为舅家考虑的动机，亦可从中想见诸葛妃在家庭教育中相当重视其父诸葛诞，不然，就算东安王繇此举没有其母授意，在距离其外祖父诸葛诞之死已有三十三年的晋永平元年(291)擅杀文鸯为诸葛诞报仇，可见诸葛诞身后有着较大的影响，何况司马繇本身就受到母亲偏爱，所以，我们基于事实结果可以推测，司马繇杀文鸯事比较可能与诸葛太妃相关。从这一结果看，诸葛太妃亦可以称得上孝女。这些事例，足以反映诸葛诞家族风气影响。

2.诸葛靓之经历

诸葛靓的人生经历非常特别，作为诸葛诞的小儿子，在魏甘露二年(257)随其父起兵反叛之时，"魏征东大将军诸葛诞以淮南之众保寿春城，遣将军朱成称臣上疏，又遣子靓、长史吴纲诸牙门子弟为质"[2]，被派往吴国求救，并且作为诸葛诞在吴的人质。次年，诸葛诞败死，被夷三族，诸葛靓恰好由于此前入吴才免于一死。司马氏平定诸葛诞淮南之叛，而诸葛诞女正是由于琅琊王妃的身份才幸免于难，也就是说，诸葛靓此后的亲属很可能只有诸葛妃一人。家族在魏几乎夷灭，诸葛靓无家可归，便留在吴国为官，任右将军、大司马，在吴宝鼎元年(266)参与平定施但之乱，宝鼎三年(268)与大司马丁奉北伐攻合肥。关于诸葛靓在吴时的其他事迹，《世说新语·言语第二》第二十一条有记诸葛靓在朝堂上应答吴主孙皓之事：

> 诸葛靓在吴，于朝堂大会。孙皓问："卿字仲思，为何所思？"对曰："在家思孝，事君思忠，朋友思信，如斯而已。"[3]

龚斌案："孙皓为暴君，诸葛靓是人质。靓之答，不惟言语巧妙，其实亦表白其谨慎守道之心态。"[4]孙皓即位时距诸葛靓入吴已经有七年，此时诸葛靓几

① (唐)房玄龄等：《晋书》卷三八《宣五王传》，第1123页。
② (晋)陈寿撰，(南朝宋)裴松之注：《三国志》卷四八《孙亮传》，中华书局1982年版，第1154页。
③ 龚斌校释：《世说新语校释》，第156页。
④ 龚斌校释：《世说新语校释》，第156页。

乎已经没有回头路可选，其身份也早已成为吴国臣子，当初入吴之时人质的身份也已经不存在，因而龚案稍显审慎不足，就诸葛靓与孙皓之间这番应答来说，诸葛靓的谈吐确实有风度与巧思，能够反映出其谨慎稳重的性格特征，这也印证了《晋诸公赞》所说的“雅正有才望”。

晋武帝咸宁五年(279)，晋军大举伐吴，次年(280)，诸葛靓任副军师，同吴丞相军师张悌及护军孙震、丹阳太守沈莹等率众抗击晋军，吴军大败于版桥。之后，诸葛靓向晋琅琊王司马伷投降，《晋书·琅琊王传》载“诸葛靓、孙奕等皆归命请死”[①]，值得一提的是，诸葛靓投降的对象是晋军统帅之一，同时也是自家姐夫的琅琊王司马伷。吴亡以后，诸葛靓没有选择出仕西晋，这是本条目之事发生前的重要背景。

二、诸葛靓此举之具体分析

1.行为动机

回到本条目当中，诸葛靓在面对晋武帝时候的反应，究竟是出于何种动机呢？我认为有两个方面可以考虑：第一个方面是诸葛靓与司马家之间的杀父之仇，这是最主要的，诸葛靓之父诸葛诞于二十多年前起兵反抗司马昭而身死族灭，诸葛靓与司马家的这一层家恨是无法改变的，而且汉魏晋以来，孝在伦理道德上处于一个愈加重要的位置，魏晋以来更是出现了“孝先于忠”的思想，诸葛靓维护孝道，既不能忽略内在的缘由(父仇)，又和大环境风气(重孝)有关，而就诸葛靓的情况来说，其道德困境就是“以与晋室有仇”和“与武帝有旧”二者之间的巨大矛盾；第二个方面是诸葛靓本身在家国层面的尴尬身份，简而言之，诸葛靓虽是魏人，然而由于其父诸葛诞的淮南之叛，导致诸葛靓只能流寓江南，抛弃故国去做吴臣，若不是西晋灭吴，诸葛靓恐怕是没有机会北还了，况且，诸葛靓在吴时，受到了相当程度的礼遇，吴国对其亦委以重任。然而，晋灭吴以后，面临家国巨变，诸葛靓失去了原本的栖身之地，作为吴臣，实际上与晋室是有家恨的，若是在吴亡以后委身仕晋，诸葛靓除了本身的父仇以外，又会为自己增添一重贰臣的身份，这样，诸葛靓就会陷入更深重的道德困境当中。因而，诸葛靓在面对晋室之召时，因为“与晋室有仇”，以“召不起”的姿态选择回绝，并采取“常背洛水而坐”的方式来表明心志，体现了在“忠”与“孝”的矛盾之中对于“孝”的坚持，以示自己未忘父仇，抗拒晋室征召。

---

① (唐)房玄龄等：《晋书》卷三八《宣五王传》，第1121页。

2.影响因素及结果

前文分析了诸葛靓的处理动机，而这动机的影响因素当中，诸葛靓与司马家的特殊关系也是值得注意的。诸葛靓和司马家的关系是非常微妙的，一方面，杀父之仇无论如何也绕不过去，然而，另一方面，诸葛靓的亲姊是琅琊王妃，也就是晋武帝司马炎的叔母，再加上诸葛靓与晋武帝司马炎之间也有着年幼时候的“竹马之好”，由此可见，诸葛靓与司马家的关系中既有对抗的成分，又有难以割舍的联系。就诸葛靓和晋武帝二人的“竹马之好”来说，诸葛靓既然与武帝有这样一份童年时的友谊，那么诸葛靓的年龄也应与武帝相近。并且，武帝生于魏明帝青龙四年(236)，司马氏掌握曹魏政权是魏正始十年(249)的高平陵事变以后，所以，晋武帝的童年期正好是在司马氏控制曹魏政权以前，那时候司马氏之势力尚在发育期。与此同时期，诸葛靓之父诸葛诞是在魏明帝去世(239)以后得以升迁的，也就是在齐王曹芳正始十年之间。再加上司马家在控制曹魏以前就广泛地与曹魏世家大族进行通婚联姻，如司马师先后娶谯郡夏侯氏、泰山羊氏，司马昭娶东海王氏，仇鹿鸣在《魏晋之际的政治权力与家族网络》中认为，“司马氏与泰山羊氏、东海王氏的婚姻，都表明随着司马氏政治权势的增长，其家族的婚姻网络已经超越前期的同郡范围，有助于提升司马氏家族声望的两汉名族、经学世家成为这一时期联姻的主要对象”①。而诸葛诞此前嫁女与司马懿第三子司马伷，与司马家形成联姻关系，这种关系的存在是可以在较长时期内保证两家密切来往的，司马家的壮大需要通过与曹魏大族进行政治联姻，在司马氏掌权前后，司马家与诸葛家的关系想必不会差，这样的话，诸葛靓能与司马炎从小有着“竹马之好”，也就有着相当的合理性。再加上晋武帝司马炎本人相对宽厚的作风，《晋书·武帝纪》称武帝“宽惠仁厚”②“宇量弘厚，造次必于仁恕；容纳谠正，未尝失色于人”③，客观上也让诸葛靓虽然选择不合作却也多了一重保障。基于诸葛靓与司马氏的特殊关系，即便诸葛靓不与晋室合作，亦可使自己的安全得到保证。综上，诸葛靓此举的影响因素有三：父仇、吴臣身份与司马家的特殊关系，三者缺一不可。而诸葛靓此举的结果也有三个好处，一是不违其父诸葛诞，二是为自己增添孝名，三是免于变节之忧虑。如此看来，诸葛靓之作为，实际上是让事情朝对着自己有利的方向发展的，这一举动出自真实内心与否并不影响实际的利害。

① 仇鹿鸣：《魏晋之际的政治权力与家族网络》，上海古籍出版社2015年版，第83页。

② (唐)房玄龄等：《晋书》卷三《武帝纪》，第49页。

③ (唐)房玄龄等：《晋书》卷三《武帝纪》，第80页。

三、文本安排之问题

1.三种记述文本

本条所载的“诸葛靓义不仕晋”一事，在文本安排这一问题上也值得商榷。我们可以看到《世说新语》原文、《世说新语》刘孝标注所引《晋诸公赞》文本，还有唐修《晋书》的记述，实际上是三种不同的记述文本。尽管是同一事件，但是三种记述文本存在明显区别：

> [一]诸葛靓后入晋，除大司马，召不起。以与晋室有仇，常背洛水而坐。与武帝有旧，帝欲见之而无由，乃请诸葛妃呼靓。既来，帝就太妃间相见。礼毕，酒酣，帝曰：“卿故复忆竹马之好不？”靓曰：“臣不能吞炭漆身，今日复睹圣颜。”因涕泗百行。帝于是惭悔而出。（《世说新语·方正第五》）①
>
> [二]吴亡，靓入洛，以父诞为太祖所杀，誓不见世祖。世祖叔母琅邪王妃，靓之姊也。帝后因靓在姊间，往就见焉，靓逃于厕中，于是以至孝发名。时嵇康亦被法，而康子绍死荡阴之役。谈者咸曰：“观绍、靓二人，然后知忠孝之道，区以别矣。”（《晋诸公赞》）②
>
> [三]父靓，奔吴，为大司马。吴平，逃窜不出。武帝与靓有旧，靓姊又为琅邪王妃，帝知靓在姊间，因就见焉。靓逃于厕，帝又逼见之，谓曰：“不谓今日复得相见。”靓流涕曰：“不能漆身皮面，复睹圣颜！”诏以为侍中，固辞不拜，归于乡里，终身不向朝廷而坐。（《晋书·诸葛恢传》）③

这三种文本按照时间先后次序，《晋诸公赞》最早，《世说新语》次之，《晋书》最晚，对比其中异同，可以发现，相同之处在于都介绍了诸葛靓在吴亡以后入晋以及入晋以后与晋武帝发生龃龉之事，但是细节上存在不同，具体可以看下表：

---

① 龚斌校释：《世说新语校释》，第 583 页。

② 龚斌校释：《世说新语校释》，第 583 页。

③ （唐）房玄龄等：《晋书》卷七七《诸葛恢传》，第 2041 页。

记诸葛靓事三种文本细节对照表

	成文时间	是否有“背洛水坐”	是否与武帝相见	是否受邀前往	是否与武帝饮酒	是否躲于厕中	是否与武帝对话
《世说新语》	南朝宋	√	√	√	√	×	√
《晋诸公赞》	西晋	×	×	×	×	√	×
《晋书》	唐	√	√	×	×	√	√

结合上面表格,《世说新语》和《晋书》相比起来,都记载了诸葛靓不仕以及不向朝廷而坐(背洛水而坐)之事,而《晋诸公赞》却没有提及,或许是佚文不全所致,但也可见《晋书》在行文上应是有参考《世说新语》。而诸葛靓与晋武帝龃龉之事,三者的记述各不相同,《晋诸公赞》的记述是诸葛靓躲在其姊琅琊王妃家里,晋武帝执意要去诸葛妃家见诸葛靓,但诸葛靓坚决不予见面,以至于逃到厕所中躲避武帝;《世说新语》则是把简单的记事加以场景化,同样发生在琅琊王妃家中,但是增添了君臣相见、行礼饮酒、二人对话等一系列与《晋诸公赞》相违背的情节,呈现出的故事面目已经有明显变化了;而《晋书》当中的记载,在文本上既有《世说新语》中诸葛靓拒绝征召的情节,又有与《晋诸公赞》中“逃于厕中”情节相对应之处,并且在《晋诸公赞》“逃于厕中”情节的基础上把《世说新语》当中的应答之语接续其后,可以看出,《晋书》的文本安排或许是受到了《晋诸公赞》和《世说新语》的影响,而更接近于《世说新语》文本。

2.文本安排中的时间、地点、逻辑问题

就《世说新语·方正第五》“诸葛靓义不仕晋”这一条而言,文本安排中的时间、地点、逻辑问题也是值得商榷的,这里结合文本进行具体分析说明:

首先是文本中的时间问题,就《世说新语》和《晋书》的文本来说都涉及了两件事,第一件事是诸葛靓拒绝朝廷征召,第二件事是晋武帝见诸葛靓,疑点在于这两件事发生的先后顺序。在《世说新语》中是应召不就在先,君臣相见在后,而在《晋书》中则是相反的,两种安排哪种更合理,难以说清。不过,在故事发生的时间这一问题上,可以确定,必定是在晋灭吴以后,诸葛靓才得以入洛。然而,诸葛靓又是为何入洛呢?虽然《世说新语》没有直说诸葛靓入洛之缘由，但在《晋诸公赞》中提到了“靓在姊间”，可知诸葛靓入洛是为了见其姊，而本条当中一开始言诸葛妃，后面又言诸葛太妃，可能是由于故事发生之时琅琊王司马伷已薨，因而称“太妃”，又因为琅琊王伷薨于晋太康四年(283)，而晋武帝司马炎崩于太熙元年(290)，诸葛太妃又至少活到了永平元年(291)东安王繇诛杀文鸯以后才去世，所以，如果上面推测如实，那么本条当中的故事发生时间应是在太康四年至太熙元年之间。

其次是文本中的地点问题，应关注的是故事发生的地点与场所，依照《晋诸公赞》所述“靓在姊间”，诸葛靓在故事发生之时，原本就在其姊家中，而《世说新语》的文本则说是“帝欲见之而无由，乃请诸葛妃呼靓”，这样一来就成了晋武帝为安排与诸葛靓见面，从而通过诸葛妃这层关系招呼诸葛靓到了诸葛妃家中，诸葛靓就从其住处到了其姊家中，才有了后面君臣相见的情节。也就是说，虽然故事发生的地点和场所都是诸葛妃家中，但是就发生的方式来说，《世说新语》是主人公诸葛靓前往诸葛妃家发生，《晋诸公赞》则是诸葛靓就在诸葛妃家中，没想到武帝亲自到访，这是《世说新语》文本上的细节问题。

再次就是文本中的逻辑问题，《世说新语》文本在逻辑上主要有两点值得推敲，一是诸葛妃是否参与了武帝与诸葛靓见面的谋划，二是《世说新语》文本中诸葛靓跟武帝礼毕及饮酒是否合理。就前者来说，《晋诸公赞》的说法是“靓入洛”“誓不见世祖”“帝后因靓在姊间，往就见焉”，文本中并没提到诸葛妃是否知晓武帝要来家中一见诸葛靓这件事，诸葛妃、诸葛靓姐弟还处于一个相对被动的状态。而在《世说新语》文本系统中，明确提到了“帝欲见之而无由，乃请诸葛妃呼靓”，即晋武帝请诸葛妃邀请诸葛靓到家中，很明显，《世说新语》中诸葛妃是直接参与了此事的。就后者来说，主要是诸葛靓与武帝行礼饮酒的情节是否合理，按照前面所说，诸葛妃参与了前面的准备环节，那么这样的话，或许会把此事告知诸葛靓，结合下面的记述“既来，帝就太妃间相见。礼毕，酒酣”可知，诸葛靓应该是知道晋武帝会来的，并且文本上也没有提“誓不见世祖”，好像确实不如《晋诸公赞》当中所说的那样决绝，并且在前去赴宴、君臣行礼饮酒这些情节上，诸葛靓的表现相当从容淡然，若不是后来晋武帝主动以“故复忆竹马之好”问诸葛靓，诸葛靓可能都不会涕泪交加地作答，并无《晋诸公赞》一开始就“誓不见”的坚决，再结合《晋书》文本来看，《晋书》采用了《晋诸公赞》的说法，即晋武帝知晓诸葛靓在诸葛妃家中，因而前去见诸葛靓，但诸葛靓却躲在厕所中，以避免与武帝见面，而不是采取《世说新语》当中的君臣行礼饮酒的记述，只不过是在《晋诸公赞》文本基础上糅合进了君臣对话，再加上了“帝又逼见之”的情节，才有了诸葛靓更显得无奈的作答，在逻辑上，似乎《晋诸公赞》与《晋书》的文本更为合理，展现了诸葛靓坚决不与武帝见面，万般无奈之下才会抒发出“不能漆身皮面，复睹圣颜”的感慨，在内在情绪上似乎更为连贯，而在《世说新语》文本当中，诸葛靓前后是有一定的反差的，即从君臣行礼饮酒再到君臣对答，诸葛靓的情绪存在一个明显的转折，这是《世说新语》本条在逻辑上的一个不太好解释的问题，至于《晋书》编修采用《晋诸公赞》作为故事框架，或许是《晋书》编修时也认识到了《世说新语》文本上逻辑性的问题。我认为，相比之下《世说新语》文本在人物对话上更为出色，但是在逻辑细节方面还是值得商榷。

四、魏晋时代的忠孝之辨

1.忠孝问题——以诸葛靓、王裒、嵇绍、许奇为例

魏晋时代崇尚孝道，诸葛靓以“义不仕晋”而在当时“以至孝发名”，然而诸葛靓并没有因此入《晋书·孝友传》，相较之下，位列《晋书·孝友传》的王裒跟诸葛靓的经历颇为相似，同时，嵇康之子嵇绍在《晋诸公赞》当中就被作者傅畅纳入与诸葛靓进行对比的视野当中，“观绍、靓二人，然后知忠孝之道，区以别矣”，可见晋人已经发现诸葛靓和嵇绍之间的不同，再者，经历与嵇绍相似的许允之子许奇也是可以进行比对的。具体而言，都是面对父仇，诸葛靓、王裒、嵇绍、许奇有着两种截然不同的选择：第一种是不仕，人物是诸葛靓和王裒；第二种是出仕，人物是嵇绍和许奇。

首先看诸葛靓与王裒，诸葛靓的经历前面已经论述较多，而王裒的经历与之对比则体现了很大的相似性，以下是《晋书》所载：

> 王裒字伟元，城阳营陵人也。祖修，有名魏世。父仪，高亮雅直，为文帝司马。东关之役，帝问于众曰：“近日之事，谁任其咎？”仪对曰：“责在元帅。”帝怒曰：“司马欲委罪于孤邪！”遂引出斩之。裒少立操尚，行己以礼，身长八尺四寸，容貌绝异，音声清亮，辞气雅正，博学多能，痛父非命，未尝西向而坐，示不臣朝廷也。于是隐居教授，三征七辟皆不就。①

王裒与司马氏同样有着杀父之仇，其父王仪由于司马昭战败之际直言进谏，

① （唐）房玄龄等：《晋书》卷八八《孝友传》，第2277～2278页。

不慎触碰司马昭逆鳞而惨遭杀害，实在是非常冤枉，与诸葛诞之死不可同日而语，而王裒对父亲之死则表现出了“痛父非命，未尝西向而坐，示不臣朝廷也”的坚决态度，以至于“三征七辟皆不就”，《汉晋春秋》中亦称“裒与济南刘兆字延世，俱以不仕显名。裒以父为文王所滥杀，终身不应征聘，未尝西向坐，以示不臣于晋也”[①]，与《晋书》所记载诸葛靓“诏以为侍中，固辞不拜，归于乡里，终身不向朝廷而坐”的做法极为相似，二人的做法都体现出对于父仇不妥协的态度，同时也都是选择“孝”而躲避“忠”，这样可以为自己取得不出仕的合理空间，并且也占据了晋室无法苛责的“孝”的制高点，不仅可以免除“忠”的问题，还可以通过此举大彰孝名，可谓一举两得。

接着看嵇绍与许奇，嵇绍之父嵇康是魏晋风度代表人物之一，起初，嵇绍由于其父被杀而不得出仕机会，后经过山涛举荐以及晋武帝宽宥得以入仕，最后在“八王之乱”的荡阴之变当中为保护晋惠帝而被杀。而许奇则是许允之子，许允由于魏嘉平六年(254)受到李丰、夏侯玄之事牵连而被司马师迫害致死，然而许允二子许奇、许猛在此后“并有治理才学。晋元康中，奇为司隶校尉，猛幽州刺史”[②]，经历与嵇绍有一定的相似性，同样是在与司马氏有父仇的情况下仍然选择效忠于司马氏。尤其是嵇绍，甘愿为晋室殒身尽节，也就因此成为两晋最为知名的忠臣。如果说王裒是诸葛靓的同路人，那么嵇绍、许奇凭借着其截然不同的选择，则可以看作是诸葛靓、王裒的反面案例了。

2.从诸葛靓看魏晋时代“孝先于忠”

诸葛靓、嵇绍二人的行为虽大有不同，但二者都与魏晋时代“孝先于忠”观念密切关联，“孝”和“忠”原本都是儒家伦理道德的重要范畴，先秦至两汉，“忠”和“孝”的概念逐渐成熟，“孝”主张在家庭内对亲“孝”，而“忠”主张在国家政治上对君主“忠”，二者在汉代紧密结合，就成了维系社会秩序的重要手段，而以“移孝于忠”作为核心的汉代孝文化，则顺应了汉代“孝治天下”的统治需要。但是，魏晋以来社会政治产生了很大变化，“孝”与“忠”的关系也发生了一定的转变，随着东汉以后世家大族的不断崛起，“孝”在维系宗族势力方面的作用也越发重要，“孝”渐渐盖过了“忠”，逐渐形成了“孝先于忠”的独特思想观念。唐长孺认为，“后世往往不满于五朝士大夫那种对于王室兴亡漠不关心的态度，其实门阀制度下培养起来的士大夫可以从家族方面

---

① (晋)陈寿撰，(南朝宋)裴松之注：《三国志》卷一一《王修传》，第 349 页。

② (晋)陈寿撰，(南朝宋)裴松之注：《三国志》卷九《夏侯玄传》，第 304 页。

获得他所需要的一切，而与王室的恩典无关，加上自晋以来所提倡的孝行足以掩护其行为，因此他们对于王朝兴废的漠视是必然的，而且是心安理得的”[①]。而门阀制度的发展确实也为“孝先于忠”观念的形成提供了可能：“自晋以后，门阀制度的确立，促使孝道的实践在社会上具有更大的经济上与政治上的作用，因此亲先于君，孝先于忠的观念得以形成。”[②]而门阀制度的发展固然是一方面，魏晋开启了政权更迭频仍、皇权不再稳固的历史，使得两汉时代的“忠”的理论跟魏晋以来的社会现实有了一定的脱节，诸如司马家就以提倡“孝”的做法去维护政权之合法性，这些现象也进一步滋长了“孝”的偏倚发展局面。因而诸葛靓、王裒坚守父仇而拒绝出仕的做法，在当时不仅不会受到朝廷打压，而且会给自己带来在“孝”这一方面的令名。

反观嵇绍之事，虽然嵇绍为晋室献身之举确实受到了晋室长期以来的褒扬，并且作为忠臣典型存在，但是，即便是在两晋时代，嵇绍其人其事也有着相当大的争议，与朝廷对嵇绍之忠义的表彰不同，郭象批评嵇绍“父死非罪，曾无耿介，贪位死暗主，义不足多”。郭象认为嵇康死于非罪，但嵇绍出仕晋室则是出于“贪位”，对此评价很低。如果说郭象此言有些偏颇，那么郗鉴对于嵇绍的看法则更为全面：

> 曾以问郗公(鉴)曰：“王裒(原误褒，下同)之父，亦死非罪，裒犹辞征，绍不辞用，谁为多少?”郗公曰：“王胜于嵇。”或曰：“魏晋所杀，子皆仕宦，何以无非也?”答曰：“殛鲧兴禹，禹不辞兴者，以鲧犯罪也。若以时君所杀为当耶？则同于禹。以不当耶？则同于嵇。”又曰：“世皆以嵇(绍)见危授命。”答曰：“纪信代汉高之死，可谓见危授命。如嵇偏善其一可也。以备体论之，则未得也。”[③]

郗鉴对嵇绍的批评是较为激烈的，从“孝”和“忠”两个维度都对嵇绍进行了否定，认为嵇绍与王裒同有父仇，但是嵇不如王，同时对于嵇绍为晋室的牺牲并没有给予肯定。而余嘉锡虽然认为嵇绍之死并无过错，也就是认为嵇绍之死并没有不在忠的范畴，但也认为嵇绍一开始就不应选择出仕晋室，“绍自为山涛所荐，后遂死于荡阴之难。夫食焉不避其难。既食其禄，自不得临难苟免。绍之死无可议，其失在不当出仕耳”[④]，并且从孝义的角度对于

① 唐长孺：《唐长孺社会文化史论丛》，武汉大学出版社 2001 年版，第 99 页。
② 唐长孺：《唐长孺社会文化史论丛》，第 91 页。
③ 余嘉锡撰：《世说新语笺疏》，第 171 页。
④ 余嘉锡撰：《世说新语笺疏》，第 171 页。

此山涛嵇绍二人进行了批评，认为“山涛之言，义取诸此，以喻人之出处进退，当与时屈信，不可执一也。然绍父康无罪而死于司马昭之手。《礼》曰：‘父之仇，弗与共戴天。’此而可以消息，忘父之仇，而北面于其子之朝，以邀富贵，是犹禽兽不知有父也。涛乃傅会《周易》，以为之劝，真可谓饰六艺以文奸言，此魏、晋人老、易之学，所以率天下而祸仁义也”[①]。其实这些批评基本都看到了嵇绍在“孝”方面的缺位。相比之下，诸葛靓、王裒之作为，在某种程度上确实顺应了魏晋时代“孝先于忠”的风气，在选择“孝”的同时，找到了一个有利的足以躲避“忠”的合理空间，一方面，父仇的底线没有被松动，另一方面，拒绝出仕的选择又不会对政权构成实际危害，符合两晋所倡的孝道，也对士族内部维系有较大的帮助。因此，诸葛靓的作为可以视作魏晋以来“孝先于忠”观念的一个典型例子，对于我们认识和理解魏晋士人的精神面貌，多少会有一定的意义。

参考文献

(南朝宋)刘义庆撰，(南朝梁)刘孝标注，龚斌校释：《世说新语校释》，上海古籍出版社 2011 年版。

余嘉锡撰，周祖谟、余淑宜整理：《世说新语笺疏》，中华书局 1983 年版。

(晋)陈寿撰，(南朝宋)裴松之注：《三国志》，中华书局 1982 年版。

(唐)房玄龄等：《晋书》，中华书局 1974 年版，第 6 册。

读书会时间：2020 年 5 月 13 日

① 余嘉锡撰：《世说新语笺疏》，第 173 页。

《世说新语·雅量第六》第三十一条“支道林还东”读解

张海艳*

【原文】

支道林[1]还东，时贤并送于征虏亭[2]。蔡子叔[3]前至，坐近林公。谢万石[4]后来，坐小远。蔡暂起，谢移就其处。蔡还，见谢在焉，因合[5]褥[6]举[7]谢掷地，自复坐。谢冠帻[8]倾脱，乃徐起振衣就席，神意甚平，不觉瞋沮[9]。坐定，谓蔡曰："卿奇人[10]，殆[11]坏我面。"蔡答曰："我本不为卿面作计[12]。"其后，二人俱不介意。①

【注解】

[1]支道林：支遁，字道林，本姓关，陈留人，或云河东林虑人（均属今河南），东晋高僧，约生于晋愍帝建兴二年（314），卒于晋太和元年（366）闰四月四日。“家世事佛，早悟非常之理。”②少时隐居余杭山，钻研佛理。二十五岁出家，讲经谈玄，名冠一时。后分别至吴郡（今江苏苏州）、剡县（今浙江嵊州）、东山（属今浙江绍兴）等地立寺行道，与谢安、王羲之等名士相交。晋哀帝即位（361）后，屡次遣使请其赴都，支道林遂应诏至建康讲经。三年后，上

---

* 张海艳，女，1999 年生，山西吕梁人，山东大学文学院 2017 级本科生。

① （南朝宋）刘义庆撰，（南朝梁）刘孝标注，龚斌校释：《世说新语校释》，上海古籍出版社 2011 年版，第 732 页。本文所引《世说新语》原文及刘孝标注文、程炎震笺证、余嘉锡笺疏、徐震堮校笺等，皆据此版本。

② （南朝梁）释慧皎撰，汤用彤校注，汤一玄整理：《高僧传》，中华书局 1992 年版，第 159 页。

书告辞，返归东山，一时群贤相聚征虏亭为其饯别。后“收迹剡山，毕命林泽”[①]。其生平见于慧皎《高僧传》卷四，《世说新语》亦有较多记载。

[2]征虏亭：为东晋时征虏将军谢石所建，是官民饯行之重要场所[②]。

[3]蔡子叔：刘孝标注：“《中兴书》曰‘蔡系字子叔，济阳人，司徒谟第二子。有文理，仕至抚军长史’。”徐震堮校笺：“《隋书·经籍志》：‘梁有抚军长史《蔡系集》三卷。亡。’”龚斌校释：“朱彝尊《经义考》二一二：‘王应麟曰：皇侃疏列《论语》十三家：卫瓘、缪播、栾肇、郭象、蔡谟、袁宏、江淳、蔡系、李充、孙绰、周瑰、范宁、王珉，此十三人江熙所集。’”[③]

[4]谢万石：谢万(320～361)，字万石。此处或应为谢安，谢安(320～385)，字安石。《高僧传》记载哀帝即位后支道林应诏进都，“涉将三载”而归东，可知支道林归东时谢万至少已死两三年，不可能为之送行。而《高僧传》记载此事，一本作“谢万石”，一本作“谢安石”，因此当为谢安。[④]

[5]合：连同，连带。

[6]褥：褥子。铺在卧具或坐具上的垫子。

[7]举：全，都。

[8]帻：《说文·巾部》：“发有巾曰帻。”

[9]瞋沮：龚斌校释：“瞋，生气，恼火。沮，败坏，毁坏。”[⑤]

[10]奇人：王先慎集解：“奇，余也，谓闲人。奇音羁。”[⑥]《韩非子·十过》：“令民自遗三年之食，有余粟者入之仓；遗三年之用，有余钱者入之府；遗有奇人者使治城郭之缮。”颜之推《颜氏家训·勉学》：“如此诸贤，故为上品，以外率多田野闲人，音辞鄙陋，风操蚩拙，相与专固，无所堪能。”可知奇

---

① (南朝梁)释慧皎撰，汤用彤校注，汤一玄整理：《高僧传》，第163页。

② 参见叶当前：《六朝送别诗常用地名及文化意义》，《咸阳师范学院学报》2012年第5期。

③ 龚斌校释：《世说新语校释》，第732～733页。

④ 程炎震云：“据《高僧传·支遁传》：‘哀帝即位，出都，止东林寺。涉将三载，乃还东山。’考哀帝以升平五年辛酉即位，谢万诏为散骑常侍(见《初学记》十二)，会卒。则支遁还东时，万已卒一二年矣。《晋书·万传》叙此事，但云送客，不言支遁，殆已觉其误也。《高僧传》作谢安石，亦误。安石此时当在吴兴，不在建康也。谢石有谢白面之称，以殆坏我面语推之，疑是谢石，后人罕见石奴，故以石字上或著安，或著万耳。”余嘉锡笺疏：“程氏谓支遁还东时，谢万已死。其言固有明证，谓安石此时不得在建康，已失之拘。至因谢石号谢白面，遂以殆坏我面之语推定为石，则不免可笑。掷地坏面，岂问其色之白黑耶？”龚斌校释：“以《高僧传》四《支遁传》谓遁淹留京师‘涉将三载’推之，支遁还东，当在兴宁三年(365)，时谢万先已卒，程氏所言是也，故谢万不得豫饯离，《世说》此条所记不可信。《高僧传》一本作‘谢万石’，一本作‘谢安石’。谢万既已卒，则必是谢安也。谢安虽在吴兴，有事在建康亦有可能。”(龚斌校释：《世说新语校释》，第733～734页)

⑤ 龚斌校释：《世说新语校释》，第733页。

⑥ 龚斌校释：《世说新语校释》，第733页。

人即闲散人员。

[11]殆:几也,近也,差点儿。

[12]作计:徐震堮校笺:"犹今语'打算'。"[①]

【翻译】

支道林还归东山,一时名贤相聚征虏亭为其送行。蔡子叔早到,坐在靠近支道林的地方。谢安晚来,坐在稍远的地方。蔡子叔暂时离开,谢安便搬移到蔡子叔的位置。蔡子叔回来后,看到谢安占着他的位置,就将谢安连带其坐垫一同举起并扔在地上,自己又坐下来。谢安发巾歪斜脱落,只得慢慢起身整理衣冠,重新找位置坐下,其神色平静,不觉得生气。坐好后,谢安对蔡子叔说:"你这个闲着没事做的人,差点擦破了我的脸。"蔡子叔回答:"我本来也没有打算坏你面容。"这件事之后两人均不记恨介意。

【读解】

《世说新语·雅量第六》第三十一条"支道林还东"讲述了僧人支道林由京师返归东山,名士相送时由争抢座位而引发的一个小插曲,十分有趣。但为何一个僧人还东会如此受重视?争抢座位的两个名士其言行背后又有何意涵?本文就此择取了"支遁还东""殆坏我面"和"俱不介意"三个关键点来进行解读,结合时代背景和人物身份来分析和还原故事发生的情境。

一、支遁还东:东晋玄佛合流下的名僧与名士交游

汉末朝政腐败,中原大乱,伴随而来的是经学的瓦解与玄学的兴起。以何晏、王弼为代表的正始玄学开其端,嵇康提出"越名教而任自然";以郭象为代表的西晋玄学进一步强调适性与称情,"将无同"[②]与"名教中自有乐地"[③]调和了名教与自然。八王之乱、永嘉之乱后,衣冠南渡,东晋建立,玄风初被质疑和批评,但在偏安心态下玄学之风在江左延续,其在继承前代玄学

① 龚斌校释:《世说新语校释》,第734页。

② 《世说新语·文学第四》第十八条:"阮宣子有令闻,太尉王夷甫见而问曰:'老、庄与圣教同异?'对曰:'将无同。'太尉善其言,辟之为掾,世谓'三语掾'……"(龚斌校释:《世说新语校释》,第400页)

③ 《世说新语·德行第一》第二十三条:"王平子、胡毋彦国诸人,皆以任放为达,或有裸体者。乐广笑曰:'名教中自有乐地,何为乃尔也!'"(龚斌校释:《世说新语校释》,第55页)

的基础上，呈现出玄佛合流的新趋势。

“《般若》本无，玄学贱有，因契合而益流行”[①]，佛理凭借与玄学共同的尚无倾向而进入清谈的领域，并为玄学提供了新的论题，直至玄学式微，佛学取而代之。东晋统治者和名士对佛教的认可和推崇是玄佛合流的主观推动力。一方面，东晋帝王多倡导佛法，《高逸沙门传》“元、明二帝游心虚玄，托情道味”，康帝、穆帝二代佛教较为消沉，至哀帝及以后则复崇佛法，佛法清淡盛于朝堂[②]，可见佛教在东晋受到大部分统治者的支持；另一方面，佛理进入玄学，玄谈之名士并不理解、精通佛理，自然需要依靠佛教徒的讲解，由此进一步发展为对佛教的认可和推崇，也带来名士与名僧间密切交往、共同探玄寻微的状况。

《世说新语》此条正表现了东晋玄佛合流下名僧与名士交游的一个小插曲。

首先来看名僧支道林。其生平主要记载于慧皎《高僧传》。支道林生于奉佛世家，自小便聪慧而悟得神理，二十五岁出家；在佛教清谈较为消沉的康帝、穆帝时期(343～361)，先后辗转吴郡、剡县、东山等地立寺行道，其间，名僧名士齐聚会稽，《高僧传·支遁》谓“王洽、刘恢、殷浩、许询、郗超、孙绰、桓彦表、王敬仁、何次道、王文度、谢长遐、袁彦伯等，并一代名流，皆著尘外之狎”[③]，其“立寺行道，僧众百余”[④]，与名士设难谈玄、风流当时；哀帝即位(361)，佛法清谈复盛于朝，对于支遁，哀帝“频遣两使，征请出都，止东安寺，讲《道行波若》，白黑钦崇，朝野悦服”[⑤]。支遁淹留京师三载，上书告辞，还归东山，其时“诏即许焉，资给发遣，事事丰厚，一时名流，并饯离于征虏”[⑥]，这便是《世说新语》此条发生的背景。由此可见，无论在朝在野，支道林都受到推崇，其由京师还东，名士相送的盛大场面可以想见。

《高僧传》外，《世说新语》及其注中也有较多相关记载，据学者统计，“《世说新语》正文中涉及名僧的条目共 74 条，分布于全书 36 门中的 19 门，所记名僧 20 余人。而以对支道林的记述最多，74 条中有 49 条与他有关”[⑦]。

---

① 汤用彤:《汉魏两晋南北朝佛教史》,《汤用彤集》,武汉大学出版社 2019 年版,第 219 页。

② 参见汤用彤:《汉魏两晋南北朝佛教史》,《汤用彤集》,武汉大学出版社 2019 年版,第 149～151 页。

③ (南朝梁)释慧皎撰,汤用彤校注,汤一玄整理:《高僧传》,第 159～160 页。

④ (南朝梁)释慧皎撰,汤用彤校注,汤一玄整理:《高僧传》,第 160 页。

⑤ (南朝梁)释慧皎撰,汤用彤校注,汤一玄整理:《高僧传》,第 161 页。

⑥ (南朝梁)释慧皎撰,汤用彤校注,汤一玄整理:《高僧传》,第 163 页。

⑦ 赵建成:《〈世说新语〉中的名僧及其与名士的交游》,《求是学刊》2012 年第 5 期。

支道林在东晋最具清谈领袖的风范，这一点在《世说新语》中体现明显，如王濛将其比于王弼，称其“寻微之功，不减辅嗣”[①]；又如时人谈《庄子·逍遥游》“不能拔理于郭、向之外”，支遁则“卓然标新理于二家之表，立异义于众贤之外，皆是诸名贤寻味之所不得”[②]。对于谈玄风格，《高僧传》记载其不拘章句，具备神韵，“每至讲肆，善标宗会，而章句或有所遗，时为守文者所陋。谢安闻而善之，曰‘此乃九方堙之相马也，略其玄黄，而取其骏逸’”[③]。由这些记载可见支道林为清谈高手，称其东晋清谈领袖，并不为过，如此又可印证其还归东山时，群贤毕至，场面隆重。

再看另一主人公谢安。其生平见于《晋书》。谢安早年累辟不就，高卧东山；升平三年(359)其弟谢万北伐失败，被废庶人后，谢安“始有仕进志”[④]；次年被桓温请为司马；升平五年(361)谢万去世后，谢安辞官，不久任吴兴太守，直至咸安元年(371)征拜侍中后才真正活跃于政治舞台。据此可知，支遁还东时，谢安约为吴兴太守，吴兴、建康相距不远，谢安身在建康的可能性较大；且《晋书·谢安传》谓谢安未仕前“寓居会稽，与王羲之及高阳许询、桑门支遁游处，出则渔弋山水，入则言咏属文”[⑤]，可知谢安与支遁交游甚密，《世说新语》亦较多记载两人交游言谈的条目。如此，支遁还东，谢安为其送行便合情合理。《世说新语》记为“谢万石”，当是“谢安石”之误。且谢安堪称雅量风流的代表人物，其在《世说新语》中亦多次出现，据学者统计，“谢安在 114 则故事中出现，占《世说》所有条目(1130 则)的 10.09%，是《世说》描写次数最多的一位，且远远超过其他名士”[⑥]。支道林与谢安，一为清谈领袖，一为风流代表，征虏亭之送别场面，等级极高。

另一人物蔡子叔，今存材料不多，但由前文注释可知，亦为一时名士。

二、殆坏我面：人物品藻和门阀政治下的容貌之美

《世说新语》此条目中，蔡子叔见到谢安占了自己的位置而“合褥举谢掷地”，谢安“不觉瞋沮”，只是略带委屈地埋怨蔡子叔“殆坏我面”。差点擦破

① 《世说新语·赏誉第八》第九十八条，龚斌校释：《世说新语校释》，第 926 页。

② 《世说新语·文学第四》第三十二条：“《庄子·逍遥》篇旧是难处，诸名贤所可钻味，而不能拔理于郭、向之外。支道林在白马寺中，将冯太常共语，因及《逍遥》。支卓然标新理于二家之表，立异义于众贤之外，皆是诸名贤寻味之所不得。后遂用支理。”(龚斌校释：《世说新语校释》，第 427 页)

③ (南朝梁)释慧皎撰，汤用彤校注，汤一玄整理：《高僧传》，第 159 页。

④ (唐)房玄龄等：《晋书》卷七九《谢安传》，中华书局 1974 年版，第 2073 页。

⑤ (唐)房玄龄等：《晋书》卷七九《谢安传》，第 2072 页。

⑥ 林宪亮：《论〈世说新语〉中的谢安形象》，《长江学术》2012 年第 4 期。

我的脸而非差点摔断我的胳膊,此中自有深意。

宗白华先生说,"晋人向外发现了自然,向内发现了自己的深情"[①],自然之美、人格之美具备,怎会缺得了容止之美?《世说新语》专设"容止"一门,用以记录名士之容貌举止。晋人美姿容,是对前代名士的继承,自美者如何晏,《魏书·曹爽传》注引《魏略》云:"晏性自喜,动静粉白不去手,行步顾影。"[②]美他者则人人均是,因美而死者如"看杀卫玠"[③],因美而活者如桓温小妾,"阿子!我见汝亦怜,何况老奴"[④]。晋人重视容貌的例子还有很多,其呈现出一种区别于阳刚之美的阴柔之美的审美取向,肤白貌美、文弱清瘦、精心打扮[⑤]是其共同追求,晋人虽非全部如此,但此种阴柔之美最能说明时人对容貌外表之美的追求和重视。

关于名士注重容貌的原因,王瑶先生在《中古文学史论》中谈到两点:一是受东汉以来人物品评风气和选官制度的影响,两汉选官实行自下而上的察举制,乡闾清议自此兴盛;至魏晋实行九品中正制,人物品藻的范围由选官仕进扩大至士族名辈的日常活动,汉代所重视的道德品质和实用主义也逐渐被外貌神韵和审美主义所取代。二是由名士的贵族身份所决定,魏晋名士多为贵族,他们物质充足、精神自由,有闲暇、有雅志,对容貌美的追求自然会提高[⑥],此条原因若是应用于东晋——田余庆先生眼中门阀政治真正存在的时代,则世家大族之高贵身份更加凸显,容止之美丽、得体、高雅自然受到重视。此外,人的觉醒与自由亦是重要原因,在动荡混乱的时代背景下,士人逐渐摆脱了严格僵化的名教伦理的束缚,外在的建功立业、君臣父子不再能够支配其全部行为与精神,于是士人转向非功利的自我与审美。

---

① 宗白华:《论〈世说新语〉和晋人的美》,冯友兰、李泽厚等著,骆玉明、肖能选编:《魏晋风度二十讲》,华夏出版社2009年版,第238页。

② (晋)陈寿撰,(宋)裴松之注:《三国志·魏书》卷九《曹爽传》,中华书局1982年版,第292页。

③ 《世说新语·容止第十四》第十九条:"卫玠从豫章至下都,人久闻其名,观者如堵墙。玠先有羸疾,体不堪劳,遂成病而死,时人谓'看杀卫玠'。"(龚斌校释:《世说新语校释》,第1204页)

④ 《世说新语·贤媛第十九》第二十一条刘孝标注引《妒记》:"温平蜀,以李势女为妾。郡主凶妒,不即知之。后知,乃拔刃往李所,因欲斫之。见李在窗梳头,姿貌端丽,徐徐结发,敛手向主,神色闲正,辞甚凄惋。主于是掷刀前抱之,曰:'阿子!我见汝亦怜,何况老奴。'遂善之。"(龚斌校释:《世说新语校释》,第1347页)

⑤ 参见张东哲:《汉晋"以貌取人"与〈世说新语〉人物描写》,《黔南民族师范学院学报》2016年第6期。

⑥ 参见王瑶:《中古文学史论》,北京大学出版社1998年版,第156～160页。

至于士人容貌美所呈现出的阴柔化倾向,则与时代好男之风、服散之风[①]不无关系,对于东晋,则柔美清丽的江南风景也会潜移默化地滋养阴柔化的向美之心。

陈郡谢氏为晚起家族,谢鲲祖缵"典农中郎将",几起自寒微;谢鲲父衡,"以儒素显,仕至国子祭酒";至两晋之际的谢鲲,"不修威仪,好《老》《易》,能歌善鼓琴"[②],《晋书》将其与阮籍、嵇康、向秀、刘伶、胡毋辅之等魏晋任诞放达之士置于同一卷,谢鲲由儒至玄,为谢氏家族发展的转折点;至东晋风流宰相谢安,是为谢氏家族最杰出的子孙。谢氏家族前四代及简略后代谱系如下:

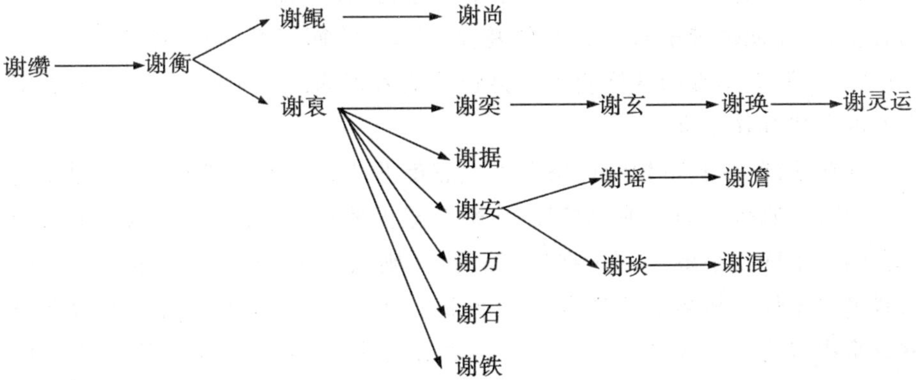

谢安生于世家大族,史书虽无关于其重视容貌的直接记载,但一方面,谢安对于家族势力的重视、对于仪态形象的在意都可侧面反映出其对贵族身份的苦心经营:未仕前,纵情丘壑的同时教育子侄;弟弟谢万被废为平民后,始生进仕之志,择势东山再起,竭力辅政;侄子谢玄在淝水之战中大败前秦的消息传来时,谢安在客人面前镇定自若,继续下棋,结束后激动得走路不稳、连木屐之齿折断都没有察觉。可见谢安经营家族、维持形象之苦心[③],这样的谢安对于外貌——个人最直观的表现,即使不刻意打扮,也定会保证其整洁。另一方面,谢安或高卧东山,或东山再起,其结交人物多为贵族名士,重视容貌形象是名士之普遍追求,谢安身列其中,自然不免,更何况其雅量风

① 按:"美姿仪,面至白"的何晏开服散之风,其言"服五石散非唯治病,亦觉神明开朗","神明开朗"则气色红润、具有精神气,对于追求貌美者,可谓重要。且服散后,宽衣缓带、旧衣著屐以防擦破皮肤,也可证明服散会使皮肤变得娇嫩。

② 三处均见于《晋书》卷四九《谢鲲传》,第1377页。

③ 参见王永平:《论六朝时期陈郡谢氏的家风与家学》,《江苏社会科学》2001年第5期。

流超出众人。在这样的时代和家族背景下，谢安担心自己的脸被擦破毁容，也就无比正常了。

三、俱不介意：雅量——东晋名士的开朗率真

关于“雅量”，难以给出一个确切的定义，但在其诸多的表现形式——不畏死亡者如“嵇中散临刑东市”[①]、不矫饰做作者如王羲之坦腹东床[②]、处变不惊者如谢安泛海[③]中仍可概括出某些共同因素，范子烨指出，“《世说新语·伤逝》一五刘孝标注称谢琰‘开率有大度’，雅量是一种开朗之美，一种高尚之美”[④]，“开朗”便是各种雅量形式背后具有的共同因子之一。开朗，即开放明朗、率真不拘，开放明朗意味着对外物总能抱以真诚、包容、豁达、不偏激的态度，由此便也带来对于自身的尊重、肯定，从而任性而行、率真不拘、不伪饰做作，开朗率真的性格使人不会轻易陷入苦恼或为物所累，而以最真实自然的方式存在于世上。

开放明朗、率真不拘的性格和人生态度并非人人都能具有，其以深厚的知识、德性、底蕴作为支撑，知识广博则会减少偏见而增加包容、涵养丰富则不会纠结于琐碎小事。“在《雅量》篇的42则故事中，东晋人物占据30则。东晋名士不像竹林名士那样在痛饮悲歌中痴狂，也不像中朝名士那般在纵欲炫富中沉沦。东晋名士不再是叛逆者或混世者，而是与皇室平分天下的时代精英，从而确立了名教与自然合一的人格模式。政治环境的改善、地位的迁升，史无前例的优越感使他们优游不迫，遗落世务，具有了超然物外的气度和空明澄澈的人生境界”[⑤]，东晋名士的雅量建立在偏安一隅的门阀政治背景下所形成的高贵的身份、高雅的文化、超然的追求之上，在这样的背

---

① 《世说新语·雅量第六》第二条：“嵇中散临刑东市，神气不变，索琴弹之，奏《广陵散》。曲终，曰：‘袁孝尼尝请学此散，吾靳固不与，《广陵散》于今绝矣！’”（龚斌校释：《世说新语校释》，第683页）

② 《世说新语·雅量第六》第十九条：“郗太傅在京口，遣门生与王丞相书，求女婿。丞相语郗信：‘君往东厢，任意选之。’门生归，白郗曰：‘王家诸郎亦皆可嘉，闻来觅壻，咸自矜持，唯有一郎在东床上坦腹卧，如不闻。’郗公云：‘正此好！’访之，乃是逸少，因嫁女与焉。”（龚斌校释：《世说新语校释》，第711～712页）

③ 《世说新语·雅量第六》第二十八条：“谢太傅盘桓东山时，与孙兴公诸人泛海戏。风起浪涌，孙、王诸人色并遽，便唱使还。太傅神情方王，吟啸不言。舟人以公貌闲意说，犹去不止。既风转急，浪猛，诸人皆喧动不坐。公徐云：‘如此将无归？’众人即承响而回。于是审其量，足以镇安朝野。”（龚斌校释：《世说新语校释》，第726～727页）

④ 范子烨：《说“雅量”——中古士人的一种文化品格》，《文史知识》2000年第10期。

⑤ 樊露露：《静穆的伟大——〈世说新语·雅量〉解读》，《现代语文》（学术综合版）2014年第8期。

景下，东晋人所占据的“雅量”分量也就不足为怪，开朗率真对于东晋人也就是再普通不过的性格了。

“支道林还东”一条，不涉及非常状态，无关乎宏观理想，但一件小事却仍能表现出东晋时人的开朗率真。高僧支道林还东，名士都来相送，这种场面，一定少不了嘱托、言谈、清谈，纵是没有这些，能够靠近大师，看其面孔、感受其气场，大概都是幸事，周子居就有“吾时月不见黄叔度，则鄙吝之心已复生矣”[①]的感慨。其中，蔡子叔坐近林公，谢安坐小远，蔡子叔有事暂时离开，谢安便及时把握机会，坐在了蔡子叔空出的位置上；蔡子叔回来，一句话不说便将谢安连同坐垫一起扔开，自己又坐了下来，其行为显得有些唐突、暴力甚至野蛮，但若置于时代背景下，则表现出的是蔡子叔不拘礼法、耿直率真的性格，自己的好座位莫名被占，自然该拿回来，无须费口舌客气或理论；而谢安突然被袭击，帽子头巾散落在地，对此，谢安的表现不卑不亢，其缓缓起身，整理衣冠后重新找位置坐下，不因理亏而仓皇逃离，也不因对方的不友善而斤斤计较或怒发冲冠，自己贸然占了别人的位置，有错在先，主人回来，自然应该返还，只是恰巧遇到一个耿直暴躁的家伙，只能接受摔跟头的代价；坐定后，谢安也并不是抱着吃哑巴亏的心态，而是略带埋怨地对蔡子叔说：“你这个闲着没事做的人，差点擦破了我的脸”，蔡子叔回答：“我本来也没有打算坏你面容。”即我才不是闲着没事做而故意找你麻烦、坏你面容，我只是坐回我自己的位置，你怎么样是你自讨苦吃，可与我无关，两人都无恶意也无套近乎意，只是直率地各自表达。一摔一起、一问一答，在这一场小插曲中，两人的表现均是不以此事为事，属于自己的座位就拿回来，不属于自己的座位就归还，没有礼节、无须寒暄、无比简单。这一场矛盾的简洁呈现和化解，若不是两人均开朗率真，定会生出嫌隙，占人座位、粗暴夺回的行为小则生出一场暴力打架、两人关系破裂，大则事后传说、损人声誉，最终由一桩小事演变为一件大事。由此对比，两人之简单处理可谓大道至简。事后，两人俱不介意，大概都已忘记，只是其潇洒率真的性情一直流传至今，供我们品味和羡慕。

① 《世说新语·德行第一》第二条，龚斌校释：《世说新语校释》，第5页。

参考文献

（南朝宋）刘义庆撰，（南朝梁）刘孝标注，余嘉锡笺疏，周祖谟、余淑宜、周士琦整理：《世说新语笺疏》，上海古籍出版社 1993 年版。

（南朝宋）刘义庆撰，（南朝梁）刘孝标注，龚斌校释：《世说新语校释》，上海古籍出版社 2011 版。

张永言主编：《世说新语辞典》，四川人民出版社 1992 年版。

（南朝梁）释慧皎撰，汤用彤校注，汤一介整理：《高僧传》，中华书局 1992 年版。

汤用彤：《汉魏两晋南北朝佛教史》，武汉大学出版社 2019 年版。

读书会时间：2021 年 5 月 19 日

《世说新语·雅量第六》之庾亮故事两则读解

付婕*

【原文一】

庾太尉风仪伟长，不轻举止，[1]时人皆以为假。亮有大儿数岁，雅重之质，便自如此，[2]人知是天性。温太真尝隐幔怛[3]之，此儿神色恬然，乃徐跪曰："君侯何以为此？"论者谓不减亮。苏峻时遇害。《庾氏谱》曰："会字会宗，太尉亮长子，年十九，咸和六年遇害。"或云："见阿恭，知元规非假。"阿恭，会小字也。①

【校勘】

《晋书·庾亮传》：三子：彬、羲、龢。据《晋书》谓："温峤尝隐幔暗怛之，彬神色恬如也。"云云。吴士鉴《晋书斠注》："案本传实采《世说》。而《世说》误彬为会。"徐笺以为会即彬也。

---

* 付婕，女，1996年生，河北张家口人，山东大学文学院中国古代文学2018级硕士研究生，从业于李剑锋教授，魏晋南北朝文学方向。

① (南朝宋)刘义庆撰，(南朝梁)刘孝标注，龚斌校释：《世说新语校释》卷中《雅量第六》，上海古籍出版社2011年版，第708页。以下所引《世说新语》原文、校勘及注解，若无特别注明，均依照此版本。

【注释】①

[1]"庾太尉"二句,《晋书》七三《庾亮传》:"亮美姿容,善谈论,性好庄老,风格峻整,动由礼节,闺门之内,不肃而成。时人或以为夏侯太初、陈长文之伦也。"又曰:"随父在会稽,嶷然自守,时人皆惮其方严,莫敢造之。"凡此,皆见庾亮风仪伟长、峻整雅重之风度。

[2]"亮有大儿数岁"数句,唐批:"《书钞》一三二引云'年数岁,有威重之质,便自谓如父温太真'云云,可证今本之讹。'自如此'应作'自谓如父',方与下合。'有'字亦应补,'雅'字误,应作'威'。《书钞》所引文胜今本。"按,此条明云是庾亮儿,何以牵涉"如父温太真"?且查《书钞》一三二卷,亦无庾亮儿之事。唐批甚不可解也。

[3]怛:惊吓。《庄子·大宗师》:"俄而子来有病,喘喘然将死,其妻子环而泣之。子犁往问之,曰:'叱!避,无怛化!'"郭象注:"夫死生犹寤寐耳,于理当寐,不愿人惊之,将化而死,亦宜无为怛之也。"《列子·力命》:"北宫子之寐久矣,一言而能寤,易怛也哉!"朱注:"意谓隐藏于帐幔之后以惊恐之也。"

【翻译】

太尉庾亮风度仪容,奇伟出众,举止稳重,当时人们都认为这是一种假象。庾亮的大儿子只有几岁,文雅庄重的气质,生来便像是那样,人们才知道这是天性。温太真曾经藏在帷帐后面吓唬他,这孩子神色安详,只是慢慢地跪下问道:"君侯为什么做这样的事?"议论的人认为他的气质不亚于庾亮。他在苏峻叛乱时被杀害了。有人说:"看见阿恭的样子,就知道元规不是装假。"

【原文二】

庾太尉与苏峻战,败,率左右十余人乘小船西奔[1]。《晋阳秋》曰:"苏峻作逆,诏亮都督征讨。战于建阳门[一]外,王师败绩。亮于陈携三弟[二]奔温峤。"乱兵相剥[2]掠,射,误中柂工,应弦而倒。举船上咸失色分散,亮不动容,徐曰:"此手[3]那可使著贼!"众乃安。②

---

① 龚斌校释:《世说新语校释》卷中《雅量第六》,第708～709页。

② 龚斌校释:《世说新语校释》卷中《雅量第六》,第717页。

【校勘】

[一]建阳门，余本、徐本、龚本皆作建阳门，杨本作宣阳门。宋本作"建阳门，"《晋书·成帝纪》作"宣阳门"。《御览》一九五引《丹阳记》："七战巷者，庾亮与苏峻战宣阳外，峻初小退，寻复来攻，交战者七，亮乃南奔，故名。"今依《晋纪》。[1]

[二]三弟，"三"，王刻本作"二"。按，《晋书》七三《庾亮传》谓亮携其三弟怿、条、翼南奔温峤。则作三弟是。[2]

【注释】[3]

[1]西奔，《御览》一九五引《丹阳记》作"南奔"，皆指荆州也。

[2]剥，王方《例释》："抢劫，掠夺。"射误中柂工，《晋书·庾亮传》作"亮左右射贼，误中柂工"。

[3]《通鉴》："宋废帝射萧道成，正中其脐，大笑曰：'此手何如?'此手，指亮左右射贼者，亮以船上咸失色欲散之际，不唯不责误射，而反故示闲暇，赞其射者，用以安众也。"

【翻译】

太尉庾亮和苏峻交战，被打败后，领着十几个侍从乘小船向西逃跑。这时叛军正在抢掠百姓，小船上的人向贼兵射箭，误中柂工，柂工应声倒下，全船的人都大惊失色，想要逃散。庾亮神色不变，慢悠悠地说道："这双手怎么可以让他去杀贼呢!"众人这才安定下来。

引　言

《世说新语》乃是人伦品鉴风气盛行之下的产物。全书共分三十六门，首列德行、政事、言语、文学之目，基本承袭了孔门四科并在此基础之上而增衍。《雅量》篇在三十六门中位列第六，共收故事四十二则，记叙时人处世时

① (南朝宋)刘义庆撰，(南朝梁)刘孝标注，杨勇校笺：《世说新语校笺》(修订本)，中华书局2006年版，第331页。

② 龚斌校释：《世说新语校释》卷中《雅量第六》，第717～718页。

③ 杨勇校笺：《世说新语校笺》(修订本)，第331页。

体现的雅量风范，或脱略荣辱，或善于忍耐，或率真自然，或任性而动，其重点在于勾画具体的人事情境中名士所体现的容采风貌。就此篇记述的故事来看，人事情境大致可分为两种：一是在紧急危难的时刻，专注于魏晋时期独特的社会环境，其多表现为诡谲的政治变动、突发的战争困境；二则是在日常生活之中，通过名士的言行小事来凸显其风雅器量。论及书写频率，名士谢安多被提及，但论及故事的独特性，当属本文所选的庾亮二则更为突出，不但较为全面地涵盖了上述两种情境，同时也可由本事延伸出更多思考。

《世说新语》在描绘士人情态品格时，常常会用到对比的写作手法来体现作者的褒贬态度，此种情形在《雅量》篇中尤为突出。如郗鉴择婿时，王家其他子弟正襟危坐，而王羲之东床坦腹；又如遇到火灾时，徽之连鞋都顾不得穿就仓皇出逃，献之则淡定地由仆人搀扶着出来。而庾亮故事的第一则，却是少有的通过观察其大儿的行为举止来判定他雅量的真伪，此种写法仅此一例。同时也引发了两个思考：其一，魏晋时代为何如此看重雅量这一品质，庾亮的风仪伟长又何故被质疑？其二，通过试探庾亮大儿来判定他的品格，依据又何在呢？笔者认为值得深入地探讨下去。

一、魏晋时期的人物品藻环境

人伦品鉴的传统，古已有之。最早完成人物评价体系搭建的当属孔子，其理论后历经孟子、荀子等人的阐释，最终形成了儒家以“德”为理论基础的人物评价准则。孔子最先提出“德行”“言语”“政事”“文学”四科为原则对人物进行考察评点，又在此基础上，提出了“知之”“好之”“乐之”三种不同的人格道德修养境界，并以“中庸”作为君子可以到达的最高人格境界，尚德的人物品评标准也对后世产生了直接的影响。

到了汉代，人物品鉴很大程度上成了社会政治的附庸，并逐渐走向制度化，作为选拔国家政治人才的标准。“察举”“征辟”都是将士人才能、德行作为主要的考察对象，人物品藻此时由个人走向了更具社会意义的阶层划分，士人圈层不可避免地形成了人物品鉴——声名累积——走向仕途的上升路径。这一风气到东汉时愈发热烈，不仅涌现出一批专门从事人物品藻的士人，更出现了“每月辄更其品题，故汝南俗有月旦评焉”[①]的社会现象，同时也不可避免地出现了名实相乖之徒。而道德作为统一的评价标准，虽能起到

① （宋）范晔撰，（唐）李贤等注：《后汉书》卷六八，中华书局 1973 年版，第 2235 页。

规范行为、肃清风气的作用,却也模糊了士人的个性与才能,国家政事的治理也不能纯粹依靠道德进行约束,在政治稳定时其弊端不能完全显现,一旦遭受大的社会动乱,以德为核心的人才选拔体系就会不堪一击。

由此,经历了汉末社会动荡,曹操提出的九品中正制对人才的选拔标准则从"尚德"转向了"尚智",一定程度上体现了时代风气的转变,也为有真才实干的士人开辟了一条新的入仕之道。但曹魏政权本就得益于中央集权力量的削弱,这就造成了它的经营太过依赖于门阀士族的支持,世家大族逐渐把控了人才选拔的路径,九品中正制也成为其巩固势力、壮大门楣的工具,而人物品藻的政治功用就被大大削弱。加之这一时期思想激荡,老庄思想盛行,奏响了士人个性解放与自觉的先声,人伦品鉴之于士人不再拘泥于走向仕途和阶层跨越的途径,他们更加观照个人内心,其意趣指向也更加注重精神境界和审美意识,于是人物品藻"成为广大士族文人相互之间进行审美性的评价、认识和了解的主要渠道,成为门阀士族彰扬和宣泄本阶层意志、观念乃至审美趣味的主要途径"[①]。

二、雅量——理想人格的演绎

"雅量"一词始见于《文选》:"若乃不忘经国之大美,流千载之英声,铭功景钟,书名竹帛,此自雅量素所蓄也,岂与文章相妨害哉?"[②]它的内蕴是非常丰富的,代表了魏晋时期"人们最为崇尚的品格,尤其能够体现时代的文化特征"[③]。雅量首先是与器量相联系的。"是故形而上者谓之道,形而下者谓之器"[④],器是形体,是道(事物运行规律)的载体,《论语·为政》说"君子不器"[⑤],意在警醒君子,要超越形下之物的限制,窥见事物全貌,掌握其发展运行的规律;不偏狭、不依仗单一的技能,贯通成为全才。"凡所容受曰量"[⑥],器量成了当时衡量才识度量的标准,"非臣小族陋宗器量褊狭所能堪胜"[⑦]"其器量弘深,姿度广大,浩浩焉"[⑧]等句可见一斑。"雅"字作形容来增饰"器

① 宁稼雨:《魏晋士人人格精神:〈世说新语〉的士人精神史研究》,南开大学出版社 2003 年版,第 465 页。

② (梁)萧统编,(唐)李善注:《文选》卷四〇《杨德祖答临淄侯笺》,上海古籍出版社 2016 年版,第 1818 页。

③ 骆玉明:《世说新语精读》,复旦大学出版社 2007 年版,第 129 页。

④ 黄寿祺、张善文:《周易译注》(最新增订版)卷九《系辞上传》,中华书局 2016 年版,第 504 页。

⑤ 杨伯峻译注:《论语译注·为政篇第二》,中华书局 1980 年版,第 17 页。

⑥ (汉)许慎撰,(清)段玉裁注:《说文解字注》,上海古籍出版社 2004 年版,第 1549 页。

⑦ (汉)蔡邕撰,邓安生编:《蔡邕集编年校注》,河北教育出版社 1999 年版,第 412 页。

⑧ (汉)蔡邕撰,邓安生编:《蔡邕集编年校注》,第 142 页。

量”,则体现了魏晋时期的审美取向。“雅”意味着精致化,同时也指明了器量一词指代群体范围的缩小,紧密地与士族的高贵意识和魏晋时期人格唯美主义联系在一起。

自汉至晋,人物品藻的标准由道德转向才能,再由才能转向审美,其内涵和意义逐步扩充为德行、才干和审美,从大的方向上来说,人物品藻也经历了个人德行品评——社会政治需求——个人精神审美的转变。值得注意的是,尽管政治性的人物品藻走向了审美性的人物品藻,但并不意味着它完全摒弃掉了社会政治的色彩,对于士族来说,人物品藻可以转化为现实的资本用于政治上的博弈、家族势力的壮大。例如,雅量篇记叙谢安与孙兴公等人泛舟遇风浪,众人皆惊恐失色,唯有谢安气定神闲,直至风浪愈猛才慢条斯理提出返程,众人“于是审其量,足以镇安朝野”①。对于出身门阀士族的名士来说,雅量并不单纯作为一种宽厚从容的处世态度,个体可以通过对“雅量”的演绎与维持来树立门第气度的形象和威望,门阀士族极为看重家族的壮大与传承,只有外在的功名权力与内在的文化素养共同作用于后代,才能最大限度地保证家族的延续和繁盛,“‘子弟亦何预人事,而正欲使其佳?’诸人莫有言者。车骑答曰:‘譬如芝兰玉树,欲使其生于阶庭耳。’”②便是这个道理。从这一角度来看,世人观察庾亮大儿的容止,实则是深层次地探究庾氏家族的精神传承和家庭教育环境的熏陶,由子见父,并无不妥。

刘劭在《人物志》中提出了“八观”的观察人才的方法,其中提到“一曰观其夺救,以明间杂。二曰观其感变,以审常度”③,注意到了人性的复杂以及环境变化对人格品质的考察。雅量要求士人人格的稳定性,不论是在日常生活中的形容举止,还是特殊境遇下的即时反应,都要保持贯通和一致,仪态从容、温和宽厚,也就是“不是一般的、世俗的、表面的、外在的,而是要表达出某种内在的、本质的、特殊的、超脱的风貌姿容,才成为人们所欣赏、所评价、所议论、所鼓吹的对象。”④第二则故事发生在苏峻之乱、庾亮败北逃亡

---

① 龚斌校释:《世说新语校释》卷中《雅量第六》,第727页。

② 龚斌校释:《世说新语校释》卷上《雅量第六》,第292页。

③ (魏)刘劭:《人物志》,中华书局2017年版,第95页。

④ 李泽厚:《李泽厚十年集》第一卷,安徽文艺出版社1994年版,第93~94页。

期间。“此手那可著贼”一句常存争论，有庾亮射箭一说，也有庾亮左右射箭一说，[①]考究上下文义，结合《晋书》原文，采余嘉锡《世说新语笺疏》的说法，即“既已肇祸，人人自疑，畏亮嗔怒，且悔且惧。故仓皇欲散，亮乃镇静不惊，从容谈笑，言此手所发之箭若使著贼，那可复当？不惟不怒，且反奖其善射。”[②]是庾亮左右在乱兵逃亡之际误杀了柂工，影响了逃亡的进度，而主帅庾亮非但没有责怪误射之人，反在危急时刻保持镇静，称赞其射艺出众，起到了稳定人心的作用，也体现了他宽和待下、遇事不急、镇定从容的性格特点，是“助善著明，虽疾恶无害也”[③]的表现。从伦理道德的角度观察，左右误杀了己方柂工，稍有不慎就会导致全军覆没，主帅庾亮的言语反其道行之，已然超越了自己人杀自己人，超越了现下情况的情感反应，而在更加长远的范围内将多种情况综合考虑，突破当下的束缚做出了利益最大化的选择，其

① “此手那可著贼”一句，“此手”颇有争议，一说庾亮，一说亮左右。庾亮说又分自恨说与自嘲说。自恨说代表为胡三省：《晋书》七三《庾亮传》及《通鉴》九四《晋纪》一六作“此手何可使著贼”。《通鉴》胡注曰：“言射不能杀贼，而反射杀柂工，自恨之词也。”自嘲说有刘辰翁云：“谓此箭若著贼，则亦应当应弦而倒矣。谬喜其射艺之工，以悦安之。”顾炎武《日知录》二七以注为非是，而曰：“亮意盖谓有此善射之手，使著贼身，亦必应弦而倒耳。解嘲之语也。”朱铸禹《世说新语汇校集注》：“此手”似应解作如此好手，若射中贼，亦当应弦而倒，言勿计此偶误而如使著贼则毙贼必多，盖一时诡作反解，借以安众心尔。“那”，语助词，有赞叹意。“此手”，犹今俗说“这一手”。《通鉴》：“宋废帝射萧道成正中其脐，大笑曰：‘此手何如？’”《南史》：“齐武帝幸豫章王嶷东田上，呼武陵王毕使射，屡发命中，顾四座‘此手如何？’”皆是此意。若此解可通，则“那”字下应作逗点，“可使著贼”为句。徐震堮校笺《世说新语校笺》：《通鉴》九四《晋纪》注：“言射不能杀贼而反射杀柂工，自恨之辞。”此注非也。见不能杀贼而中柂工，乃姑为解嘲之语，言贼不足污我手。众见其危难之际从容谈笑，故群心稍安也。龚斌校释《世说新语校释》：徐笺亦谓胡注非是，以为“见不能杀贼而中柂工，乃姑为解嘲之语，言贼不足污我手也。众见其危难之际从容谈笑，故群心少安也”。《晋书·庾亮传》《通鉴》皆言亮射贼误中柂工，则箭乃亮自射，非亮左右所射也。（查考有误。原文：亮乘小船西奔，乱兵相剥掠，亮左右射贼，误中柂工，应弦而倒，船上咸失色欲散。亮不动容，徐曰：“此手何可使著贼！”众心乃安。）若于乱兵之中，左右所射而误中柂工，此乃常见事，船上人何至于仓皇欲散？必定是庾亮误射，才引起众人慌张。故赵绍祖、余笺所说不确，当以顾炎武所解较合理。亮左右说有赵绍祖：“余按柂工在船后，亮船正走，而贼追之。故左右射贼，误中柂工，船上人不知，疑舟中有变，失色欲散。而亮故示闲暇以安之。言此箭若得著贼，亦必应弦而倒也。解嘲之辞耳。”余嘉锡：“《晋书》、《通鉴》九十四均言：‘亮左右射贼，误中柂工。’《世说》先言亮率左右十余人乘小船西奔，方叙射中柂工事，则射者亦是亮左右，非亮也。假使是亮手自发矢，则左右何为失色不安，岂畏亮尽杀余人耶？既非亮所射，亮何用作自恨之辞。胡注望文生义，理不可通。顾氏之解庾亮语虽是，而云解嘲之语，则仍以为亮所自射，尚沿胡注之误。赵氏以为亮左右所射是也。而谓船上人疑舟中有变，则于情事尚未协。盖亮左右射贼，流矢乱发，及误中柂工，亦不知此箭是谁所射。既已肇祸，人人自疑，畏亮嗔怒，且悔且惧。故仓皇欲散，亮乃镇静不惊，从容谈笑，言此手所发之箭若使著贼，那可复当？不惟不怒，且反奖其善射。于是众心遂安也。《晋书》亦未解此意，改那可为何可，不合当时语气矣。”

② （南朝宋）刘义庆撰，（南朝梁）刘孝标注，余嘉锡笺疏，周祖谟、余淑宜、周士琦整理：《世说新语笺疏》卷上《雅量第六》，中华书局 2016 年版，第 403 页。

③ （魏）刘劭：《人物志》，第 97 页。

间固然有宽和、从容之性格因素使然，更多的则体现了庾亮作为一名将领、一位政治家“智”的突出，所以庾亮此刻表现出的雅量不仅包含着儒家对于“德行”的高期待值，同时也蕴含了对于“智”的价值取向和道家将生死置之度外的放旷态度。

三、雅量的辨伪

“其时的士人，既然把优雅从容看作是一种名士风度的标志，处处表现出从容优雅便成为修身之一内容，看似风度，其实是一种精神境界。”[①]雅量考察的是人的内在精神与外在形体之间的紧密联系，它与人的仪容、言语、行为选择等外在形式相连，通过这些外在形式凸显内在的精神气度修养，并借助人的个体身份进入了艺术审美的范畴。名士在表现雅量的时候，更多地已经将自身作为审美对象去对待，即“我”表现“我”的同时，“我”也在观察“我”，这是一种极具个人主义色彩的审美行为，当审美主体将自己作为审美的对象时，不得不和“我”拉开一定的距离，以更加细致地观察，来完成最终的人格构建。魏晋士人追求自然、符合天性的情感表露，但完全实现雅量要摒弃实用、功利的想法，这几乎是不可能达到的。雅量本身包含了儒家传统伦理道德对人的规范，它要求人待人宽和、从容不迫，维持一种君子的雅重风致，是德的要求规范；同时，又要不落俗套，体现出非凡的智慧，是对智的青睐和采纳；另一方面，它期待士人能够时刻保持恢宏的气量，则是受到了“老庄道家的虚无和自由人生境界的影响”[②]。士人在其中往往陷于囿于道德又期待冲破传统礼教的尴尬境地，要达到并德、智和自由为一体的状态，更是难上加难，因而不免出现了矫情自饰、故作雅量的情况。

就庾亮这一个例子来看，他在苏峻之乱中也并未时时表现出从容优雅。

> 石头事故，朝廷倾覆。温忠武与庾文康投陶公求救，陶公云：“肃祖顾命不见及。且苏峻作乱，衅由诸庾，诛其兄弟，不足以谢天下。”于时庾在温船后，闻之，忧怖无计。别日，温劝庾见陶，庾犹豫未能往。温曰：“溪狗我所悉，卿但见之，必无忧也。”庾风姿神貌，陶一见便改观，谈宴竟日，爱重顿至。[③]
>
> 陶公自上流来赴苏峻之难，令诛庾公，谓必戮庾，可以谢峻。庾欲

① 罗宗强：《玄学与魏晋士人心态》，天津教育出版社 2005 年版，第 242 页。

② 宁稼雨：《魏晋士人人格精神：〈世说新语〉的士人精神史研究》，第 76 页。

③ 龚斌校释：《世说新语校释》卷下《容止第十四》，第 1208～1209 页。

奔窜则不可，欲会恐见执，进退无计。温公劝庾诣陶，曰："卿但遥拜，必无它，我为卿保之。"庾从温言诣陶，至便拜，陶自起止之曰："庾元规何缘拜陶士行？"毕，又降就下坐。陶又自要起同坐。坐定，庾乃引咎责躬，深相逊谢，陶不觉释然。①

苏峻之乱，庾太尉南奔见陶公，陶公雅相赏重。陶性俭吝，及食，啖薤，庾因留白。陶问："用此何为？"庾云："故可种。"于是大叹庾非唯风流，兼有治实。②

苏峻之乱是庾亮政治生涯中的一个关键转折点，苏峻反叛的导火索是庾亮对他的强行征召，目的是要削夺苏峻的兵权以对付处于上游的陶侃。庾亮在中央权力颇盛，于是忌惮陶侃日益强大的地方势力，而陶侃则觊觎着中央势力的扩张。在政治上，陶、庾两人存在着极大的利益对立与势力隔阂。但在败北之际，庾亮通过谒见陶侃做出谦卑之态，以及投陶侃俭吝所好来祈求他政治上的庇佑；一封谢罪书，将战败的原因归结自身，其谢罪之疏言辞是"庾亮自感有启衅肇祸之责，又荷战败之过，畏陶侃等追究，故卑辞乞骸骨"③，由此出现畏罪求免矫情自饰态度，与平时表现大异，前倨后恭。在危及自身生命安全的境遇下，庾亮表现出的犹豫、胆怯，对陶侃的投其所好，战败后的卑微，与他自持的风仪伟长、纵容自得的雅量背道而驰。正是"夫人厚貌深情，将欲求之，必观其辞旨，察其应赞"④。由此可见，名士所表现出的雅量风度不乏出于伪作。面对得失利害，有时不能不以容忍、从容的谨慎态度加以应付，这样的政治周旋，自非出于个人的天性，也并非雅量应有的表现。所以世人对于庾亮表现出的从容风度产生怀疑也是理所应当了。同时作为社会动物，人始终保持着一种多维立体的形态，在人事情境中不断产生情绪的变化，有时的隐忍、淡然是对自身丰富的情感进行把握与控制，有时甚至会因政治上的斡旋达到对天性的压抑，此时表现出来的雅量其实已经背离了自然的本性。因此，比之一种既有的人格精神，雅量更多的是魏晋士人向往的精神境界，在实践的过程中，不断地和自身审美观照、社会道德考量与政治上的得失进行弥合，正因这样的境界极难达到，雅量作为理想人格依附于个体逐渐成了一种审美的对象。

魏晋玄学提出的"越名教而任自然"，就是超越儒家的伦理纲常，将问题

---

① 龚斌校释：《世说新语校释》卷下《假谲第二十七》，第1649页。
② 龚斌校释：《世说新语校释》卷下《俭啬第二十九》，第1680页。
③ 徐公持：《魏晋文学史》，人民文学出版社1999年版，第452页。
④ （魏）刘劭：《人物志》，第98页。

回归到人的自然本性处去延伸和演绎，“整个玄学的主题是在具有无限可能性的理想人格本体的构建，但同时又认为这种本体必须表现为感性的现象存在。”[1]作为中古士人憧憬的理想人格，雅量更像是玄学名教与社会人格审美在个体形态上的凝定，它充分体现了魏晋士人人格中的自然主义和个人主义，要求人在遵从自然本心的同时，张扬个性保持真我，去超越时间与空间的限制，在有限短暂的生命中寻求无限的人格力量，将人格精神进行无限的延伸，最终达到审美的共时性。自然则是实现这样人生价值的自由域，也为率性而为、任性而动提供了合理性。但顺应自然并非完全依据本能去冲动行事，而指向了更为高远的精神境界，对人自然本性的期待是重德、重智，具有审美意义的美好人格。前文我们提到温峤通过试探庾亮长子的方式来判断庾亮是否真的具备雅重之质，其重点是观察孩童的反应，雅量篇中此类聚焦于孩童的故事还有两则：

王戎七岁，尝与诸小儿游。看道边李树多子折枝，诸儿竞走取之，唯戎不动。人问之，答曰：“树在道边而多子，此必苦李。”取之信然。[2]

魏明帝于宣武场上断虎爪牙，纵百姓观之。王戎七岁，亦往看。虎承间攀栏而吼，其声震地，观者无不辟易颠仆，戎湛然不动，了无恐色。[3]

两则故事，一则体现了王戎超出同龄人的非凡智慧，二则体现了他超乎常人的镇定自若，脱略生死。孩童未经世事浸染，无须因为政治功利得失而压抑自己，其行为举止多出乎自然天性，因此魏晋士人推重的是天性自有的雅重之质，而非后天逐步养成的。这是对雅量这一人格气质最高的认同与肯定，是自然主义在人物品藻中的充分体现，更是这一时期倡导人们顺应回归自然的重要原则，同时有效地将自然与混沌无知的状态加以区别，揭示了自然的定性问题，即自然是真、善、美，由此，顺应自然、回归自然、出于自然的行为才是值得倡导的。雅量最终是归属于人物品藻的科目，它不仅涉及人对内的自我审美观照，还包括他人、社会等外界对个体的评价，但以自然为基调的人格气质和超功利的审美人生态度，体现了魏晋士人追求个体精神自由的审美气质，其自由精神所凝结的人格力量产生了强大的感召力，真正超越了历史的局限，实现了自然主义在个体上的永恒凝定。

---

① 李泽厚、刘纲纪：《中国美学史》第二卷，中国社会科学出版社 1987 年版，第 12 页。

② 龚斌校释：《世说新语校释》卷中《雅量第六》，第 688～689 页。

③ 龚斌校释：《世说新语校释》卷中《雅量第六》，第 689 页。

参考文献

廖蔚卿:《汉魏六朝文学论集》,(台北)大安出版社1997年版。

宁稼雨:《魏晋士人人格精神:〈世说新语〉的士人精神史研究》,南开大学出版社2003年版。

(南朝宋)刘义庆撰,(南朝梁)刘孝标注,龚斌校释:《世说新语校释》,上海古籍出版社2011年版。

(魏)刘劭:《人物志》,中华书局2017年版。

读书会时间:2020年4月1日

《世说新语·雅量第六》“戴公从东出”条读解

——兼探魏晋士人交友及交友观的嬗变

张宇辰*

【原文】

戴公从东出[1]，谢太傅[2]往看之。谢本轻戴，见但与论琴书[3]。戴既无吝色[4]，而谈琴书愈妙[5]。谢悠然知其量[6]。《晋安帝纪》曰：“戴逵字安道，谯国人。少有清操，恬和通任，为刘真长[7]所知。性甚快畅，泰于娱生[8]。好鼓琴，善属文，尤乐游燕，多与高门风流者游，谈者许其通隐[9]。屡辞征命，遂著高尚之称。”(《雅量》第34条)①

【校勘】

吝色，董刻本、沈校本、元刻本同。平贺房父：“吝”字作“客”曰：客，宾客之客，谓无客谢之色。冈白驹：凡琴有秘靳，如叔夜《广陵散》是也。(周兴陆按：同“靳秘”，吝惜而不外传。)桃井白鹿：客，读如“客气”之“客”，一本作“吝色”。黄石子《遵义篇》：“行赏吝色者阻。”此转用为羞涩之色，曰“既无”曰“而谈”，故知非秘靳琴书之色也。《觹》云：“凡琴有秘靳，如叔夜《广陵散》是也。”误矣。秦士铉：客，一作“吝”。吝色，羞涩颜色也。《考》引《魏书·冯元兴传》可考。田中：客气之客也，谓无挟心。(周兴陆按：田中《世说讲义》原

* 张宇辰，女，1998年生，山东聊城人，山东大学文学院2020级硕士研究生，师从李剑锋教授，魏晋南北朝文学方向。

① (南朝宋)刘义庆撰，(南朝梁)刘孝标注，余嘉锡笺疏，周祖谟、余淑宜、周士琦整理：《世说新语笺疏》，中华书局2015年版，第329页。

文作“客色”。)

【注解】

[1]秦士铉:逵在剡溪,故出自东入都也。

[2]谢太傅:即谢安(320～385),晋政治家,玄学家、诗人。字安石。陈郡阳夏(今河南太康)人。幼弘雅有识度。永和九年(353),预王羲之兰亭之会。升平三年(359),谢万北伐败绩,被废,安为维系门资势位,始有仕进意。次年,桓温请为司马,乃赴召,深为温所礼重。温卒,安乃为尚书仆射又领扬州刺史,总揽朝政,并组建北府兵。为政和静,人皆比之王导。孝武帝太元元年(376),录尚书事。八年,苻坚率大军南下,安为征讨大都督。后以功加太保。太元十年卒,年六十六。追赠太傅,故后人多习称“谢太傅”。安善清言,亦能诗文。有集十卷,佚。今存文六篇,见《全上古三代秦汉三国六朝文》;存诗三首,见《先秦汉魏晋南北朝诗》。《晋书》卷七九有传。

[3]田中:以为其才浅,未及谈玄,故即轻也。龚斌《世说新语校释》:琴书为闲业,不比政事。谢本轻戴,故只谈琴书。

[4]龚斌《世说新语校释》:吝色,羞耻之色。吝,羞耻;以之为耻。《后汉书》五四《杨震传》:“三后成功,惟殷于民,皋陶不与焉,盖吝之也。”李贤注:“吝,耻也。”

[5]田中:是自然入玄。

[6]田中:即愈妙,故悠然知其识量之深远也。

[7]龚斌《世说新语校释》:《识鉴》一七:“戴安道年十余岁,在瓦棺寺画。王长史见之曰:‘此童非徒能画,亦终当致名,恨吾老,不见其盛时耳。’”《绘事汇考》二亦谓王长史,不闻刘真长。

[8]龚斌《世说新语校释》:鲍照《拟青青陵上陌》:“娱生信非谬,安用求多贤。”

[9]周兴陆《世说新语汇校汇注汇评》:隐居而不避世,谓之通隐。或问周续之:“身为处士,时践王庭,何也?”答曰:“心驰魏阙者,以江湖为桎梏;情致两忘者,市朝亦岩穴耳。”时号通隐先生。吴伟业《陈征君西佘山祠》诗:“通隐居城市,风流白石仙。”[①]龚斌《世说新语校释》:隐士多隐山林,远离世

① 参见黄霖、陈维昭、周兴陆主编,周兴陆辑著:《世说新语汇校汇注汇评》,凤凰出版社 2017 年版,第 641～642 页。

事，戴逵却多与高门风流者游，乃通达之隐，故云。《梁书》五一《何点传》言点："家本甲族，亲姻多贵仕。点虽不如城府，而遨游人世。不簪不带，或驾柴车，蹑草屩，恣心所适，致醉而归，士大夫多慕从之，时人号为通隐。"[①]

【翻译】

戴逵从剡溪到京都，太傅谢安去看望他。谢安原本轻视戴逵，见了面，只是和他谈论琴艺、书法。戴逵不但没有羞耻之色，反而谈起琴艺、书法来更加高妙。谢安从这件事品识出戴逵深远的识量。

【集评】

刘辰翁：甚善，我辈所不及。

田中：不竞自胜。

【参证】

《北堂书钞》卷一〇九引《世说新语》："戴公从东出，谢太傅往看之。谢本轻戴，见，但与论琴书。戴既无吝色，而谈琴书愈妙。谢悠然知其量。"

《历代名画记》卷五："刘义庆云：'戴公从东出，谢太傅往见之。谢本轻戴，见之，但论琴画而已。戴亡咎色，而说琴书愈妙。谢知其量。'"

一、戴逵其人及"谢本轻戴"的原因

戴逵字安道，是东晋著名的书画家、散文家，《晋书》卷九四有传。"戴公从东出"条注引《晋安帝纪》载："戴逵字安道，谯国人。"又有《世说新语·栖逸》第十二条注引《戴氏谱》曰："（戴）逯字安丘，谯国人。"[②]戴逯为戴逵的兄弟。从以上内容可知戴逵本籍为谯国，也就是现在的安徽宿州。关于戴氏家族，《世说新语·栖逸》第十二条注引《戴氏谱》介绍戴逵的兄弟戴逯，称其"祖硕，父绥，有名位。逯以武勇显，有功，封广陵侯，仕至大司农"[③]。然而，考察

---

① （南朝宋）刘义庆撰，（南朝梁）刘孝标注，余嘉锡笺疏，周祖谟、余淑宜、周士琦整理：《世说新语笺疏》，中华书局2016年版，第739页。以下所引《世说新语》原文皆据此版本。

② 余嘉锡笺疏：《世说新语笺疏》，第571页。

③ 余嘉锡笺疏：《世说新语笺疏》，第571页。

正史中有关戴逵、戴逯的内容，并无对其家世及先祖的追述，即使称戴逵之祖、父“有名位”，也未详载其所任职位和具体经历。魏晋时期是一个极重门第出身的时代，门阀士族多争相追溯家世渊源，美化祖上功德，从史书中对于戴氏家族的寥寥记述，可推测在戴逵之前，其家族门第不显，无法进入世家大族之列。关于戴逵的婚姻状况，《晋书》本传称其“师事术士范宣于豫章，宣异之，以兄女妻焉”①；《世说新语·巧艺》第六条注引《中兴书》亦称："逵不远千里，往豫章诣范宣，宣见逵，异之，以兄女妻焉。”②关于范宣其人，《晋书》卷九一《儒林·范宣传》载其“家至贫俭，躬耕供养。亲没，负土成坟，庐于墓侧。太尉郗鉴命为主簿，诏征太学博士、散骑郎，并不就”③。范宣早年贫苦，后隐居不仕，其子范辑，曾“历郡守、国子博士、大将军从事中郎。自免归，亦以讲授为事。义熙中，连征不至”。魏晋士族社会门第高低由仕宦与婚姻两方面决定，高门士族为维系家族固有地位，不与下等士族或寒族通婚，要求婚姻双方家族地位基本相当。从范氏的出身来看，其门第当为次等士族，范宣将侄女嫁给戴逵，说明戴氏门第亦不会太高，合理推测当属士族社会之中下层之列。

魏晋时期“九品中正制”的确立，助长了门阀士族的形成和壮大，发展至戴逵所处的东晋时期，逐步达到可与皇权比肩抗衡的程度，在众多士人眼里，靠血缘关系维系和建立的家族利益有时甚至高过国家民族利益，为维护既得利益，门阀士族只能不遗余力地抬高自己的家族地位，并排斥与家族利益无关的人进入士族群体。在此观念的统摄下，出身陈郡阳夏谢氏名门的谢安，以高门自居而轻视出身较为寒微的戴逵，亦在情理之中。

事实上，在魏晋时期的众多交友活动中，类似于“谢本轻戴”的事情屡见不鲜。如《世说新语·方正》第五十二条载："王修龄尝在东山，甚贫乏。陶胡奴为乌程令，送一船米遗之，却不肯取。直答语：‘王修龄若饥，自当就谢仁祖索食，不须陶胡奴米。’”④王胡之在东山时曾陷于贫饿交加的窘境，但他却拒不接收陶范的馈赠，余嘉锡先生释其原因："直以其家出自寒门，摈之不以为气类，以示流品之严而已。”⑤陶范曾担任秘书监等重要职位，和平民百

① (唐)房玄龄等:《晋书》卷九四《戴逵传》，中华书局1974年版，第2457页。以下所引《晋书》原文皆据此版本。

② 余嘉锡笺疏:《世说新语笺疏》，第622页。

③ (唐)房玄龄等:《晋书》卷九一《范宣传》，第2360页。

④ 余嘉锡笺疏:《世说新语笺疏》，第287～288页。

⑤ 余嘉锡笺疏:《世说新语笺疏》，第241页。

姓相比，可以说是有一定的身份地位，其父陶侃为东晋的开国元勋，官至大司马，封长沙郡公。即使这样，靠军功显达的陶家在世家大族的眼中仍资历尚浅，远不及王胡之所属的琅琊王氏。《世说新语·文学》第九十七条载："袁宏始作《东征赋》，都不道陶公。"[①]这里的"陶公"即指陶侃，余嘉锡曰："陶侃为庾亮所忌，于其身后奏废其子夏，又杀其子称，由是陶氏不显于晋。当宏作赋时，陶氏式微已甚。其孙虽嗣爵，而名宦不达。陶范虽存，复不为名氏所与。"[②]因此在王胡之眼里，陶范无论从身份地位还是家族的名望上都无法与自己比肩，而谢尚因有陈郡谢氏家族的高贵出身，所以具备与王胡之平等交游的资格。《世说新语》把"王修龄尝在东山"条列入《方正》一门，说明其编纂者认同甚至赞赏王的做法，可见在南朝士人看来，悬殊的门第差距依然是交友活动中不可逾越的鸿沟。

然而，家族的地位名望并不是一成不变的，在动荡万变的时局中，各大家族的势力此消彼长，士人的交友态度也紧跟风向而有所转变。如《世说新语·方正》第二十五条载："……于时谢尚书求其小女婚。恢乃云：'羊、邓是世婚，江家我顾伊，庾家伊顾我，不能复与谢裒儿婚。'及恢亡，遂婚。"[③]琅琊阳都诸葛氏亦为侨姓名门，渡江之初尤以王、葛并称，谢氏虽为江左高门，但功业无闻，诸葛恢死后，谢氏方兴而诸葛氏微，由此才得以"及恢亡，遂婚"。余嘉锡曰："可见一姓家门之盛，亦非一朝一夕之故也。"[④]又如《世说新语·简傲》第十五条载："王子敬兄弟见郗公，蹑履问讯，甚修外生礼。及嘉宾死，皆著高屐，仪容轻慢。命坐，皆云'有事，不暇坐'。既去，郗公慨然曰：'使嘉宾不死，鼠辈敢尔！'"[⑤]郗超死后，郗家逐渐淡出政治舞台，王子敬兄弟对郗氏家族的前恭后倨，反映出门第间交往的功利与世故，可见门第之兴替对家族通婚与士人交际影响之大。从"谢本轻戴"故事及当时社会整体交友情况来看，魏晋时期门第观念成为士人交往的准则，高门士族在与他人的交往中始终占据优势与主动权，可以说，门第高低为士人间的交往划出了一道无形的界限。

魏晋士人以家族利益和门第高低为构建社交关系的重要因素，而士人之间的交往态度也随家族势力的消长发生着微妙的变化。戴逵祖、父辈虽

---

① 余嘉锡笺疏：《世说新语笺疏》，第 240 页。
② 余嘉锡笺疏：《世说新语笺疏》，第 240～241 页。
③ 余嘉锡笺疏：《世说新语笺疏》，第 270 页。
④ 余嘉锡笺疏：《世说新语笺疏》，第 271 页。
⑤ 余嘉锡笺疏：《世说新语笺疏》，第 670 页。

功勋不著、名望不显，但发展至东晋中后期，随着戴逯于北府兵团军功的建立、戴逵之隐逸声名于晋宋之际的彰显，戴氏家族名望也随之提升。《世说新语·栖逸》第十二条注引《戴氏谱》："逯以武勇显，封广陵侯，仕至大司农。"[①]《晋书》卷七九《谢玄传》载："始从玄征伐者，何谦字恭子，东海人，戴逯字安丘，处士逵之弟，并骁果多权略。"[②]可见戴逯曾是谢玄北府兵团的重要军事将领，凭借勇武权略而封广陵侯、大司农，可谓官爵荣显，这无疑推动了其家族政治地位的提升。另外，戴逵对于戴氏家族的发展也起到不可忽视的作用，其隐逸之名于当世流传甚广，《世说新语·栖逸》第十二条注引《续晋阳秋》："逵不乐当世，以琴书自娱，隐会稽剡山。国子博士征，不就"[③]；戴逵的两个儿子戴颙、戴勃"并隐遁有高名……以父不仕，复修其业。"[④]（《宋书·隐逸传》）因此，唐张彦远在《历代名画记》中概括戴氏门风曰："一门隐遁，高风振于晋宋。"[⑤]可知戴逵父子的隐逸之名受到晋宋时代士人的推崇。正赖于戴氏政治名望和隐逸声誉的确立，作为当时高门士族最具代表性人物的谢安，尽管"本轻戴"，但还是亲自"往看之"，至于谈论后谢安"悠然知其量"，对戴逵有所改观，则是得益于戴逵出类拔萃的文艺才华。

二、戴逵"通隐"及魏晋士人文艺交往

关于戴逵之才，"戴公从东出"条注引《晋安帝纪》载其"好鼓琴，善属文，尤乐游燕"，《晋书》本传亦载其"少博学，好谈论，善属文，能鼓琴，工书画，其余巧艺靡不毕综"[⑥]，可见戴逵文艺功底深厚，才具秀拔为士人所重。写作才能方面，《北堂书钞》卷一〇二引《晋中兴书》称戴逵"文既绮藻，器亦绝妙"[⑦]，钟嵘《诗品》卷下称"安道诗虽嫩弱，有清上之句"，戴逵的诗文作品虽多已散佚，但他的《释疑论》《竹林七贤论》在当时亦产生一定影响；音乐才能方面，《晋书》本传载："太宰、武陵王晞闻其善古琴，使人召之"[⑧]，戴逵高超的琴艺得到武陵王司马晞的欣赏，而他以"不为王门伶人"为由破琴相拒，亦可见其志在隐逸的高洁情怀；绘画才能方面，《世说新语·识鉴》第十七条注引《续

① 余嘉锡笺疏：《世说新语笺疏》，第571页。
② （唐）房玄龄等：《晋书》卷七九《谢玄传》，第2086页。
③ 余嘉锡笺疏：《世说新语笺疏》，第571页。
④ （南朝梁）沈约：《宋书》卷九三《隐逸传》，中华书局1974年版，第388页。
⑤ （唐）张彦远：《历代名画记》，中华书局1985年版，第200页。
⑥ （唐）房玄龄等：《晋书》卷九一《戴逵传》，第2457页。
⑦ （隋）虞世南：《北堂书钞》，天津古籍出版社1988年版，第427页。
⑧ （唐）房玄龄等：《晋书》卷九一《戴逵传》，第2457页。

晋阳秋》称戴逵“善图画，穷巧丹青也”①，《世说新语·巧艺》第六条载：“戴安道就范宣学，视范所为：范读书亦读书，范钞书亦钞书。唯独好画，范以为无用，不宜劳思于此。戴乃画《南都赋图》；范看毕咨嗟，甚以为有益，始重画。”②书法才能方面，《晋书》本传载其“总角时，以鹅卵汁溲白瓦屑作《郑玄碑》，又为文而字镌之，词丽器妙，时人莫不惊叹”③，从史书及文学作品中所载事迹可以看出，戴逵在艺术方面有着独特的追求和造诣，这也为他能够与当时的士族名士往来交流，提供了内在的必要条件。

“戴公从东出”条注引《晋安帝纪》称戴逵“多与高门风流者游，谈者许其通隐”，关于“通隐”二字，龚斌先生解释道：“隐士多隐山林，远离世事，戴逵却多与高门风流者游，乃通达之隐，故云。”④周兴陆先生亦释为“隐居而不避世，谓之通隐”，又引周续之“心驰魏阙者，以江湖为桎梏；情致两忘者，市朝亦岩穴耳”的言论，⑤可见“通隐”指虽身居俗世而淡泊通达的一种状态，带有调和隐逸与出仕、自然与名教的意味。考察戴逵的交游情况，其与陈郡谢氏的交往有本条与谢安谈论琴书之事为例，又有《世说新语·栖逸》第十二条载谢安以戴逵“厉操东山”，而戴逯则“欲建式遏之功”，故有“卿兄弟志业，何其太殊”之问；关于戴氏与琅琊王氏的联系，《世说新语·任诞》第四十九条载著名的王子猷雪夜访逵之事，从中可看出戴逵与王徽之的交情匪浅；另外，戴逵与当时的名僧支遁也有交往，《世说新语·伤逝》第十三条载：“戴公见林法师墓，曰：‘德音未远，而拱木已积。冀神理绵绵，不与气运俱尽耳！’”⑥戴逵见故人之墓，有感而发作出追思之言，亦可见其与支遁精神思想之契合之处。由上可知，戴逵的隐逸行为并非一般苦隐，而是通过文艺交往的方式，与高门士族保持密切的联系，而这种以相似的文学艺术追求和精神气质建立起来的交友行为，因契合当时士族文化趣味及价值观念，遂形成一种普遍的交友风气。可将魏晋时期士人之间盛行的、以艺术交流为主要方式的交友行为称作“文艺交”。

文艺交的形式丰富多样，其中清谈为最主要的交往方式之一。从《世说新语》中记载的诸多故事中可以看出，清谈活动在东晋士大夫的日常生活中

---

① 余嘉锡笺疏：《世说新语笺疏》，第 353 页。

② 余嘉锡笺疏：《世说新语笺疏》，第 622 页。

③ （唐）房玄龄等：《晋书》卷九一《戴逵传》，第 2457 页。

④ 龚斌校释：《世说新语校释》，上海古籍出版社 2011 年版，第 739 页。

⑤ 黄霖、陈维昭、周兴陆主编，周兴陆辑著：《世说新语汇校汇注汇评》，凤凰出版社 2017 年版，第 642 页。

⑥ 余嘉锡笺疏：《世说新语笺疏》，第 556 页。

占据重要地位,《世说新语·政事》第十八条载:“王、刘与林公共看何骠骑,骠骑看文书,不顾之。王谓何曰:‘我今故与林公来相看,望卿摆拨常务,应对玄言,那得方低头看此邪!’何曰:‘我不看此,卿等何以得存!’诸人以为佳。”①清谈起源于东汉,本是士人关心政治、谈论时事的一种方式,但随着政治气候的转向,清谈内容由谈论现实名理转为谈论玄学哲理,其实用目的逐步让位于艺术文化内涵。从王濛与何充的对话中可以看出,东晋士人多以清闲的态度应对政务,他们对玄风的热衷助长了清谈风气的形成,清谈逐渐成为风靡上层社会的一种娱乐活动。《世说新语·文学》第二十二条载:“殷中军为庾公长史,下都,王丞相为之集,桓公、王长史、王蓝田、谢镇西并在。丞相自起解帐带麈尾,语殷曰:‘身今日当与君共谈析理。’既共清言,遂达三更。”②清谈活动常以集会的方式进行,名士们聚集在一起谈论玄理,清谈盛会像是一场高峰座谈会,参与的各位在思想的碰撞中通达义理,最好的结果便是身心俱畅、客主皆欢,达到彼此沟通、联络感情的效果。《世说新语·文学》第五十五条载:“支道林、许、谢盛德,共集王家。谢顾谓诸人:‘今日可谓彦会。时既不可留,此集固亦难常。当共言咏,以写其怀。’”③士人们怀着“游戏”的态度,把清谈作为日常交际生活的一部分,他们一方面通过清谈来标榜自身才情风致,以此来获得他人的赞赏与内心的满足;另一方面通过言谈交流认识他人,发现人才,品评人物,拓展人际关系,从而实现交友的目的。

文艺活动为士人交友另一重要方式,其主要形式为文学品评、学术交流、游宴、饮酒、下棋等。文学、学术交友主要表现为士人之间创作、品评作品,透过文学作品知人论世,通过彼此交流斟酌学术观点,寻找文化上的同路人。如汉末服虔与崔烈,服虔想要为《春秋》作注,听说崔烈集合弟子讲《左传》,于是隐姓埋名受雇为崔烈弟子为其烧饭,借机偷听崔烈的讲解,后崔烈识破服虔身份,两人因共同的学术追求而成为朋友(《世说新语·文学》第四条);支遁就自己撰写的《即色论》与王坦之交流,王坦之以“无言”的方式彰显自己的佛学理解(《世说新语·文学》第三十五条);再如殷仲堪心血来潮而作赋,自鸣得意地拿给王恭看,王恭并不欣赏其轻浮的文风,于是以“不言好恶”的方式表明态度,殷仲堪明了王恭之意而怅然失落(《世说新语·雅量》第四十一条)。个人文化学养通过文学与学术得到展现,士人之

① 余嘉锡笺疏:《世说新语笺疏》,第159～160页。

② 余嘉锡笺疏:《世说新语笺疏》,第185页。

③ 余嘉锡笺疏:《世说新语笺疏》,第207页。

间因才性气质而相互欣赏，从而建立起深厚的友谊。除文学、学术交流之外，士人们还能够通过艺术或游戏活动观察对方的行为方式，了解一个人的品格，从而认识他人。如《世说新语·方正》第四十二条载："江仆射年少，王丞相呼与共棋。王手尝不如两道许，而欲敌道戏，试以观之。江不即下，王曰：'君何以不行？'江曰：'恐不得尔。'傍有客曰：'此年少戏乃不恶。'王徐举首曰：'此年少非唯围棋见胜。'"[①]王导与江虨下棋，透过江虨的棋品来了解其人品，文艺活动是士人日常行为气质的反映。又如本条所记"戴既无吝色，而谈琴书愈妙，谢悠然知其量"，谢安起初因戴逵非名门出身而轻视之，戴逵凭借对琴艺书法的精妙理解，彰显了自己的学问与器量，改变了谢安对自己的看法。由此可见，共同的兴趣爱好和艺术取向是魏晋士人构建社交关系的关键因素之一，他们将对风雅意趣的追求贯穿于交友过程之中，在以文艺为主导的社交场合中展现个人风采，进行文化交流。这种因文艺而产生的情感共鸣与心灵悸动，亦是魏晋士人交友艺术化的反映。

三、《世说新语》体现出的魏晋士人交友观念的嬗变

人的交友行为是多种因素相互交织的结果，在此基础上形成的交友观同样是复杂且不断变化的。作为一种新的交友风尚，魏晋士人文艺交的兴盛和交友艺术化的凸显，是交友观念方向性转变的显著表现之一。魏晋时期受儒学与玄学思潮的共同影响，士人在名教、自然的冲突与平衡中，寻找与他人交往的价值准则；同时，士人主体意识的觉醒，也为新的交友观念的产生创造了条件。相较于先秦两汉时期，魏晋士人的交友观念在继承中蕴藏着发展与新变。

（一）儒家观念影响下对交友传统的继承

早在先秦时期，儒家就意识到了交友在社会人伦中的作用。孔子将人伦关系分为五类，五伦之中，君臣、夫妇关系受社会道德法规维系，父子、兄弟更是由血缘建立的坚固联盟，只有"朋友之交"起于自由的结合，这种关系看似松散，却最充分地代表了人的社会属性，对自我意识的建构和社会秩序的维护都有着深刻影响。因此，从先秦至两汉，朋友间的交往历来受到士人的重视，逐步形成一套以儒家伦理为核心的交友规范。发展到魏晋时期，虽然儒学不再占据社会思潮的核心位置，但名教思想在政治与生活中的作用

---

① 余嘉锡笺疏：《世说新语笺疏》，第283页。

并未完全淡化。《世说新语》中的交友行为，反映出魏晋士人对儒家传统交友观念的继承。

首先是认识到交友的重要性。如《世说新语·赏誉》第七十三条载："庾稚恭与桓温书，称：'刘道生日夕在事，大小殊快。义怀通乐既佳，且足作友，正实良器，推此与君，同济艰不者也。'"[①]庾翼写信给桓温，向他推荐刘恢，并称赞刘恢早晚勤于公事，办事很有效率，胸怀宽广豁达，很值得做朋友。庾翼建议桓温与这样的人交往，不仅因其豁达的性格能使双方相处融洽，还因其过人的才能可以促进朋友的提升。《礼记·学记》曰："独学而无友，则孤陋而寡闻。"[②]曾子曰："君子以文会友，以友辅仁。"[③]君子处世离不开朋友的扶持，好的朋友不仅能帮助自己增长见识，还能促进道德品质的提升，以弥补自身的局限性。受儒家思想的影响，士人多以"无友不如己者"为交友的先决条件，葛洪在《抱朴子》中认为交友的目的是"进德修业"，颜之推在《颜氏家训》中提到"交求得圣贤"，都是将交友作为自我完善的一种途径，看重在友谊关系中个人受到的促进作用，以期能够以别人的长处来弥补自己的短处，实现学业、事业或道德修养方面的增益。

其次是魏晋士人重视择友。《论语·季氏》曰："益者三友，损者三友。友直、友谅、友多闻，益矣；友便辟、友善柔、友便佞，损矣。"[④]君子不仅要擅交友，更要慎交友，所谓近朱者赤，近墨者黑，择善而交是首要前提和标准。如何做到择善而交，则要求士人在交友过程中秉持审慎的态度，坚持应有的原则，具体表现在：

其一，以"信""义"为交友的首要原则。《世说新语·德行》第九条载："荀巨伯远看友人疾，值胡贼攻郡，友人语巨伯曰：'吾今死矣，子可去！'巨伯曰：'远来相视，子令吾去，败义以求生，岂荀巨伯所行邪！'贼既至，……巨伯曰：'友人有疾，不忍委之，宁以我身代友人命。'贼相谓曰：'我辈无义之人，而入有义之国！'遂班军而还，一郡并获全。"[⑤]危难之中，荀巨伯没有弃朋友于不顾，可谓"信"，以己之生命换友人生命，可谓"义"，胡人为其所感而撤军，亦可见其对以信义为标准的价值观念的认同，这种超越个人私利的生死

① 余嘉锡笺疏：《世说新语笺疏》，第 407 页。
② （清）孙希旦集解：《礼记集解》卷三六，中华书局 1989 年版，第 965 页。
③ 程树德集释：《论语集释》卷二四，中华书局 1990 年版，第 878 页。
④ 程树德集释：《论语集释》卷三三，第 1149 页。
⑤ 余嘉锡笺疏：《世说新语笺疏》，第 10 页。

之交,无疑是令人心生敬畏的。"所谓势利之交,古人羞之"[①](《世说新语·忿狷》第七条),士人交友多以义为先,"败义以求生"的行为令人所不齿。与此相类,《世说新语·德行》第十一条中管宁、华歆对待名利截然相反的态度,鲜明地反映了士人对利与义的取舍,亦可见儒家德行观念影响下重义轻利的交友价值取向。子夏认为交友应讲求诚信,"贤贤易色,事父母能竭其力,事君能致其身,与朋友交,言而有信。虽曰未学,吾谓之学矣"[②];曾子更是把"信"作为提升自身道德修养的标准,"吾日三省吾身:为人谋而不忠乎?与朋友交而不信乎?传不习乎"[③],可知魏晋士人坚守信义的交友原则与儒家思想一脉相承。

其二,以"礼"为交友的必要规范。儒家以礼治天下,《论语·季氏》曰:"不学礼,无以立。"[④]把礼作为一个人安身立命的根本。《礼记·礼器》中说:"忠信,礼之本也;义理,礼之文也。无本不立,无文不行。"[⑤]"忠信""义理"亦是"礼"在道德层面的深层表现,可见儒家的"礼"不仅体现为行为方面的约束,更包含着道德方面的价值规约。发展到魏晋时期,尽管这种礼法规范已无力严格规定士人的言行举止,但名教之礼在日常生活中的影响犹在,并在交友方面有所表现。《世说新语·方正》第一条载东汉时期"陈太丘与友期行"的故事,友人失约,言而无信,甚至对子骂父,自然可被视为无礼,但元方的行为恐怕亦有悖于长幼有序的礼仪规范,可他并没有因此被当作"出言不逊"的无礼之徒,而是被列入《方正》一则,在魏晋时期得到了褒扬。可见虽然六朝时期仍存在尚"礼"之风,但魏晋士人对"礼"的强调,并非对汉代以来儒家礼制的一味推崇,而是采取一种扬弃的态度,重视礼的内涵,淡化礼的形式。这种对礼之实质的提倡,是对当时浮华交游风气的一种反拨,正如应劭在《风俗通义》中所言,当时"因私废公""矫于情礼",以私心取代公义、矫揉造作流于形式的交友方式,才是真正违背了礼之"忠信""义理"的初衷,士人通过反对这种刻意的虚礼,实现对自然真实之交友态度的彰显。

其三,以"贤"为理想的交友对象。《世说新语·德行》第一条载:"陈仲举言为士则,行为世范。登车揽辔,有澄清天下之志。为豫章太守,至,便问徐孺子所在,欲先看之。主簿白:'群情欲府君先入廨。'陈曰:'武王式商容

---

① 余嘉锡笺疏:《世说新语笺疏》,第765页。
② 程树德集释:《论语集释》卷二,第30页。
③ 程树德集释:《论语集释》卷一,第18页。
④ 程树德集释:《论语集释》卷三三,第1169页。
⑤ (清)孙希旦集解:《礼记集解》卷二三,第625页。

之间，席不暇暖。吾之礼贤，有何不可！’”[①]徐孺子即徐稚，谢承《后汉书》评价其“清妙高跱，超世绝俗”[②]，这种高尚的风度气节受到了豫章太守陈蕃的礼遇。陈蕃与徐稚之所以能成为朋友，不仅因为陈蕃的尊贤之心，更是因为陈蕃作为有着同样高尚品格的人，其“言为士则，行为世范”的贤士精神与徐稚的精神气场相契合；反之，如若像钟会对待嵇康那样，虽有礼贤之心，但才德品行低下，依然会招来名士的冷眼。一个人的社交圈往往取决于自身的层次与境界，若自己即为贤者，周围的贤者便会自然而然地相与结交。而以贤者为友的结果，正如周乘与贤士黄宪交友时的感受：“吾时月不见黄叔度，则鄙吝之心已复生矣。”[③]士人在把贤者当作理想的交友目标的同时，亦在不断向贤者的高度靠近，从而达到钱穆先生所说的“能具此心，自知见贤思齐，择善固执，虚己向学，谦恭自守，贤者亦必乐与我友矣”[④]的境界。

(二)道家玄学思想影响下的交友个体化特征

与儒家思想的群体性原则不同，道家思想多着眼于人的自然个性方面，老子把“道”作为万物之本，并将其分为天道与人道，将“人”作为与天地共存的自然生命体，体现出对于作为个体的人的关怀；庄子亦在《人间世》中言：“古之至人，先存诸己而后存诸人。”[⑤]将立己作为立人的出发点，肯定了自我存在的优先性和不可替代性，树立起个人独特的意义与价值。魏晋时期，在玄学思潮的影响下，士人多追求“越名教而任自然”的生活态度，由此产生了随性自适的交友原则，他们把交友作为一种个人行为，关注自我的交友感受，发挥作为个体的人在交友过程中的主导作用。

有别于魏晋之前对交友活动的道德规约和外在环境干涉，魏晋士人以求得与自身性格气质相契合的友谊为目的，其交友行为呈现出个体化的特点，具体表现为：

首先是重精神而轻行迹。《世说新语·任诞》第四十二条载：“桓子野每闻清歌，辄唤‘奈何！’谢公闻之曰：‘子野可谓一往有深情。’”[⑥]又《世说新语·任诞》第四十九条载：“王子猷出都，尚在渚下。……王便令人与相闻

① 余嘉锡笺疏：《世说新语笺疏》，第1页。

② 余嘉锡笺疏：《世说新语笺疏》，第1页。

③ 余嘉锡笺疏：《世说新语笺疏》，第3页。

④ 钱穆新解：《论语新解》，生活·读书·新知三联书店2002年版，第12页。

⑤ (清)郭庆藩集释：《庄子集释》卷三上，中华书局1961年版，第134页。以下所引《庄子》原文皆据此版本。

⑥ 余嘉锡笺疏：《世说新语笺疏》，第654页。

云：‘闻君善吹笛，试为我一奏。’桓时已贵显，素闻王名，即便回下车，踞胡床，为作三调。弄毕，便上车去。客主不交一言。”[①]桓子野即桓伊，《晋书》本传评价其“善音乐，尽一时之妙，为江左第一”[②]。两则故事都以桓伊为主角，后者更是被明人评曰：“佳境乃在末语。”[③]桓伊随性而奏，兴尽而去，王徽之亦不拘于语言和客套礼节，两人不受身份地位的约束，关注点仅仅在音乐本身，奏者寓情于音乐中，闻者亦通过音乐来感受这份情，一切皆顺应自然，这种因心性相映而达到精神相知的友谊亦可被称作“神交”。魏晋士人重志气相投的精神之交，一方面来源于庄子尚自然、慕通脱、重内心的思潮的影响，《庄子·大宗师》曰：“子祀子舆子犁子来四人相与语曰：‘孰能以无为首，以生为脊，以死为尻，孰知死生存亡之一体者，吾与之友矣。’四人相视而笑，莫逆于心，遂相与为友。”[④]其中体现出的朋友之间精神气度相互投和、情性相互感通的“知音”意识，与魏晋士人追求顺性而为、自由闲适的交友方式相契合。另一方面，源自魏晋士人所处的动荡变幻的时代，以及这一时代带来的独特文化烙印，他们在战乱频仍、朝不保夕的时局中，往往产生对世事的焦虑感与生命的威胁感，如嵇康的《幽愤诗》、阮籍的《咏怀诗》，均借孤鸟意象表达了对生命流逝、无所寄托的无奈与感伤。这种时空、命运幻灭的孤独意识，催生了作为渺小的个体的人，在茫茫天地间寻找知音的渴望，而士人清高自持、介然不群的孤介性格，又使他们产生了知音难得的伤感情绪，感慨“昔伯牙绝弦于钟期，仲尼覆醢于子路，痛知音之难遇，伤门人之莫逮”[⑤]（曹丕《与吴质书》），孤独使他们渴望通过志气相投的交友，求得心灵深处的安慰和共鸣。

其次是重内容而轻结果。如《世说新语·任诞》第四十七条载著名的王子猷雪夜访戴的故事：“王子猷居山阴，夜大雪，眠觉，开室，命酌酒，四望皎然。因起彷徨，咏左思招隐诗。忽忆戴安道。时戴在剡，即便夜乘小船就之。经宿方至，造门不前而返。人问其故，王曰：‘吾本乘兴而行，兴尽而返，何必见戴？’”[⑥]王子猷之所以雪夜访戴而不见戴，与当时盛行的玄学“得意忘象”的境界有关。《庄子·外物》曰：“荃者所以在鱼，得鱼而忘荃；蹄者所以

① 余嘉锡笺疏：《世说新语笺疏》，第657页。
② （唐）房玄龄等：《晋书》卷八一《桓伊传》，第2118页。
③ 魏同贤、安平秋主编：《凌濛初全集》凤凰出版社2010年版，第380页。
④ （清）郭庆藩集释：《庄子集释》卷三上，第258页。
⑤ （清）严可均校辑：《全上古三代秦汉三国六朝文》卷七，中华书局1958年版，第1089页。
⑥ 余嘉锡笺疏：《世说新语笺疏》，第656～657页。

在兔，得兔而忘蹄；言者所以在意，得意而忘言。”[①]王弼针对此提出了“得意忘象”的观点，在他看来，象的存在是为了更好地解释意，一旦通过象达到了意，象的存在便可忽略。这种主张投射到交友活动中，倘若交友之“意”，即交友本身的心性情感得到了满足，那么交友之“象”，即通过什么样的形式与方式交友、达到什么样的结果便不再重要了。王子猷所言“吾本乘兴而行，兴尽而返，何必见戴”，正是因为其因读诗而油然产生的情感，已在拜访友人这个过程中得到了抒发，访友之“意”已经达到，至于是否见到戴逵这个“结果”，便是可以忽视的“象”了。又如《世说新语·栖逸》第十二条中记载，戴逵与其兄秉持着隐与仕两种截然相反的志向，但两人却能够融洽地相处，这一方面是受东晋时期士人仕隐兼修思想的影响，另一方面也反映出士人交往不局限于表面的立场与结果，而是更为关注交往行为背后隐藏的真意。由此观之，在老庄哲学与玄学思潮的影响下，魏晋士人交友过程中对形式、目的及结果的追求，让位于交友的过程享受及精神取向，不同于流于表面的泛泛之交，这种重内容轻结果的特点，可视为交友行为个体化的侧面反映。

第三是重情感而轻礼法。魏晋士人越礼而重情的思想特征，往往渗透到交友行为的全过程。如《世说新语·伤逝》第十条载：“王长史病笃，寝卧镫下，转麈尾视之，叹曰：‘如此人，曾不得四十！’及亡，刘尹临殡，以犀柄麈尾箸柩中，因恸绝。”[②]《世说新语·伤逝》第十一条载：“支道林丧法虔之后，精神賨丧，风味转坠。……却后一年，支遂殒。”[③]朋友去世，哀恸以致伤身，既不符合庄子“安时而处顺，哀乐不能入也”[④]的养生观，也不符合孔子“居丧之礼，毁瘠不形，视听不衰”[⑤]的丧葬原则，但这恰恰是魏晋士人在交友过程中强烈情感投入的体现。“情”作为人区别于动物的独有的特质，受到哲学家的普遍关注，自古以来便不乏对于“情”的探讨。《庄子·德充符》载庄子与惠施论“情”：“吾所谓情者，言人之不以好恶内伤其身，常因自然而不益生也。”[⑥]庄子强调“无情”，即不以是非好恶束缚身心，伤害自己的本性，圣人之所以能够达到“无情”的境界，是因为他顺应自然本性，消解万物与“我”之间的隔阂，依循自然之理从而无累于情。魏晋士人一方面接受了先秦老庄之

① （清）郭庆藩集释：《庄子集释》卷九上，第 944 页。

② 余嘉锡笺疏：《世说新语笺疏》，第 555 页。

③ 余嘉锡笺疏：《世说新语笺疏》，第 555 页。

④ （清）郭庆藩集释：《庄子集释》卷二上，第 128 页。

⑤ （清）孙希旦集解：《礼记集解》卷三，第 75 页。

⑥ （清）郭庆藩集释：《庄子集释》卷二下，第 221 页。

学，另一方面又对“圣人无情”的观点有所改造，在何晏的人性自然说和王弼的圣人有情说相继提出后，魏晋士人对“情”的理解发生转变，他们不承认本体无情，认为人原本是有情的，顺应自然的结果便是任情且钟于情。魏晋人所谓的“情之所钟，正在我辈”，即是说像我们一样的平常人，无法做到圣人那样忘情的境界。因此，嵇康在《难自然好学论》中提出：“六经以抑引为主，人性以从欲为欢。抑引则违其愿，从欲则得自然。然则自然之得不由抑引之六经，全性之本不须犯情之礼律。”[①]在嵇康看来，人生而有情，名教对情的抑引违背了人的自然本性，因此应超越礼律而获得真情，从而提出了“越名教而任自然”的主张。这种对名教之礼法的否定与超越，在对友人的哀悼行为中亦有充分体现，《世说新语·伤逝》第七条载：“顾彦先平生好琴，及丧，家人常以琴置灵床上。张季鹰往哭之，不胜其恸，遂径上床，鼓琴，作数曲竟，抚琴曰：‘顾彦先颇复赏此不？’因又大恸，遂不执孝子手而出。”[②]顾荣与张翰皆为吴中名士，两人共同经历“八王之乱”，可谓是患难与共的生死之交。顾荣好琴，张翰亦善解琴音，后来友人去世，张翰竟不顾丧葬礼节，在灵床上弹琴哀悼。张翰“不执孝子手而出”，同王珣吊谢安时“直前，哭甚恸，不执末婢手而退”[③]（《世说新语·伤逝》第十五条）的做法类似，都是对常规丧礼形式的超越。又如曹丕凭吊王粲，放下君臣之礼而为其作驴鸣，裴楷凭吊好友阮籍的母亲，在遵循礼法的同时包容阮籍的不守礼法。这些故事无不体现了士人之间超越形式的真挚友谊，世俗的繁文缛节让位于对友人深切的悲痛，对朋友形式上的缅怀让位于发自内心的哀伤之情。由此观之，从先秦到魏晋，交友的内容与形式发生了分离，真正的友谊敢于冲破礼的束缚，注重情感的自然流露，交友活动被注入了浓烈的个人情感，充分体现了魏晋士人交友的个体化特征。

（三）时代风气影响下的交友审美化趋向

在魏晋士人的交往中，除政治立场、门第高低、学术观念等“道相同而为谋”的因素外，更有对文学创作、审美情趣、人格特点方面的趋向和观照，他们以“美”的眼光对内塑造自身，对外欣赏他人，由此产生了审美化的交友观念。

交友过程中审美观念的形成与人物的品鉴息息相关。与人交往首先要

---

① 戴明扬校注：《嵇康集校注》，中华书局2015年版，第296页。

② 余嘉锡笺疏：《世说新语笺疏》，第553页。

③ 余嘉锡笺疏：《世说新语笺疏》，第557页。

认识他人，而士人对他人的认识，随着社会状况的不同而不断发展变化。魏晋以前受儒家思想影响深刻，人们多以道德礼仪高下作为评价一个人的标准。汉末时期曹操施行“唯才是举”的策略以笼络人才，于是才能的重要性得到凸显，即便有才无德也可得到赏识和重用。发展到晋时期，士人阶层在政治经济领域的独立，以及文化上对自我的发现，促进了他们个性的解放与人格的自由，这种“人”的觉醒塑造了独特的名士风度，开拓出士人阶层独有的审美观念与人生情怀。在士人们的交友过程中，亦离不开对“美”的观照，他们淡化是非功利因素，通过对他人的品鉴与审美，来认识和选择与自己情投意合的朋友，这种对朋友的审美化认识由表及里，展现出新的时代特点。

首先是交友过程中对外在形体风神之美的关注。《世说新语》中不乏对人物仪容仪态的品藻，如《世说新语·容止》中描写裴楷“双目闪闪，若岩下电”[①]（《世说新语·容止》第十条），王衍“处众人中，似珠玉在瓦石间”[②]（《世说新语·容止》第十七条），形容杜乂“面如凝脂，眼如点漆，此神仙中人”[③]（《世说新语·容止》第二十六条），等等。士人将美好的容貌视作审美的对象，并与自然景物联系起来，通过比喻与细节描写生动形象地突出人物的个性风韵。更有《世说新语·容止》第二十三条载：“石头事故，朝廷倾覆。温忠武与庾文康投陶公求救。……别日，温劝庾见陶，庾犹豫未能往。……庾风姿神貌，陶一见便改观；谈宴竟日，爱重顿至。”[④]庾亮和陶侃本属于不同的政治阵营，再加上地域、出身的差异使两人之间素有偏见，苏峻之乱时，陶侃把庾亮当作始作俑者想要杀掉，这种政治上的敌对情绪，却在两人相见时，被庾亮的美好仪容所化解，陶侃对其大为改观，共同平定了苏峻之乱。虽然庾、陶二人算不上朋友，他们在苏峻之乱中的合作也并非全然出于对彼此的欣赏，但从《世说新语》记载的这条故事，却可看出时人对人际关系建立过程中，所展现出的仪容之美的关注与推崇。

其次是对个人文化才情的欣赏。如《世说新语·赏誉》第六十五条载：“庾公为护军，属桓廷尉觅一佳吏，乃经年。桓后遇见徐宁而知之，遂致于庾公，曰：‘人所应有，其不必有；人所应无，己不必无。真海岱清士。’”[⑤]刘孝标注引《徐江州本事》曰：“宁清惠博涉，相遇怡然。遂停宿，因留数夕，与宁结

① 余嘉锡笺疏：《世说新语笺疏》，第 529 页。
② 余嘉锡笺疏：《世说新语笺疏》，第 531 页。
③ 余嘉锡笺疏：《世说新语笺疏》，第 537 页。
④ 余嘉锡笺疏：《世说新语笺疏》，第 533～534 页。
⑤ 余嘉锡笺疏：《世说新语笺疏》，第 404 页。

交而别。至都，谓庾亮曰：‘吾为卿得一佳吏部郎。’”①桓彝因徐宁才华品行出众而对其大加赏识，与其结交为友，把徐宁推荐给庾亮时更是用“清”字来形容他的才性气质，于赞赏态度中还蕴含着审美的意味。又如孙绰创作《天台赋》，完成后请范启点评，范启每读到高妙之处而赞曰：“应是我辈语”，于是两人因文学而相友善（《世说新语·文学》第八十六条）；袁宏年少家贫时，在商船上一边运载租谷，一边吟诵自己所作的《咏史诗》，恰逢时任镇西将军的谢尚乘船泛江，识得诗中情趣，因此邀袁宏相见，谈话至天明，并对袁宏大加赏识（《世说新语·文学》第八十八条）。可见魏晋士人的交友多着眼于文学艺术本身，将文艺活动作为友情的催化剂，使人抛开成见，以审美的观点认识他人，依靠个人才性气质的相互吸引，实现朋友之间心灵的沟通。

再次是对内在气质精神的品味。孙长乐作《王长史诔》云：“余与夫子，交非势利，心犹澄水，同此玄味。”②宁稼雨先生认为，所谓“玄味”即是指晋人崇尚的一种人格气质。③《世说新语·容止》第十三条载：“刘伶身长六尺，貌甚丑顇，而悠悠忽忽，土木形骸。”④刘伶虽然外表丑陋，但其质朴超然的气质受到了士人的赞赏，内在的人格之美使形象上的不足得以弥补。这种对精神气质的关注也影响了士人的交友行为：“王子猷尝行过吴中，见一士大夫家极有好竹。主已知子猷当往，乃洒扫施设，在听事坐相待。王肩舆径造竹下，讽啸良久。主已失望，犹冀还当通，遂直欲出门。主人大不堪，便令左右闭门不听出。王更以此赏主人，乃留坐，尽欢而去。”⑤（《世说新语·简傲》第十六条）吴中士大夫的真性情与王子猷的不羁、洒脱相契合，因而改变了王子猷起初的态度，两人相谈甚欢，十分投机。又有《世说新语·方正》第二十九条记载顾显曾向周顗劝酒，周顗一开始并不接受，顾显只得对柱而语“讵可便作栋梁自遇”，周顗通过这句话看出了顾显豁达坦率的性格，于是欣然与其结为衿契之交，可见在“越名教而任自然”的时代风气影响下，士人交友十分注重人物内心情感与个性风韵的相互契合。从《世说新语》中记载名士风流的众多故事中可以看出，晋人开始以一种唯美主义的态度欣赏身边的人与事，这种对人之精神风貌的关注，体现了他们对个体生命价值的重视，

① 余嘉锡笺疏：《世说新语笺疏》，第404页。

② 余嘉锡笺疏：《世说新语笺疏》，第728页。

③ 宁稼雨：《魏晋士人人格精神——〈世说新语〉的士人精神史研究》，南开大学出版社2003年版，第483页。

④ 余嘉锡笺疏：《世说新语笺疏》，第530页。

⑤ 余嘉锡笺疏：《世说新语笺疏》，第670～671页。

以及交友过程中对人格美的追求。而审美本身的多样性,也使这种以审美精神为主导的交友,摒除了外在因素的条条框框,具备了尊重对方个性的包容心态,促进了这一时期以审美精神为主导的,任真、率性、包容的交友观念的形成。

综上所述,魏晋士人交友观的嬗变有其独特的思想背景,在儒家传统伦理思想、道家玄学自由自然思想、魏晋时代风气的三重影响之下,魏晋交友观的发展方向,在坚持以儒家为主导的"信""义""礼""贤"的原则基础上,向以道家为主导的,追求志气相投的精神化交友,追求重内容轻形式、重过程轻结果的个性化交友,以及重视个人情感投入的情感化交友的方向转变,并伴随着魏晋士人特有的审美趋向与包容心态。这一嬗变的精神走向,使士人在交友过程中挣脱礼仪框架和价值伦理的约束,从"以友辅仁""无友不如己者"的功利性目的,转变为对他者和自我自然情性的体悟与包容,进而认识到交友在自我塑造和精神层面的价值。总体观之,魏晋名士友谊观相较于先秦两汉的最显著差别在于,士人对友谊的态度与认知由道德规范高压下的被动,转向越名教而任自然的主动,由群体性转向个体性,这是魏晋时期"人的觉醒"在交友层面的反映与彰显,体现出魏晋士人独立人格精神的建构,以及中国传统交友思想的转型。

参考文献

(南朝宋)刘义庆撰,(南朝梁)刘孝标注,余嘉锡笺疏,周祖谟、余淑宜、周士琦整理:《世说新语笺疏》,中华书局2016年版。

(南朝宋)刘义庆撰,(南朝梁)刘孝标注,龚斌校释:《世说新语校释》,上海古籍出版社2011年版。

黄霖、陈维昭、周兴陆主编,周兴陆辑著:《世说新语汇校汇注汇评》,凤凰出版社2017年版。

龚斌:《世说新语索解》,华东师范大学出版社2016年版。

(唐)房玄龄等:《晋书》,中华书局1974年版。

读书会时间:2020年12月23日

《世说新语·赏誉第八》第十九条“张华见褚陶”读解

白沛瑶*

【原文】

张华[1]见褚陶，语陆平原[2]曰：“君兄弟龙跃云津[3]，顾彦先凤鸣朝阳[4]。谓东南之宝已尽，不意复见褚生[5]。”陆曰：“公未睹不鸣不跃者耳！”[6]《褚氏家传》曰：陶字季雅，吴郡钱塘人，褚先生后也[7]。陶聪惠绝伦，年十三[一]，作鸥鸟、水碓[二]二赋。宛陵严仲弼见而奇之[8]。曰：褚先生复出矣！弱不好弄[9]，清淡[三]闲默。以坟典自娱，语所亲曰：“圣贤备在黄卷中，舍此何求？”州郡辟，不就。吴归命，世祖补台郎[四]、建忠校尉。司空张华与陶书曰：“二陆龙跃于江、汉，彦先凤鸣于朝阳，自此以来，常恐南金已尽，而复得之于吾子，故知延州之德不孤，渊岱之宝不匮[五]。”仕至中尉。①

【校勘】

[一]十三，王刻本作三十。王先谦校：“一本作十三，是。”《世说补》同。龚斌按，据后文云“弱不好弄”，则作“十三”是。

[二]水碓，碓，宋本、沈校本并作“碓”。王刻本作“硙”。龚斌按，碓，舂、捣。水碓，以水力舂谷之器具。硙，石磨。扬雄《太玄经》：“阴阳相硙，物咸雕离。”水硙，以水力磨米之器具。碓，舂米谷之设备，功用同碓，故作碓、硙、

* 白沛瑶，1999年生，山东聊城人，山东大学文学院中国古代文学2020级硕士研究生，师从李剑锋教授，魏晋南北朝文学方向。

① （南朝宋）刘义庆撰，（南朝梁）刘孝标注，龚斌校释：《世说新语校释》，上海古籍出版社2011年版，第833页。

碓皆可。

［三］清淡：淡，王刻本作谈。王先谦校："按《晋书·褚陶传》亦作淡，此本非。"龚斌认为王先谦说是。

［四］世祖：宋本、沈校本并无"世"字，徐笺："《晋书》本传：'吴平，召补尚书郎。'此处'吴'下当有'平'，当作'吴平，归命世祖'。"杨笺从徐笺，并据改。龚斌持反对意见，按：世祖，晋武帝庙号。当作"世祖"是。"吴归命"，即指吴平，归命西晋也。《晋书》《三武帝纪》："封孙皓为归命侯。"又《晋书》三四《杜预传》："吴之州郡皆望风归命。"若"吴"下加一"平"字反而蛇足。

［五］"故知"二句，李详云："《晋书》九二《褚陶传》采此。'延州'二语，传作'延门之德不孤，川岳之宝不匮'。""延门"自系《晋书》误本。杨笺："延州、延门并通，指延陵季子也。季札，吴人，故云。渊岱，《晋书》避唐讳改，宋本不误。"《春秋左传注疏》四〇："延州来季子，果立乎？"服虔云："延，延陵也。州来，邑名。"同上五二杜预注："季子本封延陵，后复封州来，故曰延州来。"

【注释】

［1］张华：按《晋书·张华传》：张华，字茂先，范阳方城人也……初未知名，著《鹪鹩赋》以自寄……郡守鲜于嗣荐华为太常博士，卢钦言之于文帝，转河南尹丞，未拜，除佐著作郎……顷之，迁长史，兼中书郎……晋受禅，拜黄门侍郎，封关内侯……数岁，拜中书令，后加散骑常侍……雅爱书籍，身死之日，家无余财，惟有文史溢于机箧。

［2］陆平原：即陆机，字士衡，吴郡吴县（今江苏苏州）人。孙吴丞相陆逊之孙，大司马陆抗之子。博学，善属文，非礼不动。入晋，仕著作郎，至平原内史。机与弟云并有俊才，合称"二陆"。司空张华见而悦之，曰："平吴之利，在获二俊。"

［3］龙跃云津：蛟龙在天河中腾跃。比喻才华出众的人腾起。云津，云汉，即天河。

［4］顾彦先：顾荣字彦先，吴郡吴县（今江苏苏州）人。东吴丞相顾雍孙。荣仕晋，官尚书郎等。晋元帝镇江东，为军司马加散骑常侍。死后追赠骠骑将军。凤鸣朝阳：凤凰迎着朝阳鸣叫，比喻贤才遇时而起。《诗·大雅·卷阿》："凤凰鸣矣，于彼高冈。梧桐生矣，于彼朝阳。"

［5］生：对读书人的代称。

［6］"公未睹"句：《世说抄撮》："此陆自谓己国人才固未止于此也。"龚斌

按:“不鸣不跃”者当指吴亡后隐居不仕者,如颜仲弼、吴士季、朱永长、张威伯诸人。

[7]褚先生:徐笺:“《史记·武帝本纪》集解:张晏曰:武纪,褚先生补作也。褚先生名少孙,汉博士也。”《索隐》:“张晏云:褚先生,颍川人,仕元、成间。”韦棱云:“《褚顗家传》:褚少孙,梁相褚大弟之孙,宣帝待为博士,寓居于沛,事大儒王式,号为先生,续《太史公书》。阮孝绪亦以为然也。”

[8]宛陵严仲弼:严隐,字仲弼,宛陵令,属吴地旧姓。吴平之后去职,曾被蔡洪称作“九皋之鸣鹤,空谷之白驹”。按,严隐有隐德,而声名著称于外,正是陆机谓张华之“不鸣不跃者”。

[9]弱不好弄:弱,男子二十岁称弱冠,戴上成人帽子,表示成年,此处指褚陶年轻时。弄:游戏。

【译文】

张华见到褚陶以后,对陆机说:“你兄弟二人(指陆机与陆云)如同蛟龙盘旋于云际,顾彦先如凤凰迎着朝阳鸣叫。我曾认为东南地域的人才已全在此处,没有想到还有褚生这样的人才。”陆机回答道:“您还没有见过颜仲弼、吴士季这样的不鸣不跃的人罢了。”

【解析】

一、褚陶、陆机反映的吴地文人入洛情况

褚陶其人,文字记载不多,生卒年不详,与其他人交游不多,仕途经历也记载极少。《晋书·褚陶传》除他年少才高、见张华事外,仅仅记载他曾为《褚氏家传》作注解,后世《事类备要》《湛渊集》的记载中,也仅仅将其作为一个文学意象加以发挥,现有资料,仅可证他是来自吴地的文人之一。

(一)吴人入洛群体

公元 280 年,西晋以武力灭吴,薛莹造一纸降书,跟随孙皓入晋,天下归晋。此后西晋统治者下诏“举清能,拔寒素”“江表初附,未与华夏同。贡士之宜与中国法异。前举孝廉不避丧，孝亦受行不辞"[1]。于是吴地士人，在经过了吴末零星入洛的过程后，于太康末年掀起入洛高潮，洛阳一时间人才大盛。这些人在文学上互相认可，政治上互相推荐，在洛阳形成了一个有意识的吴地文人集团。

东南入洛士人群落，除陆机陆云兄弟、褚陶外，同时期还有顾荣、蔡洪、华谭等人，稍后受二陆等人推荐的还有贺循、张翰、戴渊等人，他们造就了吴人入洛的热潮，并形成了相当规模的文学与政治群体。

究其原因，大概有以下几个方面：第一，以陆机为首的世家大族丧失了在吴的优越地位，家族责任感与骄傲感促使他们进入洛阳寻求闻达中枢，重振家族事业。《世说新语·方正》第十八条："卢志于众坐，问陆士衡……士龙失色。既出户，谓兄曰：'何至如此！彼容不相知也。'士衡正色曰：'我父、祖名播海内，宁有不知？鬼子敢尔！'"[2]体现出这种贵族精神特有的不卑不亢、志气高爽。陆云《四言失题》中"念昔先烈，有怀所钦。骇情玩世，堂允南金。琼辉邈矣，谁适为心"，《答孙显世诗》中"邈矣上祖，垂休万叶"，也体现了某种家族情结。

第二，孙吴地区被传统儒学思想浸染，多数士人抱有治国平天下的政治理想，恰逢西晋为统治吴地，开始拉拢吴地士人，因此，他们依附西晋，是为了获得实现自身抱负的环境。如贺循于元康八年(298)入洛，就是当时任著作郎的陆机上书推荐其为补太子舍人，后贺循在张昌起义、陈敏叛乱中都为稳定时局发挥了作用，著有《丧服谱》一卷，有效规范了当时的礼教，李浣曾赞其为"贺循儒宗"[3]。

顾荣是吴郡吴县人，于太康末入洛，同样为东晋中兴立下了汗马功劳，后世朱熹评其为"东晋时所用人才，皆中州浮诞者之后。惟顾荣、贺循有人望，不得已而用之"[4]。总之，吴人入洛，为西晋统治者提供了相当数量的政治人才。

第三，孙吴地区文化发达，曾产生了"会稽颇多称士"的文化格局，陆机的《吴趋行》就描绘了吴地的灿烂文化。文化底蕴给予了入洛士人足够的自信，世家大族的家学根基也更为深厚，加之西晋统治者积极进行征辟，虽然

---

① (清)严可均校辑:《全晋文》卷一四五《论江南贡举事》,1930年景清光绪二十年黄冈王氏刻本。

② (南朝宋)刘义庆撰,(南朝梁)刘孝标注,龚斌校释:《世说新语校释》,上海古籍出版社2011年版,第599页。

③ (清)李调元:《全五代诗》卷一二《蒙求》,清函海本。

④ (宋)朱熹撰,(宋)黎靖德编:《朱子语类》,崇文书局2018年版,第2464页。

入洛士人未必对西晋政权全心赞颂，但行动上还是没有抵牾之处的。

史实也证明，入洛吴人具有一定的政治素养，他们在刚入洛之时都希望能在新朝实现自己的理想抱负，贺循的《上表言车骑大将军未葬不应作鼓吹》《上言诸经宜分置博士》，陶璜的《上言州兵不宜减》都体现出对政治时局的把握，政治意见都中肯而有益，可见大多数吴地文人都渴望入仕新朝，实现自己的理想抱负。

同时，吴地士人重视群体内的清议活动，经常进行相互品评，相互标榜。如闵鸿评价陆云“此儿若非龙驹，当是凤雏”[①]，陆机评价贺循“伏见武康令贺循德量邃茂，才鉴清远，服膺道素，风操凝峻”[②]，评价戴渊“清冲履道，德量允塞；思理足以研幽，才鉴足以辩物；安穷乐志，无风尘之慕，砥节立行，有井渫之洁；诚东南之遗宝，宰朝之奇璞也”[③]，蔡洪在《与刺史周郡书》对吴展、朱诞等人的评价与此相似，都以之为卧龙凤雏之辈。

除此之外，吴人群体的书信赠答如陆机有《赠尚书郎顾彦先诗二首》和《赠从兄车骑诗》、张翰有《赠张弋阳诗》、郑丰有《答陆士龙诗四首》，陆云的《与杨彦明书》、顾荣的《与乡人书》都展示出强烈的思乡之情与急流勇退之意。总之，政治上的相互推荐、文学上的相互标榜，以及在洛阳面临的尴尬处境，都从现实与感情两个角度加固了吴地文人之间的联系，使他们成为一个庞大而坚固的整体，并展示出独特的文学素养。

在南人入洛的基础上，类似张华与陆机这样的交游逐渐增多。南北文士互相品评之风日盛，这种交流与品评丰富了洛阳的文学活动，也提高了吴地文士在洛阳的评价，如潘岳评价周处“人之云亡，贞节克举”[④]，贺循评价周处“履德清方，才量高出”[⑤]，都是对吴地文人为人与才学的双重肯定，正是有了这些品评，吴地之士才在洛阳有了栖身之地，南北士人的来往也进一步带来了文学品评的热度。葛洪《抱朴子》引欧阳生曰：“张茂先、潘正叔、潘安仁，文远过二陆”[⑥]，或曰：“张、潘与二陆为比，不徒骤步之间也”[⑦]，还说：“二陆文辞源流，不出俗检”[⑧]。这些对东南人才的评价，潜移默化中也是对文学

---

① （唐）房玄龄等：《晋书》卷五四《列传第二十四》，清乾隆武英殿刻本。

② （唐）房玄龄等：《晋书》卷六八《列传第三十八》。

③ （唐）房玄龄等：《晋书》卷六九《列传第三十九》。

④ （唐）房玄龄等：《晋书》，中华书局 1974 年版，第 1571 页。

⑤ （唐）房玄龄等：《晋书》，第 1571 页。

⑥ （清）严可均校辑：《全上古三代秦汉三国六朝文》，第 1248 页。

⑦ （清）严可均校辑：《全上古三代秦汉三国六朝文》，第 1248 页。

⑧ （清）严可均校辑：《全上古三代秦汉三国六朝文》，第 1248 页。

创作理论的探讨，流露出自己的文学主张，帮助南方士人更好地融入洛阳文坛，争得一席之地。

（二）陆氏兄弟的领袖作用及其必要性

吴人入洛的代表人物是陆机。《世说新语·尤悔篇》第三条注引《八王故事》曰："华亭，吴由拳县郊外墅也。有清泉茂林。吴平后，陆机兄弟共游于此十余年。"①

有人认为陆机开展一系列社交活动当是太康元年、二年其被俘入洛之后，太康元年（280）前后是灭吴之时，而姜剑云先生考证，按《晋书·陆机传》，陆机并非此时入仕，而是被俘入洛，后晋帝将其放归东吴，自此之后与陆云退居避世，又十年才与其弟一同入洛，以《行思赋》《思归赋》写成时间反推，入仕确切时间应为元康二年（293），但他在此之前或有机会曾经入洛，与当时文坛执牛耳者张华相识，或至少耳闻其名。

关于陆机退居时间，《晋书》本传说"退居旧里，闭门勤学，积有十年"。另《文选》卷一七注引藏荣绪《晋书》也有类似之说。虽有"十年""十一年"和"十余年"之异，但退居旧里十年间才赴洛当是确凿无疑的。

近期又有人指出按陆机《诣吴王表》《赴洛道中作》所用词汇与所述节气推测，陆机收到杨骏的征辟令应在太康十年）（289）岁末，思虑再三，于乡里守岁，年过方始启程入洛。② 由此，其人于太熙元年（290）初春出发，在暮春或初夏抵达洛阳。入洛时，西晋已改元，杨骏已官升太傅，恰可谓被"太傅杨骏"所辟，永熙（注：四月改元）元年（290）陆机被任命为祭酒，第二年三月杨骏受诛，陆机受到牵连，后又启用为太子洗马。

但不管几种推测如何，陆机入洛之后，张陆两人交情甚笃是事实。其他文献中将张陆二人并提的还有《异典》记载"陆机饷张华"事，虽是借两人宴饮的背景、张华常在《异典》中作为见多识广的"解惑人"形象出现这两个条件，但也从另一个角度反映了两人在世人眼中已是知己的形象。

《世说新语·言语》第二十六条则说明了当时陆氏兄弟处境的艰难：

> 陆机诣王武子，武子前置数斗羊酪，指以示陆曰："卿江东何以敌此？"陆云："有千里莼羹，但未下盐豉尔！"③

① 龚斌校释：《世说新语校释》，第1720页。

② 参见钟思远：《陆机入洛动机及时间重考》，《商洛学院学报》2016年第10期。

③ 龚斌校释：《世说新语校释》，第168页。

对于当朝驸马的挑衅，陆机不假思索地回击。此时二陆刚刚入洛，需要拉拢人脉，北方文人不论玄不谈时事，却只言特产，提出这种挑衅性的问题，将二陆置于尴尬境地，显示出他们对吴地的鄙视。陆云选择圆滑处理，然而陆机却予以迎头痛击，不留余地，即使在处于劣势的场合，陆机仍然不会忍气吞声，他能做出这样的反击或是由于浓厚的家族意识和东吴情结。

褚陶条目中，陆机所谓"公未睹不鸣不跃者耳"，也反映了他对东吴人杰地灵的骄傲感情，究其原因大概是他贵族的出身，如前面所说的对卢志的反击与对自己父祖的维护。即使在刚入洛时处于一个被动地位，他仍然自矜，"初陆机兄弟志高气爽，自以吴之名家，初入洛，不推中国人士"。从其文学作品中也能见到大量的对往昔荣耀辉煌的追忆以及对父祖的歌功颂德，他对父祖的崇拜之情无以复加，在生活中也会不经意地流露出贵族意识。

以陆氏为中心，大概是因为陆机作为吴地名门、文坛名才，又自觉提携同乡，受到各方士人敬重，且陆氏兄弟具有强烈的报效祖国的意识，见陆云给陆典的书函，《与陆典书》(五)中的"吴国初祚，雄俊尤盛。今日虽衰，未皆下华夏也"[①]，感情真挚，地域自豪感强烈。陆氏实是入洛士人政治上的重要依靠与精神上的重要支柱。

陆氏作为领头人，不仅有自身地位较高的原因，还因为客观环境上，入仕晋朝的吴地士人多为江东大族，入仕新朝本就承受着巨大的心理压力，孙惠称自己"以衰亡之余，遭阳九之运"[②](《谏齐王冏》)，陶璜上书称"臣亡国之余，议不足采"[③](《上言州兵不宜减》)，这种自我贬抑，不仅来自心理压力，还来自北方士人常以胜利者的姿态蔑视吴地文士，除上文提到的二陆面对的冲突外，武帝讥讽吴国"君明臣贤，何为亡国"[④]，吾彦只能以天时历数相对，王浑也曾当面嘲讽周处，周处反唇相讥，以及蔡洪曾被洛中人嘲笑"有何异才而应斯举"[⑤]，都体现出这种歧视的普遍，体现出客籍士人处境的艰难。

针对外来士人在洛阳受冷落的状况，吴地士人入洛以后，以陆机为中心，他们关注包括南人仕职以及商议相关事宜的动向，积极推介同乡，交换各种信息，活动的中心依然偏向政治性。但是，其文学活动也在进行。从陆云的书函中可知：

---

① (晋)陆云:《陆士龙文集》卷一〇,《四部丛刊》景明正德翻宋本。

② (唐)房玄龄等:《晋书》,第 1608 页。

③ (唐)房玄龄等:《晋书》,第 1560 页。

④ (唐)房玄龄等:《晋书》,第 1562 页。

⑤ 余嘉锡撰,周祖谟、余淑宜整理:《世说新语笺疏》,中华书局 1983 年版,第 83 页。

云再拜，巨卿在台，高誉洋溢。洛邑之内，无不钦敬。东南之贵宝，真不但会稽之筱荡也。每会，常共歌咏，信无一面不叹吟也，想方周旋携手，散今日之思耳。云再拜。[①]

在政治活动上，陆云认定戴若思之才。按《晋书·戴若思传》，陆机在与陆云的书函中有"近闻若思，未有通途，每用于邑"云云。据此可知，陆云有心为戴若思的职事付诸安排。陆云《与杨彦明书》中所说"戴会稽"者，乃戴若思之父戴昌。戴昌未职归乡，陆云叹之。信中又有戴昌二子若思、望之者，都是被陆云视为有清俊之才的优秀人物。关于同时期的吴地文人，一方面，陆机向赵王伦推荐多名同乡，另一方面，陆云又致力于与同乡联络，引进人才。

二、张华对人物的推荐及其中包含的个人价值取向

(一)二陆入洛前的张华荐士

据《晋书》本传：

华性好人物，诱进不倦。至于穷贱侯门之士，有一介之善者，便咨嗟称咏，为之延誉。

可见张华亲自推举优秀人才之状。例如，张华曾于魏正元二年(255)推举因家贫而无出仕机会的成公绥，是时张华二十四岁，为太常博士，成公绥也只有二十五岁。[②]

而《晋书·文苑传·成公绥传》曰：

张华雅重绥，每见其文，叹服以为绝伦。荐之太常，征为博士。历秘书郎转丞，迁中书部。每与华受诏并为诗赋，又与贾充等参定法律，泰始九年卒，年四十三。

这时，张华地位不高，引荐的还是与自己年纪相仿的同道，是晋初拜太常博士者的惯例。

相似情况还有陈寿，张华比之为班固、司马迁，此二者都是陆机入洛之前以张华为中心的文人集团成员。二陆之前的入洛文人，也多为张华所赏识。如薛兼、顾荣、吴平等人入洛之后首先叩访张华。《晋书·薛兼传》载曰：

---

① (晋)陆云：《陆士龙集》卷一〇，《四部丛刊》景明正德翻宋本。

② 按《太平御览》卷六三二引《文士传》，成公绥卒于泰始九年(273)，年四十三，张华荐他时，成公年二十五，以此推之，正是正元二年。

吴平，为散骑常侍。兼清素，有器宇。少与同郡纪瞻、广陵闵鸿、吴郡顾荣、会稽贺循齐名，号为五俊。初入洛，司空张华见而奇之，曰："皆南金也。"①

（二）二陆与张华

至于二陆，《晋书·陆机传》载：

至太康末，与弟云俱入路，造太常张华，华素重其名，如旧相识。曰，"伐吴之役，利获二俊"。

同样，在《晋书·张华传》中也有"初陆机兄弟志气高爽，自以吴之名家。初人洛，不推中国人士，见华一面如旧"的记载。久闻其名的张华会见陆机、陆云兄弟，确有一见如故之感。又有《晋书·陆机传》记载的细节可以佐证：

机初诣张华，华问，云何在。机曰，"云有笑疾，未敢自见"。俄而云至。华为人多姿制，又好帛绳缠须。云见而大笑，不能自已。②

张华的姿容是以帛绳缠着胡须，陆云见则大笑不止。《晋书·陆云传》更载，陆云身穿丧服乘船，见到水中照出自己的影子而大笑，险些落水丧命。其文曰："先是，尝著缞绖上船。于水中顾见其影，因大笑落水，人救获免。"虽然陆云多有笑疾，但是看到初会的张华而大笑，或也可证明张华与二陆初见气氛即非常融洽。

在个性气质上，《晋书·张华传》说："（陆氏兄弟）钦华德范，如师资之礼焉。华诛后，作诔，又为《咏德赋》以悼之。"足见张华与陆氏兄弟之间有共同的儒家理想，张华以政事受提拔，陆氏兄弟也在政治上具有远大抱负，张华有师德之范，尊儒重道，陆氏也是"非礼不动"，并因刘道真居丧期间嗜酒违礼而失望"悔往"，这些都是二者个性气质相合之处。

张华与陆机的交游也体现在文学上。《世说新语·文学篇》第八十四条注引《文章志》曰："机善属文，司空张华见其文章，篇篇称善，犹讥其作文大冶，谓曰：'人之作文，患于不才；至子为文，乃患太多也。'"③也是对陆机的中肯认识。陆机《文赋》虽能高倡"诗缘情而绮靡"之美学理想，然其创作之弊在文风繁芜艰深，张华评价，"才多"基本成为理论定评。钟嵘在指出陆机弊

---

① （唐）房玄龄等：《晋书》卷六八《列传第三十八》。
② （唐）房玄龄等：《晋书》卷五四《列传第二十四》。
③ 龚斌校释：《世说新语校释》，第526页。

端时，在其后评价道："张公叹其大才，可谓信矣。"[①]

陆云《与平原书》第二十六曰，"寻得李宠劝封禅草，信自有才……又有张公所作，已全写别送"[②]，第十四曰，"顷得张公《封禅》书，平平耳，不及李氏，其文无比，恐非其所作"[③]，说明当时封禅之文多传为张华所作，张华作封禅文，由于其题材限制，当然与他其他缘情绮靡的文章不同，但陆云从文士之气的角度出发，没有注意封禅类文的文体特点。他认为张华平时作文注重辞采，且水平应高于他人，据此推断所得《封禅》为伪作。但陆云此时又并非完全不了解张华，他在第二十一篇中说张华"文无他异，正自清省无烦长"[④]，又对张华文章做出了另一种囊括。

同时，在文学思想上，二者的审美倾向也多有相同之处。陆机主张"诗缘情而绮靡"，诗文起于物感，是情感的真实表达，"藻思绮合，清丽千眠"，追求华美正是他为文的用心所在，张华也常被评论为"儿女情多，风云气少"，"辞藻温丽"，他的《情诗》结构严谨，风格柔美婉约、悱恻缠绵，这一点上，二者应当是相通的。

陆云在《与平原书》中说："往日论文，先辞而后情，尚絜而不取悦泽。尝忆兄道，张公父子论文，实欲自得。今日便欲宗其言。"可见，陆机兄弟在文学创作上起初是主张"先辞后情"的，在采纳张华父子的意见后，才转而主张"先情后辞"。刘勰在《文心雕龙·定势》中如是评论："夫情固先辞，势实须泽，可谓先迷后能从善矣。"[⑤]

再如张华盛赞成公绥的赋作，陆云在《与平原书》中也向陆机称赞成公绥的赋作，陆机的看法与陆云相同，"近日视子安赋，亦对之叹息绝工矣。兄诲又尔，故自是高手"。对人物文才的品评，张华与二陆的审美标准当有相似之处，张华也将成公绥与陆机文学成就作比，指出陆机的文章大体优于成公绥，而其赋，陆机则不及也。陆云虽对此持有异议，但对张华的文学观点大体上是支持的。

当时的人物品评也注意到了这点，《太平御览》引欧阳生曰，"张茂先、潘正叔、潘安仁，文远过二陆"[⑥]，又曰，"张、潘与二陆为比，不徒步骤之间也"，

① (南朝梁)钟嵘：《诗品》(上)，明夷门广牍本。

② (晋)陆云：《陆士龙集》卷八，《四部丛刊》景明正德翻宋本。

③ (晋)陆云：《陆士龙集》卷八，《四部丛刊》景明正德翻宋本。

④ (晋)陆云：《陆士龙集》卷八，《四部丛刊》景明正德翻宋本。

⑤ (南朝宋)刘勰：《文心雕龙》卷六，《四部丛刊》景明嘉靖刊本。

⑥ (宋)李昉等：《太平御览·文部十五·品量文章》卷五九九，《四部丛刊》三编景宋本。

同时，文学批评上，张华所持文学批评主张“尽而有余，久而更新”，直接影响了刘勰《文心雕龙》之《隐秀》篇总结的“情在词外曰隐，状溢目前曰秀”美学思想。可见张华虽常与二陆相提并论，在当世的文学地位还是在陆机之上的。

在外族士人步履维艰的情况下，张华如何帮助陆氏兄弟是需要深思熟虑的。“荀鸣鹤(荀隐)、陆士龙(陆云)二人未相识”条，刘孝标注引《荀氏家传》曰：“隐与陆云在张华坐语，互相反覆，陆连受屈，隐辞皆美丽，张公称善。”[①]这是荀隐与陆云共同至张华处拜访，张华希望通过互相谈辩展现他们超俗的才华，二人你来我往言语精妙，确有名士风采。最终张华表示肯定，二人“乃抚掌大笑”，清谈本身的内容不重要，但对于抬高他们社会名声的意义则不言而喻。

另外，即使单单论及文学，南北之间的抵牾也极为常见。双方都抱有相当的文化自信，谈话间机锋频出。《语林》载：“士衡在座，安仁来，陆便起去。潘曰：‘清风至，尘飞扬。’陆应声答曰：‘众鸟集，凤凰翔。’”二人各不相下，文学竞争意识十分激烈。

张华曾上书力主灭吴，当然明白西晋政权的稳定离不开吴地士人的才学，以及对吴地招安式的统治，同时，他也认识到西晋灭吴之后，南北士人的对抗情绪，于是邀请南北之士聚会，力图创造让他们各逞才华而握手言和的机会。荀隐和陆云在张华处会面，各逞聪明之时已经呈现出南北士族相互轻诋的潜在意识，可以说，张华推重陆氏兄弟，一为稳定西晋政权，为其余观望不前的南方士人做表率、安其心，从而稳定吴地，避免吴地世家的叛乱与冲突，原因之二才是爱惜人才，发挥自身在文坛中的作用。

当时张华不仅举行清谈，对陆机、陆云两兄弟评价极高，并且向他们推荐了可以拜访的名人高士，如《世说新语·简傲》中，陆机兄弟去拜访张华推荐的高士刘道真，却因为对方只询问江东特产：“东吴有长柄壶卢，卿得种来不?”语含轻视讽刺之意而大为失望，从而“悔往”，其原因当是来到中原地区，为博求声誉融入上层主流社会，迫切希望交接玄学名士，但初来乍到不得其门而入，遂咨询当时博学多才德高望重的张华。陆氏兄弟志在进身仕途，谈玄实为迎合权贵，但张华殷勤为其引荐的态度，在当时灭吴功成的情况下，确是难能可贵的。

总之，正是张华的引荐，让陆氏兄弟在洛阳站稳了脚跟，并与许多洛阳

---

① 龚斌校释：《世说新语校释》，第1534页。

文士展开了交游，与陆机交情甚笃者有潘尼、冯熊等，按陆云《与平原书》，潘陆两人曾就五言诗进行探讨，陆机在《赠冯文罴迁斥丘令》中曾言“今我与子，旷世齐欢。利断其金，气惠秋兰”[①]。

（三）二陆入洛之后张华的人才推荐

二陆入洛后，张华又通过他们招揽了一批有意入洛的吴地文士，如郑丰，就曾为张华所招用。《三国志·吴主传》注引《文士传》，说郑丰被张华所辟，未就即卒。类似情况，按《晋书·陆云传》所记，还有陆云推荐其同乡吴郡出身的张赡这一人物，次引所载其事之书函，陆云《移书太常府荐同郡张赡》就用骈体的形式、华美的词藻，反复申述张赡的才学品行。

陆云也曾向张华推荐过石行文（见《与张光禄书》第三），又曾向同乡戴季甫（按，戴季甫同样是南人，并为张华所重用，委以要职，他与陆云的七封书信可证）推荐石行文，认为他“在无锡，大有清绩”，可见是陆云在州府做事的同乡人，希望张华“厚接纳”，安排石氏去朝廷工作。

另外，吴地文人被北方人视为亡国之余，即使陆机，也在入洛之后辗转依附于杨骏、贾谧、吴王司马晏等，其他人则更无所适从。《吴书·虞翻传》《晋书·孙皓传》都记载了北人对南人抱有的由来已久的轻视与敌对态度，他们入洛后，北方人大都不屑与之交往，且不时遭到北方高门大族的奚落、侮辱，顾荣同样出身吴地贵族，然入洛为尚书郎等官职之后，日日纵酒，以为忘忧。赵王伦事败，受到牵连险些命丧黄泉。入洛士人的心理相当矛盾，孙惠称自己“以衰亡之余，遭阳九之运”（《谏齐王冏》），陶璜上书时言“臣亡国之余，议不足采”（《上言州兵不宜减》），足以体现入仕新朝之后他们文化自信的动摇消磨，张华的赏识与陆氏兄弟的帮助对他们来说举足轻重。

二陆之后，除吴地文人，张华也提携了一批文坛新秀，按《晋书·文苑传》注引《元和姓纂》，左思生于山东临淄，先祖出身名门公族，但此后家族沦落，父亲左熹仅官至殿中侍御史，这样的境遇使得他自视甚高，在作品中常以英俊豪杰自称，对士族抱有较为复杂的情感，譬如他在《咏史诗》中说“世胄蹑高位，英俊沉下僚”，又在《悼离赠妹诗二首》中寄语左棻“光耀邦族，名驰时路”，并表示自己“伊我之暗，晞妹之曜”。而他自己却始终不得志，以至于“亲戚还相蔑，朋友日夜疏”，在左棻入宫以后才随之举家迁洛，他虽有名气，得到贾谧赏识做秘书郎，但终于避难冀州专意著述，自嘲避世，放弃了与

① （晋）陆机：《陆士衡文集》卷五诗上，清嘉庆宛委别藏本。

世胄高族的对抗以及骋良图的梦想。

在《世说新语·文学》第六十八，左思《三都赋》初成的时候，时人各有讥訾，左思将《三都赋》交付张华，张华大加称赞，认为“此二京可三。然君文未重于世，宜以经高名之士”[①]，左思根据张华的指引去求皇甫谧作序，由此《三都赋》名震京师，致洛阳纸贵。

在张华推荐之前，或因左思貌丑、容止不佳，或因他口讷不好交游，他与他的作品并不为世所重，左思曾经受到过陆机等人的鄙薄，被认为“此间有伧父，欲作《三都赋》，须其成，当以覆酒瓮耳”[②]，张华称赞左思，当是力排众议的。

三、文人的文笔与言谈

由此可见，南北朝时期崇尚品藻和清谈，名士的文坛地位举足轻重，在人与人的交游中，推荐制度也显得极为重要，有时甚至是奠定士人社会地位的基础。有许多文人在作品完成后，将其向某人展示，以期获得好的评价，来向社会推介自己的作品，上文提到的种种评价与推荐语，都可归之为言谈。

仅《世说新语》就记载了类似情况多次，如《文学》第七十一条，夏侯湛作诗成，以此示潘岳，潘岳评价为“此非徒温雅，乃别见孝悌之性”，又受此诗影响，自己也作“家风诗”，其主旨与夏侯湛所续作周诗相似，都是“歌颂宗祖之德以及自戒”的作品。同样，《文学》第七十二条，孙子荆将自己为亡妻所作的诗示与王武子，王武子就评价其能见伉俪之重，这无疑是文笔与言谈和谐共存的范例。

文坛新秀需要文坛领袖的评价，如左思与张华、皇甫谧，张华既有儒家“海内晏然，华之功也”的政治伦理观，又有道家清净无为的思想，因此无论是从政治需要还是人物品藻抑或文学爱好，张华都专注于人才的提携，文坛新秀又与仕进者密不可分，上文所述陆机者就属此类。

言而不文，行之不远。文笔与言谈两合其美者，还有如下情况：

> 乐令善于清言，而不长于手笔。将让河南尹，请潘岳为表。潘云：“可作耳，要当得君意。”乐为述己所以为让，标位二百许语。潘直取错

---

① 龚斌校释：《世说新语校释》，第 496 页

② （宋）李昉等：《太平御览·文部三·赞》卷五八七。

综，便成名笔。时人咸云："若乐不假潘之文，潘不取乐之旨，则无以成斯矣。"①

文章若写得出彩，可在与他人的辩论中获取语言上的胜利，如《世说新语·文学》第九十一条，谢万作《八贤论》，认为"处者为优，出者为劣"，被孙绰驳难道只要体心玄远，则出处同归。如何协调出世与入世，是魏晋士人始终有争议的话题。谢万心有不服，就将《八贤论》给顾夷看，却得到了顾夷"我亦作，知卿当无所名"的评价，可见对别人的文章进行适当的言语评价，表达文学观点，也需要自身的文学创作支撑，顾夷正是自作《八贤论》，才知道谢万在论辩中落下风的原因不仅是孙绰善辩，还有思想内蕴、逻辑关系一系列的问题。

当然，也有文笔与言谈相互对立的情况，左思口讷不好于言，且不好交游，《三都赋》就无人问津，得到的也皆如陆机一般的负面评价，为世人所轻。同样，西晋末年，太叔广能言善辩，挚虞擅长手笔，二人名声相同，而互不相论。当大家围坐清谈时，太叔广所言，挚虞皆不能对；而挚虞退回落笔难广，广亦不能答。"于是更相嗤笑，纷然于世"，善文者与善言者互相攻击与诘难的情况，还有殷浩谈锋甚厉，他的叔父殷融则长文短辩，便对殷浩说，你别只以善辩向我炫耀，也该看看我文笔的长处。

可见，西晋时期，言语、文章已经泾渭分明，文章与言谈虽然同样出自强烈的自我意识，但文章本身开始脱离发乎情的言语模式，以一种更理性、更自觉、更系统化的方式完善自身，成为一种独立的创造活动，不依赖任何语境，也不止步于清谈得到的精神愉悦与感情满足。因此善文者与善言者分道扬镳。但品藻世风下，如何处理文学本身与外部评价的关系，依然是文人争论不休的话题。

其中，挚虞本人的《文章流别论》里论赋时提到，"辩言过理，则与义相失"，足见他在儒家文学观的影响下，认为若文章过分运用言谈之理，则与道义不合。这里说的辩言，应当是清谈活动中谈话机锋的言语类型，这时的言语往往不直论义理，而是注重声调之美与个人感悟，或比喻，或铺排，错彩镂金，放入文章中或有逞才之嫌。

而《世说新语》类的言语前承自李充《翰林论》，现存《翰林论》佚文十余条，数目虽然不多，但简短有致，其中若干条目词风颇似《世说新语》，如"或问曰：'何如斯可谓之文?'答曰：'孔文举之书，陆士衡之议，斯可谓成文

① 龚斌校释：《世说新语校释》，第506页。

矣。'"又:"潘安仁之为文也,犹翔禽之羽毛,衣被之绪縠。"这些简短的批评都带有审美体验,都辩丽可喜,开创喻体批评先河,为此后《世说新语》及《诗品》所仿效;此外,还有论作家作品如"应休琏五言诗百数十篇,以风规治道,盖有诗人之旨焉"。此几类评说都与《世说新语》品评文学作品的言语相似。《世说新语》之中的言语,尤其是文学评价与人物品藻,又发展出了《诗品》中某些批评的术语,后世汤惠休谓谢灵运诗如出水芙蓉,颜延年诗似镂金错彩,其理与《世说》品评相似,不过偶以举例,其体未广,至如唐代张说与徐坚论文士,崔融、宋之问、薛稷等人,都大肆运用比喻,后来皇甫湜《谕业》一文则全是比况之辞,从物类比喻到神话传说无所不有。此种风气一直延续到宋代,遂成为文学批评的重要方法。

至于梁代任昉编撰的《文章缘起》,将诗、赋、表、书、启等八十四种文体分门别类加以介绍,可见对诗文体制的重视日渐增强,文章被当作独立的研究对象,成为这个时期审美自觉、文学自觉的重要体现。后世文学创作与批评,大致延续了魏晋南北朝探索出的文学脉络。

参考文献

(南朝宋)刘义庆撰,(南朝梁)刘孝标注,龚斌校释:《世说新语校释》,上海古籍出版社 2011 年版。

(唐)房玄龄等:《晋书》,中华书局 1974 年版。

(清)严可均校辑:《全上古三代秦汉三国六朝文》,中华书局 1958 年版。

读书会时间:2021 年 3 月 24 日

《世说新语·容止第十四》第二十四条“庾太尉在武昌”读解

李寅捷*

【原文】

庾太尉[1]在武昌，秋夜气佳景清[一]，使[二]吏殷浩[2]、王胡之[3]之徒登南楼[4]理咏[5]。音调始遒，闻函道[6]中有屐声甚厉，定是庾公。俄而率左右十许人步来，诸贤欲起避之，公徐云：“诸君少住，老子[7]于此处兴复不浅。”因[三]便据胡床[8]，与诸人[四]咏谑，竟坐甚得任乐。后王逸少[9]下，与丞相[10]言及此事，丞相曰：“元规尔时风范不得不小颓[11]。”右军答曰：“唯丘壑独存[五]。”孙绰《庾亮碑文》曰：“公雅好所托，常在[六]尘垢之外，虽柔心应世[12]，蠖屈其迹，而方寸湛然[13]，固以玄对山水。”

【校勘】

[一]秋夜气佳景清，《艺文类聚》作“时秋夜气景甚佳”。

[二]使，《艺文类聚》作“佐”，又据龚斌《校释》：“宋本、沈校本并作佐。”周兴陆《汇注汇评》：“董刻本、元刻本、《艺文类聚》卷七〇引、《晋书·庾亮传》、《卧游录》引作‘佐’。”

[三]因，龚斌《校释》：“沈校本作‘自’。”

[四]诸人，《艺文类聚》作“诸贤士”。

---

* 李寅捷，女，1999年生，山西忻州人，山东大学文学院2020级古代文学硕士研究生，师从李剑锋教授，魏晋南北朝文学方向。

[五]独存，周兴陆《汇注汇评》："元刻本作'犹存'。"

[六]在，龚斌《校释》："宋本作'任'。王利器校：'各本任都作在，义较长。'"

【注释】

[1]庾太尉：庾亮(289～340)，字元规，颍川鄢陵人。为丞相军咨祭酒庾琛之子、明穆皇后之兄。性好老庄、玄理，为人风格峻整。早年被琅琊王司马睿召为西曹掾，先后任丞相参军、中书郎等职。成帝即位后与王导共同佐政。陶侃死后代其为征西将军，兼领江、荆、豫三州刺史。咸康六年薨，追赠太尉，谥"文康"。①

[2]殷浩：殷浩(303～356)，字渊源，陈郡长平人。父殷羡为豫章太守，以善清谈著称②。曾任庾亮记室参军，累迁司徒长史，后历任建武参军、扬州刺史。北伐失败后，被桓温弹劾，贬为庶人。③

[3]王胡之：字修龄，王廙次子。曾任吴兴太守、侍中、丹阳尹、秘书监等职，太和六年(232)拜持节、都督司州诸军事、西中郎将、司州刺史，未行而卒。以清谈著称。④

[4]南楼：龚斌《校释》："庾亮当年所登之南楼，后人称'庾楼'。或以为'庾楼'在江州。陆游《入蜀记》二辨之曰：'庾亮尝为江、荆、豫州刺史，其实则治武昌。若武昌南楼名庾楼犹有理，今江州治所在晋特柴桑县之湓口关耳，此楼附会甚明。然白乐天诗固已云："浔阳欲到思无穷，庾亮楼南湓口东。"则承误亦久矣。张芸叟《南迁录》云："庾亮镇浔阳，经始此楼。"其误尤甚。'"

[5]理咏：张万起《译注》："理咏：调理韵律，吟咏诗歌。"龚斌《校释》："理咏，谓言咏、谈咏也。下文云庾亮'与诸人咏谑'，则'咏谑'，即清言戏谑为'理咏'内容也。张万起《词典》释'理咏'为'调理音律，吟诵诗歌'，恐不确。"然其增订本又云："理，奏起。《史记·乐书》：'雅颂之音理而民正。'嵇康《琴赋》：'理正声，奏妙曲。'弹奏音乐称'理音'。如枚乘《七发》：'景春佐酒，杜

① 庾亮生平参见房玄龄等撰：《晋书》卷七三《庾亮传》，中华书局1974年版，第1915～1924页。

② 关于殷浩善于清谈一事，可参见其本传，及《世说新语》之《赏誉》一一三、《品藻》三九、《文学》二二等相关记载。

③ 殷浩生平参见房玄龄等撰：《晋书》卷七七《殷浩传》，第2043～2047页。

④ 王胡之生平参见房玄龄等撰：《晋书》卷七七《王廙传》，第2005页。

连理音。'毛奇龄《西河集》卷四七《冯使君饯湖倡和诗序》:'即良时高燕、宾朋满前,有若庾公在武昌欢饮达旦,然只称理咏。理咏者,诵诗也。'倪瓒有《刘君元晖八月十四日邀余玩月快雪斋中对月理咏因赋长句》二首,徐㶿《徐氏笔精》四《过遇余干弋阳诗》:'推蓬理咏随州句,落日平沙似往年。'皆释'理咏'为咏诗。"按,二说均可。"理咏"一词不见同时代其他文献,但根据后文及刘孝标注,可知其必以山水玄理、栖息隐逸为主旨。

[6]函道:龚斌《校释》引《世说音释》:"戴延之《西征记》:'函道如封函也。'盖登楼之梯也。"又余嘉锡《笺疏》:"宋吴聿《观林诗话》:'函道,今所谓胡梯是也。'"龚斌《校释》:"按,《宋书》七七《刘元景传》:'元怙勒从城南门函道直出。'据此,函道当是用于上下城楼之阶梯,似与今所称胡梯者不同,《世说音释》是。"

[7]老子:余嘉锡《校笺》:"《曲礼》曰:'大夫七十而致仕,若不得谢,则必赐之几杖,行役以妇人,适四方,乘安车,自称曰:老夫。'注曰:'老夫,老人称也。'左氏隐四年《传》曰:'石碏使告于陈曰:"卫国褊小,老夫耄矣,无能为也。"注曰:"称国小己老,自谦以委陈。"汉、晋之人自称老子,犹老夫也,有自谦之意焉。'"

[8]胡床:龚斌《校释》:"胡床,后又称'交床'。一种轻便矮座。"

[9]王逸少:王羲之(303～361),字逸少,琅琊临沂人。任庾亮征西参军、迁长史,拜宁远将军、江州刺史。征为侍中、吏部尚书,不就,迁右军将军、会稽内史。称病去郡。年五十九卒,赠金紫光禄大夫,诸子遵父先旨,固辞不受。①

[10]丞相:王导(276～339),字茂弘,琅琊临沂人。光禄大夫王览之孙、镇军司马王裁之子。少有风鉴,识量清远。袭封即丘子,起家司空东阁祭酒,迁东海王参军。西晋灭亡后渡江,拜骠骑大将军、开府仪同三司,册封武冈县侯,进位侍中、司空公、录尚书事、中书监。咸康五年卒,谥"文献"。②

[11]颓:"颓"字在《世说新语》(及刘孝标注)品评人物形貌举止凡六处(不计刘注中的两次重复),均表示人物风姿颓放、不拘小节,在《世说新语》的语境中带有正面褒奖意。如《文学》七六刘孝标注引《郭璞别传》:"璞奇博多通……又不持仪检,形质颓索,纵情嫚惰,时有醉饱之失。"又如《容止》一

① 王羲之生平参见房玄龄等撰:《晋书》卷七七《王廙传》,第2093～2102页。
② 王导生平参见房玄龄等撰:《晋书》卷七七《王廙传》,第1745～1754页。

八:“庾子嵩长不满八尺,腰带十围,颓然自放。”①

[12]“丘壑独存”及“虽柔心应世”等数句:

丘壑:山峰与河谷,这里指隐逸情怀。《高僧传》卷五:“若耶山有帛道猷者,本姓冯,山阴人,少以篇读著称。性率,素好丘壑,一吟一咏有濠上之风。”卷一三:“时有释道敬者,本琅琊胄族,晋右将军王羲之曾孙,避世出家,情爱丘壑栖于若耶山。”谢灵运《述祖德诗》:“遗情舍尘物,贞观丘壑美。”

周兴陆《汇注汇评》:“冈白驹:‘谓忘身在势位也,亮尝有丘壑志,故人以谢鲲方亮,谢云一丘一壑,自谓过之。’秦士铉:‘尔时唯丘壑之心独存。’哈佛燕京图书馆《世说笺本》手批:‘言已忘势位,以丘壑江湖之心相接耳。’田中:‘言其风范大颓,唯有山水风月之怀独存也。’大典禅师:‘言当尔时,庾唯以丘壑之心相接耳。’”

龚斌《校释》:“右军称庾亮‘唯丘壑独存’,意谓亮于自然山水情有独钟,隐逸之志犹存。孙绰《庾亮碑文》谓亮‘雅好所托’云云,更能见出庾亮及东晋名士生活之优雅从容,虽寄迹尘垢之中,方寸却超于世俗之外。而‘固以玄对山水’,则将体悟玄趣与山水之审美二者契合。孙绰《天台山赋》曰:‘于是游览既周,体静心闲。害马已去,世事都捐。投刃皆虚,目牛无全。凝思幽岩,朗咏长川。……恣语乐以终日,等寂寞于不言。浑万象以冥观,兀同体于自然。’以上数句,大可作‘玄对山水’一语注脚。总之,此条颇能反映当时名士优雅从容之精神生活及兼重玄理与山水之审美趣味。”

又,罗宗强《魏晋南北朝文学思想史》:“东晋士人在会稽的山川之美中培养了自己的山水审美趣味,他们的偏安心态与会稽的宁静明秀的山川之美一拍即合。这是从审美情趣上说的。如果从他们对待山水的态度说,则他们既是审美的需要,又是借山水以悟道。他们探讨的玄理与佛理,从本质上说,是寻求一种摆脱尘网的境界,而山水,正是这种人生境界的最合适的提供者。以玄对山水,就是以超脱尘垢之心对山水,从中悟道。”②按,此事发生在东晋初期,但士人们已经开始推尚纵情山水的审美情趣,可说是后来兰亭雅集等山水谈玄活动与诗文创作的先声。

---

① 龚斌校释:《世说新语校释》(增订本),第571、1319页。其余分别见:(1)《方正》五十三刘孝标注引《中兴书》:“(阮)裕终日颓然,无所错综,而物自宗之。”(第726页)(2)《雅量》二十刘孝标注引《羊曼别传》:“曼字延祖,泰山南城人。……曼颓纵宏任,饮酒诞节,与陈留阮放等号‘兖州八达’……”(第785页)(3)《赏誉》四十二刘孝标注引《晋阳秋》:“(庾)敳颓然渊放,莫有动其听者。”(第951页)(4)《容止》四:“时人目夏侯太初‘朗朗如日月之入怀’,李安国‘颓唐如玉山之将崩’。”(第1308页)

② 罗宗强:《魏晋南北朝文学思想史》,中华书局2016年版,第176页。

[13]方寸湛然：方寸指心灵，意为心灵明澈。

【系年】

《晋书·庾亮传》："陶侃薨，迁亮都督江、荆、豫、益、梁、雍六州诸军事，领江、荆、豫三州刺史，进号征西将军，镇武昌。"时为成帝咸和九年(334)。《晋书·殷浩传》："征西将军庾亮引为记室参军。累迁司徒左长史。"又据《晋书·成帝纪》记载，咸康四年(338)五月，以司徒王导为太傅，六月，改司徒为丞相。则殷浩迁司徒长史必在咸康四年五月前。故此事大致在咸和九年(334)至咸康四年(338)之间。

另，王胡之、殷浩为庾亮从属可参《世说新语·企慕第六》："王司州先为庾公记室参军，后取殷浩为长史，始到，庾公欲遣王使下都，王自启求住，曰：'下官希见盛德，渊源始至，犹贪与少日周旋。'"庾亮镇武昌事可参《世说新语·伤逝第十七》注引《灵鬼志》："庾亮初镇武昌，百姓看于岸，歌曰：'庾公上武昌，翩翩如飞鸟。庾公还扬州，白马牵旒旐。'"①

【翻译】

庾亮在武昌任太尉的时候，有一个天气晴朗的秋夜，他的佐吏殷浩、王胡之等人登上南楼谈论玄理、吟咏诗歌。音调刚变得遒劲高亢时，听到函道中有急促的木屐声传来，(他们认为)一定是庾亮。不久(庾亮)带着身边十几个人步行来到楼上，殷浩等贤士起身想避让，庾公缓缓说："诸位先暂且留下，我对于理咏一事也有很高的兴致。"因此就凭靠着胡床，跟诸人一起谈玄咏谑，满座都纵情欢乐。后来王羲之南下到京城建康，见到王导，跟他提起这件事。王导说："那时候庾元规的风姿不得不有些微的颓放吧。"王羲之说："(庾亮)只存有山水栖隐的情怀。"

① "《晋书·殷浩》标点之失"一条，参见曹道衡、沈玉成：《中古文学史料丛考》，中华书局2003年版，第212页。按，本条记载事件的详细年份已不可考，清人鲁一同《右军年谱》将此事系年为咸康四年，或是根据《晋书·成帝纪》记载，王导为丞相在咸康四年，但《世说新语》称人物并不以此为准则，如本条中的"庾太尉"之称，即为庾亮谥号。是以不足为据。

一、"元规尔时风范，不得不小颓"解

（一）几种不同的理解

根据上文的注解可知，"颓"在《世说新语》中形容人物是一种赞许，而不是贬词，但"不得不小颓"就有一种很微妙的语气。关于王导"元规尔时风范，不得不小颓"一句话中包含的意味，历来注家有不同的理解。根据龚斌《校释》及周兴陆《汇注汇评》所引，大致有以下三种分析：

其一，认为王导这样评价是对庾亮的看重。如王世懋云："王意重殷。"

其二，认为庾亮平时为人严峻，但在殷浩、王胡之面前也不得不稍稍收敛其严厉的为人处世态度。如田中云："言庾平生作意自重之风范，为此不得不小颓。"又《世说抄撮》："《晋阳秋》曰：'亮端拱嶷然，郡人惮之，觐接者数人而已。'故王云尔。"朱注："此盖谓其时殷、王皆负时誉，故庾不得不小减其俨然之风范也。"

其三，认为王导这样说是因为庾亮在政治上受挫，如萧艾《世说探幽》："所谓'元规尔时风范不得不小颓'者，值苏峻乱后，温太真亦新逝也。"此外，龚斌先生也理解为"王导之言，殆暗指庾亮欲废己之图谋受挫"，比起萧艾的理解更偏向于关注庾亮与王导间的政治纷争。

以上几种理解，除第一种理解之外，其他几种都认为王导的评价不是单纯的褒奖之言，还带有与庾亮相抗争的意味，为更好地理解王导这句话的意味，需要对现存历史文献中的庾亮形象及庾王之争做一番梳理考察。

（二）庾亮其人及其形象

庾亮生平事迹主要见《晋书・庾亮传》，此外，《世说新语》及刘孝标注中也保留了庾亮的很多行迹记录。这些史料记载了庾亮为人处世的一些特点，有助于我们更好地理解"南楼理咏"一条。

首先，庾亮于谈玄有精益之处，可以说是侧身于名士之流。如《世说新语・言语第二》第四十一条记载庾亮的警策言论："庾公尝入佛图，见卧佛，曰：'此子疲于津梁。'于时以为名言。"[①] 又如《世说新语・品藻第九》第七十条刘孝标注引《殷羡言行》："时有人称庾太尉理者，羡曰：'此公好举宗木槌

---

① 龚斌校释：《世说新语校释》（增订本），第218页。

人。'"[1]所谓的"举宗木槌人"，就是指能道破关键，令人醒悟。这两条记录可以佐证庾亮"于此处兴复不浅"的合理性。

此外，庾亮还好结交名士。《世说新语·赏誉第八》篇及刘孝标注记载了三则庾亮结交名士、保全名士的事迹：

> 司马太傅府多名士，一时俊异。庾文康云："见子嵩在其中，常自神王。"（《世说新语·赏誉第八》第三十三条）[2]
>
> 庾太尉在洛下，问讯中郎，中郎留之云：'诸人当来。'寻温元甫、刘王乔、裴叔则俱至，酬酢终日。庾公犹忆刘、裴之才俊，元甫之清中。（《世说新语·赏誉第八》第三十八条）[3]
>
> 初，咸和中贵游子弟能谈嘲者，慕王平子、谢幼舆等为达。壶厉色于朝曰："悖礼伤教，罪莫斯甚，中朝倾覆，实由于此。"欲奏治之。王导、庾亮不从，乃止。其后皆折节为名士。（《世说新语·赏誉第八》第五十四条刘孝标注引邓粲《晋纪》）[4]

前两则材料体现出庾亮对名士的喜爱、倾慕，第三则材料记录的王、庾不以礼法裁断名士的故事，体现出庾亮对名士放纵行为的宽容赞许，这也能解释他为什么不禁止诸人在楼上的欢谈，反而加入其中，与众人同乐。

第三，庾亮为人为政比较严峻。《晋书·庾亮传》载"（庾亮）风格峻整，动由礼节，闺门之内不肃而成""先是，王导辅政，以宽和得众，亮任法裁物，颇以此失人心"[5]，这两条记述分别体现出庾亮为人的严格和执政手段的严酷，由此可见庾亮虽然喜好老庄玄理，但性格上并不放旷。在人们心目中，也不认为他是可与殷浩等人相提并论的一流名士。《世说新语·轻诋第二十六》载："深公云：'人谓庾元规名士，胸中柴棘三斗许。'"[6]"深公"就是竺法深，是与王导、庾亮等人交好的名僧，这句话或有过分轻侮之嫌，《品藻》篇记载的晋明帝与谢鲲的问答，则更能反映出时人对庾亮的看法：

> 明帝问谢鲲："君自谓何如庾亮？"答曰："端委朝堂，使百僚准则，臣

① 龚斌校释：《世说新语校释》（增订本），第1169页。
② 龚斌校释：《世说新语校释》（增订本），第939页。
③ 龚斌校释：《世说新语校释》（增订本），第946页。
④ 龚斌校释：《世说新语校释》（增订本），第967页。
⑤ （唐）房玄龄等：《晋书》卷七三《庾亮传》，第1915、1918页。
⑥ 龚斌校释：《世说新语校释》（增订本），第1750页。

不如亮；一丘一壑，自谓过之。”(《世说新语·品藻第九》第十七条)[①]

谢鲲是当时的名士，《晋书·谢鲲传》载其：“少知名，通简有高识，不修威仪，好《老》《易》，能歌善鼓琴，王衍、嵇绍并奇之。”[②]谢鲲的表述准确反映出庾亮作为“廊庙之才”与自己纵情山水之间的差异。结合《晋书·庾亮传》的相关描述可知，庾亮为人更修礼法，而少名士放达的胸襟。

除上举材料以外，《世说新语·雅量第六》第十七条还记载了一条颇有意味的时人品评：

> 庾太尉风仪伟长，不轻举止，时人皆以为假。亮有大儿数岁，雅量之质，便自如此，人知是天性。温太真尝隐幔怛之，此儿神色恬然，乃徐跪曰：“君侯何以为此？”论者谓不减亮。苏峻时遇害。或云：“见阿恭，知元规非假。”[③]

这里人们对庾亮“风仪伟长，不轻举止”的真实性产生了怀疑，竟然需要通过其子的表现来加以确证，这则逸事的流传或许反映了当时人看待庾亮的微妙心态。人们对庾亮的评价始终侧重于庙堂之才，而不是以风流名士为其主要标签。

行文至此，我们已经能够明白，为何“南楼理咏”一条中，诸人在庾亮到来后“起欲避之”。很难说这些名士停止清谈行为只是碍于庾亮的威严，我们甚至可以理解为，他们的回避带有一种拒绝的姿态，他们将庾亮视为与自己志趣不同的人，而当庾亮欣然参与到名士的清谈、吟咏活动中，表现出他在玄谈方面的兴味和造诣之后，才获得了王羲之对其纵情山水、超然物外的赞赏。

二、《世说新语》中的“王庾”书写

《世说新语》及刘孝标注中王导、庾亮并提的条目共十七条，从这些条目中

---

① 龚斌校释：《世说新语校释》(增订本)，第1110、1111页。另，同篇第二十二条记载了类似的问答，但回答者变成周颢，原文云：“明帝问周伯仁：‘卿自谓何如庾元规？’对曰：‘萧条方外，亮不如臣；从容廊庙，臣不如亮。’”“萧条方外”即“一丘一壑”之意，“从容廊庙”即“端委朝堂，使百僚准则”之意。又据刘孝标注“诸书皆以谢鲲比亮，不闻周颢”，则这则故事可能为谢鲲一条的变体(第1116页)。又《赏誉》六十九载：“世称庾文康为丰年玉，稚恭为荒年谷。庾家论云：‘是文康称恭为荒年谷，庾长仁(庾统)为丰年玉。’”刘孝标注：“谓亮有廊庙之器，翼有匡世之才，各有用也。”(第987页)这则材料虽有两种理解，但亦可佐证有“廊庙之器”大抵是同时期人对庾亮的普遍看法。

② (唐)房玄龄等：《晋书》卷四九《谢鲲传》，第1377页。

③ 龚斌校释：《世说新语校释》(增订本)，第780页。

既可以看出二人的亲近，亦可见二人之间确实有着不可调和的矛盾。王、庾的出身及其政治地位决定二人关系的紧密性，这种紧密的关系不仅在史书中有所反映，亦能从《世说新语》的表述中窥见蛛丝马迹。如《世说新语·轻诋第二十六》第五条记载了王羲之年少的一件小事："王右军少时甚涩讷。在大将军许，王、庾二公后来，右军便起欲去，大将军留之，曰：'尔家司空、元规，复可所难？'"①王导固然与王羲之为同姓家族，而时人称庾亮亦为"尔家……元规"，可见当时两人及两人家族间交往的密切。此外，王导与庾亮同为当时名士，二人对玄谈的倾心和对名士的倾慕上文已有列举，这里再举二人并提的一则材料：《世说新语·方正第五》第四十五条刘孝标注引《高逸沙门传》："晋元、明二帝游心玄虚，托情道味，以宾友礼待法师。王公、庾公倾心侧席，好同臭味也。"②但政治上的勠力同心与精神趣味上对玄谈的倾向，并不能掩饰二人的矛盾纷争，《世说新语》记载了庾王争执的几次表现：

丞相尝夏月至石头看庾公。庾公正料事，丞相云："暑可小简之。"庾公曰："公之遗事，天下亦未以为允。"《殷羡言行》曰："王公薨后，庾冰代相，网密刑峻。羡时行，遇收捕者于途，慨然叹曰：'丙吉问牛喘，似不尔。'尝从容谓冰曰：'卿辈自是网目不失，皆是小道小善耳。至如王公，故能行无理事。'谢安石每叹咏此唱。庾赤玉曾问羡：'王公治何似？讵是所长？'羡曰：'其余令绩，不复称论，然三捉三治，三休三败。'"（《世说新语·政事第三》第十四条）③

有往来者云："庾公有东下意。"或谓王公："可潜稍严，以备不虞。"王公曰："我与元规虽俱王臣，本怀布衣之好。若其欲来，吾角巾径还乌衣。"《丹阳记》曰："乌衣之起吴时乌衣营处所也。江左初立，琅琊诸王所居。"何所稍严？《中兴书》曰："于是风尘自消，内外缉穆。"（《世说新语·雅量第六》第十三条）④

庾公权重，足倾王公。庾在石头，王在冶城坐，大风扬尘，王以扇拂

---

① 龚斌校释：《世说新语校释》（增订本），第1754页。

② 龚斌校释：《世说新语校释》（增订本），第5页。

③ 龚斌校释：《世说新语校释》（增订本），第382页。王导末年执政不严的记载又见《世说新语·政事第三》第十五条："丞相末年，略不复省事，正封箓诺之。自叹曰：'人言我愦愦，后人当思此愦愦。'"刘孝标注引徐广《历纪》曰："导阿衡三世，经纶夷险，政务宽恕，事从简易，故垂遗遗爱之誉也。"见龚斌校释《世说新语校释》（增订本），第384页。王导晚年执政确有昏聩的迹象，但《世说新语》编纂者在这里显然不是为了讽刺王导，而是对其实行宽政表示赞许。另，田余庆先生认为王导末年的宽政是为了"和辑士族，求得彼此利益的均衡，特别是使庾、王之间相安无事"（田余庆：《东晋门阀政治》，北京大学出版社2005年版，第54页）。蒋凡、李笑野、白振奎评注：《全评新注世说新语》，人民文学出版社2009年版，第192、193页，亦这样解释。

④ 龚斌校释：《世说新语校释》（增订本），第772页。

尘曰："元规尘污人。"(《世说新语·轻诋第二十六》第四条)[1]

王导与庾亮的政治抗衡有多方面的因素及表现。首先，早在晋明帝时期，明帝就表现出亲庾疏王的倾向。《晋书·庾亮传》载："及(明)帝疾笃，不欲见人，群臣无得进者。抚军将军、南顿王宗，右卫将军虞胤等，素被亲爱，与西阳王羕将有异谋。亮直入卧内见帝，流涕不自胜。既而正色陈羕与宗等谋废大臣，规共辅政，社稷安否，将在今日，辞旨切至。帝深感悟，引亮升御座，遂与司徒王导受遗诏辅幼主。加亮给事中，徙中书令。太后临朝，政事一决于亮。"从这则描述可知，虽然明帝遗诏王导、庾亮共同辅政，但在其弥留之际进谏的人是庾亮，且"太后临朝，政事一切决于亮"一句，已表明庾亮在明帝新丧、成帝尚幼时的权位之重。[2] 其次，咸和四年(329)，苏峻之乱平定后，庾亮引咎出都，但"名为藩镇，实际上却能掌握朝权"[3]，形成了对王导不利的局势。

咸康中期，王、庾两大家族间的矛盾变得更加紧张。《资治通鉴》卷九六《晋纪》十八载，成帝咸康四年："导性宽厚，委任诸将赵胤、贾宁等，多不奉法，大臣患之。庾亮与郗鉴笺……欲共起兵废导，鉴不听。南蛮校尉陶称，侃之子也，以亮谋语导。或劝导密为之备，导曰：'吾与元规休戚是同，悠悠之谈，宜绝智者之口。则如君言，元规若来，吾便角巾还第，复何惧哉！'……是时亮虽居外镇，而遥执朝廷之权，既据上流，拥强兵，趣势者多归之。导内不能平，常遇西风尘起，举扇自蔽，徐曰：'元规尘污人。'"[4]据史书记载，陶侃卒后，庾亮就掌控了长江上游的江、荆、豫、益、梁、雍六州的管制权，所谓"专制上流"[5]，而当时江州有着非常重要的战略意义，王导、庾亮代表着各自家族的利益，任何一方都不愿意让对方的势力对自己构成威胁。[6] 庾亮本人曾有过起兵夺权的意图，但由于郗鉴等人的阻止、不配合，最终没能实现。

---

① 龚斌校释：《世说新语校释》(增订本)，第1751页。

② (唐)房玄龄等：《晋书》卷七三《庾亮传》，中华书局1974年版，第1917～1918页。

③ 田余庆：《东晋门阀政治》，北京大学出版社2005年版，第96页。

④ 司马光编撰，胡三省音注：《资治通鉴》，中华书局1956年版，第3022～3023页。

⑤ 同上，引自卷九五《晋纪》十七"成帝咸和九年"胡三省注，第2996页。

⑥ 田余庆先生论证了江州地理位置的重要性及王、庾对江州的争夺："江州多流民，又居荆、扬之间的军事要冲，地位非常重要。所以《通鉴》宋孝建元年说其地'甲兵所聚'，《桓冲传》说它是'一任之要'，《刘胤传》则说是'国之南藩，要害之地'。江州若合于荆州，上游就更能自主，从而对下游的优势也会加大，建康将感到威胁。江州若控制在建康朝廷之手，荆州方镇将难以独立，有可能受制于建康。因此，当庾亮自豫州徙驻荆州以后，他与王导之间争夺对江州控制权的斗争，就成为政局的焦点所在。"(田余庆：《东晋门阀政治》，第92～106页)

根据上文的分析可知，庾亮虽同与王导佐政，但二人之间的政治矛盾在咸康年间逐渐激化。因此，当王导听到庾亮在诸名士面前，不得不稍稍收敛素日严峻的仪容时，其内心或许有一丝对竞争对手戏谑的嘲讽。记载下这则故事的人未必如此想，但后世读者根据当时的背景做出如此诠释，倒也无可厚非。

总体来说，《世说新语》中的"王庾"书写没有直接点明二人争执的现实背景，这当然是由《世说新语》这本书的主旨精神所决定的。但现实中的王庾二人不仅是政治上的合作者，同样代表着两个有着利益纠纷的世家大族，最终在《世说新语》中投射出来的，就是这样艺术化的影子。

三、叙事艺术及与《容止》篇书写方式的契合
——与《晋书·庾亮传》比较

"南楼理咏"一事，亦载于唐修《晋书·庾亮传》中，但文字略有差异，且不录王羲之同王导对话的一节。现摘录如下：

> 亮在武昌，诸佐吏殷浩之徒，乘秋夜往共登南楼，俄而不觉亮至，诸人将起避之。亮徐曰："诸君少住，老子于此处兴复不浅。"便据胡床与殷浩等谈咏竟坐。[1]

唐修《晋书》对《世说新语》的采撰，已有学者撰文讨论。[2] 但史传性的文本毕竟与《世说新语》这样带有小说特征的文本有所不同，比对二者的差异可以发现，《晋书·庾亮传》在叙述此事时，删去了一个描写（"秋夜气佳景清"）和两个叙事情节：一是对庾亮登楼时情状的描写，二是王羲之与王导的对话。首先，《世说新语》的原文描写庾亮登楼，是先写众人闻其脚步声而知人，并且说庾亮"率十许人步来"。这不仅营造了一种很强烈的现场感，同时壮大了庾亮的声势，后文再写众人回避就显得合情合理。而《晋书》则改写成"俄而不觉亮至"，这里众人甚至没有觉察到庾亮的到来，《世说新语》中描写的气势顿减。《世说新语》中对庾亮声势的铺写，与其后来咏谑时的颓放形成了鲜明的对比，凸显出他倾情山水时忘怀尘想的瞬间风神。《晋书》本传为了叙事上的简洁（或许也是为了使叙事更加真实，因为毕竟庾亮登楼的描写过分小说化，与史传严谨的文风不符）而略过庾亮登楼的过程，却失去了《世

① （唐）房玄龄等：《晋书》卷七三《庾亮传》，第1924页。

② 如刘强《从〈晋书〉看唐代的〈世说新语〉接受》一文，载于《上海师范大学学报》（社会科学版）2006年第2期，讨论了《晋书》对《世说新语》的采撰以及唐人的相关评述。

说新语》所记的艺术效果。至于删去王羲之和王导的对话，编史者应该是从减去叙事旁支的角度来考量的，因为这毕竟是庾亮的本传。但如果从《容止》篇书写方式来考量，可以发现，《世说新语》原文中记载的王羲之与王导的对话，正体现出《容止》篇乃至整部《世说新语》最关键的一个环节：品评人物。

《容止》篇选录的都是对人物容貌、姿态、言行举止的品评。宁稼雨先生解释《容止》篇云："该篇所收，既包括有关外表仪容美的故事，也包括表现人的内在精神气质的风姿神韵，都是人物品藻活动中人们对仪容美好者的赞美。"[①]其中主要包括两部分：对人物风姿的描述和对人物风姿的评点，这种评点有时通过设置情节、对比暗示来表现，如："庾长仁与诸弟入吴，欲往亭中宿。诸弟先上，见群小满屋，都无相避意。长仁曰：'我试观之。'乃策杖将一小儿，始入门，诸客望其神姿，一时退匿。"(《世说新语·容止第十四》第三十八条)[②]而更多的是借他人之口直接讲出的，如："魏明帝使后弟毛曾与夏侯玄共坐，时人谓'蒹葭倚玉树'。"(《世说新语·容止第十四》第三条)[③]"时人目夏侯太初'朗朗如日月之入怀'，李安国'颓唐如玉山之将崩'。"(《世说新语·容止第十四》第四条)[④]其中，"目"即品题、品藻之意，是魏晋时期士人品藻人物的专用词。

而"南楼理咏"一条，前一部分对理咏事件的记叙，主要是为了凸显庾亮的风姿，"屐声响甚厉""据胡床，与诸人咏谑"等，都是对庾亮仪容风神的铺陈描写，要到王羲之与王导的对话部分，才是对庾亮容止的品评。王羲之所截取的关键点在于"丘壑独存"，这种栖息隐逸、纵情山水的精神风格，正是东晋人所推崇备至的。因此可以说，在《晋书》本传中被编纂者删去的一段对话，才是这一条目叙事的点睛之笔。

唐长孺先生指出，魏晋时期的"清谈"是从两汉的"清议"演变而来的，清谈家也有关于人物的评述，"《世说新语》中所载那些象征性的品题依然是另一种方式的人物批评，……只是不再以儒家的道德标准衡量"[⑤]。通览整部《世说新语》，我们会发现，除《容止》篇外，其他诸如《识鉴》《赏誉》《品藻》等

---

① 宁稼雨：《魏晋士人人格精神——〈世说新语〉的士人精神史研究》，南开大学出版社 2003 年版，第 81 页。

② 龚斌校释：《世说新语校释》(增订本)，第 1345、1346 页。

③ 龚斌校释：《世说新语校释》(增订本)，第 1307 页。

④ 龚斌校释：《世说新语校释》(增订本)，第 1308 页。

⑤ 唐长孺：《魏晋南北朝史论丛》，《唐长孺文集》，中华书局 2011 年版，第 277～285 页。

篇目也有着对人物集中的评价。这些评价有时没有指明具体的品评者，而是依托于所谓“时人”，如张翰因思鲈鱼而辞官归乡的一则：

> 张季鹰辟齐王东曹掾，在洛，见秋风起，因思吴中菰菜羹、鲈鱼脍，曰：“人生贵得适意尔，何能羁宦数千里以要名爵?”遂命驾便归。俄而齐王败，时人皆谓为见机。(《世说新语·识鉴第七》第十条)[①]

在这则故事中，人们对张翰的赞许不仅是他从心所欲、辞官归隐的行为，更在于他能早先预料到危机，而全身避祸，因此得入“识鉴”。又《品藻》篇经常拿两个名士做对比，如：

> 支道林问孙兴公：“君何如许掾?”孙曰：“高情远致，弟子早已服膺，一吟一咏，许将北面。”(《世说新语·品藻第九》第五十四条)[②]

《品藻》诸条目正是在这种对比中凸显出各个名士的精神特质。以上所举都体现出《世说新语》一书的编纂特点。

除唐修《晋书》以外，《艺文类聚》中也记载了“南楼理咏”一事，但同样删去王导与王羲之的对话。[③] 这些删节提示我们，书写目的往往决定着编纂者对材料的取舍安排，任何文本的存在都不是孤立的，还原文本产生的历史语境，有助于我们理解文本间的有机联系和编纂者的意旨。

参考文献

余嘉锡撰，周祖谟、余淑宜整理：《世说新语笺疏》，中华书局 1983 年版。

(唐)欧阳询撰，汪绍楹校：《艺文类聚》，上海古籍出版社 1999 年版。

曹道衡、沈玉成：《中古文学史料丛考》，中华书局 2003 年版。

宁稼雨：《魏晋士人人格精神——〈世说新语〉的士人精神史研究》，南开大学出版社 2003 年版。

田余庆：《东晋门阀政治》，北京大学出版社 2005 年版。

① 龚斌校释：《世说新语校释》(增订本)，第 844 页。

② 龚斌校释：《世说新语校释》(增订本)，第 1152 页。

③ 见《艺文类聚》卷一七《服饰部》下“胡床”：“《世说》曰：‘庾太尉在武昌，时秋夜气景甚佳，诸佐吏殷浩王胡之之徒，共登城南楼理咏，音调甚遒。俄而庾公率左右步来，诸贤欲起避之，公曰：小住，老子于此处亦复不浅。因便据胡床，与诸贤士谈谑竟坐。’”按，《艺文类聚》在“胡床”条下引此事，侧重点自然在提及“胡床”这一器物的部分。参见欧阳询撰，汪绍楹校：《艺文类聚》卷一七，上海古籍出版社 1999 年版，第 1221 页。

刘强:《从〈晋书〉看唐代的〈世说新语〉接受》,《上海师范大学学报》(社会科学版)2006年第2期。

唐长孺:《魏晋南北朝史论丛》,《唐长孺文集》第一册,中华书局2011年版。

罗宗强:《魏晋南北朝文学思想史》,中华书局2016年版。

黄霖、陈维昭、周兴陆主编,周兴陆辑著:《世说新语汇校汇注汇评》,凤凰出版社2017年版。

(南朝宋)刘义庆撰,(南朝梁)刘孝标注,龚斌校释:《世说新语校释》(增订本),上海古籍出版社2019年版。

读书会时间:2020年12月2日

《世说新语·伤逝第十七》“丧作驴鸣”二条读解

李剑锋*

《世说新语·伤逝第十七》“丧作驴鸣”二条原文及刘孝标注如下：

王仲宣好驴鸣。《魏志》曰：“王粲字仲宣，山阳高平人。曾祖龚、父畅，皆为汉三公。粲至长安见蔡邕，邕奇之，倒屣迎之曰：‘此王公孙，有异才，吾不及也！吾家书籍，尽当与之。’避乱荆州，依刘表，以粲貌寝通脱，不甚重之。太祖以从征吴，道中卒。”既葬，文帝临其丧，顾语同游曰：“王好驴鸣，可各作一声以送之。”赴客皆一作驴鸣。按戴叔鸾母好驴鸣，叔鸾每为驴鸣以说其母。人之所好，傥亦同之。(《伤逝》第一条)①

孙子荆以有才，少所推服，唯雅敬王武子。武子丧时，名士无不至者。子荆后来，临尸恸哭，宾客莫不垂涕。哭毕，向灵床曰：“卿常好我作驴鸣，今我为卿作。”体似真声[一]，宾客皆笑。孙举头曰：“使君辈存，令此人死！”《语林》曰：“王武子葬，孙子荆哭之甚悲，宾客莫不垂涕。既作驴鸣，宾客皆笑。孙曰：‘诸君不死，而令武子死乎？’宾客皆怒。”(《伤逝》第三条)②

【校勘】

[一]余嘉锡笺疏：李慈铭云：“案‘真声’误倒。《晋书·王济传》作‘体似

---

* 李剑锋，男，1970年生，山东沂水人，山东大学文学院教授。

① (南朝宋)刘义庆撰，(南朝梁)刘孝标注，余嘉锡笺疏，周祖谟、余淑宜、周士琦整理：《世说新语笺疏》，上海古籍出版社1993年版，第635页。本文所引《世说新语》原文及刘孝标注文，皆据此版本。

② 余嘉锡笺疏：《世说新语笺疏》，第637页。

声真'，今据改。李本亦误。"[1]剑锋补：田中以为："《晋书》作'体似声真'，若可从者。然此谓并已体貌专拟，似其真声之意，与'好驴鸣'接应更佳。"[2]体似，形似、类似。晋郭璞《蜚音铭》曰："蜚之为名，体似无害。所经枯竭，甚于鸩厉。"[3]北齐《颜氏家训》卷下："《尔雅》云：'术，山蓟也。'郭璞注云：'今术似蓟而生山中。'案：术叶，其体似蓟。"[4]

《伤逝》属于《世说新语》的第十七类，伤逝即对去世者的哀悼。"伤"的本义是创伤，指身体生理破损疼痛之处。故《说文解字》云："伤，创也。"[5]后演化为心理的哀伤，包括对去世者的伤悼。《管子·君臣下》曰："是故明君饰食饮吊伤之礼。"[6]吊伤之礼即慰问伤悼之礼，丧祭之礼。逝的本义是过往，从辵(chuò)，折声。《论语》："逝者如斯夫!"包氏注云："逝，往也。言凡往也者如川之流。"[7]汉代古诗云："人生天地间，忽如远行客。"[8]人"寓形宇内"，一旦逝去，仿佛辞别旅馆，故陶渊明《杂诗十二首》之七云："家为逆旅舍，我如当去客。去去欲何之，南山有旧宅。"[9]所以去世仿佛过往，死亡离世也属于"往"，属于"逝"。"伤"与"逝"连用组成"伤逝"一词，至少东汉末就已经出现了。如蔡邕《司徒袁公夫人马氏碑铭》云："吁嗟上天，何辜而然。伤逝不续，近者不旋。"[10]鲍照有《伤逝赋》云："凄怆伤心，悲如之何！尽若穷烟，离若剪弦。如影灭地，犹星殒天。弃华宇于明世，闭金扃于下泉。永山河以自毕，眇千龄而弗旋。思一言于向时，邈众代于古年。逝稍远而变体，浸幽明而改时。"[11]其所言伤痛正是生死离隔、逝者不回之痛。

鲍照曾为临川王刘义庆参军，极有可能是《世说新语》的编者之一。《文学第四》第四十六条云："殷中军问：'自然无心于禀受。何以正善人少，恶人

① 余嘉锡笺疏：《世说新语笺疏》，第637页。

② 黄霖、陈维昭、周兴陆主编，周兴陆辑著：《世说新语汇校汇注汇评》，凤凰出版社2017年版，第1088页。

③ (晋)郭璞：《山海经传·东山经第四》，《四部丛刊》景明成化本。

④ (北齐)颜之推：《颜氏家训》卷下，《四部丛刊》景明本。

⑤ (清)段玉裁注：《说文解字注》卷七篇上，清嘉庆二十年经韵楼刻本。

⑥ (春秋战国)管仲撰，(唐)房玄龄注：《管子》卷一一《短语五》，《四部丛刊》景宋本。

⑦ (三国魏)何晏集解，(宋)邢昺疏：《论语注疏》卷九，清嘉庆二十年南昌府学重刊宋本《十三经注疏》本。

⑧ (南朝梁)萧统编，(唐)李善注：《文选》卷二九，胡刻本。

⑨ 逯钦立校注：《陶渊明集》，中华书局1979年版，第119页。

⑩ (汉)蔡邕：《蔡中郎集》卷九，《四部丛刊》景明活字本。

⑪ (南朝宋)鲍照撰，钱仲联增补集说校：《鲍参军集注》，上海古籍出版社1980年版，第9～10页。

多?’诸人莫有言者。刘尹答曰:‘譬如写水着地,正自纵横流漫,略无正方圆者。’一时绝叹,以为名通。”[①]按:鲍照《拟行路难》云:“泻水置平地,各自东西南北流。人生亦有命,安能行叹坐复愁!”[②]其以水流平地各有趋向比喻人生命运不同,此与“譬如写水着地,正自纵横流漫”如出一辙,《世说新语》本条很可能是鲍照所编。[③] 或者《伤逝》一门就是出自鲍照之手。

综合《伤逝》全部十九条,其内容皆属于生者对死者表达伤悼之情。第一条“王仲宣好驴鸣”和第三条“孙子荆以有才”情节高度相似,即在表达伤悼时都涉及在丧礼上学驴鸣,在表现痴情哀伤的同时都表现了魏晋名士任诞越礼的新风貌。此就驴鸣二条相关史实、内涵及其影响解析如下。

一、王粲去世的时间、地点、人物和赴吊原因等

王粲去世的时间,史书记载很明确,《三国志·魏书·王粲传》云:“建安二十一年,从征吴。二十二年春,道病卒,时年四十一。”建安二十二年是公元217年。曹植《王仲宣诔》记述得更确切,云:“建安二十二年正月二十四日戊申,魏故侍中、关内侯王君卒。”[④]本年,正月曹操“军居巢”[⑤],二月,曹操进军濡须口(水口名,在濡须山和七宝山之间,濡须山在今含山县东关镇境),孙权退走;三月退兵时,留夏侯惇、曹仁、张辽等屯居巢。居巢在今安徽桐城市南,原为吴国之地,据《三国志·吴书·周瑜传》,周瑜曾经做过居巢长;后当为曹军所占,所以曹军才会驻扎于此。从曹操攻打孙权的过程来看,王粲“道病卒”之道应该是前往征讨的路上,而不是回军的路上,即极可能是初到前线驻军居巢、还没有攻击孙权之时。

王粲极可能死于瘟疫。据《三国志·魏书·司马朗传》:“到居巢,军士大疫。”王粲“体弱”(《三国志·王粲传》),在“大疫”到来之前,早早染病是情理中事。建安二十二年瘟疫流行,建安文坛损失惨重,王粲先去,此后“徐(干)、陈(琳)、应(玚)、刘(桢),一时俱逝”[⑥]。瘟疫造成的死亡现象对敏感的建安文人的精神刺激是显而易见的,读曹丕《与吴质书》可以有深切的感受,

① 余嘉锡笺疏:《世说新语笺疏》,第230页。

② (南朝宋)鲍照撰,钱仲联增补集说校:《鲍参军集注》,上海古籍出版社1980年版,第229页。

③ 范子烨《世说新语研究》(黑龙江出版社1998年版,第68页)论及《鲍照与〈世说新语〉》,从骈俪、词语、典故的使用,游戏诗的创作和长时间追随刘义庆三个方面论析,认为“刘义庆主编《世说》,他不可能不参与其事”。但所举例子未涉及本文所举“泻水置平地”类似“写水着地”一事。

④ (南朝梁)萧统编,(唐)李善注:《文选》卷六,胡刻本。

⑤ (宋)司马光:《资治通鉴》,中华书局1955年版,第2148页。

⑥ (三国魏)曹丕:《与吴质书》,(南朝梁)萧统编,(唐)李善注:《文选》卷四二,胡刻本。

正是这一背景使王粲的去世不仅仅是个体的死亡、一个朋友的离去，还有生命无常、灾难可惧等浓重的时代氛围笼罩其上。

值得注意的是，曹操这次出征，曹丕、曹植是否随从，这涉及“赴客”中有无曹植的问题。史称“操尝出征。丕、植并送路侧”云云，《资治通鉴》将此事编入建安二十二年，但很慎重，仍然保留了“尝”字样，没有明确说就发生在本年。曹植《王仲宣诔》云：

> 丧柩既臻，将返魏京。灵輀回轨，白骥悲鸣。虚廓无见，藏景蔽形。孰云仲宣，不闻其声？延首叹息，雨泣交颈。嗟乎夫子，永安幽冥。[①]

这段话有值得琢磨的信息。既然提到“丧柩既臻，将返魏京”云云，王粲的丧礼应是在“魏京”邺城举行的。但曹植的诔文却不是在邺城写的。即王粲死后，在未返回“魏京”之前已经进行了装殓入棺的仪式，诔文是为王粲丧柩“将返魏京”、为其送行时所作，所以才说“延首叹息”，祝愿他“永安幽冥”，曹植很可能没能同行，即没有与曹丕一起到邺城参加葬礼。《世说新语》故事说“既葬”，则葬礼是在邺城举行的，曹丕是肯定参加了丧礼，同时参加的“赴客”可能还有不久后在同一年去世的“徐、陈、应、刘”诸人，然确切为谁，难以实考。又今济宁有王粲墓，根据曹植诔文，葬礼不当在济宁举行，此冢或者乃家乡尊奉先贤所设，待考不赘。

从曹丕参加王粲葬礼来看，最大的可能是曹丕在建安二十二年春天没有追随曹操出征，而是留守邺城。曹丕与王粲至少从建安十三年(208)相识建交，因为这一年九月王粲因劝刘琮归降有功被辟为丞相掾，从此有机会与曹丕交游，一起参与邺下诗酒风雅之事，如：建安十七年(213)阮瑀卒，王粲曾奉曹丕之命作《寡妇赋》；建安二十年(215)与曹丕同到官渡，见到曹丕建安五年所植柳树，应曹丕命作《柳赋》等。[②] 曹丕在《典论·论文》中把王粲归入“七子”之一，对其“长于辞赋”创作的才能格外赞赏。[③] 至建安二十二年王粲去世，他们已经有十年的交往了。曹丕如果留守邺城，自然是一时主人，王粲是朋友又是“侍中、关内侯”，虽死于疾病，但毕竟属于因公殉职。所以于公于私，曹丕参加王粲葬礼都是理所当然、责无旁贷。

王济(247？～292?)，年二十，授任中书郎。母忧去官，起为骁骑将军，

---

① (南朝梁)萧统编，(唐)李善注：《文选》卷六，胡刻本。

② 参见夏传才、唐绍忠校注：《曹丕集校注》，河北教育出版社2018年版，第59、70页；张蕾校注：《王粲集校注》，河北教育出版社2013年版，第56、74页。

③ 参见夏传才、唐绍忠校注：《曹丕集校注》，河北教育出版社2018年版，第235页。

迁右卫将军。泰始八年(272)或稍前，迁侍中，每与晋武帝议论朝政和人物得失，最受赏识。太康三年(282)忤帝意。六年(285)或者稍前，复入为侍中。后因过错移居北邙山，以白衣领太仆。据《晋书》本传，王济卒年四十六。不载去世之年份，曹道衡、沈玉成《中古文学史料丛考》"王济卒年及两为侍中之年"条考论孙楚卒年在晋惠帝元康三年(293)，"则王济之卒，当在元康元年(291)或二年"[①]。可从。

王济与孙楚为同乡，都是太原郡人，从小交往融洽，而且王济对孙楚有识拔之恩。《世说新语·言语第二》第二十四条刘孝标注引《晋阳秋》曰："楚，骠骑将军资之孙，南阳太守弘之子。乡人王济，豪俊公子，为本州大中正，访问弘为乡里品状，济曰：'此人非乡评所能名，吾自状之曰："天才英特，亮拔不群。"'仕至冯翊太守。"[②]可见，王济在太原郡做大中正的时候曾经亲自品状孙楚，评之为"天才英特，亮拔不群"，因此，孙楚对王济心存感恩，在王济去世的时候伤心悼念乃事出有因。王济卒于太仆之任，时在西晋京城洛阳，孙楚"仕至冯翊太守"，或者闻王济去世，专往赴吊，故与"诸名士"相遇。孙楚有《王骠骑诔》，颜之推《颜氏家训文章》引佚句云："奄忽登遐。"[③]伤其仙逝；《太平御览》引佚句云："逍遥芒阿，阖门下帷。研精六艺，采赜(古同"颐")钩微。"[④]赞其风度学问；皆可见孙楚与王济情谊非常，临丧悲悼乃情理中事。

二、驴与学驴鸣的源流

《世说新语》两则故事最奇异的地方是人学驴鸣，可谓驴声进入文学之始。因此，粗略考察此前驴的文化史对于读解故事本身是一种重要的源流梳理。

甲骨文和金文中没有"驴"字。《山海经》没有写到驴，其《北山经第三》记述县雍之山"其兽多闾麋"，郭璞注曰："闾，即羭也，似驴而岐蹄角，……一

---

① 曹道衡、沈玉成：《中古文学史料丛考》，中华书局2003年版，第171页。

② 余嘉锡笺疏：《世说新语笺疏》，第86页。余嘉锡笺疏引程炎震云："《魏志·孙资传》注引《晋阳秋》云：'访问关求楚品状。'《晋书·楚传》云：'访问铨邑人品状。'此注云：'访问弘为邑人品状。'盖衍'弘'字。'天才'二语，《文选》五十四《辨命论》，六十《竟陵王行状》注，两引《郭子》作'孙楚状王济'，盖传闻异辞。《御览》二百六十五引《郭子》较《选》注为详，仍是王状孙，非孙状王也。"余嘉锡之说可从。

③ (北齐)颜之推：《颜氏家训》卷上，《四部丛刊》景明本。

④ (宋)李昉等：《太平御览》卷五六，《四部丛刊》三编景宋本。

名山驴。"①这里的"闾"是一种羊，晋代郭璞虽然说它像驴，甚至又名为"山驴"，但从头上长角来看，本来不是驴。此外，先秦典籍如《老子》《论语》《孟子》《庄子》《春秋左传》《战国策》《国语》等不见"驴"字。直到汉代才出现了"驴"字。许慎《说文解字》说："驴，似马，长耳。"②长相说得不错，不过，实在没有给我们提供多少文化信息。《史记》卷一一〇《匈奴列传》云驴是匈奴"奇畜"③，《汉书》卷九六《西域传》曰："（乌秅国）有驴无牛。"南朝宋何承天《纂文》曰："驴，一曰漠骊。"④这些记载才告诉我们，驴是外来户，从西域传过来的，其根不在华夏。因此，段玉裁注《说文解字》云："'驴、骡、駃騠、騊駼、驒騱'，太史公皆谓为匈奴奇畜，本中国所不用，故字皆不见经传，盖秦人造之耳。"⑤段玉裁以为中国本无"驴"字，"驴"字"盖秦人造之耳"，当是符合汉字史的事实。汉初贾谊《吊屈原文》即提到"驴"，可见汉初或者秦代就有"驴"字，这与段玉裁的判断相合。由于驴子长相奇特，生性倔强而愚鲁，又是"蛮夷"，所以很早就被借用来骂人。东汉应劭《风俗通义》说："凡人相骂曰'死驴'，丑恶之称也。董卓陵虐王室，执政皆如死驴。"⑥《三国志·诸葛恪传》云："恪父瑾面长似驴，孙权大会群臣，使人牵一驴入，长检其面，题曰诸葛子瑜。恪跪曰：'乞请笔益两字。'因听与笔。恪续其下曰：'之驴。'举坐欢笑，乃以驴赐恪。"⑦这个故事常被作为表现诸葛恪聪明滑稽的典故来看待，但他被讥笑是因为他父亲诸葛瑾"面长似驴"，驴的长相自然也在人的讥讽之列。

驴子总是出力不讨好，它长相似马，常被人提出来与马对比，以显其陋劣。西汉初年贾谊《吊屈原赋》云："腾驾罢牛骖蹇驴兮，骥垂两耳服盐车。"⑧《史记》卷一二七《日者列传》亦云："骐骥不能与罢驴为驷。"⑨扬马抑驴也就罢了，还要被骂为瘸腿驴。《世说新语·排调第二十五》第十二条也这样对比："诸葛令、王丞相共争姓族先后。王曰：'何不言葛、王，而云王、葛？'令

---

① （晋）郭璞：《山海经传》，《四部丛刊》影明成化本。
② （清）桂馥：《说文解字义证》卷三〇，清同治刻本。
③ （汉）司马迁：《史记》，中华书局 1982 年版，第 2879 页。
④ （唐）徐坚：《初学记》卷二九，清光绪孔氏三十三万卷堂本。
⑤ （清）段玉裁：《说文解字注》卷一〇上，清嘉庆二十年经韵楼刻本。
⑥ （宋）李昉等：《太平御览》卷九〇一引《风俗通》佚文，《四部丛刊》三编景宋本。
⑦ （晋）陈寿：《三国志》卷六三《吴书十八》，百衲本景宋绍熙刊本。
⑧ （汉）司马迁：《史记》卷八四《屈原贾生列传》，中华书局 1982 年版，第 2493 页。
⑨ （汉）司马迁：《史记》，中华书局 1982 年版，第 3219 页。

曰:‘譬言驴马,不言马驴,驴宁胜马邪?’”[①]在重门阀的时代,贵族为了自高门第把人家比作驴,而自己以马自居。在文化观念中有让驴子很不高兴的一面。

当然,驴子也有令人赞赏的优点,从功利的角度讲,第一大优点就是吃苦耐劳,南朝臧道颜《吊驴文》、袁淑《庐山公九锡文》的俳谐文章虽是骂它,但把这一点写得很清楚,可参看。到魏晋,驴子已是常见之物,在各种情况下的物质运输离不开驴子。故袁淑俳谐文《庐山公九锡文》云:“若乃三军陆迈,粮运艰难,谋臣停筭,武夫吟叹。尔乃长鸣上党,慷慨应官,崎岖千里,荷囊致餐,用捷大勋,万世不刊,斯实尔之功也。”[②]驴子也是重要的脚力,上文提到的阮籍、阮咸骑驴可证,又如《世说新语·德行第一》第二十七条刘孝标注引《晋阳秋》提到清廉的胡威“每至客舍,自放驴取樵爨炊”[③],也是以驴代步。因此,士民居住之地便不乏卖驴之所,被称为“驴肆”[④]。所以,魏晋名士能够熟悉驴子,惯听驴鸣,都是日常生活中的自然之事。

驴的叫声本来就“高音远畅”,肆意宣泄,无所忌惮,声音抑扬顿挫,不乏动听韵致。这是驴子吃苦耐劳之外的另一大优点。从历史记载来看,喜欢听学驴鸣的源头不是魏晋人,而是东汉戴良及其母亲。《汉书·逸民传》记载:“良少诞节,母憙驴鸣,良常学之以娱乐焉。”[⑤]戴良有节操却任诞不拘,母亲喜欢驴鸣,少年戴良便经常学驴鸣来娱乐母亲,母亲开怀大笑,儿子也心情舒畅。《孝经·纪行章》记曰:“孝子之事亲也,居则致其敬,养则致其乐。”戴良这是借驴鸣表达孝心,所谓“养则致其乐”,属于名教允许范围之内的事。魏晋名士学驴鸣表现对于友情的怀念,大约是学了东汉初年的隐士戴良的做法。所以余嘉锡先生说:“此可见一代风气,有开必先。虽一驴鸣之微,而魏、晋名士之嗜好,亦袭自后汉也。”[⑥]但他们不是为了娱亲,而是为了娱友;不是针对活人,而是针对死人;不是在私人场所,而是在公共丧礼。启功先生在一次演讲中甚至以为驴鸣符合平上去入四声,“启功解释,魏晋时代的人,为何喜欢听驴鸣?那是他们在当时有意识地探索诗歌的声律,后来

---

① 余嘉锡笺疏:《世说新语笺疏》,第791页。

② (唐)欧阳询:《艺文类聚》卷九四,影印文渊阁《四库全书》本。

③ 余嘉锡笺疏:《世说新语笺疏》,第28页。

④ 余嘉锡笺疏引《历代名画记》卷五:“王濛字仲祖,晋阳人。放诞不羁,书比庾翼。丹青特妙,颇希高达。常往驴肆家画辎车。”(《世说新语笺疏》,第125页)

⑤ (南朝宋)范晔:《后汉书》卷八三,百衲本景宋绍熙刻本。

⑥ 余嘉锡笺疏:《世说新语笺疏》,第635页。

南朝的沈约发明的四声，正与驴叫时发出的‘嗯啊嗯特’相合”[①]。他认为驴子产于中国，因此四声也就产于中国，实际不然，遵循启功先生的逻辑，据上所论，驴子不是产于中国，所以驴子的四声还是来自西域。但发现驴鸣动听这一优点的确是魏晋名士的功劳。袁淑《庐山公九锡文》称驴子“音随时兴，晨夜不默，仰契玄象，俯叶漏刻，应更长鸣，毫分不忒”[②]。人如果学起来那就是一种心情的肆意宣发和富有意味的审美展现。

要之，驴子原本不产于中原，是从西域传来的外来品种。东汉末年到魏晋时期，驴子已经很常见，广泛用于运输和贫寒者的脚力。人们对它的情感态度有贬有褒。这些都为王粲、曹丕、王济、孙楚等名士接触熟悉、喜欢聆听或者模仿驴鸣准备了物质和观念条件。

三、越礼放诞与笃于友情

仔细品味“丧作驴鸣”二则故事，其精神主要体现出三个层次的蕴涵，即越礼放诞、笃于友情与超越之境。

首先，“丧作驴鸣”表现了魏晋时期越礼放诞的时代新风。宋刘昌诗云：“晋人放旷，至于吊丧亦出礼法之外。”[③]传统丧礼是严肃的仪式，在丧礼上即兴增加驴鸣环节，实为礼法所不容，显示了这个时代“越名教而任自然”的新精神。[④] 驴子之所以与逍遥物外的狂士、诗人结下不解之缘，与魏晋这个特殊的时代密不可分。

驴子受到青睐乃魏晋放达之风的反映。综观汉晋时期的贵族出行，经历了一个重马到重牛的转变，而士人则放达不羁，弃马弃牛而好骑驴。汉代贵族重视乘马，刘邦初定天下，王公贵族无马可乘，只好坐牛车；文景之治之后，经济恢复，物阜民丰，贵族生活大大改善，出门以乘坐母马所拉的车为耻辱。[⑤] 到东汉即如太守出行，也是以“白马从骊驹”为荣。[⑥] 三国时期亦乘马，故曹植归藩，有“我马玄以黄”之叹。[⑦] 然而到晋代，贵族重视牛车，不论是从

---

① 韩三洲：《书丛探幽集》，北岳文艺出版社2016年版，第116页。

② （唐）欧阳询：《艺文类聚》卷九四，影印文渊阁《四库全书》本。

③ （宋）刘昌诗：《晋人吊丧弹琴作驴鸣》，《芦浦笔记》卷三，清《知不足斋丛书》本。

④ （三国魏）嵇康：《释私论》，《嵇中散集》卷五，《四部丛刊》景明嘉靖本。

⑤ （汉）班固：《汉书》卷二四上《食货志上》：“天下既定，民亡盖臧，自天子不能具醇驷，而将相或乘牛车。”又：“乘牸牝者摈而不得会聚。孟康曰：‘皆乘父马，有牝马间其间则踶啮，故斥出，不得会同。’”（清乾隆武英殿刻本影像本）

⑥ 汉乐府《日出东南隅行》（即《陌上桑》），（南朝梁）徐陵编：《玉台新咏》卷一，《四部丛刊》影明活字本。

⑦ （三国魏）曹植：《赠白马王彪》，（南朝梁）萧统编，（唐）李善注：《文选》卷二四，胡刻本。

出土文物还是从史料记载来看，牛车是贵族最日常的交通工具，其极端表现乃至于皇亲贵族王恺以“八百里驳”自重[①]。至于驴子主要是运输畜力，不在贵族出行之选，有身份的人也不骑驴子。因此，如果有名士骑了驴子，便为人刮目相看。骑驴的名士最早的要算东汉末年的向栩了，《后汉书》卷八一《向栩传》说：“向栩……少为书生，性卓诡不伦，恒读老子，状如学道，又似狂生。……或骑驴入市乞丐于人。”[②]《后汉书》卷一三五《五行志》：“灵帝于宫中西园驾四白驴，躬自操辔，驱驰周旋，以为大乐。于是公卿贵戚转相放效。”[③]帝王驾驴，公卿仿效，任诞之风起于青蘋之末。至于魏晋，儒学定于一统的局面解体崩溃，思想解放，政治上倡导唯才是举，玄学上主张名教本于自然，正始时期甚至走向否定名教、专尚自然的极端。于是士风由东汉之严谨而转为魏晋之放达，“魏武好法术而天下重刑名，魏文慕通达而天下贱守节”[④]，遂有名士阮籍、阮咸骑驴轶事，被收录在《世说新语》《文士传》等史书之中：

> 籍放诞有傲世情，不乐仕宦。晋文帝亲爱籍，恒与谈戏，任其所欲，不迫以职事。籍常从容曰：“平生曾游东平，乐其土风，愿得为东平太守。”文帝说，从其意。籍便骑驴径到郡，皆坏府舍诸壁障，使内外相望，然后教令清宁。十余日，便复骑驴去。(《任诞第二十三》第五条刘孝标注引《文士传》)[⑤]

汉末陈蕃登车揽辔，那是乘驾马车；《晋书》卷七一《陈頵传》载：“陈頵，字延思，陈国苦人也，少好学，有文义，父欣，立宅起门，頵曰：‘当使容马车。’欣笑而从之。……太守刘享拔为主薄州，辟部从事，乘马车还家，宗党荣之。”[⑥]足见不论贵族还是百姓，其心理一般以乘马车为荣。阮籍为名士，上任东平太守不骑马不坐车而骑驴，行为任诞，故为史书所载。无独有偶，他的侄子阮咸也有骑驴之举：

> 阮仲容先幸姑家鲜卑婢。及居母丧，姑当远移，初云当留婢，既发，定将去。仲容借客驴箸重服自追之，累骑而返。曰：“人种不可失！”即

① 余嘉锡笺疏：《世说新语笺疏》，第 86 页。
② (南朝宋)范晔：《后汉书》卷八一，百衲本景宋绍熙刻本。
③ (南朝宋)范晔：《后汉书》卷一三五，百衲本景宋绍熙刻本。
④ 西晋傅玄上疏中语，详见(唐)房玄龄等：《晋书》卷四七，清乾隆武英殿刻本影像本。
⑤ 余嘉锡笺疏：《世说新语笺疏》，第 729 页。
⑥ (唐)房玄龄等：《晋书》，清乾隆武英殿刻本影像本。

遥集之母也。(《任诞第二十三》第十五条)[①]

阮咸家贫,《任诞第二十三》第十条很生动地说明了这一点,云:“阮仲容,咸也。步兵居道南,诸阮居道北。北阮皆富,南阮贫。七月七日,北阮盛晒衣,皆纱罗锦绮。仲容以竿挂大布犊鼻裈于中庭。人或怪之,答曰:‘未能免俗,聊复尔耳!’”[②]由此可见阮咸贫穷之一斑。或许是由于家贫没有牛车,所以“借客驴”去追回“鲜卑婢”。

质言之,驴子的长相、本性和在现实生活中从事苦力的遭遇,在鄙视实务、崇尚虚放的贵族眼里,都注定它成为一个出力不讨好的动物形象。但魏晋时代,通脱自然之风渐胜,名士们不拘常规,对待驴子也开始另眼相待。阮籍、阮咸骑驴代步,傲视世俗成见,越名教而任自然;曹丕、孙楚在丧礼上学驴鸣,置礼法于不顾,与阮籍、阮咸之举类似,都显示了新的时代风气,都是思想解放时代所带来的士人言行上的变化。

其次,“丧作驴鸣”表现了魏晋名士纯任真情、笃守友谊的尚情特点。

王粲之好驴鸣,首先得自天性。王粲聪颖特出,受到蔡邕赏识之后,声名远扬,才性成长一帆风顺;但“避乱荆州,依刘表,以粲貌寝通脱,不甚重之”,怀才不遇,大受压抑,肆意的驴鸣足可以令人宣泄愤懑,发抒真情。

曹丕为人善于矫饰,尤其是在与曹植争太子的过程中,面对父亲曹操的考察刻意自我掩饰,谨守子道,不违礼法,礼贤下士;这与曹植的不自雕励、任性而行形成了鲜明对比。但这并不表明曹丕缺乏真情,读其《与吴质书》娓娓道来,真情流溢,充满对友情的怀恋,读其《典论·自叙》可见其对自我才艺的自诩,毫不掩饰。也就是说,如王粲一样,称帝之前的曹丕也是一位才华天然而饱受压抑的文人士子。王粲所好之驴鸣未尝不可以打动曹丕被层层掩饰的放荡之心。建安二十二年是曹丕命运出现转机的一年,在太子之争中,曹丕的竞争对手曹植因犯禁私开司马门、饮酒不节等,失去父宠,而曹丕则因“御之以术,矫情自饰,宫人左右并为之游说”[③],而渐得父心,“冬十月……以五官中郎将丕为魏太子”[④]。当然这个倾斜在举行王粲丧礼的春天还没有发生,也就是说曹丕心情正处于黎明前的黑暗,极为郁闷。在礼法与自然的夹缝中,曹丕需要一个精神宣泄的出口,这个出口既可以宣泄自己,

① 余嘉锡笺疏:《世说新语笺疏》,第734～735页。

② 余嘉锡笺疏:《世说新语笺疏》,第731～732页。

③ (晋)陈寿:《三国志》卷一九《魏书·陈思王植传》,百衲本景宋绍熙刊本。

④ (晋)陈寿:《三国志》卷一九《魏书·武帝纪》,百衲本景宋绍熙刊本。

又不能破坏自己在父亲曹操心目中的形象。而在丧礼上学驴鸣以表达对于王粲的怀念之情正好适合了这种双重要求。其一，珍重友情，乃自古以来士人所尊尚的价值观念，何况王粲是吊客们共同的朋友，驴鸣只是被借助的行为，学驴鸣不是真正的目的，真正的目的是伤悼友人之情，这便从根本上保证了怪诞行为的正义性，与戴良借驴鸣表现孝心在价值本质上是一致的；其二，在丧礼上学驴鸣是对礼法的突破，是犯禁，而恰恰是这种犯禁可以释放心理压力，同时这种擦边的犯禁还构不成曹操的重视，不会带来曹植那种明知有禁酒令、禁行令还饮酒不节、私开司马门所带来的严重后果；其三，王粲的丧礼，或者因其年辈较小（比曹操小二十二岁）、职务较卑，或者因征讨孙吴未归，曹操不会亲临；曹丕于是就成为参加丧礼的吊客中的当然领袖人物，他便可以在一定程度上摆脱顾忌，特立独行，引领风气，任性而行，流露真情。

至于王济，为人豪奢，泰始八年(272)或稍前，迁侍中，每与晋武帝议论朝政和人物得失，可谓得意。但太康三年(282)忤帝意，六年(285)或者稍前，复入为侍中，后因过错移居北邙山，以白衣领太仆。可见其恃才傲物、坎坷不遇的性格和遭遇。至于孙楚，也是恃才傲物，从小"缺乡曲之誉"，可谓磊砢不平之士。此与王粲喜欢听驴鸣在心理上有相同之处，有些不平之鸣的意味。

孙楚学驴鸣主要是为了表达悼念和知遇之情。正如曹丕与王粲等建安诸子"止则连舆，行则接席"，时常"酒酣耳热，仰而赋诗"一样，孙楚与王济交非寻常，他们是同乡，少年时期就有交游，也有共同的清言之好，曾经一起各言其志(《排调第二十五》第六条)①，"各言其土地人物之美"(《言语第二》第二十四条)②，也曾一起进行文学切磋，孙楚笃于夫妇之情，曾作悼亡诗云："时迈不停，日月电流。神爽登遐，忽已一周。礼制有叙，告除灵丘。临祠感痛，中心若抽。"给王济读后，王济说："未知文生于情，情生于文，览之凄然，增伉俪之重。"(《文学第四》第七十二条)③可谓知音玄赏。魏晋尚情，有过圣人有情无情的讨论，如王戎以为"圣人忘情，最下不及情；情之所钟，正在我辈"(《伤逝第十七》第四条)④。面对朋友的逝去，生死的阻隔，"临尸恸哭"，实为情不自已。这是对逝者的伤悼，是对友谊的眷恋，也是对自我生命的悲

① 余嘉锡笺疏：《世说新语笺疏》，第 781 页。
② 余嘉锡笺疏：《世说新语笺疏》，第 86 页。
③ 余嘉锡笺疏：《世说新语笺疏》，第 254 页。
④ 余嘉锡笺疏：《世说新语笺疏》，第 637 页。

悯。真正的朋友往往能越礼任情，因为形式上越礼只有朋友明白其笃于真情的用意。

《老子》云："下士闻道，大笑之。"[①]孙楚驴鸣之后，因"体似真声"引得"宾客大笑"，显然，大笑之客无法体会孙楚与王济之间难以言说的深情厚谊。孙楚也不自我解释，高傲地举头说："使君辈存，令此人死！"这是孙楚的名士作风，也是对王济的最高评价，知音不存，驴鸣无赏，只有寂寞而已。借驴鸣以归真，只有死人明白，活人已经不能体会，此非笃于友谊、深会知音者不能为。至于曹丕学驴鸣是否"体似真声"，故事没说，学驴鸣之后，吊客的反应也没有说，倒是记载了"赴客皆一作驴鸣"的滑稽结局。宋人刘辰翁评曰："不应送客尽能驴鸣。"[②]此虽胶柱鼓瑟，但也令人遥揣实情。曹丕驴鸣是真为友谊而发，"赴客"神会者学驴鸣也凄然有感，至于碍于场面不得不学驴鸣者，便与友谊隔了一层，其来送丧不过束于名教礼节而已，与情谊何关？

总之，王粲、王济之好驴鸣，除了天性喜欢之外，从后天来看，主要出于怀才不遇、遭遇不平之后寻求宣泄的需要，曹丕学驴鸣也有这一方面的心理需求，但他与孙楚更多的是对友谊、真情的眷恋、伤悼和不能自已。"丧作驴鸣"是特定情境下暂时摆脱礼法约束后的放达，更是人的觉醒状态下的真情流露。明王世懋云："《世说》惟《伤逝》独妙，无一语不解损神。"[③]明李贽评《伤逝》篇云："以上皆哀死者。唯其痛之，是以哀之；唯其知之，是以痛之。故曰哀至则哭，何常之有！非道学礼教之哀作而致其情也。"[④]日本读者田中云："方极哀之时，追念其所好，以忘可耻，作酷丑态，乃为伤逝也。"[⑤]"驴鸣"二条在发抒真情上具有《伤逝》篇的共同特点。曹丕、孙楚（孙子荆）学作驴鸣来悼念喜欢听此奇音的亡友，无视严肃的葬礼要求，越名教而任自然，可谓冒天下之大不韪，但这叫声里传达的悲伤之情却是如此真率，让后人掩卷沉思，甚至扪心自问：我们什么时候也可以抖掉一切忌讳，像驴子那样畅快而肆意地鸣叫一声？

四、超越、自由与审美化的境界

越礼、任情还不是"丧作驴鸣"意蕴的全部，这一放诞不羁、纯真任情的

---

① （汉）河上公注：《老子河上公注》卷下，第四十一章，《四部丛刊》影宋本。

② 转引自（南朝宋）刘义庆撰，（南朝梁）刘孝标注，刘强会评辑校：《世说新语会评》，凤凰出版社2007年版，第368页。

③ 转引自（南朝宋）刘义庆撰，（南朝梁）刘孝标注，刘强会评辑校：《世说新语会评》，第368页。

④ （明）李贽：《初潭集》卷一九"哀死"类末总评语，明万历刻本。

⑤ 黄霖、陈维昭、周兴陆主编，周兴陆辑著：《世说新语汇校汇注汇评》，第1084页。

仿效行为背后还有更为深远和动人的境界，它便是对天籁之趣的发现和痴迷，是超越功利、傲视世俗之后，以本真面目融入外物之后对超越、自由与审美化的境界的体验。作驴鸣时正是这一终极体验的高峰时刻。

王粲为人通脱自然，自我性情爱好往往得之天然，对天然之事物便少有僵化道德理念约束下的成见，更容易发现和欣赏它们的天趣，感悟不受约束的自由；简言之，王粲为人简易不羁，故能好常人所不能好[①]，但这个爱好不仅仅是不平之鸣，在本质上乃出于天性的欣赏。此不独王粲如此。《世说新语》所记简文帝爱好鼠迹，支遁和尚喜欢养马等，都是世俗人和一般名士所厌恶或者鄙弃者，然而不从人类好恶来观察，老鼠在灰尘上的足迹自有其佳妙独特之处，不从马乃军事用畜考虑问题，其天然神骏足以动人。不从粗俗狼抗、极不文雅的厌恶态度看待，驴鸣声实乃大俗大雅，天然畅快至极，人与其他动物之天然叫声实在难出其右。所谓趣味无争辩，王粲的通脱和时代的开放为他及其同好喜好非常之音提供了条件。其次，驴鸣之爽朗肆意、抑扬顿挫，能引发特殊的美感，是一代名士欣赏的一种美学特点。从驴鸣的天然音质来看，启功先生所谓“驴有四声”之说虽有附会之嫌，但其音调“抑扬爽朗”之美有合萧统评价陶渊明诗之赞[②]。按，“爽朗”乃《世说新语》所欣赏的名士风神，如评嵇康“爽朗清举”[③]，评阮孚“爽朗多所遗”[④]，刘孝标注引《袁氏家传》称袁耽“魁梧爽朗，高风振迈”[⑤]等。又抑扬顿挫之美也是魏晋作家意识到的一种艺术美。“若前有浮声，则后须切响”[⑥]虽然是南朝沈约等人才明确意识到的，但不可否认魏晋作家已经有一定的自觉探索。故陆机《文赋》多有描绘，如云“暨音声之迭代，若五色之相宣”[⑦]，强调声韵的变化和协调。又如《世说新语·文学第四》第九十二条记王珣批评袁宏《北征赋》“恨少一句，得‘写’字，足韵当佳”[⑧]，这说明不但是诗，连辞赋在内的主流文体在用韵、节奏上已经极为讲究；从王粲《从军行》等诗来看，其不用韵和用韵两

① 王粲好驴鸣之因，周勋初以为乃因受麻风病痛之折磨，参见其《王粲患麻风病》，原载《学林漫步》第十三辑，中华书局1991年版，收入其《魏晋南北朝文学论丛》等；萧艾《世说探幽》因思念家乡常见驴鸣，在荆州每闻驴鸣而好之。皆臆测之词。

② （南朝梁）萧统《陶渊明集序》：“其文章不群，词采精拔，跌荡昭章，独起众类，抑扬爽朗，莫之与京。”（《昭明太子集》卷四，《四部丛刊》景明本）

③ 余嘉锡笺疏：《世说新语笺疏》，《容止第十四》第五条，第607页。

④ 余嘉锡笺疏：《世说新语笺疏》，《赏誉第八》第二十九条，第437页。

⑤ 余嘉锡笺疏：《世说新语笺疏》，《任诞第二十三》第三十四条，第747页。

⑥ （南朝梁）沈约：《宋书》卷六七《谢灵运传论》，中华书局1974年版，第1779页。

⑦ （南朝梁）萧统：《文选》卷一七，胡刻本。

⑧ 余嘉锡笺疏：《世说新语笺疏》，第270页。

句末字之间的声调往往多是仄起平收，在还没有自觉运用四声的时代，颇具抑扬顿挫之美。应该说驴鸣的抑扬高低的韵调与诗歌甚至辞赋追求的音韵之美无形中异曲同工，异物同应，这应该是敏感的诗人喜欢驴鸣的客观因素。龚斌先生说："魏晋人作驴鸣乃旷达习气，非以为驴鸣真悦耳动听也。"[1]前半句良是，后半句则值得商榷。以生性爱好驴鸣，推崇天籁之声的魏晋名士来说，实在难以排除审美爱好的动机。魏晋人向内发现了自己的深情，故能在特定情境下不受礼法世俗约束，保持率真的自我本性；向外发现了自然，所发现的不仅仅是自然山水之美，更有天籁之音，驴鸣自是一种天籁之声[2]、自然之音。以自然本真之我面对自然天籁之鸣，注定存在契合的玄机。

曹丕、孙楚借助驴鸣表达伤悼之情，其表达的极致是"体似真声"，此时正属于沉浸于驴鸣的朗畅抑扬、碎心于友谊的生死幻灭之际。这时，驴鸣者入乎其中，又出乎其外。"入乎其中"是说对伤逝的特殊表达恰似与朋友晤对，学驴鸣成为一种迷醉；明代读者注意到历史上喜欢驴鸣的现象，概括云："王粲好驴鸣，将葬，文帝临其丧，顾语同游曰：粲好驴鸣，可各作一声送之，赶客各一作驴鸣；又王濛好孙子荆驴鸣；张南渠亦好驴鸣；戴叔鸾母好驴鸣，叔鸾每作驴鸣以悦之。夫驴鸣本无可悦，而子以是悦母，友以是悦朋，君以是悦臣，异哉！"[3]"驴鸣本无可悦"可再商榷，这里对为取悦对方而无视世俗的痴迷的概括引人深思，它实际上就是人与人高度和谐的极端表现之一。"出乎其外"是说不但傲视世俗礼法，因伤悼之情至于极端而忘掉世俗悲伤之情，不禁脱略形骸，在刹那间神游玄妙之境。这时，学驴鸣者从自我私情的束缚中暂时摆脱出来，转入自己与去世朋友心有灵犀的两人世界，以彼此之情代替自我单方之情；又进而从生死之情中升华上去，以悟道玄思、宇宙大情代替具体悲伤、世俗哀痛。这种从世俗悲情转入忘俗真情的过程类似于"圣人有情"而终至于"圣人忘情"，在类似审美的沉迷中脱落"情累"。曹丕、孙楚都能够以朋友喜好的方式与朋友道别，也是再做一次超越生死之隔的心灵的交流，共同欣赏一次驴鸣抑扬朗畅的神韵，有对奇异音韵的审美愉悦，也有对宇宙人生超越世俗一切约束的体悟，是自由、自然和欢畅的生命之歌，是生命挣脱一切羁束之后的盛开和翱翔，是自我融入大道的天人合一，这时候已经超越了丧礼和悲痛，超越了生死离隔与区别，完成了一次灵

---

① (南朝宋)刘义庆撰，(南朝梁)刘孝标注，龚斌校释：《世说新语校释》，上海古籍出版社 2011 年版，第 1253 页。

② "驴鸣是一种天籁之声"的感悟受到山东大学文学院《世说新语》读书会参与讨论同学的启发。

③ (明)夏树芳辑：《词林海错》，明万历刻本。

魂的洗礼和升华，是生命在死亡、在灾难面前的觉醒，是饱受世俗束缚的生命向自然真性的回归。

《庄子》一书曾经记载到庄子见妻死鼓盆而歌，还写到见到朋友死而歌："子桑户、孟子反、子琴张三人相与为友，曰：'孰能相与于无相与，相为于无相为？'……三人相视而笑，莫逆其心，遂相为友。……莫然有间而子桑户死，孔子闻之，使子贡往侍事焉，或编曲，或鼓琴，相和歌曰：'嗟来，桑户乎！嗟来，桑户乎！而已反其真，而我犹为人。'"[①]这种任诞之举是因为看到了去世的妻子、朋友是"已反其真"，归于道，如果因此再哭是自己不知运化之道，不悟生命之真。假言之，即使朋友有知，也因志趣相合不会怪罪自己的放达言行，此可谓形而上的旷达，友情深深隐藏，心灵拴系于道，故没有世俗的眼泪，只有逍遥自由的洒落。曹丕、孙楚则是含泪而鸣，发之于情，归之于情，其中玄学之趣深微难明，若存若亡，所传达的不是抽象的形而上之道，而是超越世俗的痴情玄趣。所谓"自是天机动，将无发不平"[②]是也。

晋人向外发现的自然之美，不只有山清水秀的自然美，也有鸢飞鱼跃的自然美。明人解庄子濠梁之乐联系到驴鸣，云："游濠梁，正天机活发、中心无累时也。见鱼而契其性，本无可言，惠子逐言起识，遂生辨诘。循本者指点初游未言之时，胸次自适。故曰'知之濠上也'。不在濠上，不知鱼乐。见庭草、闻驴鸣，天机触于无心者。"[③]"天机活发"有赖于主体的解放和外在的触发，魏晋时期人的觉醒为自我提供了主体的条件，于是万物之美也从功利道德束缚中解放出来，能够以其天然会人之天然，相引以造玄道意趣。其平和的状态是简文帝入华林园见鸟兽虫鱼自来亲人，是陶渊明见树木交荫、禽鸟变声便欢然有喜；其激荡的状态便是支遁养马赏其神骏，王粲等人爱驴鸣朗畅。这一鸣是动物的春天之鸣，是人的觉醒时代以审美之眼重新审视外物的奇声异韵！更可况，模仿本身就是一种跨越实际的审美。如果束缚于名教世俗价值理念，则会是另一种情形，即物我分离。明沈长卿曾对人学驴鸣之放诞不理解，他说："战国时孟尝君之客能为鸡鸣，晋时送王仲宣之葬者赴客各为驴鸣，嗟乎！马牛犬猫之作人语者，洵物怪；而人之为鸡驴鸣者，亦人妖矣。"[④]一定要从政教理念评判人学驴鸣，看到的仅仅是与政教不合的"怪力乱神"一类的怪异，驴鸣以及模仿驴鸣的天趣也就荡然无存。

① （清）郭庆藩：《庄子集释》卷三上《大宗师》，清光绪思贤讲舍刻本。
② （明）焦源溥：《驴鸣》，焦源溥：《逆旅集》卷五，清道光十九年宏道书院刻本。
③ （明）朱得之：《庄子通义》卷六《秋水通义》，明三子通义本。
④ （明）沈长卿：《沈氏弋说》卷六《畜作人语说》节录，明万历刻本。

“丧作驴鸣”故事行文至“顾语同游曰”和“举头曰”时，曹丕和孙楚已经从学驴鸣的迷醉状体中走出来，从即真入玄的意趣和境界中苏醒过来，又清醒地回到越礼任诞的情绪状态，回到与驴鸣隔江相望的分离状态；但这个分离状态从另一面烘托了进入“体似真声”时的超越、自由与审美的境界。这正如陶渊明《饮酒诗二十首》之五结尾写到“此中有真意，欲辩已忘言”[①]时，诗人已经从“悠然见南山”的物我融合之境中走出来，但“此中”二句虽在境外，却向读者很好地烘托了境内的自由、和谐、忘我、天人合一的审美状态。至如闻驴鸣而笑者最多悟到越礼任诞是什么，至于真情伤逝则已隔膜，何况自我、驴鸣、友情等浑融一体的玄妙之境！

五、“驴鸣”影响举例

在丧礼上学驴鸣可谓任诞至极，但《世说新语》还是把他们的故事收入《伤逝》，可谓略形取神，得意忘言。后来读者每每心领神会，再续雅篇。

唐初类书《艺文类聚》卷九四、《初学记》卷二五分别引录了“王仲宣好驴鸣”和孙楚学驴鸣的故事，之后《白氏六帖》卷二九，宋代类书《太平御览》卷三八八、卷九〇一等皆作引录。文人也往往用为典实。如唐代诗人刘言史《题王况故居》：“入巷萧条起悲绪，儿女犹居旧贫处。尘满空床屋见天，独作驴鸣一声去。”[②]宋人黄庭坚《次韵谢外舅食驴肠》：“垂头畏庖丁，趁死尚能鸣。”[③]明人刘城《西台哭所思韵》：“客子长号处，驴鸣一座哀。”[④]张岱《祭周伯戬文》：“抚棺号痛，以当驴鸣。”[⑤]清人桑调元《同莲峰哭盛庸三》：“何处驴鸣送，他年鹤返不。”[⑥]基本在伤逝意义上理解驴鸣之典。明焦源溥《驴鸣》云：“自是天机动，将无发不平。……今无怜汝者，昂首为谁鸣。”[⑦]清刘大神《驴鸣行》云：“忽然一声来枥间，屋瓦欲飞墙欲倒。……披衣剪烛为长歌，抑郁胸怀试一扫。如何名士偏欢忻，吊客情深尚扰扰。”[⑧]摹写形象，揭示驴鸣抒情泄愤作用，颇得魏晋名士精神。“驴鸣”故事当对绘画也产生过影响，如五

---

① 逯钦立校注：《陶渊明集》，中华书局1979年版，第89页。按：“辩”，原作“辨”，当误。宋刻递修本、汤汉注本、元李公焕本陶集等作皆“辩”，无异文，此据改。

② （清）彭定求等编：《全唐诗》卷四六八，影印清文渊阁《四库全书》本。

③ （宋）黄庭坚：《山谷外集诗注》卷三，《四部丛刊》景元刊本。

④ （明）刘城：《峄桐诗》卷七，清光绪十九年养云山庄刻本。

⑤ （明）张岱撰，夏咸淳辑校：《张岱诗文集》，上海古籍出版社2018年版，第402页。

⑥ （清）桑调元：《弢甫集》卷三，清乾隆刻本。

⑦ （明）焦源溥：《逆旅集》卷五，清道光十九年宏道书院刻本。

⑧ （清）刘大绅：《寄庵诗文钞》卷六，民国《云南丛书》本。

代时有“王子庆《驴鸣图》”[①]，或者取材于此。

今人石小梅戏曲工作室创作有《驴鸣》短剧昆曲折子戏，以《世说新语》“王仲宣好驴鸣”条为取材来源附会而成，精短有味，超越了单纯的伤逝主题，颇有创造性。剧情先写王粲去世，好友曹丕、曹植前往致祭，贾诩奉曹操之命，借机窥判曹丕、曹植二子高下，好为曹操决定谁做太子提供参考，兄弟二人为此在祭奠是否用酒等方面钩心斗角。次写曹植灵前宣读诔文，风流高才胜过曹丕一筹。最后写曹丕真情不泯，在冢前驴鸣致哀，勾起兄弟旧情，余韵悠然。戏曲能够将“王仲宣好驴鸣”与曹丕、曹植争立太子结合到一起是一大创造，增加了《世说新语》该条所没有的现实内容，比如据前面所论，曹植虽然写了诔文，但有没有在洛阳参加王粲葬礼还是一个疑问，而戏曲则落实下来；其意蕴也深刻隽永，既写出了兄弟间钩心斗角的微妙心理，也传达出难忘真情的朋友、兄弟之意，还有人生异化的悲凉。关于“驴鸣”情节，编剧罗周分析说：

> 一声驴鸣，祭奠的远远不止是王粲，甚至也不仅祭奠了兄弟之情，他也祭奠了自己、祭奠了父子之情。是谁将骨肉手足逼成这样的呢？正是曹操、他们的父亲。进而，他这是对人世间所有因权力而放弃的真情，因权力而产生的凉薄，发出的一声祭奠。
>
> ……
>
> 曹丕对真情的呼唤、对帝王家凉薄的质疑悲哀、其思想之深度、情感之浓度，同样也击中了贾诩的内心。《世说新语》条目里，“驴鸣”是一次较简单的祭奠，但在我们这个折子戏里，它不是简单意义上的祭悼，而有了更深的指向与寄托。[②]

该阐述把驴鸣祭奠的举动揭示得很深细，但该戏所增加的“对真情的呼唤、对帝王家凉薄的质疑悲哀”完全超出《世说新语》原作“伤逝”的意蕴，是读者在接受原作基础上的再创造。这个创造联系了《三国志》中关于曹丕、曹植等的相关记载，显得合情合理，可谓破茧成蛾，独具风采。驴鸣余韵，至此再生异彩。

---

① (宋)汤垕《画鉴》不分卷，明万历程氏丛刻本；又《珊瑚网》卷四八《画继》，影印清文渊阁《四库全书》本。

② 罗周：《〈世说新语·驴鸣〉阐述与完整剧本》，微信公众号“云拥三峰”2020年3月21日文章。

参考文献

(战国)庄子等撰,(清)郭庆藩撰:《庄子集释》,清光绪思贤讲舍刻本。

(汉)司马迁:《史记》,中华书局1982年版。

夏传才、唐绍忠校注:《曹丕集校注》,河北教育出版社2018年版。

(晋)陈寿:《三国志》,百衲本景宋绍熙刊本。

(南朝宋)范晔:《后汉书》,百衲本景宋绍熙刻本。

(南朝宋)刘义庆撰,(南朝梁)刘孝标注,余嘉锡笺疏,周祖谟、余淑宜、周士琦整理:《世说新语笺疏》,上海古籍出版社1993年版。

(南朝宋)鲍照撰,钱仲联增补集说校:《鲍参军集注》,上海古籍出版社1980年版。

(南朝梁)萧统编,(唐)李善注:《文选》,胡刻本。

(唐)欧阳询:《艺文类聚》卷九四,影印文渊阁《四库全书》本。

(唐)房玄龄等:《晋书》,清乾隆武英殿刻本影像本。

(宋)李昉等:《太平御览》,《四部丛刊》三编景宋本。

(宋)司马光:《资治通鉴》,中华书局1955年版。

黄霖、陈维昭、周兴陆主编,周兴陆辑著:《世说新语汇校汇注汇评》,凤凰出版社2017年版。

(南朝宋)刘义庆撰,(南朝梁)刘孝标注,刘强会评辑校:《世说新语会评》,凤凰出版社2007年版。

读书会时间:2020年9月23日

《世说新语·贤媛第十九》第十九条陶母“截发待宾”解析

李剑锋*

【原文】

陶公[1]少有大志，家酷[2]贫，与母湛氏[3]同居。同郡范逵[4]素知名，举孝廉[5]，投侃宿。于时冰雪积日，侃室如悬磬[6]，而逵马仆甚多。侃母湛氏语侃曰：“汝但[7]出外留客，吾自为计[8]。”湛头发委地[9]，下为二髲[10]，卖得数斛[11]米，斫[12]诸屋柱，悉割半为薪[13]，剉[14]诸荐[15]以为马草。日夕，遂设精食，从者皆无所乏。逵既叹其才辩，又深愧其厚意。明旦去，侃追送不已，且百里许[16]。逵曰：“路已远，君宜[17]还。”侃犹不返。逵曰：“卿可去矣。至洛阳[18]，当相为美谈。”侃乃返。逵及洛，遂称之于羊晫[19]、顾荣[20]诸人，大获美誉。①

【校勘】

[一]羊晫：《晋书》卷六六作“杨晫”。按：羊、阳、杨作姓氏往往混用。如杨衒之，新旧《唐书》著录《洛阳伽蓝记》五卷，皆作“阳衒之”撰，清道光吴氏藏板等《洛阳伽蓝记》注明作者为“羊衒之”。范祥雍以“阳”“羊”均误字，恐需进一步考订。

---

* 李剑锋，男，1970年生，山东沂水人。山东大学文学院教授。

① （南朝宋）刘义庆撰，（南朝梁）刘孝标注，余嘉锡笺疏，周祖谟、余淑宜、周士琦整理：《世说新语笺疏》，上海古籍出版社1993年版，第689页。本文所引《世说新语》原文及刘孝标注文，皆据此版本。

[二]余嘉锡校：原刘孝标注"侃父丹"下，"沈本有'吴扬武将军'五字"[①]。

【注解】

[1]陶公(259～332)：陶侃，《世说新语·言语第二》第四十七条刘孝标注作字士衡，唐房玄龄等《晋书》本传作字士行。父陶丹，鄱阳人，后徙居寻阳。侃为东晋开国名臣，封长沙郡公、大将军，赠大司马。陶侃传记又见东晋王隐《晋书》卷七、南朝宋何法盛《晋中兴书》卷七、南朝齐臧荣绪《晋书》卷一四等。按：鄱阳为三国吴置，治鄱阳，属扬州。辖境相当于今江西鄱阳湖东岸、进贤以东及信江、乐安江流域(婺源除外)。西晋移治广晋(今鄱阳北)。寻阳郡：西晋永兴元年(304)分庐江之寻阳、武昌之柴桑两县置为郡。治寻阳县(今湖北黄梅县西南)，属江州。辖今江西九江市以西、湖北武穴市以东的长江两岸地区。后辖区有伸缩。东晋咸和(326～334)中移治柴桑县(今江西九江市西南柴桑区，即原九江县)，梁太清中又迁治湓口城(今九江市)。

[2]酷：极端。

[3]湛氏：陶侃母，晋豫章郡新淦(gàn)(治所在今江西樟树市)人。

[4]范逵：鄱阳人，举孝廉，入洛阳游宦。生平事迹不详。有子名珧(yáo)，陶侃"移镇武昌"时曾命"范逵子珧为湘东太守"[②]。

[5]举孝廉：被荐举为孝廉。孝廉，汉代设置的选举科目，由郡中选出后送朝廷授予官职。

[6]悬磬(qìng)：悬挂着的磬，此喻空无所有，极端贫困。典见《左传·僖公二十六年》。

[7]但：仅(管)，只(管)。

[8]计：谋划，打算。

[9]委地：垂到地上。

[10]髲(bì)：假发。按，晋代贵族女性有戴假发的时髦装饰。朱铸禹引日本秦士铉撰《世说笺》云："《诗》：'不屑髢(dí)也。'《疏》：'髢'，一名'髲'。《左传》，卫庄公见己氏之发美，使髡之以为吕姜髢。《释》：'髲'，平易切，益发也。发少则以髲益之。案：即今所谓假发。"[③]

[11]斛：方形量器，口小底大，十斗为一斛。

---

① 余嘉锡笺疏：《世说新语笺疏》，第 690 页。

② (唐)房玄龄等：《晋书》卷六六《陶侃传》，中华书局 1974 年版，第 1776 页。版本下同，不再详注。

③ 朱铸禹汇校集注：《世说新语汇校集注》，上海古籍出版社 2002 年版，第 582 页。

[12]斫：砍。

[13]薪：柴火。

[14]剉(cuò)：铡碎，切碎。

[15]荐：草垫子。

[16]且百里许：近百里路。且，将近。许，大约，左右。

[17]宜：应该。

[18]洛阳：即下文的“洛”，西晋京都。

[19]羊晫(zhuó)：《晋书》作“杨晫”，江州人，曾任豫章郎中令、十郡大中正。陶侃入洛游宦拜访他，羊晫赞云：“《易》称‘贞固足以干事’，陶士行是也。”[①]与陶同车而行。后“举侃为鄱阳小中正，始得上品也”[②]。

[20]顾荣(？～312)：字彦先，吴郡吴县(今江苏苏州)人。出身江东名门，吴国灭亡后，入洛阳为尚书郎，为当时江东士族领袖人物。《晋书》有传。

【翻译】

陶公少有远大志向，家中极为贫困，同母亲湛氏住在一起。跟他同郡的范逵一向有声名，被选拔为孝廉。一次，他投宿陶侃家。当时冰雪连日，陶侃家室如悬磬，而范逵的马匹随从很多。陶母湛氏对陶侃说：“你只管出去把客人留下，我自有法招待。”湛氏发长，可拖到地上，剪下分成两束假发，卖后买了几斛米。又砍下家中几根屋柱，全都截断当柴烧，还将草垫铡作马料。到傍晚时分，便备好了精美的食物，对范逵的随从都没有欠缺。范逵既叹赏陶侃的才干和言谈，又对他的深厚情意感到过意不去。第二天早晨离去时，陶侃追随相送不停，送了一百里左右。范逵说：“来路已很远，您应该回去了。”陶侃仍然不肯返回。范逵说：“你可以回去了。到洛阳之后，我一定替你美言扬名。”陶侃这才返回。范逵到洛阳后，向羊晫、顾荣等人赞扬陶侃，陶侃于是获得了极好的声名。[③]

① (唐)房玄龄等：《晋书》卷六六《陶侃传》，第1768～1769页。

② (南朝梁)刘孝标注引王隐《晋书》，余嘉锡笺疏：《世说新语笺疏》，第689页。

③ 参考了柳士镇、钱南秀译注《世说新语选译》(凤凰出版社2017年版，第180页)译文，略有修订。

【解析】

陶公(259～334)即陶侃[1],东晋开国元勋,封长沙郡公、大将军,赠大司马。他"少有大志"却极端贫困,在当时属于不入品流的"小人"。这便引起读者疑问:陶侃是怎样超越逆境,一步步走上建立功业的通达仕途的?这则故事交代的是他母亲的培育推助之功。陶侃之母湛氏是中国伟大母亲的典范之一,她果敢大度,凛然具操守,慈爱能激励,不但是陶侃的生母,也是中华民族优秀儿女的精神之母。

一、陶母湛氏相关生平考略

据《世说新语·贤媛第十九》刘孝标注引晋孙盛《晋阳秋》云:"侃父丹,娶新淦湛氏女,生侃。"[2]知陶侃母亲湛氏籍贯新淦,查《晋书·地理志下》,新淦属于豫章郡,本为汉代所置县名,故城在今江西清江县西北。陶母湛氏的婚姻表明她族望卑寒。据四川重庆市图书馆藏湛习之所修《湛氏族谱·湛氏族谱叙七》云:"溯吾湛氏,郡出豫章,族姓卑寒,代少名达,惟晋之方生公……"[3]此云湛氏"卑寒",即为晋代湛氏实情。据《永乐大典》卷六七〇一所引《江州志》和《古今姓氏书辨证》卷一一等,陶丹曾封柴桑侯,陶侃就出生在柴桑。柴桑与新淦地理位置相近,可见,陶、湛两家的联姻实际与其地缘有关。《晋书》卷六六《陶侃传》云:"陶侃字士行,本鄱阳人也。吴平,徙家庐江之寻阳。父丹,吴扬武将军。"[4]按:扬武将军,为东汉光武帝建武(25～56)初置,统兵出征。曹操复置,三国魏、晋、南朝宋皆四品。[5] 作为吴国败将,陶丹家族的迁徙在太康元年(280)吴亡("吴平")之后,寻阳有陶丹的封地,也临近湛氏的桑梓之地。在士庶之别森严可畏、互不通婚的时代,一般武将自然无由与高华门第联姻。因此,与陶丹结婚的湛氏当是有一定名望的地方庶族闺秀,而不太可能属于门阀势族。

关于湛氏族望,又可旁证者,可举东晋湛方生。方生生卒年和生平事迹

---

① 陶侃卒年,(唐)房玄龄等:《晋书》卷六六作咸和七年(332),张可礼师《东晋文艺系年》(山东教育出版社 1992 年版,第 175 页)加按语云:"'七年',(唐)房玄龄等:《晋书》卷七《成帝纪》、《建康实录》卷七、《通鉴》卷九五均作'九年'。今从'九年'之说。"

② 余嘉锡笺疏:《世说新语笺疏》,第 689 页。

③ 湛习之《湛氏族谱》,1948 年石印本。参见范子烨:《悠然望南山:文化视域中的陶渊明》,东方出版中心 2010 年版,第 75 页。

④ (唐)房玄龄等:《晋书》,第 1768 页。

⑤ 参见张政烺:《中国古代职官大辞典》,河南人民出版社 1990 年版,第 458 页。

皆不详,《晋书》和其他史书中没有他的传记。《隋书·经籍志四》著录云:"晋卫军咨议《湛方生集》十卷,录一卷。"[①]其《庐山神仙诗并序》中提到"太元十一年"关于庐山神仙的传说,太元(376～396)是晋孝武帝的年号。《艺文类聚》最早引用了湛方生的作品,多达二十二篇,《艺文类聚》在同一主题下引用不同时代的作家作品大致按照时代先后排列。湛方生的作品排列在庾亮、干宝(《搜神记》)、王孚等晋代作家之后,江逌、王凝之、成公绥、陶渊明、颜延之、郭璞、范晔等晋宋作家之前。其生活年代当与陶渊明相仿佛而略前。据其《上贞女解》,湛方生可能做过西道县(《晋书·地理志下》:交州新昌郡有西道县)县令一类的下层官吏。从其留存诗文来看,其活动范围也在庐山、鄱阳一带。文廷式《补晋书艺文志》卷六云:"王谟《豫章十代文献略》云:'《隋志》不详何许人。今考湛氏望出豫章,而方生又有《庐山诗序》及《帆入南湖诗》,其为豫章人无疑也。'"[②]豫章与寻阳相邻,都在庐山和鄱阳湖周围。湛方生祖籍可能是豫章。其《庐山神仙诗序》云:"寻阳有庐山者"云云[③],记庐山神仙的传说,因此,也不能排除他住在寻阳。但不论湛方生是哪儿人,他的生活环境都与陶母湛氏相邻、相关,甚至很有可能与陶母出自新淦同一家族。如果这个推测成立的话,像沉沦下僚的湛方生一样,陶母湛氏出身并不高贵,不属于门阀士族。

吴国灭亡时(280),陶侃(259～334)二十二岁,《晋书》本传既云"侃早孤贫",其《临终表》亦云"臣少长孤寒",则其"徙家庐江之寻阳"时,父亲已经去世。《礼记·内则》云:"女子……十有五年而笄。"[④]以及笄之年出嫁陶丹来推论[⑤],陶母湛氏最早在十六岁生陶侃,如此,则吴亡之年陶母三十八岁,即陶母生于公元244年,吴孙权赤乌七年(魏正始五年)。

晋惠帝永兴三年(305),陶侃任江夏太守,平陈敏之乱前"备威仪,迎母官舍,乡里荣之"[⑥],此时陶母已经六十二岁。从这一年开始,她离开了家乡寻阳,随儿子陶侃到了"官舍"。《晋书·陶侃传》载陶侃"后以母忧去职……服

① (唐)魏征、(唐)令狐德棻等:《隋书》,中华书局1973年版,第1070页。

② 二十五史刊行委员会编集:《二十五史补编》(全六册),开明书店上海总店1936年版,第3788页。

③ 逯钦立辑校:《先秦汉魏晋南北朝诗》,中华书局1983年版,第943页。

④ (汉)郑玄:《礼记》卷八,《四部丛刊》景宋本。

⑤ (唐)房玄龄等:《晋书》卷九六《陶侃母湛氏传》:"侃父丹聘为妾。"(第2512页)李祥云:此"与《晋阳秋》异。然云'聘',似非妾称。"(龚斌校释:《世说新语校释》,上海古籍出版社2011年版,第1343页)又唐房玄龄等《晋书》卷八一《朱伺传》吴国有陶丹为牙门将,朱伺任其给使。据唐房玄龄等《晋书》卷六六《陶侃传》,朱伺曾做陶侃部将,殆有渊源,故此牙门将即陶侃之父陶丹。

⑥ (唐)房玄龄等:《晋书》,第1769页。

阕,参东海王越军事"[①]。据《资治通鉴》卷八七,华轶为琅琊王睿所败在晋怀帝永嘉五年(311),东海王司马越亦死于是年三月,则陶侃"参东海王越军事"应在此年三月以前。假设本年初"服阕,参东海王越军事",则陶母湛氏当卒于晋怀帝永嘉二年(308),是年六十五岁。

《世说新语·贤媛第十九》收录两则关于陶母湛氏的著名故事,即封鲊(zhǎ)责子与截发待客,这两件事都发生在陶侃青少年在家乡做散吏期间。关于截发待客故事发生的具体时间,在此做一推论。据《晋书·陶侃传》,范逵到洛阳时,顾荣已经入洛,因此,通过顾荣入洛的时间可以大致推定湛氏待客的时间。《晋书·顾荣传》称"吴平,与陆机兄弟同入洛",史载陆机于太康末入洛,据姜亮夫、曹道衡等人意见,"顾荣入洛与陆机同时,应在晋武帝太康末(289)"[②]。如果这一推论成立,则湛氏招待范逵最早也在此后,即太康末年(289)之后,此时陶母湛氏四十六岁(244～289)。年龄偏大,此不太合理。又据周广璜等人意见,顾荣入洛"可能要早于太康十年(289)","应该在太康四年(283)"。[③] 若此说成立,则湛氏招待范逵当在此后,年龄刚过四十。据《晋书·陆喜传》,太康中曾下诏征南士,陆喜太康五年(284)卒,曹道衡推论"此诏或亦在太康二(281)、三年(282)"[④],顾荣之入洛也可能在此前后。又周一良《陆机入洛之年》札记据《南史》卷一三《刘义康传》推论陆机入洛之年是二十四岁[⑤],此推测与周广璜推论相合。如此,湛氏待客时间可推测为太康四年(283)之后,时四十岁左右,陶侃二十五岁左右。

二、截发待客故事的史书记述

截发待客的故事现存最早的记载见于东晋王隐(269? ～340?)《晋书》和孙盛(300? ～371?)《晋阳秋》等,当为《世说新语》所本。

王隐在《晋书》中亦记述到陶母待客,清人汤球辑录该事云:

> 陶侃为吏,鄱阳孝廉与亲友过侃宿。时大雪无草,侃母湛撤床杂荐,手锉给客牛马。[原注:《晋阳秋》云:荐,荐也。"时大雪"以下依

① (唐)房玄龄等:《晋书》,第1769页。

② 曹道衡:《南朝文学与北朝文学研究》,商务印书馆2017年版,第122、123页。

③ 周广璜、刘丽丽编:《文府索隐:中国古代文学新考》,商务印书馆2018年版,第10页。

④ 曹道衡、沈玉成:《中古文学史料丛考》,中华书局2009年版,第119页。

⑤ 《南史》卷一三《刘义康传》载:"袁淑尝诣义康,义康问其年,答曰:'邓仲华(邓禹)拜衮之岁。'义康曰:'身不识也。'淑又曰:'陆机入洛之年。'"清张云璈《选学胶言》卷一一解释说:"据《后汉书》,邓禹拜大司徒,年二十四。以拜衮之语例之,则陆机入洛之年亦二十四。"参见周一良:《魏晋南北朝史札记》,辽宁教育出版社1998年版,第731页。

《(太平)御览》七百九引校补]截发以供客。闻者叹曰。“非此母不生此子也。”乃进之于张夔。(《世说》注六、《(艺文)类聚》十七)[①]

据《晋阳秋》《世说新语》和唐修《晋书》的记述顺序，王隐《晋书》“截发以供客”一事当缀补于“撤床杂荐”之前。与《世说新语》所记相比，王隐《晋书》所记内容没有陶侃追送范逵的情节，当是佚失；又，有截发情节而无换米情节。又，范逵所向其推荐陶侃的人是张夔，不是羊晫和顾荣。按：《晋书·陶侃传》载：“及逵去，侃追送百余里。逵曰：‘卿欲仕郡乎？’侃曰：‘欲之，困于无津耳。’逵过庐江太守张夔，称美之。夔召为督邮。领枞阳令。有能名，迁主簿。会州部从事之郡，欲有所按，侃闭门，部勒诸吏，谓从事曰：‘若鄙郡有违，自当明宪直绳，不宜相逼；若不以礼，吾能御之。’从事即退。”[②]由此可见，《世说新语》所记向羊晫和顾荣推荐，乃是到洛阳之后，而此前，曾向庐江太守张夔推荐，而且见效很快，陶侃先是做了督邮，领枞阳令，很快升迁为主簿。这说明，《世说新语》在参考前人记载时不是照搬照录，而是自由取舍，且有调整润色。

从王隐《晋书》所记陶母待客的基本事实来看，《世说新语》所记当本于王隐《晋书》。此又可从二者对待顾荣的记述得到佐证。据唐修《晋书·陶侃传》记载，陶被歧视为“小人”。关于歧视者，《晋书斠注》卷六六案语：“本传(唐修《晋书·陶侃传》)作温雅，《晋阳秋》作顾荣，未审孰误。”[③]余嘉锡笺疏：“《御览》二百六十五引《晋书》曰：‘杨晫、陶侃共载诣顾荣。州大中正温雅责晫与小人共载，晫曰：“江州名少风俗，卿已不能养成寒俊，且可不毁之。”……’其事与今《晋书》同而文异。《职官分纪》四十引作王隐《晋书》，是也。”[④]顾荣、羊晫同为由吴国入北游宦之士，皆为受中原士族歧视的亡国之人，目陶为“小人”不太可能。而温雅乃属太原望族[⑤]，故《太平御览》所引王隐《晋书》所记为是，即目陶为“小人”的是温雅，而不是顾荣。如此，则《世说新语》所云“遂称之于羊晫、顾荣诸人，大获美誉”与王隐《晋书》所记相合，即顾荣也是称誉陶侃的人。这一顾荣对待陶侃的态度折射出《世说新语》应当渊源于王隐《晋书》相关记载。

---

① (清)汤球辑，杨朝明校补：《九家旧晋书辑本》，中州古籍出版社1991年版，第266页。

② (唐)房玄龄等：《晋书》，第1768页。

③ (清)吴士鉴、(清)刘承干撰：《晋书斠注》卷六六，民国嘉业堂刻本。

④ 余嘉锡笺疏：《世说新语笺疏》，第691页。

⑤ 参见(南朝宋)刘义庆撰，(南朝梁)刘孝标注，龚斌校释：《世说新语校释》注引周一良：《魏晋南北朝史札记》，上海古籍出版社2011年版，第1344页。

《世说新语》刘孝标注引东晋孙盛《晋阳秋》记述陶母待客之事云：

侃父丹，娶新淦湛氏女，生侃。湛虔恭有智算，以陶氏贫贱，纺绩以资给侃，使交结胜己。侃少为寻阳吏，鄱阳孝廉范逵尝过侃宿，时大雪，侃家无草，湛彻所卧荐锉给。阴截发，卖以供调。逵闻之叹息。逵去，侃追送之。逵曰："岂欲仕乎？"侃曰："有仕郡意。"逵曰："当相谈致。"过庐江，向太守张夔称之。召补吏，举孝廉，除郎中。时豫章顾荣或责羊晫曰："君奈何与小人同舆？"晫曰："此寒俊也。"①

此记载与《世说新语》对比，亦颇生动全面。首先，其最大的不同是后者增加了待客食物之精美和之后客人的反映，即"遂设精食，从者皆无所乏。逵既叹其才辩，又深愧其厚意"，其作用在于说明客人十分满意和愧疚，为范逵尽心竭力帮助陶侃做了更加充分深入的铺垫；同时也展现了湛氏的厨艺和作为母亲为了儿子前程的苦心诚意。其次，《世说新语》省略了范逵向张夔称说陶侃一事。最后，《世说新语》改写和略写了入洛后向羊晫、顾荣称扬陶侃之事，文字简洁还在其次，关键是避免了喧宾夺主，因为《晋阳秋》此则文字结尾所记无助于突出湛氏之贤，反而容易令中心枝蔓，即容易让读者转到注意顾荣和羊晫对陶侃评价的不同上。总上，《世说新语》虽然取材《晋阳秋》，但由于传主不是陶侃，而是湛氏，故在文字详略和组织上转向了核心人物，即由陶侃转向了湛氏，这是以集中表现湛氏为目的的新编。

南朝齐臧荣绪《晋书》也有佚文留存："范逵尝过侃，时仓卒无以待宾，其母乃截发得双髲，以易酒肴。乐饮极欢，虽仆从亦过所望。"(《(北堂)书钞·髢》引《晋书》)②唐修《晋书》记述也较《世说新语》简略，应是抄录臧荣绪《晋书》而成："侃早孤贫，为县吏。鄱阳孝廉范逵寓宿过侃，时仓卒无以待宾，其母乃截发得双髲，以易酒肴，乐饮极欢，虽仆从亦过所望。及逵去，侃追送百余里。逵曰……"③此省略王隐《晋书》关于备料喂马之事的记述。相较之下，《世说新语》记述得最为详尽生动。

值得考察的是，《世说新语》刘孝标注曾引到一种《陶侃别传》，凡三次，即《方正第五》第五十二条简介陶侃第十子陶范事，《识鉴第七》第十九条记述庾翼死后表其子爰之代为荆州事，《贤媛第十九》湛氏戒约陶侃酒失事和湛氏去世事。此外，《太平御览》卷七〇八所引《陶侃别传》还记述到外国献

① 余嘉锡笺疏：《世说新语笺疏》，第689页。

② (清)汤球辑，杨朝明校补：《九家旧晋书辑本》，中州古籍出版社1991年版，第112页。

③ (唐)房玄龄等：《晋书》，第1768页。

氍毹于陶侃一事,《元和姓纂》卷五"郴"记郴宝世代居于江夏一事。按:庾翼永和元年(345)卒,则《陶侃别传》创作必在345年之后。据唐修《晋书·陶侃传》附传,陶范在晋安帝太元初(382)为光禄勋;又《方正第五》第五十二条注引《陶侃别传》称陶范"历尚书、秘书监";则《陶侃别传》撰成可能在382年之后。又王隐《晋书》有庾亮传记,庾亮在咸康六年(340)去世,如此,王隐《晋书》应该成书于340年前后,一般应在《陶侃别传》产生之前。要之,《陶侃别传》最大可能后出于王隐《晋书》,从其佚文风格来看,其中很可能也记述到陶母湛氏,对后者有所借鉴也未可知。

综上,在今存南朝宋代史传佚文中,关于《世说新语》所记陶母截发待客故事,王隐《晋书》和孙盛《晋阳秋》都记载过此事,《陶侃别传》极可能也记载过。王隐《晋书》相关佚文简略,当有缺失,是最早记述截发待宾故事的史书,为截发待宾故事的最早源头。其后承续者有《陶侃别传》和孙盛《晋阳秋》,而以后者所存文本与《世说新语》所记最近。至于此后臧荣绪《晋书》与唐修《晋书》对截发待宾故事的记述皆一脉相承,有些文字即后者直接抄录了前者,不是直接借鉴《世说新语》;从《晋阳秋》记述歧视陶侃的为顾荣来看,《世说新语》和唐修《晋书》都没有采纳,而是可能参考了王隐《晋书》。

三、贤明过人的母亲

《世说新语》刘孝标注引《晋阳秋》评陶母湛氏"虔恭有智算"①,这是十分精到的概括。"虔恭"是爱子深切,待客精诚;"智算"是深明事理,果敢大度。此循文本以分析之。

首先,《世说新语》交代了人物的基本背景:"陶公少有大志,家酷贫",突出"室如悬磬"的贫穷,突出人马之多,以衬托待客之难。知子者莫如父母,湛氏对于儿子陶侃的心事和抱负早已知晓熟稔,只是苦于夫亡家贫,出身卑贱,无由给予更大帮助,但作为母亲,她已经尽了最大的教养之力,此可于文外意会。又可从陶侃做鱼梁小吏时,陶母封鲊责子一事旁证,不赘言。其次,注意刻画陶母性格的果决和智略的非凡,先是说"汝但外出留客,吾自为计"——出语何其从容、坚定,而成竹在胸,已不言自明矣!接着记述准备饭食竟然不惜剪掉秀发,准备马料不惜拆掉床垫,都是非常、果敢之举!继而写"遂设精食,从者皆无所乏"——截发待客的陶母不但有破釜沉舟的果敢,而且厨艺精良,待客得体。再次,这里值得注意的是陶侃祖先为鄱阳人,与

① 余嘉锡笺疏:《世说新语笺疏》,第689页。

范逵同乡，或者陶母丈夫陶丹本与范逵有交往也未可知，他们都是江南庶族的优秀代表，陶母正是抓住这一层关系不惜一切代价留住客人，为年轻而有大志的儿子提供一次难得的“交结胜己”的机会，尽一位寡母艰难的责任，也显示出一位女性的贤明和睿智。可以想象，待客之后，为了维持生活的继续，靠“纺绩以资给”(《世说新语》刘孝标注引《晋阳秋》)的陶母要付出多少辛劳！不因捉襟见肘而放弃儿子发展的良机，不因日后的窘迫和艰辛而动摇做事的决心，湛氏的确是一位非同寻常的母亲，难怪为人所叹：“非此母不生此子也!”陶侃的“大志”和非凡品性里有其母亲的基因和教育之功。最后，陶侃的形象也得到很好的刻画，尤其是故事结尾送客的诚恳和坚毅给人留下深刻印象。但在这则故事中，陶侃的出色是作为湛氏教育成果来陪衬的。从结尾的记述看，陶母湛氏不但果敢有智慧，慈爱过人，而且教育有方，这从范逵被感动、知恩图报的后来行动中可以看出。范逵到京城为陶侃延揽声誉，使得陶侃“大获美誉”，为陶侃出仕升职奠定了基础，这也从侧面反映出陶母的贤明。

值得一提的是，魏晋是一个追求美的时代，所以《世说新语》专列《容止第十四》篇，女性天生爱美，何况处在这样一个时代潮流中。陶母湛氏为了待客要剪掉自己的一头秀发，对于一个四十岁左右的女性来说，得需要下多大的决心！母爱不出于至真至诚、至深至厚，岂能做出如此选择！同时，有一个疑问一直为人所不注意：一头秀发何以能够卖得数斛米？直观的解释是陶母的头发太为秀丽，价钱高。但若深入观察历史，会发现这与当时贵族女性为了追求美丽，有佩戴假发的风气密不可分。《晋书·五行志》载：

> 太元中，公主妇女必缓鬓倾髻，以为盛饰。用髲既多，不可恒戴，乃先于木及笼上装之，名曰假髻，或名假头。至于贫家，不能自办，自号无头，就人借头。①

太元(376～396)是东晋孝武帝司马曜的第二个年号，这个历史时期离陶母生活的时代不远，不过几十年，此时贵族妇女为了打扮得漂亮时髦一些，“缓鬓倾髻”，不惜杂用假发“髲”，甚至直接用“假髻”，把自己本来的头发全部盖住。由此推论，“下为二髲”的意思就不是剪下两缕头发，而是剪掉头发，做成两束假发，这样，在戴假发的时髦时代，才可以卖个好价钱，“卖得数斛米”。

---

① (唐)房玄龄等:《晋书》卷二七，第826页。

"下为二髲",有人解释为"剪下做成两段假发"[1],恐怕不甚确切。"两段"不好理解,是把头发分为上下两截吗?此难以讲通。又,有无可能是两具或者两套假发呢?从上引《晋书·五行志》所云"至于贫家,不能自办"来看,当时贵族所戴的假发很贵重,一般家庭妇女置办不起,这也说明为什么可以换来几斛米。其中原因恐怕不是缺少头发原料,而是制作工艺比较精细,耗时恐怕也很多。因此,湛氏"下为二髲"不太可能在短时间内做成假发,待客时间仓促,来不及做是情理中的事。因此,所谓的"下为二髲"不是做成两具假发成品,而是根据数量分成做两具假发的原料。

四、白鹤送葬与身后英名

余嘉锡笺疏《贤媛》篇云:"本篇凡三十二条,其前十条皆两汉、三国事。有晋一代,唯陶母能教子,为有母仪,余多以才智著,于妇德鲜可称者。题为贤媛,殊觉不称其名。"[2]《世说新语》专设"贤媛"一门折射出新的时代风气和女性风神的魅力,陶母湛氏于晋代女性中最有"母仪""妇德",故其影响尤为深远。

《世说新语·贤媛第十九》第二十条"陶公少时作鱼梁吏"注引《陶侃别传》云:"侃丁母忧,在墓下。忽有二客来吊,不哭而退,仪服鲜异,知非常人。遣随视之,但见双鹤冲天而去。"[3]唐修《晋书·陶侃传》也记载了陶母去世时的这件怪异之事,情节相同,文字略减。对此,明清方志有不同记载,如明嘉靖年间《九江府志》卷三"丘墓"云:"陶侃母墓,在府(按,指德化县府)西白鹤乡大和垄。侃一日择地葬母,遇一异人云:'前有牛眠地,可葬。'言毕,化鹤而去。侃行一里余,果见牛眠于地,遂以葬之。"[4]《江西通志》卷一二〇"九江府"之"胜迹"、《古今图书集成职方典》卷八七七"九江府"所记相同,文字略有出入。明清方志与《晋书》所载有两点不同值得注意。第一,明清方志记载了《晋书》没有提到的陶母墓所在地,认为在九江德化县府西白鹤乡大和垄。第二,明清方志所述牛眠地与化鹤杂糅为一体,按照《晋书·周访传》附《周光传》载,牛眠地最初是陶侃葬父之地,与白鹤之说无涉,化鹤之说应信从《晋书·陶侃传》,最初是关于陶母的传闻。

九江地水流湖泊众多,草木虫鱼丰富,为仙鹤重要的栖息地,很早就有

---

① 柳士镇、钱南秀译注:《世说新语选译》,凤凰出版社 2017 年版,第 180 页。

② 余嘉锡笺疏:《世说新语笺疏》,第 663 页。

③ 余嘉锡笺疏:《世说新语笺疏》,第 691 页。

④ (明)李汛:《九江府志》卷三,明嘉靖刻本。

关于仙鹤的记载和传说。清人王谟《江西考古录》云：

《通志》：九江府城西十五里有鹤问湖，世传晋陶侃择地葬母，至此遇异人……化鹤飞去。……鹤问当作鹤门。刘义庆《幽明录》曰：陶公于西南一塞取鱼，自谓其池曰“鹤门”，是亦陶侃故事，后人因以名湖矣。亦作“鹤塞”，梁元帝《输还江州表》曰：“拥麾鹤塞，执玆龙节。”简文帝《元(玄)览赋》曰：“溯蛟川于蠡湖，沿鹤塞于寻阳。”[①]

九江不但是鹤重要的栖息地，而且与陶侃家族存在密切的关系。题陶潜撰的《搜神后记》也记载到当时丁令威化鹤仙去的志怪故事，可见当时神仙道教和民俗传说就有与升仙密切相关的文化民俗观念，至今九江德安县陶(渊明)母孟氏墓所在墓群碑头浮雕中尚有仙人骑鹤图[②]，笔者曾亲往考察之，其民俗文化源远流长。

陶侃《逊位表》云：

臣虽不知命，年时已迈，国恩殊特，赐封长沙，陨越之日，当归骨国土。臣父母旧葬，今在寻阳，缘存处亡，无心分违，已勒国臣修迁改之事，刻以来秋，奉迎窀穸(zhūn xī)，葬事讫，乃告老下藩。不图所患，遂尔绵笃，伏枕感结，情不自胜。[③]

关于陶母墓所在，这当是最可靠的历史资料。据此，陶母墓最初在古寻阳，这是没有疑问的。后来陶侃想改迁他地，至于所改迁的地方，陶侃虽然没有明说，但极可能是他“告老下藩”之处。《晋书》陶侃本传云：“侃舆车出临津就船，明日，薨于樊溪。”[④]他的封国在长沙，当也是把在寻阳的父母之墓迁到长沙。他虽然“已勒国臣修迁改之事”，打算第二年秋天迁来，但不幸在此之前已经病逝。父母之坟到底有没有迁来于是成了疑问。

陶母虽逝而英名长存，史书如王隐《晋书》、唐修《晋书》都留下她的事迹和传记，传诵千古、播在众口的《世说新语》也专门在《贤媛》篇生动记述了她封鲊责子与截发待客的故事。更因为她的成功教育，陶侃成长为东晋名臣中“气魄最大品格最高的一个人”(梁启超语)[⑤]，在他的裔孙中，陶渊明又成为人品与诗品最优秀的诗人之一，他们祖孙三人是陶氏家族的三座高峰，也

---

① (清)王谟：《江西考古录》卷四，清乾隆问松园刻本。

② 嘉靖年间《九江府志》所云德化县“陶侃母墓”或者应为陶潜母墓，有待进一步考察。

③ (唐)房玄龄等：《晋书》卷六六《陶侃传》，第1777页。

④ (唐)房玄龄等：《晋书》卷六六《陶侃传》，第1777页。

⑤ 梁启超：《陶渊明》，商务印书馆1929年版，第3页。

是中华民族史上的三座高峰，像他们家乡的庐山群峰一样雄伟而俊美，滋养着中华民族的一代代儿女，也代表民族的历史精英逐渐走向了世界，成为历史天宇中闪耀到今天的璀璨明星。陶母英名，无足而远，历代蒙训（如唐李瀚《蒙求注》）中多镶嵌着她的美名，历代诗文、戏剧、绘画中也挺拔着她的倩影。如唐人浩虚舟有《陶母截发赋》，元秦简夫有杂剧《晋陶母剪发待宾》（今存脉望馆抄校本），都赞她大义仁慈的精神。她是女性的骄傲，也是我们民族的骄傲，她是值得我们世世代代永远崇敬的精神之母。

参考文献

（南朝宋）刘义庆撰，（南朝梁）刘孝标注，余嘉锡笺疏，周祖谟、余淑宜、周士琦整理：《世说新语笺疏》，上海古籍出版社 1993 年版。

（唐）房玄龄等：《晋书》，中华书局 1974 年版。

（清）汤球辑，杨朝明校补：《九家旧晋书辑本》，中州古籍出版社 1991 年版。

读书会时间：2020 年 3 月 4 日

《世说新语·贤媛第十九》第六、七、八条“许允贤妇”读解

于洋*

《世说新语·贤媛第十九》第六、七、八条原文如下①：

第一篇：新妇阮氏

许允妇是阮卫尉女，德如妹，奇丑。交礼竟，允无复入理，家人深以为忧。会允有客至，妇令婢视之，还，答曰：“是桓郎。”桓郎者，桓范也。妇云：“无忧，桓必劝入。”桓果语许云：“阮家既嫁丑女与卿，故当有意，卿宜察之。”许便回入内，既见妇，即欲出。妇料其此出，无复入理，便捉裾停之。许因谓曰：“妇有四德，卿有其几？”妇曰：“新妇所乏唯容尔。然士有百行，君有几？”许云：“皆备。”妇曰：“夫百行以德为首，君好色不好德，何谓皆备？”允有惭色，遂相敬重。

第二篇：阮氏救夫

许允为吏部郎，多用其乡里，魏明帝遣虎贲收之。其妇出诫允曰：“明主可以理夺，难以情求。”既至，帝核问之。允对曰：“‘举尔所知。’臣之乡人，臣所知也。陛下检校为称职与不？若不称职，臣受其罪。”

---

* 于洋，男，1997年生，内蒙古呼和浩特人，山东大学文学院2016级本科生。

① （南朝宋）刘义庆撰，（南朝梁）刘孝标注，余嘉锡笺疏，周祖谟、余淑宜、周士琦整理：《世说新语笺疏》卷下《贤媛第十九》，中华书局2007年版，第789～796页。三条原文均据此书析出，其小标题为读解者所加。

既检校，皆官得其人，于是乃释。允衣服败坏，诏赐新衣。初，允被收，举家号哭。阮新妇自若云："勿忧，寻还。"作粟粥待，顷之允至。

第三篇：阮氏救子

许允为晋景王所诛，门生走入告其妇。妇正在机中，神色不变，曰："蚤知尔耳！"门人欲藏其儿，妇曰："无豫诸儿事。"后徙居墓所，景王遣钟会看之，若才流及父，当收。儿以咨母。母曰："汝等虽佳，才具不多，率胸怀与语，便无所忧。不须极哀，会止便止。又可少问朝事。"儿从之。会反以状对，卒免。

引　言

《世说新语》是南朝刘义庆及其门客编纂的一部志人小说，其内容涵盖魏晋时期社会生活的诸多方面。"贤媛"是其下设的一个子类，主要记述的是汉末魏晋时期多类女性角色的言行故事，其中关于许允的妻子阮氏有三个故事，是编者着重塑造的一个女性形象。本文选取了《世说新语》两个相对经典的注本，一个是余嘉锡先生的《世说新语笺疏》[①]，另一个是龚斌先生的《世说新语校释》[②]，在对比二人关于"许允贤妇"三条具体内容的相关解释后发现两位学者的意见存在较大的分歧，需要进一步讨论和说明。本文在辨析的同时，比照《世说新语》原文和现存的相关类书及史料，对魏晋政治生态、许允妇阮氏的人物形象和《世说新语》编者的叙述手法进行了重新审视和思考。

一、关于许允的真实死因及其党派归属问题的分歧

《世说新语·贤媛第十九》原文并没有对许允的死因进行详细的说明，只是说："许允为晋景王所诛，门生走入告其妇。妇正在机中，神色不变，曰：'蚤知尔耳！'"[③]因为这里作者要塑造的主要人物是许允的妻子，即阮氏。为了凸显阮氏的料事如神，许允被杀时所处的政治环境和历史背景明显地被

① （南朝宋）刘义庆撰，（南朝梁）刘孝标注，余嘉锡笺疏，周祖谟、余淑宜、周士琦整理：《世说新语笺疏》卷下《贤媛第十九》，中华书局2007年版，第789～796页。本文所引《世说新语》原文及刘孝标注若无特别说明皆据此版本。

② （南朝宋）刘义庆撰，（南朝梁）刘孝标注，龚斌校释：《世说新语校释》卷下《贤媛第十九》，上海古籍出版社2011年版，第1313～1320页。

③ 余嘉锡笺疏：《世说新语笺疏》卷下《贤媛第十九》，第792页。

模糊化处理了，刘孝标的注虽然补充了《三国志》及《魏略》的部分史料，但是余嘉锡先生的注本和龚斌先生的注本对于许允的死因却给出了不同的解释，甚至对于许允当时的政治站位，给出了完全相反的说法。

为了细究阮氏能够预料到丈夫将被人杀害的原因，需要考察许允被杀时的历史环境，刘孝标援引的史料虽然已经给出了许允的直接死因，即触犯律法并在流徙途中死去[①]；但是细究文句，在此事发生之前，许允已经将要升任"镇北将军"一职，刚升职即犯罪并被判流放（当时流徙仅次于死刑），此事实属蹊跷。根据刘孝标的注，许允应是"清吏"。[②] 且文中明说"允衣服败坏，诏赐新衣"，则许允实为良吏、清吏，岂会做"放散官物"这样的事情？即使许允实为之，竟至于获流徙之重刑？即使获流徙之刑，何至于行道未至，秋徙而当年冬即死？显然，许允的死因根本不在于触犯律法，而在于其他，其中最大的可能就是党争，即政敌的迫害。这种说法在《三国志》中已经得到印证："近者领军许允当为镇北，以厨钱给赐，而师举奏加辟，虽云流徙，道路饿杀。天下闻之，莫不哀伤，其罪九也。"[③]又裴松之注曰："丰既诛，即出允为镇北将军，未发，以放散官物收付廷尉，徙乐浪，追杀之。"[④]余嘉锡先生和龚斌先生都意识到了这一点，但是对于许允的党派归属问题，两个人的意见相左。

余先生主张许允是站在司马氏一方的，而许允最终死于司马师之手，是他始料不及的。而其妻阮氏作为"贤媛"，却对司马氏的杀心早已有所察觉，

① 陈乃乾校点：《三国志》卷九《魏书九》，中华书局 1964 年版，第 303 页。《三国志・魏书九》："后丰等事觉，徙允为镇北将军，假节，督河北军事。未发，以放散官物，收付廷尉，徙乐浪，道死。"裴松之注引《魏略》："会镇北将军刘静卒，朝廷以允代静。已受节传，出止外舍。大将军与允书曰：'镇北虽少事，而都典一方。念足下震华鼓，建朱节，历本州，此所谓着绣昼行也。'允心甚悦，与台中相闻，欲易其鼓吹旌旗。其兄子素颇闻众人说允前见嫌意，戒允：'但当趣耳，用是为邪！'允曰：'卿俗士不解，我以荣国耳，故求之。'帝（曹芳）以允当出，乃诏会群臣，群臣皆集，帝特引允以自近，允前为侍中，颇当与帝别，泣涕歔欷。会讫，罢出，诏促允令去。会有司奏允前擅以厨钱谷乞诸俳及其官属，故遂收送廷尉，考问竟，故减死徙边。允以嘉平六年秋徙，妻子不得自随，行道未到，以其年冬死。"

② 余嘉锡笺疏：《世说新语笺疏》卷下《贤媛第十九》，第 791～792 页。又刘孝标注：《魏氏春秋》曰："初，允为吏部，选迁郡守。明帝疑其所用非次，将加其罪。允妻阮氏跣出，谓曰：'明主可以理夺，不可以情求。'允颔之而入。帝怒诘之，允对曰：'某郡太守虽限满，文书先至，年限在后，日限在前。'帝前取事视之，乃释然。遣出，望其衣败，曰：'清吏也。'"许允素有清名，由此亦可证。

③ 陈乃乾校点：《三国志》卷二八《魏书二十八》，第 764 页。

④ 陈乃乾校点：《三国志》卷二八《魏书二十八》，第 764 页。除以上裴松之注引毌丘俭及文钦等人的上表外，又《三国志》卷四《魏书四（三少帝纪）》，第 117～131 页，裴松之注曰："臣松之案《夏侯玄传》及《魏略》，许允此年春与李丰事相连。丰既诛，即出允为镇北将军，未发，以放散官物收付廷尉，徙乐浪，追杀之。"由此断定，许允应当是被政敌陷害，然后遭到谋杀。

余笺:"当司马懿勒兵闭城门,奏废曹爽时,使允及陈泰解语爽,允与泰因说爽,使早自归罪(见《爽传》及注)。则允本党于司马氏,而卒死于师手,允之所不及料也。惜乎不见阮氏与允书,莫能知其祸患所由起矣。"①

而龚斌先生认为许允原本就是曹党,而不是司马氏一党。"鄙意以为许允实党曹氏,非党于司马氏。允与夏侯玄、李丰、桓范亲善,而玄、丰、范皆是曹党中坚人物。《魏志·夏侯玄传》曰:太傅薨,许允谓玄曰:'无复忧矣。'玄叹曰:'士宗,卿何不见事乎?此人犹能以通家年少遇我,子元、子上不吾容也。'若许允果党司马氏,必不会庆幸司马懿之卒于夏侯玄有利。司马师收李丰,允惊慌失措,师闻而怪之,对允之行为深为怀疑。司马师以'见机'著称,岂不知许允忠于曹氏而致行为失措乎?司马懿奏废曹爽时,使允与陈泰解语爽。此时允已身不由己,阳附司马氏,但未可据此便以为允即党于司马氏也。许允于曹氏虽不及李丰、桓范之忠,然暗存顾恋曹氏之心,此即允之祸患所由起也。"②

相较之下,窃以为龚说为长。根据《三国志》及其他相关的史料记载,许允原本应该属于拥曹党,但是在高平陵事变之后,不得已而归顺司马氏,时势所迫,又做了司马氏说服曹爽投降的重要说客,但就其本心来讲,许允对曹氏政权还是心有眷恋的:

一者,许允的亲朋皆属于拥曹党,故交多是司马氏的政敌。这一点在《世说新语》及《三国志》中都有大量例证,许允结婚时,作为受邀的宾客之一并劝说其人视新妇阮氏的人就是桓范,而桓范是曹爽最重要的"智囊",一直是司马氏集团的眼中钉和肉中刺;曹爽作为魏明帝曹叡的托孤重臣、太子曹芳所信任的亲人,也一直是司马氏的死敌;同许允交好的夏侯玄、李丰包括桓范都是拥护曹氏政权的;甚至包括许允之妻阮氏的哥哥阮侃,他和嵇康是好友,两人有很多相互酬唱的诗歌留存,可以参见《嵇康集校注》③,而嵇康后来也被司马氏借机所杀……以上种种关系,实在让人难以相信许允是司马氏集团的一员,他在党派的倾向上应该更偏重于曹党。

---

① 余嘉锡笺疏:《世说新语笺疏》卷下《贤媛第十九》,第795页。

② 龚斌校释:《世说新语校笺》卷下《贤媛第十九》,第1319~1320页。龚斌在此处驳余嘉锡曰:"其说甚辩,然又谓允本党于司马氏,而终莫能知其祸患之由。鄙意以为许允实党曹氏,非党于司马氏。"

③ 戴明扬校注:《嵇康集校注》,人民文学出版社1962年版,第66~70页。《与阮德如一首》《阮德如答二首》等诗文,都是嵇康和阮侃相互酬唱的例证;且两人均是魏晋诗文的名家,嵇康入钟嵘《诗品》中品,阮侃入钟嵘《诗品》下品。

二者，许允为人正直。傅畅《晋诸公赞》曰："允有正情……"[①]正情，指方正之情，刚正不阿。而曹氏在三国后期本应是"正统"，司马氏篡权以后，魏晋之际的文人很多因为政治斗争而遭到灭门之灾，这是常见的情形。许允这样的人，原本也该是属于曹氏一党，然而形势所迫，不得已做了司马师的说客；他的"正情"使自己无法彻底同曹氏政权决裂，必将导致司马氏的猜疑，司马师杀他是迟早的事。尤其是当夏侯玄、李丰相继被司马师杀害，许允的处境变得越来越危险，这是朝廷上大臣们有目共睹的。李丰等人发动政变失败后，李丰、夏侯玄被诛杀三族，虽然没有证据表明许允直接参与了这场政变，但李丰、夏侯玄、许允三人死于同一年（254），这绝非是一般的巧合。

三者，当许允出为镇北将军时，当时的皇帝曹芳："乃诏会群臣，群臣皆集，帝特引允以自近，允前为侍中，顾当与帝别，泣涕歔欷。"[②]可见许允和曹氏宗亲的关系特别是和皇帝曹芳的关系非同寻常，司马氏不可能不将这些看在眼里，而且对于许允出任镇北将军一事，笔者认为是司马氏别有用心，明升暗调，旨在将许允调离皇帝，以绝后患。之后恰好遇到许允违法一事，就借机将其杀害，或者本身就是司马氏的栽赃陷害，这些历史的细节已经不得而知，但许允的根本死因和司马氏的杀人动机确已昭然若揭。

余嘉锡先生可能因为许允替司马氏做说客劝曹爽投降一事而认为他本党于司马氏，实为不妥。许允原本当属于曹氏一派，后来被迫归顺司马氏，但内心仍念恋曹氏，这导致了司马氏对他的猜疑和记恨，最终还是借机杀掉了他。其实无论许允是党于司马氏，还是党于曹氏，我们都可以发现，在当时那样复杂的政治环境下，想要独善其身实在不是一件容易的事。这对于理解魏晋名士的任诞和风流不羁很有帮助，包括竹林七贤的所作所为，还有魏晋名士的"越名教而任自然"，很大程度上是对当时政治环境的反抗，其中的苦楚和悲痛是外人难以想象的。世人眼中的风流洒脱，对于名士自身来说，更多的应当是对所处环境的无奈，他们乖戾的行为可以说是中国古典浪漫主义者对于当时危险恐怖环境的一种抗议。

二、从对许允妇阮氏的评价和形象塑造看魏晋时期人的觉醒

以许允妇阮氏为代表，《世说新语·贤媛第十九》中还有很多以才智和

① 余嘉锡笺疏：《世说新语笺疏》卷下《贤媛第十九》，第 793 页。

② 陈乃乾校点：《三国志》卷九《魏书九》，第 303 页。

机敏著称的女性形象；从对阮氏的评价和定位，我们可以看出魏晋时期对女性之才的肯定，这其实也体现了魏晋时期人的觉醒。龚斌先生在为《世说新语·贤媛第十九》中许允妇阮氏作注时评价道："古来皆以德为妇人'四德'之首，而魏晋以才智有识者为'贤媛'，此正可见传统妇德标准之式微，与当时人物品题推重才智之士相一致。余氏以为《世说》所记'贤媛'殊不称其名，乃囿于旧见，不可取。"[①]不仅从正面肯定了阮氏之才，还批驳了余嘉锡先生相对传统的观点。[②]《世说新语》记录许允妇阮氏这样有才的女子，并予以赞赏的态度，这在中国文学史和中国文学批评史上，是一个奇观。人物品评在魏晋以前的中国文学史上并不少见，但更多的是停留在政治、道德和伦理方面；但在魏晋时期，品评人物的方向出现了新的趋势，尤其是个性审美的成分大大增加。

许允妇阮氏虽然是一位女性，但是她在各个方面都表现出了极强的个性：第一层"阮氏诘夫"表现了她的识人之才和聪慧机敏，她知道桓范有"智囊"之称，尽管新郎许允一开始不想见自己，但是，经过他的劝告，许允于情（友情兼亲情）、于理（客号智囊，妇有德艺）、于礼（待客之礼，夫妇之礼）都会考虑听从。阮氏因此料定自己的新郎许允会入视，所以才告诉婢女无忧。她不仅有识人之能，而且通情达理。再由文中同丈夫许允的对话可知，阮氏善于随机应变，她忖度丈夫嫌弃自己相貌丑陋，出必不返，便抓住丈夫的衣襟不让他走，然后抓住机会反问许允："夫百行以德为首，君好色不好德，何谓皆备？"[③]以子之矛，攻子之盾，让许允哑口无言。后代的读者无不为这个奇女子倾倒，明代李贽甚至义愤填膺地批判其夫许允："此夫嫌妇，太无目也。"[④]

第二层"阮氏救夫"再一次体现了阮氏的非凡才智。她知道魏明帝是一个讲道理的君主，对待这样的君主，靠求情徇私是不可能免罪的，动之以情必然失败；只能晓之以理，用道理说服他。所以她给自己丈夫的建议是："明主可以理夺，难以情求。"[⑤]作为一个妇人，阮氏临危不乱，很有主见。举家号

---

① 龚斌校释：《世说新语校笺》卷下《贤媛第十九》，第 1320 页。

② 余嘉锡笺疏：《世说新语笺疏》卷下《贤媛第十九》，第 779 页。余笺："本篇凡三十二条，其前十条皆两汉、三国事。有晋一代，唯陶母能教子，为有母仪，余多以才智著，于妇德鲜可称者。题为'贤媛'，殊觉不称其名。"同时余先生还列举了《晋书·列女传》《晋纪总论》《抱朴子》等评论，认为《世说新语》中的"贤媛"，少有妇德，更多的是以才智著称，名实不副。

③ 余嘉锡笺疏：《世说新语笺疏》卷下《贤媛第十九》，第 789～790 页。

④ （明）李贽撰，中华书局编辑部编辑：《初潭集》，中华书局 1974 年版，第 6～7 页。

⑤ 余嘉锡笺疏：《世说新语笺疏》卷下《贤媛第十九》，第 791～792 页。

哭之时，她能根据形势保持镇定，并且相信自己的丈夫是清白的，一定会安然无恙，同时安慰家人道："勿忧，寻还。"[①]表面上的镇定自若，其实是对自己丈夫的充分信任和支持，阮氏相信他不会滥用亲信、徇私枉法，他一定会平安归来的，而且提前准备好饭菜等着她的丈夫回来，可谓夫妇情深，令人称羡。

第三层"阮氏救子"更是将阮氏的精明和果敢体现得淋漓尽致，对于丈夫的被害阮氏早有心理准备，也明白丈夫是政治斗争的牺牲品。阮氏知道司马师派钟会去察看她和孩子们的目的，就是为了刺探二子对于亲父被杀的反应，司马师在犹豫要不要斩草除根。阮氏让二子佯装醉心于功名利禄，积极谋求个人仕途的发展，即表示与朝廷（司马氏）合作，不会报仇；但又要求孩子们不多问，否则就容易显得虚伪不实，这样反而会引起钟会和司马师的猜疑。阮氏几乎猜透了司马师的心思，为了让司马师摈弃成见和猜疑，她根据司马师的性格特点，有针对性地让儿子们进行表演，最终使孩子们免于祸患并依旧在朝廷里担任要职。[②] 明代王世懋在此赞赏阮氏曰："高识至此，几可与司马宣王对付。"[③]司马宣王即司马懿，如此高的评价，显示了阮氏的个人魅力。

以上种种，都展现了阮氏独特的个性，《世说新语·贤媛第十九》对阮氏的刻画和塑造使人称奇，这同时也展现了编者对于女性个性审美的进步，时人已经不局限于传统的妇德，开始着眼于女性特有的才华和个性。鲁迅先生称《世说新语》为"名士的教科书"[④]，如此看来，当时人物个性审美的兴盛并不限于名士，名士的妻子、女儿、母亲、姐妹……也成了一个重要的审美（被审）群体，阮氏就是其中一个很好的例子。魏晋文人和精英阶层对妇女的品评标准相较于先秦两汉，可以说已经发生了很大的变化。政治的动乱造就了不少英雄人物，曹魏政权在选拔人才时更多地看重个人才能而不过分地苛责于传统的道德标准，推重才智之士的风气自然而然地影响到了对

---

① 余嘉锡笺疏：《世说新语笺疏》卷下《贤媛第十九》，第791～792页。

② 余嘉锡笺疏：《世说新语笺疏》卷下《贤媛第十九》，第793页。刘孝标注曰："允二子：奇，字子太。猛，字子豹。并有治理。"又《晋诸公赞》曰："奇，泰始中（西晋皇帝晋武帝司马炎第一个年号）为太常丞，世祖（司马炎）尝祠庙，奇应行事，朝廷以奇受害之门，不令接近，出为长史。世祖下诏，述允宿望，又称奇才，擢为尚书祠部郎。猛礼学儒博，加有才识，为幽州刺史。"由此可知，许允二子后来确实依旧在晋为官，且官位较高，二子在后来同西晋朝廷也是持积极合作的态度。

③ 龚斌校释：《世说新语校笺》卷下《贤媛第十九》，第1320页。

④ 鲁迅：《中国小说史略》第七篇"《世说新语》与其前后"，《鲁迅全集》第九卷，人民文学出版社2005年版，第62页。

女性人物的品题，虽然传统的德行依旧占据主要的位置，但是在具体女性形象的塑造和评价上，我们已经可以发现一些张力。

许允妇阮氏的形象塑造打破了"女子无才便是德"的传统逻辑，以今天的视角来看，这是女性形象审美的创新和进步。魏晋时期"人的自觉"不仅表现为在文学史上占据主要位置的男性的自觉，而且还有女性的自觉。阮氏身上人的自觉意识、她个性化的言行举止，是魏晋时期女性文学形象的一大特色。

三、独特的叙事手法——是否有意为小说？

通过上文对许允党派归属和政治环境的分析，我们可以知晓许允当时所面临的危险处境，而阮氏作为许允的妻子，阮侃的亲妹妹，不可能不知道她哥哥的朋友嵇康以及她丈夫的朋友李丰、夏侯玄、桓范到底是因为什么被杀害的，也必然对司马氏和曹氏的斗争心知肚明。她的丈夫正好处于这个政治斗争的漩涡之中，丈夫许允的被害早已经在其妻阮氏的预料之中，所以当丈夫被杀的消息传来时，她可以镇定自若地在织机上料理后事，这也正是《世说新语・贤媛第十九》中记述许允妻子的第三篇的内容所表现的。如果将许允当时的处境提前做一个说明，我们也许不会对阮氏的先见之明深感敬佩；但是在《世说新语》原文中，关于许允处境的信息都被省略了，只留下了阮氏料事如神和镇静自若的表现，这就如同罗贯中在《三国演义》中对诸葛亮这一人物形象的塑造手法，将关键信息暂时隐去，到后来再和盘托出，客观上给读者一种恍然大悟的感觉，进而对主人公的神机妙算和料事如神钦佩不已。

虽然主流文学史对《世说新语》的定位是志人小说，但是考之于具体篇章，常会让人产生一种阅读微小说的错觉。包括在《世说新语・贤媛第十九》中记述许允妻子的第一篇也是如此。全文总计不过二百字，但是情节跌宕起伏不断，突转接二连三地出现；人物的外貌、语言、动作、心理等细节描写也都十分传神，而且整个故事余味悠长，很值得玩味和思考。一个有识人之才，同时料事如神、机敏果敢的女性形象跃然纸上。值得思考的是，编者刘义庆对于材料的选用和故事情节的裁剪颇具特色。结合刘孝标的注文和余嘉锡先生所引的《残类书》进行一个对比，就可以发现《世说新语》的编者在叙事手法上的别出心裁。

在原文中，对于新妇阮氏，作者在一开始交代了其家室，之后特别强调了"奇丑"，客观上给读者造成一种既定的视觉冲击；但是，对比《残类书》，

"奇丑"二字以下有"有德艺"三字，这说明新妇阮氏相貌虽然丑陋，但是品德才识过人，但这三个字在《世说新语》原文中并没有出现，刘义庆等编者像是有意要制造悬念，故意隐去了这三个字，让读者简单地以为这位姑娘相貌丑陋，而忽略了她的才识，看到最后才对其钦佩不已。这种欲扬先抑的编排手法，在文章开头制造了很大的悬念。在人物的对话上，编者有意地设置了"障碍"，并且有选择地隐去了关键信息。文中的客人桓范，是曹爽的"智囊"，颇有才智，在《世说新语》原文中，桓范的话为："阮家既嫁丑女与卿，故当有意，卿宜察之。"[①]，但在《残类书》中这句话是："阮家既嫁丑女与卿，故当有意，门承儒胄，必有德艺，卿宜察之。"[②]两相对比，可以发现《世说新语》的编者没有提及"门承儒胄，必有德艺"这一关键信息，如出一辙地对阮氏的出场和预期形象进行了淡化处理，并没有给读者较高的期待视域，这为后来阮氏语出惊人的场景做了铺垫和衬托，而且这种衬托是通过强烈的对比和反差表现的。

类似这样的例子在《世说新语》中很常见，尤其是将原文同刘孝标的注以及相关的史书、类书做对比，经常可以发现，编者对同一事件的材料选用和人物形象的塑造手法上有修饰的痕迹，尽管这些痕迹相比于唐传奇的大段落设幻来说简直是小巫见大巫，但是不得不说这些技巧的应用为唐传奇的创作实践提供了参考。很多唐传奇的故事原型都出自汉末六朝志怪和志人小说，正史列传和琐言杂记里真实存在的人物也是唐传奇的主角之一，包括像唐传奇中的著名篇目《长恨歌传》《古镜记》的主人公也是历史上真实存在的，但是相比于魏晋志怪、志人小说，唐传奇在对人物的描写和刻画上更加细致，已经脱离了"志"（记载），开始了"作"（创作）。但是不可否认，魏晋的志怪、志人小说在客观上已经表现出了唐及以后小说所具有的独特的叙述手法和"猎奇"的端倪，魏晋的小说已经在有意识地为了增加文本的可读性和趣味性主动调整文章结构，并在忠实记录原事的原则上最大限度地使用各种各样的叙事手法。

关于这一点，虽然鲁迅先生在《中国小说史略》中说："小说亦如诗，至唐代而一变，虽尚不离于搜奇记逸，然叙述宛转，文辞华艳，与六朝之粗陈梗概者较，演进之迹甚明，而尤显者乃在是时则始有意为小说。"[③]"唐始有意为小

---

① 余嘉锡笺疏：《世说新语笺疏》卷下《贤媛第十九》，第789～790页。

② 余嘉锡笺疏：《世说新语笺疏》卷下《贤媛第十九》，第789～790页。

③ 鲁迅：《中国小说史略》第八篇"唐之传奇文（上）"，《鲁迅全集》第九卷，人民文学出版社2005年版，第9册，第73页。

说"似乎已成定评，但是近来很多学者对于"唐始有意为小说"提出了不同意见。在《"唐人始有意为小说"对吗？》[①]一文的讨论中，武汉大学陈文新教授就认为"唐人始有意为小说"这一命题不能成立。[②] 尽管鲁迅的说法的确值得商榷，但出于谨慎考虑，笔者认为"有意设幻"在唐传奇时开始大量出现是事实。但是需要强调的是，在这里所说的"猎奇"，是特指叙述手法上的"猎奇"，即编者通过对已有材料的增删和调整，在不违反事实的基本原则下，将故事叙述得更具有小说的色彩。这种"猎奇"的叙述手法为后来唐传奇的叙事提供了实践基础、积累了创作经验，"魏晋南北朝的小说记事不全为了真实性，也重趣味，注意到了小说'游心寓目'的审美功能，这是作家的创作初衷，也是读者实际阅读态度的反映"[③]。阮氏人物形象的塑造很好地体现了这一点，明代思想家李贽在评价《世说新语》"许允贤妇"三章的内容时说："事奇、语奇、文奇。"[④]，这种"好奇""猎奇"的叙述手法在《世说新语》的其他篇章中也很常见，尽管没有刻意地去编故事，也没有像唐传奇那样大胆地运用想象和虚构来铺设主要情节，但是《世说新语》在对于历史传记和人物事件的处理上，表现出独特的编排手法和叙述特点。

《世说新语》最初的两位注释者，对于其书的评价也体现出了这个特点：刘孝标注曰"《世说》虚也"，"疑《世说》穿凿也"；敬胤注曰"《世说》苟欲爱奇而不详事理"；《世说新语会评》的作者刘强在评价《世说新语》时说其书有"五奇"，即"书名奇、文字奇、故事奇、文体奇、评点奇"[⑤]。这些评注不胜枚举，但是通过对比《世说新语·贤媛第十九》中许允妇阮氏三章的原文和具体的史料以及二者关于叙事结构的差异，可以更加直观也更加精确地发现刘义庆等人在编纂《世说新语》时对于故事情节的精心裁剪和叙述手法的相对成熟。这种"猎奇"式的创作，为唐传奇的诞生做了很多有意义的铺垫，以《世说新语》为代表的魏晋南北朝小说，在叙事结构、故事原型、表现手法等方面的成就，很多都被保留在唐传奇及之后的小说创作中，这对于研究魏晋小说和唐传奇之间的联系和发展具有不可忽视的作用和意义。

---

① 方铭：《"唐人始有意为小说"对吗？》，《光明日报》2016 年 4 月 28 日。该期对话嘉宾为武汉大学文学院教授陈文新和暨南大学文学院教授程国赋，主持人为北京大学中文系教授刘勇强，陈文新在讨论中认为鲁迅"唐人始有意为小说"的命题不能成立。

② 陈文新：《"唐人始有意为小说"这一命题不能成立》，《中国文化研究》2017 年第 4 期。

③ 李剑锋：《唐前小说史料研究》，山东教育出版社 2016 年版，第 10～11 页。

④ 李贽撰，中华书局编辑部编辑：《初潭集》，中华书局 1974 年版，第 7 页。

⑤ （南朝宋）刘义庆撰，（南朝梁）刘孝标注，刘强会评辑校：《世说新语会评》，凤凰出版社 2007 年版，第 1～6 页。

四、结语

本文围绕许允之妻阮氏在《世说新语·贤媛第十九》中的具体表现和相关史料，并通过比较余嘉锡和龚斌的不同观点，可知魏晋时期文人所处政治环境的复杂性，党派斗争的残酷迫使魏晋名士以放达不羁的方式生活，个人的任诞颓废实则是对危险压抑环境的反抗。同时，对许允妇阮氏这一人物形象进行分析可知，当时文人对女性个性审美的进步以及对于有才智女性的肯定，这是对以往陈旧妇德标准的突破，也是魏晋时期人的觉醒的具体表现。透过对《世说新语·贤媛第十九》"许允贤妇"三篇的文本分析可以发现，《世说新语》在叙事结构和材料的组织选用上已经相对成熟，"猎奇"的叙述手法让尚未脱离"记实"的魏晋小说充满了趣味性和可读性，客观上为唐传奇的创作提供了实践经验及技法上的铺垫，这对于研究魏晋小说和唐传奇之间的联系、发展具有极其重要的意义。

参考文献

(南朝宋)刘义庆撰，(南朝梁)刘孝标注，余嘉锡笺疏，周祖谟、余淑宜、周士琦整理：《世说新语笺疏》，中华书局 2007 年版。

(南朝宋)刘义庆撰，(南朝梁)刘孝标注，龚斌校释：《世说新语校释》，上海古籍出版社 2011 年版。

(南朝宋)刘义庆撰，(南朝梁)刘孝标注，刘强会评辑校：《世说新语会评》，凤凰出版社 2007 年版。

读书会时间：2019 年 11 月 6 日

《世说新语·贤媛第十九》之谢道韫条读解

刘泊宁*

【原文】

王凝之谢夫人既往王氏，大薄凝之。既还谢家，意大不说。太傅慰释之曰："王郎，逸少之子，人身亦不恶，汝何以恨乃尔？"答曰："一门叔父，则有阿大、中郎；群从兄弟，则有封、胡、遏、末。不意天壤之中，乃有王郎！"（《贤媛第十九》第二十六条"大薄凝之"）①

【注释】

按，阿大中郎，中郎指谢据。余笺、徐笺、杨笺是。阿大，谢安既为第三，则当以谢尚为是。余笺是。——龚斌释

按，汪藻《陈国杨夏谢氏谱》云：谢韶，谢万子，字穆度，小字封。谢朗，谢据子，字长度，小字胡儿。谢玄，谢奕子，字幼度，小字遏。谢琰，谢安子，字瑷度，小字末婢。——龚斌释②

---

* 刘泊宁，女，1997年生，山东泰安人。山东大学文学院中国古代文学2019级硕士研究生，师从李桂奎老师，研究方向为元明清文学。

① （南朝宋）刘义庆撰，（南朝梁）刘孝标注，龚斌校释：《世说新语校释》，上海古籍出版社2011年版，第1354～1355页。

② 龚斌校释：《世说新语校释》，第1355页。

【会评】

刘应登云："此二则皆妇人薄忿夫家之事，不当并列《贤媛》之中。"

刘辰翁云："怨恨至此，我辈所不能道，未可尽非。"

凌濛初云："'忿狷'为是。"

袁中道云："眼空两家之妇，太难相。"(《舌华录》卷九《浇语》)

李贽云："此妇嫌夫，真非偶也。"(《初潭集·夫妇·合婚》)又云："谢氏大有文才，大怨凝之，孰知成凝之万世之名者哉！谢氏一人可分三四人。"(《初潭集·夫妇·言语》)①

龚斌云："谢道韫有林下之风，才华卓绝，自然大薄平庸之王凝之。且在叔父面前公然流露嫌夫情绪，道韫之'奇情异彩'可见一斑。《世说》列之《贤媛》，正欣赏道韫之才与奇。"②

【译文】

王凝之妻子谢夫人到王家后，非常轻视凝之；回到谢家后，心里非常不高兴。太傅谢安安慰、开导她说："王郎是逸少的儿子，人品和才学也不错，你为什么竟不满意到这个地步?"谢夫人回答说："同一家的叔父里头，就有阿大、中郎这样的人物；本家兄弟，就有封、胡、遏、末这样的人物。没想到天地之间，竟有王郎这种人!"

【原文】

王江州夫人语谢遏曰："汝何以都不复进？为是尘务经心，天分有限?"(贤媛第十九》第二十八条"劝弟上进")③

【注释】

王江州，指王凝之，为江州刺史。夫人，指谢道韫。——龚斌释

---

① (南朝宋)刘义庆撰，(南朝梁)刘孝标注，刘强会评辑校：《世说新语会评》，凤凰出版社2007年版，第398页。

② 龚斌校释：《世说新语校笺》，第1357页。

③ 龚斌校释：《世说新语校释》，第1358页。

进，犹言上进，进步。——龚斌释

谢道韫为谢遏之姊。——龚斌释[1]

【会评】

刘辰翁云："妇人乃能激发。"[2]

【译文】

江州刺史王凝之夫人问谢遏道："你为什么一点也不再长进？是一心注意世俗杂务，还是天资有限？"

【原文】

谢遏绝重其姊，张玄常称其妹，欲以敌之。有济尼者，并游张、谢二家，人问其优劣。答曰："王夫人神情散朗，故有林下风气；顾家妇清心玉映，自是闺房之秀。"（《贤媛第十九》第三十条"谢张优劣"）[3]

【注释】

"有济尼者"二句，《言语》五一注引《续晋阳秋》曰："（张玄）出为冠军将军、吴兴太守。会稽内史谢玄同时之郡，论者以为'南北之望'。"此云济尼并游张、谢二家，则此时谢玄当为会稽内史，张玄为吴兴太守，二郡毗邻，故济尼得并游之。——龚斌释

"王夫人"数句。散朗，魏晋人物审美范畴之一。散，潇散、洒脱。朗，爽朗、高朗。——龚斌释[4]

① 参见龚斌校释：《世说新语校释》，第1358页。

② （南朝宋）刘义庆撰，（南朝梁）刘孝标注，刘强会评辑校：《世说新语会评》，第398页。

③ 龚斌校释：《世说新语校释》，第1359页。

④ 龚斌校释：《世说新语校释》，第1359～1360页。

【会评】

刘应登云："疑即江州夫人，前以为玄妇，非。"

刘辰翁云："晋时尼辈亦道此。"①

余嘉锡云："林下，谓竹林名士也。《赏誉》篇曰：'林下诸贤，各有俊才子。'是其证。此言王夫人虽巾帼，而有名士之风，言顾不如王。《晋书·列女传》所载道韫事迹，如施青绫步障为小郎解围，嫠居后见刘柳与之谈议，皆足见其神情之散朗，非复寻常闺房中人举动。《类聚》八八引其《拟嵇中散》诗曰：'遥望山上松，隆冬不能凋。愿想游下憩，瞻彼万仞条。腾跃不能升，顿足俟王乔。时哉不我与，大运所飘摇。'居然有论养生服石髓之意，此亦林下风气之一端也。道韫以一女子而有林下风气，足见其为女中名士。至称顾家妇为闺房之秀，不过妇人中之秀出者而已。不言其优劣，而高下自见，此晋人措词妙处。"

龚斌云："余笺是也。道韫有林下之风，不仅以有'论养生服石髓之意'，无论风度才华，皆具当时名士风流。清谈则'为小郎解围'，足见其玄思入微；咏雪曰'未若柳絮因风起'，诗思曼妙，罕有人比。《隋书·经籍志》录有《谢道韫集》二卷，魏晋女作家寥寥，道韫能居其首。本篇二八道韫问不上进之谢玄：'为是尘务经怀？天分有限？'可见其不以尘务经心及看重天才之高趣。又《晋书》本传载：'及遭孙恩之难，举厝自若。既闻夫及诸子已为贼所害，方命婢肩舆抽刃出门，乱兵稍至，手杀数人，乃被虏。'临危不惧，胆略非凡。故道韫之天分、个性、怀抱、玄思、风度、胆略、文才，绝不逊于魏晋名士。即使在历代巾帼中，亦足称一流人物。"②

【译文】

谢遏非常推重自己的姐姐谢道韫，张玄常常称赞自己的妹妹，想使她和谢遏姐姐并列。有个尼姑叫济尼，和张、谢两家都有交往，别人问她这两个人的高下。她回答说："王夫人神态风度潇洒爽朗，确实有隐士的风采和气度；顾家媳妇心地清纯，洁白光润，自然是妇女中的优秀者。"

---

① （南朝宋）刘义庆撰，（南朝梁）刘孝标注，刘强会评辑校：《世说新语会评》，第 399 页。

② 龚斌校释：《世说新语校释》，第 1360 页。

附：

(一)《世说新语·言语第二》第七十一条“咏絮佳话”

谢太傅寒雪日内集，与儿女讲论文义。俄而雪骤，公欣然曰：“白雪纷纷何所似？”兄子胡儿曰：“撒盐空中差可拟。”兄女曰：“未若柳絮因风起。”公大笑乐。即公大兄无奕女，左将军王凝之妻也。[①]

【注释】

谢太傅常集子侄辈讲论文义，谢家文采风流彪炳南朝，实由安开创。——龚斌释

胡儿，谢朗小字也。《续晋阳秋》曰：“朗字长度，安次兄据之长子。安早知之。文义艳发，名亚于玄。仕至东阳太守。”——刘孝标注

《王氏谱》曰：“凝之字叔平，右将军羲之第二子也。历江州刺史、左将军、会稽内史。”

晋安帝纪曰：“凝之事五斗米道，孙恩之攻会稽，凝之谓民吏曰：‘不须备防，吾已请大道，许遣鬼兵相助，贼自破矣。’既不设备，遂为恩所害。”

《妇人集》曰：“谢夫人名道韫，有文才，所著诗赋诔颂传于世。”——刘孝标注[②]

【会评】

刘辰翁云：“有女子风致，愈觉撒盐之俗。”

李贽云：“真堪笑乐。”(按：《初潭集·夫妇·文学》评语同此。)

陈梦槐云：“太傅闲怀远韵，晋人中第一品流。当其燕居，问子弟欲佳。车骑答甚雅隽。问白雪何似，道蕴对更娟美。士女风流作家庭笑乐，千载艳人也。弇州以此入‘贤媛’，即两伤。”(按：弇州，即王世贞。其所编《世说新语补》将此条归入《贤媛》，故云。)

陈善云：“撒盐空中，此米雪也。柳絮因风起，此鹅毛雪也。然当时但以道韫之语为工。予谓《诗》云：‘相彼雨雪，先集维霰。’霰即今所谓米雪也耳。乃知谢氏二句，当各有谓，固未可优劣论也。”(《扪虱新话》卷三)

---

① 龚斌校释：《世说新语校释》，第256页。

② 龚斌校释：《世说新语校释》，第256～257页。

余嘉锡云:"二句虽各有谓,而风调自以道韫为优。"

凌濛初云:"凝之愚昧如此,宁不使有心女子恨极天壤!"(按:此凌濛初用《贤媛》篇"天壤王郎"之典以评之。)[①]

龚斌云:"'相彼雨雪,先集维霰。'霰即今所谓米雪也。乃知谢氏二句,当各有所谓,固未可优劣论也。"按,以撒盐拟霰粒亦未见佳,何况此时已是"白雪纷纷"矣。且胡儿以撒盐喻骤雪,仅状雪之色,而未得雪之形与质,语俚俗而殊少趣味。道韫以柳絮喻雪,状雪之洁白、轻盈、飘洒,形、色、质俱备,生动、贴切、雅致,难怪谢太傅"大笑乐"。[②]

【译文】

太傅谢安在一个寒冷的下雪天把家里人聚在一起,和儿女们讲解谈论文章。一会儿,雪下得又大又急,谢安兴致勃勃地问道:"白雪纷纷何所似?"侄子胡儿说:"撒盐空中差可拟。"侄女说:"未若柳絮因风起。"谢安大笑,非常高兴。这位侄女就是谢安大哥谢无奕的女儿,左将军王凝之的妻子。

(二)唐房玄龄等撰《晋书》卷九六《王凝之妻谢氏传》

王凝之妻谢氏,字道韫,安西将军奕之女也。聪识有才辩。叔父安尝问:"《毛诗》何句最佳?"道韫称:"吉甫作颂,穆如清风。仲山甫永怀,以慰其心。"安谓有雅人深致。(倾慕名士)

又尝内集,俄而雪骤下,安曰:"何所似也?"安兄子朗曰:"撒盐空中差可拟。"道韫曰:"未若柳絮因风起。"安大悦。(咏絮佳话)

初适凝之,还,甚不乐。安曰:"王郎,逸少子,不恶,汝何恨也?"答曰:"一门叔父则有阿大、中郎,群从兄弟复有封、胡、羯、末,不意天壤之中乃有王郎!"封谓谢韶,胡谓谢朗,羯谓谢玄,末谓谢川,皆其小字也。(大薄凝之)

又尝讥玄学植不进,曰:"为尘务经心,为天分有限邪?"(责备谢玄)

凝之弟献之尝与宾客谈议,词理将屈,道韫遣婢白献之曰:"欲为小郎解围。"乃施青绫步鄣自蔽,申献之前议,客不能屈。(步障解围)

及遭孙恩之难,举厝自若,既闻夫及诸子已为贼所害,方命婢肩舆抽刃出门,乱兵稍至,手杀数人,乃被虏。其外孙刘涛时年数岁,贼又欲害之,道

① (南朝宋)刘义庆撰,(南朝梁)刘孝标注,刘强会评辑校:《世说新语会评》,第75页。

② 龚斌校释:《世说新语校释》,第257页。

韫曰："事在王门，何关他族！必其如此，宁先见杀。"恩虽毒虐，为之改容，乃不害涛。自尔嫠居会稽，家中莫不严肃。（独撑门户）

太守刘柳闻其名，请与谈议。道韫素知柳名，亦不自阻，乃簪髻素褥坐于帐中，柳束修整带造于别榻。道韫风韵高迈，叙致清雅，先及家事，慷慨流涟，徐酬问旨，词理无滞。柳退而叹曰："实顷所未见，瞻察言气，使人心形俱服。"道韫亦云："亲从凋亡，始遇此士，听其所问，殊开人胸府。"（刘柳对谈）

初，同郡张玄妹亦有才质，适于顾氏，玄每称之，以敌道韫。有济尼者，游于二家，或问之，济尼答曰："王夫人神情散朗，故有林下风气。顾家妇清心玉映，自是闺房之秀。"道韫所著诗赋诔颂并传于世。（谢张优劣）①

【读解】

谢道韫字令姜，陈郡阳夏（今河南太康）人，东晋时代著名的才女，士族女性的代表人物，她不仅是著名的"咏絮"诗人，还是有着"林下之风"的清谈家，谢道韫出生在东晋高门谢氏家族，为安西将军谢奕的女儿，"风流宰相"谢安的侄女，长大后又嫁给王羲之次子——江州刺史王凝之为妻。谢道韫人生的大半时光都浸润在世家大族的贵族文化中，诗书礼义、谈玄说理无一不通。晚年经历了家国剧变仍不改志，于挫折坎坷中更见其超迈高蹈的人格气度。卓越的才能和传奇的人生让谢道韫在魏晋女性文学史上占据了不可替代的地位，而《世说新语》作为展现魏晋士人生活状态和精神风貌的经典著作，自然也不会忽视这位优秀的女性。本文通过摘录《世说新语》中有关谢道韫的篇目，结合史料梳理她的家世背景、人生经历、婚姻状况等，展现这位女中名士的家教、才华、气度，并对以谢道韫为代表的魏晋时期女性生存状态提出自己的思考和看法。

一、簪缨之族

王谢贵族乃是六朝望族琅琊王氏与陈郡谢氏的合称。刘禹锡曾作诗《乌衣巷》凭吊昔日南京秦淮河上朱雀桥及南岸乌衣巷的繁华鼎盛："朱雀桥边野草花，乌衣巷口夕阳斜。旧时王谢堂前燕，飞入寻常百姓家。"其中乌衣巷地处金陵南门朱雀桥附近，正是东晋初年宰相王导和晋孝武帝时丞相谢安等世家大族的聚居之处。在魏晋时期，"王"有太原王氏、琅琊王氏之别，

① （唐）房玄龄等：《晋书》卷九六《王凝之妻谢氏传》，中华书局 1974 年版，第 2516～2517 页。

据《新唐书·宰相世系表》《琅琊临沂王氏宗谱》等记载，两房出于一脉，均为周灵王太子姬晋之后。太原王氏虽然人才辈出，但相比琅琊王氏仍是逊色不少。永嘉之乱后，北方丧乱，晋室南渡，王导于江左力拥皇室旁裔司马睿称帝于建邺，实现中兴。王导作为东晋开国宰相与其兄王敦内外相合，形成"王与马，共天下"的局面。陈寅恪曾指出："王导之笼络江东士族，统一内部，结合南人北人两种实力，以抵抗外侮，民族因得以独立，文化因得以续延，不谓民族之功臣，似非平情只论也。"[①]其功绩地位可见一斑。可以说，正是琅琊王氏为首的几大士族集团与司马氏皇权联手，才奠定了江左政权的根基，实现了江左经济文化的发展，而王氏家族也随之鼎盛。东晋中后期，谢安自东山出仕，并在淝水之战中从容调度，指挥谢玄、谢琰等以弱敌强，打败苻坚八十万大军，挽狂澜于既倒，成为保全东南半壁江山的中流砥柱。而谢尚、谢万、谢石、谢玄、谢琰等人也各领强兵遍布方镇。谢氏家族这个"新出门户"迎来最为光辉荣耀的时期，风头也逐渐盖过琅琊王氏。正如近代学者余嘉锡先生所说的那样："（谢氏）虽为江左高门，而实自万、安兄弟其名始盛。谢裒父衡虽以儒素称，而官止国子祭酒，功业无闻。……后来太傅名德，冠绝当时，封、胡、羯、末，争荣竞秀，由是王、谢齐名。"[②]

唐代羊士谔有诗曰："山阴道上桂花初，王谢风流满《晋书》。"王谢家族在东晋百余年的统治中留下了浓墨重彩的一笔，而也正是以王、谢两家为首的门阀士族与司马氏皇权之间彼此制衡，才共同维系了整个王朝的平衡。

谢道韫系东晋安西将军谢奕长女，宰相谢安的侄女，出身名门，自幼受到良好的教育。其父谢奕狂放不羁，潇洒率真。《世说新语·简傲第二十四》第八条曾记：

> 桓宣武作徐州，时谢奕为晋陵，先粗经虚怀，而乃无异常。及桓迁荆州，将西之间，意气甚笃，奕弗之疑。唯谢虎子妇王悟其旨，每曰："桓荆州用意殊异，必与晋陵俱西矣。"俄而引奕为司马。奕既上，犹推布衣交，在温坐，岸帻啸咏，无异常日。宣武每曰："我方外司马。"遂因酒，转无朝夕礼。桓舍入内，奕辄复随去。后至奕醉，温往主许避之。主曰："君无狂司马，我何由得相见！"[③]

① 陈寅恪：《述东晋王导之功业》，《陈寅恪集·金明馆丛稿初编》，生活·读书·新知三联书店2001年版，第77页。

② 龚斌校释：《世说新语校释》，第618页。

③ 龚斌校释：《世说新语校释》，第1501～1502页。

桓温是一代枭雄，在当时手握重兵，位高权重，为朝廷群臣所忌惮，但却独独对谢奕极为推重，并称其为“方外司马”，而谢奕作为他的部下，竟敢逼迫其饮酒，一直追到桓妻南康长公主的居室，还戏谑称桓温为“老兵”。如此大胆的举动，不可不谓真性情。而桓温不单未对他的不敬过多在意，反倒更加相信他，也是认准了谢奕的直爽豁达。《世说新语·德行第一》第三十三条中还讲道：“谢奕作剡令，有一老翁犯法，谢以醇酒罚之，乃至过醉，而犹未已。太傅时年七八岁，着青布裤，在兄膝边坐，谏曰：‘阿兄，老翁可念，何可作此！’奕于是改容曰：‘阿奴欲放去邪？’遂遣之。”[①]谢奕虽然以脾气火爆著称，但这并不意味他冲动无礼，在面对仅有七八岁的孩童谢安的劝谏时，他并没有因为顾虑自己长辈的颜面而忽视不理，反倒为之改容，听从了自己弟弟的建议。可见在谢奕放浪不羁的名士做派外表下实际内藏一颗循礼重情和勇于自省的心。而谢奕对谢安也确实是宠爱有加，谢安长大后也经常把谢道韫和谢玄带在身边，教授他们知识与为人处世的道理。谢奕与谢安两人之间相互帮扶、彼此依赖的兄弟情义，十分令人动容。虽然现有历史记载中并不多见谢奕对谢道韫如何教导，然而其超逸不群的名士风度、率真洒脱的人格魅力必然会影响谢道韫的天赋秉性。

谢道韫之母，史籍中没有正式记载，事迹已不可考。据《谢琉墓志》载：“祖母陈留阮氏，讳容，字元容。”[②]陈留阮氏是中古时期有着特殊地位的士族，自汉末魏初崛起，在二百多年的历史中，名载典籍者共九代三十三人之多，从竹林名士到中朝贵族，都有阮氏家族的身影。而其中最为著名的人物便是阮籍。阮籍用满含忧思的诗文，表达自己困顿的生命际遇，用任情肆志的思想魅力，对抗世俗社会的羁绊和不堪。而他玄远清越的艺术精神，更是引领了西晋正始玄音之后的文化风尚。虽然历史的烟云已经模糊了这位女性的真实面目，但身为名门贤媛的母亲也必定继承了阮氏家族的名士家风，而她对道韫的家教修养也自是非比寻常。

当然，对谢道韫影响最大的还要数她的叔父谢安。《南齐书·王俭传》曾评价：“俭常谓人曰：‘江左风流宰相，唯有谢安！’”[③]此言非虚。谢安不仅在淝水之战中以弱敌强为司马氏保全了东南半壁江山，而且还极善清谈玄理，他所作“洛生咏”讽“浩浩洪流”[④]，非但令桓温忌惮，更让时人仰慕。谢安一

① 龚斌校释：《世说新语校释》，第 76 页。

② 韩理洲等辑校编年：《全三国两晋南朝文补遗》，三秦出版社 2013 年版，第 228 页。

③ （南朝梁）萧子显：《南齐书》卷二三《王俭传》，中华书局 1972 年版，第 436 页。

④ 龚斌校释：《世说新语校释》，第 728 页。

生不仅取得过卓越的成功，也遭遇过重大的危机，然而无论是喜是悲，他始终能以波澜不惊的态度处之，其人文韬武略又胸怀宽阔、境界超脱，他的这种风度与雅量，正是中国文人千百年来所向往的终极理想人格。这位风神俊朗的叔父不仅美名远播，还极为重视对族中子弟的教育，《世说新语·德行第一》第三十六条曾记谢安夫人刘氏与谢太傅之间的对话："谢公夫人教儿，问太傅：'那得初不见君教儿？'答曰：'我常自教儿。'"①可见谢安秉持"言传身教"的教育理念，善于在平日言谈举止中培养孩子们的修养，谢道韫清迈高蹈的名士风度肯定离不开这位叔父的影响。不过，谢安并非仅对儿辈行无言之教，他还经常组织家族内部的文学雅集，切磋文义，谈玄说理、品评人物、互通心得。比如在《晋书》卷九六《列传》第六十六中，曾提到谢安与谢道韫的交谈："叔父安尝问：'《毛诗》何句最佳？'道韫称：'吉甫作颂，穆如清风。仲山甫永怀，以慰其心。'安谓有雅人深致。"②而谢道韫最为人所熟知的"咏絮佳话"也是出自谢安主持的一次家族聚会。③ 无论是"安谓有雅人深致"，抑或是"安大悦"，都足可见谢安对这位侄女的赏识和器重。同样地，谢道韫对叔父谢安也是信任有加："王凝之谢夫人既往王氏，大薄凝之。既还谢家，意大不说。太傅慰释之曰：'王郎，逸少之子，人身亦不恶，汝何以恨乃尔？'答曰：'一门叔父，则有阿大、中郎；群从兄弟，则有封、胡、遏、末。不意天壤之中，乃有王郎！'"④本为婚姻生活中夫妻间的埋怨牢骚，她也愿意将其吐露给叔父，由此可见叔侄之间关系的亲密。

不仅长辈们风华绝代，与谢道韫同辈的谢家子弟也都是"芝兰玉树"、灿若星辰。谢家有"封、胡、遏、末"四兄弟，"封"指谢韶，字穆度，少有名。仕至车骑司马。"胡"指谢朗，字长度，谢安之兄谢据的长子，官至东阳太守。善言玄理，文义艳发，博涉有逸才。谢朗即是在"咏絮"集会上作"撒盐空中差可拟"的那位主人公。"遏"指谢玄，字幼度。谢玄有经国才略，善于治军。于淝水之战中任前锋都督，带领部队取得以少胜多的巨大战果。他与姐姐谢道韫关系亲密，劝弟进取即是讲他与家姐之间的故事，谢玄曾作《与姊书》，其中："此二日东行，游步园中，已极有任家湖形模也。姊相瞩此，亦有所散。"可见姐弟深情。"末"指谢渊，官至义兴太守。这四人都是当时才华横溢、享有声望的谢家子弟，四人的合称便经常被后人用来比喻优秀子弟。

① 龚斌校释：《世说新语校释》，第 80 页。

② (唐)房玄龄等：《晋书》卷九六《王凝之妻谢氏传》，第 2516 页。

③ 龚斌校释：《世说新语校释》，第 256 页。

④ 龚斌校释：《世说新语校释》，第 1354～1355 页。

谢道韫生长在礼乐簪缨之族，不仅有出将入相的父辈悉心栽培，还有才华卓越的兄弟共同成长，经由“雅道相传”的贵族文化浸润熏陶，这位奇女子自然成了魏晋时期璀璨夺目又独具一格的耀眼明珠。

二、林下之风

魏晋南北朝时期大一统政权分崩离析，社会动荡、民生凋敝。但正是这样一个混乱的时代，成就了精神上的自由。政权组织形式的松散带来个体意识的萌发，社会局面的动乱促使人们对生命价值进行不断探索。魏晋士人纷纷走出集体的合唱，转而讴歌生命个性的发展。女性群体也在这一时期突破传统的樊笼，开始大胆地追求自我价值和人生幸福。

伴随着皇帝制度而出现的后妃制度和女官制度，使得上层社会的女性有更多机会干涉国家政权的管理和决策，女性政治地位显著提升。商业活动的兴起和食邑制度的出现则为贵族妇女提供了更多的经济收入。此时的女性不再禁足于闺房，转而向市井开拓自己的经济事业，这就为女性的开放和独立奠定了经济基础。另外，正统文化的解绑和儒学的式微，使得传统礼教对女性的束缚也慢慢减弱，女性不仅拥有更多的受教育机会，而且还能对婚姻进行自由的选择，《子夜歌》中的“芳是香所为，冶容不敢当。天不夺人愿，故使侬见郎”成为魏晋南北朝时期女性婚姻选择的写照。政治经济文化上的变迁也为士族阶层的思想和习俗变化提供了条件，葛洪的《抱朴子·外篇·疾谬》篇就记录了妇女们乘兴出游的场面：“承星举火，不已于行。多将侍从，炜晔盈路。婢使吏卒，错杂如市。寻道亵谑，可憎可恶。或宿于他门，或冒夜而返。游戏佛寺，观视渔畋。登高临水，出境庆吊。开车褰帏，周章城邑。怀觞路酌，弦歌行奏。”[①]虽然葛洪十分明显地对此持否定态度，但这确实也从另一方面表现出当时社会中女性社会地位的提升。正是在这样的时代风气下，谢道韫才能像男子一样走到帷幕之前，在相对宽容的环境中展示自我，得以让后世领略其清雅超俗的名士风度。

作为东晋贵族女性中的佼佼者，谢道韫以其俊朗的风神著称于世，“林下之风”正是她最好的注脚。《世说新语·贤媛第十九》第三十条曾论谢张优劣：“谢遏绝重其姊，张玄常称其妹，欲以敌之。有济尼者，并游张、谢二家，人问其优劣。答曰：‘王夫人神情散朗，故有林下风气；顾家妇清心玉映，

① （晋）葛洪撰，杨明照校笺：《抱朴子外篇校笺》，中华书局1991年版，第616～618页。

自是闺房之秀。'"[1]可见，在济尼的眼中，王夫人散朗高妙的人格气质更胜一筹。余嘉锡先生对此也有评论："林下，谓竹林名士也。《赏誉》篇曰：'林下诸贤，各有俊才子。'是其证。此言王夫人虽巾帼，而有名士之风，言顾不如王。《晋书·列女传》所载道韫事迹，如施青绫步障为小郎解围，嫠居后见刘柳与之谈议，皆足见其神情之散朗，非复寻常闺房中人举动。《类聚》八八引起《拟嵇中散诗》曰：'遥望山上松，隆冬不能凋。愿想游下憩，瞻彼万仞条。腾跃不能升，顿足俟王乔。时哉不我与，大运所飘飖。'居然有论养生服石髓之意，此亦林下风气之一端也。道韫以一女子而有林下风气，足见其为女中名士。至称顾家妇为闺房之秀，不过妇人中之秀出者而已。不言其优劣，而高下自见，此晋人措词妙处。"[2]正如余嘉锡先生所言，济尼评顾家妇"闺房之秀""清心玉映"，不过是对寻常女子的夸赞，而讲谢道韫有"林下之风"，则可与竹林七贤一类的潇洒名士比肩。也就是说，"林下之风"已经超越了传统社会对女子之美的评价范畴，而表现出士大夫美的特质，谢道韫闺中罕见而特立独行的气度与风韵便因此彰显。

在《晋书》卷九六《列传》第六十六中记载："太守刘柳闻其名，请与谈议。道韫素知柳名，亦不自阻，乃簪髻素褥坐于帐中，柳束脩整带造于别榻。道韫风韵高迈，叙致清雅，先及家事，慷慨流涟，徐酬问旨，词理无滞。柳退而叹曰：'实顷所未见，瞻察言气，使人心形俱服。'道韫亦云：'亲从凋亡，始遇此士，听其所问，殊开人胸府。'"[3]此时的谢道韫已人到晚年，经历了丧乱流离、夫死子亡等诸多沉重的人生苦难后，她孑然一身寡居于会稽，然而一系列的人生重创并不能影响其高洁的操守和清雅的品格，太守刘柳闻名而来请与谈议，并以束脩之礼拜望，道韫则"簪髻素褥坐于帐中"，"风韵高迈，叙致清雅，先及家事，慷慨流涟，徐酬问旨，词理无滞"，其清净超脱的玄风玄韵不禁令刘柳退而叹之："实顷所未见，瞻察言气，使人心形俱服。"

济尼与刘柳分别以男女不同的性别视角对谢道韫进行了评价，二人都被她的从容气度所倾倒，可见谢道韫女中名士、林下才女的风范。然而这番清迈高蹈的神韵并非空穴来风，充满灵性的文学才华和深厚的玄学功底以及每临大事有静气的气魄才是谢道韫为人称赞的真正原因。

首先就其文学方面，最著名的还是"咏絮佳话"。《世说新语·言语第二》第七十一条咏絮佳话记载："谢太傅寒雪日内集，与儿女讲论文义。俄而

---

① 龚斌校释：《世说新语校释》，第 1359 页。

② 龚斌校释：《世说新语校释》，第 1360 页。

③ （唐）房玄龄等：《晋书》卷九六《王凝之妻谢氏传》，第 2516～2517 页。

雪骤，公欣然曰：'白雪纷纷何所似？'兄子胡儿曰：'撒盐空中差可拟。'兄女曰：'未若柳絮因风起。'公大笑乐。即公大兄无奕女，左将军王凝之妻也。"[①]谢太傅常与子侄辈讲论文义，而在这次家庭集会上，还未出阁的谢道韫便一语惊人，其《咏雪联句》不但流传千古，还激起了历代文人的争议：

刘辰翁云："有女子风致，愈觉撒盐之俗。"

李贽云："真堪笑乐。"（按：《初潭集·夫妇·文学》评语同此。）

陈梦槐云："太傅闲怀远韵，晋人中第一品流。当其燕居，问子弟欲佳。车骑答甚雅隽。问白雪何似，道蕴对更娟美。士女风流作家庭笑乐，千载艳人也。弇州以此入'贤媛'，即两伤。"（按：弇州，即王世贞。其所编《世说新语补》将此条归入《贤媛》，故云。）

陈善云："撒盐空中，此米雪也。柳絮因风起，此鹅毛雪也。然当时但以道韫之语为工。予谓《诗》云：'相彼雨雪，先集维霰。'霰即今所谓米雪也耳。乃知谢氏二句，当各有谓，固未可优劣论也。"（《扪虱新话》卷三）

余嘉锡云："二句虽各有谓，而风调自以道韫为优。"

凌濛初云："凝之愚昧如此，宁不使有心女子恨极天壤！"（按：此凌濛初用《贤媛》篇"天壤王郎"之典以评之。）

龚斌云："'相彼雨雪，先集维霰。'霰即今所谓米雪也。乃知谢氏二句，当各有所谓，固未可优劣论也。"按，以撒盐拟霰粒亦未见佳，何况此时已是"白雪纷纷"矣。且胡儿以撒盐喻骤雪，仅状雪之色，而未得雪之形与质，语俚俗而殊少趣味。道韫以柳絮喻雪，状雪之洁白、轻盈、飘洒，形、色、质具备，生动、贴切、雅致，难怪谢太傅"大笑乐"。[②]

这次的《咏雪联句》更像是一个孩童的启智游戏，虽然在一些评点家的眼中，以"撒盐"喻"纷纷白雪"也未必低人一等，但正如龚斌所讲，无论是从雪的物理情状，还是从意象的美与趣上讲，"未若柳絮因风起"都更显飘逸。

谢道韫的文学作品，除上述所提到的《咏雪联句》，流传至今的有三首，分别是《登山》《拟嵇中散咏松》《〈论语〉赞》。

《登山》诗云："峨峨东岳高，秀极冲青天。岩中间虚宇，寂寞幽以玄。非工复非匠，云构发自然。器象尔何物？遂令我屡迁。逝将宅斯宇，可以尽天

① 龚斌校释：《世说新语校释》，第 257 页。

② （南朝宋）刘义庆撰，（南朝梁）刘孝标注，刘强会评辑校：《世说新语会评》，第 75 页。

年。”①在诗中，谢道韫以巍峨雄伟的东岳泰山为吟咏对象，开篇便大气磅礴，气象万千，她以“峨峨”形容东岳之卓然特立，以“冲”字表现泰山高耸之势，仅用十字便将泰山“一览众山小”的名山气魄状如目前。而接下来的四句，则从细处着眼，讲山石峥嵘竟然分割了天空，显得格外静穆幽远，此山此石仪态万方，看上去好像是能工巧匠精心雕琢而成，其实却是大自然鬼斧神工的杰作。不过，谢道韫在感慨天造之泰山的神奇秀丽的同时，也不由自主地联想到自己颠沛流离坎坷多艰的身世，她对着上苍发问：“器象尔何物？遂令我屡迁。”这难以捉摸的造化，你既令泰山如此迷人，却又为何让我遭遇命运的坎坷和颠沛流离之苦？谈及身世之苦，一般女子也许早已梨花带雨，但谢道韫却笔锋一转在诗句中融入自己刚强不屈的精神。“逝将宅斯宇，可以尽天年”，她没有顾影自怜进而哀婉泣诉，反倒将自我融入这变化万千的自然之中。在神秘难料的造物主面前，人都因自我的渺小而心生畏惧，只有拥有博大的胸怀才能勇敢地接纳它，而这首小诗正表现了谢道韫经由玄学涵养的胸怀和气度。

《拟嵇中散咏松》上面已引用，它是模拟嵇康的《游仙诗》而作，嵇康作为“竹林七贤”的精神领袖，主张“越名教而任自然”“审贵贱而通物情”的思想精神，他虽然生活在司马氏集团的文化高压之下，却始终以清越的思想和激烈的言辞对儒家文化的伪善进行批判和揭露，隐居竹林、拒绝出仕，临刑前抚广陵一曲这些洒脱任诞的处世行为让他在中国文人史上留下了惊鸿之影。谢道韫追慕这位名士的风采，首句即化用嵇康“遥望山上松，隆谷郁青葱”②的诗句，以显示他的游仙之想，而后用仰视的视角，写遥望松柏苍翠潇洒、枝条万仞的崇敬之情，虽然谢道韫在颈联引用了王子乔乘鹤升天的仙话传说仿佛故意曲解嵇康本意令诗歌形成顿挫之势，但“时哉不我与，大运所飘飖”则不仅可见其对以嵇康为代表的君子风度的崇敬与神往，更有超越前人清迈缥缈、扶摇而上的意味。这首诗被清初诗论家王夫之称赞：“入手落手转手，总有秋月孤悬、春云忽起之势，不但古今闺秀不敢望其肩背，即中散当年，犹有凝滞之色，方斯未逮也。”③从此可见道韫文学与玄学的功底之深厚，以及思想与灵魂的高标。

除去诗歌，现存还有一篇谢道韫的《〈论语〉赞》，这篇赞首、末两段话均

---

① (明)冯惟纳：《古诗纪》卷四七晋第十七《登山》，清文渊阁《四库全书》本，第355页。

② (三国魏)嵇康：《嵇中散集》卷一《游仙诗》，《四部丛刊》景明嘉靖本，第3页。

③ (明)王夫之评选，张国星点校：《古诗评选》卷四《拟嵇中散诗》，河北大学出版社2008年版，第232页。

引用《论语·卫灵公》中孔子的言论，中间作八句叶韵赞语，最后理应仍有赞语，但结尾处空白，可知应是阙文：

卫灵公问阵于孔子，孔子对曰："俎豆之事，则尝闻之。军旅之事，未之学也。"

庶则大矣，比德中庸。斯言之善，莫不归宗。粗者乖本，妙极令终。嗟我怀矣，兴言攸同。孔子曰："民之于仁也，甚于水火。水火，吾见蹈而死者，未见蹈仁而死者矣。"①

第一段引文讲卫灵公向孔子请教军队列阵之法，孔子婉拒说自己只懂得俎（古代祭祀盛肉的器具）、豆（祭祀宴乡食盛食物的礼器）等祭祀礼仪方面的事情，至于用兵打仗的事，却从来没有学过。这段话就表现了孔子主张以礼治国、反对征伐的政治主张。而末段又引孔子的言论，讲民众对于仁政的需要，远超过对水火的需要，这也是表现孔子仁者爱人的核心思想。谢道韫为《论语》写赞，本就包含歌颂褒扬的意味，而言语中如"嗟我怀矣，兴言攸同""比德中庸""斯言之善""妙极"等语则更体现出心有戚戚焉的认同感，短短一篇《〈论语〉赞》，可以窥见谢道韫对儒家"反战""仁政""中庸"等思想的肯定与赞赏。不过就《〈论语〉赞》而言，历代研究者表现出了不同的看法。有学者认为，此篇表现出谢道韫潜藏于崇老尚玄的名士风度的儒家思想②。但也有人认为，谢道韫在这篇赞中虽表现出崇尚仁义，敬重儒家的思想倾向，但因其赞语中有"粗者乖本，妙极令终"，很可能出自《庄子·秋水》篇中："可以言论者，物之粗也；可以意致者，物之精也。言之所不能论，意之所不能察致者，不期粗精焉。"所以未必不是以庄释儒的范例。但无论做何解释，我们都可见其思想驳杂精深的一面。

根据《隋书·经籍志四》的记载，谢道韫共有文集两卷，因年代久远，散佚流散，我们现在已经无法得见其全貌。但仅从上述流传下来的四篇诗文，便可见一位文采卓越、精于妙理的女中文士形象。

魏晋南北朝时期不乏优秀的女性，如左棻、鲍令晖、沈满愿、刘令娴等等，她们才华横溢誉满天下，但这些女性的作品多逃不脱女性阴柔娇媚、凄婉哀怨的陈词滥调，正是在这样的背景下，谢道韫以其清奇雅致又多洒脱英气的风格，令人耳目一新。她不仅于创作上不流于一般女性作家多有的温婉绮靡、凄恻细腻，就连其行动举止也多有男儿大气从容之风。在《世说新

① （唐）欧阳询：《艺文类聚》卷五五杂文部一《经典》，清文渊阁《四库全书》本，750 页。

② 参见王萌：《谢道韫研究》，山东大学硕士学位论文，2012 年，第 33 页。

语·贤媛第十九》第二十八条中,曾有这样的记载:"王江州夫人语谢遏曰:'汝何以都不复进? 为是尘务经心,天分有限?'"[①]这里是讲身为姐姐的谢道韫指责她的弟弟谢玄:"你为什么一点也不再长进? 是一心注意世俗杂务,还是天资有限?"值得注意的是,"何以都不复进"中的"进",并不是指宽泛的长进,而专指玄学修养和精神境界上的提升。谢玄并非等闲之辈,但是谢道韫却仍旧以这句并不温柔的劝诫去激励弟弟更上层楼,此条一方面表现出她对弟弟因为关爱之深而责备之切,另一方面也可见谢道韫自身对玄学修养与精神境界的造诣和追求,因为只有自己不以尘务经心,并能得天才之趣,才会对自己的弟弟做出如此评价。

另外,在《晋书》卷九六《列女传·王凝之妻谢氏》中还记载:"凝之弟献之尝与宾客谈议,词理将屈,道韫遣婢白献之曰:'欲为小郎解围。'乃施青绫步鄣自蔽,申献之前议,客不能屈。"[②]清峻有美誉,风流蕴藉为一时之冠的王献之本是高门佳子弟,能与之谈议并让其词理将屈的对手必定非同寻常,而谢道韫却能在她小叔已经无力招架的时候施以援手,申述前议,用献之所引的观点战胜论客,并且词理无滞、娓娓道来,如此便显示出其卓越的清谈素养和深厚的辩驳功底。而施青绫步障自蔽,又可见这位女性在古代男女之大防的礼教约束下,对男性世界的强烈参与意识,这种向往自由而又极其机敏的处理方式更表现了谢道韫智慧而独立的风姿。据《晋书》卷九六《列传》第六十六载:"及遭孙恩之难,举厝自若,既闻夫及诸子已为贼所害,方命婢肩舆抽刃出门,乱兵稍至,手杀数人,乃被虏。其外孙刘涛时年数岁,贼又欲害之,道韫曰:'事在王门,何关他族! 必其如此,宁先见杀。'恩虽毒虐,为之改容,乃不害涛。自尔嫠居会稽,家中莫不严肃。"[③]此时谢道韫已届晚年,丈夫和儿子皆已遇害,但处于乱兵之中面临白刃加身的险境时,谢道韫仍然波澜不惊,甚至"手杀数人",而当她被俘虏,又遇上孙恩这等毒虐之人,竟仍能正颜厉色、慷慨陈词:"事在王门,何关他族。"为保护弱小的外孙,宁愿自己先死,其勇与智,以至于杀人无数的贼首孙恩也为之改容,手下留情。这种独撑门户、力挽狂澜的气魄,颇具侠士之风。

正如龚斌先生所言:"道韫之天分、个性、怀抱、玄思、风度、胆略、文才,绝不逊于魏晋名士。即使自历代巾帼中,亦足称一流人物。"[④]而其实即使在

---

① 龚斌校释:《世说新语校释》,第1358页。
② (唐)房玄龄等:《晋书》卷九六《王凝之妻谢氏传》,第2516页。
③ (唐)房玄龄等:《晋书》卷九六《王凝之妻谢氏传》,第2516页。
④ 龚斌校释:《世说新语校释》,第1360页。

历代男儿中，亦不逊色。

三、贤媛婚姻

谢道韫的丈夫王凝之，为书圣王羲之子，其叔父王导位极人臣，出身名门，家世显赫，而他虽为次子，却因长兄王玄之早卒，实际行长子之实，这在士族门阀的政治婚姻中确实是与谢氏联姻的最佳人选。才女与佳婿本应成就历史上一段佳话，但是事实却并未如此。《世说新语·贤媛第十九》第二十六条中就曾记载新婚燕尔，谢道韫即"意大不说"，直接向叔父谢安吐露对王凝之的不满，其胸中郁结的不平之气简直溢于言表。就谢道韫对丈夫的态度，历代文人都抒发了自己的看法。

刘应登曾云："此二则皆妇人薄忿夫家之事，不当并列《贤媛》之中。"[①]他认为谢道韫这一妇人鄙薄愤恨自家丈夫的事情，根本不应当列入贤媛之中，可见在宋朝人刘应登的眼中，谢道韫此举是有违贤淑名媛之风的。

刘辰翁云："怨恨至此，我辈所不能道，未可尽非。"[②]刘辰翁讲，谢道韫对自己的丈夫怨恨到这种地步，我辈尚且不能说出这种话来，虽说"未可尽非"，但也表现出他对谢氏大薄凝之做法的不满。

凌濛初云："'忿狷'为是。"[③]凌濛初则认为此条不应当列入《贤媛》篇，反倒应当列进《忿狷》篇才对，忿狷是指愤恨、急躁、因小事生气、仇视性急的意思，这也可见凌濛初对谢道韫此举的不满。

袁中道云："眼空两家之妇，太难相。"（《舌华录》卷九《浇语》）[④]袁中道也对谢道韫进行了批评，认为谢道韫太过目空无人，实在难以相处。

李贽云："此妇嫌夫，真非偶也。"（《初潭集·夫妇·合婚》）又云："谢氏大有文才，大怨凝之，孰知成凝之万世之名者哉！谢氏一人可分三四人。"（《初潭集·夫妇·言语》）[⑤]就连一向以男女平等观念著称的明代大思想家李贽也说"此妇嫌夫，真非偶也"，批评谢氏并不是一个好的配偶。

从上述评点中可见，谢道韫此举引起众多后世士大夫的不满，他们认为谢道韫对自己的丈夫实在是出言不逊、太过鄙薄、有违妇德，而将王凝之贬低至自家兄弟之下，更是有失公允，刻薄苛刻。

① （南朝宋）刘义庆撰，（南朝梁）刘孝标注，刘强会评辑校：《世说新语会评》，第398页。
② （南朝宋）刘义庆撰，（南朝梁）刘孝标注，刘强会评辑校：《世说新语会评》，第398页。
③ （南朝宋）刘义庆撰，（南朝梁）刘孝标注，刘强会评辑校：《世说新语会评》，第398页。
④ （南朝宋）刘义庆撰，（南朝梁）刘孝标注，刘强会评辑校：《世说新语会评》，第398页。
⑤ （南朝宋）刘义庆撰，（南朝梁）刘孝标注，刘强会评辑校：《世说新语会评》，第398页。

然而，谢道韫对王凝之的埋怨并非没有道理。据《晋书》卷八〇《列传》第五十所载："次凝之，亦工草隶，仕历江州刺史、左将军、会稽内史。王氏世事张氏五斗米道，凝之弥笃。孙恩之攻会稽，僚佐请为之备。凝之不从，方入靖室请祷，出语诸将佐曰：'吾已请大道，许鬼兵相助，贼自破矣。'既不设备，遂为孙所害。"[①]而《资治通鉴》卷一一一《晋纪三十三安帝隆安三年》亦记此事："孙恩……遂攻会稽。会稽内史王凝之，羲之之子也，世奉天师道，不出兵，亦不设备，日于道室稽颡跪咒。官属请出兵讨恩，凝之曰：'我已请大道，借鬼兵守诸津要，各数万，贼不足忧也。'及恩渐近，乃听出兵，恩已至郡下。甲寅，恩陷会稽。凝之出走，恩执而杀之，并其诸子。凝之妻谢道韫，奕之女也，闻寇至，举措自若，命婢肩舆，抽刀出门，手杀数人，乃被执。"[②]王凝之在孙恩兵变之际"不出兵，亦不设备"，竟然不做丝毫的军事部署，却设坛做法，并坚信神灵自会帮助自己击退孙恩的军队，虽然那时五斗米教确实有不少拥趸，但像王凝之如此愚昧盲目的却极其少见，况且，孙恩本身就是五斗米教的道士，所以对王凝之请来的那些"鬼兵"根本不屑一顾。最终身为守护一方的内史长官，王凝之不但自己被杀，还累及妻儿和全城百姓，其昏聩无能、愚昧无比之情状可谓毕现。而相比王凝之，被夫累及同样遭遇孙恩之乱的谢道韫却展现出从容的气度，以一己之力手刃数人，舍身护孙，独撑门户，可谓挽大厦之将倾，甚有大将之风。王谢相比，二人境界高下立判。由此可见，道韫对丈夫的埋怨并非全无道理。

谢道韫所处的魏晋时代，是士族势力兴起与门阀制度形成的时代。士族阶层实际上是地方势力发展起来的贵族阶层，因其所统驭的依附人口必要时可以转化为独立的军事力量，又拥有雄厚的经济基础和优越的文化资源，并通过入仕的方式参与国家政治活动并保护家族权益，所以逐渐成为社会中极具权势的阶层。士族阶层通过参与国家政治获得话语权和社会影响力。[③] 他们又因为在政治军事经济文化上的优越条件而得以累世官宦。为巩固并扩大其作为一个特殊社会群体的力量，不同的家族之间又通过婚姻关系相互缔结。正如恩格斯在《家庭、私有制和国家的起源》中所言："结婚是一种政治行为，是一种借新的联姻来扩大自己势力的机会，起作用的是家族的利益，而决不是个人的意愿。"魏晋士族的婚姻关系虽不完全等同于政

① （唐）房玄龄等：《晋书》卷八〇《王凝之传》，第 2102～2103 页。

② （宋）司马光：《资治通鉴》卷一一一《晋纪》三十三《安皇帝丙》，《四部丛刊》景宋刻本，第 1209 页。

③ 骆玉明：《世说新语精读》导论"《世说新语》的思想与艺术价值"，复旦大学出版社 2007 年版，第 11 页。

治联盟，但实际上双方家族通过婚姻的纽带结成了紧密的利益共同体。如此说来，婚姻并不仅仅是遵循男女二人意愿而进行的结合，能否维护家族的兴旺和稳固才是婚配首要考虑的因素条件。在重视门第等级的魏晋南北朝，士族们为保证自身社会等级的优越性和血统的纯正性，在婚姻上也存在着严格的身份等级界限，他们施行内部通婚制度，只有皇亲国戚，或者家族地位不相上下、文化宗教传统相似的高门大族，再或者同乡贵族才有与他们联姻的资格。在这种情况下，出生于世家大族的谢道韫也就必然承担起联姻以巩固谢氏家族地位的责任。

王凝之作为书法名家王羲之的儿子，除去继承了家父的书法功底之外，实在未见任何特长，虽然他的政治身份和社会地位与谢道韫大略相当，但二人性格意趣和人格气度实在相去甚远。这位贵族公子的见识、才学和胸怀并不能与谢道韫同日而语。这场婚姻不是道韫自己选择的结果，本为两个庞大家族的政治联姻。所以，即便魏晋时期女性的地位已经普遍提高，独立自主的意识也逐渐增强，但她们仍旧无法挣脱整个时代的拘束和限制。士族门阀背景下婚姻制度，投射到每个具体而微的个体身上，可能正是酿成那个时代女性命运悲剧的原因。

四、结语

谢无量在《中国妇女文学史序言》中写道："夫男女之天性，其始岂有异哉？……以妇人之能力，所以终弱于男子者，盖由数千年以来之境遇、习惯、遗传，有以致之，纯出于后天之人事，而非其先天之本质即有异也。"[①]就像谢先生讲得那样，女子向来是可爱的，如果能给予她们充分的才情舒展空间的话，也必能有不逊于男子的作为。谢道韫之所以能够凭借咏絮才的天姿劝弟进取、步障解围，又以从容不迫的气度独撑门户，甚至敢于冒天下之大不韪，公然声讨其夫"不意天壤之中乃有王郎"[②]，不仅得益于其显赫家世背景所带来的政治地位、经济优势以及文化熏陶，还得益于魏晋时代宽松的社会风气。正是在这一中国历史上少有的女性觉醒的时代，谢道韫能够冲出闺阁，在男性士大夫群体中拥有自己的一席之地，自由舒展着天然的个性，彰显坚贞而顽强的独立品格，成就了"林下之风"的名士风度。但是与此同时，作为那个时代下贵族阶级的女人，为保证自身血统的高贵纯洁以及家族地

① 谢无量：《中国妇女文学史》第二编，中国人民大学出版社 2011 年版，第 1 页。

② 龚斌校释：《世说新语校释》，第 1354～1355 页。

位的持久延续，她又不得不遵循士族门阀之间的婚姻规则，牺牲掉自身的幸福。所以即便是作为女性中的佼佼者，在面对由父权所建构起来的封建等级制时仍旧表现出了弱者的无奈。

魏晋时代作为中国历史上个体意识高度觉醒的时代而对整个传统的中国思想文化发展具有重要意义。它在强调个体服从群体，个人意志和欲望服从于社会伦理的传统思想文化中唱出了新声，并促发我们对旧有文化传统内藏的不合理乃至荒谬性所造成的人性反动进行思考。[①] 而与此类似，在魏晋这一时代背景下所生存生长的女性，虽然已经获得了较前人远为宽松的生活环境，正如谢道韫“大薄凝之”仍被编纂《世说新语》的刘义庆收入“贤媛”以示宽容，但女性有限自由的生存发展空间和其不幸的个人命运仍旧值得我们对旧有传统文化内涵的不合理乃至荒谬的两性关系进行反思。

参考文献

(南朝宋)刘义庆撰，(南朝梁)刘孝标注，龚斌校释：《世说新语校释》，上海古籍出版社 2011 年版。

(南朝宋)刘义庆撰，(南朝梁)刘孝标注，刘强会评辑校：《世说新语会评》，凤凰出版社 2007 年版。

(唐)房玄龄等：《晋书》，中华书局 1974 年版。

骆玉明：《世说新语精读》，复旦大学出版社 2007 年版。

王萌：《谢道韫研究》，山东大学 2012 年硕士学位论文。

读书会时间：2019 年 12 月 18 日

① 参见骆玉明：《世说新语精读》导论《〈世说新语〉的思想与艺术价值》，第 12 页。

《世说新语·任诞第二十三》第四十七条王子猷“雪夜访戴”读解

胡诗黎*

【原文】

王子猷居[1]山阴，夜大雪，眠觉，开室，命酌酒，四望皎然。因起彷徨，咏左思《招隐诗》[一][6]。《中兴书》曰：“徽之任性放达，弃官东归，居山阴[4]也。”左诗曰：“杖策招隐士，荒涂横古今。岩穴无结构，丘中有鸣琴。白雪停阴冈[二]，丹葩曜阳林。”忽忆戴安道[2]。时[3]戴在剡[5]，即便[7]夜乘小舟就之。经宿方至，造门不前而返。人问其故，王曰：“吾本乘兴而行，兴尽而返，何必见戴？”(《任诞第二十三》第四十七条)①

【校勘】

[一]本条基本同于裴启《语林》，而前段文字略有出入。《艺文类聚》引《语林》作“大雪夜，眠觉，开室酌酒，四望皎然，因起彷徨，咏左思《招隐诗》”②，《语林》作“大雪夜”而《世说》作“夜大雪”；前者仅指出时间，后者则强调雪在王子猷睡着时悄然落下的情形。唐修《晋书》卷八〇《王徽之传》作“夜雪初霁，月色清朗，四望皓然，独酌酒咏左思《招隐诗》”③，行文整饬，更适

---

* 胡诗黎，女，湖北武汉人，山东大学文学院中国古代文学2019级博士研究生，师从孙学堂教授。

① (南朝宋)刘义庆撰，(南朝梁)刘孝标注，龚斌校释：《世说新语校释》，上海古籍出版社2011年版，第1479页。

② (唐)欧阳询：《宋本艺文类聚》卷二《天部下》，上海古籍出版社2013年版，第63页。

③ (唐)房玄龄等：《晋书》卷八〇《王徽之传》，中华书局1974年版，第2103页。

合长篇历史散文的体裁；而《世说新语》的短语连缀方式则更像一篇精炼的小品文。《晋书》把“夜大雪”改作“夜雪初霁”，在月色下行舟观雪虽美，但大雪中逆水行舟，更显子猷高兴；而《晋书》去掉“眠觉”“起彷徨”诸情节，破坏了故事的完整结构。鲁迅《中国小说史略》概括《世说新语》的特色是“记言则玄远冷峻，记事则高简瑰奇”，本条用一串简短动词描述王子猷的行为，非常简净轻灵。

[二]白雪：徐震堮《世说新语校笺》：“《文选》左思《招隐》作白云。”①

作“白雪”者：日本尊经阁藏宋高宗绍兴八年(1138)董弅刻本《世说新语》，以及《文选》的宋刊明州六臣注本、宋绍兴三十一年(1161)建阳崇化书坊陈八郎五臣注本、宋淳熙八年(1181)池阳郡斋刻李善注本、东洋文库藏朝鲜正德四年(1509)刊本五臣注本、嘉庆胡刻本、重刊天圣明道本和嘉靖元年(1522)金台汪谅校正新刊。

作“白云”者：《文选》的《四部丛刊》影宋六臣注本、长春图书馆馆藏明吴勉学刻六臣注本、明嘉靖二十八年钱塘洪楩刊本六臣注和日本庆长十二年(1607)活字本等。

而《艺文类聚》引晋左思《招隐诗》作“白雪傍阴岗，丹葩耀阳林”②；《乐府诗集》卷四四《子夜四时歌》冬歌十七首：“白雪停阴冈，丹华耀阳林。何必丝与竹，山水有清音。”③

另外，从诗歌内部逻辑看，似乎也更倾向于“白雪”。“阴冈”指山北面，与山南面相比更难以受到阳光照射，因此在山南面的雪融化后，山北面的雪仍旧“停”在那里。从故事背景看，王子猷因看到夜雪而想起这首诗，可见诗的内容与雪有关。因此左思此诗很可能应该作“白雪”而非“白云”。

但结合诗歌下文“秋菊兼糇粮”，以及“幽兰间重襟”化用了屈原《离骚》中的“纫秋兰以为佩”，都表明诗歌写作时间又似乎在秋季，还不到下雪的时候，因此作“白云”也似乎可通。

【注释】

[1]王子猷：即王徽之，王羲之第五子，事迹见《晋书》本传。

[2]戴安道：即戴逵，东晋著名隐士，善画。事迹见《晋书》卷九四《隐逸

① 徐震堮校笺：《世说新语校笺》，中华书局1984年版，第408页。

② (唐)欧阳询：《宋本艺文类聚》卷三六《人部上》，第989页。

③ (宋)郭茂倩：《乐府诗集》卷四四《冬歌十七首》，中华书局1979年版，第649页。

传》及唐代张彦远《历代名画记》卷五。

[3]时间：龚斌《世说新语校释》：“《晋书》本传言子猷‘后为黄门侍郎，弃官东归。’考《轻诋》二九及孝标注引《续晋阳秋》，苻坚为姚苌所杀，坚子宏将母妻来投。谢安每加接引，适王子猷来，太傅使共语云云。据《晋书》九《孝武帝纪》‘太元十年(385)六月，苻宏来降。’则谢安使子猷与苻宏共语亦当在此时，且子猷必为黄门侍郎。此年八月，谢安薨，子猷极有可能因之辞去黄门侍郎，东归会稽。又张瓘《书断》、张彦远《历代名画记》卷五皆谓王子敬太元十一年(386)卒，而《伤逝》一六记子敬卒后不久子猷亦卒，则子猷访戴安道，当在太元十一年冬或次年早春。”[1]但据《伤逝》一六“王子猷、子敬俱病笃”可知二人同时病重。而《晋书》载谢安去世后，“未几，献之遇疾……俄而卒于官”[2]，因此徽之与献之可能在太元十年八月后不久就陆续生病了，而且从献之生病到去世的时间跨度也不大。如果访戴之行发生在次年年底，那么此时王献之很可能已经去世，徽之也已病入膏肓，即便尚未去世，也不可能作雪夜之游。所以访戴的时间应当早于太元十一年，很可能是在王徽之刚刚回到山阴的太元十年冬或者次年早春。

另，《晋书》本传载“逵后徙居会稽之剡县。……孝武帝时，以散骑常侍、国子博士累征，辞父疾不就。郡县敦逼不已，乃逃于吴。”[3]可知戴逵已于孝武帝即位前居剡，而在孝武帝时因躲避征辟而逃往吴地。又同书《孝武帝纪》载“(太元十二年)六月癸卯，束帛聘处士戴逵、龚玄之”[4]，则戴逵之逃吴当在太元十二年六月后。因此太元十年前后戴逵确实居住在剡县，也可证实上述推论。

[4]山阴：县名，在今浙江省绍兴市越城区和柯桥区一带。据唐修《晋书》卷一五《地理志》，会稽郡属扬州，下辖十县：山阴、上虞、余姚、句章、鄞(yín)、鄮(mào)、始宁、剡、永兴、诸暨。又云山阴“会稽山在南”[5]，则其因山得名可知。同书《王羲之传》载：“会稽有佳山水，名士多居之，谢安未仕时亦居焉。孙绰、李充、许询、支遁等皆以文义冠世，并筑室东土，与羲之同好。”[6]

[5]剡：县名，在今浙江省绍兴市下辖嵊州市。宋代高似孙《剡录》卷一：

---

① (南朝宋)刘义庆撰，(南朝梁)刘孝标注，龚斌校释：《世说新语校释》，上海古籍出版社2011年版，第1479页。

② (唐)房玄龄等：《晋书》卷八〇《王献之传》，中华书局1974年版，第2106页。

③ (唐)房玄龄等：《晋书》卷九四《隐逸传》，第2458页。

④ (唐)房玄龄等：《晋书》卷九《孝武帝纪》，第236页。

⑤ (唐)房玄龄等：《晋书》卷一五《地理志》，第461页。

⑥ (唐)房玄龄等：《晋书》卷八〇《王羲之传》，第2098～2099页。

"宋宣和三年，方腊平。改剡县为嵊县。知越州刘述古言剡有兵火象，欲以嵊名县。诏定之。"①《剡录》卷四记载"戴公宅在剡桃源乡。宋景文公（祁）诗：'舟来戴公宅，客过孝王家。'乡有戴村，村多戴姓者。"②

[6]左思《招隐诗》其一：杖策招隐士，荒涂横古今。岩穴无结构，丘中有鸣琴。白雪停阴冈，丹葩曜阳林。石泉漱琼瑶，纤鳞或浮沉。非必丝与竹，山水有清音。何事待啸歌，灌木自悲吟。秋菊兼糇粮，幽兰间重襟。踌躇足力烦，聊欲投吾簪。③

[7]即便：立即。《三国志》卷四二《谯周传》："亮卒于敌庭，周在家闻问，即便奔赴。"④

【翻译】

王子猷住在山阴时，有天夜里下大雪，他睡醒后，打开房门，叫人拿酒来喝。往四处眺望，一片皎洁，于是起身徘徊，吟咏左思的《招隐诗》。忽然想起了戴安道，当时戴安道在剡县，王子猷当即连夜乘着小船到他那里去。经过一整夜才到达，到了门前却不进去而又返回山阴。有人问他这样做的缘故，王子猷说："我本是趁着兴致去的，兴尽后回来，为什么一定要见到戴安道呢？"

【解析】

一、王徽之为什么要访戴逵？为什么又不见戴逵？

1.王徽之的个性

《任诞》篇刘孝标注引何法盛《晋中兴书》："徽之卓荦不羁，欲为傲达，放肆声色颇过度。时人钦其才，秽其行也。"⑤据余嘉锡统计，《世说新语》以王

① （宋）高似孙撰，徐干校刊：《剡录》卷一《县纪年》，《中国方志丛书》，（台北）成文出版社1970年版，第12页。

② （宋）高似孙撰，徐干校刊：《剡录》卷四《古奇迹》，第111页。

③ （南朝梁）萧统辑，（唐）李善注：《宋尤袤刻本文选》，国家图书馆出版社2017版，第58～59页。

④ （晋）陈寿撰，（南朝宋）裴松之注，中华书局编辑部点校：《三国志》卷四二《谯周传》，中华书局1982年版，第1027页。

⑤ （南朝宋）刘义庆撰，（南朝梁）刘孝标注，余嘉锡笺疏，周祖谟、余淑宜、周士琦整理：余嘉锡笺疏：《世说新语笺疏》卷下《任诞》，中华书局2007年版，第893页。

徽之为主人公的故事共十六条，其中“任诞”“简傲”“排调”三门占十二条，从这些门类名中可窥见王徽之在当时的名声。下面摘取其中最有名的三则故事：

《任诞》第四十六条：王子猷尝暂寄人空宅住，便令种竹。或问：“暂住何烦尔？”王啸咏良久，直指竹曰：“何可一日无此君！”①

《简傲》第十六条：王子猷尝行过吴中，见一士大夫家极有好竹。主已知子猷当往，乃洒扫施设，在听事坐相待。王肩舆径造竹下，讽啸良久，主已失望，犹冀还当通，遂直欲出门。主人大不堪，便令左右闭门，不听出。王更以此赏主人，乃留坐，尽欢而去。②

《任诞》第四十九条：王子猷出都，尚在渚下。旧闻桓子野（伊）善吹笛，而不相识。遇桓于岸上过，王在船中，客有识之者，云是桓子野。王便令人与相闻，云：“闻君善吹笛，试为我一奏。”桓时已贵显，素闻王名，即便回下车，踞胡床，为作三调。弄毕，便上车去。客主不交一言。③

以上《世说新语》中的三则故事和“夜雪访戴”的主人公都是王徽之，且为名篇。它们都彰显出王徽之“卓荦不羁，欲为傲达”的个性。而细细分析，在这四则故事中，又有一个突出特点：**偏执于自然中的美好事物（竹子、雪景、音乐），而逾越人们普遍接受的东西（礼法、规则、习俗）。**《赏誉》第一五一条：子敬与子猷书道：“兄伯萧索寡会，遇酒则酣畅忘反，乃自可矜。”④其中“萧索寡会”四字非常切当。王徽之不热衷于人间的热闹繁华，而更愿意独自观照美好的事物。他之所以对美的热爱达到偏执地步，是因为他在这些事物中体验到自己的“情”和“兴”。骆玉明《世说新语精读》：“宗白华先生说‘晋人向外发现了自然，向内发现了自己的深情’时，是将两者作为具有内在关联性的事件来看待的。不过，也许说‘向内发现了自己的深情，向外发现了自然’，能够更清楚的说明自然被发现的精神过程。正是因为人将活跃的情感投射到外界，‘与物徘徊’，才使自然风物精神化，从而充溢了美的意趣；反过来，由于这种自然之美代表着人所向往的精神境界，它又立生了洗涤心灵的作用。”⑤可以说，王徽之对自然风物的沉迷就是其“情”投射于外界而产生的“兴”。

① 余嘉锡笺疏：《世说新语笺疏》卷下《任诞》，余嘉锡：《余嘉锡著作集》，第893页。

② 余嘉锡笺疏：《世说新语笺疏》卷下《简傲》，余嘉锡：《余嘉锡著作集》，第912页。

③ 余嘉锡笺疏：《世说新语笺疏》卷下《任诞》，余嘉锡：《余嘉锡著作集》，第894页。

④ 余嘉锡笺疏：《世说新语笺疏》卷中《赏誉》，余嘉锡：《余嘉锡著作集》，第586页。

⑤ 骆玉明：《世说新语精读》，复旦大学出版社2007年版，第75～76页。

钱穆《国学概论》:"至如子猷之访戴,其来也,不畏经宿之远,其返也,不惜经宿之劳,一任其意兴之所至,而无所于屈。其尊内心而轻外物,洒落之高致,不羁之远韵,皆晋人之所企求而向往也。""夫所为'我'者,或羁轭于外物,或牢锢于宿习,于是而有环境,于是而有趋向,而自我之表现,常为其所摧抑而窒绝。若阮遥集(孚)之蜡屐自若,庶乎可以忘人;王子猷之到门即返,庶乎可以忘我。忘人是无环境也,忘我是无趋向也,若是而见其自我之真焉。此晋人之意也。"[①]魏晋士人推崇《庄子》,而庄子就常常强调"忘我",比如《齐物论》中南郭子綦讲"吾丧我",《大宗师》中颜回"坐忘""堕肢体,黜聪明,离形去知,同于大通"[②]。王徽之对美的欣赏,其实是与自己观美的心情相呼应,是"忘我"而"见真"的体现。

所谓"无趋向"情是完全感性,无计划、无理性、无缘故,就像《兰亭集序》中的"情随事迁"。"雪夜访戴"中的"眠觉""因起彷徨"非常关键。《庄子》中《逍遥游》篇末"何不树之于无何有之乡,广莫之野,彷徨乎无为其侧,逍遥乎寝卧其下"[③]描述了一种精神逍遥自由的状态。而一个人在半睡半醒的夜中,最容易摆脱理性,从而敏感地体味到自己无端的情感。如《古诗十九首》中有"忧愁不能寐,揽衣起徘徊。……出户独彷徨,愁思当告谁"[④],《雅量》第十八条也有"尔时吴兴沈充为县令,当送客过浙江,……潮水至,沈令起彷徨"[⑤]。人在行为上的"彷徨"体现出内心的虚静。王徽之的夜游是彷徨,他径自入园又与主人酣饮也是一种没有计划性的"彷徨"。

王徽之对美的欣赏早已超越西晋富儿的庸俗夸饰,而体现出世家大族高雅的艺术品位。因此赢得后世文人的赞美。罗宗强先生认为"中国士文化里雅的一面"即发展于东晋时期[⑥],我们从王徽之的精神中就能看到无处不在的优雅。

2.戴逵其人

戴逵是东晋著名的隐士、画家、雕塑家,但仔细梳理文献,可以看到他的另一面:

---

① 钱穆:《国学概论》第六章"魏晋清谈",钱穆:《钱宾四先生全集》,(台北)联经出版事业公司1998年版,第179～180页。

② (清)郭庆藩集释,王孝鱼整理:《庄子集释》,中华书局2004年版,第284页。

③ (清)郭庆藩集释,王孝鱼整理:《庄子集释》,第40页。

④ (南朝梁)萧统辑,(唐)李善注:《宋尤袤刻本文选》,第15页。

⑤ 余嘉锡笺疏:《世说新语笺疏》卷中《雅量》,余嘉锡:《余嘉锡著作集》,第424页。

⑥ 罗宗强:《玄学与魏晋士人心态》第四章第二部分"追求优雅从容的风度",天津教育出版社2005年版,第240页。

戴安道中年画行像甚精妙。庾道季(龢)看之,语戴云:"神明太俗,由卿世情未尽。"(《巧艺》第八条)[①]

郗超每闻欲高尚隐退者,辄为办百万资,并为造立居宇。在剡为戴公起宅,甚精整。戴始往旧居,与所亲书曰:"近至剡,如官舍。"郗为傅约亦办百万资,傅隐事差互,故不果遗。(《栖逸》第十五条)[②]

初,月犯少微星,一名处士星。占云:"以处而当之。"时戴逵居剡,既美才艺而交游贵盛,先(谢)敷著名,时人忧之。俄而敷死,会稽人士以嘲吴人云:"吴中高士,便是求死不得。"(《栖逸》第十七条刘孝标引檀道鸾《续晋阳秋》)[③]

在第一条中,庾龢借戴逵所画神像的俗气来讽刺戴逵"世情未尽"。而在第二条中,戴逵接受了郗超所赠的昂贵房产,并且在书信中强调新居像"官舍",其中似乎透露出他对丰裕物质的歆羡。而最后一条所指更加明显。关于"吴中高士"的解释,龚斌《世说新语校释》引《晋书》九四《戴逵传》"孝武帝时,以散骑常侍、国子博士累征,郡县敦逼不止,乃逃于吴",认为"吴中高士"指戴逵[④]。朱铸禹《世说新语汇校集注》引日本尾张泰士铉撰《世说笺本》注:"欲死以应天象,而不能得也。"朱按:"此盖讥逵交游贵盛,非真处士。"[⑤]综上可见戴逵结交显贵,在当时已有非议。戴逵虽为隐士,却未能免俗。从这个角度来看,戴逵虽然是著名隐士,却不像王徽之那样超脱于世俗之外。王徽之此行的动机是由左思《招隐诗》而引发的拜访隐士的冲动("兴"),在他未见戴逵时,戴逵代表了那个"隐士";而一旦二人相见,戴逵就立刻还原为生活中更实际、更立体的戴逵本人——对于王徽之而言,这无疑是煞风景的。王徽之访戴的本质并不是发起一场世俗层面的交际,而是为了享受在雪夜中追寻隐者的优雅心情。这样的优雅只能存在于孤独之中,不应被交际的客套所打断。可以说,王徽之只希望自己作为一个孤独的灵魂在夜空中飘行。凌蒙初对此条评价道:"读此每令人飘飘欲飞。"[⑥]可见王徽之的孤独在

① 余嘉锡笺疏:《世说新语笺疏》卷下《巧艺》,余嘉锡:《余嘉锡著作集》,第846页。

② 余嘉锡笺疏:《世说新语笺疏》卷下《栖逸》,余嘉锡:《余嘉锡著作集》,第778页。按,《太平御览》卷五一〇《逸民部》引用《世说新语》作"始往居……如入官舍",参见李昉等:《太平御览》,中华书局1960年版,第3册,第2323页。

③ 余嘉锡笺疏:《世说新语笺疏》卷下《栖逸》,余嘉锡:《余嘉锡著作集》,第779页。

④ 龚斌校释:《世说新语校释》下册,第1302页。

⑤ (南朝宋)刘义庆撰,(南朝梁)刘孝标注,朱铸禹汇校集注:《世说新语汇校集注》,上海古籍出版社2002年版,第564页。

⑥ (南朝宋)刘义庆撰,(南朝梁)刘孝标注,朱铸禹汇校集注:《世说新语汇校集注》,第635页。

一千多年后都能激荡起同样一颗自由的心灵。

二、“雪夜访戴”与雪之审美的发展

王徽之雪夜访戴在中国的赏雪文化发展过程中具有很强的推动作用。在魏晋以前，“雪”的意象几乎不具备审美意义。如《诗经》中七次写到“雪”：

北风其凉，雨雪其雱。惠而好我，携手同行。其虚其邪？既亟只且！（《邶风·北风》）①

今我来思，雨雪霏霏。行道迟迟，载渴载饥。我心伤悲，莫知我哀。（《小雅·采薇》）②

今我来思，雨雪载涂。王事多难，不遑启居。（《小雅·出车》）③

前三首写的都是在下雪时候行路的艰难和气氛的悲苦。“既亟只且”“行道迟迟”“不遑启居”表现的是行人在雪地行走困难而心中归心似箭，在这样的处境中，他们很难对雪景产生审美的愉悦感。

上天同云，雨雪雰雰。益之以霢霂，既优既渥，既沾既足，生我百谷。（《小雅·信南山》）④

这首是从自然规律角度赞美雪带来了农作物的丰收，虽然在感情上是愉悦的，但侧重的是雪的实际作用，而非美学意义。

雨雪瀌瀌，见晛曰消。莫肯下遗，式居娄骄。雨雪浮浮，见晛曰流。如蛮如髦，我是用忧。（《小雅·角弓》）⑤

兄弟甥舅。如彼雨雪，先集维霰。死丧无日，无几相见。（《小雅·頍弁》）⑥

蜉蝣掘阅，麻衣如雪。心之忧矣，于我归说。（《曹风·蜉蝣》）⑦

以上三首把各种事物比作雪，前两首都用雪的消散来比喻小人或兄弟的灭亡。这是用自然现象来比附人事，并没有审美的意味。而第三首用雪来比喻蜉蝣的翅膀。蜉蝣翅膀具有洁白晶莹、小巧易逝的特点，与雪确实非常相

---

① 程俊英、蒋见元：《诗经注析》，中华书局 2017 年版，第 123 页。
② 程俊英、蒋见元：《诗经注析》，第 500 页。
③ 程俊英、蒋见元：《诗经注析》，第 504 页。
④ 程俊英、蒋见元：《诗经注析》，第 710 页。
⑤ 程俊英、蒋见元：《诗经注析》，第 759～760 页。
⑥ 程俊英、蒋见元：《诗经注析》，第 734 页。
⑦ 程俊英、蒋见元：《诗经注析》，第 424 页。

似。这表明诗人对雪做了仔细的观察，是用审美的眼光来看待雪的。与此同类的还有《庄子》中写到藐姑射山上的神人"肌肤若冰雪"，《登徒子好色赋》中的"肌如白雪"[1]，都已经挖掘出雪的审美价值。而《孟子》中告子所说的"白羽之白也，犹白雪之白；白雪之白，犹白玉之白与？"[2]同样体现了古人对雪的观察。

再看《楚辞》中的雪：

> 桂棹兮兰枻，斫冰兮积雪。[3]
>
> 霰雪纷其无垠兮，云霏霏其承宇。哀吾生之无乐兮，幽独处乎山中。[4]
>
> 悲霜雪之俱下兮，听潮水之相击。[5]
>
> 北方不可以止些。增冰峨峨，飞雪千里些。归来归来！不可以久些。[6]

每一例都讲的是人在雪中的艰难行走以及他们悲哀的心情。在先秦时期，人们虽然已从对雪的观察中体会到美，但在雪中的人却常常是凄苦、狼狈的。在这样的情况下，雪成为诗人被动的遭遇，他们很难如王徽之那样主动走进雪中并自得其乐。

到魏晋时期，人们不仅能欣赏雪，而且开始将雪中人物也纳入欣赏的范围。魏晋人对雪的欣赏在两篇名作中体现得最明显：

> 仿佛兮若轻云之蔽月，飘飖兮若流风之回雪。[7]
>
> 谢太傅寒雪日内集，与儿女讲论文义，俄而雪骤，公欣然曰："白雪纷纷何所似？"兄子胡儿曰："撒盐空中差可拟。"兄女曰："未若柳絮因风起。"公大笑乐。[8]

曹植将神女比作风中之雪，而谢道韫将飘雪比作风中之絮。这样的比喻是非常美妙的，他们都为人、为雪注入了鲜活的生命力。可见魏晋人对雪的审美已经到达很高的境界，而他们高雅的品位和创新的精神使他们能在对雪

① (南朝梁)萧统辑，(唐)李善注：《宋尤袤刻本文选》，第119页。

② (清)焦循撰，沈文倬点校：《孟子正义》卷二二《告子章句上》，中华书局1987年版，第738页。

③ (宋)朱熹集注，夏剑钦、吴广平校点：《楚辞集注》卷二《湘君》，岳麓书社2013年版，第28页。

④ (宋)朱熹集注，夏剑钦、吴广平校点：《楚辞集注》卷四《涉江》，第64～65页。

⑤ (宋)朱熹集注，夏剑钦、吴广平校点：《楚辞集注》卷四《悲回风》，第83页。

⑥ (宋)朱熹集注，夏剑钦、吴广平校点：《楚辞集注》卷七《招魂》，第108页。

⑦ (三国魏)曹植：《洛神赋》，(南朝梁)萧统辑，(唐)李善注：《宋尤袤刻本文选》，第124页。

⑧ 余嘉锡笺疏：《世说新语笺疏》卷上《言语》，余嘉锡：《余嘉锡著作集》，第155页。

的欣赏中开拓新的想象空间。

而对于雪中之人，人们也开始对其投射审美的眼光：

> 王长史为中书郎，往敬和许。尔时积雪，长史从门外下车，步入尚书，着公服，敬和遥望叹曰："此不复似世中人！"[①]
>
> 孟昶未达时，家在京口。尝见王恭乘高舆，被鹤氅裘。于时微雪，昶于篱间窥之，叹曰："此真神仙中人！"[②]

《世说新语》中的这两条可谓异曲同工，都记载了人在雪中的容止的美好。晋人崇尚白肤，如王衍"每捉玉柄麈尾，与手同色"[③]，得到人们的赞美。肤白的人在雪中，或款款行走，或披裘而坐，都像《庄子》中的藐姑射山神人一样，雪景成了人的陪衬，因此被赞叹为神仙人物。

在物质丰裕的士族眼中，雪不再代表窘困的境遇，而成为人物品藻的优美背景。但这还仅仅停留在偶然的兴会上，是不经意中对他者的欣赏。而王徽之雪夜访戴的举动又将这种欣赏向前推进，他不满足于躲在温暖的室内观看美景，还要主动走出"观众席"，走进雪里，亲近美。于是，王徽之欣赏着雪景，而人们欣赏并模仿着雪中的王徽之。"我"既是观者也是被观者，"我"所观照的美景也成为"我"之精神的投射，物与我是相互辉映又难以辨别的。在这里，晋人所追求的一种精神之静与山水之美相互融合，审美者仿佛进入到若仙若佛的世界之中了。因此，雪夜访戴为人们对雪的欣赏开辟了一番新的美学境界。

值得注意的是，虽然王徽之陶醉于雪景之中，但《世说新语》并没有对他一路所见山水作描写，而仅仅用"经宿方至"这简短的四字概括旅程。王徽之的所见所感都包含在了一个"兴"字之中，给后人留下了无限想象的空间。"雪夜访戴"不仅成为中国诗文中常用的典故，还是画家笔下不衰的题材。历代访戴图中的风景都千变万化，没有定型。而在后人的踏雪寻梅、湖心看雪等审美活动中，也无疑都留下了王徽之的精神印记。

---

① 余嘉锡笺疏：《世说新语笺疏》卷下《容止》，余嘉锡：《余嘉锡著作集》，第 735 页。

② 余嘉锡笺疏：《世说新语笺疏》卷下《企羡》，余嘉锡：《余嘉锡著作集》，第 746 页。

③ （唐）房玄龄等：《晋书》卷四三《王衍传》，第 1236 页。

参考文献

程俊英、蒋见元:《诗经注析》,中华书局2017年版。

(南朝宋)刘义庆撰,(南朝梁)刘孝标注,余嘉锡笺疏,周祖谟、余淑宜、周士琦整理:《世说新语笺疏》,中华书局2007年版。

(南朝宋)刘义庆撰,(南朝梁)刘孝标注,朱铸禹汇校集注:《世说新语汇校集注》,上海古籍出版社2002年版。

(唐)房玄龄等:《晋书》,中华书局1974年版。

(宋)朱熹集注,夏剑钦、吴广平校点:《楚辞集注》,岳麓书社2013年版。

读书会时间:2020年3月18日

《世说新语·排调第二十五》第九条“云间陆士龙”读解

侯洪震*

【原文】

荀鸣鹤、陆士龙二人未相识[1]，俱会张茂先坐[2]。张令共语，以其并有大才，可勿作常语。陆举手曰：“云间陆士龙。”荀答曰：“日下荀鸣鹤。”[3]陆曰“既开青云睹白雉，何不张尔弓，布尔矢？”[4]荀答曰：“本谓云龙骙骙，定[一]是山鹿野麋，兽弱[二]弩强，是以发迟。”[5]张乃抚掌大笑。《晋百官名》曰：“荀隐字鹤鸣，颍川人。”《荀氏家传》曰：“隐祖昕，乐安太守。父岳，中书郎。隐与陆云在张华坐语，互相反复，陆连受屈。隐辞皆美丽，张公称善。云世有此书，寻之未得。历太子舍人、廷尉平，早卒。”①

【校勘】

[一]定，《艺文类聚》卷二五，《太平御览》卷三九〇、《太平广记》卷二五三引《世说》作“乃”。

[二]弱，《艺文类聚》卷二五，《太平御览》卷三九〇、《太平广记》卷二五三引《世说》作“微”。②

《晋书》卷五四《陆云传》：云与荀隐素未相识，尝会华坐，华曰：“今日相遇，可勿为常谈。”云因抗手曰：“云间陆士龙。”隐曰：“日下荀鸣鹤。”鸣鹤，隐

---

* 侯洪震，男，1990年出生，山东菏泽人，山东大学文学院2019级博士研究生。

① 龚斌校释：《世说新语校释》卷下，上海古籍出版社2011年版，第1534页。

② 参见杨勇校笺：《世说新语校笺》(修订本)，中华书局2006年版，第708页。

字也。云又曰："既开青云睹白雉，何不张尔弓，挟尔矢？"隐曰："本谓是云龙骙骙，乃是山鹿野麋。兽微弩强，是以发迟。"华抚手大笑。

《艺文类聚》卷二五引《世说》：荀鸣鹤、陆士龙二人未相识俱会张茂先坐共语。陆曰："云间陆士龙。"荀答曰："日下荀鸣鹤。"陆曰："既开青云睹白雉，何不张尔弓，彀尔矢？"荀答曰："本谓是云龙骙骙，乃是山鹿野麋，兽微弩强，是以发迟。"

《太平御览》卷三九〇引《世说》：陆士龙、荀鸣鹤未相识，俱会张茂先座。张介令共语，以其并有大才，可勿作常谈。陆抗手曰："云间陆士龙。"荀答曰："日下荀鸣鹤。"陆曰："既开青云睹白雉，何不张尔弓，挟尔矢？"荀答曰："本谓云龙骙骙，乃是山鹿野麋，兽微弩强，是以发迟。"张乃拊手大笑。

《太平广记》卷二五三引《世说》：晋陆士龙、荀鸣鹤二人未相识，俱会张茂先。令接语，以并有大才，可勿常谈。陆抗手曰："云间陆士龙。"荀答曰："日下荀鸣鹤。"陆曰："既开青天睹白雉，何不张尔弓，布尔矢？"荀答曰："本谓云龙骙骙，乃是山鹿野麋，兽微而弩强，是以发迟。"张抚掌大笑而已。

【注解】

[1]荀鸣鹤：《晋书·陆机传》吴士鉴注曰："《荀岳墓碣》（见附录一）云：'岳字於伯，小字异姓，乐平府君之第一子。夫人东莱刘仲雄之女。息男隐，字鹤鸣。隐，司徒左西曹掾。子男琼，字华孙。'又历叙岳之官阀，自本郡功曹史至中书侍郎。案《世说》注引《家传》：'岳父昕，乐安太守。'当据碑作'乐平'以正之。《家传》：隐官廷尉平，而碑作左西曹掾。盖初为廷尉平，而终于西曹掾，亦当以碑为得实。刘仲雄名毅，有传。惟荀昕不见史传，碑又不敢直书其名。考《魏志·荀攸传》：攸叔父衢。裴注引《荀氏家传》曰：'衢子祈，字伯旗，位至济阴太守。'疑昕与祈即一人，因字形相近而误。或曾历济阴、乐平两郡，而碑与传各举其一耳。"嘉锡案：《荀岳墓碣》见《芒洛冢墓逸文》三编，题为《墓志铭》，略云："君乐平府君第二子。"碑阴又云："岳字於伯，小字异姓。"考姓字始见《左传》昭二十一年云："宋华姓居于公里。"《说文》云："姓，女字也。从女，主声。"《广韵》上声四十五厚云："姓，天口切，人名。"吴氏引作"乐平第一子"，又引作"小字异姓"。盖谛视拓本不审耳。碑立于元康五年十月，而云"息男隐，字鹤鸣，年十九"。隐虽早卒，未必即死于是年。然则碑言隐官司徒掾，盖立碑时之官。《家传》言历廷尉平，早卒，则其最后之官。吴氏以为终于西曹掾，非也。乐平君之名，以其字伯旗推之，当是旂

常之旂(qí)。作祈与昕者,皆传写之误。[①] 余先生的观点与清人赵一清注补的《三国志》所载不谋而合。赵氏在《三国志注补》卷一〇《魏志列传》曰:“祈,当作旂。晋有乐安孙旂亦字伯旗可证也。”综合三者所论,荀隐的曾祖父为荀𥸤,而荀𥸤,据史书记载,与荀彧是平辈人,为荀爽从子。

陆士龙:《晋书·陆云传》:“云字士龙,六岁能属文,性正清,有才理。少与兄机齐名,虽文章不及机,而持论过之,号曰‘二陆’。”[②]“初,云尝行,逗宿故人家,夜暗迷路,莫知所从。忽望草中有火光,于是趣之。至一家,便寄宿,见一年少,美风姿,共谈《老子》,辞致深远。向晓辞去,行十许里,至故人家,云此数十里中无人居,云意始悟。却寻昨宿处,乃王弼冢。云本无玄学,自此谈《老》殊进。”[③]《隋书·经籍志》:《陆子》十卷,亡;《碁品序》一卷;《陆云集》十二卷,梁十卷、录一卷,亡。

[2]张茂先:《晋书·张华传》:“张华字茂先,范阳方城人也。……华学业优博,辞藻温丽,朗赡多通,图纬方伎之书莫不详览。少自修谨,造次必以礼度。勇于赴义,笃于周急。器识弘旷,时人罕能测之。”[④]“华名重一世,众所推服,晋史及仪礼宪章并属于华,多所损益,当时诏诰皆所草定,声誉益盛,有台辅之望焉。”[⑤]《隋书·经籍志》:《神异经注》一卷;《博物志》十卷;《张公杂记》一卷,梁有五卷,与《博物志》相似小小不同;《杂记》十一卷;《张华集》十卷。

[3]刘应登:云间、日下者,荀字从日,陆名曰云。[⑥] 周一良《魏晋南北朝史札记》“习凿齿与释道安之对话”条:“陆氏吴郡吴人,而陆逊封于华亭。陆云因字士龙而自称‘云间’,后世因用为华亭之别名。《世说新语》注引《荀氏家传》,荀隐祖昕乐安(当从《荀岳墓志》作平)太守,父岳中书郎(当从《墓志》作侍郎),官位皆不高。然据《荀岳墓志》,荀氏颍川高门,通婚姻者皆当时大族。宋代荀伯子曾对琅琊王氏之王弘云,‘天下膏粱唯使君与下官’,故荀隐亦敢与陆氏相抗。其称日下,当由字鹤鸣而来。荀氏隶籍颍川颍阴,在洛阳东南不远,西晋颍川郡所治许昌县又为汉魏旧都,此荀鸣鹤所以自夸日下之

① (南朝宋)刘义庆撰,(南朝梁)刘孝标注,余嘉锡笺疏,周祖谟、余淑宜、周士琦整理:《世说新语笺疏》,中华书局 2016 年版,第 870～871 页。

② (唐)房玄龄等:《晋书》卷五四《陆机传》,中华书局 1974 年版,第 1484 页。

③ (唐)房玄龄等:《晋书》卷五四《陆机传》,第 1485～1486 页。

④ (唐)房玄龄等:《晋书》卷三六《张华传》,第 1068 页。

⑤ (唐)房玄龄等:《晋书》卷三六《张华传》,第 1070 页。

⑥ 黄霖、陈维昭、周兴陆主编,周兴陆辑著:《世说新语汇校汇注汇评》,凤凰出版社 2017 年版,第 1345 页。

又一原因与?”徐《笺》:“华亭古名云间。《元和郡县志》:‘华亭,天宝十年置。《吴地记》:地名云间。’”按,云间得名,即来自陆云自称“云间陆士龙”一语,此前吴地无云间之地名。《至元嘉禾志》一:“若夫云间之名,则自陆士龙对张茂先所谓‘云间陆士龙’一语得之也。”其说是也。徐《笺》谓“华亭古名云间”,不知何据? 又“云间陆士龙”者,因古人以为龙乘云而游,故云。鄙意以为日下即“白日之下”之意,与云间相对文,表鸣鹤之方位。龙游云间,鹤翔日下,皆自命不凡,如此而已。后人误以云间、日下为地名,遂将问题复杂化,不复得古人原意矣。[①]

[4]刘盼遂:按日、雉声近,故取以相谑。或当时“日”读同“雉”,抑雉读同日,亦未可知。考之《唐韵》,雉在上声五旨,日在入声五质,古韵则雉在脂部,日在至部,二部比邻互转,考之声类,雉入澄纽,日入日纽,古音同属舌头,可以交通。知当时二字音读几于全同,至今日此二字急言之,尚难分辨,故士龙得取鹤鸣所云之日,谐音作雉,复加“白”字,以与青云对文,用作嬉笑。不然,开青云睹白雉,云已故有,雉果何指,非雅谑矣。又彼时士女谐音作剧谈,如安陵女子嘲钟毓兄弟中央高,为两头瞻也。瞻又以谐音代膻。晋文帝嘲钟会迟迟望卿,遥遥不至。遥以谐声代繇,皆其例证。于日雉相代为谑,又何疑焉。[②] 按,陆云数语承上而言。“既开青云见白雉”,意即“日下见鸣鹤”耳。“开青云”暗对日下,白雉暗指鹤鸣。然为何不直言鸣鹤,而言白雉? 盖魏晋时盛行射雉,而无有射鹤。鹤色多白,故以白雉代指。陆云之语谓既已开青云见日下之白鹤,何不张弓射之? 龚斌不同意刘盼遂的日、雉谐音说。[③]

总结上两条注解观点:徐震堮认为“云间”为地名,周一良认为“日下”为地名,前者指华亭,后者代京都。龚斌则以为两者皆是方位词,“龙游云间,鹤翔日下,皆自命不凡,如此而已”。刘盼遂把“白雉”作“白日”解,以为“雉”“日”谐音。龚斌否认刘盼遂的说法,认为“白雉”暗指“鸣鹤”,“鹤色多白,故以白雉代指”。

[5]荀隐数语乃反嘲“云间陆士龙”非是云中强龙,实乃山野弱兽,我有强弩,迟发亦中耳。袁中道云:“前狂后谑。”(《舌华录》四《谑语》)其说是也。由此可见张华所谓共语而“勿作常语”者,乃应对敏捷,于谐趣中见才气耳。[④]

---

① 龚斌校释:《世说新语校释》,第 1535～1536 页。

② 黄霖、陈维昭、周兴陆主编,周兴陆辑著:《世说新语汇校汇注汇评》,第 1344～1345 页。

③ 龚斌校释:《世说新语校释》,第 1537 页。

④ 龚斌校释:《世说新语校释》,第 1537 页。

【集评】

晋魏间诗尚未知声律、对偶、然陆云相谑之辞所谓“日下荀鸣鹤”“云间陆士龙”者乃指为的对。至“四海习凿齿”“弥天释道安”之类不一，乃知此体出于自然，不待沈约而后能也。（宋叶梦得《石林诗话》卷下）

晋之清谈，古之所谓利口者哉。云龙野麋，张弓挟矢之嘲，亦何足道也！彼期期艾艾者，竟著勋名，而老生常谈，乃知几笃论。尚德尚言，不啻千里矣！君子与其辩，宁默！（明方弘静《千一录》卷二五）

日下荀鸣鹤，云间陆士龙。名流成虐谑，转更甚谈空。（清李重华《贞一斋集》卷八《续荀陆句》）

陆云南方之士，荀隐中原士族，均为南北精英。“云间陆士龙”，云中之龙，自有翱翔，不仅与陆云名字相称，而且显示了一往无前的恢宏气魄。“日下荀鸣鹤”，“荀”字从“日”，日下鸣鹤，与荀隐名字贴切。“鸣鹤”之称，又来自《诗经·鹤鸣》之诗，有“鹤鸣于九皋，声闻于天”之句。一开场，“云龙”与“鸣鹤”各显神通。但后来以白雉嘲讽荀氏非鹤，以山鹿野麋嘲弄陆氏非龙，则在修辞暗藏玄机，此一玩笑已颇见南北士族相互轻诋的潜意识。故张华站在中间立场，折衷于南北之间，“抚掌大笑”，在赏识的笑声中力图消弭南北之士的对抗情绪，表现了团结的诚意。①

【翻译】

荀隐和陆云两人并不相识，有一次他们曾在张华处共坐。张华让他们互相介绍自己认识一下，但认为他俩都很有才学，所以不要用一般人的介绍方式。陆云举手道：“云间陆士龙。”荀隐回答道：“日下荀鸣鹤。”陆云发难说：“既然青云散开看见白雉，为何不搭弓射箭？”荀隐回答说：“本以为云中龙很强健，毕竟是山野麋鹿，此等禽兽非常弱，而我的弓弩很强，所以迟迟不发。”张华听后抚掌大笑。

【读解】（因涉及《周易》，本文后面附录《周易》相关知识）

《世说新语·排调》“云间陆士龙”条中的人物对话在相互嘲讽中自有谐

---

① 蒋凡、李笑野、白振奎：《新注全评世说新语》，人民文学出版社 2009 年版，第 958 页。

趣，刘义庆将其安排于此篇用意即是如此。然而南朝梁刘孝标却未对陆、荀二人对话的几妙之处详加注解。宋刘应登注意到此条之妙云："云间、日下者，荀字从日，陆名曰云。"[①]后来的学者，则对"云间""日下""白雉"等词加以考证[②]，而缺乏对此条人物对话上下整体联系的认识，从而难窥其趣。如，日下何以有鸣鹤？鸣鹤何以能代指白雉？山鹿野麋又与云间龙有何种关系？其实，此条人物对话涉及《周易》卦象和爻象的运用，二人以此来进行讽刺对攻。

一、《周易》卦象、爻象之运用

仔细体会两人对话的事物，则与《周易》卦象爻象密切相关。"云间陆士龙"，是为龙在云中之象。在八经卦中，坎为云，乾或震为龙，故此为六十四卦之屯(䷂)或者需(䷄)。"日下荀鸣鹤"，为日下之有鸣鹤之象，此指中孚(䷼)九二。"既开青云睹白雉，何不张尔弓，布尔矢?"白雉之象，此为中孚上九爻。"本谓云龙骙骙，定是山鹿野麋"，为云龙与山野麋鹿之象，此为屯卦。下文即深入论之。

《周易》之《象》辞言某象在另一象中，一般前者为内卦，后者为外卦。如《象·谦》："地中有山，谦。"[③]谦(䷎)内卦为艮而象山，外卦为坤而象地，言"地中有泽"即是为内卦之象在外卦之象中。《象·随》："泽中有雷，随。"[④]随(䷐)内卦为震而象雷，外卦为兑而象泽，亦是内卦之象在外卦之象中。所以"云间陆士龙"，内卦象龙，外卦象云。而乾和震均可以龙象来表示，所以"云间陆士龙"为屯或者需。

"日下荀鸣鹤"则较难解。日、鹤皆为离之象[⑤]。而鸣鹤又指中孚九二，其辞曰："鸣鹤在阴，其子和之。"离下面有鸣鹤可以从两方面解释。一方面，中孚是从讼而来。中孚，《周易集解》引虞翻注曰："讼四之初也。坎孚象在中谓二也，故称中孚。此当从四阳二阴之例。遁阴未及三而大壮阳已至四，故从讼来。二在讼时，体离为鹤。"[⑥]中孚是从讼(䷅)九四与初六升降而来，其中的九二爻仍然保持着讼之九二爻的性质。讼之九二在内卦坎中，又与

---

① 黄霖、陈维昭、周兴陆主编，周兴陆辑著：《世说新语汇校汇注汇评》，第1345页。

② 详见龚斌校释：《世说新语校释》卷下，上海古籍出版社2011年版，第1534页。

③ (清)李道平：《周易集解纂疏》卷三，中华书局1994年版，第196页。

④ (清)李道平：《周易集解纂疏》卷三，第211页。

⑤ 《周易集解》虞翻注中孚曰："二在讼时，体离为鹤。"(《周易集解纂疏》卷七，第515页)

⑥ (清)李道平：《周易集解纂疏》卷七，第515页。

六三、九四互体为离，所以中孚九二仍然处在半坎、半离之中。讼之九二处在离之初，中孚九二亦然，故可言离下。日又为离之象，所以有“日下鸣鹤”之言。另一方面，中孚全体似离。离之三爻各生相同的爻，即为中孚。中孚九二是离之初爻而生，言在离之下亦通。所以“日下荀鸣鹤”是指中孚九二爻。

“既开青云睹白雉，何不张尔弓，布尔矢？”中孚九二处于半坎之中，故有云之象。其亦处半离之中，离可为雉，故有雉象。而离又为矢，坎又为弓①。故陆云又有“开尔弓”“布尔矢”之言。“既开青云”，即言中孚九二之“雉”上升，离开内卦，升至外卦。外卦巽为白，故有“白雉”之称。中孚外卦六四、九五皆与雉无关，唯与上九有联系。上九爻辞曰：“翰音登于天，贞凶。”虞翻注曰：“《曲礼》曰‘鸡曰翰音’。《礼》荐牲，鸡称‘翰音’也。”②鸡音为翰音，雉属野鸡，其音类似亦称翰音，所以白雉隐指中孚上九。另外，郭璞云：“白翰，白鵫也，亦名鵫雉，又曰白雉。”③白雉又名白翰。上九爻辞言“翰音登于天”，陆云抑或借此表达白雉之音登于天之意，此又为白雉指中孚上九之佐证。

“本谓云龙骙骙，定是山鹿野麋”是据屯之象而说的。云和龙分别是屯之外卦和内卦之象，此处无需赘言。麋鹿指屯六三爻，此爻曰：“即鹿无虞，惟入于林中。”虞翻注曰：“三变体坎，坎为丛木。山下，故称林中。坤为兕虎，震为麋鹿，又为惊走，艮为狐狼。三变，禽走入于林中，故曰‘即鹿无虞，惟入于林中’矣。”④虞翻以为六三爻处于内卦震之上，而麋鹿可表示震之象，所以六三爻辞有“即鹿无虞”之言。同时我们还可以看到，屯六三与六四、九五互体为艮，山为艮之象，故可言“山鹿野麋”。

二、运用《周易》卦象、爻象之意

二人运用《周易》象对话的目的是表意。其意蕴如何可从“云间陆士龙”指需还是屯说起。由全文可知陆、荀二人共有两次对话，第一次为陈述对答，第二次为问答。第一次对答中陆云曰“云中陆士龙”应指需卦，可证之者有三。

---

① 《周易·系辞下》虞翻注“弓矢者，器也”曰：“离为矢，坎为弓。”(《周易集解纂疏》卷九《系辞下》，第 643 页)

② (清)李道平：《周易集解纂疏》卷七，第 520 页。

③ 郭璞云：“白翰，白鵫也，亦名鵫雉，又曰白雉。”袁珂《山海经校注》卷二《西山经》，上海古籍出版社 1980 年版，第 29 页。

④ (清)李道平：《周易集解纂疏》卷二，第 101 页。

首先，需比屯更有德。荀隐对答的中孚恰好对应陆云所言的需。两者皆有孚信之德，形成对答的呼应关系。根据二卦卦辞、《象》辞可知，屯与需皆为坎之险在前，都会经历困难而吉。然而需之卦辞为“有孚，光亨，贞吉。利涉大川”，《周易集解》引何妥注曰：“‘大川’者，大难也。须之待时，本欲涉难，既能以信而待，故可以‘利涉大川’矣。”[①]也就是说需是凭借孚信之德而渡过困险。而屯则不具此德。屯之卦辞“利建侯”[②]，《象》辞“君子以经论”[③]，皆言在事物刚开始时，天子或者君子应该去做什么，而不是具备某种德才去做事。

其次，《象·需》曰：“云上于天，需。君子以饮食宴乐。”[④]陆云与荀隐在张华处，张华可能宴饮二位，所以陆云以需之《象》辞来劝大家饮酒。而荀隐所答更妙。其言“日下荀鸣鹤”，特指中孚九二爻，其辞曰：“鸣鹤在阴，其子和之。我有好爵，吾与尔靡之。”[⑤]虞翻注“爵”为位，清李道平《周易集解纂疏》通过注引《孟子》《说文解字》《天官·太宰》等书认为：“盖古者爵位，取义于酒爵。酒爵之义，又取爵鸣节节足足。”[⑥]故此爻辞之“爵”可有两意：一为爵位，一为酒爵。荀隐取其酒爵意，来回答陆云的劝酒辞。陆在劝酒，荀言自己有好酒，可与其一起共饮。文辞甚妙，意味绝佳。

最后一点，则需要通过分析两者第二次的问答来验证。荀隐在第一次对答中，以中孚九二爻辞相对，可谓绝妙好辞。陆云曰：“既开青云睹白雉，何不张尔弓，布尔矢？”“张尔弓”“布尔矢”之“尔”正为承接第一次荀隐对答语背后意“吾与尔靡之”而来。荀隐称陆云为“尔”，陆云亦称荀隐为“尔”。荀隐既然陷入中孚之卦，那陆云就借中孚上九爻以讽之。中孚上九爻辞曰：“翰音登于天，贞凶。”虞翻注曰：“巽为鸡，应在震。震为‘音’，翰，高也。巽为高，乾为天，故翰音登于天。失位，故‘贞凶’。《曲礼》曰‘鸡曰翰音’。《礼》荐牲，鸡称‘翰音’也。”[⑦]王弼注曰：“翰，高飞也。飞音者，音飞而实不从之谓也。居卦之上，处信之终，信终则衰，忠笃内丧，华美外扬，故曰‘翰音登

① （清）李道平：《周易集解纂疏》卷二，第113页。
② （清）李道平：《周易集解纂疏》卷二，第95页。
③ （清）李道平：《周易集解纂疏》卷二，第98页。
④ （清）李道平：《周易集解纂疏》卷二，第114页。
⑤ （清）李道平：《周易集解纂疏》卷二，第518页。
⑥ （清）李道平：《周易集解纂疏》卷二，第518页。
⑦ （清）李道平：《周易集解纂疏》卷七，第520页。

于天’也。翰音登天，正亦灭矣。”[1]鸡飞不高，但是它的声音可以传得很远。这里是说，上九爻以鸡之翰音为象，意为人的华而不实。“既开青云睹白雉”，白雉，属于野鸡，其“音登于天”，身体却飞不高。虽然能看到它，也能听见它的声音，但是却难以得到它。因为所见与所闻不在一个层次，所以陆云之意在于讽刺荀隐有名而无实。

陆云通过变爻的方式来讽刺荀隐。而荀隐则采用变经卦的方式进行回击。即他把陆云需之内卦乾变为震，从而成为屯。这样既不破坏“云中陆士龙”之意，又能对陆云进行回击。同时，陆云之言需，无论从“云间龙”，还是《象辞》“君子以饮食宴乐”，都是从整个需的卦象来说的。而荀隐“日下鸣鹤”，则是指的中孚九二爻。陆云是卦象，荀隐是爻象。陆云通过变爻讽刺荀隐，荀隐则采用变卦回击陆云。二者辩难思路清晰，趣生象外，无愧于张华所称“大才”。这就是“云中陆士龙”为需的最后一点原因。

在论证“云中陆士龙”所指为需时，两人对话的意思也逐渐清晰。在第一次对答中，陆云以需“云间龙”之象来介绍自己，内含着自己有良好的孚信之德，以及劝共坐之人宴饮之意。荀隐则借中孚九二爻来对答。“日下荀鸣鹤”一语，既介绍了自己，也暗含了自己的孚信之德并且与陆云共饮之意。陆云接下来开始发难，其顺着荀隐中孚之爻，把九二爻变为上九爻，讽刺荀隐徒有其表，并非真有德行。荀隐则通过变内卦的方式把陆云前言需变为屯，言陆云看起来是云中之龙，其实也只不过是山间麋鹿，非常脆弱，其意也是在嘲讽陆云的有名无实。“白雉”一词自带讽刺意，其意与下文荀隐所明言“兽弱”一词形成对文，以见二人言语之对攻。在两人第二次问答中，陆云的问题是“何不张尔弓，布尔矢”，荀隐以“兽弱弩强，是以发迟”来作答。从表面上看，荀隐回答了陆云的问题。但是，此次问答的妙处并不是问答本身，而是在问答时夹杂着“白雉”“兽弱”之词的讽刺对攻。

通过文中之象而定卦爻，再通过卦爻以寻求文中之意。同时，所寻求的文中之意又为文中卦象、爻象之运用提供佐证。因象得意，沿意佐象。由此我们才可窥探此条趣妙之处。若无视此条《周易》卦象之运用，而只是训诂式地考证词汇，则实难临观此条之精妙。然而，仍需论证一点，即是陆云、荀隐的《周易》修养。同时，“抚掌大笑”的张华也定体会到了两人对话的妙处，他的《周易》修养亦需考察。只有陆、荀、张三人都具备《周易》修养，才能说

---

① （魏）王弼注，（晋）韩康伯注，（唐）孔颖达疏，陆德明音义：《周易注疏》，上海古籍出版社 1989 年版，第 228 页。

明此条《周易》卦象爻象运用的可能性。若仅简单地从文中内部勾勒出《周易》卦象之运用，而忽略三人是否有《周易》修养，则前文所言皆归于臆测，难得其真。

三、陆、荀、张三人之《周易》修养

陆云的《周易》修养在他的诗文中可见一斑。如《逸民箴》"善在求己，庆由积仁。"化用的是《周易·坤》"积善之家，必有余庆"之句。《有皇八章》其六："之子于升，利见大人。"以升卦入诗。特别是《喜霁赋》中"尔乃俯顺习坎，仰炽重离"一语，把坎、离入诗，形成对偶的同时蕴含深意。就连陆云自己都觉得写得好，只不过在韵律上欠佳，其在《与兄平原书》其九言："《喜霁》'俯顺习坎，仰炽重离'，此下重得如此语为佳，思不得其韵。愿兄为益之。"[①]由此可窥陆云之《周易》修养。陆云"六岁能属文"，十六岁被吴尚书广陵闵鸿举为贤良[②]。他在东吴生活的时期，北方郑玄、荀爽的《易》注早已在此地流传。据《三国志·吴书》卷五七《虞翻传》裴松之注引《虞翻别传》，虞翻曾上奏吴主孙权："经之大者，莫过于《易》。……至孝灵之际，颍川荀谞号为知《易》，臣得其注，有愈俗儒，至所说西南得朋，东北丧朋，颠倒反逆，了不可知。……又南郡太守马融，名有俊才，其所解释，复不及谞。……若乃北海郑玄，南阳宋忠，虽各立注，忠小差玄而皆未得其门，难以示世。"[③]可见在孙权时，荀爽[④]、马融、郑玄、宋忠四人《易》注已在东吴流传。陆云出身于世家大族，接触到此四家注并非难事。从其兄陆机"退居旧里，闭门勤学，积有十年"[⑤]也可知道，陆氏家族有一定的藏书量，这为陆氏兄弟能博览群书创造了很好地物质条件。而虞翻《易》注，作为东吴本地之学，陆云阅读此书更是易事。何况，虞、陆两家还有交往。《三国志》裴松之注引《会稽典录》记载虞翻第五子虞忠："贞固干事，好识人物，造吴郡陆机于童龀之年，称上虞魏迁于无名之初，终皆远致，为著闻之士。……晋征吴，忠与夷道监陆晏、晏弟中夏督景坚守不下，城溃被害。"[⑥]虞忠与陆云的两位兄长陆晏、陆景同坚守一城，

① 以上四处所引陆云诗文依次见于(晋)陆云撰，刘运好校注整理：《陆士龙文集校注》，凤凰出版社 2010 年版，第 48、310、109、1061 页。

② (唐)房玄龄等：《晋书》卷五四《陆云传》，第 1481 页。

③ (晋)陈寿撰，(南朝宋)裴松之注：《三国志》卷五七《虞翻传》，中华书局 1959 年版，第 1322 页。

④ 荀爽即荀谞，《虞翻传》裴松之注："荀谞，荀爽之别名。"参见(晋)陈寿撰，(南朝宋)裴松之注：《三国志》卷五七《虞翻传》，第 1323 页。

⑤ (唐)房玄龄等：《晋书》卷五四《陆机传》，第 1467 页。

⑥ (晋)陈寿撰，(南朝宋)裴松之注：《三国志》卷五七《虞翻传》，第 1327 页。

还很欣赏年幼的陆机，说明虞、陆两家并有来往。这也为陆云接触虞翻《易》提供了便利。

荀隐没有作品流传于世，但仍可从两方面考述此人的《周易》修养。第一方面，从家学渊源来看，荀隐是荀氏家族一员，与易学家荀爽有亲缘关系①，这种家族关系使荀隐从小就能得到易学熏陶。除了荀爽，荀氏家族研习易学者众多，兹引数例：

衍字休若，彧第三兄。彧第四兄谌，字友若。……衍子绍，位至太仆。绍子融，字伯雅，与王弼、钟会俱知名，为洛阳令，参大将军军事，与弼、会论《易》、《老》义，传于世。谌子闳，字仲茂，为太子文学掾。时有甲乙疑论，闳与钟繇、王朗、袁涣议各不同。……闳从孙恽字景文，太子中庶子，亦知名。与贾充共定音律，又作《易集解》。（《三国志·魏书》卷一〇《荀彧传》裴松之注引《荀氏家传》）

顗字景倩，幼为姊夫陈群所异。博学洽闻，意思慎密。……尝难钟会"《易》无互体"，见称于世。（《三国志·魏书》卷一〇《荀彧传》裴松之注引《晋阳秋》）

粲字奉倩，粲诸兄并以儒术论议，而粲独好言道，常以为子贡称夫子之言性与天道，不可得闻，然则六籍虽存，固圣人之糠秕。粲兄俣难曰："《易》亦云圣人立象以尽意，系辞焉以尽言，则微言胡为不可得而闻见哉？"粲答曰："盖理之微者，非物象之所举也。今称立象以尽意，此非通于意外者也。系辞焉以尽言，此非言乎系表者也；斯则象外之意，系表之言，固蕴而不出矣。"及当时能言者不能屈也。（《三国志·魏书》卷一〇《荀彧传》裴松之注引何劭《荀粲传》）

弼注《易》，颍川人荀融难弼《大衍义》。（《三国志·魏书》卷二八《钟会传》裴松之注引何劭《王弼传》）

荀隐作为荀氏家族一员，自然会受到家学影响。第二方面，荀隐他名隐字鸣鹤，隐与"阴"谐音，恐怕正是自《周易·中孚》九二爻辞"鸣鹤在阴，其子和之"中来。以古代男子二十取字来推测，为其取字的长辈当有一定的《周易》

---

① 刘孝标注引《荀氏家传》："隐祖昕，乐安太守。父岳，中书郎。"清吴士鉴根据《荀岳墓碣》断定"乐安"乃"乐平"之误，并据裴松之注引《荀氏家传》"衢子祈，字伯旗，位至济阴太守"认为："疑昕与祈即一人，因字形相近而误。"余嘉锡《世说新语笺疏》认为"乐平君之名，以其字伯旗推之，当是旂常之旂。作祈与昕者，皆传写之误"。余先生的观点正与清人赵一清注补的《三国志》所载不谋而合。赵氏在《三国志注补》卷一〇《魏志列传》曰："祈，当作旂。晋有乐安孙旂亦字伯旗可证也。"综合三者所论，荀隐的曾祖父为荀衢，而荀衢，据史书记载，与荀彧是平辈人，为荀爽从子。

修养，荀隐与之接触亦会受到影响。抑或由于荀隐已有一定的《周易》基础，其家族才为其取字“鹤鸣”，以寄厚望。这也从侧面反映出荀隐的《周易》修养。

在张华的诗文中亦可观察到他的《周易》修养。“进德修业，辉光日新”[①]“负乘为我戒，夕惕坐自惊”[②]“以退足于一壑，故处否而忘泰”“出其言善，千里应之”“德侔乾坤，齐曜三辰”[③]或用卦名，或化用卦爻辞，不一而足。他博学多才，《晋书》本传载其“雅爱书籍，身死之日，家无余财，惟有文史溢于机箧。尝徙居，载书三十乘”[④]，又历职太常博士，熟知儒家经典。所以，对于张华来讲，领会陆、荀二人对话的深意亦非难事。

陆、荀、张三人共坐之事发生在西晋时期。据《三国志·三少帝纪》及《晋书·职官志》记载，此时郑玄《易》为官学。王弼《易》当时是否被立为官学，史无确载。但其时已盛行玄学清谈，即使王弼《易》未为官学，诸名士因清谈辩论之需，攻守逞才之要，也免不了研读此书。《晋书·陆云传》就记载了陆云曾与王弼共谈《老子》一事，事虽荒诞，但反映的是东吴人士入洛阳不得不以谈玄来融入名士圈子的风气。所以，陆、荀、张三人对于郑玄《易》和王弼《易》应并不陌生。王弼治费氏易而避谈“卦变”，郑玄合京氏与费氏两家易而讲“卦变”，“虞翻谈卦变，有很多地方亦遵从荀爽之说”[⑤]，再结合陆云与虞翻《易》、荀隐与荀爽《易》的关系，两人灵活运用《周易》卦象与爻象进行对话也在情理之中。

鉴于以上所论，陆云、荀隐、张华并有才识，颇具《周易》修养。陆、荀二人运用《周易》卦需、中孚、屯中易象间的转变，实现了巧妙对话。这种类似文字游戏式的对话，首先介绍了自己，其次突出了才学，最后也达到了相互嘲讽攻击的目的。张华言其“并有大才，可勿作常语”，即在此处。

余论

《世说新语》中还有很多类似这样的故事，若仅文献训诂式地考证，有时难以得到合理解释。如果考虑到时代风气的影响，运用《周易》卦象和爻象

① 张华：《励志诗》，逯钦立：《先秦汉魏晋南北朝诗》卷三，中华书局1983年版，第615页。

② 张华：《答何劭诗三首》其二，逯钦立：《先秦汉魏晋南北朝诗》卷三，第618页。

③ 以上三处分别为张华《归田赋》《女史箴》《武帝哀策文》，分见于严可均校辑：《全上古三代秦汉三国六朝文》卷五八，中华书局1958年版，第1789、1792、1793页。

④ （唐）房玄龄等：《晋书》卷三六《张华传》，第1074页。

⑤ 刘大钧：《周易概论》，巴蜀书社2016年版，第47页。

来解释，或许可以通晓个中三昧。如《容止》篇“裴令公目王安丰”条：“裴令公目王安丰：‘眼烂烂如岩下电。’”[①]眼何以如电？因为眼与电都是离之象，属于共类事物。同是此篇“时人目王右军”条：“时人目王右军‘飘如游云，矫若惊龙。’”[②]云乃坎象，惊龙乃震象，而坎是中男，震是长男，其意可能是称赞王羲之的书法具有阳刚之气。《排调》篇“康僧渊目深”条：“康僧渊目深而鼻高，王丞相每调之。僧渊曰：‘鼻者，面之山；目者，面之渊。山不高则不灵，渊不深则不清。’”刘孝标注引《管辂别传》曰：“鼻者，天中之山。”引《相书》曰：“鼻之所在，为天中。鼻有山象，故曰山。”[③]刘孝标此处注意到了用象去解释，但未深入。龚斌先生则注意到了此条，他引用虞翻以及郑玄的注解，认为：“康僧渊‘鼻者，面之山’之说，源于《周易》。”[④]《排调》篇“王子猷诣谢公”条：“王子猷诣谢公，谢曰：‘云何七言诗？’子猷承问，答曰：‘昂昂若千里之驹，泛泛若水中之凫。’”[⑤]王子猷的回答，化用《楚辞·卜居》“宁昂昂若千里之驹乎，将泛泛若水中之凫”句而另有他意。若以《周易》象来解释的话，千里为坤，驹为乾，马行地上，坤下乾上，是为否卦；水为坎，凫为离，鸟在水中，离下坎上，是为既济卦。王子猷先言否后言既济，意思即是说谢安的到来能使朝廷转危为安，他的济世才干使国家否极泰来，旨在赞美谢安的功业。以上只是初步建立例文中所言事物与《周易》象的某种联系，至于是否真的运用《周易》象，还需要进一步结合象后的意以及人物所处时代背景等来验证。

作为六经之首与三玄之一的《周易》，是魏晋名士的必读书。此时虽有官方《周易》，但对于有着家学的世家大族来讲，他们不会拘于一家。而且，为了逞才使能以及论难时的攻守，他们也必须博学多才，“知己知彼，百战不殆”。显然，名士们研读诸家《周易》是自然之事，他们的言谈和文学作品中有《周易》卦象、爻象也是自然之事，以此来观照《世说新语》以及其他文学作品也是可行之事了。

---

① 龚斌校释：《世说新语校释》卷下，第1195页。

② 龚斌校释：《世说新语校释》卷下，第1220页。

③ 龚斌校释：《世说新语校释》卷下，第1548页。

④ 龚斌校释：《世说新语校释》卷下，第1549页。

⑤ 龚斌校释：《世说新语校释》卷下，第1574页。

附录：

一、《荀岳墓志》

芒洛冢墓遺文三編

上虞　羅　振玉　校錄

晉

荀岳墓誌銘

高約二尺五寸廣一尺六寸七分有陰及兩側正面十七行陰十八行右側二行左側三行行約二十一字隸書

晉故中書侍郎潁川潁陰荀君之墓

君以元康五年七月乙丑朔八日丙申歲在乙卯疾病卒

君樂平府君之第二子時年五十先祖世安措于潁川潁

陰縣之北其年七月十二日大雨過常舊墓下濕崩壞者

多聖詔嘉悼愍其貧約特賜墓田一頃錢十五萬以供葬

事是以別安措於河南洛陽縣之東陪附晉文帝陵道之

右其年十月戊午朔廿二日庚辰葬寫詔書如左

詔中書侍郎荀岳體量弘簡思識通濟不幸喪亡甚悼愍

之其賜錢十萬以供喪事

詔故中書侍郎荀岳忠正簡誠秉心不苟早喪才志既愍

惜之聞其家居貧約喪葬無資脩素至此又可嘉悼也舊

墓遇水欲於此下權葬其賜葬地一頃錢十五萬以供葬

事

皇帝聞中書侍郎荀岳卒遣謁者戴璿弔

皇帝遣謁者戴璿以少牢祭具祠故中書侍郎荀岳

尚饗　以上在碑陽

岳字於伯小字異姓以正始七年正月八日癸未生於譙

郡府丞官舍以咸寧二年七月本郡功曹史在職廿四日

還家十月舉孝不行三年七月司徒府辟四年二月十九

日戊午應命署部徐州田曹屬大康元年十二月舉秀才

二年正月廿日被戊戌詔書除中郎三年八月廿七日庚

戌詔書除太子舍人六年十月七日辛巳除尚書左中兵

郎七年七月十七日丁卯疾病去職被壬申詔書除中郎

十年五月十七日除屯騎始平王司馬十二月廿七日除

中郎參平南將軍楚王軍事永熙元年九月除參鎮南將

軍事永平元年二月三日除河內山陽令元康元年三月

廿五日到官三年五月四日除領軍將軍長史六月六日

拜四年五月五日除中書侍郎六月二日拜

夫人劉年卅五東萊劉仲雄之女息女柔字徽音年廿適

樂陵石庶祖次息男隱字鳴鶴年十九娶琅邪王士瑋女

次女和字韶音年十七適潁川許昌陳敬祖三曰婦次女

恭字惠音年十四適弘農楊士產拜時晚生二女皆不育

以上碑陰

隱司徒左西曹掾和夫卒

子男瑍年八字華孫　以上右側

夫人劉氏年五十四字簡訓永安元年歲在甲子三月十

六日癸丑卒于司徒府乙卯殯其年多故四月十八日乙

酉附葬　以上左側

後魏

一品嬪侯夫人墓誌銘

高廣各一尺六寸六分十六行行十六字正書

顯祖獻文皇帝第一品嬪侯夫人墓志銘

夫人本姓侯骨其先朔州人世酋部落其遠祖之在幽都

常從　聖朝立功累葉祖侯万斤第一品大酋長考伊莫

汗

世祖之世為散騎常侍封安平侯又遷侍中尚書尋出鎮

二、《周易》一些基本概念

八经卦：乾(☰)兑(☱)离(☲)震(☳)巽(☴)坎(☵)艮(☶)坤(☷)

两两相重得六十四卦。每卦有六条线性，称为“爻”。其中阳爻(—)以数字“九”代表，阴爻(－－)以数字“六”代表。

卦爻辞：为附系于六十四卦符号下的文辞，分别表明各卦各爻的寓意。

十翼：亦称《易传》，是对《易经》的解释，汉人认为是孔子所传。包括《彖》《象》《系辞》上下六篇，以及《文言》《说卦》《序卦》《杂卦》四篇，共七种十篇。

《彖》，对卦名、卦辞及一卦之旨解释。犹言“断”，谓“断定一卦之义”。

《象》，阐释各卦的卦象及各爻的爻象。其中阐释卦象的称《大象传》，阐释爻象的称《小象传》。

互体：“互象”之说虽始见于西汉京房易学，但东汉及晋诸易学大家皆在传授，恐怕必有所本，可能为汉初田何所传。中孚(䷼)，下兑上巽，又可称内兑外巽，其中九二、六三、六四互体为震(☳)，称为下互；六三、六四、九五互体为艮(☶)，称为上互。

升降：虞翻注《颐》(䷚)卦说：“《晋》四之初，与《大过》旁通。”作为二阳之卦的《颐》卦，虞翻认为此卦是由《晋》(䷢)卦九四爻与初六爻互易而得出，并与《大过》(䷛)卦“旁通”。“旁通”一词，大概本于《文言・乾》：“六爻发挥，旁通情也。”以“旁通”解卦，虞翻使用最详。“旁通”是指两个阴阳爻画完全相反的卦。如乾(䷀)和坤(䷁)。

王弼《周易略例・明象》批评汉人卦“象”比附的毛病：

> 义苟在健，何必马乎？类苟在顺，何必牛乎？爻苟合顺，何必坤乃为牛？义苟应健，何必乾乃为马？而或者定马于乾，案文责卦，有马无乾，则伪说滋漫，难可纪矣。互体不足，遂及卦变，变又不足，推致五行。一失其原，巧愈弥甚。纵复或值，而义无所取。

三、《说卦》

(王财贵主编：《易经》，上海古籍出版社2016年版，第223～232页)

昔者圣人之作《易》也，幽赞于神明而生蓍，参天两地而倚数，观变于阴阳而立卦，发挥于刚柔而生爻，和顺于道德而理于义，穷理尽性以至于命。

昔者圣人之作《易》也，将以顺性命之理。是以立天之道，曰阴与阳；立地之道，曰柔与刚；立人之道，曰仁与义。兼三才而两之，故《易》六画而成卦。分阴分阳，迭用柔刚，故《易》六位而成章。

天地定位，山泽通气，雷风相薄，水火不相射，八卦相错。数往者顺，知来者逆，是故《易》，逆数也。

雷以动之，风以散之，雨以润之，日以烜之，艮以止之，兑以说之，乾以君之，坤以藏之。

帝出乎震，齐乎巽，相见乎离，致役乎坤，说言乎兑，战乎乾，劳乎坎，成言乎艮。万物出乎震，震，东方也。齐乎巽，巽，东南也；齐也者，言万物之絜齐也。离也者，明也，万物皆相见，南方之卦也；圣人南面而听天下，向明而治，盖取诸此也。坤也者，地也，万物皆致养焉，故曰致役乎坤。兑，正秋也，万物之所说也，故曰说言乎兑。战乎乾，乾，西北之卦也，言阴阳相薄也。坎者，水也，正北方之卦也，劳卦也，万物之所归也，故曰劳乎坎。艮，东北之卦也，万物之所成终而所成始也，故曰成言乎艮。

神也者，妙万物而为言者也。动万物者莫疾乎雷，挠万物者莫疾乎风，躁万物者莫焊乎火，说万物者莫说乎泽，润万物者莫润乎水，终万物始万物者莫盛乎艮。故水火相逮，雷风不相悖，山泽通气，然后能变化，既成万物也。

乾，健也；坤，顺也；震，动也；巽，入也；坎，陷也；离，丽也；艮，止也；兑，说也。

乾为马，坤为牛，震为龙，巽为鸡，坎为豕，离为雉，艮为狗，兑为羊。

乾为首，坤为腹，震为足，巽为股，坎为耳，离为目，艮为手，兑为口。

乾，天也，故称乎父；坤，地也，故称乎母。震一索而得男，故谓之长男；巽一索而得女，故谓之长女；坎再索而得男，故谓之中男；离再索而得女，故谓之中女；艮三索而得男，故谓之少男；兑三索而得女，故谓之少女。

乾为天，为圜，为君，为父，为玉，为金，为寒，为冰，为大赤，为良马，为老马，为瘠马，为驳马，为木果。

坤为地，为母，为布，为釜，为吝啬，为均，为子母牛，为大舆，为文，为众，为柄。其于地也，为黑。

震为雷，为龙，为玄黄，为旉，为大途，为长子，为决躁，为苍筤竹，为萑苇；其于马也，为善鸣，为馵足，为作足，为的颡；其于稼也，为反生；其究为健，为蕃鲜。

巽为木，为风，为长女，为绳直，为工，为白，为长，为高，为进退，为不果，为臭；其于人也，为寡发，为广颡，为多白眼，为近利市三倍，其究为躁卦。

坎为水,为沟渎,为隐伏,为矫鞣,为弓轮;其于人也,为加忧,为心病,为耳痛;为血卦,为赤。其于马也,为美脊,为亟心,为下首,为薄蹄,为曳;其于舆也,为多眚,为通,为月,为盗;其于木也,为坚多心。

离为火,为日,为电,为中女,为甲胄,为戈兵;其于人也,为大腹。为乾卦,为鳖,为蟹,为蠃,为蚌,为龟;其于木也,为科上槁。

艮为山,为径路,为小石,为门阙,为果蓏,为阍寺,为指,为狗,为鼠,为黔喙之属;其于木也,为坚多节。

兑为泽,为少女,为巫,为口舌,为毁折,为附决;其于地也,为刚卤;为妾,为羊。

卦形	卦名	卦义	卦象
☰	乾	健	天、马、父
☷	坤	顺	地、牛、母
☳	震	动	雷、龙、长男
☴	巽	入	风、鸡、长女
☵	坎	陷	水、豕、中男
☲	离	丽	火、雉、中女
☶	艮	止	山、狗、少男
☱	兑	说	泽、羊、少女

四、屯、需、中孚卦

屯(䷂):元亨,利贞。勿用有攸往,利建侯。

《彖》曰:屯,刚柔始交而难生。动乎险中,大亨,贞。雷雨之动,满盈。天造草昧,宜建侯而不宁。

《象》曰:云雷,屯。君子以经纶。

初九,磐桓,利居贞,利建侯。

《象》曰:虽磐桓,志行正也。以贵下贱,大得民也。

六二,屯如邅如,乘马班如,匪寇婚媾。女子贞不字,十年乃字。

《象》曰:六二之难,乘刚也;十年乃字,反常也。

六三,即鹿无虞,惟入于林中。君子几,不如舍。往,吝。

《象》曰:即鹿无虞,以从禽也,君子舍之。往,吝穷也。

六四,乘马班如,求婚媾。往,吉。无不利。

《象》曰：求而往，明也。

九五，屯其膏，小贞吉，大贞凶。

《象》曰：屯其膏，施未光也。

上六，乘马班如，泣血涟如。

《象》曰：泣血涟如，何可长也。

需(䷄)：有孚。光亨，贞吉。利涉大川。

《象》曰：需，须也，险在前也。刚健而不陷，其义不困穷矣。需，有孚，光亨，贞吉，位乎天位，以正中也。利涉大川，往有功也。

《象》曰：云上于天，需。君子以饮食宴乐。

初九，需于郊，利用，恒无咎。

《象》曰：需于郊，不犯难行也。利用，恒无咎，未失常也。

九二，需于沙，小有言，终吉。

《象》曰：需于沙，衍在中也；虽小有言，以吉终也。

九三，需于泥，致寇至。

《象》曰：需于泥，灾在外也。自我致寇，敬慎不败也。

六四，需于血，出自穴。

《象》曰：需于血，顺以听也。

九五，需于酒食，贞吉。

《象》曰：酒食，贞吉，以中正也。

上六，入于穴，有不速之客三人来，敬之，终吉。

《象》曰：不速之客来，敬之，终吉。虽不当位，未大失也。

中孚(䷼)：豚鱼吉，利涉大川，利贞。

《象》曰：中孚，柔在内而刚得中，说而巽，孚，乃化邦也。豚鱼吉，信及豚鱼也。利涉大川，乘木舟虚也。中孚以利贞，乃应乎天也。

《象》曰：泽上有风，中孚。君子以议狱缓死。

初九，虞吉，有它不燕。

《象》曰：初九虞吉，志未变也。

九二，鸣鹤在阴，其子和之。我有好爵，吾与尔靡之。

《象》曰：其子和之，中心愿也。

六三，得敌，或鼓或罢，或泣或歌。

《象》曰：或鼓或罢，位不当也。

六四，月几望，马匹亡，无咎。

《象》曰：马匹亡，绝类上也。

九五，有孚挛如，无咎。

《象》曰：有孚挛如，位正当也。

上九，翰音登于天，贞凶。

《象》曰：翰音登于天，何可长也。

参考文献

(清)李道平：《周易集解纂疏》，中华书局 1994 年版。

张善文：《象数与义理》，辽宁教育出版社 1993 年版。

(南朝宋)刘义庆撰，(南朝梁)刘孝标注；龚斌校释：《世说新语校释》，上海古籍出版社 2011 年版。

刘大钧：《周易概论》(增补修订本)，巴蜀书社 2016 年版。

黄寿祺、张善文：《周易译注》(修订本)，上海古籍出版社 2018 年版。

李剑锋：《〈周易〉在东晋的传播及其对文学艺术的影响》，《周易研究》2003 年第 3 期。

刘育霞：《〈世说新语〉所见魏晋易学的应用、传播与新变》，《周易研究》2019 年第 6 期。

读书会时间：2020 年 10 月 7 日

《世说新语·汰侈第三十》第六条“八百里駮”读解

李剑锋*

【原文】

王君夫[1]有牛,名“八百里駮[一][2]”,常莹[3]其蹄角。王武子[4]语君夫:“我射不如卿[5],今指赌卿牛,以千万对之。”君夫既恃手快[6],且谓骏物无有杀理,便相然可。令武子先射。武子一起便破的[7],却据胡床[二][8],叱左右:“速探牛心[9]来!”须臾,炙至,一脔[10]便去。①

【校勘】

[一]八百里駮,余嘉锡笺疏引《演繁露》一曰:“王济之‘八百里驳’。驳,亦牛也。言其色驳而行速,日可八百里也。”中华书局标点本《晋书》卷四二《王济传》作“八百里驳”。

[二]据胡床,《任诞第二十三》第四十九条记应王子猷之请,桓伊“踞胡床,作为三调”。

【注解】

[1]王君夫:《世说新语·汰侈》第四条刘孝标注引《晋诸公赞》曰:“王恺

* 李剑锋,男,1970年生,山东沂水人,山东大学文学院教授。

① (南朝宋)刘义庆撰,(南朝梁)刘孝标注,余嘉锡笺疏,周祖谟、余淑宜、周士琦整理:《世说新语笺疏》,上海古籍出版社1993年版,第881页。本文所引《世说新语》原文及刘孝标注文,皆据此版本。

字君夫，东海（今山东郯城）人，王肃子也。虽无检行，而少以才力见名，有在公之称。既自以外戚，晋氏政宽，又性至豪。旧制，鸩不得过江，为其羽栎酒中，必杀人。恺为翊军时，得鸩于石崇而养之，其大如鹅，喙长尺余，纯食蛇虺。司隶奏按恺、崇，诏悉原之，即烧于都街。恺肆其意色，无所忌惮。为后军将军，卒谥曰丑。"[①]按，据《晋书》传记，东晋有另一王恺，字茂仁。

[2]八百里駮：该条刘孝标注引《相牛经》曰："牛经出宁戚，传百里奚。汉世河西薛公得其书，以相牛，千百不失。本以负重致远，未服辎軿（píng，有帷幔的车），故文不传。至魏世，高堂生又传以与晋宣帝，其后王恺得其书焉。"又加按称其《相经》云："'阴虹属颈，千里。'注曰：'阴虹者，双筋白（一作自）尾骨属颈，宁戚所饭者也。'恺之牛，其亦有阴虹也。宁戚《经》曰：'棰头[②]欲得高，百体欲得紧，大膁（qiǎn，牲畜腰两侧肋骨和胯骨之间的虚软处）疏肋难龄齝（chī，牛反刍），龙头突目好跳。又角欲得细，身欲促，形欲得如卷。'"駮，音 bó，本义为传说中如马的黑色神兽。《山海经・西山经》："中曲山，有兽焉，其状如马而白身黑尾，一角，虎牙，音如鼓音，其名曰駮，是食虎豹，可以御兵。"[③]《说文解字》释之："兽，如马，倨牙，食虎豹。从马交声。北角切。"[④]如果用"駮"喻牛，则状其猛；如果如余嘉锡笺疏所引《演繁露》所云"駮"为"驳"的俗体字，"色驳而行远"，则为杂色牛。

[3]莹：龚斌本解作"妆饰，涂饰"[⑤]。按：《言语第二》第十条引刘桢语："石出荆山悬岩之巅，……磨之不加莹。"[⑥]又《赏誉第八》第二十三条刘孝标注引王隐《晋书》载乐广评卫瓘："每见此人，则莹然犹廓云雾而睹青天。"[⑦]则莹乃洁净、光亮意，用作动词为擦拭令亮。

[4]王武子：《言语第二》第二十四条引《晋诸公赞》曰："王济字武子，太原晋阳（今山西太原）人，司徒浑第二子也。有俊才，能清言。起家中书郎，终太仆。"[⑧]

---

① 余嘉锡笺疏：《世说新语笺疏》，第 878～879 页。

② 朱铸禹："棰头，《笺》：棰，一作垂。《抄撮》曰：'棰通槌，谓头如槌也。'……《潜确类书》作'种头'。"（朱铸禹汇校集注：《世说新语汇校集注》，上海古籍出版社 2002 年版，第 734 页）

③ （清）郝懿行：《山海经笺疏》卷二，清嘉庆十四年阮氏琅环仙馆刻本。

④ （汉）许慎撰，（清）桂馥义证：《说文解字义证》卷三〇，清同治刻本。

⑤ （南朝宋）刘义庆撰，（南朝梁）刘孝标注，龚斌校释：《世说新语校释》，上海古籍出版社 2011 年版，第 1693 页。版本下同。

⑥ 余嘉锡笺疏：《世说新语笺疏》，第 70 页。

⑦ 余嘉锡笺疏：《世说新语笺疏》，第 434 页。

⑧ 余嘉锡笺疏：《世说新语笺疏》，第 86 页。

[5]卿：清赵翼《陔（gāi）余丛考》："六朝以来，大抵以卿为敌以下之称。"①有亲近意味。

[6]手快：出手快疾。《四部丛刊》三编景宋本《太平御览》卷六四四引《语林》曰："嵇中散夜弹琴，忽有一鬼着械来，叹其手快，曰：'君一弦不调。'中散与琴调之，声更清婉。问姓名，不对。疑是蔡伯喈，伯喈将亡，亦被桎梏。"

[7]一起便破的：一起身就射中靶子，意为抢先首射命中。按，《晋书》本传作"一发中的"。百衲本景宋绍熙刊本《三国志》卷三八《蜀书·伊籍传》："一拜一起，未足为劳。"破的，射中且能穿破。曹植《白马篇》："控弦破左的，右发摧月支。"民国景宋本《白氏六帖事类集》卷二五："中而破的。"

[8]据胡床：胡床为少数民族传入中原的一种坐具。宋程大昌《演繁露》："今之交床，制本自虏来。始名胡床。桓伊'下马据胡床，取笛三弄'是也。隋以谶有胡，改名交床。……又名绳床。"②"据"通"箕踞"之"踞"，伸两腿成八字而坐，此与古代席地跪坐相对。

[9]牛心（炙）：包好放于火上烤熟的牛心菜。朱骏声《说文通训定声》豫部第九（清道光二十八年刻本）"'火傍作庶为炙字'，凡付于火曰燔，毋之而加于火曰炙，裹而烧者曰炮。柔者炙之，干者燔之。"秦士铉《世说笺本》："晋人重牛心炙。《世说》云：王右军少时在周侯末坐，周侯割牛心啖之，于是改观。"③

[10]一脔：《淮南子·说林训》："尝一脔肉，知一镬之味。"④

【翻译】

王君夫（王恺）有牛，名"八百里駮"，常擦亮他的蹄、角。王武子（王济）跟君夫说："我射箭比不过你，今愿以你的牛打赌比射，我用一千万钱做赌注。"君夫既依仗自己出手快疾，又认为如此骏健之牛没有被杀的道理，便答应可以。令武子先射。武子一起身就射中靶子。回来坐在胡床上，命令左右之人说："马上把牛心扒出来！"一会儿，牛心炙送到，王武子仅尝一块肉便扬长而去。

---

① （清）赵翼：《陔余丛考》卷三六，清乾隆五十五年湛贻堂刻本。

② （宋）程大昌：《演繁露》卷一四，清《学津讨原》本。

③ 龚斌校释：《世说新语校释》，第1693页。

④ （汉）刘安撰，（汉）许慎注：《淮南鸿烈解》卷一六《说山训》，《四部丛刊》景钞北宋本。

【解析】

一、故事发生时间

首先，作一基本判断，因王济东晋之前就已经去世，故此故事定发生于王济和王恺同时在西晋京城洛阳生活时期。此参考《晋书》卷四二《王济传》，曹道衡、沈玉成编《中国文学家大辞典·魏晋南北朝文学卷》（以下简称《辞典》）等关于王济的小传，对王济和王恺赌牛的时间作一考论。

王济（247? ～292?），年二十，授任中书郎。母忧去官，起为骁骑将军，迁右卫将军。泰始八年（272）或稍前，迁侍中，每与晋武帝议论朝政和人物得失。太康三年（282）忤帝意。六年（285）或者稍前，复入为侍中。后因过错移居北邙山，以白衣领太仆。据《晋书》本传，王济卒年四十六。约卒于晋惠帝元康初年（291）前后。综其一生最得意时在任侍中（272）忤帝意（282）之间，这也是该故事最可能发生的时间段。

《汰侈》第四、第五条等又记王恺与石崇（249～300）斗富之事，其中记述到两人赛牛一事。王济与王恺赌牛当亦在此前后。按：石崇泰始十年（274）任修武令，入为散骑常侍，迁任阳城太守，于太康元年（280）因伐吴之功封侯。不久因疾自解职，旋即起任黄门侍郎、侍中。《晋书》卷九三《王恺传》："石崇为南中郎将得鸩，以与王恺养之。"石崇为南中郎将在元康元年（290，参见《辞典》第 73 页）。从大的政治气候和仕履看，平吴之前，石崇外任官职，不可能与王恺斗富，出任南中郎将后也一般不会与王恺斗富，斗富的时间段最可能在 280 年到 290 年之间，即在太康之治这段暂时歌舞升平的历史时期。

《艺文类聚》卷四引有王济《平吴后三月三日华林园诗》，为武帝 280 年平吴后在华林园举行聚会时所作。诗云："蠢而长蛇，荐食江汜。我皇神武，泛舟万里。迅雷电迈，弗及掩耳。思乐华林，薄采其兰。皇居伟则，芳园巨观。仁以山悦，水为智欢。清池流爵，秘乐通玄。物以时序，情以化宣。"[①]足见王济春风得意之情。平吴之前，王济虽然每与晋武帝议论朝政和人物得失，受到器重，但从大的政治环境看，因忙于政治事务，赌牛斗富之事不太可能发生；又太康三年（282）忤帝意，当也不便过于张扬。因此，王济与王恺、石崇与王恺赌牛斗富最可能的时间是 280 年三月平吴之后到 282 年王济忤帝意之前。

---

① （唐）欧阳询：《艺文类聚》卷四"岁时部中"，清文渊阁《四库全书》本。

王济生年有待考订。据《言语第二》第二十四条刘孝标注引《晋诸公赞》,王济乃王浑第二子。王浑(223～297,按:《世说新语》中有两王浑,另一王浑为琅琊人,其子为王戎)的生卒年是确定的,可以据他生平推论王济的大致生年。按,《世说·排调第二十五》第八条记王济妻钟氏对丈夫戏言:"若使新妇得配参军,生儿(即王济)故可不啻如此!"[①]参军就是王浑的三弟王沦。王沦二十五岁而亡。卒年在"甘露二年(257)六月至甘露三年二月之间"[②]。则钟氏戏言当在甘露二、三年之前。时王浑三十三四岁。假设他二十周岁(242年)结婚,第二年(243年)生长子王尚,第四年(245年)生次子王济,则王济此时在十三四岁。依此前推,则王济生于245年之后。按,陆侃如先生《中古文学系年》也推测王济245年左右。[③] 因此,以280年三月平吴之后到282年王济忤帝意为限,王济与王恺赌牛约在其二十六岁到二十八岁之间。

以上是第一种推论。又,王济与王恺赌牛还可能在王济首任侍中时,此时王济得武帝格外青睐。陆侃如先生《中古文学系年》据万斯同《晋将相大臣年表》将首任侍中系于275年。《晋书》卷一四记载王济曾经追从武帝在北邙下校猎,"著布袴褶(kù zhě);骑马执角弓在辇前"[④],应弦而射杀猛兽。陆先生将此事也系于本年。此时王济刚过二十,少年得意,青春气盛,很可能还初尚主,所以有恃无恐,连武帝舅舅的牛也敢杀戮。

二、故事发生场所

前面说过,故事发生在西晋京城洛阳,但具体在什么场所,值得斟酌。这个场所必须可以射箭,有现成的弓箭和靶子,故很可能是射堂。晋时有射堂,《晋书·成帝纪》:"帝常欲于后园作射堂,计用四十金,以劳费乃止。"[⑤]可见射堂不是一般人家能够建造。庾信《北园射堂新成》诗云:"轩台聊可习,仙的不难登。直知王济巧,谁觉魏舒能。"倪璠注引《周书·若干惠传》:"太祖尝造射堂新成,与诸将宴射,徙堂于惠宅。"[⑥]庾信离王济所在西晋历史为近,既然"与诸将宴射",则射堂附近必然有厨房餐饮之处。据此则王济与王

---

① 余嘉锡笺疏:《世说新语笺疏》,第434页。

② 龚斌校释:《世说新语校释》,第1534页。

③ 参见陆侃如:《中古文学系年》,人民文学出版社1985年版,第594页。

④ (唐)房玄龄等:《晋书》卷四〇,清乾隆武英殿刻本。

⑤ (唐)房玄龄等:《晋书》卷七,清乾隆武英殿刻本。

⑥ (北周)庾信撰,(清)倪璠注:《庾子山集注》卷三,中华书局1980年版,第276～277页。

恺比射在射堂无疑。

从王济能够令左右做牛心炙的情境来看，这个场所不可能是王恺家。因为若在王恺家，王济令左右做牛心炙不会这样吩咐，也不会“须臾，炙至”。再推测是不是在王济家。从最后一句“一脔便去”来看，还值得思考。关键是这句话如何理解，如果理解为尝一口便令撤去，则可能在王济家；如果理解为尝一口便扬长而去，则不是在王济家。按，“便去”为魏晋习常用语。《方正第五》第十三条：“不坐便去。”第六十六条：“张大失望，便去。”《捷悟第十一》第一条：“使人题门作‘活’字，便去。”《任诞第二十三》第十一条：“哭吊喭毕，便去。”[①]等。据此，“便去”即接着离开之意。“一脔便去”是尝一口就离开这个场所。因此，射堂也不在王济家里。南北朝时，州郡设射堂，如谢灵运任永嘉太守时作《晚出西射堂》诗。《南史》卷四一《南丰伯赤斧子颖胄传》：“于江陵立宗庙，南北郊州府城门悉依建康宫，置尚书五省，以城南射堂为兰台。”[②]沈约《俗说》曰：“刘真长居丹徒，家至贫，往市卖屩。路经射堂，方回数出射堂呼之。”[③]可见，射堂是处在公共场所的一种军事练武设施。京城也有射堂。据《宋书》卷二九《范晔传》，建康有“西池射堂”。东晋南朝承续西晋，故西晋京城亦有射堂设施无疑。

综上，王济和王恺比射赌牛的场所是京城洛阳的某处射堂。射堂附近或者就在射堂内有餐饮场所可供制作饭菜，所以王济才能够令左右取牛心做牛心炙。

三、王济为何狠心杀“八百里駮”

王恺据当时一般人心理认为“骏物无有杀理”，但王济还是毫不犹豫地杀掉了“八百里駮”，其原因何在？

首先，这是贵族争胜的表现。比射赌牛的故事被安排在《汰侈》篇，联系西晋贵族在晋武帝时期奢侈浮靡、富贵相夸的时代风气，联系同一门类中如石崇、王恺彼此争富以满足贵族虚荣心理的时代心态，作为贵族青年的王济在赌赢之后立即杀掉一头名牛，且仅尝牛心炙一口就离开了，显示了他的豪奢，更显了他在另一个贵族面前胜出的自满心态。王济和王恺都是皇亲国戚。王济本为世家大族子弟，祖父是魏司空王昶，因功封京陵侯，父亲王浑袭封京陵侯，官至晋武帝司徒。王济因才俊挺拔而尚常山公主，是晋武帝的

---

① 分见余嘉锡笺疏：《世说新语笺疏》，第293、342、578、733页。

② （唐）李延寿：《南史》，清乾隆武英殿刻本。

③ （唐）虞世南：《北堂书钞》卷一三六“服节部三”“屩”引《俗说》，清光绪十四年万卷堂刻本。

妹夫（按王隐《晋书》以为“尚武帝姊”，当误。按武帝生于236年，如果常山公主是他姐姐，即使与他同龄，也长王济七八岁），可见其地位之一斑。王济在比射赌牛时出的赌资是“千万”。《晋书·何曾传》说何曾“性豪奢，……日食万钱，犹曰无下箸处”[①]。以此推之，“千万”当是当时最奢侈的贵族近三年的生活费。王恺的姐姐元姬则是晋文帝司马昭妃子、晋武帝的生母，即王恺是本朝帝王晋武帝的舅舅。王恺性豪奢，甚至养鸩违反法制，为人无所忌惮。据《汰侈》第一条石崇“交斩美人”刘孝标注引《王丞相德音记》，王恺请王导听妓，“吹笛人有小忘，君夫闻，使黄门阶下打杀之，颜色不变。”[②]可见其残忍丑恶、肆意妄为之一斑。王济对此当然不会一无所知，他在比射赌牛取胜之后的举动实在是想煞一下王恺的威风，当然不是出于什么高尚的目的，而是表现胜他一筹，与石崇赌赢王恺的心态没有太大区别。又当时贵族出行乘坐牛车，牛的好坏也是身份的象征。况且牛在当时是重要的生产力，一般不得屠杀，也屠杀不起。王济杀牛体现了贵族典型的豪奢争胜心态。

其次，王济不喜欢牛，而喜欢马。《术解第二十》第四条云：

> 王武子善解马性。尝乘一马，箸连钱障泥。前有水，终日不肯渡。王云：“此必是惜障泥。”使人解去，便径渡。[③]

刘孝标注引《语林》曰：“武子性爱马，亦甚别之。故杜预道‘王武子有马癖，和长舆有钱癖。’”[④]此外，王武子还喜欢驴，具体说是如王粲一样喜欢听驴叫。《伤逝第十七》第三条云：

> 孙子荆以有才，少所推服，唯雅敬王武子。武子丧时，名士无不至者。子荆后来，临尸恸哭，宾客莫不垂涕。哭毕，向灵床曰：“卿常好我作驴鸣，今我为卿作。”体似真声，宾客皆笑。孙举头曰：“使君辈存，令此人死！”[⑤]

据刘孝标注，此条记载也是本于《语林》。“八百里駮”虽是名牛，但非千里马，也不是能够展现纵诞不羁之风的驴，故王济不会产生占为己有的强烈欲念。

再次，这是动物在特定历史时期所面临的悲剧命运。牛虽是人类最早

① （唐）房玄龄等：《晋书》卷三三。
② 余嘉锡笺疏：《世说新语笺疏》，第677页。
③ 余嘉锡笺疏：《世说新语笺疏》，第704页。
④ 余嘉锡笺疏：《世说新语笺疏》，第704页。
⑤ 余嘉锡笺疏：《世说新语笺疏》，第636～637页。

驯化的牲畜，在农耕社会，它一方面是重要的生产力和负重畜力，另一方面也是因人类献祭礼仪和贵族饮食而惨遭屠杀的对象。在魏晋时期，虽然产生了支遁和尚好鹤、简文帝“觉鸟兽自来亲人”等以同情心态平等对待动物，甚至把动物纳入审美的举动[①]，但毕竟风毛麟角，不为士人以及大众所普遍认可，善待动物的态度也不彻底。比如桓温，《黜免第二十八》第二条载：

> 桓公入蜀，至三峡中，部伍中有得猿子者。其母缘岸哀号，行百余里不去，遂跳上船，至便即绝。破视其腹中，肠皆寸寸断。公闻之，怒，命黜其人。[②]

桓温对属下残忍之举的难以忍受和对猿猴不幸遭遇的恻隐之心都表现出人对动物平等、移情对待的态度。但另一方面桓温曾“乘雪欲猎”[③]（《排调第二十五》第二十四条），打猎是他心里可以安然接受的杀戮行为。这种态度投射出去甚至是在面对强者对于弱者的杀戮时，他显得毫无人道同情之心，甚至评论：“自杀伊家人，何预卿事！”[④]（《汰侈第三十》第一条）王济之杀牛正是人类中心观念和传统的自然表现，也是人类等级贵贱价值观念在动物身上的投射。因此，杀牛虽然是非常之举，但有其传统的文化心理可以支撑，不至于产生负罪之感。但在《世说新语》中毕竟出现了平等对待动物、将动物纳入审美的曙光，这是王济杀牛时代动物在面对人类时的一线光明，也是人类走向与自然和谐相处的一线光明。此在拙文《魏晋风度与〈世说新语〉中的动物形象》有所论述，[⑤]可参看。

最后需要附带交代一下的是射箭打赌乃时代之风。沈约《宋书》卷一九载：“谢尚为江夏太守，诣安西将军庾翼于武昌，咨事翼与尚射，曰：‘卿若破的，当以鼓吹相赏。’尚射破的，便以其副鼓吹给之。”[⑥]谢尚（308年～357年）为东晋谢氏家族名士，他因射破的而得到一部鼓吹，此虽属赏赐，但获取方式颇类打赌。此当是延续西晋中原之风。

---

① 余嘉锡笺疏：《世说新语笺疏》，第121页。

② 余嘉锡笺疏：《世说新语笺疏》，第864页。

③ 余嘉锡笺疏：《世说新语笺疏》，第800页。

④ 余嘉锡笺疏：《世说新语笺疏》，第877页。

⑤ 李剑锋：《〈世说新语〉中的动物形象与魏晋风度》，山东大学文学院编：《人文述林》，山东大学出版社2018年版。

⑥ （南朝宋）沈约：《宋书》，清乾隆武英殿刻本。

参考文献

(南朝宋)刘义庆撰,(南朝梁)刘孝标注,余嘉锡笺疏,周祖谟、余淑宜、周士琦整理:《世说新语笺疏》,上海古籍出版社 1993 年版。

(南朝宋)刘义庆撰,(南朝梁)刘孝标注,龚斌校释:《世说新语校释》,上海古籍出版社 2011 年版。

陆侃如:《中古文学系年》,人民文学出版社 1985 年版。

曹道衡、沈玉成编:《中国文学家大辞典·魏晋南北朝文学卷》,中华书局 1996 年版。

李剑锋:《〈世说新语〉中的动物形象与魏晋风度》,山东大学文学院编:《人文述林》,山东大学出版社 2018 年版。

读书会时间:2020 年 2 月 19 日

《世说新语·纰漏第三十四》第四条“任育长年少时”读解

孙小为*

【原文】

任育长年少时，甚有令名。武帝[1]崩，选百二十挽郎[2]，一时之秀彦[3]，育长亦在其中。王安丰[4]选女婿，从挽郎搜其胜者，且择取四人，任犹在其中[5]。童少时，神明可爱，时人谓育长影亦好。自过江，便失志。王丞相请先度时贤，共至石头迎之，犹作畴日相待，一见便觉有异。坐席竟，下饮[6]，便问人云：“此为茶为茗？”[7]觉有异色，乃自申明云：“向问饮为热为冷耳。”[8]尝行从棺邸[9]下度，流涕悲哀。王丞相闻之曰：“此是有情痴。”《晋百官名》曰：任瞻字育长，乐安人，父琨，少府卿。瞻历谒者仆射、都尉、天门太守。①

【校勘】

《太平御览》卷八六七：“《世说》曰：任瞻少时有令名。自过江失志，既不饮茗。问人云：‘此为茶？为茗？’觉人有怪色，乃自申明之，曰：‘向问饮为热为冷？’”

《北堂书钞》卷五六“一时之秀”条：“《世说》云：徐育长甚有令名，武帝

---

* 孙小为，女，1998年生，山东寿光人，山东大学文学院2020级硕士研究生，师从李剑锋教授，魏晋南北朝文学方向。

① （南朝宋）刘义庆撰，（南朝梁）刘孝标注，龚斌校释：《世说新语校释》，上海古籍出版社2011年版，第1747～1748页。

崩，选百二十挽郎，皆一时之秀，育长亦在其中。”今案：陈本“二十”作“廿”字，“其中”作“百中”；惜阴轩本《世说·纰漏》“徐”作“任”，“秀”下有“产”字，考刘孝标《世说》注引《晋百官名》云任瞻字育长，则徐字非矣。

《黄氏逸书考》第八十八册《晋百官名》：“任瞻，字育长，乐安人。父现，少府卿。瞻历谒者仆射、都尉、天门太守。”（《世说·纰漏》篇注）

【注解】

[1]《晋书·帝纪第三》：“武皇帝讳炎，字安世，文帝长子也。……己酉，帝崩于含章殿，时年五十五，葬峻阳陵，庙号世祖。”

[2]按余嘉锡笺：亡友高阆仙步瀛曰《北堂书钞·设官部八》引《续汉书百官志》曰：“辒车拂挽为公卿子弟，六卿。十人挽两边。白素帻，委貌冠，都布衣也。”（今《续汉志》无此文）可见挽郎之设，起于汉后。《世说》曰：“武帝崩，选百二十挽郎。”《书抄》又引《晋要事》曰：“咸康七年，尚书仆射诸葛恢奏：‘恭皇后今当山陵，依旧公卿六品清官子弟为挽郎，非古也。岂牵曳国士，为之役夫，请悉罢之。’”此晋时之挽郎也。《南齐书·高逸传》：“何求元嘉末为宋文帝挽郎。”《周书·檀翥传》：“年十九，为魏孝明帝挽郎。”此南北朝时挽郎也。唐代尚沿之。

[3]《尔雅·释训第三》：“言美士为彦。”

[4]《晋书·列传第十三》：“王戎，字濬冲，琅邪临沂人也。……袭父爵，辟相国掾，历吏部黄门郎、散骑常侍、河东太守、荆州刺史，……吴平，进爵安丰侯。”

[5]挽郎在当时是一种综合了相貌品性甚至家世的选拔，史书所见任挽郎者不外乎此，《隋书·百官志上》亦言“陈依梁制，年未满三十者，不得入仕。唯经学生策试得第，诸州光迎主簿，西曹左奏及经为挽郎得仕。其诸郡，唯正王任丹阳尹经迎得出身，庶姓尹则不得。必有奇才异行殊勋，别降恩旨叙用者，不在常例”可见挽郎地位之高。故王戎从挽郎中挑选女婿。

[6]陆羽《茶经》引此并原注云：“下饮，谓设茶也。”

[7]刘盼遂《世说新语校释》：“《尔雅·释木》：‘槚，苦茶。’郭璞注：‘今呼早采者为茶，晚采者为茗。’陆机《毛诗草木虫鱼疏》云：‘椒，蜀人作茶，樗，吴人以其叶为茗。’是南朝时人皆以茗与茶有以异也。后人混茗茶为一，故育长兹问不解所谓矣。育长下饮之初，未辨茗、茶，故尔致问。及既辨别，遂改

口作音近之字，冀以弥缝其忸怩。”[1]

[8]刘盼遂《世说新语校释》：“盖茗与冷在晋时同读青部音，热与茶在晋时同读麻部音也。”

[9]按余笺：棺邸者，卖棺之店也。《唐律疏议》卷四曰：“居物之处为邸，沽卖之所为店。”

【翻译】

任瞻年少时，有声名。晋武帝去世时选一百二十人作挽郎，皆是一时美士，育长就在其中。安丰侯王戎从任挽郎的人中择优秀者当女婿，选了四个人，其中亦包括任育长。他小时候神明可爱，时人说任育长的影子都是好的。待到过江之后却不如以往了。（当时）王导邀请先过江的贤才们一同去南京迎接他，像旧日一样对待，但一见面就发现有所不同。安排好位次后上茶，任瞻就问道：“这是茶还是茗？”察觉到旁人神色变化，就又自我解释道：“刚刚是问这茶是热的还是冷的罢了。”他曾经从棺材铺子前走过，流泪悲哀。王导听闻后说：“这是有情痴。”

【读解】

任瞻其人生平今已无可考，其渡江过程、个人经历等无法参详，但他在宴席上的一番问话和分辩却可以体现时人对于茶、茗的认知及南北方文化的差异。座上诸人“有异色”，可见任瞻的问话并不妥当，究其原因，还需先分析下“茶”这一当今通行的饮品在当时代的接受状况。

一、茶、茗、荼、槚之分

今人熟知之“茶”在唐前有诸多别称而无统称，若考其发展状况必要先对其名有一个分辨。《茶经》有言：“其名，一曰茶，二曰槚，三曰蔎，四曰茗，五曰荈。”[2]茶是后出的称呼，从陆羽开始逐渐作为此类饮品的统称，唐前则惯以“荼”“槚”称之。《尔雅·释木》中言：“槚，苦荼。”郭璞注云：“树小如栀子，冬生叶可煮作羹饮。今呼早采者为荼，晚采者为茗。一名荈，蜀人名之

① 刘盼遂校释：《世说新语校释》，《国学论丛》1927年第1卷第1期4号，第105页。

② （唐）陆羽撰，张芳赐等译释：《茶经译释》，云南科技出版社2004年版，第1页。

苦荼。”[1]《释草》:“荼,苦菜。《诗》曰:‘谁谓荼苦。’苦菜可食。……叶似苦苣而细,断之有白汁,花黄似菊,堪食,但苦耳。”[2]可见,释为“苦荼”的“槚”从木,是木本植物,又名“荈”,可煮其叶做羹汤饮用,与今产茶叶之茶树相符,当为今之“茶”意;而释为“苦菜”之“荼”从草,为草本植物,应是一种细叶、花黄的食用性质的野菜。《诗经》中多次言及“荼”[3]字,如《豳风·七月》“九月拾苴,采荼薪樗”,即为苦菜之意,与“苦荼”即今之“茶”并无关联。“苦菜”“苦荼”“荼”因音形相近,在晋时便有混用,后世再加上与“荼”字形相近的“茶”字,混用情形更甚,往往指代不一,需根据具体情境进行判断。陆羽《茶经》所定的统一称谓“茶”是一个总称,囊括了这类具有“令人少眠”[4]特性的饮品,而晋时有早采茶和晚采茶之分,晚茶曰“茗”,任瞻在席中发问者,当属此类。

二、汉魏六朝时期对茶的认知

《云谷杂记》有言:“饮茶不知起于何时,自魏晋以来有之。但当时虽知饮茶,未若后世之盛也。”[5]中国饮茶的习惯起源甚早,但直至唐代才“飞入寻常百姓家”,从食品、饮品甚至药品多功能掺杂的状态转化为单纯的饮用之物,并开发出了其修身、审美的属性,茶逐步实现了从满足物质需求到兼之满足精神需求的转变和进化。《华阳国志》载周代巴蜀之地“土植五谷,牲具六畜。桑、蚕、麻、纻、鱼、盐、铜、铁、丹、漆、茶、蜜……皆纳贡之。其果实之珍者,树有荔枝,蔓有辛蒟,园有芳蒻、香茗”。[6] 从现存的文字记载来看,饮茶之风似兴自作为茶叶产区的巴蜀,晋人孙楚亦有诗云:“茱萸出芳树颠,鲤鱼出洛水泉。白盐出河东,美豉出鲁川。姜桂茶荈出巴蜀,椒橘木兰出高山。蓼苏出沟渠,秕稗出中田。”[7]位处西南的巴蜀地区确是较早的传统茶叶产地,从《华阳国志》的记述中也可以看出蜀地饮茶习俗产生甚早,并将茶作为贡品和“果实之珍者”。

两汉对茶的记述较少,现有文字可考的汉乐府、文人五言诗以及汉赋中

---

① (宋)邢昺注:《尔雅注疏》,北京大学出版社2000年版,第309页。

② (宋)邢昺注:《尔雅注疏》,第260页。

③ 《诗经》中提及“荼”字多次,但释义不同,如“有女如荼”释为茅草、“以薅荼蓼”释为杂草等,今仅列举释义为“苦菜”者。

④ 按:“饮真茶,令人少眠。”(范宁:《博物志校证》,中华书局1980年版,第49页)

⑤ 范宁:《博物志校证》,中华书局1980年版,第58页。

⑥ (晋)常璩:《华阳国志·巴志》,文渊阁本《四库全书》,台湾商务印书馆1982年版,135页。

⑦ (宋)李昉等:《太平御览》,文渊阁本《四库全书》,台湾商务印书馆1982年版,第616页。

都没有直接的描述；三国时期茶作为饮品逐渐走向日常化，《三国志》就有韦曜“以茶代酒”之事的记载：“皓每飨宴，无不竟日坐席，无能否率以七升为限，虽不悉入口，皆浇灌取尽。曜饮酒不过二升，初见礼异时，常为裁减，或密赐茶荈以当酒。”[①]在宴会上茶作为酒的替代品出现，可见其在日常生活中所占比重有所上升，至少在南方地区成为一种较为常见的饮品。两晋茶的饮用则更加普遍，文学作品中也开始出现对茶的描写，其中杜育的《荈赋》就是一篇极为重要且具有开创性的作品。《荈赋》版本众多、诸说不一，今按汪绍楹校订本《艺文类聚》所记，兹录于下：

> 灵山惟岳，奇产所钟。厥生荈草，弥谷被岗。承丰壤之滋润，受甘露之霄降。月惟初秋，农功少休；结偶同旅，是采是求。水则岷方之注，挹彼清流；器泽陶简，出自东瓯；酌之以匏，取式公刘。惟兹初成，沫沉华浮。焕如积雪，晔若春敷。[②]

《荈赋》由西晋时人杜育写成，包含着大量关于茶生产、饮用的信息。开篇点明茶叶生于湿润多雨露的丘陵地区，采摘时节则在农事稍歇的初秋时节；“结偶同旅，是采是求”一句写出当时采茶活动的普遍性，茶叶生产在南方相关地区或已成为可与传统农作物种植相提并论的一种农事活动。下半篇则写茶的饮用信息，包括用水、用器的选择，“岷方之注”即山泉水，“用山水上，江水中，井水下”[③]，为煮茶的上等水；“东瓯”即“东越”，按《茶经》所言东越所产之器作盛茶用为上，可呈现茶汤正色，“越州瓷、岳瓷皆青，青则益茶，茶作白红之色”[④]，其他产地的瓷器则因为自身颜色的浓重易掩去茶汤本色。有意识地挑选用水和器具，表现了这一时期煮茶行为的成熟。[⑤] 最后两句则体现了对茶审美意味的萌芽，尽写茶汤初沸时水泡滚裂、茶叶舒展的姿态，茶不再只是一种单纯的饮品，它的审美价值和文化价值在这一时期开始被人

---

① （晋）陈寿：《三国志》卷六五，中华书局2006年版，第1320页。

② （唐）欧阳询：《艺文类聚》，上海古籍出版社1982年版，第1411页。

③ （唐）陆羽撰，张芳赐等译释：《茶经译释》，第40页。

④ （唐）陆羽撰，张芳赐等译释：《茶经译释》，第27页。

⑤ 陈焕良、梁雄在《“荼”“茶”异同考略》一文中曾言：“晋人杜育《荈赋》有句云：‘厥生荈草，……月惟初秋，……是采是求。’‘荈草’亦指苦菜，否则不应言‘草’，又不应言‘初秋采求’，古时茶无秋采者。”所论非也。“荈”字在《尔雅》中出现在《释木》篇“槚”字条例中，未在《释草》篇出现。苦菜历冬而春食，采摘季节应是春季而非“初秋”，且寻常菜类又何须生于“灵山”，冠之“奇产”？亦不必挑选水源、器具并赞叹其浮沉美态。而南方地区有春茶、秋茶两说，《玉篇》即言“荈，茶叶老者”，可见夏秋季皆有采茶的可能；且“沫沉华浮。焕如积雪，晔若春敷”句与宋代饮茶方式“碗泡法”流行之前的“煮茶法”正合。

们所发掘。

这一时期还有两人的诗歌提及饮茶之事，分别是左思的《娇女诗》和张载的《登成都楼》。“动为垆钲屈，屣履任之适。止为茶荈据，吹嘘对鼎立。脂腻漫白袖，烟熏染阿锡”写出女儿家着急喝茶时的娇态；而《登成都楼》一诗将“茶”作为六饮[①]之冠，“芳茶冠六清，溢味播九区。人生苟安乐，兹土聊可娱”[②]。可见其对茶的推崇。

晋朝南渡之后因靠近古代茶叶产区，再加上战乱年代统治阶层为保障粮食的供给，多次下令禁酒，饮茶之风愈盛，茶更普遍地应用于日常生活。《广陵耆老传》记晋元帝时有老妇人当市售茶而“市人竞买”的情景，《南齐书》也有海陵太守引居民种植茶树获利的记载，不但写出时人对于茶的广泛接受，且此时茶叶、茶水已经在市场上流通并有了较高的商品化程度。茶不止作为人民的日常饮品，待客、祭祀等亦有备茶，齐武帝遗诏中即言：“我灵上慎勿以牲为祭，唯设饼、茶饮、干饭、酒脯而已。天下贵贱，咸同此制。”[③]为节制奢华的祭祀礼仪，用饼茶之物代替消耗过大的牲祭，并号召天下人效仿此类，这也体现出茶的一个新的内涵特性，即清俭。

茶味清雅，不似饮酒使人沉溺，反而能让人神思清醒，“别有真香茗，煎饮令人不眠”[④]，饮酒者常常以茶醒酒；且宋之前煮茶为主的饮茶方式对茶叶本身的质量要求不高[⑤]，原料相对易得，故饮茶成为节俭修身的象征。《晋书》中记陆纳设茶果待谢安以证“素业”及桓温性俭故茶果设宴事[⑥]，均以待客用茶来体现与铺张奢华、大肆设宴相左的情形。除此之外，清淡饮茶也与当时玄风盛行的时代氛围相合，除去节俭修身的官员，许多文人名士都有饮茶习惯。汉哀帝时佛教传入中国，佛教兴起带来的不只是清俭修身的要求和对素食的倡导，另一方面也促成了当时对于清淡之饮的需要，而茶因其不同于酪、酒等饮品的特性符合了这一需求。

在此之时，南方已经对茶有较多的了解，故任瞻下意识“为茶为茗”的询

---

① 按《周礼》“六饮”：水、浆、醴、凉、医、酏。

② （宋）李昉等：《太平御览》，文渊阁本《四库全书》，第616页。

③ （南朝梁）萧子显：《南齐书》，文渊阁本《四库全书》，台湾商务印书馆1982年版，第48页。

④ （宋）李昉等：《太平御览》，文渊阁本《四库全书》，第615页。

⑤ 煮茶法因加入诸多佐料，且“煮”的过程会中和茶叶本身的味道，故对茶叶质量要求不高；而宋代兴起的碗泡法只用清水，茶叶的好坏优劣就至关重要，再加之上层阶级的推崇，茶叶选料、工序更加严苛，《北苑别录》即记载北苑贡茶制造需十余道工序，茶叶的造价逐渐高昂，价格也出现两极分化。

⑥ 见《晋书·陆纳传》：“谢安尝欲诣纳，而纳殊无供办。其兄子俶不敢问之，乃密为之具。安既至，纳所设唯茶果而已。俶遂陈盛馔，珍羞毕具。客罢，纳大怒曰：‘汝不能光益父叔，乃复秽我素业邪！’于是杖之四十。其举措多此类。”《晋书·桓温传》：“温性俭，每燕惟下七奠柈茶果而已。”

问便有露短之嫌，在察言观色之后的慌忙改口亦有失风度，“育长当时月没星替、舌吮雌黄，而其侘傺之状与失志之态，宛然如在目中”[①]，这则议论虽过于犀利，但也点出了任瞻在渡江之后失志落魄的情态，前人也多半是从“识短”的角度诟病于他。

值得注意的是，两晋之时北方地区对茶的认可度呈现了一个先上升后下降的趋势，西晋时期北方地区饮茶之风颇盛，从杜育、左思的诗作中可见一斑。按《全晋文》记载，杜育为襄城人[②]，处今河南省附近；而左思为齐国人[③]，两人在文学作品中对饮茶的细致描写足见中原地区饮茶风气的普遍存在。但两晋北方士人南渡之后少数民族内迁，北方地区饮茶之风一度衰弱，对茶的接受亦形成鲜明的南北分化，甚至出现评价的两极。同时，并不是所有的南方地区都对茶叶有很高的接受度，茶归结到底还是一种在晋朝开始流行的新生事物，受众的扩大自然会带来诸多不同的反馈。

三、矛盾认识:“水厄”与“酪奴”

《太平御览》引《世说新语》云:“晋司徒长史王濛好饮茶。人至，辄命饮之。士大夫皆患之，每欲往侯，必云‘今日有水厄’。”[④]这在《世说新语》中无存，但在《洛阳伽蓝记》《太平御览》《北堂书钞》等书中皆有引录。用遭遇水灾之意[⑤]的“水厄”来代称饮茶之事，并用“患”字来表达士大夫对于王濛这一喜好的态度，颇有避之不及的意味。两相对比，体现出时人对于茶的态度殊为不同。在后世诗文中“水厄”一词亦常有出现，“水厄”“王郎水厄”等典即自此始，“阿郎到底相如渴。应罚作、王郎水厄”“我家文开如此儿，客欲造门忧水厄”，这一戏谑典故为人所熟知，“水厄”亦成为茶的代称，甚至在嗜茶者笔下成为喜好饮茶的指代，如宋人黄庭坚有诗云:“不嫌水厄幸来辱，寒泉汤鼎听松风，夜堂朱墨小灯笼。”

可见饮茶之风虽然兴起，但远未达到全民接受的程度，故早茶、晚茶之

---

① 刘盼遂校释:《世说新语校释》，第 106 页。

② 按《全晋文》:“育字方叔，襄城人。初与石崇等为贾谧二十四友，永兴中拜汝南太守。永嘉中进右将军，后为国子祭酒。”

③ 按《晋书》:“左思，字太冲，齐国临淄人也。”

④ (宋)李昉等:《太平御览》，文渊阁本《四库全书》，第 614 页。

⑤ 水厄一词指水灾应较为人所熟知，按《洛阳伽蓝记》:“后萧衍子西丰侯萧正德归降，时元乂欲为之设茗，先问:‘卿于水厄多少?’正德不晓乂意，答曰:‘下官生于水乡，而立身以来，未遭阳侯之难。’元乂与举坐之客皆笑焉。”阳侯为水神名，为阳国侯溺死于水而成神，能为大波，故常以“阳侯之难”指遭遇水患。

类的知识并不人人熟知似乎也情有可原，甚至可以推测茶茗之分本就是属于上层士族的小众物质享受，任瞻在宴席上问为茶为茗之事，一方面有可能是他的无知引得在座各位觉有不妥，亦有可能是对其在落魄失志、国情不稳之时还对茶茗之分有所关注、有所要求的诟病。渡江前任瞻以"一时秀彦"获得挽郎这一身份，并在氏族婚姻的时代处于王戎挑选女婿的范围内，可见任氏也是具有一定身份地位的氏族，但随着社会的动荡和任氏的没落，任瞻在失志之时仍旧自矜于身份而说出为茶为茗的问句，便不太妥当了。

在北方地区，茶为士人的接受程度十分有限，"自是朝贵宴会虽设茗饮，皆耻不复食，唯江表残民远来降者好之"[①]，与带有戏谑成分的"水厄"之称不同，士人们"耻"于饮茶，只有南方来降者才会循旧日习惯饮用。"酪奴"一称即是自此时而来，《洛阳伽蓝记》城南一卷中有记载：

> 肃初入国[②]，不食羊肉及酪浆等物，常饭鲫鱼羹，渴饮茗汁。京师士子道肃一饮一斗，号为漏卮。经数年已后，肃与高祖殿会，食羊肉酪粥甚多。高祖怪之，谓肃曰："卿中国之味也。羊肉何如鱼羹？茗饮何如酪浆？"肃对曰："羊者是陆产之最，鱼者乃水族之长。所好不同，并各称珍。以味言之，甚是优劣。羊比齐鲁大邦，鱼比邾莒小国。唯茗不中与酪作奴。"高祖大笑。
>
> 彭城王谓肃曰："卿不重齐鲁大邦，而爱邾莒小国。"肃对曰："乡曲所美，不得不好。"彭城王重谓曰："卿明日顾我，为卿设邾莒之食，亦有酪奴。"因此复号茗饮为酪奴。[③]

王肃在初到北方之时尚保留着食鱼喝茶的饮食习惯，可以看出饮茶与食鱼一样，在南方十分流行，但他"经数年已后"便与北人习俗同化，并在答皇帝问时，称茶尚且不能如鱼一般与羊做比较，而只能为酪作奴。虽然这番对话有着面对上位者的特殊情境，但还是能从二人的问答中看出北方士人对于茶、鱼等南方之物的不屑与不解，侧面反映了两地饮食文化传统的巨大差异以及这份差异的根深蒂固。北方原本就有与茶功能类似的饮品酥酪，又在多年的饮食习惯中固化了食肉饮酪的风俗，故面对茶的冲击反应会较为激烈；而南方地区则并无此类饮品，茶又自古在此地区又有一定的饮茶传统，因此茶接受程度较高也就顺理成章了。

---

① （北魏）杨衒之：《洛阳伽蓝记》，中华书局2010年版，第111页。
② 按《洛阳伽蓝记》："太和十八年背逆归顺。"王肃"初入国"的时间应在495年左右。
③ （北魏）杨衒之：《洛阳伽蓝记》，第109页。

在南方士人入北土被地方风俗同化之时，为了站稳脚跟或是与地方大族融合，也有部分北方士人开始接触南方的饮食习惯。《洛阳伽蓝记》同篇就记载了刘缟习茗饮之事："时给事中刘缟慕肃之风，专习茗饮。彭城王谓缟曰：'卿不慕王侯八珍，好苍头水厄。海上有逐臭之夫，里内有学颦之妇，以卿言之，即是也。'"[①]"专习茗饮"一句写出了部分北方人对于"茗"这一新生事物的好奇，他们主动地去了解、学习这一新生的饮食习惯；但彭城王即以逐臭之夫、东施效颦典类比，表达了自己对于饮茶行为的强烈不理解与不赞同，比之愿意尝试南方饮食习惯的刘缟，恐怕这才是当时北地士人的主流。

参考文献

(唐)陆羽撰，张芳赐等译释：《茶经译释》，云南科技出版社 2004 年版。

(唐)房玄龄等：《晋书》，中华书局 1974 年版。

(宋)李昉等：《太平御览》，文渊阁本《四库全书》，台湾商务印书馆 1982 年版。

(宋)邢昺注疏：《尔雅注疏》，北京大学出版社 2000 年版。

(南朝宋)刘义庆撰，(南朝梁)刘孝标注，龚斌校释：《世说新语校释》，上海古籍出版社 2011 年版。

黄霖、陈维昭、周兴陆主编，周兴陆辑著：《世说新语汇校汇注汇评》，凤凰出版社 2017 年版。

读书会时间：2020 年 4 月 28 日

① (北魏)杨衒之：《洛阳伽蓝记》，第 111 页。

《世说新语》之
戴逵谶纬轶事及"通隐"成因考

童仁亮*

戴逵有名于有晋，却屡拒朝廷征召，《晋书》列其入《隐逸》。会稽郡谢敷与戴逵所居及活动时代颇相近，同入《晋书·隐逸》，行文上恰在戴逵之前，当是因轶事相关联："初，月犯少微，少微一名处士星，占者以隐士当之。谯国戴逵有美才，人或忧之。俄而敷死，故会稽人士以嘲吴人云：'吴中高士，便是求死不得死。'"①

谶纬向来为古人重视，谢敷"隐士"身份由此坐实，而戴逵在"月犯少微"一事中仅作为旁衬存在，虽与谢敷同为隐士，但不免令人生出高下之判。会稽人士甚至因此嘲谑称戴逵"求死不得死"，推考缘由，牵涉二郡士族、南北士人关系，也与戴逵处世态度及当时政局密不可分。

一、历史地缘政治

东吴孙氏平定江东时，曾翦除吴郡、会稽郡二郡中不合作的豪族。《三国志·吴书·宗室传》云："孙权杀吴郡太守盛宪。"②裴注引《会稽典录》亦云："孙策平定吴、会，诛其英豪。"③手段之狠戾可见一斑。

严政之下，部分士族选择合作，其中以"吴郡四姓"为典型，《三国志·吴

* 童仁亮，男，1987 年生，安徽马鞍山人，山东大学文学院中国古代文学 2018 级博士研究生，师从李剑锋老师，魏晋南北朝文学方向。

① (唐)房玄龄等：《晋书·谢敷传》，中华书局 1974 年版，第 2457 页。

② (晋)陈寿：《三国志·吴书·宗室传》，中华书局 1959 年版，第 1214 页。

③ (晋)陈寿：《三国志·吴书·宗室传》，第 1214 页。

书·陆凯传》云:"先帝外仗顾、陆、朱、张,内近胡综、薛综。"[①]陈寅恪评析:"江东有文化的名家顾、陆、朱、张等姓和不以文化见称的次等士族孙氏的结合,便形成孙吴政权。"[②]

相较于相临近的会稽郡士人,"吴郡四姓"更接近孙吴政权核心,这在四族的后代仕途上深得体现:"公族子弟及吴四姓多出仕郡,郡吏常以千数。"[③]可以说在孙吴时期,吴郡士族在政治势力方面对会稽士族显著占有优势。

吴郡士族的卓然心态,终究酝酿出吴、会二郡士族的嫌隙,一定时机便可促成冲突爆发。《世说新语·政事》载:

> 贺太傅作吴郡,初不出门。吴中诸强族轻之,乃题府门云:"会稽鸡,不能啼。"贺闻故出行,至门反顾,索笔足之曰:"不可啼,杀吴儿!"于是至诸屯邸,检校诸顾、陆役使官兵及藏逋亡,悉以事言上,罪者甚众。陆抗时为江陵都督,故下请孙皓,然后得释。[④]

贺邵出身会稽显族,竟为"吴中诸强族"羞辱,即以"检校""逋亡"回击,从其"检校"对象为"顾、陆"二族,可见轻视他的"吴中诸强族"正以"吴郡四姓"为主。

贺邵属会稽大族,在吴郡任太守仍受吴郡强族轻视侮辱,贺邵本人扬言"杀吴儿"的举措,也足证二郡士族嫌隙深重。

考顾、陆二族罪名"役使官兵及藏逋亡",实质为二族私占人口,挪借民力以供己用。此前,陆氏祖上陆逊即因"枉取民人"而遭会稽太守弹劾:

> 时吴会稽、丹阳多有伏匿,逊陈便宜,乞与募焉。会稽山贼大帅潘临,旧为所在毒害,历年不禽。逊以手下召兵,讨治深险,所向皆服,部曲已有二千余人……权遣逊讨栈。栈支党多而往兵少,逊乃益施牙幢,分布鼓角,夜潜山谷间,鼓噪而前,应时破散。遂部伍东三郡,强者为兵,羸者补户,得精卒数万人,宿恶荡除,所过肃清,还屯芜湖。会稽太守淳于式表逊枉取民人,愁扰所在。[⑤]

---

① (晋)陈寿:《三国志·吴书·陆凯传》,第 1406 页。

② 万绳楠整理:《陈寅恪魏晋南北朝史讲演录》,贵州人民出版社 2007 年版,第 25 页。

③ (晋)陈寿:《三国志·吴书·朱治传》,第 1305 页。

④ (南朝宋)刘义庆撰,(南朝梁)刘孝标注,余嘉锡笺疏:《世说新语笺疏·政事》,中华书局 2016 年版,第 182 页。

⑤ (晋)陈寿:《三国志·吴书·陆逊传》,第 1343～1344 页。

吕思勉认为三国时期，安分良民在“山越”中仍占重要部分：

> 前此史志所以不之及者，以此辈本皆安分良民，蛰居深山穷谷之中，与郡县及齐民，干系皆少，无事可纪也。此时所以忽为郡县患者，则以政纲颓弛，逋逃宿恶，乘间恣行故耳。亦以世乱，阻山险自保者多，故其众骤盛而势骤张也。①

孙吴与“山越”的斗争，在唐长孺看来“既是孙吴政府对地方武装势力的镇压，也是以孙氏为首的若干宗族与其他宗族争夺劳动力的控制权”②。

据此，显而易见，陆逊在战胜会稽“山越”后，“补户”者少，占为己有者多，其中不乏暂时逃入山中躲避战乱的平民，会稽太守淳于式认为理应使可用的百姓回归会稽，以充实郡县，故而上表反对陆逊截取会稽民众之举。

深入考察，会稽“山越”还同会稽大族有依附关系：

> 贺齐字公苗，会稽山阴人也。少为郡吏，守剡长。县吏斯从轻侠为奸，齐欲治之，主簿谏曰：“从，县大族，山越所附，今日治之，明日寇至。”齐闻大怒，便立斩从。从族党遂相纠合，众千余人，举兵攻县。齐率吏民，开城门突击，大破之，威震山越。③

唐长孺认为会稽“山越”与会稽大族属于“族党纠合”的关系隶属宗族组织，“山越”受大族控制，“孙氏为首的若干宗族与其他宗族争夺劳动力的控制权”，一水之隔的会稽大族自然无法避免。

除了与会稽大族已成宿怨，对会稽平民也有侵伐之害，《三国志》载，以陆逊为代表的孙吴将领，多次征讨会稽民众叛乱：

> 孙权领会稽太守，不之郡，以雍为丞，行太守事，讨除寇贼，郡界宁静，吏民归服。④
>
> 会稽治贼吕合、秦狼等为乱，钦将兵讨击，遂禽合、狼，五县平定。⑤
>
> 时山阴宿贼黄龙罗、周勃聚党数千人，策自出讨，袭身斩罗、勃首。⑥

吕合等人都是会稽农民起义领袖，对他们的镇压，打击的是会稽的平民阶层，这必然招致会稽民众对一度以吴郡为政治中心的孙吴统治集团的憎恶。

---

① 吕思勉：《燕石札记》，商务印书馆1937年版，第102页。

② 唐长孺：《魏晋南北朝史论丛（外一种）》，河北教育出版社2000年版，第14页。

③ （晋）陈寿：《三国志・吴书・贺齐传》，第1377页。

④ （晋）陈寿：《三国志・吴书・顾雍传》，第1225页。

⑤ （晋）陈寿：《三国志・吴书・蒋钦传》，第1286页。

⑥ （晋）陈寿：《三国志・吴书・董袭传》，第1291页。

由此可见，吴郡士族在孙吴统治期间侵害会稽，使得会稽人士对吴郡士族积有宿怨，一定时机下就昭显出来。对戴逵的嘲谑，一定程度上是会稽人士借题发挥，醉翁之意实质上在针对吴郡士族。

二、南北人士心态

自晋武帝灭吴始，晋统治者对吴人先持征服者心态，《晋书·华谭传》曰：

> 又策曰："吴蜀恃险，今既荡平。蜀人服化，无携贰之心；而吴人趑雎，屡作妖寇。岂蜀人敦朴，易可化诱；吴人轻锐，难安易动乎？今将欲绥静新附，何以为先？"对曰："臣闻汉末分崩，英雄鼎峙，蜀栖岷陇，吴据江表。至大晋龙兴，应期受命，文皇运筹，安乐顺轨；圣上潜谋，归命向化。蜀染化日久，风教遂成；吴始初附，未改其化，非为蜀人敦悫而吴人易动也。然殊俗远境，风土不同，吴阻长江，旧俗轻悍。所安之计，当先筹其人士，使云翔阊阖，进其贤才，待以异礼；明选牧伯，致以威风；轻其赋敛，将顺咸悦，可以永保无穷，长为人臣者也。"①

"旧俗轻悍"的吴人，被认为在短期内难以完全征服，选材任用就成了笼络吴人的重要手段。晋刚灭亡东吴时就已经采取该策略："吴之旧望，随才擢叙。孙氏大将战亡之家徙于寿阳，将吏渡江复十年，百姓及百工复二十年。"②

至华谭时，再提该策，其本吴人，在进献晋武帝的对策中，站在吴人角度肯定了笼络手段的适用。然而在孙吴归顺初期，此种笼络诚意不足，华谭以及包括出自"吴郡四姓"的陆机兄弟在内入职晋朝的东吴士人，遭受羞辱的事情时有发生：

> 博士王济于众中嘲之曰："五府初开，群公辟命，采英奇于仄陋，拔贤俊于岩穴。君吴楚之人，亡国之余，有何秀异而应斯举？"谭答曰："秀异固产于方外，不出于中域也。是以明珠文贝，生于江郁之滨；夜光之璞，出乎荆蓝之下。故以人求之，文王生于东夷，大禹生于西羌。子弗闻乎？昔武王克商，迁殷顽民于洛邑，诸君得非其苗裔乎？"济又曰："夫危而不持，颠而不扶，至于君臣失位，国亡无主，凡在冠带，将何所取哉！"答曰："吁！存亡有运，兴衰有期，天之所废，人不能支。徐偃修仁

---

① (唐)房玄龄等:《晋书·华谭传》,第1450页。

② (唐)房玄龄等:《晋书·武帝纪》,第72页。

义而失国，仲尼逐鲁而逼齐，段干偃息而成名，谅否泰有时，曷人力之所能哉！"①

卢志于众坐问陆士衡："陆逊、陆抗，是君何物？"答曰："如卿于卢毓、卢珽。"士龙失色。既出户，谓兄曰："何至如此，彼容不相知也？"士衡正色曰："我父祖名播海内，宁有不知，鬼子敢尔！"②

陆士衡初入洛，咨张公所宜诣，刘道真是其一。陆既往，刘尚在哀制中。性嗜酒，礼毕，初无他言，唯问："东吴有长柄壶卢，卿得种来不？"陆兄弟殊失望，乃悔往。③

初，宦人孟玖弟超并为颖所嬖宠。超领万人为小都督，未战，纵兵大掠。机录其主者。超将铁骑百余人，直入机麾下夺之，顾谓机曰："貉奴能作督不！"④

孙秀降晋，晋武帝厚存宠之，妻以姨妹蒯氏，室家甚笃。妻尝妒，乃骂秀为"貉子"。秀大不平，遂不复入。⑤

华谭为亡国士人，陆氏兄弟为亡国大族，孙秀为亡国宗族，在晋朝都同遭中原人士的讥讽，其他入仕晋朝的江东士人状况，也定然可知。

新朝为官的窘境，迫使江东士宦间的相处有了新的变化：

会交州刺史陶璜卒，以彦为南中都督、交州刺史。重饷陆机兄弟，机将受之，云曰："彦本微贱，为先公所拔，而答诏不善，安可受之！"机乃止。因此每毁之。长沙孝廉尹虞谓机等曰："自古由贱而兴者，乃有帝王，何但公卿。若何元干、侯孝明、唐儒宗、张义允等，并起自寒微，皆内侍外镇，人无讥者。卿以士则答诏小有不善，毁之无已，吾恐南人皆将去卿，卿便独坐也。"于是机等意始解，毁言渐息矣。⑥

据前文所引，陆氏兄弟对待北人卢志的侵犯，反应激烈，而对吴郡寒族出身

---

① (唐)房玄龄等：《晋书·华谭传》，第1452页。《世说新语·言语》载蔡洪事与此雷同，余嘉锡案：《书钞》七十九引《晋中兴书》云："华谭举秀才，至洛，王济嘲之。"又引干宝《晋纪》云"周浚举华谭为秀才，王武子嘲之"云云。其问答之辞，与《世说》颇异，而意同。唐修《晋书》，采入《华谭传》。又称谭尝荐干宝于朝。则谭之言行，宝当知之甚详。宝实良史，必不阿所好，抄袭蔡洪之辞以为谭语。宜乎孝标以《世说》为穿凿也。参见余嘉锡笺疏：《世说新语笺疏·言语》，第92页。

② 余嘉锡笺疏：《世说新语笺疏·方正》，第329页。

③ 余嘉锡笺疏：《世说新语笺疏·巧艺》，第849页。

④ (唐)房玄龄等：《晋书·陆机传》，第1480页。

⑤ 余嘉锡笺疏：《世说新语笺疏·惑溺》，第1012～1013页。

⑥ (唐)房玄龄等：《晋书·吾彦传》，第1563页。

的吾彦，却能尽释前嫌，这正源于新朝官场的压力，使得“南人”自觉联合，与“北人”形成两股政治力量，相互抗衡。

北人对南人势力上的压制，在“五马渡江”、东晋建立后则出现异变：“时中国亡官失守之士避乱来者，多居显位，驾御吴人，吴人颇怨。”[①]即北人相对于南人而言，仍然在官场上占据一定的优势。但渡江而来的北人，心中不免有寄人篱下之感，东晋建立者晋元帝也不例外：“元帝始过江，谓顾骠骑曰：‘寄人国土，心常怀惭。’荣跪对曰：‘臣闻王者以天下为家，是以耿、亳无定处，九鼎迁洛邑。愿陛下勿以迁都为念。’”[②]江东大族的顾荣，乃东晋建立之功臣，与过江君臣此刻已达成合作，此番回答，用意在于向元帝表明支持其在江东立国。如此，渡江而来的北方君臣面对的形势是东吴覆国之怨尚且没有完全消弭，晋朝也尚未令江东强族完全臣服，而政局却突然转变，原本没有话语权的南人，悄然取得了一定主导权，诸多情形下不再需要仰人鼻息，《世说新语》记载两则王导与陆玩的轶事，从中便可看出一二：

> 王丞相初在江左，欲结援吴人，请婚陆太尉。对曰：“培塿无松柏，薰莸不同器，玩虽不才，义不为乱伦之始。”[③]
>
> 陆太尉诣王丞相，王公食以酪。陆还遂病。明日与王笺云：“昨食酪小过，通夜委顿。民虽吴人，几为伧鬼。”[④]

余嘉锡案：“王、陆先世，各有名臣，而功名之盛，王不如陆。过江之初，王导勋名未著，南人方以北人为伧父，故玩托词以拒之。其言虽谦，而意实不屑也。”[⑤]

与之相同，对寄居己土的北人，南人也呈现出更加明显的隔阂。三吴地区作为北人渡江后重要的活动区域，这种现象尤为突出：

> 王子猷尝行过吴中，见一士大夫家极有好竹。主已知子猷当往，乃洒扫施设，在听事坐相待。王肩舆径造竹下，讽啸良久。主已失望，犹冀还当通，遂直欲出门。主人大不堪，便令左右闭门不听出。王更以此赏主人，乃留坐，尽欢而去。[⑥]
>
> 王子敬自会稽经吴，闻顾辟疆有名园。先不识主人，径往其家，值

① （唐）房玄龄等：《晋书·周勰传》，第1574页。
② 余嘉锡笺疏：《世说新语笺疏·言语》，第100页。
③ 余嘉锡笺疏：《世说新语笺疏·方正》，第336页。
④ 余嘉锡笺疏：《世说新语笺疏·排调》，第871～872页。
⑤ 余嘉锡笺疏：《世说新语笺疏·方正》，第337页。
⑥ 余嘉锡笺疏：《世说新语笺疏·简傲》，第856页。

顾方集宾友酣燕。而王游历既毕，指麾好恶，傍若无人。顾勃然不堪曰："傲主人，非礼也；以贵骄人，非道也。失此二者，不足齿人，伧耳！"便驱其左右出门。王独在舆上，回转顾望，左右移时不至，然后令送著门外，怡然不屑。[①]

王子猷、王子敬生长于会稽，已然有别于在北方长成的渡江诸人，与吴中士大夫接触时却极为"简傲"，举措甚至不合常情，这无疑在一定程度上要归因于王氏子弟同吴中士族缺乏交往，南北身份带来的家族间的隔阂难以打破。复以王子猷雪夜访戴逵的举动考量，王氏子弟面对南方士人的"简傲"行径实质是"道不同，不相为谋"下的选择。

明了南北隔阂，就易于理解戴逵被称为"吴中高士"的原因。戴逵本为谯郡人，渡江后一直寓居会稽，因逃避朝廷征召才逃至吴郡暂时躲避，很快便返回剡县，会稽人士仍对戴逵冠以"吴中高士"之称，这自然是如前节所言，属于借题发挥，却也同时反映了会稽人士与北人的隔阂，戴逵并未因为长期寓居会稽而被视作本郡人士，应谶而死的谢敷才属于会稽大族，真正受到会稽士人认同。

三、时代风尚与时政

戴逵与谢敷，除了地缘上的区别，造成会稽士人有厚此薄彼之嫌，二者隐居方式差异的影响也不可忽略。有关于此，《晋书·谢敷传》当是本檀道鸾《续晋阳秋》，后者对此相关载记，如今以《世说新语》刘注为详细，现俱征引如下：

谢敷字庆绪，会稽人，崇信释氏。初入太平山中十余年，以长斋供养为业，招引同事，化纳不倦。以母老还南山若邪中。内史郗愔表荐之，征博士，不就。初，月犯少微星，一名处士星。古云："以处士当之。"时戴逵居剡，既美才艺而交游贵盛，先敷著名，时人忧之。俄而敷死，会稽人士以嘲吴人云："吴中高士，便是求死不得。"(《续晋阳秋》[②])

谢敷字庆绪，会稽人也。性澄靖寡欲，入太平山十余年。镇军郗愔召为主簿，台征博士，皆不就。初，月犯少微，少微一名处士星，占者以隐士当之。谯国戴逵有美才，人或忧之。俄而敷死，故会稽人士以嘲吴

① 余嘉锡笺疏：《世说新语笺疏·简傲》，第856～857页。

② 余嘉锡笺疏：《世说新语笺疏·栖逸》，第731页。

人云："吴中高士，便是求死不得死。"(《晋书·谢敷传》[①])

谢敷过着儒家传统所谓的典型隐士生活，离群索居；戴逵则不同，他"交游贵盛"，认为只要坚持根本，外在形式并非关键："夫亲没而采药不反者，不仁之子也；君危而屡出近关者，苟免之臣也。而古之人未始以彼害名教之体者何？达其旨故也。达其旨，故不惑其迹。"[②]他对元康士人放荡行径予以批判，对竹林七贤则寄寓理解："然竹林之为放，有疾而为颦者也，元康之为放，无德而折巾者也，可无察乎！"[③]对竹林七贤的倾心还表现在他撰著《竹林七贤论》上，对嵇康、阮籍之流深表倾慕。可以说北来的戴逵自身深受名士之风影响。钱锺钟书阐释"名士"内涵流变云："《礼记》之'名士'谓有名而不仕者，《史》、《汉》之'名士'则谓有名而犹未仕者；至魏晋则凡得名早于得官者，虽已仕宦贵达，亦仍称'名士'，且浸假推于及诸余著名之闻人，原意遂掩。"[④]戴逵得竹林七贤之旨，却能避免与七贤一般身陷仕途，所以时人称之"通隐"："多与高门风流者游，谈者许其通隐。屡辞征命，遂著高尚之称。"[⑤]

戴逵固然屡次推辞朝廷征召，但其"交游贵盛""与高门风流者游"的做法，在"隐士"范畴内，同入山隐居、不接世务的谢敷相比，还是显得不够纯粹。吉川中夫先生云："伴随着作为稳定体制的门阀贵族社会的确立，出现了与以往极为不同形态的逸民。如果先讲出结论的话，那就是不避世的逸民和不艰苦的隐逸。"[⑥]此看法与会稽士人对戴逵生存状态的理解当是相差不远。

戴逵此般"交游贵盛"生活方式，在会稽士人为谢敷"争取"隐士声誉时，显然会被攻讦得最为严重。《晋书·戴逵传》云：

孝武帝时，以散骑常侍、国子博士累征，辞父疾不就。郡县敦逼不已，乃逃于吴。吴国内史王珣有别馆在武丘山，逵潜诣之，与珣游处积旬。会稽内史谢玄虑逵远遁不反，乃上疏曰："伏见谯国戴逵希心俗表，不婴世务，栖迟衡门，与琴书为友。虽策命屡加，幽操不回，超然绝迹，

① (唐)房玄龄等：《晋书·谢敷传》，第2456～2457页。

② (唐)房玄龄等：《晋书·戴逵传》，第2457页。卞东波认为戴逵受"玄学的崇本息末的思想"影响，参见卞东波：《东晋隐士戴逵及其〈放达为非道论〉与晋宋风气之转变》，《古典文学知识》2011年第6期，第51～56页。

③ (唐)房玄龄等：《晋书·戴逵传》，第2458页。

④ 钱锺书：《管锥编》，中华书局1979年版，第284页。

⑤ 余嘉锡笺疏：《世说新语笺疏·雅量》，第411页。

⑥ [日]吉川中夫：《六朝精神史研究》，王启发译，江苏人民出版社2010年版，第19页。

自求其志。且年垂耳顺，常抱羸疾，时或失适，转至委笃。今王命未回，将离风霜之患。陛下既已爱而器之，亦宜使其身名并存，请绝其召命。”疏奏，帝许之，逵复还剡。[①]

且不论其逃避征召而出逃的距离之近、时间之短、所居之胜，与王珣游处就似乎是最与避征违悖的行为。据《晋书·王珣传》载：“迁侍中，孝武深杖之。转辅国将军、吴国内史，在郡为士庶所悦。”[②]在任吴国内史之前，王珣已深得孝武帝倚重，戴逵寄寓在其别馆来逃避孝武帝的征召，显然目的与手段不合。此后，戴逵复被朝廷征召两次，都与王珣举荐有关，可见戴逵由会稽至吴郡逃避的做法，并没有给王珣留下深刻的戴逵绝意仕途的印象。究其原因，戴逵至吴郡实际与朝堂政局中主相不合有关。

孝武帝时，琅琊王司马道子秉政，因委任王绪等人致朝政混乱，时人对此深为不满：

时有人为《云中诗》以指斥朝廷曰：“相王沉醉，轻出教命。捕贼千秋，干豫朝政。王恺守常，国宝驰竞。荆州大度，散诞难名；盛德之流，法护、王宁；仲堪、仙民，特有言咏；东山安道，执操高抗，何不征之，以为朝匠？”荆州，谓王忱也；法护，即王珣；宁，即王恭；仙民，即徐邈字；安道，戴逵字也。[③]

讽谏朝廷应隔绝小人、任用贤才。主相矛盾的加深，使孝武帝“乃出王恭为兖州，殷仲堪为荆州，王珣为仆射，王雅为太子少傅，以张王室，而潜制道子也”[④]，所提拔的王恭、殷仲堪、王珣正列位《云中诗》所称“盛德之流”。民意是孝武帝可用以撼动司马道子的手段，任用被司马道子埋没的贤才自然能树立明君形象，使形势朝自己有利的方向发展。因而同在“盛德之流”的戴逵也必然不会被孝武帝遗漏不用，于是累次征召，“郡县敦逼不已”，甚至戴逵托词“父疾”也无法得以免召。

况且戴逵所处会稽郡一直属于司马道子分封区域：“年十岁，封琅邪王，食邑一万七千六百五十一户，摄会稽国五万九千一百四十户”[⑤]，“及恭帝为琅邪王，道子受封会稽国，并宣城为五万九千户。”[⑥]身受竹林名士之风影响

① （唐）房玄龄等：《晋书·戴逵传》，第2458～2459页。
② （唐）房玄龄等：《晋书·王珣传》，第1756页。
③ （唐）房玄龄等：《晋书·司马道子传》，第1735页。
④ （唐）房玄龄等：《晋书·司马道子传》，第1735页。
⑤ （唐）房玄龄等：《晋书·司马道子传》，第1732页。
⑥ （唐）房玄龄等：《晋书·司马道子传》，第1735页。

的他，不至盖棺定论都不足以断定绝无出仕可能，因而处在司马道子封国之内，面对与司马道子已生嫌隙的孝武帝，戴逵不得不做出一定的表态，来划清与角力两方的界限。于是戴逵以累次拒绝征召来表明不仕之志，又以与王珣交游向孝武帝传递不与包括司马道子在内的任何一方合作的态度。时人仅看到戴逵面对征召时有违常理的表象，而未能体会其所作所为恐是当时政局下做到保持"通隐"生活状态的"最优解"。

质言之，戴逵并无与谢敷争"隐士"之名的动机，更未曾有"求死"来应谶纬的荒谬举动，其躲避征召又交游贵盛仅仅是"通隐"生活方式下的权衡抉择。

参考文献

（晋）陈寿：《三国志》，中华书局1959年版。

（南朝宋）刘义庆撰，（南朝梁）刘孝标注，余嘉锡笺疏：《世说新语笺疏》，中华书局2016年版。

（唐）房玄龄等：《晋书》，中华书局1974年版。

唐长孺：《魏晋南北朝史论丛（外一种）》，河北教育出版社2000年版。

万绳楠整理：《陈寅恪魏晋南北朝史讲演录》，贵州人民出版社2007年版。

读书会时间：2019年10月

南北朝《邶》《鄘》《卫》分编与称名论考

——以《世说新语》刘注为例

陈曲*

《诗序》将《邶》《鄘》《卫》称为"变风之首"。从编排次序来看,《邶风》《鄘风》《卫风》位处《周南》《召南》之后,居"十三国风"之首;从诗歌数量上看,今本《毛诗》所存三十九篇之多,约占《国风》诗歌总数的四分之一。可见《邶》《鄘》《卫》是"诗三百"相当重要的组成部分。对三者分编问题的探讨,是对其展开深入研究的前提,同时也关系到鲁、齐、韩三家诗与毛诗的源流考辨。

南北朝时期,《邶风》《鄘风》《卫风》中的诗句常被引作注解的形式附着在文学作品之后。对《邶》《鄘》《卫》三风诗在南北朝征引情况的梳理,不仅能反映出《诗经》在这一时期的传播与接受情况,还能从中窥见毛诗由汉至魏晋南北朝时期的发展脉络,及其在流传过程中发生的新变。

一、《邶》《鄘》《卫》的分编时间

早在先秦典籍中就有关于《邶》《鄘》《卫》的记载。《左传·襄公二十九年》提及"季札观乐"一事,季札出使鲁国,乐工为之歌《邶》《鄘》《卫》。季札曰:"美哉,渊乎!忧而不困者也。吾闻卫康叔、武公之德如是,是其卫风乎?"①季札将《邶》《鄘》《卫》统归于"卫风",并以类比的形式分别论述了《周南》《召南》以及《周颂》《鲁颂》《商颂》的风格特点。此外,《左传·襄公三十一年》载北宫文子所言:"卫诗曰:'威仪棣棣,不可选也。'言君臣上下,父子

---

* 陈曲,1996年生,江西萍乡人,山东大学文学院中国古代文学2018级硕士研究生,师从李剑锋教授,魏晋南北朝文学方向。

① (晋)杜预注,(唐)孔颖达疏:《春秋左传正义》卷三九,阮刻《十三经注疏》本。

兄弟，内外大小，皆有威仪也。”[①]此句出自今本《诗经》中的《诗·邶风·柏舟》一篇，但北宫文子在引用时却称其为“卫诗”。据此，后人对《邶》《鄘》《卫》的分编时间产生了两种不同看法，一种认为现存的分编体例是承自周制，另一种则认为三卷的分编始于汉代。

古代学者对《邶》《鄘》《卫》的分编始于周代编诗旧制的说法很少提出异议。班固《汉书·地理志》曰：“河内本殷之旧都，周既灭殷，分其畿内为三国，《诗·风》邶、鄘、卫国是也。”[②]班固所言涉及《国风》的命名与地域之间的关系。班固认为《邶风》《鄘风》与《卫风》是根据各诸侯国的封号来命名的，从侧面肯定了三者的独立成编。此后郑玄也认可班固的这一说法，《诗谱》曰：“更于此三国建诸侯，以殷余民封康叔于卫使为之长。后世子孙稍并彼二国混而名之。……故作者各有所伤，从其国本而异之，以《邶》《鄘》《卫》之诗焉。”[③]郑玄以为，在周公平定“三监”之乱后，邶地、鄘地虽划归卫国管辖，但三地诗歌的命名仍旧保留了故国的封号，本质上也是对邶诗、鄘诗与卫诗分编为三的解释与补充。

首先对《邶》《鄘》《卫》的分编提出疑问的是顾炎武。《日知录》卷三云：“《邶鄘卫》者，总名也，不当分某篇为《邶》，某篇为《鄘》，某篇为《卫》。分而为三者，汉儒之误。”[④]顾炎武认为《邶风》《鄘风》《卫风》原本不分编，《邶鄘卫》是作为《国风》之一的总名而存在，将其分编为三的做法属于汉儒的误分，原因是“以此诗之简独多，故分三名以各冠之，而非夫子之旧也”[⑤]。顾炎武援引上述《左传》二例，认为北宫文子之所以称《邶风》首篇《柏舟》为“卫诗”，是出于“累言”与“专言”的差别，“是知累言之，则曰《邶鄘卫》；专言之，则曰《卫》。犹之言‘殷商’，言‘荆楚’云尔”[⑥]，顾炎武以“殷商”与“荆楚”二词为例，来佐证自己对“邶鄘卫”与“卫”称谓关系的推论。顾炎武认为邶诗、鄘诗与卫诗的分编始于汉儒的这一说法对后世影响较大，陈奂《诗毛氏传疏》曰：“盖周太师旧次本三国不分，编诗者见其篇什繁多，较异他国，乃分之为三，犹雅之有什焉尔。”[⑦]魏源《诗古微》云：“《卫风》凡四十篇，较诸国繁重，故

① （晋）杜预注，（唐）孔颖达疏：《春秋左传正义》卷四〇，阮刻《十三经注疏》本。
② （汉）班固撰，（唐）颜师古注：《汉书》，中华书局1962年版，第1647页。
③ （汉）郑玄笺，（唐）孔颖达疏：《毛诗正义》卷二，阮刻《十三经注疏》本。
④ （清）顾炎武撰，严文儒、戴扬本点校：《日知录》卷三，上海古籍出版社2012年版，第135页。
⑤ （清）顾炎武：《日知录》卷三，第135页。
⑥ （清）顾炎武：《日知录》卷三，第135页。
⑦ （清）陈奂：《诗毛氏传疏》卷三，漱芳斋影印本1851年版。

分其简编以代什数者，不独毛诗，鲁诗亦然。”[①]二者都赞同顾炎武提出的汉儒“以此诗之简独多”而分编为三的说法，魏源还进一步指出，汉代《诗经》学派将《邶》《鄘》《卫》立为三编的做法并非仅限于毛诗一家，鲁诗也同样采用了这种方法。以顾炎武为代表的上述观点在《诗经》研究界影响甚大，几成定论。

针对顾炎武的说法，胡承珙进行了驳斥，《毛诗后笺》卷三云：

> 邶、鄘、卫同风，故编诗以类相次，而入乐亦以部相从，必非累言、单言之谓。即如《左传》为之歌《周南》、《召南》，亦合言之，岂可谓不分某篇为《周》、某篇为《召》乎？北宫文子以《邶》为《卫》，则由三国皆系卫诗，正如《序》于每篇皆言卫耳。[②]

胡承珙认为《邶》《鄘》《卫》的分编是周代编诗时就存在的体例，但因为地域相连，诗风相近，往往合称为“卫诗”，正如《周南》《召南》也常被合称为“二南”，但却不能因此否认二者独立成编的诗歌体系。胡承珙由此推断《邶》《鄘》《卫》三者的关系正如《周南》与《召南》，在《诗经》中都是以分编的形式存在。胡承珙的说法虽有一定道理，但因为缺乏确凿有力的证据支撑，并没有在学界引起足够重视。

新世纪初，《上海博物馆藏战国楚竹书》的出版为《邶》《鄘》《卫》的分编研究提供了宝贵的文献资料。在出土的《孔子诗论》第26号简中，存有“北白舟闷”[③]字样的记载。研究者认为，“北”当作“邶”，“白”应为“柏”，所言应指《邶风》中的名篇《柏舟》。《柏舟》在《鄘风》中存在同名诗作，故在诗名前冠以“邶”字区分。而上海博物馆所藏“标本的时代在战国晚期”[④]，换言之，在战国晚期《诗经》的相关记载中，《邶风》已然是独立成篇的。由此可见，《邶》《鄘》《卫》的分编由来已久，并非汉儒的误分。

二、《世说新语》刘孝标注引“卫诗”情况

魏晋时期，士人常借助《诗经》中的诗题或诗句作为典故，使谈话显得简洁含蓄又极富意蕴，这在《世说新语》所记载的人物言行中可见一斑。但与前代不同的是，先秦两汉时期，人们在引用《诗经》时，会于句前注明“诗云”

---

① (清)魏源：《诗古微》，《魏源全集》，岳麓书社2005年版，第213页。

② (清)胡承珙撰，郭全芝校点：《毛诗后笺》卷三，黄山书社1999年版，第135页。

③ 马承源：《上海博物馆藏战国楚竹书》(一)，上海古籍出版社2001年版，第38页。

④ 马承源：《上海博物馆藏战国楚竹书》(一)，第2页。

"诗曰",或是冠以具体诗名,但就《世说新语》的记载来看,魏晋士人多将诗题或典故直接化用作谈话内容的一部分,鲜少点明其与《诗经》的联系。如《言语》第五十六条记载:

简文作抚军时,尝与桓宣武俱入朝,更相让在前。宣武不得已而先之,因曰:"伯也执殳,为王前驱。"简文曰:"所谓'无小无大,从公于迈。'"①

司马昱和桓温分别引用《诗·卫风·伯兮》与《诗·鲁颂·泮水》中的诗句,以诗答诗,体现出双方的谦退之意。受当时重视研习经典、崇尚儒玄双修的社会风气影响,魏晋士人兼具较高的文学素养、敏锐的洞察力以及丰富的情思,在语言表达上喜欢采用稍尽曲折才能领悟的形式,以此增添谈话的趣味性,或加深讽刺意味。魏晋士人虽然在交谈中惯于引经据典,但多是缘于特定情境的有感而发,因此不会特意强调诗句的来源与出处,而是将其化用为言谈的一部分。

刘孝标则对《世说新语》所引《诗经》的有关内容进行了详细注释。刘孝标的注引体例一般是先注明诗句出处,而后援引《毛诗故训传》等文献中的内容,对其中字词进行释义或简要概述原诗主旨。刘孝标所引的《诗经》类文献,除《规箴》第二十七条解释"甘棠"时采用了《韩诗外传》的释义,其他文献基本都来自毛诗系统。以上面提及的《言语》第五十六条为例,刘孝标在"伯也执殳,为王前驱"一句后注曰:"卫诗也。殳,长一丈二尺,无刃。"②与《毛传》中"殳,长丈二而无刃"③的表述基本一致,只对字词顺序稍加变化。再如《文学》第五十二条,刘孝标注云:"《大雅》诗也。毛苌注曰:'訏,大也。谟,谋也。辰,时也。'"④则是直接引用毛苌的诗注对句中字词进行释义。部分注释并没有直接标明诗歌出处,而是在《世说新语》条目后转引《诗经》中的原句作为参照,如《言语》第九十四条载张天锡所言"桑椹甘香,鸱鸮革响"⑤,刘孝标于句后注引《诗·鲁颂》:"翩彼飞鸮,集于泮林。食我桑椹,怀我好音。"⑥通过附录原句来还原诗歌情境,从而揭示所引典故的历史内涵

---

① (南朝宋)刘义庆撰,(南朝梁)刘孝标注,龚斌校释:《世说新语校释》,上海古籍出版社2011年版,第228页。

② 龚斌校释:《世说新语校释》,第228页。

③ (汉)毛亨传,(汉)郑玄笺,(唐)孔颖达疏:《毛诗注疏》,上海古籍出版社2013年版,第329页。

④ 龚斌校释:《世说新语校释》,第466页。

⑤ 龚斌校释:《世说新语校释》,第295页。

⑥ 龚斌校释:《世说新语校释》,第295页。

以及与当下结合的现实意义。

刘孝标在对《世说新语》提及的《诗经》内容进行注释时，所依据的文献基本来自《毛传》与《郑笺》，文字表达上也极为相似，但与今传《诗经》版本依旧存在出入，其中一例就与《邶》《鄘》《卫》的分编与称名相关。“卫诗”在刘注中总计被征引四次，相对《国风》其他篇目较多。除上述《言语》第五十六条外，分别见于《言语》第八十条及《文学》第三条。现将原文与刘孝标所注分列如下：

1.李弘度常叹不被遇。殷扬州知其家贫，问：“君能屈志百里不？”李答曰：“北门之叹，久以上闻。（刘注：“卫诗《北门》，刺仕不得志也。”）穷猿奔林，岂暇择木。”[①]（《言语》第八十条）

2.郑玄家奴婢皆读书。尝使一婢，不称旨，将挞之。方自陈说，玄怒，使人曳著泥中。须臾，复有一婢来，问曰：“胡为乎泥中？”（刘注：“卫《式微》诗也。毛公曰：‘泥中，卫邑名也。’”）答曰：“薄言往愬，逢彼之怒。”（刘注：“卫、邶《柏舟》之诗。”）[②]（《文学》第三条）

李充所抒“北门之叹”，指的是《诗经》中的名篇《北门》。《北门》所描绘的正是古时下层官吏的愁苦之态，与李充家境贫寒、仕途艰难的现状相契。刘注“刺仕不得志”一句，与《毛传》卷二《北门》序的文字内容基本一致。《文学》第三条记载的是郑玄家颇通诗书的两个小婢之间的对话，二者截取《诗经》中《式微》与《柏舟》的诗句，巧妙地实现了一问一答。单从文字内容上看，刘孝标所注与毛诗原文几无二致，但如果将各篇的称名与归类纳入参考范围，就能明显看出二者的差异。今本《诗经》将《北门》《式微》归入《邶风》，而刘孝标将其统称为“卫诗”。《柏舟》（亦泛其流）当属《邶风》，刘孝标在“邶”前加注“卫”字，虽然不排除是流传过程中出现的传抄或刊刻的失误，但结合上述各例来看，刘孝标更可能是将“卫诗”视作是邶诗、鄘诗与卫诗的总称。

经过上一章的论述，基本可以确定《邶》《鄘》《卫》的分编体例在汉代之前就已存在，毛诗对《国风》的分类与次序排列也十分明晰，但在《世说新语》刘注中却依然存在以“卫诗”代指这三类《国风》的现象。对此，研究界也产生了不同看法。王利器等学者认为这种情况属于刘孝标的误注，即原句中的“卫诗”应作“邶诗”，杨勇则提出：“《世说》注屡以《邶》《鄘》《卫》三者通名

① 龚斌校释：《世说新语校释》，第273页。

② 龚斌校释：《世说新语校释》，第373页。

《卫诗》者，则六朝之时，尚有古之遗制。”[①]杨勇将这一现象归结为六朝时期还保留着古时治《诗》的原貌，认为最初的《诗经》版本中“卫诗”是未经分编的，内容涵括了如今的《邶风》《鄘风》与《卫风》。就目前的文学证据来看，《诗经》的分编体系早在战国晚期就已确立，“古之遗制”这一说法显然不能成立，但“六朝”一词却昭示了新的研究路向，即《邶》《鄘》《卫》的分编体例在六朝，或者说南北朝这一历史时期是否存在特殊性。

三、南北朝《邶》《鄘》《卫》的分编与称名

魏晋时期，今文经学逐渐衰落，取而代之的是古文经学的兴起。鲁、齐、韩三家诗的具体原貌已不可考，但就现今可见的《诗经》传本及战国楚竹书的遗存文献来看，《邶》《鄘》《卫》分编为三是由来已久的，分编时间甚至可以追溯到战国晚期。而汉代的《诗经》学派也延续了这一传统，这在《毛诗故训传》与《毛诗传笺》中都有体现。但在刘孝标所作的《世说新语》注中，《邶风》《鄘风》《卫风》中的诗歌多是冠以“卫诗”的总称出现，这一现象在南北朝文学中并非个例。

南北朝时期的文学作品中，鲜少能见到与“邶诗”“鄘诗”直接相关的记载，多是以“卫风”“卫诗”等总称的形式出现。以郦道元的《水经注》为例，注文征引“卫诗”并标明诗句来源的共六处，其中两处提到的“卫诗”篇目与今本《诗经·卫风》相合，不再赘述。三处将邶诗注作“卫诗”，如卷八引“思须与曹”[②]以及卷九引“我思肥泉，兹之永叹”[③]二句，原出自《诗·邶风·泉水》，但郦道元皆注为“卫诗”。另有一处是将鄘诗归为“卫诗”，《水经注》卷八云：“又北迳景山东，卫诗所谓‘景山与京’者也。”[④]诗句出自《诗·鄘风·定之方中》，注文也同样将其称作“卫诗”。除《水经注》外，《齐民要术》卷二记载：“卫诗曰‘匏有苦叶’。”[⑤]《匏有苦叶》在今本《诗经》中被归入《邶风》，《齐民要术》则以“卫诗”代称。在南北朝文人的诗赋作品中，“卫风”“卫诗”也常被视作一种具有特定代表性的艺术风格被运用到写作中，如鲍照《咏采桑》云“卫

---

① (南朝宋)刘义庆撰，(南朝梁)刘孝标注，杨勇校笺：《世说新语校笺》，中华书局 2007 年版，第 122 页。

② (北魏)郦道元原注，陈桥驿注释：《水经注》，浙江古籍出版社 2013 年版，第 106 页。

③ (北魏)郦道元原注，陈桥驿注释：《水经注》，第 128 页。

④ (北魏)郦道元原注，陈桥驿注释：《水经注》，第 113 页。

⑤ (北魏)贾思勰：《齐民要术》，《四部丛刊》景明钞本。

风古愉艳，郑俗旧浮薄”①，以及江淹《丽色赋》“笑月出于陈歌，感蔓草于卫诗”②。与此相对，这一时期极少出现带有“邶诗”或“鄘诗”字样的诗文，可见刘孝标所作《世说新语》注并不是南北朝时期以“卫诗”代指《邶》《鄘》《卫》诗篇的孤例，以“卫诗”或“卫风”统称邶诗、鄘诗与卫诗在当时属于相对普遍的文学现象。

《邶》《鄘》《卫》在南北朝时期是否真的存在独立于毛诗之外的分编体制？答案应当是否定的。虽然当时流传的《诗经》版本已无从得见，但就现存的文献资料来看，南北朝时期通行的《诗经》传本中《邶》《鄘》《卫》应是分编为三的。首先，南北朝儒生是在汉魏经学的基础之上发展义疏之学，三家诗在晋代的逐渐寥落，使得毛诗在南北朝时期的经学研究中占据了极为重要的地位。《北史·儒林传》序言：“《诗》则并主于毛公，《礼》则同遵于郑氏。”③这一时期的治诗者多重视训诂，即以毛《传》与郑《笺》为文本依据，着重阐发诗歌意旨或注重诗句内容考证，于其他方面并没有过于深入的拓展。就南北朝经学的研究内容与治诗者对毛《传》的重视程度而言，毛诗中《邶》《鄘》《卫》的分编体例在这一时期很难发生较大改变。其次，《诗经》的编写体例若在当时发生改变，治诗者应会给予足够的重视，但在这一时期的文学史中并没有出现任何与之相关的记载。最后，南北朝部分文学作品也可以为三者的分编提供佐证。以《世说新语》刘注为例，刘孝标在《文学》第三条注“卫、邶《柏舟》之诗”，以“邶”作为区分《邶风》与《鄘风》中的同名诗篇《柏舟》的依据，等于承认在“卫诗”这一泛化概念的总称下，诗歌体系仍旧保留了邶诗、鄘诗与卫诗三者的独立分编。因此，以“卫诗”代指《邶》《鄘》《卫》的文学习惯与三风诗的分编并不矛盾。

实际上，将邶诗、鄘诗与卫诗合称为“卫诗”或“卫风”的现象，并不独见于南北朝时期，在这之前，东晋王嘉所撰《拾遗记》引述“期我乎桑中”一句时将其归为“卫风”④，此后，唐代李善注谢惠连《雪赋》云：“王乃歌《北风》于卫诗，咏《南山》于周雅。”⑤所以“卫诗”的称名并非始于南北朝，其对文学史的影响也不仅限于这一时期。以“卫诗”代指三风诗的现象之所以在南北朝时

① （南朝宋）鲍照撰，丁福林、丛玲玲校注：《鲍照集校注》，中华书局2016年版，第438页。

② （南朝梁）江淹撰，（明）胡之骥注：《江文通集汇注》，中华书局1984年版，第75页。《邶风》《鄘风》《卫风》中并没有涉及“蔓草”的诗篇，“蔓草”典故应出自《诗·郑风·野有蔓草》，此处应属江淹误记。

③ （唐）李延寿：《北史》，中华书局1974年版，第2709页。

④ （晋）王嘉：《拾遗记》卷一，清文渊阁《四库全书》本。

⑤ （梁）萧统编，（唐）李善、吕延济等注：《六臣注文选》，中华书局1987年版，第250页。

期如此盛行，笔者推测其原因可能有三：一是地理位置，二是诗歌叙事，三是诗乐分离。邶、鄘、卫三地本就相邻，同属殷商旧都，“自纣城而北谓之邶，南谓之鄘，东谓之卫”①。邶、鄘、卫地理位置的接近也能从诗歌中得到体现，如《诗·邶风·泉水》云“毖彼泉水，亦流于淇”②，《诗·鄘风·桑中》云“送我乎淇之上矣”③，再如《诗·卫风·淇奥》云“瞻彼淇奥，绿竹猗猗”④，三首诗皆提及“淇水”这一意象，一衣带水，足以说明三地的相近。此外，以卫地代称邶地与鄘地的说法古已有之，《诗序》就屡次将《邶风》与《鄘风》的诗歌主人公视为卫国人，如《北门》序云：“北门，刺仕不得志也，言卫之忠臣不得其志尔。”⑤邶、鄘在经历“管蔡之乱”后被统归于卫，而卫国也是存留时间最长的周代诸侯国，直至秦二世才最终灭亡。因此在称名上，后人多习惯以卫地代指邶、鄘、卫三地。三地诗源的相近，加之合并后地域文化的交融，逐渐形成“三国之诗相与同风”的现象。

《邶》《鄘》《卫》不仅是诗风相似，叙事内容也存在重合之处。苏辙《诗集传》卷一曰：“《邶》《鄘》之诗，学者以为卫矣，何也？叙以卫也。”⑥苏辙认为《邶风》与《鄘风》中的诗篇被学者归作“卫诗”的主要原因是因为诗歌叙述的内容属于卫国之事。朱熹认为“邶、鄘地既入卫，其诗皆为卫事，而犹系其故国之名，则不可晓”⑦，朱熹虽然对《邶》《鄘》《卫》保留故国名号的原因仍旧存疑，但对诗歌叙事内容的看法与苏辙一致，二者都认为邶诗与鄘诗所叙“皆为卫事”。诗风的近似与叙事内容的相同，使得后人在称引《邶风》与《鄘风》中的诗篇时往往将其通名为“卫诗”。

另外还有学者指出，《邶》《鄘》《卫》分编的原因在于三者的音声或曲调存在不同。王应麟《诗地理考》中引薛季宜之言：“邶、鄘灭而音存，故非卫所能乱。”⑧薛季宜认为邶国和鄘国虽然被并入卫国，但故地原有的乡音或独特声调却不会因为诸侯国的兼并而被完全同化或因此消失，还能凭借诗歌得以保留下来。翟相君《邶鄘卫分编臆断》一文，围绕“卫诗”的篇次、章数、曲调的关系展开详细讨论，认为《诗三百》的编选者最初是按照《邶》《鄘》《卫》

① (唐)孔颖达疏：《毛诗注疏》，第 148 页。
② (唐)孔颖达疏：《毛诗注疏》，第 225 页。
③ (唐)孔颖达疏：《毛诗注疏》，第 262 页。
④ (唐)孔颖达疏：《毛诗注疏》，第 294 页。
⑤ (唐)孔颖达疏：《毛诗注疏》，第 230 页。
⑥ (宋)苏辙：《诗集传》卷一，清文渊阁《四库全书》本。
⑦ (宋)朱熹：《诗集传》，上海古籍出版社 1958 年版，第 15 页。
⑧ (宋)王应麟：《诗地理考》卷一，明崇祯毛氏汲古阁刻津逮祕书十五集一百四十一种本。

的不同曲调对诗歌进行排列。该说虽仍缺乏决定性的证据支撑，但却能弥补部分诗篇无法单凭作者的所属国或诗歌内容来阐释其分类原因的不足。魏晋时期礼崩乐坏的现象，冲击了原本诗乐相合的稳定乐制，使得诗与乐二者逐渐分离，《邶风》《鄘风》与《卫风》声调间的差异也无法再从诗歌中得到体现。“（唐代）《五经正义》编成，从此，疏解、训诂和文字有了标准的定本，一字一义不能有所出入。”[①]唐代对经学研究的规范使得《邶》《鄘》《卫》三风诗的界定和分类得以明晰，所以在唐初时虽然也存在以“卫诗”代称三风诗的现象，但在后代却逐渐减少，这也使得南北朝在《诗经》学史上成为一段相对特殊的历史时期。

《邶》《鄘》《卫》的分编及原因在文学史上备受争议，上海博物馆藏战国楚竹书中的《孔子诗论》证明其分编时间应远早于汉代，并非是汉儒的误分。《世说新语》刘孝标注在征引《邶》《鄘》《卫》三风诗时皆通名为“卫诗”，并非因为南北朝时期存在异于毛诗的分编体例，而是受当时以“卫风”“卫诗”作为三风诗总称的文学习惯影响。南北朝时期通行的《诗经》版本已不可见，故缺乏相应的文献资料来验证这一称名的由来，对不同时期《诗经·国风》类目称名的研究仍存在有待开拓的空间。

参考文献

（南朝宋）刘义庆撰，（南朝梁）刘孝标注，杨勇校笺：《世说新语校笺》，中华书局 2007 年版。

（南朝宋）刘义庆撰，（南朝梁）刘孝标注，龚斌校释：《世说新语校释》，上海古籍出版社 2011 年版。

（晋）杜预注，（唐）孔颖达疏：《春秋左传正义》，阮刻《十三经注疏》本。

（汉）班固撰，（唐）颜师古注：《汉书》，中华书局 1962 年版。

（汉）郑玄笺，（唐）孔颖达疏：《毛诗正义》，阮刻《十三经注疏》本。

读书会时间：2020 年 11 月 4 日

① 洪湛侯：《诗经学史》，中华书局 2004 年版，第 229 页。

从《世说新语》以物拟人条目看东汉魏晋“德才”观念之演进

黄长明*

人物品藻作为《世说新语》的重要主题，大量运用了以自然物象比拟人物的方法。本文将以此为切入点，简要探讨相关条目中所体现的东汉至两晋“德才”观念的发展。

“德”“才”是人物品藻的重要内容，才性论也一直是玄学家们清谈的焦点，如《文学》五一：

> 支道林、殷渊源俱在相王许。相王谓二人：“可试一交言。而才性殆是渊源崤、函之固，君其慎焉！”支初作，改辙远之，数四交，不觉入其玄中。相王抚肩笑曰：“此自是其胜场，安可争锋！”①

支道林有意识地避开才性问题，但又“不觉入其玄中”，可见才性问题是玄谈绕不开的话题，显示出其在玄学和人物品藻乃至整个魏晋时期的重要性。刘孝标在《文学》“钟会撰四本论始毕”条后引《魏志》曰：

> 会论才性同异，传于世。四本者，言才性同，才性异，才性合，才性离也。尚书傅嘏论同，中书令李丰论异，侍郎钟会论合，屯骑校尉王广论离。文多不载。

---

* 黄长明，男，1995年生，江西赣州人，山东大学文学院文艺美学研究中心2018级硕士研究生、2021级博士研究生，先后师从李飞老师、韩清玉老师，中国文学批评史方向。

① （南朝宋）刘义庆撰，（南朝梁）刘孝标注，余嘉锡笺疏：《世说新语笺疏》，中华书局2016年版，第258页。本文所引《世说新语》原文、刘孝标注及余嘉锡笺疏，如无特殊标注，皆引自该本，后文相关引用不再标注。

陈寅恪先生从政治立场的角度分析才性四本论，曹操作为内廷之阉宦属于非儒家之寒族，司马氏作为外廷之士大夫则是儒家之信徒。故主张“才性同”的傅嘏和“才性合”的钟会是司马氏一派，主张“才性异”的李丰和“才性离”的王广是曹操一派。[①] 可见才性问题，即“德才”观的演变与魏晋之政治有极大关系。

一、东汉

《世说新语》中用自然物象进行人物品藻的条目，涉及东汉时期的集中在《德行》《方正》《赏誉》三个门类。值得特别注意的是《德行》篇，这一门类为其他时期的以物拟人的品藻中所无，可见其特殊性，从中可见东汉时期对人物德行的重视。如《德行》第三条：

> 郭林宗至汝南造袁奉高，车不停轨，鸾不辍轭。诣黄叔度，乃弥日信宿。人问其故？林宗曰：“叔度汪汪如万顷之陂。澄之不清，扰之不浊，其器深广，难测量也。”

郭泰把黄宪比作“万顷之陂”，又以“汪汪”加以修饰，表现水之深厚宽广，以此形容其德行之高尚，心胸之深广，让人难以揣度。黄宪，字叔度，《后汉书·黄宪传》记载了当时诸多名望对他的评价，无不称赞其德行，如陈蕃、周举曰：“时月之间不见黄生，则鄙吝之萌复存乎心。”[②]可见当时名士对其极其推重。《世说新语·德行》第二条“周子居常云：‘吾时月不见黄叔度，则鄙吝之心已复生矣。’”即出于此。范晔曾祖范汪亦评价其“隤然其处顺，渊乎其似道，浅深莫臻其分，清浊未议其方”[③]，此评价与《世说新语》类似，称赞其无意仕途、遗世独立的品行。在此条中作为品评人的郭泰亦是如此，龚斌《世说新语校释》引蔡邕《郭有道碑》：“夫其器量弘深，姿度广大，浩浩焉，汪汪焉，奥乎不可测已。”[④]蔡邕对郭泰的评价，亦用水之深广浩大为喻，此与郭泰对黄宪的评价极相似，可见郭、黄二人品行、作风之接近，可谓志同道合，故郭泰拜访黄宪时“弥日信宿”。

---

① 参见陈寅恪：《书世说新语文学类钟会撰四本论始毕条后》，《陈寅恪集·金明馆丛稿初编》，生活·读书·新知三联书店2001年版，第47～54页。

② （南朝宋）范晔撰，（唐）李贤等注：《后汉书》卷五三《周黄徐姜申屠列传第四十三》，中华书局1973年版，第1744页。

③ （南朝宋）范晔撰，（唐）李贤等注：《后汉书》卷五三《周黄徐姜申屠列传第四十三》，第1745页。

④ （南朝宋）刘义庆撰，（南朝梁）刘孝标注，龚斌校释：《世说新语校释》，上海古籍出版社2011年版，第8页。后文所引该书时如正文已提及具体门类，则不再标注。

该条目是《世说新语》全书首次出现用自然物象比拟人物的手法，可见此种风气至少于东汉即已有之。龚斌《校释》云："以自然美比喻人物美，此种审美风气自汉末开其端，而郭林宗为开风气者之一也。"

又如《德行》第七条：

> 客有问陈季方："足下家君太丘，有何功德，而荷天下重名？"季方曰："吾家君譬如桂树生泰山之阿，上有万仞之高，下有不测之深；上为甘露所沾，下为渊泉所润。当斯之时，桂树焉知泰山之高，渊泉之深，不知有功德与无也！"

陈谌把父亲陈寔比喻为生于泰山之巅的桂树，意在说明其德行之清雅、高尚。《德行》第六条记载了陈寔率众子拜访荀淑的故事，刘孝标引檀道鸾《续晋阳秋》曰："陈仲弓从诸子侄造荀父子，于时德星聚，太史奏：'五百里贤人聚。'"后人把陈荀两家的这次聚会与天象结合起来，足以见其特殊性。要知道，在谶纬之学和天人感应观念盛行的汉朝，天象大都与皇帝或权臣相关，而陈寔仅任太丘长一职，故后世学者多质疑其真实性，如余嘉锡《笺疏》曰："父子同游，人间常事，何以上动天文？此盖好事者为之，本无可信之理。据《汉杂事》所载，殆时人钦重太丘名德，造作此言，与荀氏无与焉。"然不管其真实性如何，正如余嘉锡所言，这条记载正可以说明当时士人对德行的看重，德行已经与政治一样，可以引起天象的变化。又据《后汉书·陈寔传》的记载，陈寔去世时，"何进遣使吊祭，海内赴者三万余人，制衰麻者以百数。共刊石立碑，谥为文范先生。"[①]葬礼规模之大、参加人数之多、立碑私谥等都可说明士人对陈寔德行的景仰和尊崇。同时，天象的异常、私谥的行为等也可表明汉末儒学体系的松动。

谓"桂树"不知"泰山之高，渊泉之深"，意为并不刻意追求功德，自然而然之德方为至德。这似乎是当时士人的普遍心态和追求，如上条黄宪、郭泰亦是如此。而"桂树生于泰山之阿"的比喻很好地体现了这一点。钱穆先生在分析到这一条目时说道："其子季方谓其父太丘君，正如桂树生于泰山之阿，桂树则有一种内在坚久之生命力，并有清芳远播，此即天生桂树之德，而又植根泰山之阿，高出氛秽，超然世外。……人生如此，纵无实际功德，而自有其本身内在之价值。季方此番答辩，正是当时人生理想由儒家转入道家

① （南朝宋）范晔撰，（唐）李贤等注：《后汉书》卷六二《荀韩钟陈列传第五十二》，第2067页。

一重要消息所在。”[1]这一时期的士人普遍开始追求内在的深度和品行，外在功德的有无不再是评价人物的唯一标准，这种类似“无为”的观念，表明汉末儒家思想逐渐掺杂了道家思想，已经有了玄学的影子。龚斌在《德行》“管宁、华歆共园中锄菜”条后校释曰：“传统之人生价值观以轩冕为荣，然至汉末，淡泊明志已渐为人们敬仰。……此可见人生价值之评判标准发生变化，以后魏晋志尚清远之理想人格便由此演变而来。”这种从追求外在功德向尊崇内在德行的转变，与东汉混乱险恶的政治环境有极大关系。

二、魏（三国）

《世说新语》以物拟人的条目中，三国时期共有八条，主要集中在《赏誉》《品藻》《容止》等门类中。这一时期用物象比拟人物，有两个不同侧重点，一是汉末魏初时注重人物实际的才能，二是魏中后期开始重视人物的风度和精神气质，体现出政权稳定后儒家化的倾向。

首先分析对人物才能的看重。因社会政治状况具有相似性，故分析此问题时应把东汉末年这个时间段也囊括进来。在东汉末三国时期，人物品藻常用“龙”这一意象，如《赏誉》第三条：

> 谢子微见许子将兄弟曰：“平舆之渊，有二龙焉。”见许子政弱冠之时，叹曰：“若许子政者，有干国之器。正色忠謇，则陈仲举之匹；伐恶退不肖，范孟博之风。”

谢甄把许虔、许劭兄弟比作“龙”，后又重点评价许虔，称其有“干国之器”。“干国之器”，意为治理国家的才干和器量，该词出自《后汉书·史弼传》：“（史弼）数为公卿所荐，议郎何休又讼弼有干国之器，宜登台相，征拜议郎。”[2]史弼以为官清廉正直著称，故称其有“干国之器”。谢甄又称许虔有范滂的作风。范滂，《后汉书》有传，“时冀州饥荒，盗贼群起，乃以滂为清诏使，案察之。滂登车揽辔，慨然有澄清天下之志。乃至州境，守令自知臧污，望风解印绶去”[3]，确有“伐恶退不肖”的政治才干。所以，此条中的“龙”，显然代表出色的政治才能，同时也有部分德行的含义。刘孝标注引《汝南先贤传》曰“（许虔）释褐为郡功曹，黜奸废恶，一郡肃然”，可知许虔确有吏治严明

① 钱穆：《略论魏晋南北朝学术文化与当时门第之关系》，《中国学术思想史论丛》（三），生活·读书·新知三联书店 2019 年版，第 161 页。

② （南朝宋）范晔撰，（唐）李贤等注：《后汉书》卷六四《吴延史卢赵列传第五十四》，第 2112 页。

③ （南朝宋）范晔撰，（唐）李贤等注：《后汉书》卷六七《党锢列传第五十七》，第 2203～2204 页。

之作风。

此外,《言语》第九条注引《襄阳记》中,司马德操称诸葛亮为“伏龙”;《方正》第五条注引《蜀志》说,徐庶称诸葛亮为“卧龙”;《品藻》第十六条时人认为“蜀得其龙”。以上诸条皆把诸葛亮比作“龙”,无疑是对其政治才能和德行的双重评价。可见,“龙”这一意象的使用,代表着时人对人物才与德的推重,亦可表现出人物品藻从重德向重才的过渡。

到了三国鼎立之时,由于现实政治之需要,“才”在人物品评中的重要性进一步凸显出来。如《赏誉》第八条:“见钟士季,如观武器库,但睹矛戟。”把钟会比作武器库,以显示其军事之才能。《魏书·钟会传》载:“时人谓之子房。”[①]子房即张良。在钟会以前,荀彧亦被称作子房,早在汉献帝初平二年(191),曹操就曾赞赏荀彧“吾之子房也”[②],从中可看出曹操重才能的任人方针。后钟会有平蜀之功,魏帝曹奂在嘉奖钟会的诏书中评价他“谋无遗策,举无废功”[③],可见其善谋略,能将兵。又,如龚斌先生所言:“以武库目人,乃一时风气耳。”据《晋书·五行下》:“武库者,帝王威御之器所宝藏也,屋宇邃密。”[④]如《晋书·杜预传》载:“预在内七年,损益万机,不可胜数,朝野称美,号曰‘杜武库’,言其无所不有也。”[⑤]又《晋书·裴頠传》载:“御史中丞周弼见而叹曰:‘頠若武库,五兵纵横,一时之杰也。’”[⑥]上述诸人处于魏及晋初,人物品藻中“武库”一词的反复出现,反映了当时对人物政治才能的看重。

又如《品藻》第二条:

> 庞士元至吴,吴人并友之。见陆绩、顾劭、全琮而为之目曰:“陆子所谓驽马有逸足之用,顾子所谓驽牛可以负重致远。”或问:“如所目,陆为胜邪?”曰:“驽马虽精速,能致一人耳。驽牛一日行百里,所致岂一人哉?”吴人无以难。“全子好声名,似汝南樊子昭。”

庞统把陆绩比喻成驽马,有“逸足之用”;顾劭为驽牛,“可以负重致远”。“驽马”,出自荀子《劝学篇》:“骐骥一跃,不能十步;驽马十驾,功在不舍。”[⑦]故驽

---

① (晋)陈寿撰,(南朝宋)裴松之注:《三国志》卷二八《王毌丘诸葛邓钟传第二十八》,北中华书局1964年版,第787页。

② (晋)陈寿撰,(南朝宋)裴松之注:《三国志》卷十《荀彧荀攸贾诩传第十》,第308页。

③ (晋)陈寿撰,(南朝宋)裴松之注:《三国志》卷二八《王毌丘诸葛邓钟传第二十八》,第791页。

④ (唐)房玄龄等:《晋书》卷二九《志第十九》,中华书局1974年版,第903页。

⑤ (唐)房玄龄等:《晋书》卷三四《列传第四》,第1028页。

⑥ (唐)房玄龄等:《晋书》卷三五《列传第五》,第1041页。

⑦ (清)王先谦撰,沈啸寰、王星贤点校:《荀子集解》,中华书局1988年版,第8页。

马虽不快，但贵在不舍。故余嘉锡《笺疏》云：“此言陆绩之奉功守职，不惟能尽力匪懈，其才亦有过人者。但不过庸中佼佼，未得为一代之英杰也。”而与驽马比起来，驽牛的速度则更慢，但却可“负重致远”。余笺曰：“士元之于绩、劭，许其有实用，而不许其能致千里，故题目之如此耳。”故以牛、马做比喻，亦是侧重于人物的实际才能。对于顾劭，《吴书·顾劭传》载，“（劭）少与舅陆绩齐名，而陆逊、张敦、卜静等皆亚焉”①，并记载了他在豫章太守任上所做的一些政事，如敦风化、举贤能等，人皆称善。而陆绩，《吴书·陆绩传》记载其“博学多识，星历算数无不该览”，孙权给兵二千人，但他不问政事，一心著述，“绩既有躄疾，又意（在）儒雅，非其志也。虽有军事，著述不废，作《浑天图》，注《易》释《玄》，皆传于世”②。二人行事风格不同，正如余笺疏所言：“绩性俊快，而劭厚重。”故不管是驽牛还是驽马，陆绩、顾劭二人各有各的才能和用处。

魏（三国）时期人物品藻的另一个突出特点，即是对人物人格、风神等内在性特征的看重，这是对东汉风气的承袭。我们知道，后来的西晋以孝立国，因此这一时期在国家层面上有一个明显的儒家化过程。不过，儒家思想对法家思想的取代并不是在西晋建立时突然完成的，根据仇鹿鸣的研究，“所谓从法术主义到儒家政治的过渡并非始于西晋，大体在曹魏文帝、明帝时代便已见端倪”。政权的儒家化是每一个政权得以维系和稳定的必由之路，“事实上，自暴秦任法二世而亡以来，法家思想已彻底失去了成为国家意识形态的可能，汉武以后的任何朝代无论其政治实质究竟如何，皆须披上缘饰儒术的外衣，经过汉儒改造的儒学已成为建立任何一个稳定政权都必须善加利用的思想资源”③，在这一点上，同为守成之主的魏明帝和晋武帝并无不同。曹魏中后期政治上开始的儒家化的特征，必然会影响到人物品藻。

最典型的一个例子是《赏誉》第八条裴楷评论夏侯玄“肃肃如入廊庙中，不修敬而人自敬”，又“如入宗庙，琅琅但见礼乐器”，把夏侯玄比作廊庙和宗庙。廊庙，一般指朝廷，如《品藻》第二十二条，明帝问周伯仁：“卿自谓何如庾元规？”对曰：“萧条方外，亮不如臣；从容廊庙，臣不如亮。”“从容廊庙”，意为能够自在从容地处理朝廷事务，有政治才能。而宗庙则是祭祀祖先之场所。这一条中的“廊庙”，张万起《世说新语词典》及柳士镇、刘开骅《世说新

① （晋）陈寿撰，（南朝宋）裴松之注：《三国志》卷五二《张顾诸葛步传第七》，第1229页。

② （晋）陈寿撰，（南朝宋）裴松之注：《三国志》卷五七《虞陆张骆陆吾朱传第十二》，第1328～1329页。

③ 仇鹿鸣：《魏晋之际的政治权力与家族网络》，上海古籍出版社2012年版，第292～293页。

语全译》均解释为“朝廷”。笔者以为，此处的“廊庙”，意义应更接近于“宗庙”。根据刘孝标注，裴楷这句话出自《礼记·檀弓下》：“社稷宗庙之中，未施敬于民而民敬。”郑玄注：“言民见悲哀之处则悲哀，见庄敬之处则庄敬，非必有使之者。”孔颖达疏曰：“社稷宗庙之中，严凝之处，人在其中，未须施设教化而民自敬。”[①]均是指人们自觉地肃然起敬，宗庙应比朝堂更能起到这样的效果，而朝廷更多的是靠外部的压力（皇权）让人生发敬意。不过不管是朝廷还是宗庙，这两个意象都带有十分明显的儒家思想的意味。

而“如入宗庙，琅琅但见礼乐器”一句亦是如此。“礼乐器”即进行礼乐活动的器物。《礼记·乐记》中有相关的记载：“故钟鼓管磬，羽籥干戚，乐之器也。……簠簋俎豆，制度文章，礼之器也。”[②]礼乐教化在儒家思想中一直占有重要地位，如孔子便把“仁”定义为“克己复礼”（《论语·颜渊》）。把夏侯玄比作宗庙和礼乐器，意在说明其德行之深厚，如《德行》第三十一条刘孝标注引《晋阳秋》曰：“庾亮字元规，……渊雅有德量，时人方之夏侯太初、陈长文之伦。”而这种内在的德行表现在外在风度上，便生发出一股庄严肃穆之气，使人肃然起敬。且又用“琅琅”加以修饰。“琅”，一种玉石，此处“琅琅”用作形容词，指美好的样子，冈白驹《世说新语补觿》解释为“有光景貌”[③]，即光彩照人的样子。《容止》第四条把夏侯玄比作“朗朗如日月之入怀”，亦是此意，以体现其风格高迈，气度卓然。

可见，此处对夏侯玄的评价，明显是儒家思想中的理想人格，体现出魏中后期政权稳定之后儒家化的倾向。不过，正如前文所说，此时的儒家思想，已经是玄学化了的儒家，呈现出二者某种程度上的交融。在自然物象上使用了更多的修饰词。如《容止》第三、四条：

> 魏明帝使后弟毛曾与夏侯玄共坐，时人谓“蒹葭倚玉树”。
>
> 时人目“夏侯太初朗朗如日月之入怀，李安国颓唐如玉山之将崩”。

把夏侯玄比作“玉树”和“日月”，塑造出其风度翩翩、身形整肃的形象及劲健爽朗的气质和品格，这种君子形象依然带有儒家色彩，同时又有对人物美好容貌的赞赏，尤其是“玉”物象的使用。故这一时期的人物品藻，已经有摆脱道德的、政治的评价的趋势，自然物象也不完全是人物德、才的承载物，自然

① （汉）郑玄注，（唐）孔颖达疏：《礼记正义》，北京大学出版社1999年版，第311页。

② （汉）郑玄注，（唐）孔颖达疏：《礼记正义》，第1089页。

③ 黄霖、陈维昭、周兴陆主编，周兴陆辑著：《世说新语汇校汇注汇评》，凤凰出版社2017年版，第710页。

在人们的观念中逐渐独立出来，人们关注自然物象本身的特点，审美化的倾向较之东汉更加明显。如《赏誉》第八条："裴令公……见山巨源，如登山临下，幽然深远。""幽然深远"，既是对山的描绘，亦是对人的评价。《赏誉》第八条后龚斌《校释》曰："此条犹可注意者是裴令公目人以比兴思维，形容以可见之意境，略形而求神，摄取人物精神气象，极具玄远之审美意味。"

故在这一时期的人物品藻中，自然物象的使用更多的是为了表现一种超然玄远的人格境界的追求。此无疑与这一时期玄学所倡导的自然观有关，尤其是向秀、郭象所主张的万物自生、独化的观念。所以，曹魏中后期开始的这一儒家化的过程，是掺杂了玄学思想的儒家化，与汉代儒学有了明显不同。

三、两晋

对人物之"才"的品评，从汉末三国一直延续到两晋时期，成为魏晋南北朝人物品藻的重要范畴之一。如《赏誉》第十五条：

> 庾子嵩目和峤："森森如千丈松，虽磊砢有节目，施之大厦，有栋梁之用。"①

此处把温峤比作"虽磊砢有节目，施之大厦，有栋梁之用"的"千丈松"。《晋书·温峤传》载："（峤）风仪秀整，美于谈论，见者皆爱悦之。"故庾敳评价温峤"森森如千丈松"，为人森严肃穆。同时又极富有政治才能，"峤有栋梁之任，（明）帝亲而倚之"，帮助朝廷先后平定了王敦之乱和苏峻之乱，其死后晋成帝册书曰："王室危而复安，三光幽而复明，功格宇宙，勋著八表。"②可谓功勋卓著，于国有极重要之作用，即所谓"施之大厦，有栋梁之用"。但同时，他又"磊砢有节目"，"磊砢"，余嘉锡案："此言其节目之多，犹石之磊磊然也。"龚斌校释曰："树木壮硕多节，喻人卓节异能。"该词在《世说新语》中共出现

---

① 据余嘉锡《笺疏》的考证，此处所品评的应该是温峤，而非和峤。关于此条目的发生时间，有《晋书·温峤传》载"年十七，州郡辟召，皆不就。司隶命为都官从事。散骑常侍庾敳有重名，而颇聚敛，峤举奏之，京都振肃"，又《晋书·庾敳传》载"都官从事温峤奏之，敳更器峤，目峤森森如千丈松，虽磊砢多节，施之大厦，有栋梁之用"［（唐）房玄龄等：《晋书》，第 1396 页］，可知庾敳目温峤发生在温峤都官从事任上，当时温峤十七岁左右，即晋惠帝末年（305 年左右）。且庾敳"石勒之乱，与（王）衍俱被害，时年五十"［（唐）房玄龄等：《晋书》，第 1396 页］，《晋书·帝纪第五·孝怀帝》"（永嘉五年）四月戊子，石勒追东海王越丧，及于东郡，将军钱端战死，军溃，太尉王衍……等皆遇害，王公以下死者十余万人"［（唐）房玄龄等：《晋书》，第 122 页］，知庾敳卒于晋怀帝永嘉五年（311 年）。综上，可知庾敳目温峤一事发生于西晋末。

② （唐）房玄龄等：《晋书》卷六七，第 1785～1795 页。

三次，其余两次为，“其山崔巍以嵯峨，其水泙渫而扬波，其人磊砢而英多”（《言语》二四）；“王敦、桓温，磊砢之流，既不可复得”（《排调》六〇），均用以形容人有奇才异能。此处用一“虽”字，似有评价温峤在个人品德上有瑕疵之意，如《任诞》篇记载其好赌之事：

温太真位未高时，屡与扬州、淮中估客樗蒱，与辄不竞。尝一过，大输物，戏屈，无因得反。与庾亮善，于舫中大唤亮曰：“卿可赎我！”庾即送直，然后得还。经此数四。

虽然如此，但庾敳认为温峤依然是栋梁之材。说明在当时，才高于德的观念依然存在，这是“唯才是举”思想在西晋的延续。正如龚斌《校释》言：“才为魏晋人物审美重要标准之一，此与魏武‘唯才是举’之政令有渊源关系。”①

不过，随着时代的发展，“唯才”的观念在当时并不是为所有士人所认可，尤其到了东晋这一典型的门阀士族社会，社会对德孝观念愈加重视，并且“才”的含义也逐渐发生了变化。以王导为例，《品藻》一三条：

会稽虞騑，元皇时与桓宣武同侠，其人有才理胜望。王丞相尝谓騑曰：“孔愉有公才而无公望，丁潭有公望而无公才，兼之者其在卿乎？”騑未达而丧。

“公望”，据龚斌《校释》，应解释为“三公之望”，即道德声望，“公才”即才能。王导评价孔愉有才无德，丁潭有德无才，而虞騑能够德才兼备，言语中明显透露出对虞騑的肯定和赞扬。《方正》“孔车骑与中丞共行”条刘孝标注引《孔愉别传》：“愉字敬康，会稽山阴人。初辟中宗参军，讨华轶有功，封馀不亭侯。”另据《晋书·孔愉传》记载：“（愉）出为镇军将军、会稽内史，加散骑常侍。句章县有汉时旧陂，毁废数百年。愉自巡行，修复故堰，溉田二百余顷，皆成良业。”②可见孔愉不管是在军事上还是在地方治理上，均有不错的功绩，所以王导所谓的“才”，内涵上与三国时的“才”并无不同，均是指实际的政治才能。而王导对孔愉“有才无德”的评价，从孔愉本传来看，并不中肯，这恐怕与王导对孔愉的怨恨有关。王导认为孔愉奏表中的“奸吏擅威，暴人肆虐”是在暗指他，由此二人便生嫌隙。但不管怎样，从王导对三人的比较评价中可以发现，东晋在品评人物时，不是东汉时的“唯德”，也不是曹操主张的“唯才”，而是强调“德”与“才”的兼备，这是“四本论”中才性同、才性合

① 龚斌校释：《世说新语校释》，第1215页。
② （唐）房玄龄等：《晋书》卷七八，第2053页。

在实际人物品藻中的运用。

不过需要注意的是，两晋的“才”与三国时期所重视的“才”，其内涵在多数情况下已经不完全相同，有时甚至完全相反。如《容止》二五条：

> 王敬豫有美形，问讯王公。王公抚其肩曰：“阿奴恨才不称。”又云：“敬豫事事似王公。”

王导评价儿子王恬，言其“美形”与才能不匹配，“恨”则表现出他对王恬这种才不配貌的遗憾之情。由此也可解释为何王导“见长豫（王悦）辄喜，见敬豫辄嗔”（《德行》二九）。刘孝标在此条注中引《文字志》曰：“（王恬）少卓荦不羁，疾学尚武，不为导所重”，而兄长王悦“为人谨顺，事亲尽色养之孝”，所以不管是王导，还是他的母亲曹夫人，都对他极为看重。由此可见，上引《容止》二五王导所谓的“才”，不是“尚武”，而是“谨顺”和“孝”，这与三国时期对“才”的理解恰好是相反的。这与晋朝重儒教的政策有关，也是维护门第的必要举措。龚斌《校释》对此分析道：“此反映出东晋望族看重孝道及好学风气。思想上或可通脱，但门风不容堕失礼法。”所以，晋时士人对孝、才等极看重，因其是维护门第的重要手段。

总之，“德才”观念的演进体现的是东汉魏晋政治之更替，以及由此导致的学术风气和士人心态的变化，其背后的历史、文化内涵是极其丰富的。当然，这种不同并不能按时代进行截然地划分，以上分析的只是某一时期内占主流地位的观念，实际上，每一时代都会有特例，如重道德评价的东汉便已出现带有审美化倾向的评价，如《赏誉》第二条形容李膺“谡谡如劲松下风”及注中的李膺“頵頵如玉山”、陈蕃“轩轩如千里马”、朱穆“飂飂如行松柏之下”，《赏誉》第四条将邴原比作“云中白鹤”，这已不完全是对人物道德的评价，其中亦包含对人物个性气质、内在风神的品评。这些自然物象皆有形容词加以修饰，如“汪汪”“万顷”“谡谡”等，表明当时人已经开始关注自然物象本身的特征，而不是单纯用“桂树”“龙”等加以“比德”，这使得人物品藻具有了一定的审美的意味，这种手法到了魏晋时期开始大量出现，成为时代之风气。形容词的使用是对自然物和人物进行审美评价的关键，正如龚斌先生所言：“盖因汉末人物品藻由原先之政治道德取向变为注重个性情感之审美，才能成为魏晋美学发生之一大契机，影响中国美学极为深远。”[①]

---

① 龚斌校释：《世说新语校释》，第 23 页。

参考文献

（汉）郑玄注，（唐）孔颖达疏：《礼记正义》，北京大学出版社 1999 年版。

（晋）陈寿撰，（南朝宋）裴松之注：《三国志》，中华书局 1964 年版。

（南朝宋）刘义庆撰，（南朝梁）刘孝标注，余嘉锡笺疏：《世说新语笺疏》，中华书局 2016 年版。

（南朝宋）刘义庆撰，（南朝梁）刘孝标注，龚斌校释：《世说新语校释》，上海古籍出版社 2011 年版。

（南朝宋）范晔撰，（唐）李贤等注：《后汉书》，中华书局 1973 年版。

（唐）房玄龄等：《晋书》，中华书局 1974 年版。

陈寅恪：《陈寅恪集・金明馆丛稿初编》，生活・读书・新知三联书店 2001 年版。

钱穆：《中国学术思想史论丛》，生活・读书・新知三联书店 2019 年版。

仇鹿鸣：《魏晋之际的政治权力与家族网络》，上海古籍出版社 2012 年版。

读书会时间：2020 年 12 月 16 日

六朝门阀制度下的士族女性婚恋状况

侯光耀*

随着汉代大一统政治局面的分崩离析，儒学一尊的地位也被打破，六朝社会思潮趋向多元化发展。压迫既小，反动易张，这为当时士族女性的生存空间吹进了一股舒缓之风，她们如同觉醒的士人一样开始蔑视礼法，张扬个性。表现在婚恋方面，即她们不再一味地“三从四德”，而是任情而动，大胆地表达情欲，并主动追求爱情。不过从当时士族女性婚恋的实际状况来看，她们无论在择婚、离婚还是再婚方面，所享受到的自由都具有很强的相对性，需与现代意义上的婚恋自由区别而论。其根源在于她们虽摆脱了礼教的束缚，却又遭受到了一种“新压迫”。六朝士族女性在婚恋方面，普遍处在一种觉醒与压迫的矛盾境地，那么导致这种困境产生的因素为何？这又与当时的门阀社会结构及特殊的政治形态产生了怎样的关联性呢？下文将针对这些问题展开论析。

一、以情胜礼：士族女性的觉醒与婚恋自由

六朝士人的女性观与两汉相比，已经发生了很大的改变。例如这两个时期的史书对“昭君出塞”这一故事的记述，出现了较为明显的分歧，据《世说新语·贤媛》载：

> 汉元帝宫人既多，乃令画工图之，欲有呼者，辄披图召之。其中常者，皆行货赂。王明君姿容甚丽，志不苟求，工遂毁为其状。后匈奴来

* 侯光耀，1991年生，山东淄博人，山东大学文学院中国古代文学博士研究生，师从李剑锋教授，魏晋南北朝文学方向。

和，求美女于汉帝，帝以明君充行。既召见而惜之。但名字已去，不欲中改，于是遂行。[1]

《世说》本条目关于"昭君出塞"的记述情节，颇近于小说《西京杂记》。在此且不论其历史真实性，《世说》编者将昭君归入"贤媛"之列，最主要的原因是她具有"志不苟求"的人格美。另据《汉书·匈奴传》载：

竟宁元年，单于复入朝，……单于自言愿婿汉氏以自亲，元帝以后宫良家子王嫱字昭君赐单于。……王昭君号宁胡阏氏，生一男伊屠智牙师，为右日逐王。……大阏氏生四子，长曰雕陶莫皋。……呼韩邪死，雕陶莫皋立，为复株累若鞮单于。……复株累单于复妻王昭君，生二女。[2]

又据《后汉书·南匈奴传》载：

昭君字嫱，南郡人也。初，元帝时，以良家子选入掖庭。时呼韩邪来朝，帝敕以宫女五人赐之。昭君入宫数岁，不得见御，积悲怨，乃请掖庭令求行。……及呼韩邪死，其前阏氏子代立，欲妻之，昭君上书求归，成帝敕令从胡俗，遂复为后单于阏氏焉。[3]

通过对比，可见前后汉书关于"昭君出塞"的记载，有两点不同。首先是昭君出塞的动机不同，班固笔下的昭君，出塞和亲不是出于她的个人意愿，而是汉帝所命。范晔笔下的昭君恰与之相反，出塞和亲是她主动选择的结果。其次，在昭君对于从胡俗的态度方面，班固笔下的昭君在呼韩邪单于死后，便自然而然地遵从胡俗，又嫁给了新单于。但在范晔笔下，呼韩邪单于死后，昭君并不想遵从胡俗，她"上书求归"，只是迫于成帝的"敕令"，才又嫁给了后单于为妻。对于这一点，刘孝标在《世说》本条目下，又注引了《琴操》加以补充："昭君有子曰世违，单于死，世违继立。凡为胡者，父死妻母。昭君问世违曰：'汝为汉也？为胡也？'世违曰：'欲为胡耳。'昭君乃吞药自杀。"[4]历史上的王昭君并没有因此自杀，她最终又嫁给新单于为妻也是事实，刘孝标注《世说》以考定精审著称，"《琴操》之言，与正史不合。孝标不引两汉书

---

① （南朝宋）刘义庆撰，（南朝梁）刘孝标注，余嘉锡笺疏：《世说新语笺疏》，中华书局 2015 年版，第 734 页。版本下同。

② （汉）班固：《汉书》卷九四，中华书局 1962 年版，第 3803～3807 页。

③ （南朝宋）范晔撰，（唐）李贤等注：《后汉书》卷八三，中华书局 1965 年版，第 2941 页。版本下同。

④ 余嘉锡笺疏：《世说新语笺疏》，第 734 页。

而引《琴操》，岂欲曲成昭君之美耶？”①

《后汉书》关于“昭君出塞”的记述与《世说》的意旨颇为相合，两者与《汉书》相较，均有“曲成昭君之美”的嫌疑。说明六朝士人心目中理想的昭君形象与汉代相比，已发生了变化，他们所认可并欣赏的昭君，不再是一味地曲从，听天任命，而是“志不苟求”，具有独立的人格与鲜明的个性，并勇于主动掌控自己的命运。这种女性观的转变是前后两个时代思潮之嬗变所致，特别是魏晋以来，随着儒家礼教松弛，玄学兴起，原先受到压抑的人性开始觉醒，空前的个性解放成为时代的强音。与之相应，士族女性也从礼教的牢笼中挣脱出来，作为与士人平行的个体，在婚恋中表现出了一定的自主与自由。

例如西晋名将王濬，“美姿貌，被州郡辟为从事。时刺史徐邈有女未嫁，邈乃大会佐吏，令女于内观之。女指王濬告母，徐邈遂嫁之于王濬”②。徐邈夫妇能够充分尊重女儿的意愿，并将择婿之权交由她自己，徐邈之女在择婿过程中也非常积极主动，最终成就了这段姻缘佳话。再比如西晋的韩寿因“美姿容，贾充辟以为掾。充每聚会，贾女于青璅中看，见寿，说之。恒怀存想，发于吟咏”（《世说新语·惑溺》）③。随后二人私会家中，但因贾女佩戴奇香，韩寿身上也沾染此香，二人恋情因此败露。不过贾充作为名贵勋臣，在发觉女儿与人私通之后，并无过激行动，反而“以女妻寿”，玉成了这段恋情。这正反映出在当时的社会中，传统的礼教对女性自由恋爱的拘束程度已大大降低。

与自由恋爱相一致，情深意切的婚姻生活，也是六朝婚恋新风尚之体现。又据《世说新语·惑溺》载：

> 荀奉倩与妇至笃，冬月妇病热，乃出中庭自取冷，还以身熨之。妇亡，奉倩后少时亦卒，以是获讥于世。奉倩曰：“妇人德不足称，当以色为主。”裴令闻之曰：“此乃是兴到之事，非盛德言，冀后人未昧此语。”④

在本条目下，刘孝标注引《荀粲别传》曰：

> 骠骑将军曹洪女有色，粲于是娉焉。容服帷帐甚丽，专房燕婉。历年后妇病亡。未殡，傅嘏往唁粲，粲不明而神伤。嘏问曰：“妇人才色并

① 余嘉锡笺疏：《世说新语笺疏》，第737页。

② （唐）房玄龄等：《晋书》卷四三，中华书局1974年版，第1207页。版本下同。

③ 余嘉锡笺疏：《世说新语笺疏》，第1014页。

④ 余嘉锡笺疏：《世说新语笺疏》，第1010页。

茂为难，子之聘也，遗才存色，非难遇也，何哀之甚?”粲答曰:“佳人难再得！顾逝者不能有倾城之异，然未可易遇也。”痛悼不能已已，岁余亦亡。[1]

荀粲所提到的“妇人德不足称”中的“德”正是在礼法森严的社会中，对女性考量的首要条件，它如同一副沉重的镣铐，桎梏着女性生而为人的自由，使其丧失掉独立的人格，沦落为屈从于男性的第二性。而荀粲却从“越名教而任自然”的立场出发，提出了妇人当“以色为主”这一惊绝世俗之论。当然，荀粲在这里所说的“以色为主”与登徒子式的好色不同，因为它虽起于色，但又非止于色，其本质上是与情相通的，否则正如傅嘏所疑问的:“子之聘也，遗才存色，非难遇也，何哀之甚?”实际上，哀之甚正缘于情之深，在荀粲眼里，妻子已不再是空洞的“妇德”载体，她是平行于己的个体，是值得尊重、值得怜爱的有血有肉的人！不论是在妻子生病时，“出中庭自取冷，还以身熨之”，还是在妻子亡故后，“痛悼不能已已，岁余亦亡”，皆是荀粲一往情深、以情抗礼的体现。

荀粲与妻子这种“至笃”的感情关系，完全是从人的自然本性出发，因色生情，因情成爱。在这种以情为主的婚恋生活中，士族女性不再是发乎情，止乎礼义。相反，她们任情而动，挣脱了道学家所宣扬的“相敬如宾、举案齐眉”式的客套和矫作，尽显出一股自然、活泼的脱略之风。如《世说新语·排调》:

王浑与妇钟氏共坐，见武子从庭过，浑欣然谓妇曰:“生儿如此，足慰人意。”妇笑曰:“若使新妇得配参军(王浑弟)，生儿故可不啻如此！”[2]

钟氏当着丈夫王浑的面，开“戏配参军”的玩笑，这若是放在礼法森严的社会中，简直不可思议。如清人李慈铭曾评道:“闺房之内，夫妇之私，事有难言，人无由测。然未有显对其夫，欲配其叔者。此即倡家荡妇，市里淫姏，尚亦惭于出言，赧其颜頬。”[3]李慈铭的谴责是典型的封建卫道士观点，相形之下，尤显魏晋士族女性在婚恋生活中所受礼教束缚甚少，她们在相对自由、轻松的空间里，迸发出爱的天性。再如《世说新语·惑溺》:

王安丰妇常卿安丰。安丰曰:“妇人卿婿，于礼为不敬，后勿复尔。”

---

① 余嘉锡笺疏:《世说新语笺疏》，第1010页。
② 余嘉锡笺疏:《世说新语笺疏》，第869页。
③ 余嘉锡笺疏:《世说新语笺疏》，第870页。

妇曰："亲卿爱卿，是以卿卿，我不卿卿，谁当卿卿？"遂恒听之。[①]

面对王戎的指责，其妻以一种俏皮、机智的口吻，对他大胆、直白地发表了一番"亲卿爱卿"的高论，使得二人适意、融洽的爱情生活氛围跃然纸上，"卿卿我我"也成了后世形容男女亲爱之情的专用成语。

有情人终成眷属，携手相伴，白头到老，这是天下男女的共同心愿。但自古以来，月有阴晴圆缺，人有悲欢离合，面对生离死别的爱人，魏晋士族女性又将何以自处？《世说新语·贤媛》："郗嘉宾丧，妇兄弟欲迎妹还，终不肯归。曰：'生纵不得与郗郎同室，死宁不同穴！'"[②]郗超的妻子出自汝南高门周氏，其生平事迹史料不详，但她在郗超死后，拒绝归还本家的行为，与封建礼教之士所称道的遵从"女无再适"之理的贞洁烈妇相比，在本质上是泾渭分明的。她所援引的"生则同室，死则同穴"之说法，出自《诗经》中的《唐风·葛生》，这是一首妻子悼念亡夫的诗。当这位妻子行至野外，目之所及，一座孤坟，一片荒凉，"葛生蒙楚，蔹蔓于野"，对亡夫的思念及分别的悲痛骤然而至，"予美亡此，谁与独处？"然而人亡情未了，她以直白、朴素的言语，宣誓出了她对爱情的坚守："百岁之后，归于其居""百岁之后，归于其室"[③]。郗超的妻子与这首诗中主人公的心意是相通的，死者长已矣，存者坚守本心，这并非外在的礼教力量使然，而恰是她对亡夫的内在深情，促使她主动选择的结果。

此外，此时的士族女性在离婚或者再婚方面也具有一定的自由。如《世说新语·伤逝》：

庾亮儿遭苏峻难遇害。诸葛道明女为庾儿妇，既寡，将改适，与亮书及之。亮答曰："贤女尚少，故其宜也。感念亡儿，若在初没。"[④]

诸葛恢在庾亮的儿子死后，想将女儿改嫁他人。对此，庾亮并非像礼法之士那样固执地要求女子守节不二，反而给予了开明的理解和支持。有的士族女性，因不满丈夫的行为，主动提出离婚，如东晋时谢邈因为娶妾，招致了妻子郗氏的不满，"郗氏怨怼，与邈书告绝"[⑤]。南朝徐孝嗣的母亲，在徐孝嗣父亲遇害时，"孝嗣在孕，母年少，欲更行，不愿有子，自床投地者无算，又以捣

① 余嘉锡笺疏：《世说新语笺疏》，第1015页。
② 余嘉锡笺疏：《世说新语笺疏》，第771页。
③ 程俊英译注：《诗经译注》，上海古籍出版社1985年版，第213页。
④ 余嘉锡笺疏：《世说新语笺疏》，第706页。
⑤ （唐）房玄龄等：《晋书》卷七九，第2089页。

衣杵舂其腰，并服堕胎药”[①]。对于徐孝嗣母亲的行为，抛开是非好恶的道德评判，其本身所折射出的是她作为一个觉醒的、独立的个体，不再一味屈从于外在环境，而是顺从内心，为自己的婚姻、命运勇敢地做出一些自主性的努力。

二、士族内部的博弈与升降：身份内婚制的产生

在六朝门阀社会中，门第高低在很大程度上决定了士族的社会及政治地位等级。自曹魏始，朝廷在选官上开始推行“九品中正制”。此制度在推行初期尚能遵循唯才是举的标准，但随着世家大族逐渐占据“中正”的位置，所重者不再是被甄选者的才德，而是出身，“上品无寒门，下品无势族”，遂使其成了士族垄断政治资源的工具。据台湾学者毛汉光先生的统计，士族在六朝的统治阶层中所占比例依次为：西晋 56.25%，东晋 77.1%，宋 68.2%，齐 58.9%，梁 54.6%，陈 56.6%。[②] 数据表明，在六朝各代的统治阶层中，士族所占比例均达半数以上，其中东晋时期比例最高，恰与此时门阀政治鼎盛相关。为了维护既得的政治特权，士族首先要做的便是严格士、庶之别，“服冕之家，流品之人，视寒素之子轻若仆隶，易如草芥，曾不以为之伍”[③]，“士庶区别，国之章也”[④]。据唐长孺先生论证，在魏晋时期，中正官在定品时是将“计门资”与“论势位”结合在一起考虑的，且后者所起到的作用更大：“简单地说，中正考虑的主要是‘当代轩冕’，而不是‘冢中枯骨’。”[⑤]门第普通的士族想抬高门第，高门士族亦欲维持门户地位，遂使士族门户之间不可避免地存在着激烈的竞争关系，这种生存的压力便促使士族在现实中寻求一种晋升或者维持门户地位的办法。周一良先生认为：“六朝门阀制度下，最为人所重视者为‘婚’与‘宦’。”[⑥]从本质上讲，“婚”与“宦”在当时是紧密相关的，“婚”服务于“宦”，“宦”主导着“婚”。清代学者赵翼在论及“九品中正制”与士族婚姻的关系时，便曾指出：“魏氏立九品，置中正，尊世胄，卑寒士，选举之权遂归右姓，下品无高门，上品无寒士。当其入仕之初，高下已分，迨及论婚之际，门户遂隔。”[⑦]士族在政治上区别流品，尊高卑下，在婚姻方面相应地

---

① （唐）李延寿：《南史》卷一五，中华书局 1975 年版，第 438 页。版本下同。

② 毛汉光：《中国中古社会史论》，上海书店出版社 2002 年版，第 44 页。

③ （宋）李昉、徐铉等编：《文苑英华》卷七六〇引《寒素论》，上海古籍出版社 1966 年版，第 3987 页。

④ （唐）李延寿：《南史》卷二三，第 630 页。

⑤ 唐长孺：《魏晋南北朝史论拾遗》，中华书局 2011 年版，第 55 页。版本下同。

⑥ 周一良：《魏晋南北朝史论集》，北京大学出版社 1997 年版，第 81 页。

⑦ （清）赵翼撰，曹光甫校点：《陔余丛考》，上海古籍出版社 2011 年版，第 287 页。

实行“身份内婚制”，不仅士庶之间极少通婚，就是士族内部也讲究严格的“门当户对”，高门一般与高门通婚，而很少与次门通婚。在这方面，有学者据相关资料做过统计：两晋南朝的士族婚姻共计 216 起，其中高门与高门之间通婚 105 起，高门与次门之间通婚 54 起，次门与次门之间通婚 24 起，士族与庶族通婚 33 起。[①]

政治联姻这种形式，在古今中外的政治活动中并不罕见，但在两晋南朝时期，它的存在却更具有必要性及普遍性。士族虽在门阀政治中取得了“王与马共天下”这种在其他朝代所无法企及的地位，但同时也招致了极为复杂、激烈的政治斗争关系：这其中既包括士族与皇族、士族与庶族间的争斗，也包含高门士族内部、高门与次门士族、侨姓士族与吴姓士族等之间的争斗。士族为了自身的生存，普遍借联姻这种方式，以期在政治上达到“伊我相顾”的效果。这使当时的国家政治属性染上了浓厚的伦常色彩，而当士族身处在这种复杂的伦常政治中，婚姻无疑又反过来对士族门第的浮沉起着至关重要的影响。正如唐长孺所云：“当时门第高卑，婚姻是一项重要标准。”[②]

提及江左名门，当首推王、谢二族。但与琅琊王氏不同，陈郡谢氏乃魏晋新兴家族，东晋建立之初，谢氏与其他大族相比，都不堪为人称说。谢氏家族最终崛起为与琅琊王氏并肩的江左一流世家大族，这离不开其家族成员在政治上的苦心经营，其中“婚媾得当”便是助力谢氏家族门第升高的一个不容小觑的因素。谢鲲在东晋之初的朝野，虽已享有盛名，但特以风操著称，与庾亮相比，“一丘一壑，自谓过之”[③]。谢氏在政治上发迹，实始于谢鲲之子谢尚。晋康帝死后，年幼的穆帝继位，此时康献皇后临朝执政，康后为河南翟阳褚裒的女儿，而褚裒与谢鲲联姻，康后之母正是谢尚的妹妹，故谢尚为康后的舅舅。在康后临朝的穆帝永和至升平年间，谢尚屡次被提拔重用，先后出任尚书仆射、前将军、豫州刺史、给事中等职。在穆帝永和四年，谢尚受命北伐寿春，结果被叛将张遇所败，谢尚被收付廷尉，又多亏康后保全，才未被治罪，“时康献皇后临朝，即尚之甥也，特令降号为建威将军”[④]。

对于普通士族而言，通过联姻高门，或可改换门庭，据《世说新语・贤

① 易图强：《两晋南朝士族门第婚姻的量化分析》，《湖南教育学院学报》1996 年第 2 期。统计资料来源于两晋南朝正史、《世说新语》及刘孝标注、《汉晋南北朝墓志集释》、《五朝门第》。

② 唐长孺：《魏晋南北朝史论拾遗》，第 63 页。

③ 余嘉锡笺疏：《世说新语笺疏》，第 568 页。

④ （唐）房玄龄等：《晋书》卷七九，第 2071 页。

媛》载：

周浚作安东时，行猎，值暴雨，过汝南李氏。李氏富足，而男子不在。有女名络秀，闻外有贵人，与一婢于内宰猪羊，作数十人饮食，事事精办，不闻有人声。密觇之，独见一女子，状貌非常，浚因求为妾。父兄不许。络秀曰："门户殄瘁，何惜一女？若联姻贵族，将来或大益。"父兄从之。遂生伯仁兄弟。络秀语伯仁等："我所以屈节为汝家作妾，门户计耳！汝若不与吾家作亲亲者，吾亦不惜余年。"伯仁等悉从命。由此李氏在世，得方幅齿遇。[①]

周浚出身于汝南安城周氏，属于高门甲族，而汝南李氏虽富足，但"门户殄瘁"。李氏女络秀从家族利益出发，认为"若联姻贵族，将来或大益"。因此，即使屈身做妾，也在所不惜，最终李氏家族也确实受到了士流的礼遇，"由此李氏在世，得方幅齿遇"。另据《晋书·后妃·简文宣郑太后传》载：

后虽贵幸，而恒有忧色。帝问其故，对曰："妾有妹，中者已适长沙王褒，余二妹未有所适，恐娣为人妾，无复求者。"帝因从容谓刘隗曰："郑氏二妹，卿可为求佳对，使不失旧。"隗举其从子傭娶第三者，以小者适汉中李氏，皆得旧门。[②]

晋简文帝的生母郑太后郑阿春，出身于河南荥阳郑氏。郑氏本为荥阳四大著姓之一，但郑太后少孤，无兄弟，只有姐妹四人。她虽然深受元帝司马睿的宠爱，但此时郑氏门户已衰，无人攀亲。最后通过元帝的介绍，郑太后的两个妹妹才嫁入彭城刘氏和汉中李氏这两个高门之内。郑太后与李氏女络秀一样，都是想通过联姻贵族来挽救和维系摇摇欲坠的门第。

相反，士族倘若"婚宦失类"，则会对其门户地位产生很大的负面影响。比如上文提到的荀粲，其所出身的颍川荀氏家族，在曹魏西晋时属于最为显赫的世家大族之一，但到东晋南朝时却逐步衰落，婚媾不当便是其原因之一。在渡江之初，荀氏因为属于晋室姻亲，仍受元帝重用。但荀邃与刁协联姻，"时协执权，欲以邃为吏部尚书"[③]。刁协并非出自世家大族，且当时元帝援引刁协主要为了抑制琅琊王氏，后来王敦起兵讨伐刁协，"协党并及于难"，荀邃虽幸免于难，但荀氏在政治上受到王氏打压。刘宋时，荀伯子虽联

① 余嘉锡笺疏：《世说新语笺疏》，第759页。

② （唐）房玄龄等：《晋书》卷三二，第979页。

③ （唐）房玄龄等：《晋书》卷三九，第1158页。

姻陈郡谢氏家族，但谢晦因谋反被文帝所诛后，荀氏在政治上再次受挫。再比如东晋的杨佺期，他出身于弘农华阴杨氏，是汉太尉杨震之后，史称其家族“七世有明德”。杨佺期本人沉勇果劲，自认为“门户承籍，江表莫比”，但“时人以其晚过江，婚宦失类，每排抑之”[①]。南朝萧齐时的士族王源因为将女儿嫁给了富阳的寒门满氏，竟遭到沈约的弹劾，认为自古没有“六卿之胄纳女于管库之人”的道理，“高门降衡”是“蔑祖辱亲”的行径，王源嫁女是出于“唯利是求”，“玷辱流辈，莫斯为甚”，因此建议朝廷“以见事免源所居官，禁锢终身”[②]。

总之，在当时的门阀社会中，婚姻对于士族门第的形成和维系都起着非常重要的作用，婚媾是否得当直接或间接地左右着士族门户地位的浮沉。因此，婚姻成了士族内部权力博弈的手段之一，士族在联姻过程中所着重考虑的，不再是个人情感因素，而是政治利益。

三、家族利益至上的士族婚媾原则：士族女性的被动与无奈

恩格斯在谈及欧洲中世纪封建领主之间的联姻现象时，曾指出：“结婚是一种政治行为，是一种借新的联姻来扩大自己势力的机会；起决定作用的是家族的利益，而决不是个人的意愿。”[③]我国六朝时期的门阀政治婚姻在本质上亦然，士族女性虽然在很大程度上摆脱了儒家礼教的束缚，获得了前所未有的解放，但在当时特殊的社会政治环境中，她们作为宗族的一分子，也需要为整个家族的兴亡尽责。因此，她们在婚姻上又很难自主，往往会牺牲个人的意愿而服务于家世的利益。如上文所讲，士族实行严格的“身份内婚制”，这样便将士族女性的择婚对象局限在了十分狭小的范围之内。就陈郡谢氏而言，其家族从西晋至南朝可考的婚媾情况如下表所示：

谢氏婚媾情况表

谢氏谱系	所处时期	婚媾对象及次数
谢氏四世	两晋之际	太原王氏二、陈郡袁氏一、河南褚氏一、沛国刘氏一、琅琊诸葛氏一、泰山羊氏一、长乐冯氏一（次门）

① （唐）房玄龄等：《晋书》卷八四，第2200页。

② （南朝梁）萧统编，（唐）李善、吕延济等注：《六臣注文选》卷四〇，中华书局1987年版，第746页。

③ 《马克思恩格斯选集》第四卷，人民出版社2012年版，第89页。

续表

谢氏谱系	所处时期	婚媾对象及次数
谢氏五世	东晋	琅琊王氏七、太原王氏二、陈郡袁氏一、陈郡殷氏一、颍川庾氏二、高平郗氏一
谢氏六世、七世	刘宋	刘宋宗室六、琅琊王氏二、太原王氏二、陈郡袁氏二、陈郡谢氏一、颍川庾氏一、颍川荀氏一、顺阳范氏一、南阳刘氏二、(未明籍贯)曹氏一
谢氏八至十三世	齐梁陈	彭城刘氏三、琅琊王氏三、兰陵萧氏三、河南褚氏一、琅琊颜氏一、陈留阮氏一、晋陵王氏一(寒门)、南阳张氏一(寒门)、(未名籍贯)关氏一

通过上表可以看出,在两晋之际,与谢氏联姻者,皆为侨姓高门,唯有长乐冯氏门庭不高。但这不足为奇,因为此时正值门阀兴起之时,士族有高下之别,但亦非壁垒森严,婚媾中尚顾及个人人品因素。例如同样出身于普通士族的任瞻,在晋武帝崩后,因"彦秀"而被选作挽郎,"王安丰选女婿,从挽郎搜其胜者,且择取四人,任犹在其中"(《世说新语·纰漏》)[①],任瞻便是因风流俊秀而被王戎选中。到东晋时,门阀固化,士族婚姻严格遵循"身份内婚制",此时与谢氏通婚者均为门楣相当的门阀士族。刘宋时期,随着皇权政治的回归,士族需联姻皇室,寻求政治依靠,反映到此时的谢氏婚媾中,便是国婚陡增。南齐时,在谢氏婚媾中出现了两宗联姻寒门之事:一是谢朓娶了晋陵王敬则的女儿为妻;二是谢超宗的儿子娶了南阳张敬儿的女儿为妻。王敬则与张敬儿都是寒门,两者都是依靠武功跻身为皇帝的近臣。谢氏之所以与他们联姻,正是因为此时的门阀士族已走向进一步的衰落,严峻的现实生存压力,迫使他们不得不打破"身份内婚制"原则,把政治靠山移向下层勋贵。

总的说来,谢氏的婚媾是六朝门第婚姻的典型代表,其遵循的婚媾秩序不管是守成不变,还是因时而做出局部性调整,最终服务于家族利益的宗旨是一贯的。作为江左最高门第,谢氏与琅琊王氏在东晋一朝的通婚次数就达七次,到南朝时又通婚五次,两者间通婚频率远高于其他士族,其目的就是想在复杂的伦常政治中,尽最大可能地垄断政治资源,维护门户的社会地

① 余嘉锡笺疏:《世说新语笺疏》,第1004页。

位，恰如宋代秦观在其《王俭论》中所云："王谢二氏最为望族，江左以来，公卿将相出其门者十七八。"[①]然而在这种带有极强政治目的性的婚媾中，即使像谢道韫这样颇具"林下之风"并以"咏絮"流名千古的才女，也很难做到婚姻自主。据《世说新语·贤媛》载：

王凝之谢夫人既往王氏，大薄凝之。既还谢家，意大不说。太傅慰释之曰："王郎，逸少之子，人材亦不恶，汝何以恨乃尔？"答曰："一门叔父，则有阿大、中郎。群从兄弟，则有封、胡、遏、末。不意天壤之中，乃有王郎！"[②]

很显然，谢道韫与王凝之的婚姻是家族安排的结果。谢道韫虽然"大薄凝之""意大不说"，但为了家族的利益也终究无可奈何。同样的，魏晋名士虽向来以风流自居，任情放诞，随性自然，但在关乎门户兴衰存亡的事情上却只能慎之又慎，保守持戒。所以谢安面对侄女的抱怨，也只是好言慰释，而非顺其意，助其改适他人。再比如上文提到的李氏女络秀，她对来家中做客的周浚虽有主动示好的一面，但其动机则正如她自己所言，"若联姻贵族，将来或大益""我所以屈节为汝家作妾，门户计耳"。可见在她这种所谓的"主动"中，背负着振兴家族的重担，其代价依然是个人婚姻的妥协。

在东晋之初，谢氏与诸葛氏联姻过程中发生的一段插曲，也值得注意。据《世说新语·方正》载：

诸葛恢大女适太尉庾亮儿，次女适徐州刺史羊忱儿。亮子被苏峻害，改适江虨。恢儿娶邓攸女。于时谢尚书（谢尚）求其小女（诸葛文熊）婚。恢乃云："羊、邓是世婚，江家我顾伊，庾家伊顾我，不能复与谢裒儿婚。"及恢亡，遂婚。[③]

此次谢尚是为其叔父谢裒之子谢石向诸葛氏求婚，但却被诸葛恢婉拒。诸葛氏拒绝谢氏的根本缘由是谢氏此时在政治上尚未显达，其门第还不足以与诸葛氏抗衡。诸葛氏属于汉魏旧族，在东晋之初，依然是地位显赫的世家大族。《世说新语·排调》便记有诸葛恢与王导戏争族姓高低一事："诸葛令、王丞相共争姓族先后，王曰：'何不言葛、王，而云王、葛？'令曰：'譬言驴马，不言马驴，驴宁胜马邪？'"[④]从中可见诸葛恢以族望凌人的傲慢心态。然

① （宋）秦观撰，徐培均笺注：《淮海集笺注》卷二二，上海古籍出版社 1994 年版，第 744 页。
② 余嘉锡笺疏：《世说新语笺疏》，第 768 页。
③ 余嘉锡笺疏：《世说新语笺疏》，第 339 页。
④ 余嘉锡笺疏：《世说新语笺疏》，第 873 页。

而政治上一向不存在恒久不变的东西，在复杂的东晋伦常政治中，尤其如此。诸葛氏作为旧有门户，在诸葛恢死后便家道中衰，江河日下。相反，谢氏作为新出门户，却具有勃勃生机，迅速崛起。家族政治权势的消长左右着门户地位的升降，婚媾状况也会因之而变动，诸葛文熊在诸葛恢死后还是归嫁谢氏，便说明了这点。

总之，诸葛氏面对谢氏的求婚，所表现出的先拒后从的态度转变，并非是诸葛文熊的个人意愿左右所致，而是两个家族在经过一番实力的角逐和门户利益的权衡之后，共同促成的结果。诸葛文熊在这场婚媾活动中，自始至终扮演着被动承受的角色。为了家族的政治利益，诸葛文熊的大姐在婚姻上也面临着同样的命运，她先是嫁到庾氏门中，后来"亮子被苏峻害，改适江虨"。上文中提到过，庾亮对她改嫁他人的做法，表现出了宽容、支持的态度，但她改适江虨也并非出自己愿。据《世说新语·假谲》载：

> 诸葛令女(诸葛文彪)，庾氏妇，誓云："不复重出。"此女性甚正强，无有登车理。恢既许江思玄婚，乃移家近之。初，诳女云："宜徙于是。"家人一时去，独留女在后。比其觉，已不复得出。江郎莫来，女哭詈弥甚，积日渐歇。[①]

诸葛恢在"许江思玄婚"之前，显然并没有与其女商量过，并在她毫不知情的状况下，巧设机诈，逼其就范。诸葛氏与江氏在婚媾过程中所呈现出的这戏剧性一幕，表明士族女性虽然在当时享有较大的再婚自由，但在家族利益博弈中，她们就像棋盘上一粒粒被随意挪动的"棋子"，在每一步的背后都隐藏着她们被动承受的无奈与悲哀，她们在士族的婚媾中，实际上只是看似主角的配角。再婚如此，离婚亦然。如《世说新语·尤悔》：

> 王浑后妻，琅琊颜氏女。王时为徐州刺史，交礼拜讫，王将答拜，观者咸曰："王侯州将，新妇州民，恐无由答拜。"王乃止。武子(王济)以其父不答拜，不成礼，恐非夫妇，不为之拜，谓为"颜妾"。颜氏耻之，以其门贵，终不敢离。[②]

王浑的前妻，即王济的母亲钟氏，出身名门，系太傅钟繇的曾孙女。王济本人也是晋武帝的驸马，尚常山公主，属于典型的贵公子。王浑后妻所出身的琅琊颜氏，虽非寒庶，却是门第低于王氏的次等士族。因此，当颜氏女嫁入

① 余嘉锡笺疏：《世说新语笺疏》，第947页。
② 余嘉锡笺疏：《世说新语笺疏》，第987页。

王氏之门，并未受到正当的礼遇，先是王浑不与之答拜，后是王济不以母待之，竟谓为“颜妾”。王氏父子在这桩婚事中所表现出的以贵凌人的姿态，虽让颜氏耻之，但还是“以其门贵，终不敢离”。通过这则故事，我们可以看出，当时的士族女性在离婚方面所享有的自由，也需建构在双方家族的门第及势力相当的基础之上，否则一旦这种平衡被打破，并向男方倾斜，那么女方便只能忍气吞声。故而可以说，当时士族女性所谓的离婚自由也具有很大的相对性。

四、男权社会中士族女性的另类抗争：“妒妇”多出

在六朝的上流社会女性中，又存在着“妒妇”多出的现象。据《南史·王藻传》载：“宋世诸主莫不严妒，明帝每疾之。湖熟令袁慆妻以妒赐死，使近臣虞通之撰《妒妇记》。”[①]妒妇问题竟引发了皇权的干预，在南朝因妒赐死的士族女性不在少数，甚至这也成了文人笔下的创作题材，梁人张缵便作有《妒妇赋》，其中对妒妇的行为，做了比较形象而夸张的描绘：“忽有逆其妒鳞，犯其忌制，赴汤蹈火，瞋目攘袂。或弃产而焚家，或投儿而害婿。”[②]这一切都表明，妒妇问题在当时的士族家庭及社会中，俨然已成为一个较为普遍且突出的问题。

我国古代是典型的男权社会，男性掌握着话语权，千百年来，儒家标榜的礼教清楚地反映了这点。具体到家庭两性观上，便是男性理所当然地居于主导地位。如东汉班昭作《女诫》七篇，第一条便主张“卑弱”，所谓“卑弱”即“主下人也”，就是要求女性丧失人格独立性。且强调女性在气质上“以弱为美”，事夫要遵循“敬顺之道”，“勿得违戾是非，争分曲直”[③]。既然男尊女卑，女性自然在婚姻上要对丈夫“专心”，丈夫如同天，“天固不可逃，夫固不可离也”[④]。因此，作为“三从四德”的封建女性，尤其要严防妒忌，妒被视作女性之恶德，“五刑之属三千，而罪莫大于妒忌，故七出之状标其首焉”（《女孝经·五刑章》）。

实际上，“妒”作为一种人性中潜在的特质，它的外在表现形式，近似于一种强烈的“占有欲”。在两性关系中，不论男女都会不自觉地希望对方对

① （唐）李延寿：《南史》卷二三，第619页。

② （唐）欧阳询撰，汪绍楹校：《艺文类聚》卷三五《人部·妒》，上海古籍出版社1965年版，第616页。（版本下同）

③ （南朝宋）范晔撰，（唐）李贤等注：《后汉书》卷八四，第2787页。

④ （南朝宋）范晔撰，（唐）李贤等注：《后汉书》卷八四，第2790页。

自己专心不二，从一而终。可以说，这种“占有”的心态是人的本性使然，在婚恋中是正常且普遍存在的。魏晋士族女性妒性勃发，恰是人性觉醒的另类体现，表明她们不再是生活于礼教桎梏下手足胼胝的“奴隶”与麻木的“玩偶”，而是富有尊严个性、有血有肉的鲜活个体。不过妒忌本身也是一种具有社会性的行为，六朝士族女性中“妒妇”多出的现象，又与此时特殊的社会环境及家族内部关系紧密相关。

如上文所述，在六朝门阀社会中，士族最重门第。为了保证家族血统的纯净，也为了结联强宗，以期在复杂的政治中伊我相顾，他们在婚姻上实行严格的“身份内婚制”。这既把士族女性的择婚对象局限在了极为狭窄的范围之内，同时为了家族的利益，也往往会牺牲她们的个人意愿。男女之间良好的感情基础，才是缔结幸福婚姻的关键。然而六朝士族婚姻中的政治因素，远远超过了感情因素。人生而有情，与人性觉醒相伴而生的便是情感花朵之绽放。魏晋士人向来以重情、深情自居，他们宣称“一往有深情”“情之所钟，正在我辈”。当他们的“情”在政治婚姻中得不到满足，便开始寻求一种替代，如《妒妇记》：

> 谢太傅刘夫人，不令公有别房。公既深好声乐，复遂颇欲立妓妾。兄子外生等，微达此旨，共问讯刘夫人，因方便，称《关雎》、《螽斯》有不忌之德。夫人知以讽己，乃问：“谁撰此诗？”答云：“周公。”夫人曰：“周公是男子，相为尔，若使周姥撰诗，当无此也。”①

风流宰相谢安为了达到立妓妾的目的，想让“兄子、外生等”以“《关雎》、《螽斯》有不忌之德”为辩护武器来“问讯刘夫人”。但这显然不能奏效，在刘夫人看来，撰此诗的周公是男子，“相为尔”。千百年来的皇皇圣训是由男性制定的，女性只能被迫遵循，并按照男性理想的标准来塑造自己的形象。反之，“若使周姥撰诗，当无此也”。在我们今天看来，刘夫人此举是揭露儒家圣训之虚伪性的一场精彩发言，更是站在了觉醒女性的立场上，发出了对夫权合理性的直接质疑和大胆挑战！但在当时，这则故事还是被收录进了代表男性话语，以维护夫纲，讽切妒忌为旨的《妒妇记》中。因为六朝社会本质上还是男权社会，男性在婚姻中仍然享有更大的自由。就纳妾一事而言，这在当时不仅为社会风习所允，甚至也得到了法律制度层面的保障，如晋代就以爵位和官品高低规定了纳妾人数：诸王置妾八人，君侯置妾六人，一、二品

---

① （唐）欧阳询撰，汪绍楹校：《艺文类聚》卷三五《人部·妒》，第614页。

官置妾四人，三、四品官置妾三人，五、六品官置妾两人，七、八品官置妾一人。

相较之下，士族女性在婚姻中仍然受到很大的限制。上文中提到，虞通之撰《妒妇记》的主要社会背景是“宋世诸主莫不严妒”。实际上这与宋武帝刘裕的婚姻举措十分相关，由于刘裕出身寒族，立国之初，为了巩固统治，便广泛联姻高门大族，主张“诸尚公主者，并用世胄，不必皆有才能”[①]。在这种捆绑式婚姻中，政治因素占据主导地位，当公主嫁入士族之门，受到的礼遇要多于情感上的关照。而她们的驸马却能够“移情别恋”，这必然会激发公主们的妒忌之心，如士族王藻尚文帝第六女临川长公主，但王藻却“别爱左右人吴崇祖”，于是“主谗之于废帝，藻下狱死，主与王氏离婚”[②]。其实宋（前）废帝在历史上最出名的事情，还是他为其妹山阴公主“置面首左右三十人”，起因是山阴公主曾对废帝抱怨道：“妾与陛下，虽男女有殊，俱托体先帝，陛下六宫万数，而妾唯驸马一人。事不均平，一何至此！”[③]山阴公主因此在历史上留下了“淫恣过度”的恶名，但如果把她这种行为放在当时那种特殊的社会政治背景下考察，在其荒诞不经的外表下，实际上蕴藏着一个与刘夫人一样觉醒的女性形象，她在为其受到压抑的情欲呐喊，并向不合理的夫权发出抗争。“事不均平，一何至此”岂非代表了身陷士族政治联姻泥淖中的广大士族女性之共同心声？

再比如东晋权臣桓温，尚晋明帝女南康长公主，他也曾因偷偷纳妾而招致了公主的妒恨，据《世说新语》刘孝标注引《妒记》载：

> 温平蜀，以李势女为妾，郡主凶妒，不即知之。后知，乃拔刃往李所，因欲斫之。见李在窗梳头，姿貌端丽，徐徐结发，敛手向主，神色闲正，辞甚凄惋。主于是掷刀前抱之曰：“阿子，我见汝亦怜，何况老奴。”遂善之。[④]

桓温瞒着南康长公主，偷娶李势女为妾，公主得知此事后，反应激烈，“乃拔刃往李所，因欲斫之”。在虞通之看来，这完全由于“郡主凶妒”。关于桓温与南康长公主家庭生活的记载，史料阙如。但借由《世说新语·简傲》中的一则材料，可从侧面对其略窥一二：

① （南朝梁）沈约：《宋书》卷五二，中华书局1974年版，第1505页。
② （唐）李延寿：《南史》卷二三，第619页。
③ （南朝梁）沈约：《宋书》卷七，第147页。
④ 余嘉锡笺疏：《世说新语笺疏》，第765页。

（谢奕）在温坐，岸帻啸咏，无异常日。宣武每曰："我方外司马。"遂因酒，转无朝夕礼。桓舍入内，奕辄复随去。后至奕醉，温往主许避之。主曰："君无狂司马，我何由得相见？"[①]

谢奕以"虚放"知名，他纵情无礼，因酒与桓温周旋不止，桓温对此很无奈，"后至奕醉，温往主许避之"。主曰："君无狂司马，我何由得相见？"这看似是一句玩笑话，但却反映出这样一个事实，那便是桓温与她很少见面。桓温作为一代权臣，他联姻司马皇室，完全出于抬高门第、壮大政治势力的需要。所以他与公主的婚姻生活感情淡薄，公主得到的只是一个空头的"夫人"名号与礼节上的足够尊敬。然而桓温作为一个男人与丈夫，却把本应给予妻子的情与爱，转移到了妾的身上，这如何不引起公主的妒恨呢？庄子讲，宁拽尾于泥淖而不欲供奉于廊庙，因为生命的价值正在于源自其本性的呼唤，能够得到回响，这样人在正当的范围之内，方可从心所欲。像南康长公主这样有名而无情，有夫而近寡的婚姻生活，对于当时的广大士族女性而言，何其谬哉！又何其悲哉！

六朝士族女性中妒妇多出的现象又与江左"不讳庶孽"之风有关。北朝颜之推在其《颜氏家训·后娶篇》中曾指出："江左不讳庶孽，丧室之后，多以妾媵终家事。"[②]例如东晋名士阮孚，即为胡婢所生。据《世说新语·任诞》载：

阮仲容先幸姑家鲜卑婢。及居母丧，姑当远移，初云当留婢，既发，定将去。仲容借客驴着重服自追之，累骑而返。曰："人种不可失！"即遥集之母也。[③]

阮咸"借驴追婢"之事为人广知，阮孚庶出的事实更无法讳隐，但他并没有遭受到来自于阮氏家族内部及社会上的歧视，他不仅名噪一时，且官位显达，"初辟太傅府，迁骑兵属，晋乱渡江，元帝以为安东参军"[④]。再如上文提到的李氏女络秀以妾身嫁入周家，生周伯仁等，但这并未妨碍周顗的家族地位和仕途，他"弱冠，袭父爵武城侯，拜秘书郎，累迁尚书吏部郎"[⑤]。梁时的王规亦为庶出子，他八岁时丧母，"居丧有至性，齐太尉徐孝嗣每见必为流涕，称

① 余嘉锡笺疏：《世说新语笺疏》，第852页。

② （北齐）颜之推撰，夏家善主编，夏家善、夏春田注释：《颜氏家训·后娶》，天津古籍出版社1995年版，第15页。

③ 余嘉锡笺疏：《世说新语笺疏》，第810页。

④ （唐）房玄龄等：《晋书》卷四九，第1364页。

⑤ （唐）房玄龄等：《晋书》卷六九，第1850页。

曰孝童。叔父暕亦深器重之，常曰：'此儿吾家千里驹也。'"[①]可见王规虽庶出，但在家里家外都颇受重视。

江左士族间"不讳庶孽"之风之所以盛行，与此时特殊的社会政治形态密切相关。在上文中我们曾讲到，士族门第的高卑并非一成不变的，计门资只是一方面，更重要的是论势位。在复杂的政治环境中，尤其是东晋门阀政治兴盛之时，士族不同门户间存在着残酷的政治争斗，其结果即士族的门户非升即降、优胜劣汰。东晋时期相继执政的琅琊王氏、颍川庾氏、谯郡桓氏、陈郡谢氏这几个家族的兴衰更替便很好地说明了这点。由此可见，一个家族中是否有代表人物居于权势地位，这对于整个家族的生存及门户地位的维持都具有至关重要的影响。与之相对应，任何一个当权士族在择定其政治权力继承人时，都不会抱有一丝侥幸心理，他们所看重的不再是继承人的嫡庶、长幼问题，而是才能问题，并且他们的眼光一般不局限于一个家庭，而是放眼整个宗族。正如田余庆所云："从一个士族门户看来，有了其家族的政治地位，每个家庭的利益都有了保障。……士族重视宗族利益而不只是着眼于一个家庭，因而能够从全族中慎择人才以保障门第。"[②]

为了适应这个时期的特殊社会政治形态，传统的"嫡长子继承制"所主张的"立子以贵不以长，立嫡以长不以贤"原则被打破。士族开始以立贤为主，一般"不特重嫡嗣"[③]，这实际上与"江左不讳庶孽"是同一个问题的两个方面，都表明在当时的士族家庭内部，庶出子与嫡长子在门户继承权上具有同等的竞争力，如上文所举之例，庶出子如才能出众，完全可以继承门户地位。我们都知道，在古代的男权社会中，向来是母以子为贵。既然庶出子可以翻身继承门户地位，那么妾媵自然也可以挑战嫡妻主母的地位。就当时士族女性之家庭处境而言，她们多因家族的利益而被动地与男方家族联姻，这便导致其与丈夫之间普遍缺少伊我相契的感情基础，因而她们孕育子嗣的可能性本来就低于多受宠爱的妾媵，再加上此时期家庭继承原则的改变，使得她们的家庭主母地位岌岌可危。由此引发的妻妾之争，从另一个层面讲，并非是士族女性天生的妒性爆发所致，恰是她们为了自己的生存和地位而做出的另类无奈抗争之举。

① (唐)李延寿：《南史》卷二二，第597页。

② 田余庆：《东晋门阀政治》，北京大学出版社2012年版，第252页。版本下同。

③ 田余庆：《东晋门阀政治》，第345页。

余论

在像两汉那样儒家思想定于一尊的社会中，封建礼教如同清规戒律一般消磨着女性的感情意志，压抑了她们生而为人的自然本性，使其婚姻生活丧失了生命的活力与光彩。但魏晋以来，随着儒学的式微，玄学兴起，士大夫标举“越名教而任自然”，蔑视礼法，任情放诞，张扬个性，在社会上掀起了一场空前的个性解放风潮。与士大夫阶层的觉醒相一致，此时的女性，尤其是士族女性也想在这场空前的个性解放思潮中，扮演具有深刻内涵的角色，这表现在婚姻生活方面便是她们不再一味地柔顺屈从，而是作为与男性平行的个体，去大胆地表达自己的情欲，追求爱情，并挑战固有的夫权。

然而她们虽挣脱了礼教的牢笼，却又陷入另一片泥沼之中，举步维艰。因为在六朝这种门阀社会中，门第的高卑决定了士族社会政治地位的等级，而门第又并非一成不变的，决定士族门户升降的主要因素是政治“势位”。为了在复杂的政治角逐中立于不败之地，也为了尽最大可能垄断既得的政治权益，士族在婚姻上实行严格的“身份内婚制”，这便使士族女性的婚配对象，被缩小到了极为狭窄的范围之内。况且士族联姻的初衷与旨归均是服务于家族利益，士族女性的个人意愿不被重视，她们在士族婚媾中往往扮演着被动承受的角色。不可否认，士族女性在当时确实也拥有一定的婚恋自主与自由。但诸如徐邈之女点婿、“韩寿偷香”的故事大多发生在两晋之际，此时门阀壁垒还并不森严，婚媾中尚顾及个人品质因素。可到东晋门阀鼎盛，及南朝门第固化的时期，这样的故事也就少之又少了。

总之，六朝这种以宗族为主体的家国结构，既为士族女性获得解放提供了契机，但同时也使她们在婚恋上，遭受到了不是礼教而过于礼教的新压迫。六朝士族女性就这样踟蹰于觉醒与压迫的矛盾境地，由此而引发的“妒妇”多出现象，从本质上讲也是她们所做的另类无奈抗争之举。可以说，六朝士族女性在婚恋上并没有获得解放，她们所享有的自主性非常有限，也更不能与现代意义上的婚恋自由相提并论。

参考文献

(南朝宋)刘义庆撰,(南朝梁)刘孝标注,余嘉锡笺疏:《世说新语笺疏》,中华书局2015年版。

(唐)房玄龄等:《晋书》,中华书局1974年版。

(唐)李延寿:《南史》,中华书局1975年版。

田余庆:《东晋门阀政治》,北京大学出版社2012年版。

读书会时间:2021年6月23日

从《世说新语》看六朝时期死亡观念的变化

李通*

【原文】

刘尹在郡，临终绵惙[一]，闻阁下祠神鼓舞。正色曰："莫得淫祀！"《刘尹别传》曰："惔字真长，沛国萧人也，汉氏之后。真长有雅裁[二]，虽荜门陋巷，晏如也。历司徒左长史、侍中、丹阳尹[三]。为政务镇静信诚，风尘[四]不能移也。"外请杀车中牛祭神。真长答曰："'丘之祷久矣[五]'，勿复为烦。"《包氏论语》曰："祷，请也。"孔安国曰："孔子素行合于神明，故曰丘之祷久矣。"①(《德行第一》第三十五条)

【校释】(主要据龚斌《世说新语校释》)

[一]**绵惙**(chuò)：说文云："绵联，微也。惙，忧也。一曰意不定也。"慧琳《一切经音义》十七引声类云："短气皃(貌)也。"又六十七引考声云："惙，弱也。"加锡案：绵惙正言其气绵绵然，短促将绝之像也。(余嘉锡《世说新语笺疏》本)绵惙，同"绵笃"，病危也。绵，本作"緜"。《广雅·释诂》："绵，弱也。"《晋书·陶侃传》："不图所患，渐而绵笃，伏枕感结，情不自胜。"《高僧传·释慧虔传》："当时疾虽绵笃，而神色平平，有如恒日。"《高僧传·释慧永传》："以义熙十年遇疾绵笃。"(龚斌《世说新语校释》本)

[二]**雅裁**：谓识鉴高明也。裁，鉴别品裁，刘惔喜好品评人物，故云雅裁。

---

* 李通，1995年生，山西运城人，山东大学文学院中国古代文学2018级硕士研究生，师从李剑锋教授，魏晋南北朝文学方向。

① (南朝宋)刘义庆撰，(南朝梁)刘孝标注，龚斌校释：《世说新语校释》，上海古籍出版社2011年版，第78页。本文所引世说新语原文及刘孝标注，皆据此版本。

［三］丹阳尹：《世说音释》："后汉都洛阳，置河南尹。凡前代帝王所都皆曰尹。"《晋中兴书》曰："太兴元年改丹阳内史为丹阳尹。"按：太兴元年为318年，东晋建立之初。建康为丹阳郡所辖区域。

［四］风尘：寇惊，变乱。引申为流言纷扰。

［五］丘之祷久矣：《论语·述而》："子疾病，子路请祷。子曰：'有诸？'子路对曰：'有之。诔曰："祷尔于上下神祇。"'子曰：'丘之祷久矣。'"（孔子病重，子路请求祈祷。孔子说："有这回事吗？"子路说："有的。诔文说：'为你向天地神明祈祷。'"孔子说："我已经祈祷很久了。"）

张岱："夫子语王孙贾曰：'获罪于天，无所祷也。'故曰：'丘之祷久矣。'"①

也就是注释中孔安国所说的"孔子素行合于神明，故曰丘之祷久矣"。

龚斌按："孔子以死生有命，故不欲子路请祷。刘惔病危，以孔子之语答之，可见亦信奉'乐天知命'，忧惧不入，居常待尽，不许他人杀牛祭神为之祈祷。"

【翻译】

刘真长在任丹阳尹期间，临终病危，听到楼阁下祭神击鼓跳舞的声音。神色严肃地说："不要烂行祭祀！"官署请求杀载车之牛祭神。真长回答："我像孔子一样祈祷很久了，不要再做这些麻烦的事。"

【时间】（据龚斌《世说新语校释》）

刘惔卒年《晋书》本传不载，仅言年三十六。考《伤逝》一〇王濛亡，刘惔临殡云云。《法书要录》九载张怀瓘《书断》曰："濛以永和三年卒，年三十九。"据此，永和三年时刘惔尚在。《排调》二四注引《语林》曰："宣武征还，刘尹数十里迎之。"征还，指桓温征蜀还。《通鉴》九八谓永和四年（348）朝廷论平蜀之功，以桓温为征西大将军、开府仪同三司，封临贺郡公。又《晋书》本传记惔卒后，孙绰尝诣褚裒，言及刘惔之亡。据《晋书·穆帝纪》，褚裒卒于永和五年十二月。由上推知，刘惔当卒于永和四五年间。（龚斌《世说新语校释》本）也就是348至349年间。

① （清）张岱撰，朱宏达点校：《四书遇》，浙江古籍出版社1985年版，第189页。

【原文】

高坐[一]道人①不作汉语。或问此意，简文曰："以简应对之烦。"[二]《高坐别传》曰："和尚胡名尸黎密，西域人，传云：国王子，以国让弟，遂为沙门。永嘉中始到此土，止于大市[三]中。和尚天姿高朗，风韵遒迈，丞相王公一见奇之，以为吾之徒也。周仆射[四]领选，抚其背而叹曰：'若选得此贤，令人无恨。'俄而周侯[四]遇害，和尚对其灵坐[五]，作胡祝[六]数千言，音声高畅，既而挥涕收泪，其哀乐废兴[七]皆此类。性高简，不学晋语，诸公与之言，皆因传译。然神领[八]意得，顿在言前[九]。"《塔寺记》曰："尸黎密冢曰高坐，在石子冈[十]。常行头陀，卒于梅冈，即葬焉。晋元帝于冢边立寺[十一]，因名高坐。"（《言语第二》第三十九条）②

【校释】（据龚斌《世说新语校释》）

[一]高坐：南宋绍兴董弅刻本、沈宝研校本、朱铸禹《世说新语汇校集注》作"座"。③ 朱铸禹案《十六国春秋》曰："鸠摩罗什讲经毕，下高坐。"则高坐是说法高僧之位置，未必为尸黎密专有之称号，其曰塚、曰寺，皆相因而名之。龚斌则根据孝标注引《高坐别传》专叙尸黎密之行事，《高僧传·帛尸黎密传》、僧佑《出三藏记集》一三皆云："时人呼为高坐。"认为高坐并非泛指高僧说法之位置，乃尸黎密之专称。

[二]"简文曰"二句：简文之言，乃清言家推崇之"言约旨远"，实答非所问，或有"夫子自道"意味。高坐不作汉语，乃不会汉语，非"以简应对之烦"。

[三]大市：指建康大市寺。

[四]周仆射、周侯：皆指周顗（269～322），字伯仁，安东将军浚之子。少有重名，元帝初镇江左，请为军谘祭酒，太兴初，更拜太子少傅。以雅望获海内盛名。王敦叛乱时，死于石头南门外。（据《晋书·周顗传》）

---

① "道教"一词，在南北朝以前只是一个为诸子百家所共用的概念，并不是我们现在所说称的"道教"的专称。那时诸子百家无不将自己的理论和方法称之为"道"，以"道"教化众人，便称之为"道家"。使用"道教"一词最早的是儒家，把尧舜禹汤文武的先王之道和孔子的五经之道谓之是"道教"。其次便是墨家、道家、阴阳家。佛教传入中国，"菩提"汉译为"道"，菩提之道，从而也称道教……大概"道教"一词成为产生在我国的五斗米道的专称，是在完成了对老子的神话，建立了以"太上老君"为核心的较为完整的神学理论之后，时间当是南北朝。参见李养正：《道教概说》，中华书局 1989 年版，"前言"第 2 页。

② 龚斌校释：《世说新语校释》，第 193～194 页。

③ （南朝宋）刘义庆撰，（南朝梁）刘孝标注，朱铸禹汇校集注：《世说新语汇校集注》，上海古籍出版社 2002 年版，第 91 页。

［五］灵坐：亦称灵位。指死者既葬，供奉神主之几筵也。

［六］胡祝：祝，董弅刻本作“呪”。《高僧传》本传同。当作“呪”。《高僧传》二《佛陀耶舍传》：“耶舍乃取清水一钵，以药投中，呪数千言，与弟子洗足。”同上《昙无谶传》：“谶明解呪术，所向皆验，西域号为大呪师。”呪，同“咒”，梵语陀罗尼，义译为咒，又曰真言。

［七］废兴：《世说抄撮》：“犹言举措进止也。”

［八］神领：《世说音释》：“犹言神解领受也。”

［九］顿在言前：犹“悟在言前”，谓高坐神领意得，言未尽意已悟。

［十］冢曰：南宋绍兴董弅刻本作“宋”，沈剑知《世说新语校笺》作“家”。余嘉锡笺疏案：“冢曰高坐，义不可通，作家亦非，当作宋字。”

［十一］石子冈：景定建康志一七：“石子冈一名石子敦，在城南一十五里，长二十里，高一十八丈。”

［十二］晋元帝于冢边立寺：《高僧传》云：“晋咸康（335～342）中卒……成帝怀其风，为树刹冢所。”咸康为成帝年号，元帝当作成帝。

【翻译】

高坐道人不说汉语，有人问这是什么意思，简文帝回答说：“这是为了省去应对的麻烦。”

一、儒家的丧葬仪式与死亡观念

《汉书·文帝纪》遗诏曰：“盖天下万物之萌生，靡不有死。死者天地之理，物之自然，奚可甚哀！当今之世，咸嘉生而恶死，厚葬以破业，重服以伤生，吾甚不取……其令天下吏民，令到出临三日，皆释服。无禁取妇嫁女祠祀饮酒食肉……以下，服大红十五日，小红十四日，纤七日，释服。”[①]汉代自文帝始国制虽然一直强调短丧，然而后世在实际执行过程中，三年丧制与厚葬之风从未止息，至光武时，虽亦尝绝告宁之典，然时俗上自诸侯王、下及民间男女，皆遵古礼，盛行三年之丧。汉代独尊儒术，继承了儒家发展出的一套完整的丧葬仪式，也奠定了后世葬礼的基本流程，汉代短丧国制之下始终无法抑制的三年之丧，就是儒家最为重视的部分。

儒家对于死亡仪式的重视始于孔子，他的各项主张也成了后世葬礼思想

① （汉）班固：《汉书》，中华书局2007年版，第32～33页。

的主要依据。《论语》中有大量的孔子关于生死以及葬礼的讨论,试举一二:

生,事之以礼;死,葬之以礼,祭之以礼。(《论语·为政》)[①]

宰我问:"三年之丧,期已久矣。君子三年不为礼,礼必坏;三年不为乐,乐必崩。旧谷既没,新谷既升,钻燧改火,期可已矣。"子曰:"食夫稻,衣夫锦,于女安乎?"曰:"安。""女安,则为之!夫君子之居丧,食旨不甘,闻乐不乐,居处不安,故不为也。今女安,则为之!"(《论语·阳货》)[②]

子游曰:"丧致乎哀而止。"(《论语·子张》)[③]

颜渊死,门人欲厚葬之。子曰:"不可。"门人厚葬之。子曰:"回也视予犹父也,予不得视犹子也。非我也,夫二三子也。"(《论语·先进》)[④]

颜渊死,颜路请以子之车以为之椁。子曰:"才不才,亦各言其子也。鲤也死,有棺而无椁。吾不徒行以为之椁。以吾从大夫之后,不可徒行也。"(《论语·先进》)[⑤]

颜渊死,孔子悲痛欲绝:"天丧予!"[⑥]但是在颜渊的葬礼问题上,孔子拒绝颜路的请求,坚持他的"礼"。归纳起来,儒家的丧礼制度:一坚持三年丧期,给生养之恩以反馈;二不过度哀伤,不损坏生人的利益;三坚定的维护等级制度。

儒家对于丧礼的态度,归根结底还是为了现世的需要,孔子所主张的葬礼既然是礼制的一部分,它的目的也就始终还是满足政治的需求。曾子曰:"慎终、追远,民德归厚矣。"[⑦]解释了丧礼存在的意义,民德归厚,自然家国兴盛,终究是为儒家的政治伦理服务。

而同时,儒家始终关注现实的眼光,让他们有意无意地忽视了对死亡世界做出更深的讨论,孔子对于鬼神的态度始终是模棱两可的,

敬鬼神而远之。(《论语·雍也》)[⑧]

---

① 杨伯峻译注:《论语译注》,中华书局香港分局 1984 年版,第 13 页。
② 杨伯峻译注:《论语译注》,第 188 页。
③ 杨伯峻译注:《论语译注》,第 202 页。
④ 杨伯峻译注:《论语译注》,第 113 页。
⑤ 杨伯峻译注:《论语译注》,第 111 页。
⑥ 杨伯峻译注:《论语译注》,第 112 页。
⑦ 杨伯峻译注:《论语译注》,第 6 页。
⑧ 杨伯峻译注:《论语译注》,第 61 页。

子不语怪、力、乱、神。(《论语·述而》)[①]

季路问事鬼神。子曰:“未能事人,焉能事鬼?”曰:“敢问死。”曰:“未知生,焉知死?”(《论语·先进》)[②]

儒家为传统的丧葬仪式奠定了基础,但他们对于灵魂问题的回避也为佛道后起先发,进而主宰亡灵世界留下了可供操作的巨大空间。宗教对于死亡的解释永远是满足人的情感需求的,因此人求生畏死的本能就是宗教神仙说坚实的信仰基础,于是当佛教兴起之后,魏晋时期的死亡观念与死亡仪式在承袭前代的基础上,进入了一个新的变革时期。

根据杨树达《汉代婚丧礼俗考》,汉代葬礼程序大致为:人初死沐浴饭含、小敛、大敛、发丧受吊、送葬、坟墓、居丧、上冢。居丧之时有严格的守礼要求:未葬,居服舍;既葬则庐墓;不饮酒食肉、不近妇人、不作乐、不聘妻、不访友。[③] 魏晋承袭汉典,下节以居丧之礼为中心,探讨这一时期玄学对士人的居丧废礼行为的影响。

二、晋室之变

西晋丧仪虽承袭汉魏,以短丧为国制,但对于三年丧期之礼始终多有争议,如《晋书·志第十·礼中》记载:“文帝之崩,国内服三日。武帝亦遵汉魏之典,既葬除丧,然犹深衣素冠,降席撤膳。”[④]群臣再谏不止,心丧终三年。

泰始十年,武元杨皇后崩,依旧制,既葬,帝及群臣除丧,皇太子同制,然博士陈逵以为“皇太子无有国事,自宜终服”有诏更详议,尚书杜预以为“古者天子诸侯之丧始同齐斩,既葬除丧服,谅闇以居,心丧终制,不与士庶同礼”[⑤]认为太子照旧制,卒哭除衰麻,以“谅暗”[⑥]终制即可。杜预心丧之说虽被采纳,太子从国制除服,而时人“闻预异议,多怪之。或者乃谓其违礼以合时。”

可见晋代实际风气与国制不同,是盛行甚至鼓励时人严格遵守三年丧

① 杨伯峻译注:《论语译注》,第72页。

② 杨伯峻译注:《论语译注》,第113页。

③ 参见杨树达:《汉代婚丧礼俗考》,上海古籍出版社2013年版。

④ (唐)房玄龄等:《晋书》,中华书局1974年版,第613页。

⑤ (唐)房玄龄等:《晋书》,第619页。

⑥ 一作“谅阴”,见《论语·宪问》,子张曰:“《书》云:‘高宗谅阴,三年不言。’何谓也?”子曰:“何必高宗,古之人皆然。君薨,百官总己以听于塚宰三年。”杨伯峻注:谅阴,居丧时所住的房子,又叫“凶庐。”(《论语译注》第158页)《晋书》杜预解释:谅,信也;暗,默也。殷之高宗谅暗三年不言,称高宗不云服丧三年,而云谅暗三年,此释服心丧之文也。[(唐)房玄龄等:《晋书》,第620~621页]

制的："三年之丧，人子所以自尽，故圣人制礼，自上达下。是以今制，将吏诸遭父母丧，皆假宁二十五月。敦崇孝道，所以风化天下。"[①]两晋以孝治天下，居丧之礼虽为时俗所重，而名士夷然不屑，违礼放达，两朝皆然，究其所以，与玄风关联甚深。

玄风正式形成，始自魏正始时期王弼著《无名论》，立论以为："天地万物皆以无为本。无也者，开物成务，无往不存者也。阴阳恃以化生，万物恃以成形，贤者恃以成德，不肖恃以免身。故无之为用，无爵而贵矣。"[②]以"无"为本，以"有"为末的玄学中心命题也就此形成，而"有无""本末"之论提出的根本目的则是为了解决自然与名教这一基本矛盾。

我们先来界定名教与自然的概念：

> 陈寅恪：名教者，依魏晋人解释，以名为教，即以官长君臣之义为教，亦即入世求仕者所宜奉行者也。[③]
>
> 唐长孺：所谓名教乃是因名立教，其中包括政治制度、人才配合以及礼乐教化等等。[④]
>
> 宁稼雨："名教"实际上是指整个社会统治者以其政治制度和道德规范等对个人的为人处世方面造成的追求名誉的心理，来达到进行政治统治的目的。[⑤]

总之，"名教"是支撑国家运转、统治推行的社会运行逻辑。与之相对的"自然"，源出老庄，陈寅恪解释为"崇尚自然即避世不仕"[⑥]。在西晋名士这里，这种解释与他们的实际行为相符，但也不限于此，如嵇康拒绝山涛举荐入仕作《与山巨源绝交书》："游山泽，观鱼鸟，心甚乐之……今但愿守陋巷，教养子孙，时与亲旧叙阔，陈说平生，浊酒一杯，弹琴一曲，志愿毕矣。"[⑦]一方面他确实避世不仕，另一方面他也将老庄哲理上的自然引入现实，将之作为一种生活方式与人格的审美体验，顺应自己的天性"越名教而任自然"[⑧]。但嵇康在践行"自然"的同时也极度排斥"名教"，自称"非汤武而薄周孔"[⑨]。实际上

---

① (唐)房玄龄等：《晋书》，第620页。
② (唐)房玄龄等：《晋书》，第1236页。
③ 陈寅恪：《陶渊明之思想与魏晋清谈之关系》，山西人民出版社2014年版，第6页。
④ 唐长孺：《魏晋南北朝史论丛》，武汉大学出版社2013年版，第299页。
⑤ 宁稼雨：《魏晋士人人格精神》，南开大学出版社2003年版，第273页。
⑥ 陈寅恪：《陶渊明之思想与魏晋清谈之关系》，第6页。
⑦ (三国魏)嵇康撰，戴明扬校注：《嵇康集校注》，中华书局2016年版，第198～199页。
⑧ (三国魏)嵇康撰，戴明扬校注：《嵇康集校注》，第402页。
⑨ (三国魏)嵇康撰，戴明扬校注：《嵇康集校注》，第198页。

从王弼以“无”立论开始，其中就包含了“有”，因此“名教”与“自然”从来就不是非此即彼的敌对关系，他们所争论的是谁为“本”的问题，正如宁稼雨所言：“玄学中有两个一直引人注意的话题：玄学与政治的关系、玄学与人格的关系……政治主题是玄学家的初衷，人格主题则是政治主题在实践中碰壁失败后的转向和变异。”[①]对于竹林名士而言，避世不仕是真的，将“自然”践行于生活之中以保持自身操行、发扬人格精神也是真的，他们处于将玄学主题从政治转向人格的阶段。但对于同时期的“名教”而言，政治才是它关注的中心和首先所要解决的问题，时值易代之际，司马氏要确立自身的权威，“名教”在与“自然”之争上就绝无让步的可能，双方在理论发展与现实目的上的错位造成了“天下多故，名士少有全者”[②]的血腥结果。

我们以南渡为界，结合玄学自身的发展历程，将之粗略分为西晋玄学（包括魏）与东晋玄学。西晋玄学以政治为主题，在不断倾轧的过程中基本上完成了自身的哲学构建，以“无”为本的“自然”与以“有”为宗的“名教”最终在各伸其端的过程中以名教在政治上的胜利和理论上的完善最终得到统一，以下简述其过程：自何晏以“贵无”立论，王弼进一步将其发展为“崇本息末”，以自然为本，名教为末，至阮籍嵇康等人就正式发展出了“越名教而任自然”，在这个过程中，玄学的政治主题与司马氏政权的稳固息息相关，名教的支持者自然是司马氏及其拥趸，与之相对的竹林名士，享誉天下而高标自然之道，避世不与新朝合作，非但如此，为首的嵇康甚至“非汤武而薄周孔”，挑战名教人士的政治信念，进而威胁他们赖以生存的政治根基，即便嵇康等人所主张的玄学理论并非要蓄意破坏儒家的道德伦理，但名教以此为旗，在追求自然的名士看来虚伪不堪，双方的矛盾无法调和，于是就有了政治上的暴力倾轧。景元三年，嵇康坐吕安案身死东市，司马氏一举震慑天下，阮籍苦闷慎独，向秀变节失图，竹林名士的惨烈结局，宣告了名教在世俗势力方面对玄学的全然支配与压制。

嵇中散既被诛，向子期举郡计入洛，文王引进，问曰：“闻君有箕山之志，何以在此？”对曰：“巢、许狷介之士，不足多慕。”王大咨嗟。（《言语第二》第十八条）[③]

步兵校尉缺，厨中有贮酒数百斛，阮籍乃求为步兵校尉。（《任诞第

① 参见宁稼雨：《魏晋士人人格精神》，第271～272页。

② （唐）房玄龄等：《晋书》，第1360页。

③ 龚斌校释：《世说新语校释》，第149页。

二十三》第五条)[①]

晋文王称阮嗣宗至慎,每与之言,言皆玄远,未尝臧否人物。(《德行第一》第十五条)[②]

向秀变节是在嵇康政治罹难后的无奈自保之举,晋书说他"在朝不任职,容迹而已"[③],并且毫不遮掩自己对过去生活的怀念。晋书引其《思旧赋》曰:

余与嵇康、吕安居止接近,其人并有不羁之才……追想曩昔游宴之好,感音而叹,故作赋曰:"……悼嵇生之永辞兮,顾日影而弹琴。托运遇于领会兮,寄余命于寸阴。听鸣笛之慷慨兮,妙绝声而复寻。伫驾言其将迈兮,故援翰以写心。"[④]

可见"越名教而任自然"虽不可行,但名士违从名教寄意自然之心犹存,玄学的理论停留在以"无"为"本"的阶段,阮籍的居丧废礼,也就可知了。《任诞》第二条、第九条、第十一条记载阮籍遭母丧事,他当然是极度悲伤的:

阮籍当葬母,蒸一肥豚,饮酒二斗,然后临诀,直言"穷矣"!都得一号,因吐血,废顿良久。(《任诞第二十三》第九条)[⑤]

但他的表现并不与俗世(也可以说是名教)相合:

阮籍遭母丧,在晋文王坐,进酒肉。司隶何曾亦在坐,曰:"明公方以孝治天下,而阮籍以重丧显于公坐饮酒食肉,宜流之海外,以正风教。"文王曰:"嗣宗毁顿如此,君不能共忧之,何谓?且有疾而饮酒食肉,固丧礼也。"籍饮啖不辍,神色自若。(《任诞第二十三》第二条)[⑥]

虽然《礼记·曲礼上》记载:"居丧之礼,头有创则沐,身有疡则浴。有疾则饮酒食肉,疾止复初。不胜丧,乃比于不慈不孝。"[⑦]但如前文所述,晋朝重孝,时俗重守丧之礼,就连嵇康拒绝出仕的理由之一也是:"不喜吊丧,而人道以此为重。"[⑧]阮籍之居丧废礼实际上也是他玄学观念的体现,他并不在意时俗守丧之礼的约束,但内心的悲伤绝不弱于因循守礼的名教中人。而即

---

① 龚斌校释:《世说新语校释》,第1416页。
② 龚斌校释:《世说新语校释》,第40页。
③ (唐)房玄龄等:《晋书》,第1375页。
④ (唐)房玄龄等:《晋书》,第1375页。
⑤ 龚斌校释:《世说新语校释》,第1420页。
⑥ 龚斌校释:《世说新语校释》,第1408~1409页。
⑦ (清)孙希旦撰,沈啸寰、王星贤点校:《礼记集解》,中华书局1998年版,第76页。
⑧ (三国魏)嵇康撰,戴明扬校注:《嵇康集校注》,197页。

使嗣宗名播海内，他的行为实际上也没有得到理解，甚至被世俗排斥在外：

阮步兵丧母，裴令公往吊之。阮方醉，散发坐床，箕踞不哭。裴至，下席于地，哭，吊唁毕便去。或问裴："凡吊，主人哭，客乃为礼。阮既不哭，君何为哭？"裴曰："阮方外之人，故不崇礼制。我辈俗中人，故以仪轨自居。"时人叹为两得其中。(《任诞第二十三》第十一条)①

时人虽谓两得其中，但实际上将阮籍视为方外之人，区别于自身立场，看似是对名士的包容，也暗含了对方外之人个别行为的不认同，这种区分方内、方外之人的方法后来也在慧远与桓玄争论的《沙门不敬王者论·在家》中有所体现："在家奉法，则是顺化之民，情未变俗，迹同方内，故有天属之爱，奉主之礼。"②

竹林风流垂范后世，名士们虽然卷入波谲云诡的政治风波凋零殆尽，但他们将"自然"化为实际的放任旷达的生活方式，仍受到后人追随：

王平子、胡毋彦国诸人，皆以任放为达，或有裸体者。(王隐《晋书》曰："魏末阮籍，嗜酒荒放，露头散发，裸袒箕踞。其后贵游子弟阮瞻、王澄、谢鲲、胡毋辅之之徒，皆祖述于籍，谓得大道之本。故去巾帻，脱衣服，露丑恶，同禽兽。甚者名之为通，次者名之为达也。")乐广笑曰："名教中自有乐地，何为乃尔也！"(《德行第一》第二十三条)③

而对这种荒诞之风极为不满的裴頠，继"贵无"之后，鲜明地提出"崇有"之说，为名教确立玄学理论上的依据④，论曰："夫至无者无以能生，故始生者自生也。自生而必体有，则有遗而生亏矣。生以有为已分，则虚无是有之所谓遗者也……济有者皆有也，虚无奚益于已有之群生哉！"⑤将"有""无"作为"本""末"重新定义，认为"贱有则必外形，外形则必遗制，遗制则必忽防，忽防则必忘礼。礼制弗存，则无以为政矣。"对应"名教"与"自然"，就是认为要以"名教"为贵。与裴頠同时的郭象作《庄子注》，除了旨在阐明"崇有"之说外，进一步解释了"万物自生自化，皆为自然"的理念，既然如此，那么"名教"

① 龚斌校释：《世说新语校释》，第 1424 页。

② 刘立夫、魏建中、胡勇译注：《弘明集》，中华书局 2013 年版，第 316 页。唐长孺《魏晋玄学之形成及其发展》第 329 页亦有相关论述。

③ 龚斌校释：《世说新语校释》，第 55 页。

④ "頠深患时俗放荡，不尊儒术，何晏、阮籍素有高名于世，口谈浮虚，不遵礼法，尸禄耽宠，仕不事事；至王衍之徒，声誉太盛，位高势重，不以物务自婴，遂相放效，风教陵迟，乃著崇有之论以释其蔽。"[(唐)房玄龄等：《晋书·裴頠传》，第 1045 页]

⑤ (唐)房玄龄等：《晋书》，第 1046 页。

也是"自然"，体现在现实政治当中就是"将无同"：

阮宣子有令闻，太尉王夷甫见而问曰："老、庄与圣教同异？"对曰："将无同。"太尉善其言，辟之为掾，世谓"三语掾"。（《文学第四》第十八条）①

至此，玄学自身的理论构建基本完成，自然与名教表现出调和之态，"三语掾"故事，就是名士在兼任政治家与玄学家之间的"同"，玄学的政治主题正式宣告终结。永嘉以后，名士之间的玄谈更多的是一种展示才华修养的方式，在理论方面最大的进展是与当时方兴未艾的佛教的融合，受此影响，玄学家们将目光更多的转向了人格的审美体验，阮籍、嵇康将理论"自然"化为实际生活的方式在东晋得到了审美化的继承，不同于元康时期胡毋彦国等人以放荡袒裸为通达，东晋士族更多是以天性自然而性其情，应物而不累于物为通达，名士的居丧废礼也就更加普遍，如"哀至则哭"：

简文崩，孝武年十余岁立，至暝不临。左右启："依常应临。"帝曰："哀至则哭，何常之有。"（《言语第二》第八十九条）②

王珣、徽之率意致哀，无视俗礼：

王东亭与谢公交恶。王在东闻谢丧，便出都诣子敬，道欲哭谢公。子敬始卧，闻其言便惊起，曰："所望于法护。"王于是往哭。督帅刁约不听前，曰："官平生在时，不见此客。"王亦不与语，直前哭，甚恸，不执末婢手而退。（《伤逝第十七》第十五条）③

王子猷、子敬俱病笃，而子敬先亡。子猷问左右："何以都不闻消息？此已丧矣。"语时了不悲，便索舆来奔丧，都不哭。子敬素好琴，便径入坐灵床上，取子敬琴弹，弦既不调，掷地云："子敬，子敬，人琴俱亡！"因恸绝良久，月余亦卒。（《伤逝第十七》第十六条）④

王濛、刘惔、谢尚丧期饮酒酣宴：

王、刘共在杭南，酣宴于桓子野家。谢镇西往尚书墓还，葬后三日反哭。诸人欲要之，初遣一信，犹未许，然已停车；重要，便回驾。诸人门外迎之，把臂便下。裁得脱帻，著帽酣宴。半坐，乃觉未脱衰。（《任

---

① 龚斌校释：《世说新语校释》，第400页。
② 龚斌校释：《世说新语校释》，第228页。
③ 龚斌校释：《世说新语校释》，第1266页。
④ 龚斌校释：《世说新语校释》，第1267页。

诞第二十三》第三十三条)[①]

而名教一直牢牢地捍卫着严格的丧礼制度：

陈元方遭父丧，哭泣哀恸，躯体骨立。其母愍之，窃以锦被蒙上。郭林宗吊而见之，谓曰："卿海内之俊才，四方是则，如何当丧，锦被蒙上？孔子曰：'衣夫锦也，食夫稻也，于汝安乎？'吾不取也。"奋衣而去。自后宾客绝百所日。(《规箴第十》第三条)[②]

阮仲容先幸姑家鲜卑婢，及居母丧，姑当远移，初云当留婢，既发，定将去。仲容借客驴，着重服，自追之，累骑而返，曰："人种不可失。"即遥集之母也。(《任诞第二十三》第十五条)[③]

温公初受刘司空使劝进，母崔氏固驻之，峤绝裾而去。迄于崇贵，乡品犹不过也，每爵皆发诏。(虞预《晋书》曰：元帝即位，以温峤为散骑侍郎。峤以母亡，逼贼，不得往临葬，固辞。)(《尤悔第三十三》第九条)[④]

丧期，陈元方误盖锦被，宾客后绝百日，阮仲容重服追婢、是以名门之后仕途坎坷[⑤]，温峤遭乱不治母丧，虽以显贵而乡品不过，但名士任情废礼，已为常态。他们真正在意的是自身内心的感受，而不是依照世俗礼仪程序化地表现悲伤，这也是高坐道人出现在周伯仁丧礼，对其灵坐作胡祝的原因，东晋名僧几乎等同于名士，因此尽管他们是无意为之，但还是在名教束缚之下，突破了儒家丧礼制度的固定模式，佛教后来能够参与丧葬礼仪，改造幽冥世界，也就打通了门径。

《世说新语》有一则很有趣的故事：阮宣子论鬼神有无者，或以人死有鬼，宣子独以为无，曰："今见鬼者，云著生时衣服，若人死有鬼，衣服复有鬼邪？"[⑥]尽管名士对鬼神之说不以为然，但其流风遗韵引后世瞻仰不止留存在生人的言论笔墨之中，墓葬中也有。1960 年 4 月，南京西善桥宫山北麓下发现一座六朝古墓，其中出土了至今为止艺术价值最高的六朝拼砖壁画，也就是著名的《竹林七贤与荣启期》，现存于南京博物馆，学者推测此墓葬的时间

① 龚斌校释：《世说新语校释》，第 1454～1455 页。

② 龚斌校释：《世说新语校释》，第 1087 页。

③ 龚斌校释：《世说新语校释》，第 1430 页。

④ 龚斌校释：《世说新语校释》，第 1731 页。

⑤ "阮咸居母丧，重服追婢，有违丧礼，故遭世议，沉沦闾巷十年有余。"(龚斌校释：《世说新语校释》注引五，第 1431 页)

⑥ 龚斌校释：《世说新语校释》，第 611 页。

大约在晋宋时期，至迟应不会晚于南齐末[1]。此后，1965 年江苏丹阳胡桥仙塘湾墓，1968 年丹阳胡桥吴家村墓、丹阳建山金家村墓，2010 年南京雨花台石子岗墓 M5，2012 年南京雨花台铁心桥小村 M1 墓，2013 年南京栖霞狮子冲 M1、南京栖霞狮子冲 M2 都发现了类似的竹林七贤壁画，皆为南朝墓葬。其中石子岗墓 M5 与宫山墓壁画应为同一粉本所出，不排除批量制作的可能，可见当时风尚。

关于"竹林七贤"墓葬壁画的意义，有学者认为出现在墓志壁画中的七贤与荣启期，已经脱离了他们原本在俗世中的身份，一定程度上已经被神化，代表的依旧是求仙的思想。[2] 但刘宋以后，玄风与晋俱逝，佛教代之崛起，与道教争胜，人们的死亡观念受到了极大的冲击，丧葬礼仪与墓葬习俗也发生了剧烈的变化，地下世界基本成为佛道两教的主场，"七贤"能在佛道的夹缝中成为"流行"题材，即便有被神话的可能，但也是两晋玄风对于名士人格的塑造与对天下对玄风追慕的一部分心理反应。

三、佛道之兴

（一）佛教与名士

佛教自汉代传入中原，一直被视为道术的一种，不为人所重视。[3] 在漫长的磨合过程中终于等到玄学风靡天下，借助自身教义中的"空"与玄学"无"的相似[4]，找到了和本土文化相适应的切入点，此后在东晋士族的支持下一跃而起，成为可以与儒道分庭抗礼的主流思想之一。当然佛教的传播与兴起都太过复杂，本篇主要讨论的是东晋南朝时期的佛教发展情况以及对当时丧葬礼俗的影响。

佛僧与名士交往谈玄，因而受到尊崇的例子在《世说新语·文学》中随处可见：

> 庄子逍遥篇旧是难处，诸名贤所可钻味，而不能拔理于郭、向之外。支道林在白马寺中，将冯太常共语，因及逍遥。支卓然标新理于二家之表，立异意于众贤之外，皆是诸名贤寻味之所不得。后遂用支理。（《文

---

① 参见王汉：《从壁画砖看南京西善桥宫山墓的年代》，《东南文化》2018 年第 2 期。

② 参见郑岩：《南北朝墓葬中竹林七贤与荣启期画像的含义》，郑岩：《魏晋南北朝壁画墓研究》，文物出版社 2002 年版。

③ 参见汤用彤：《汉魏两晋南北朝佛教史》，上海人民出版社 2015 年版，第 81 页。

④ "无在万化之前，空为众形之始。"（汤用彤：《汉魏两晋南北朝佛教史》，第 188 页）

学第四》第三十二条）

王逸少作会稽，初至，支道林在焉。孙兴公谓王曰："支道林拔新领异，胸怀所及，乃自佳，卿欲见不？"王本自有一往隽气，殊自轻之。后孙与支共载往王许，王都领域，不与交言。须臾支退。后正值王当行，车已在门。支语王曰："君未可去，贫道与君小语。"因论庄子逍遥游。支作数千言，才藻新奇，花烂映发，王遂披襟解带，留连不能已。（《文学第四》第三十六条）

僧康渊初过江，未有知者，恒周旋市肆，乞索以自营。忽往殷渊源许，值盛有宾客，殷使坐，粗与寒温，遂及义理。语言辞旨，曾无愧色，领略粗举，一往参诣，由是知之。（《文学第四》第四十七条）①

此外还有士族开始研究佛理甚至出家者，如殷浩研究佛经：

殷中军见佛经云："理亦应阿堵上。"（《文学第四》第二十三条）

殷中军读小品，下二百签，皆是精微，世之幽滞。尝欲与支道林辩之，竟不得。今小品犹存。（《文学第四》第四十三条）

殷中军被废东阳，始看佛经。初视维摩诘，疑般若波罗密太多，后见小品，恨此语少。（《文学第四》第五十条）②

孙绰于佛经也颇有造诣：

有北来道人好才理，与林公相遇于瓦官寺，讲小品。于时竺法深、孙兴公悉共听。此道人语屡设疑难。林公辩答清晰，辞气俱爽。此道人每辄摧屈。孙问深公："上人当是逆风家，向来何以都不言？"深公笑而不答。林公曰："白旃檀非不馥，焉能逆风？"深公得此义，夷然不屑。（《文学第四》第三十条）③

按下支遁与竺法深之间的互相攻讦不提，孙绰显然是能听懂僧人辩论佛经的，《弘明集》收录了孙绰《喻道论》，主张佛儒一致④，可见东晋名士已开始研习佛理。

又如竺法深，《世说新语·德行》注引记载："僧法深不知其俗姓，盖衣冠之胤也。"⑤，而《高僧传》记载为："竺潜，字法深，姓王，琅琊人，晋丞相武昌郡

① 以上三条引文分别见龚斌校释：《世说新语校释》，第 427 页、第 434 页、第 458～459 页。

② 以上三条引文分别见龚斌校释：《世说新语校释》，第 411 页、第 450 页、第 463 页。

③ 龚斌校释：《世说新语校释》，第 424 页。

④ 刘立夫、魏建中、胡勇译注：《弘明集》，第 168 页。

⑤ 龚斌校释：《世说新语校释》，第 69 页。

公敦之弟也。”[①]此条不知真假，但竺法深士族出身而入佛门应该可以确认。以及前文所引“晋元帝为高坐道人于冢边立寺”、支遁在名士之间的超高声誉“支道林还东，时贤并送于征虏亭”[②]都可以知晓佛教通过依附玄学，与名士交往，为其在东晋上层社会的传播取得了极大的臂助。

另一方面，佛教在民间的扩张更为迅速，东晋时期的佛寺数量，“据唐代法琳《辩正论》卷三所说，东晋共有佛寺 1768 所，僧尼 2.4 万人……见于梁慧皎《高僧传》和唐道宣《续高僧传》的东晋佛寺 52 所”[③]。

(二)佛教地狱说

佛教的快速发展也将释教义理带入民间，其中最成功、影响最大的就是佛教“地狱”之说。佛教之前，在儒家“子不语怪力乱神”的影响下，中国传统的幽冥观念还处于相当朴素的阶段，幽冥世界就是现实世界的投影，照搬人间的组织模式构成了一个粗糙的“地府”，地府的统治者是“太山府君”，它们对于鬼魂的管理跟人间的政府对民众的管理也一模一样，最能体现这一特点的是曹丕《列异传》当中的“胡母班”“蔡支”“蒋济亡儿”条：

> 胡母班为太山府君赍书诣河伯，贻其青丝履，甚精巧也。[④]
>
> 临淄蔡支者，为县吏。会奉命谒太守，忽迷路，至岱宗山下，见如城郭，遂入致书。见一官，仪卫甚严，具如太守。乃盛设酒肴，毕，付一书，谓曰：“掾为我致此书与外孙也。”吏答：“明府外孙为谁？”答曰：“吾太山神也，外孙天帝也。”吏方惊，乃知所至非人间耳。[⑤]
>
> 蒋济为领军，其妇梦见亡儿泣涕曰：“死生异路。我生时为卿相子孙，今在地下为泰山伍伯。憔悴困辱，不可复言。今太庙西讴力士孙阿，今见召为泰山令。愿母为白侯，属阿令转我得乐处……”[⑥]

干宝《搜神记》与《列异传》大同小异，而至署名陶潜的《搜神后记》时，地府开始有佛教的影子：

> 晋淮南胡茂回，能见鬼。虽不喜见，而不可止。后行至扬州，还历

---

① 汤用彤：《汤用彤全集》卷六《高僧传》，河北人民出版社 2000 年版，第 129 页。本文所引《高僧传》皆据此版本。

② 龚斌校释：《世说新语校释》，第 732 页。

③ 转引自赖永海主编：《中国佛教通史》第一卷，江苏人民出版社 2010 年版，第 298 页。

④ (魏)曹丕等撰，郑学弢校注：《列异传等五种》，文化艺术出版社 1988 年版，第 19 页。

⑤ (魏)曹丕等撰，郑学弢校注：《列异传等五种》，第 25 页。

⑥ (魏)曹丕等撰，郑学弢校注：《列异传等五种》，第 10 页。

阳。城东有神祠，正值民将巫祝祀之。至须臾顷，有群鬼相叱曰：“上官来！”各迸走出祠去。回顾，见二沙门来入祠中。诸鬼两两三三相抱持，在祠边草中伺望。望见沙门，皆有怖惧。须臾，二沙门去后，诸鬼皆还祠中。回于是信佛，遂精诚奉事。①

而在刘宋时临川王刘义庆编纂的《幽明录》中，佛教地狱故事已基本成形，后世所熟知的“地狱”“菩萨”“牛头人身”，都录记人生前善恶、寿命，依照生前善恶转世为不同的动物或人②等因素都有体现，且基本都是“死后游地府——见众生受苦，佛渡信徒——复生”的叙事模式，可见已有固定的传播方式，当然故事的结局都是“发意奉佛”。《幽明录》并不刻意宣扬佛徒故事，而刘义庆编的另一本《宣验记》与颜之推《冤魂志》《集灵记》、王琰《冥祥记》、侯白《旌异记》被鲁迅评为“释氏辅教之书”③，《古小说钩沉》中辑录的相关条目篇篇释佛，对“地狱”“报应”之说的解释也更加详细，信徒也更加虔诚，这也是佛教在南朝中后期进一步发展的结果。

佛教在民间大力改造幽冥世界的原因，一是要借助“地狱”的恐怖宣称只有礼佛、信佛者才能在地狱洗恶业，得善果，以此来弘扬佛法；二是以轮回因果之苦、精灵不灭之说引导信徒共期西方世界。《古小说钩沉·冥祥记》“宋董青建条”记其死后还家：

父问：“汝住在何处？”建云：“从亡来，住在练神宫中，满百日，当得生忉利天。”……建曰：“非但此一门中生，从四十七年以来，至今七死七生，已得四道果。先发七愿，愿生人间，故历生死，从今永毕，得离七苦。”④

董青建发愿所生“忉利天”是佛教西方净土世界的一种，“净土”思想随大乘佛教传入，萌芽于西晋，发展于南北朝，盛行于隋唐，它与禅宗一起，构成了中国佛教的两大显著特质。而净土宗初期在六朝的发展，慧远功不可没。

慧远是晋末影响力最大的一位名僧：“释慧远德行淳至，厉然不群。卜居庐阜，三十余年，不复出山。殷仲堪国之重臣，桓玄威震人主，谢灵运负才傲物，慧义强正不惮，乃俱各倾倒。非其精神卓绝，至德感人，曷能若此。”⑤

① 王根林、黄益元、曹光甫校点：《汉魏六朝笔记小说大观》，上海古籍出版社1999年版，第468页。
② 文多不录，参见《幽明录》“石长和”“康阿得”“赵泰”“巫师舒礼”等条。
③ 鲁迅：《中国小说史略》，北京大学出版社2009年版，第34页。
④ 鲁迅校录：《古小说钩沉》，齐鲁书社1997年版，第340页。
⑤ 汤用彤：《汤用彤全集》卷一，第255页。

他的周围聚集了一大批追随他的信众,《高僧传》记载:"彭城刘遗民、豫章雷次宗、雁门周续之、新蔡毕颖之、南阳宗炳、张莱民、张季硕等,并弃世遗荣,依远游止。远乃于精舍无量寿像前,建斋立誓,共期西方。"[①]庐山结社一事被后世佛教弟子认为是"净土宗"确立之标志,慧远也因此被尊为净土初祖。[②]

至此,佛教"地狱"与"净土"(西方极乐世界)的基本概念均已输送完毕,传统的死亡观念完成了彻底的改造,数千年来沿用不绝,直到今天我们对于死后世界的解释依旧脱不开佛教的藩篱,其影响力不言自明。

(三)丧葬礼俗之变

新的死亡世界与死亡观念的出现必然影响传统的丧葬仪式。

首先是埋葬方式的变化:中原传统的埋葬方式是土葬,佛教进入以后则带来了火葬和露尸葬。其实火葬在我国有着相当久远的历史,从文献看,《墨子·节葬下》:"秦之西有仪渠之国者,其亲戚死,聚柴薪而焚之,燻上,谓之登遐,然后成为孝子。"[③]而从考古资料看,新石器时代就有了火葬的葬式。[④] 只是这种方式一直不为汉族所接受,直到佛教传入,高僧多用火葬:

> 即于逍遥园,依外国法,以火焚尸。(晋长安鸠摩罗什)[⑤]
>
> 即于南坛戒林前,依外国法阇毗之……仍于其处起立白塔。(宋京师求那跋摩)[⑥]
>
> 士行遂终于于阗,春秋八十。依西方法阇维之,薪尽火灭,尸犹能全,众咸惊异,乃咒曰:"若真得道,法当毁败。"应声碎散,因敛骨起塔焉后弟子法益,从彼国来,亲传此事,故孙绰《正像论》云:"士行散形于于阗。"此之谓也。(晋洛阳朱士行)[⑦]
>
> 以宋泰始元年卒于所住,顾命令阇维之。刘思考为起塔于武担寺

---

① 汤用彤:《汤用彤全集》卷六,第174页。

② "慧远是中国弥陀净土信仰史上第一个以僧团领袖的身份,大力弘扬弥陀净土信仰的僧人,弥陀净土信仰在南北朝时的迅速成长,和他以特殊的身份在东晋末的弘教之功是分不开的,由此之故,他被南宋宗晓和志磐等人尊为净土初祖,在后世净土教人中享有崇高的地位。"(刘长东:《晋唐弥陀净土信仰研究》,巴蜀书社2000年版,第22页)并参见罗颖:《净土宗述论——以早期中国净土宗的历史与文献为中心》,《普陀学刊》2017年第2期。

③ 方勇译注:《墨子》,中华书局2015年版,第209页。

④ 参见夏鼐:《临洮寺洼山发掘记》,《中国考古学报》1949年第4期。

⑤ 汤用彤:《汤用彤全集》卷六,第44页。

⑥ 汤用彤:《汤用彤全集》卷六,第90页。

⑦ 汤用彤:《汤用彤全集》卷六,第121页。

门之右。（宋蜀释道汪）[1]

而后随着佛教影响力的扩大，火葬开始见用于中土。民间用火葬始于唐末五代，盛行于北宋至元，明清时严禁火葬，到民国开始恢复使用。

露尸葬仅流行于中古时期，慧远即用此葬，《高僧传》记载他死后：

门徒号恸，若丧考妣，道俗奔赴，毂继肩随。远以凡夫之情难割，乃制七日展哀，遗命使露骸松下，既而弟子收葬。浔阳太守阮保，于山西岭凿圹开隧，谢灵运为造碑文，铭其遗德，南阳宗炳又立碑寺门。[2]

“所谓的露尸葬，是指不用棺椁、将死者的遗体直接暴置于野外，或沉于水中，让鸟兽鱼虫食用……中国中古时期的露尸葬仅有林葬，另外有一种形式‘石室瘗窟’——即将遗体直接放置在石室或石窟之内。”[3]慧远遗命“使露骸松下”即为露尸葬的林葬。《高僧传》中同样使用这种方法的还有宋朝邵硕，梁朝慧球、智顺：

临亡，语道人法进云：“可露吾骸，急系履著脚。”既而依之，出尸置寺后。（邵硕）[4]

遗命露骸松下，弟子不忍行也。（释慧球）[5]

遗命露骸空地，以施虫鸟。门人不忍行之，乃窆于寺侧。（梁释智顺）[6]

慧球和智顺虽遗令林葬，但弟子并没有执行。盖因露骸于野这种葬式与传统的入土为安观念实在相悖，且儒家主张的土葬依旧是当时主流葬式，习俗难改，这也是佛教早期传播过程中对儒家丧葬仪式的艰难改造。采用“石室瘗窟”方式的也有此现象，如：

春秋百余岁，卒于山舍。敕弟子以尸置石穴中，弟子乃移之石室。（《晋罗浮山单道开》）[7]

至元康八年端坐从化，弟子依西国法阇维之。焚燎累日，而尸犹坐火中，永不灰烬，乃移还石室内。后西域人竺定字安世，晋咸和中往其

① 汤用彤：《汤用彤全集》卷六，第231页。
② 汤用彤：《汤用彤全集》卷六，第180页。
③ 刘淑芬：《中古的佛教与社会》，上海古籍出版社2008年版，第184页。
④ 汤用彤：《汤用彤全集》卷六，第312页。
⑤ 汤用彤：《汤用彤全集》卷六，第269页。
⑥ 汤用彤：《汤用彤全集》卷六，第270页。
⑦ 汤用彤：《汤用彤全集》卷六，第291页。

国，亲自观视，尸俨然平坐，已三十余年。(《晋洛阳娄至山诃罗竭》)[①]

露尸葬较为流行的时期是在隋以后，其中三阶教的传播对其有关键的影响，它对隋唐时期的葬式影响更为明显[②]，六朝时期仅有零星记载，作为佛教带来的新式葬仪初显端倪，尚未产生更大的影响，不多赘述。

我们再来回顾一下儒家的丧仪过程：沐浴饭含——小敛——大敛——发丧受吊——送葬——从葬之物——坟墓——丧期——居丧之礼——上冢。

从沐浴饭含到收敛的过程是固定的，丧期与居丧之礼很难更改。除此之外，佛教影响到了丧仪过程的其他所有方面。

发丧受吊：高坐道人作咒的场景，显然是在大敛之后，送葬之前。检索《世说新语》及刘注，类似的记载似乎仅此一条，很难界定这是当时新起的习俗，还是高坐个人的吊丧之举。此外《高僧传》记载："时晋惠之世，又有优婆塞卫士度，译出《道行般若经》二卷。士度本司州汲郡人，陆沉寒门，安贫乐道，常以佛法为心。当其亡日，清净澡漱，诵经千余言，然后引衣尸卧，奄然而卒。"[③]两者结合来看，大致可以推测后世佛僧在葬礼上的念经超度仪式在六朝发展初期的情形。

送葬：如丧葬前引仪式。杨合林已有详细论述，《周礼》中所记载的"方相氏大丧时驱方良"，"丧祝掌劝防之事"应该是最早的丧葬前引仪式；刘宋沮渠京声译《佛说净饭王般涅槃经》为僧众参与父母丧葬活动提供了依据；北魏时，僧尼为宣武皇太后送葬是世俗葬礼采用僧尼前引的最早记录。但宣武太后生前已经出家奉佛，她的丧仪并不符合礼制，不为国家承认，因而此时虽有僧尼送葬的记载，但并未成俗，直到宋代，这一形式才被民间广泛接受。[④]

从葬之物：东吴西晋时期，墓葬中就已经广泛使用带有佛教因素的各类随葬品。如湖北鄂城发现的六朝墓葬中，出土了大量带有佛像图纹装饰的铜镜以及佛像香薰、酒樽、唾壶等青瓷器；再如魂瓶，大致在孙吴至东晋年间，瓶身装饰流行采用佛像装饰。[⑤]

坟墓：以佛塔为例。如前文所引，求那跋摩与释道汪死后，僧俗为之起

---

① 汤用彤：《汤用彤全集》卷六，第 297 页。

② 参见刘淑芬：《中古佛教露尸葬研究》，刘淑芬：《中古的佛教与社会》，上海古籍出版社 2008 年版。

③ 汤用彤：《汤用彤全集》卷六，第 23 页。

④ 参见杨合林：《试论丧葬仪式中的僧尼前引》，段玉明主编：《佛教与民俗》，宗教文化出版社 2014 年版。

⑤ 参见贺中香、喻少英：《鄂城六朝文物的佛像装饰与南方佛教》，《文物》1997 年第 6 期。

塔，再如《高僧传》记载“东晋竺法义死后，孝武帝为之起塔三级。东晋竺僧辅在荆州无疾而化，葬寺中，僧为起塔”等，可知僧人死后立塔在当时并不罕见。与立塔情况类似的还有立寺，如前文“晋元帝于冢边立寺，因名高坐”，这种方式实际上类似儒家在墓旁起祠堂的葬仪。不过僧人建塔一开始就带着殡葬的意味，加上塔在佛教中的特殊地位，至唐代时，已经形成了“塔葬”习俗，佛教内部的丧葬仪式正式确立之后，也以入塔为终。这种以起塔代替起坟的方式后来影响到佛教信众，成为一种新的葬式。

上冢：作为一种追悼仪式，佛教后来演变出了各种祭礼。早期的追悼仪式，是为亡者做法会。最早的记载是西晋的阙公则：

> 晋阙公则，赵人也。恬放萧然，唯勤法事。晋武之世，死于洛阳。道俗同志，为设会于白马寺中。（《冥祥记》）[①]
>
> 时晋泰始五年七月十三日也。乃为祖父母二弟延请僧众，大设福会。皆命子孙改意奉法，课劝精进。（《冥祥记》）[②]
>
> 晋咸康元年，桂阳郡患亡。祚以任武昌，到三年四月八日，广置法场，请佛延僧，建斋行道。（《宣验记》）[③]

法会由西晋初道俗为同道私人举办到由信众请办再到东晋由官府设立推广，可知佛教在民间的影响力突飞猛进。晋宋之间，佛教的“七七追荐”开始流行，所谓“七七”，是：“佛教认为，人死后会转生，并依众生生前善恶表现分别进入六道。在死生之间，有‘中阴身’之阶段，似童子形象，寻求生缘，以七日为一期，至第七个七日终，必生一处。”[④]如慧远遗命：“以凡夫之情难割，乃制七日展哀。”又如：

> 车母者，遭宋庐陵王青泥之难，为虏所得，在贼营中。其母先来奉佛，即然七灯于佛前，夜精心念观世音，愿子得脱。如是经年，其子忽叛还。七日七夜，独行自南走。常值天阴，不知东西，遥见有七段火光；望火而走，似村欲投，终不可至；如是七夕，不觉到家，见其母犹在佛前伏地；又见七灯，因乃发悟。母子共谈，知是佛力。自后恳祷，专行慈悲。（《宣验记》）[⑤]

---

① 鲁迅校录：《古小说钩沉》，第 287 页。
② 鲁迅校录：《古小说钩沉》，第 280～281 页。
③ 鲁迅校录：《古小说钩沉》，第 273 页。
④ 梁霞：《论佛教对汉唐以来民间丧葬习俗的影响》，《青藏高原论坛》2014 年第 2 期。
⑤ 鲁迅校录：《古小说钩沉》，第 268 页。

宋慧远沙门者，江陵长沙寺僧也……有顷而尽。阖境为设三七斋，起塔，塔今犹存。(《冥祥记》)[1]

北魏太后父胡国珍卒：

诏自始薨至七七，皆设千僧斋，令七人出家；百日设万僧斋，二七人出家。[2]

后来为亡者做“七七”风行民间。南朝梁武帝笃信佛教，为其设“盂兰盆斋”。《荆楚岁时记》：“七月十五日，僧尼道俗悉营盆供诸寺。”

《盂兰盆经》云：“有七叶功德，并幡花歌鼓果食送之”，盖由此也。《经》又云：“目连见其亡母生恶鬼中，即以钵盛饭，往饷其母。食未入口，化成火炭，遂不得食。目连大叫，驰还白佛，佛言：‘汝母罪重，非汝一人所奈何，当须十方众僧威神之力。至七月十五日，当为七代父母厄难中者，具百味五果，以著盆中，供养十方大德。’佛敕众僧，皆为施主祝愿七代父母行禅定意，然后受食。是时目连母得脱一切饿鬼之苦。目连白佛：‘未来世佛弟子行孝顺者，亦应奉盂兰盆供养。’佛言：‘大善！’故后人因此广为华饰，乃至刻木割竹，饴蜡剪彩，模花叶之形，极工妙之巧。”[3]

目连救母故事与儒家文化太过切合，因而极易为人接受，自梁武帝发起后，盂兰盆斋很快由宫廷进入民间，成为盛大的佛寺活动。当然也因道教称七月十五为中元节，民间因祭祀祖先又称之为鬼节，因而这实际上是一个三教合一的节日，显示出佛教在传播过程中与儒道互相借鉴、融合的一面。

附录：汉代丧葬程序(据杨树达先生《汉代婚丧礼俗考》)

沐浴饭含(人初死，沐浴，陈尸于地；饭含以玉石珠贝)——**衣衾**(小敛：缠尸以币帛、或以纩绵，附身之物有衣、有被、虽婴儿亦然。凡加衣于身纳尸于棺皆曰敛。)——**棺椁**(大敛：盛尸以棺。天子之棺特大，臣下次之，又有小棺，或用以权敛，或用诸藁葬；棺饰有朱棺、画棺、黑棺，有不饰之素棺。周棺以椁，椁有大有小，制椁以木、石、砖瓦。椁往往有铭、有画；而墓石、墓砖亦

---

① 鲁迅校录：《古小说钩沉》，第 330 页。

② (北齐)魏收：《魏书》卷八三下，吉林人民出版社 1995 年版，第 1127～1128 页。

③ (南朝梁)宗懔撰，(隋)杜公赡注，黄益元校点：《荆楚岁时记》，《汉魏六朝笔记小说大观》，上海古籍出版社 1999 年版，第 1058～1059 页。

多有铭。)——**发丧受吊**(丧主发丧;亲属出游于外者当奔赴、虽女子已嫁者,亦归来奔丧,故有以女奔父丧者、有以女兄弟奔兄弟之丧者、其宗族知友则来吊、有自远方至者、道远不能赴,则寄物为祠;丧家于来吊者,飨之以酒肉,娱之以音乐。)——**送葬**(棺已盛尸为柩,柩上书死者之官职姓名;柩行,载之以车,贵者以辒辌,薄葬者以牛车;丧车所过,街路有祭;丧家婚友随柩行至丧所为送葬。)——**从葬之物**(有珠玉珍宝、印绶、金钱财物、食物、饮食用器、日常用器、乐器、兵器、鸟兽鱼鳖牛马虎豹生禽,有偶车马桐人及一切伪物。要之,凡生人所用之器,无不可为从葬之器云。)——**坟墓**(坟墓最为汉人所重,故天子于生前即豫作寿陵,臣民亦于生时自营茔地。墓上起坟,种树,树有松柏、梧桐、杏;坟之高有定制,汉律云:列侯坟高四丈,关内侯以下至庶人各有差,园陵坟高皆在四丈以上而亦不一。绕墓筑垣,墓旁起祠堂,筑以石,壁间往往雕刻人物画像;墓前起阙,亦多以石为之,往往雕镂工丽,勒题额、标官职姓氏名字等;墓旁又起楼、筑池、墓前筑神道,立表为题署;又列石人、设石兽、树石柱,兽有狮子、天鹿、骆驼、马、象、虎、羊、鹿等。)——**归葬**(死于他乡,率归葬。)——**合葬**(妇从其夫葬为合葬,凡夫妇以合葬为常。)——**祔葬**(子孙从其父祖葬为祔葬,所谓归旧茔,以此往往一地而一家数世父子兄弟并葬焉。)——**改葬**(已葬而复徙为改葬。)——**赙赠**(亲故以财物送丧家为赙,有以缣帛者、有以钱者;家贫不能具赙者,则以力助之。丧家贫者,往往待赙以举丧,中都官死者,官属有送、郡县长吏死者,吏民有送、国家有法赙。凡赙赠,丧家或受或否,不受者或以死者之遗令,或由遗孤之高行。)——**护丧**(为丧家经纪丧事为护丧,护丧者有朋友、门生、里中豪杰、国家使者等。)——**丧期**(自文帝有短丧之令,凡三年之丧,未葬,服斩衰;既葬,服大功十五日、小功十四日、纤七日、葬后三十六日除服。成哀之世,渐有行三年之丧者,行者为天子褒扬、衣冠钦慕、乡里称许,不行者则为同列所讥弹。王莽当国,盛倡三年丧制,光武尝绝告宁之典,然后汉初实多行三年丧者,上自诸侯王、次至公卿、下及士大夫,虽女子亦行焉。居官则去职、除官则不赴、遵国制不服三年者,盖仅见也。三年之丧既遵古礼,故期年之丧亦遵礼而行服,故有以祖父母、伯父伯母、叔父、从父、兄弟、从兄、姊妹、兄子等丧而去官者,亦有弟子之于师奔丧、弃官、服衰、制杖、筑坟墓者。)——**居丧之礼**(未葬,居服舍;既葬则庐墓;不饮酒食肉、不近妇人、不作乐、不聘妻、不访友。)——**上冢**(古人重庙祭,汉人重墓祀。行之者,上自天子,下及臣民,无男女皆然,民间妇女亦随其夫家上冢。上冢者,往往于其时召宗族、会宾客、期故人、飨以酒食、惠以金帛云。有弟子上师冢、故臣上旧君之冢、故吏上长吏之墓、故仆上旧主之冢、地方长吏祠乡贤之墓、士大夫奠知己之墓、拜古圣贤人之墓，有遗爱于夷狄者，则夷人拜其墓致敬焉；天子于其臣下，遣使者祭其冢。）

参考文献

（魏）曹丕等撰，郑学弢校注：《列异传等五种》，文化艺术出版社1988年版。

（魏）嵇康撰，戴明扬校注：《嵇康集校注》，中华书局2016年版。

（唐）房玄龄等：《晋书》，中华书局1974年版。

杨伯峻译注：《论语译注》，中华书局香港分局1984年版。

鲁迅校录：《古小说钩沉》，齐鲁书社1997年版。

汤用彤：《汤用彤全集》卷六《高僧传》，河北人民出版社2000年版。

刘长东：《晋唐弥陀净土信仰研究》，巴蜀书社2000年版。

郑岩：《魏晋南北朝壁画墓研究》，文物出版社2002年版。

宁稼雨：《魏晋士人人格精神》，南开大学出版社2003年版。

刘淑芬：《中古的佛教与社会》，上海古籍出版社2008年版。

（南朝宋）刘义庆撰，（南朝梁）刘孝标注，龚斌校释：《世说新语校释》，上海古籍出版社2011年版。

杨树达：《汉代婚丧礼俗考》，上海古籍出版社2013年版。

唐长孺：《魏晋南北朝史论丛》，武汉大学出版社2013年版。

刘立夫、魏建中、胡勇译注：《弘明集》，中华书局2013年版。

陈寅恪：《陶渊明之思想与魏晋清谈之关系》，山西人民出版社2014年版。

段玉明主编：《佛教与民俗》，宗教文化出版社2014年版。

汤用彤：《汉魏两晋南北朝佛教史》，上海人民出版社2015年版。

王根林、黄益元、曹光甫校点：《汉魏六朝笔记小说大观》，上海古籍出版社2019年版。

夏鼐：《临洮寺洼山发掘记》，《中国考古学报》1949年第4期。

贺中香、喻少英：《鄂城六朝文物的佛像装饰与南方佛教》，《文物》1997年第6期。

梁霞：《论佛教对汉唐以来民间丧葬习俗的影响》，《青藏高原论坛》2014年第2期。

罗颢：《净土宗述论——以早期中国净土宗的历史与文献为中心》，《普陀学刊》2017年第2期。

王汉：《从壁画砖看南京西善桥宫山墓的年代》，《东南文化》2018年第2期。

读书会时间：2020年10月21日

《世说新语》中的桓温形象

张月辉*

《世说新语》以记录魏晋时代士人的言行为主，桓温就是其中记述到的东晋时期的风云人物，其中与桓温相关的条目数量甚多，分量甚足，据统计，相关条目有113条，其中与桓温关系密切的核心条目也多达71条，这些核心条目按照数量从多至寡主要分布在《言语》《品藻》《赏誉》《文学》《雅量》《方正》《容止》《排调》《黜免》等二十二门当中，具有相当高的研究价值。

简单地说，《世说新语》当中的桓温形象具有特殊性，与书中其他东晋名士横向对比起来更显别具一格，与后世史书中的桓温形象纵向对比也有着差异。《世说新语》对于桓温总体上还是褒扬为主，并不重在揭示其作为权臣乃至逆臣的一面，更多地体现出了桓温身上名士风度与英雄气概的一面，同时具备血肉和性情，且多能从多方面入手、在细节处反映，这一点更是难能可贵的。

一、桓温人生经历与在《世说新语》中的反映

桓温(312～373)是东晋历史上非常重要的政治家、军事家，同时也有着与大多数名士风格迥异的名士身份，而在东晋门阀政治体系中也是谯国龙亢桓氏的关键人物。对于桓氏家族而言，桓温通过一己之力扭转了家族衰败之势，从而继琅琊王氏、颍川庾氏之后登上东晋政治舞台；对于东晋王朝而言，桓温是一个复杂的存在。桓温的成就主要体现在军事行动上，桓温一

* 张月辉，1996年生，山东曲阜人，山东大学文学院中国古代文学2019级硕士研究生，师从李剑锋教授，魏晋南北朝文学方向。

扫先前士族统兵征战往往败绩的积弊，先是攻灭在益州割据了近半个世纪的十六国之一的成汉政权（304～347），使东晋领土面积取得了渡江以来前所未有的水平，而后三次北伐往往功败垂成，战果并不理想，但对于东晋起到了“以攻为守”的效果。而桓温也在建立军功的过程中一步步地成了晋室的威胁。桓温逐渐借助军事上的优势掌控大权，以至于晚年行废立之事，并且在简文帝驾崩之际欲行不轨，有取代晋室之意，打破了此前世家门阀与司马家共治天下的政治规则，最后也是在王、谢等大族的联合反对之下计划破产。但是这在某种程度上启发了刘裕，可以说刘裕最后也是效仿桓温建立军功、掌控朝政最终得以实现晋宋的禅代，终结了东晋门阀政治。

桓温在历史上是一个复杂的人物，而《世说新语》中塑造出的桓温形象也具有很鲜明的复杂性。在时间维度上，《世说新语》中众多与桓温相关的条目也是有着各不相同的时间线索的。要而言之，桓温人生经历大致可以分成以下四个时期，而在各个时期内，《世说新语》当中与之相关的条目大多也可以对号入座，形成具有不同时间背景的故事，下面是分期与相关条目的列举。[①]

1.早年时期（312～335），二十四岁以前

西晋怀帝永嘉六年（312），桓温出生。此前一年，中原大乱，汉赵攻破洛阳，俘怀帝，此后中原士族大量南渡，史称“永嘉之乱”。

成帝咸和三年（328），苏峻祖约之乱爆发的第二年，桓温之父桓彝作为南迁士族，历任中书侍郎、散骑常侍、宣城太守，尽忠于晋，死于叛军之手，致使桓温少年丧父。[②]

咸和四年（329），桓温为琅琊王文学，初入仕途。

咸和六年（331），桓温报父仇，声名渐起。其后尚明帝长女、成康二帝嫡姐南康公主司马兴男为妻。初入政坛的桓温还未积攒实力，相关记载也较少。

关于桓温早期的事迹，《世说新语》亦有涉及，如《任诞》篇第三十四条“桓宣武少家贫”、第三十七条“袁彦道有二妹”、《忿狷》篇第四条“桓宣武与袁彦道樗蒱”[③]，数量不多，但也可以看出桓温早年的一些个性特色，如刘孝

---

① 对于条目背景时间的考证主要参看龚斌校释《世说新语校释》、林校生《桓温行年简表》、山东师范大学韩文娟硕士论文《桓温研究——以与文人的交游及其创作为中心》等。

② 事见《晋书·桓彝传》卷七四。

③ “桓宣武少家贫”条、“桓宣武与袁彦道樗蒱”条、“袁彦道有二妹”条皆与桓温同袁耽的交游相关，其中前两则为桓温年少时游戏事，后一则是在桓温尚南康公主之前，因而归于早期。

标注引《晋诸公别传·桓温别传》所言“少有豪迈风气”[1]，不拘小节，锋芒初露。

2.成长时期(335～354)，二十四岁至四十三岁

成帝咸康元年(335)桓温任琅琊内史。

康帝建元元年(343)桓温因受庾翼赏识，七月任北伐前锋小督，十月升为徐州刺史。

穆帝永和元年(345)，庾翼死，在中枢何充举荐下桓温领安西将军、都督司荆雍益梁宁六州诸军事、任荆州刺史，桓温由是开始坐镇经营这一上游重镇，事业起步。

永和三年(347)，桓温西进伐蜀，攻灭成汉，始立大功。其后至永和十年(354)，桓温积蓄力量准备北伐，同时与朝中会稽王司马昱、中军将军殷浩掣肘抗衡。

这一时期桓温事迹在《世说新语》中较多，如《言语》篇第五十六条“简文与桓宣武俱入朝”和第五十八条“桓公入峡”、《文学》篇第二十二条“殷中军为庾公长史”、《雅量》篇第二十五“宣武与简文太宰共载”条、《识鉴》篇第十九条“小庾临终”和第二十条“桓公将伐蜀”、《规箴》篇第十九条“罗君章为桓宣武从事”、《豪爽》篇第八条“桓宣武平蜀”、《贤媛》篇第十九条“桓宣武平蜀”、《简傲》篇第八条“桓宣武作徐州”、《黜免》篇第二条“桓公入蜀”等。同时这一时期桓温与名士交往的条目也相对集中存在。

3.北伐时期(354～369)，四十三岁至五十八岁

桓温取得了东晋政争的阶段性胜利以后，开始了为期十五年的北伐生涯。

永和十年(354)，第一次北伐，攻打前秦，进入关中，直抵灞上，逡巡未前，遂败军白鹿原，粮尽而返。

永和十二年(365)，第二次北伐，击败羌将姚襄，收复洛阳，谒先帝陵寝，上《平洛表》。

废帝太和四年(369)，第三次北伐，攻打前燕，被慕容垂大败于枋头，名实俱损。

这一时期的相关条目，《世说新语》中也有较多涉及，其中不少条目是以桓温的三次征伐为背景，如《言语》篇第五十五条“桓公北征经金城”、《文学》

① (南朝宋)刘义庆撰，(南朝梁)刘孝标注，龚斌校释：《世说新语校释》(增订本)，上海古籍出版社2019年版，第249页。

篇第九十二条"桓宣武命袁彦伯作《北征赋》"及第九十六条"桓宣武北征"、《赏誉》篇第一百零三条"桓宣武表云"及第一百一十七条"桓公语嘉宾"、《捷悟》篇第六条"郗司空在北府"、《豪爽》篇第十条"桓石虔从征枋头"、《轻诋》篇第十一条"桓公入洛"等，可以视作桓温征伐岁月中的生活片段，其中不乏精妙有味的条目。

4.专权时期(369～373)，五十八岁至六十二岁

北伐失败后，桓温转而对内立威，大举杀夺，开始了晚年的弄权历程。

太和六年(371)，桓温平寿阳袁真、袁瑾父子之叛。

简文帝咸安元年(371)，桓温废黜皇帝司马奕，立会稽王司马昱，是为简文帝。同年废黜武陵王司马晞、新蔡王司马晃，杀殷浩子殷涓以及庾冰子庾倩、庾柔。

咸安二年(372)，桓温杀庾冰子庾希、庾邈及其同党。是年简文帝病笃至于驾崩，朝中因王坦之、谢安谋划，桓温欲居摄大政而不得。

孝武帝宁康元年(373)，桓温向朝廷求九锡，不得，同年七月病逝于姑孰。

这一时期的桓温形象相对而言偏于负面，《世说新语》中不乏与其晚年专擅权势之事关联的条目，如《言语》篇第五十九条"简文登祚"与第六十条"简文在暗室中坐"、《文学》篇第八十七条"桓公见谢安石作《简文谥议》"、《雅量》篇第二十六条"王劭、王荟共诣桓宣武"及第二十七条"桓宣武与郗超议芟夷朝臣"及第二十九条"桓公伏甲设馔"、《贤媛》篇第二十二条"桓公将戮庾玉台"、《排调》篇第三十八条"桓公既废海西"、《黜免》篇第六条"邓竟陵免官后赴山陵"及第七条"桓宣武既废太宰父子"、《尤悔》篇第十二条"桓宣武对简文帝"等，这些条目都与桓温晚年弄权经历关联紧密，但《世说新语》的条目编排中对于桓温的"不臣"之迹也并没有明显持有贬斥态度，相反能从中看出桓温作为权臣时既专狠跋扈却又犹豫摇摆的矛盾之处。

二、作为权臣枭雄形象的桓温

《世说新语》以记述魏晋风度为要旨，借助对言行举止的刻画反映魏晋士人在面对现实人生时的精神态度与独特个性，体现出从两汉向魏晋南北朝转变过程中的传承与裂变同在、传统与个性并存的时代风貌。从这一点上，《世说新语》必定是与史传文学截然两途，在塑造的人物形象上，也自然与史书有很大的不同。就桓温的形象来说，在《世说新语》中主要体现出的名士风流与英雄气概兼备的形象，而从东晋南朝诸家旧晋史到唐修《晋书》

中不断发展的是“逆臣”压倒“英雄”的形象。比较有代表性的做法就是唐修《晋书》把王敦与桓温合传，并且放置在列传倒数第三的位置，值得一提的是，唐修《晋书》把王敦和桓温合传，自有先例在前，王隐《晋书》把“王敦（附沈充）、桓温（附孟嘉）、桓玄、祖约、苏峻”放在同一卷（卷一一），无非是依据以上几人不忠于晋而为之，甚至将其同相比之下与晋室更为敌对的刘渊、石勒、石虎、慕容皝、苻生、苻坚、苻丕、赫连勃勃这些五胡十六国领袖同载一卷。而就唐修《晋书·桓温传》中对于桓温的形象塑造来说，虽然肯定了桓温灭成汉、北伐之功，但对于桓温后期把控朝政、图谋不轨、犯上作乱的行为加以强化、渲染，甚至不惜加入郭璞预言在先的情节[①]，并且在史评中对桓温晚年弄权、意图颠覆之举大加贬斥：

> 逮乎石门路阻，襄邑兵摧，怼谋略之乖违，耻师徒之挠败，迁怒于朝廷，委罪于偏裨，废主以立威，杀人以逞欲，曾弗知宝命不可以求得，神器不可以力征。岂不悖哉！岂不悖哉！斯实斧钺之所宜加，人神之所同弃。然犹存极光宠，没享哀荣，是知朝政之无章，主威之不立也。[②]

虽然前面也承认桓温“挺雄豪之逸气，韫文武之奇才，见赏通人，夙标令誉”“戡定岷峨，独克之功，有可称矣”“虽未能枭除凶逆，亦足以宣畅王灵”[③]，分别从桓温个人才气、平定川蜀、数度北伐这三件事加以不同程度的褒扬，但紧跟在后面的定评才是最重要的，从中可见相比起对桓温凭借武力为朝廷建功立业的“是”的肯定，《晋书》更重视对桓温怀有异志、意在倾覆种种举动的“非”的否定。但道德评价是不能代替基本事实存在的，就从桓温权臣形象这一点出发，回归《世说新语》当中，我们可以看到桓温并非像《晋书》所说的那样不堪，反而是多面且立体的。由于《世说新语》有着以记录人物言行为主的特质，考察其中所塑造出的桓温权臣形象，我们可以从桓温与简文帝、桓温与谢安、桓温与郗超这三个小方面来窥探个中究竟。

1.桓温与简文帝

晋简文帝司马昱为晋元帝幼子，元、明、成、康、穆、哀、废帝七朝元老，在穆帝、哀帝、废帝时担任宰辅，权势很大，是东晋中前期最重要的宗室成员，也是东晋著名的清谈之士。简文帝与桓温的关系是复杂的，相王时代的司马昱是皇族中的清谈名士领袖，在名士群体中有很强的影响力，桓温对他必

① （唐）房玄龄等：《晋书》卷九八，中华书局1974年版，第2577页。

② （唐）房玄龄等：《晋书》卷九八，第2581页。

③ （唐）房玄龄等：《晋书》卷九八，第2581页。

须抱有尊重的态度；同时司马昱又是司马氏皇权的维护者，因此不得不与日渐强大的桓温产生利益冲突。即便是登基以后，也就是被桓温扶持为帝却大权旁落之时，简文帝也在用自己的努力维持着君臣秩序。可以说桓温和简文帝之间关系很是微妙，以登基为帝以后的君臣关系为例，简文帝继统以来，名为君，实际上受制于桓温，而桓温实际上掌控大权，在名分上却无法取得正统，相比之下简文帝所处的境况非常艰难，如《言语》第五十九条中简文帝诵庾阐《从征诗》“志士痛朝危，忠臣哀主辱”以抒发内心悲愤之情，但在跟桓温周旋时，简文帝还是表现出了以退为进、以柔克刚的政治智慧：

> 桓宣武既废太宰父子，仍上表曰：“应割近情，以存远计。若除太宰父子，可无后忧。”简文手答表曰：“所不忍言，况过于言？”宣武又重表，辞转苦切。简文更答曰：“若晋室灵长，明公便宜奉行此诏。如大运去矣，请避贤路！”桓公读诏，手战流汗，于此乃止。太宰父子，远徙新安。《司马晞传》曰：“晞字道升，元帝第四子。初封武陵王，拜太宰。少不好学，尚武凶恣。时太宗辅政，晞以宗长不得执权，常怀愤慨，欲因桓温入朝杀之。太宗即位，新蔡王晃首辞，引与晞及子综谋逆。有司奏晞等斩刑，诏原之，徙新安。晞未败，四五年中，喜为挽歌，自摇大铃，使左右习和之。又燕会，使人作新安人歌舞离别之辞，其声甚悲，后果徙新安。”(《黜免》第七条)①

> 桓宣武对简文帝，不甚得语。废海西后，宜自申叙，乃豫撰数百语，陈废立之意。既见简文，简文便泣下数十行。宣武矜愧，不得一言。(《尤悔》第十二条)②

前一则当中在面对桓温欲加害简文帝兄武陵王司马晞父子之时，简文帝一再坚持，甚至说出了“如大运去矣，请避贤路”这般沉重的话以应对桓温的逼迫，从而使得桓温“手战流汗”，不得不中止了杀害武陵王父子的念头，也是在简文帝的争取之下，武陵王父子得以“远徙新安”，逃过一死，已经算是足够幸运，这也是建立在桓温不想彻底与简文帝撕破脸面的前提下，反映出桓温处事有所忌惮，并不是率性妄为。而后一则当中，桓温本来有意向简文帝自陈关于废立的心迹，但简文帝主动示弱，“泣下数十行”，使得桓温感到怜悯与愧疚，因而“不得一言”，沉默收场。结合这两件事既能够看出简文帝以示弱而自保的手段，也可以看出桓温面对简文帝的时候犹能够保留底线，因而无法真的无动于衷，这样就更不可能对简文帝进行更多的政治上的索取了。

---

① 龚斌校释：《世说新语校释》(增订本)，第 1827 页。

② 龚斌校释：《世说新语校释》(增订本)，第 1898 页。

2.桓温与谢安

桓温主政之时，谢安尚不显达，陈郡谢氏是在桓温去世以后，经过秦晋淝水一战才得以全面崛起，从《世说新语》中桓温与谢安的关系来看，二人是既有合作又有对抗的，谢安本人也像诸多世家大族子弟那样有过在桓温幕府任职的经历[①]，《世说新语·赏誉》第一百零一条、一百零二条即为谢安担任桓温司马之事：

谢太傅为桓公司马，《续晋阳秋》曰："初，安优游山水，以敷文析理自娱。桓温在西蕃，钦其盛名，讽朝廷请为司马。以世道未夷，志存匡济。年四十，起家应务也。"桓诣谢，值谢梳头，遽取衣帻，桓公云："何烦此。"因下共语至暝。既去，谓左右曰："颇曾见如此人不？"[②]

谢公作宣武司马，属门生数十人于田曹中郎赵悦子。伏滔大司马僚属名曰："悦字悦子，下邳人。历大司马参军、左卫将军。"悦子以告宣武，宣武云："且为用半。"赵俄而悉用之，曰："昔安石在东山，缙绅敦逼，恐不豫人事；况今自乡选，反违之邪？"[③]

前一则可见桓温对于谢安本人才能相当赏识，大加赞誉，而从后一则亦可见桓温对谢安所举荐的谢氏门生的接纳与赏识，其中虽有笼络人心之嫌，但也能够体现出桓温对于人才的重视。这时期的桓温与谢安关系尚好，与日后二人因晋祚存留而产生矛盾之时大为不同。

然而，形势不同，人与人之间的关系也就发生了转变，在桓温自行废立之后，谢安明显感受到了来自桓温的威胁，这时候也采取了明哲保身的策略以应对：

桓公既废海西，立简文，《晋阳秋》曰："海西公讳奕，字延龄，成帝子也。兴宁中即位。少同阉人之疾，使宫人与左右淫通生子。大司马温自广陵还姑孰，过京都，以皇太后令，废帝为海西公。"侍中谢公见桓公拜。桓惊笑曰："安石，卿何事至尔？"谢曰："未有君拜于前，臣立于后！"(《排调》第三十八条)[④]

可见谢安对待此时权势极大的桓温采取了一种表面上极为恭敬的态度，以至于桓温见到谢安面向自己而拜之时先是"惊"，然后才以"笑"问谢安"卿何事至尔"来化解尴尬，因为名分上此时二人皆为臣下，谢安对桓温本不需要

① 事见《晋书·谢安传》卷七九。

② 龚斌校释：《世说新语校释》(增订本)，第1024页。

③ 龚斌校释：《世说新语校释》(增订本)，第1025页。

④ 龚斌校释：《世说新语校释》(增订本)，第1714～1715页。

拜，但是谢安的对答则是在其中暗喻讽刺，言“未有君拜于前，臣立于后”是说桓温此时已经威过于天子，用这番话讽刺桓温不臣，却在态度上仍显得谦恭畏惧不已。

而后在简文帝临崩之际，正是谢安、王坦之抓住机会，利用身在朝中的便利给予桓温致命反击，维护了司马氏的皇位存续，此事见《晋书·王坦之传》载：

> 简文帝临崩，诏大司马温依周公居摄故事。坦之自持诏入，于帝前毁之。帝曰：“天下，傥来之运，卿何所嫌！”坦之曰：“天下，宣、元之天下，陛下何得专之！”帝乃使坦之改诏焉。温薨，坦之与谢安共辅幼主。[1]

王、谢之举在大义层面上确实是维护君权不受桓温亵渎，但实际上也是在维系已经遭到了桓温严重挑战的门阀政治，通过打击桓温在权力上更进一步的企图，使得东晋朝政有了回到士族与皇帝共治的轨道上，而在简文帝驾崩以后，桓温一度入朝，设“鸿门宴”以便诛杀谢安、王坦之二人，《雅量》第二十九条对于这件事有着紧张激烈且具戏剧性的描写：

> 桓公伏甲设馔，广延朝士，因此欲诛谢安、王坦之。《晋安帝纪》曰：“简文晏驾，遗诏桓温依诸葛亮、王导故事，温大怒，以为黜其权，谢安、王坦之所建也。入赴山陵，百官拜于道侧，在位望者，战栗失色。”或云自此欲杀王谢。王甚遽，问谢曰：“当作何计？”谢神意不变，谓文度曰：“晋祚存亡，在此一行。”相与俱前。王之恐状，转见于色。谢之宽容，愈表于貌。望阶趋席，方作洛生咏，讽“浩浩洪流”。桓惮其旷远，乃趣解兵。按，宋明帝《文章志》曰：“安能作洛下书生咏，而少有鼻疾，语音浊。后名流多效其咏，弗能及，手掩鼻而吟焉。桓温止新亭，大陈兵卫，呼安及坦之，欲于坐害之。王入失措，倒执手版，汗流沾衣。安神姿举动，不异于常。举目遍历温左右卫士，谓温曰：‘安闻诸侯有道，守在四邻。明公何有壁间著阿堵辈？’温笑曰：‘正自不能不尔。’于是矜庄之心顿尽。命部左右，促燕行觞，笑语移日。”王谢旧齐名，于此始判优劣。[2]

谢安在面临桓温兵威之时“神意不变”，以镇静示人，这与先前谢安处波浪而不惊、此后淝水之战时弈棋而神色不改的行为是非常一致的，从“晋祚存亡，在此一行”亦可知谢安十分明白这次会面意义重大，稍有不慎局势便可能再也无法挽回。在宴会上，相比于王坦之“恐状转见于色”，谢安愈发显得镇定自若，“宽容愈表于貌”，作洛生咏，吟嵇康《赠秀才入军》诗，实为魏晋名士风度的体现，魏晋人重视神采风姿，谢安在处于危局险境之时犹能保持风度，

---

① (唐)房玄龄等:《晋书》卷七五，第1966页。

② 龚斌校释:《世说新语校释》(增订本)，第801～802页。

从中可见其高妙。同时，桓温作为谢安这一系列言行的观察者和接受者，十分明确地感受到了谢安的“旷远”，也明白经过谢安这一番演绎，局势已经不利于自己，于是不再强求，选择解兵放过王、谢二人，由此也可以看出即便桓温有意谋害王、谢，但是迫于形势以及对名士风度的尊重，自己也无法肆意妄为，从而做出了向大局妥协的选择。在与谢安的博弈过程中，桓温也做到了知难而退，不再图谋王谢，实际上也是默认了王谢出于对门阀政治的维护和对皇权的保护而做出的改变政治格局的做法，从中也可以看出桓温即便甚是不甘心但也审时度势、接受现实，这一点也是不同于历史上其他跋扈张扬的权臣的。当然，一切也都是形势使然。

3.桓温与郗超

郗超是东晋太尉郗鉴之孙，郗愔之子，刘孝标注引《续晋阳秋》云“超有才能，珣有器重，并为温所昵”①，又“超谓温雄武，当乐推之运，遂深自委结。温亦深相器重，故潜谋密计，莫不预焉”②。他成为桓温的心腹之人，在行废立事上多为桓温出谋划策，是桓温幕中谋主。如《雅量》第三十条：

> 谢太傅与王文度共诣郗超，日旰未得前，王便欲去。谢曰：“不能为性命忍俄顷？”超得宠桓温，专杀生之威。③

纵使是王谢，对郗超也是如此恭敬，谢安甚至劝告王坦之“不能为性命忍俄顷”，足以看出其权势借桓温而起达到何种程度。郗超可以看作是桓温影响力的延伸，如同桓温的侧影，在桓温权势鼎盛时期，太原王氏的王坦之、陈郡谢氏的谢安对于郗超都不敢轻易得罪，遑论桓温本人。而郗超的权势也成为郗家的保护伞，但是郗家的权势来自郗超，郗超的权势来自桓温乃至于桓氏，在桓温、郗超相继去世后，郗超之父郗愔已老，而且受到了王献之、王徽之兄弟的轻视，如《简傲》第十五条：

> 王子敬兄弟见郗公，蹑履问讯，甚修外生礼。及嘉宾死，皆箸高屐，仪容轻慢。命坐，皆云：“有事，不暇坐。”既去，郗公慨然曰：“使嘉宾不死，鼠辈敢尔！”愔子超，有盛名，且获宠于桓温，故为超敬愔。④

桓温卒于孝武帝宁康元年(373)，郗超卒于太元二年(378)，其时权势仍在，在此之后，高平郗氏便没落下去了。此事可以反映出桓温鼎盛之时势力

① 龚斌校释：《世说新语校释》(增订本)，第1533页。
② 龚斌校释：《世说新语校释》(增订本)，第798页。
③ 龚斌校释：《世说新语校释》(增订本)，第805页。
④ 龚斌校释：《世说新语校释》(增订本)，第1653页。

之盛、影响之大。《世说新语》虽然是以记录名士言行为主的志人小说，但在只言片语当中也蕴含着时代之下的世态人情，不过寥寥数语，往往可以隐含深意。通过考察郗超生前身后的影响，也可以看到在郗超背后的桓温生前身后的影响，因而说郗超在某种程度上即是桓温影响力的延伸，郗超的形象也会作用于桓温的形象之上。

三、名士风度与英雄气概：《世说新语》中桓温的主要形象

相比于前面分析论述的《世说新语》当中作为权臣、枭雄的桓温形象，《世说新语》所记述桓温言行的核心条目中有八成所塑造出来的是权臣以外的桓温形象，而这一部分桓温形象集中体现的就是名士风度与英雄气概这两个方面。

首先是桓温的名士风度，桓温并不擅长谈玄说理，但也不是对此不通不晓，根据《世说新语》相关条目所记，桓温很早就参与到名士的玄谈活动当中，并且与诸多名士交往很深。反映桓温与刘惔、王濛、殷浩等当世名士来往的条目甚多，其中桓温与名士刘惔的交往活动最为突出，如《言语》篇第六十四条“刘尹与桓宣武共听讲《礼记》”、《方正》篇第四十四条“桓大司马诣刘尹”和第五十四条“王刘与桓公共至覆舟山看”、《品藻》篇第三十五条“桓公少与殷侯齐名”和第三十七条“桓大司马下都”、《排调》篇第二十四条“桓大司马乘雪欲猎”，这些条目主要体现了桓温在仕途前期与诸多名士的交际、自身声望的提升，从中也可见到桓温的为人与性格。

刘惔尚明帝女庐陵公主司马南弟，与桓温是为连襟，其妹为谢安夫人，刘惔擅长清谈，是当时有名的清谈家，同时也自视甚高，摘《世说新语》中的两则可见其风采：

> 王长史与刘真长别后相见，《王长史别传》曰：“濛字仲祖，太原晋阳人。其先出自周室，经汉魏，世为大族。祖父佐，北军中候。父讷，叶令。濛神气清韶，年十余岁，放迈不群。弱冠检尚，风流雅正，外绝荣竞，内寡私欲。辟司徒掾、中书郎，以后父赠光禄大夫。”王谓刘曰：“卿更长进。”答曰：“此若天之自高耳。”《语林》曰：“仲祖语真长曰：‘卿近大进。’刘曰‘卿仰看邪？’王问何意？刘曰：‘不尔，何由测天之高也。’”①
>
> 桓大司马下都，问真长曰：“闻会稽王语奇进，尔邪？”《桓温别传》曰：“兴宁九年，以温克复旧京，肃静华夏，进都督中外诸军事、侍中、大司马，加黄钺，使入参朝政。”刘曰：“极进，然故是第二流中人耳！”桓曰：“第一流复是谁？”刘曰：“正是

① 龚斌校释：《世说新语校释》（增订本），第274页。

我辈耳！”[1]

刘惔作为清谈名士，自视甚高可见一斑，在《世说新语》中无出其右者。而桓温长久以来却能与刘惔和睦相处，二人之间虽然不是刘惔、王濛那样志趣相投的至交，但桓、刘二人也绝非一般的朋友。从《方正》第四十四条“桓大司马诣刘尹”和第五十四条“王刘与桓公共至覆舟山看”、排调篇第二十四条“桓大司马乘雪欲猎”这三条可以看出，桓温与刘惔举止言谈并不为礼法所拘。“桓大司马诣刘尹”条中桓温在刘惔家因为刘惔卧床不起而“弯弹弹刘枕，丸迸碎床褥间”，最后二人似乎是都发了脾气、闹了一些不愉快；而在“王刘与桓公共至覆舟山看”条中，桓温、刘惔、王濛三人一同游玩，酒后“刘牵脚加桓公颈”使得桓温感到难堪，事后反而是刘惔认为桓温不该“以形色加人”，可以看出刘惔、桓温相处时互相之间并无太多顾忌；到了“桓大司马乘雪欲猎”条中，桓温雪夜着戎装，更是被刘惔直呼为“老贼”，而桓温以“我若不为此，卿辈亦那得坐谈”反唇相讥。刘孝标注所引裴启《语林》倒是与“桓大司马乘雪欲猎”条中桓、刘二人斗嘴互讽相映成趣：

> 宣武征还，刘尹数十里迎之，桓都不语，直云：“垂长衣，谈清言，竟是谁功？”刘答曰：“晋德灵长，功岂在尔？”[2]

桓温企图用战功上的优势去嘲讽刘惔只会清谈，但刘惔却相当机智地把桓温的战功转化为“晋德灵长”，反问桓温，以此去打压桓温的傲气。值得注意的是，桓温得胜而还，刘惔主动出城数十里迎接，亦可证明二人相处融洽，二人风格迥异，也有摩擦，但就是能够维持友好相处的关系，这也是桓温为人方面的过人之处。

结交名士，参与玄谈，是融入当时名士生活圈的重要途径，从文学篇第二十二条“殷中军为庾公长史”可知，桓温较早地就加入了名士的清谈集会，而在其后通过参与名士活动，《品藻》第三十六条“抚军问孙兴公”中可知孙绰在面对会稽王司马昱询问时给予了桓温“高爽迈出”的评价，即便桓温没有玄理之才，但也绝不会从无根底。当然，桓温相对于慕清虚、贵简要以至于“居官无官官之事，处事无事事之心”[3]的刘惔之辈，无疑是极为重视实务、意在进取的，在《世说新语·轻诋》第十一条“桓公入洛”中，可以很好地体现出桓温的主张与取向：

---

① 龚斌校释：《世说新语校释》（增订本），第1135页。

② 龚斌校释：《世说新语校释》（增订本），第1698页。

③ （唐）房玄龄等：《晋书》卷七五，第1992页。

桓公入洛，过淮、泗，践北境，与诸僚属登平乘楼，眺瞩中原，慨然曰："遂使神州陆沈，百年丘墟，王夷甫诸人，不得不任其责！"《八王故事》曰："夷甫虽居台司，不以事物自婴，当世化之，羞言名教。自台郎以下，皆雅崇拱默，以遗事为高。四海尚宁，而识者知其将乱。"晋阳秋曰："夷甫将为石勒所杀，谓人曰：'吾等若不祖尚浮虚，不至于此！'"袁虎率尔对曰："运自有废兴，岂必诸人之过？"桓公懔然作色，顾谓四坐曰："诸君颇闻刘景升不？刘镇南铭曰："表字景升，山阳高平人。黄中通理，博识多闻。仕至镇南将军、荆州刺史。"有大牛重千斤，啖刍豆十倍于常牛，负重致远，曾不若一羸牸。魏武入荆州，烹以飨士卒，于时莫不称快。"意以况袁。四坐既骇，袁亦失色。[1]

桓温北伐多年，登楼远眺，心怀恢复中原之念，从政治家角度出发感慨西晋覆亡时候王衍等人清谈误国之事，而在袁宏反驳之后举曹操杀刘表所养大牛的例子，说明了桓温注重务实、反对仅有其表而不重实际之徒，这自然是桓温见地高远的体现。

桓温的英雄气概，还体现在对于前人的向往与对自身的关注方面，桓温对司马景王、司马文王、刘琨都有所仰慕，对于司马师、司马昭的仰慕体现在《尤悔》第十三条当中：

桓公卧语曰："作此寂寂，将为文、景所笑！"既而屈起坐曰："既不能流芳后世，亦不足复遗臭万载邪？"《续晋阳秋》曰："桓温既以雄武专朝，任兼将相，其不臣之心，形于音迹。曾卧对亲僚，抚枕而起曰：'为尔寂寂，为文、景所笑！'众莫敢对。"[2]

此条中的"既不能流芳后世，亦不足复遗臭万载邪"是桓温名句，但是这句话不能单独看，还要结合前一句的"作此寂寂，将为文、景所笑"，司马氏篡夺曹魏政权的过程在当时就难以服众，渡江以后，即便是晋明帝幼时都会因为王导讲述司马氏早年篡权经过而感到羞耻[3]，因而桓温所言司马师、司马昭并不一定是正面的，但桓温志在建立功业，在控制朝廷的过程中也渐渐生出异心，因而对于篡夺之事越发感兴趣，志气难酬，故而抒发出来这种感慨。且桓温也对王敦非常欣赏，《赏誉》第七十九条"桓温行经王敦墓边过"中，桓温路过王敦墓前，会以"可儿"呼之，表示赞许和惋惜之情。而刘惔评价桓温时也曾说(温)"鬓如反猬皮，眉如紫石稜，自是孙仲谋、司马宣王一流人"[4]，是

① 龚斌校释：《世说新语校释》(增订本)，第 1764～1765 页。
② 龚斌校释：《世说新语校释》(增订本)，第 1899 页。
③ 事见《世说新语・尤悔》第七"王导温峤俱见明帝"条。
④ 龚斌校释：《世说新语校释》(增订本)，第 1333 页。

谓知其根底。其实司马懿、司马师、司马昭、孙权、王敦五人，虽然私德都有所亏，但确实都建立了一番功业，桓温评判人物大抵是不计较品德而注重成就和能力的。

而《世说新语》中诸多以桓温征伐为背景的条目，实则也反映出了桓温重视情感流露、毫不掩饰自我的一面，这也是桓温英雄气概的反映，像是《言语》第五十五条"桓公北征经金城"，桓温于其时已近六旬，北伐前燕途中，见到此前所栽柳树都已经长到十围之大，为之流涕，感慨"木犹如此，人何以堪"，是对自己年光不再、功名未够的遗憾；而《言语》第五十八条"桓公入峡"见到绝壁急流时有"既为忠臣，不得为孝子"之叹，这则是永和二年(346)带兵伐蜀时候初试牛刀；平蜀之后，宴请群僚、缙绅，桓温"既素有雄情爽气，加尔日音调英发，叙古今成败由人，存亡系才。其状磊落，一坐叹赏"①，其豪迈得意跃然纸上；而《黜免》第二条中桓温惩罚害死母猿的部下、第四条中赦免不互相帮助的下属，则说明了桓温(至少在当时)心存良知，而且长于见微知著，两则里面部下只是被罢黜而不加滥刑，也可以看出桓温处事有分寸。在桓温征伐过程中的种种细节，也可从中感受到桓温不同于时人的英武慷慨之气。

《世说新语》所塑造的桓温形象不是单一的、刻板的，而是通过众多不同条目一同构成了一个丰满多面的人物形象，甚至体现出了这些不同形象之间的矛盾之处，正是这些片段组合起来形成了《世说新语》当中的桓温形象，使得桓温这个人物形象颇具魅力。

参考文献

(南朝宋)刘义庆撰，(南朝梁)刘孝标注，龚斌校释：《世说新语校释》(增订本)，上海古籍出版社 2019 年版。

(南朝宋)刘义庆撰，余嘉锡笺疏，周祖谟、余淑宜、周士琦整理：《世说新语笺疏》，上海古籍出版社 1993 年版。

(宋)司马光：《资治通鉴》，中华书局 1956 年版。

(唐)房玄龄等：《晋书》，中华书局 1974 年版。

田余庆：《东晋门阀政治》，北京大学出版社 2012 年版。

林校生：《桓温行年简表》，《宁德师专学报》(哲学社会科学版)1996 年第 1 期。

① 事见《世说新语·豪爽》第八"桓宣武平蜀"条。

赵苑均:《从魏晋风流内涵的角度看〈世说新语〉中的桓温》,《天中学刊》2015 年第 5 期。

贾骄阳:《〈世说新语〉对桓温的塑造》,《铜仁学院学报》2016 年第 3 期。

韩文娟:《桓温研究——以与文人的交游及其创作为中心》,山东师范大学硕士学位论文,2014 年。

读书会时间:2021 年 4 月 7 日

后 记

这里结集的是山东大学文学院“《世说新语》读书会”从2019年9月到2021年6月四期读书活动的主要成果，它们曾经内部印行，为连续的两辑，责任编辑分别为李通和张月辉。参与撰稿的同学付出了辛苦劳动，他们每一篇讲稿的内容我都阅读和聆听过，稿子大多质量上乘，有的甚至完全达到了在权威学术刊物发表的水平。为使大家的辛劳付出不至于付诸东流，特将两辑合为一书。这些学术成果的结集，对于一般读者深入阅读《世说新语》，了解和理解魏晋风流，甚至推动相关学术研究等，都有一般《世说新语》读本起不到的作用。

为了纪念“《世说新语》读书会”活动，特将主编所撰《世说新语读解》第一辑“序言”和第二辑“前言”移动如下，并附录每一期读书会成员名字。第一辑“序言”如下：

杜泽逊院长主持山东大学文学院工作之后，倡导推进研读原典的教学研究风气。为此，2019年初，本人协助草拟了《山东大学文学院举办“山大中文读书会”的办法》，经院办公会讨论通过后付诸实施。读书会一个学期为一期，到目前共举办了三期，第一期本人主持的是陶渊明读书会，从第二期开始调整为《世说新语》读书会。奉献在读者面前的文字就是《世说新语》读书会2019年秋季和2020年春季两个学期的读书活动的成果。

《世说新语》通常又名《世说》《世说新书》，三者孰为最早，难以遽定。它是中国文学史上最富有魅力的著作之一，是魏晋风流栩栩如生的传神画册。自从诞生以后，影响甚巨，据不完全统计，后世续书可案者至少有三十多种；至今仍然是雅俗共赏的优秀读物，学界研究一直热度不减，被译成日、法、英等多种文字在世界上传播。

唐(或以为是梁代)写本《世说新语》残卷是目前所能见到的最早传本。该本原藏日本,1916 年经罗振玉苦心经营将之影印出版。1956 年文学古籍刊行社、1962 年中华书局分别影印王利器校订宋本《世说新语》,1982 年上海古籍出版社影印思贤讲舍本《世说新语》,1999 年中华书局影印金泽文库所藏宋本《世说新语》等,均将罗氏影印残卷附于书后。此本自《规箴》第十起,至《豪爽》第十三终,共计五十一则;篇目、条数与每条编排次序与今本相同,但文字相异处甚多,如《规箴》第十条刘孝标注引《管辂别传》较今本多出七十余字。

宋绍兴八年(1138)广川董弅刻印的《世说新语》是今天能够见到的该书的最早刻本。董本系于北宋晏殊删并整理本基础上刻印而成,共分三卷三十六门。文字虽更简洁流畅,但已无复旧观。书后附有汪藻《〈世说〉叙录》。《〈世说〉叙录》原含《考异》《人名谱》《书名》等三卷,今仅存前二卷,缺《书名》一卷。汪氏叙录的《世说新语》本,仅见于《宋史·艺文志》和陈振孙《直斋书录解题》,国内久无传本,至《四库全书总目提要》已说"佚之久矣",足见其珍贵。此本今有中华书局 1999 年影印日本金泽文库所藏宋刻本。

至明代,《世说新语》盛行一时,据不完全统计,版本有二十六种之多,可分为普通本系、批点本系和《〈世说新语〉补》三大系统。清代又有新的整理之功。此可并参王能宪氏《世说新语研究》一书相关内容。此次读书会曾为参与诸君开列主要研读书目如下:

1.《世说新语》(上、下册),王利器断句校订,文学古籍刊行社 1956 年版。此书据日本珂罗影金泽文库所藏宋董弅刻本,有王利器校勘记,书末附录《世说新语》唐写本残卷影印本。

2.《世说新语》三卷,近代王先谦校订,有上海古籍出版社 1982 年影印光绪十七年思贤讲舍刻本。此本系王先谦据明嘉靖袁褧嘉趣堂本和清道光周心如纷欣阁本校订而成。

3.《世说新语笺疏》,余嘉锡撰,周祖谟、余淑宜、周士琦整理,中华书局 1983 年版,上海古籍出版社 1993 年发行修订版。此本以王先谦校订本为底本,校以影宋本、袁本等本。

4.《世说新语校笺》,徐震堮撰,中华书局 1984 年版,又有 1999 年、2001 年等重印本。此书以涵芬楼影印明嘉靖间吴郡袁褧嘉趣堂重雕本为底本。

5.《世说新语汇校集注》,朱铸禹汇校集注,上海古籍出版社 2002 年版。

6.《世说新语校释》，龚斌校释，上海古籍出版社 2011 年版。

7.《世说新语索解》，龚斌著，华东师范大学出版社 2016 年版。

8.《世说新语研究》，王能宪著，江苏古籍出版社 1992 年版。

9.《〈世说新语〉研究》，范子烨著，黑龙江教育出版社 1998 年版。

10.《魏晋士人人格精神：〈世说新语〉的士人人格精神史研究》，宁稼雨著，南开大学出版社 2003 年版。

11.《世说新语汇校汇注汇评》，黄霖、陈维昭、周兴陆主编，周兴陆辑著，凤凰出版社 2017 年版。

12.《日本世说新语注释集成》，张伯伟辑，凤凰出版社 2019 年版。

时至今日，还可添一种《〈世说新语〉研究史论》，刘强著，复旦大学出版社 2019 年版。所列书目难免明珠之遗，但能涉猎过半，亦可称读书入流了。

青年学子真是一片片沃土，只要用心耕种，你总会惊奇地发现满目绿油油蓬勃勃的庄稼。他们具有无穷的创造力，两个学期下来就积累了十几篇读解文字，其中的异彩足以映照历史的幽暗委曲之处，有助于加深体会和理解，对其未来的读书研究也是一个独特的基础。此外，他们领读和讨论时的风度神采，也令人想见芝兰玉树般的美丽挺拔，这活动本身也是魏晋风流的余韵吧。所以，我们乐此不疲，又担心风流云散，故结集于此，权作自我鼓励、留影存念吧。

2020 年 7 月 3 日

《世说新语读解》第二辑“前言”如下：

山东大学文学院《世说新语》读书会至今已经举办四期了，《世说新语读解》第一辑结集的是第一、二两期的读书成果，读书的时间为 2019 年 9 月到 2020 年 5 月。这里结集的第二辑是第三、四两期的读书成果，读书的时间为 2020 年 9 月到 2021 年 6 月。

一本书读得愈久，愈觉得难读。一篇篇读对于初学者而言大有裨益，而对于读久的同学而言似乎只见树木不见森林。《世说新语·文学第四》第二十九条记：“宣武集诸名胜讲《易》，日说一卦。简文欲听，闻此便还，曰：‘义自当有难易，其以一卦为限邪！’”桓温（宣武）与“诸名胜”“日说一卦”如魏晋时期北人学问，欲求渊综广博，需先脚踏实地，千里之行，从足下始。然而晋简文帝对此不满，认为“义自当有难易”，大约是说容易的可以连读数卦，读

《易》不可"以一卦为限"。再联系当时南人学问重"清通简要",所谓不"以一卦为限",理解为得意忘言、融会贯通当更切合简文帝本意。本辑所收读解讲义,在形式上与第一辑有所不同,其中之一就是多了五篇突破以单个条目为中心的读解文字,此可谓不"以一卦为限",当合读书之法,为简文所赞同。

在疫情期间,与同学们一起坚持读书活动,苦乐与共,得失同生。2020年9月秋季学期首次读书会上,我抛砖引玉,与诸生读解"驴鸣"二条,此选也是有感而发。会后曾涂鸦一首云:"曲高和必寡,貌古令俗惊。王粲登楼望,浑儿下马听。金石能砺齿,白眼顿成青。天籁何须忌,开怀纳大声。"开卷有益,读书非仅求学问而已。愿与诸生共勉!

2021年8月30日

下面是四期《世说新语》读书会成员情况。

2019年秋季学期《世说新语》读书会参与成员:李剑锋、刘璐(博)、徐尧尧、童仁亮、潘磊、侯洪震、侯光耀、马子月、陈曲、付婕、李通、谷云红、职伟、王子祺、杨延平、刘泊宁、刘璐(硕)、张月辉、李思萌、于洋、周玮、张宇辰。

2020年春季学期《世说新语》读书会参与成员:李剑锋、刘璐(博)、徐尧尧、童仁亮、潘磊、胡诗黎、侯洪震、侯光耀、马子月、陈曲、付婕、李通、谷云红、职伟、王子祺、杨延平、刘泊宁、刘璐(硕)、叶子淇、黄长明、张月辉、黄静、陈莜烨、李思萌、于洋、周玮、甘传昀、许逸凡、张宇辰、李威龙、刘奇超、张芳奥、崔英杰、贺臻真。

2020年秋季学期《世说新语》读书会参与成员:李剑锋、赵鑫、张丽锋、潘磊、侯光耀、童仁亮、侯洪震、刘璐(博)、耿建龙、付婕、陈曲、李通、杨延平、黄长明、刘璐(硕)、张月辉、李思萌、白沛瑶、孙小为、李寅捷、张宇辰、王靖原、陈锡昂、崔英杰、黄静、叶子淇、李威龙、李朔、万烨、任思宇、陈天漪、徐辰杰、苗玉晶、潘睿绮、胡劭杰。

2021年春季学期《世说新语》读书会参与成员:李剑锋、赵鑫、潘磊、侯光耀、侯洪震、刘璐(博)、付婕、李通、陈曲、杨延平、黄长明、刘璐(硕)、张月辉、李思萌、冯国藩、白沛瑶、孙小为、李寅捷、张宇辰、彭天宇、席铭梓、仝龙魁、胡梦蝶、陈佳、郝苗、陈锡昂、崔英杰、孔妍文、张海艳、李威龙、李朔、万烨、任思宇、陈天漪、苗玉晶。

最后需要说明的是,每篇读解后所附录的时间是进行读书活动的时间。

书稿最后由主编合成，并做了必要的修订。衷心感谢读解的各位作者和各方面的大力支持！错误在所难免，恳请读者朋友不吝赐教！

李剑锋

2023 年 1 月

于玫瑰花园寓形斋